UN ESPÍA PERFECTO

JOHN LE CARRÉ

UN ESPÍA PERFECTO

CIRCULO DE LECTORES

Título del original inglés, A perfect spy
Traducción, Jaime Zulaica
Cubierta, Yzquierdo

Círculo de Lectores, S.A.
Valencia, 344 Barcelona
1 2 3 4 5 6 7 8 9 6 8 0 9

Depósito legal B. 25410-1986
Compuesto en Garamond 10
Impreso y encuadernado por
Printer, industria gráfica sa
Sant Vicenç dels Horts 1986
Printed in Spain
ISBN 84-226-2166-5

Edición no abreviada
Licencia editorial para Círculo de Lectores
por cortesía de Plaza & Janés

El perfecto espía

Ser espía, perfecto espía, profesional supremo de los servicios de inteligencia, y devenir agente doble, falso objetivo, informador puntual y exactísimo; tener no dos, sino varias vidas paralelas y escondidas no es simplemente el argumento complejo y ovillado de la última novela de John Le Carré «Un espía perfecto», que ha sido pulcramente traducida al castellano, sino que al mismo tiempo es un análisis psicológico denso y freudiano de lo que late en el temperamento del que trabaja en esa difícil, arriesgada y dura profesión.

Para Le Carré hay un condicionamiento psíquico en estos profesionales del doble servicio secreto. Una extraña y peligrosa fascinación les hace seguir el juego hasta el final, a sabiendas de los crueles desengaños y penas que a veces les espera al final del camino. El autor fue un notable agente del servicio secreto británico protegido por un «status» diplomático y se persona sin decirlo en la novela misma que destila meditaciones autobiográficas en muchos de sus pasajes. Para los lectores de Smiley y de su «circo» y de los agentes que volvían del frío, este grueso volumen resulta algo decepcionante y confuso, por no atenerse literalmente al escenario clásico de la trama de las historias de espionaje.

Pero el soliloquio del espía que va pergeñando su propio diario para contarlo todo, quedar tranquilo, buscar si es posible otra vida, cambiar de piel y de nombre, es en sí una obra maestra de introspección sutil, implacable, destructora, en que la desnudez del alma del protagonista llega hasta su propio culto.

Magnus Pym, que así se llama el héroe, no sólo explica la confusa y disparatada trayectoria de su vida, encarrilada fatalmente hacia los servicios de inteligencia desde la adolescencia estudiantil, sino que nos traza asimismo un veraz y despiadado cuadro del sistema del que forma parte, de las rivalidades entre los dos grandes aliados anglosajones, de la pedantería insufrible del lenguaje de los maestros del juego y de la mescolanza de alcohol y del erotismo que acompaña como ingrediente indispensable a esa sórdida y aventurada actividad.

¿Este doble agente trabaja por dinero? ¿O acaso por compromisos ideológicos? ¿O quizá por obtener recompensas laudatorias? Hay, al parecer, un abanico extenso de otras motivaciones más remotas y escondidas que ofrecen cierta verosimilitud. Pym es un niño medio abandonado, medio abrumado por el peso atroz de la personalidad de su padre que lo quiere dirigir, educar, elevar, convertir en gran personaje y proteger a la vez en forma exagerada y equívoca. Pero el progenitor es en realidad un estafador internacional que corre sin cesar aventuras financieras en todas las latitudes, cambiando de nombre y actividad para escapar de la justicia.

De ese delincuente que vive perpetuamente en la mentira y el equívoco sale un joven con la cabeza confusa, buscando cariño del que carece, descubriendo el oculto mundo de los servicios secretos con claves, nombres y documentaciones falsas que a la vez le subyuga y le deforma. Se siente partícipe de conspiraciones y conoce personajes insólitos. Todo ello le empuja hacia el engaño y el fraude de sí mismo y hacia la necesidad de ser aplaudido y estimado por los dirigentes del espionaje de los dos bandos. En esa compleja estructura psicológica de fragilidad, trampa y carencia afectiva se desarrolla su existencia. Las mujeres entran y salen en la trayectoria vital del protagonista dejando un rastro de amores ficticios, fidelidades imaginarias, pasiones insatisfechas y, en último término, soledad total.

El espía doble no tiene ni patria, ni adscripción a la ideología de uno y otro bando. Y no deja de incidir en sus reflexiones con ferocidad crítica, sobre las injusticias, falsedades y convenciones sociales, ocultadoras de realidades pavorosas en la sociedad del Occidente democrático. ¿Qué puede hacer un personaje de este talante, empujado a su propia desaparición cuando llega al límite de su amarga y radical soledad? ¿Aparecer en Moscú como un Philby cualquiera? ¿Entregarse a sus propios compañeros después de haberlos traicionado? ¿Suicidarse? Magnus Pym se encierra en un reducto ignoto para escribir su vida antes de quitársela. Quiere reconstruir en una extensa y minuciosa resurrección del pasado su íntimo proceso vital. La memoria le sirve para inventar con datos reales su apasionante autobiografía. No busca justificarse, sino tranquilizar su espíritu. El hombre que tantos nombres falsos utilizó quiere esta vez definirse como es en realidad y hacer las paces consigo mismo.

El doble agente rebusca proustianamente en las avenidas del tiempo perdido las claves de su personalidad. A lo largo de las galerías subterráneas de la guerra fría que divide el mundo desde hace cuarenta años, un hombre desesperado y a la vez irónico se asoma a su propia trayectoria como un gran actor que reviviese los personajes que ha encarnado en los escenarios a lo largo de su vida profesional.

Ser espía doble es, además de una siniestra vocación, una atormentada aventura psicológica que destroza la personalidad de quien la ejerce. Tal es el mensaje de este libro, que nos revela la madurez y el talento creador de un gran escritor de las letras británicas contemporáneas.

José María de Areilza

A R.,
que compartió el viaje,
me prestó a su perro
y me brindó algunos pasajes de su vida.

Un hombre que tiene dos mujeres pierde su alma. Pero un hombre que tiene dos casas pierde la cabeza.

PROVERBIO.

1

A primeras horas de una mañana tormentosa de octubre, en una ciudad costera del sur de Devon que parecía haber sido abandonada por sus habitantes, Magnus Pym se apeó de un viejo taxi rural y, tras haber pagado al taxista y aguardado hasta que se fue, comenzó a atravesar la plaza de la iglesia. Su destino era una hilera de pensiones victorianas mal iluminadas y con nombres como *Bel-a-Vista, The Commodore* y *Eureka.* Era un hombre de constitución robusta pero majestuosa, la personificación de algo. Su zancada era ágil, y su cuerpo inclinado hacia adelante encarnaba la mejor tradición de la clase administrativa anglosajona. Con el mismo porte, ya fuese estático o en movimiento, los ingleses habían izado banderas en colonias lejanas, descubierto el nacimiento de grandes ríos, permanecido en la cubierta de barcos que se hundían. Hacía dieciséis horas que viajaba en uno u otro medio de transporte, pero no llevaba abrigo ni sombrero. Transportaba en una mano una gruesa cartera negra de estilo oficial y en la otra una bolsa verde de *Harrods.* Un fuerte viento marino azotaba su traje de ciudad, lluvia salada le irritaba los ojos, bolas de espuma cabrilleaban a su paso.

Pym no les prestó atención. Al llegar al pórtico de una casa con el letrero «Completo», apretó el timbre y esperó, primero a que se encendiera la luz de fuera, y luego a que desatasen las cadenas de dentro. Mientras esperaba, el reloj de una iglesia empezó a dar las cinco. Como en respuesta a sus campanadas, Pym giró sobre sus talones y contempló la plaza. La aguja sin gracia de la iglesia baptista alardeando contra las nubes presurosas. Las retorcidas araucarias, orgullo de los jardines ornamentales. El quiosco de la música vacío. La marquesina del autobús. Las manchas oscuras de las calles laterales. La puerta de las casas, una por una.

–Vaya, señor Canterbury, es usted –objetó la voz aguda de una anciana cuando la puerta se abrió a la espalda de Pym–. Malvado. Ha cogido otra vez el tren de noche, ya veo. ¿Por qué no telefonea nunca?

–Hola, señorita Dubber –dijo Pym–. ¿Cómo está?

–No importa cómo estoy, señor Canterbury. Entre, de prisa. Va a atrapar un resfriado.

Pero la fea plaza barrida por el viento parecía haber cautivado a Pym como un sortilegio.

–Creí que Sea View estaba en venta, señorita D –comentó, mientras ella trataba de introducirle en la casa–. Usted me dijo que el señor Cook se mudó cuando murió su mujer. Que no quería poner el pie en esa casa, dijo.

–Pues claro que no. Tenía alergia. Entre ahora mismo, señor Canterbury, y séquese los pies antes de que le prepare el té.

–¿Entonces qué hace esa luz encendida en la ventana del dormitorio de arriba? –preguntó Pym mientras se dejaba remolcar por la escalera.

Como muchos tiranos, la señorita Dubber era de baja estatura. Era asimismo vieja, quebradiza y torcida, con una espalda encorvada que le arrugaba la bata y hacía que todo a su alrededor pareciese igualmente ladeado.

–El señor Cook ha alquilado el piso de arriba. Celia Venn lo ha cogido para pintar ahí. Cien por cien propio de usted. –Pasó un cerrojo–. Desaparece tres meses, vuelve en mitad de la noche y se preocupa por la luz de una ventana. –Corrió otro–. No cambiará nunca, señor Canterbury. No sé por qué me inquieto.

–¿Quién es esa Celia Venn?

–La hija del doctor Venn, tonto. Quiere ver el mar y pintarlo. –Su voz cambió bruscamente–. ¿Pero cómo se atreve, señor Canterbury? Quítese eso inmediatamente.

Pasado el último cerrojo, la señorita Dubber se había enderezado lo mejor que podía y se estaba preparando para un desganado abrazo. Pero en vez de su ceño acostumbrado, en el que nadie creía ni por un momento, su carita minúscula había contraído una mueca de espanto.

–Su horrible corbata negra, señor Canterbury. No permitiré la muerte en mi casa, no permitiré que lleve eso. ¿Por quién la lleva?

Pym era un hombre guapo, juvenil pero distinguido. Recién rebasada la cincuentena estaba en la flor de la edad, lleno de brío y urgencia en un lugar donde no existían. Pero, a juicio de la señorita Dubber, lo mejor de él era su sonrisa encantadora, que expresaba un gran calor y verdad y que a ella le infundía bienestar.

–Por un antiguo colega de Whitehall, señorita Dubber. Nadie a quien llorar. Nadie próximo.

–A mi edad todo el mundo es próximo, señor Canterbury. ¿Cómo se llamaba?

–Apenas le conocía –respondió Pym enfáticamente, quitándose la corbata y guardándola en el bolsillo–. Y evidentemente no voy a decirle su nombre para que usted empiece a rebuscar en esas esquelas.

Al decir esto dirigió la mirada al registro de huéspedes, que estaba abierto sobre la mesa del recibidor, debajo de la lamparilla anaranjada que él le había instalado en el techo durante su última visita.

–¿Ningún huésped de paso, señorita D? –preguntó al propio tiempo que examinaba la lista–. ¿Parejas fugitivas, princesas misteriosas? ¿Qué pasó con los dos tortolitos que vinieron en Pascua?

–Aquellos dos muchachos no eran tortolitos –le corrigió la señorita Dubber mientras cojeaba hacia la cocina–. Cogieron habitaciones individuales y por las noches veían el fútbol en la televisión. ¿Qué ha dicho usted, señor Canterbury?

Pero Pym no había hablado. A veces sus ráfagas de comunicación eran como llamadas telefónicas cortadas por una censura interna antes de completarse. Pasó una página y después otra.

–Creo que ya no voy a admitir a más huéspedes de paso –dijo la señorita Dubber a través de la puerta abierta de la cocina, mientras encendía el gas–. Hay veces en que suena el timbre y yo estoy sentada aquí con *Toby* y digo: «Contesta tú, *Toby*.» No lo hace, claro. Un gato de color carey no puede contestar a una llamada. Así que seguimos sentados aquí. Esperamos y oímos los pasos que se van. –Le lanzó una mirada astuta–. Tú no crees que nuestro señor Canterbury está enamoriscado, ¿verdad que no, *Toby*? –preguntó maliciosamente al gato–. Somos muy *listos*. Muy *brillantes*. El señor Canterbury está diez años más joven. –Al no recibir tampoco respuesta de él, se dirigió al canario–. Aunque nunca nos lo diría a nosotros, ¿eh, *Dickie*? Seríamos los últimos en enterarnos. ¿Chuc-chuc? ¿Chuc-chuc?

–John y Sylvia ilegibles, de Wimbledon –dijo Pym, consultando todavía el registro.

–John hace computadoras, Sylvia las programa y se van mañana –le dijo ella, malhumorada. Porque la señorita Dubber tenía que reconocer que en su mundo no había nadie más que su querido Canterbury–. ¿Y ahora qué ha hecho? –exclamó enfadada–. No lo aceptaré. Devuélvalo.

Pero no estaba enfadada, lo aceptaría y Pym no iba a devolverlo: un chal de Cachemira de punto grueso y color blanco y oro, todavía en su caja de *Harrods* y envuelto en su papel de seda original, que pareció que ella valoraba más que el contenido. En efecto, tras haber desenvuelto el chal, primero alisó el papel y lo dobló por sus pliegues antes de reponerlo en la caja, y luego la puso en el estante del armario donde guardaba sus mayores tesoros. Sólo entonces consintió que Pym le envolviera los hombros en el chal y la abrazara mientras ella le recriminaba el despilfarro.

Pym tomó té con la señorita Dubber, Pym la apaciguó, Pym comió un pedazo de su mantecada y la puso por las nubes a pesar de que ella le dijo que estaba quemada. Pym le prometió arreglar el tapón del fregadero y desatascar el tubo del desagüe y echar una ojeada a la cisterna durante su estancia. Pym era rápido y sumamente atento, y la inteligencia que ella había comentado sagazmente no le abandonaba. Levantó a *Toby* hasta sus rodillas y le acarició, cosa que nunca había hecho antes, y que no proporcionó al gato un placer visible. Escuchó las últimas noticias de la anciana Al, la tía de la señorita Dubber, pese a que normalmente la sola mención de la tía Al bastaba para que él se fuera precipitadamente a la cama. Pym la interrogó, como siempre hacía, sobre los tejemanejes locales desde su última visita, y escuchó con aprobación el catálogo de quejas de la señorita Dubber. Y bastantes veces, mientras asentía al oír sus respuestas, o bien se sonreía sin motivo claro o bien mostraba somnolencia y bostezaba por detrás de la mano. Hasta que de pronto posó su taza de té y se levantó como si tuviera que coger otro tren.

–Voy a quedarme una temporada, si a usted le parece bien, señorita D. Tengo que escribir un buen montón de cuartillas.

–Eso es lo que dice siempre. La última vez iba a quedarse para siempre. Luego surge cualquier cosa y otra vez a Whitehall sin haber puesto el huevo.

–Quizás unas dos semanas. Me han dado un permiso para que pueda trabajar en paz.

La señorita Dubber fingió horrorizarse.

–¿Pero qué será del país? ¿Cómo estaremos a salvo *Toby* y yo sin el señor Canterbury al timón para guiarnos?

–¿Entonces qué planes tiene la señorita D? –preguntó él, seductoramente, extendiendo la mano hacia su cartera, que por el esfuerzo que le costó levantarla parecía tan pesada como un lingote de plomo.

–¿Planes? –repitió la señorita Dubber, con una sonrisa embellecida por su perplejidad–. A mi edad no hago planes, señor Canterbury. Dejo que los haga Dios. Los hace mejor que yo, ¿verdad, *Toby*? Es más de fiar.

–¿Y el crucero del que siempre estaba hablando? Ya es hora de que se decida.

–No sea tonto. Eso fue hace años. Ya no tengo ganas.

–Todavía se lo pago.

–Ya sé que lo haría, bendito mío.

–Yo telefoneo, si usted quiere. Iremos juntos a la agencia de viaje. En realidad ya le he buscado uno. El *Orient Explorer* zarpa de Southampton dentro de una semana. Un pasajero ha cancelado su billete. He preguntado.

–¿Está tratando de librarse de mí, señor Canterbury?

Pym hizo una pausa para reírse.

–Dios y yo juntos no podríamos echarla, señorita D –dijo.

Desde el recibidor, la señorita Dubber le observó subir la escalera estrecha, admirando la elasticidad juvenil de sus andares a pesar de la pesada cartera. Va a una conferencia de alto nivel. E importante también. Le oyó recorrer a paso ligero el pasillo hasta la habitación 8, que daba a la plaza y que era el cuarto que ella había alquilado durante más largo tiempo en su larga vida. Esa muerte no le ha afectado, pensó con alivio, mientras le oía abrir con llave la puerta y cerrarla sin ruido tras él. Sólo un antiguo colega del ministerio, nadie próximo. No quería que nada le afligiera. Tenía que seguir siendo el mismo caballero impecable que había aparecido en el umbral de su casa doce años antes, buscando lo que había llamado un santuario sin teléfono. Y desde entonces le había pagado seis meses por adelantado, a tocateja, sin recibos. Y había construido para ella la pequeña tapia de piedra junto al camino del jardín, en una sola tarde, para darle una sorpresa, azuzando al albañil y al peón. Y había remplazado las pizarras del tejado con su propia mano, después de la tormenta de marzo. Y le había enviado flores, fruta, chocolates y *souvenirs* desde sitios increíbles del extranjero sin explicarle debidamente lo que hacía en ellos. Y le había ayudado con los desayunos cuando ella tenía demasiados huéspedes, y le había escuchado hablar de su sobrino, que tenía todo género de proyectos para ganar dinero que nunca cristalizaban, y el último consistía en abrir un bingo en Exeter, pero antes necesitaba el capital para su saldo deudor en el banco. Y no recibía correo ni visitas y no tocaba ningún instrumento, menos la radio en idioma extranjero, y nunca usaba el teléfono, salvo para llamar a los comerciantes de la localidad. Y nunca le decía nada sobre él mismo, excepto que vivía en Londres y trabajaba en Whitehall pero viajaba mucho, y que se apellidaba Canterbury como la ciudad. Hijos, mujeres, padres, novias: nunca había reconocido como suya a una sola persona en el mundo, excepto a su señorita D.

–Que nosotros sepamos, podría tener ya el título de Sir –le dijo a *Toby* en voz alta mientras se acercaba el chal a la nariz y aspiraba su olor a lana–. Podría ser primer ministro y sólo lo sabríamos por la televisión.

La señorita Dubber oyó, muy tenue, por encima del silbido del viento, el sonido de una canción. Era una voz de hombre, discordante pero agradable. Primero pensó que era «Mangasverdes» desde el jardín, y luego pensó que era «Jerusalén» desde la plaza, y se encaminaba ya hacia la ventana para dar un grito. Sólo entonces comprendió que era el señor Canterbury arriba, y le asombró tanto que cuando abrió la puerta para regañarle, en vez de eso se detuvo a escucharle. La canción cesó por sí sola. La señorita Dubber sonrió. Ahora *él* me está escuchando a *mí*, pensó. Es el señor Canterbury cien por cien.

En Viena, tres horas antes, Mary Pym, esposa de Magnus, de pie ante la ventana de su dormitorio, contemplaba el mundo que se extendía ante ella y que, a diferencia del que había elegido su marido, era un prodigio de serenidad. No había corrido las cortinas ni encendido la luz. Estaba vestida para «recibir», como su madre habría dicho, y llevaba una hora apostada en la ventana con su conjunto azul, esperando el coche, esperando el timbre y el giro silencioso de la llave de su marido en el pestillo. Y ahora en su mente acontecía una carrera desigual entre Magnus y Jack Brotherhood para ver a cuál de los dos recibiría primero. Nieve temprana cubría la cumbre de la colina, la luna llena desfilaba por encima y llenaba la habitación de barras blancas y negras. En las mansiones elegantes a ambos lados de la avenida, los últimos fuegos de campamento de la diversión diplomática se estaban apagando uno tras otro. La ministro Frau Meierhof había organizado un baile por la conferencia de reducción de fuerzas con una orquesta de cuatro músicos. Mary debería haber asistido. Los Van Leyman habían dado una cena fría para veteranos de Praga, sin exclusión de sexos y sin *colocación*. Ella debería haber ido, los dos deberían haberlo hecho, y haber recogido a los rezagados para un *scotch* con soda posterior. Y haber puesto el gramófono y bailado hasta ahora o más tarde –los Pym, diplomáticos de vida alegre, tan populares–, del mismo modo que habían sido anfitriones fabulosos en Washington, cuando Magnus era subdirector del puesto y todo marchaba a las mil maravillas. Y Mary hubiera hecho bacon y huevos mientras Magnus bromeaba, sonsacaba a la gente y se granjeaba nuevos amigos, para lo que era incansablemente diestro. Porque en Viena era la temporada alta, cuando todos los que habían callado como muertos durante todo el año hablaban excitadamente de las Navidades y de la ópera, y arrojaban indiscreciones como trapos viejos.

Pero todo aquello era hace mil años. Había durado hasta el miércoles pasado. La única cosa que importaba ahora era que Magnus recorriese la avenida en el automóvil «Metro» que había dejado en el aeropuerto y que llegase antes que Jack Brotherhood a la puerta de la calle.

El teléfono estaba sonando. Junto a la cama. En el lado de Magnus. No corras, idiota, te vas a caer. No demasiado despacio, porque él colgará. Magnus, cariño, oh Dios mío, que seas tú, tuviste un extravío pero estás mejor, nunca te preguntaré siquiera lo que ocurrió, nunca volveré a dudar de ti. Levantó el auricular y, por alguna razón que no pudo averiguar, se sentó en un promontorio del colchón de plumas, *plaf*, y agarró el bloc y el lápiz con la mano libre por si tenía que apuntar números de teléfono, direcciones, horas, instrucciones. Se abstuvo de decir «¿Magnus?» porque hubiera revelado que estaba preocupada por él. No dijo «Hola» porque no podía estar segura de que su voz no sonase excitada. Dijo su número completo en alemán para que Magnus supiese que era ella, notara que estaba normal y bien y que no estaba enfadada con él, y que la situación era propicia para volver a empezar. Sin líos, sin problemas, estoy aquí y esperándote, como siempre.

–Soy yo –dijo una voz de hombre.

Pero no era yo. Era Jack Brotherhood.

–No hay noticia de ese paquete, ¿verdad? –preguntó Brotherhood con el inglés sonoro y confiado de los militares.

–No hay noticia de nadie. ¿Dónde estás?

–Estaré ahí dentro de una media hora, menos si puedo. Espérame, ¿quieres?

El fuego, pensó ella de pronto. Dios mío, el fuego. Bajó corriendo la escalera, incapaz ya de distinguir entre desastres grandes y pequeños. Había dado la noche libre a la sirvienta y olvidado avivar el fuego del salón. Sin duda estaba apagado. Pero no lo estaba. Ardía alegremente y sólo necesitaba otro leño para que la madrugada fuese menos fúnebre. Colocó el leño y luego flotó por la habitación ordenando cosas –las flores, los ceniceros, la bandeja de whisky de Jack–, creando en el exterior un orden perfecto porque en su interior no lo había en absoluto. Encendió un cigarrillo y exhaló con furiosos besos el humo sin tragar. Después se sirvió un whisky muy cargado, que era el motivo principal por el que había bajado. Al fin y al cabo, si todavía estuviéramos bailando habría tomado varios.

La procedencia inglesa de Mary, como la de Pym, era inconfundible. Era rubia y franca, y tenía mandíbula fuerte. Su única afectación, heredada de su madre, era la inclinación de hombros ligeramente cómica con que se dirigía al mundo y a los extranjeros en particular. La vida de Mary era un historial de hermosas muertes. Su abuelo había muerto en Paschendel; su único hermano, Sam, en Belfast, más recientemente, y durante un mes o más Mary había tenido la impresión de que la bomba que había volado en pedazos el jeep de Sam le había matado también su propia alma, pero fue su padre, no Mary, quien había muerto de un ataque al corazón. Todos los hombres de su familia habían sido soldados. Entre ellos le habían dejado una herencia decente, un espíritu ardientemente patriótico y una pequeña casa solariega en Dorset. Mary era ambiciosa y asimismo inteligente, y sabía soñar y desear y codiciar. Pero las pautas de su vida le habían sido dictadas de antemano, y cada muerte las había afianzado: en la familia de Mary los hombres guerreaban mientras las mujeres prestaban socorro, lloraban las muertes y seguían adelante. Su adoración, sus cenas, su vida con Pym, se habían regido por este principio firme.

Hasta el pasado julio. Hasta nuestras vacaciones en Lesbos. Magnus, vuelve a casa. Lamento el escándalo que armé en el aeropuerto cuando no apareciste. Lamento haber vociferado al empleado de la «British Airways» con esa voz mía que tú llamas de trueno y haber agitado mi pase diplomático. Y lamento –lamento profundamente– haber telefoneado a Jack para preguntarle que dónde demonios está mi marido. Así que, por favor, vuelve y dime qué debo hacer. Nada importa. Simplemente ven aquí. Ahora.

Al encontrarse delante de las jambas dobles de acceso al comedor, las abrió, encendió las arañas y, con el whisky en la mano, contempló la larga mesa vacía, reluciente como un lago. Caoba. Una reproducción del siglo XVIII. Propia de consejero de embajada, no le gustaba a nadie. Con capacidad para catorce comensales cómodamente sentados, dieciséis si se desplegaban los extremos curvos. Lo he intentado todo con esa maldita marca de quemadura. Recuerda, se dijo. Haz memoria. Aclaralo todo en tu cabecita estúpida antes de que Jack Brotherhood llame a ese timbre. Sal fuera de ti misma y mira. *Ahora.* Es una noche como aquélla, animada y emocionante. Es miércoles, nuestra noche de recibir invitados. Y la luna es igual hoy salvo por un cacho. En el dormitorio, aquella Mary Pym idiota que se agenció el bachillerato superior pero no fue a la universidad está con los pies completamente separados, poniéndose sus alhajas de familia mientras el brillante Magnus, su marido, con una licenciatura en Oxford y ya con el esmoquin puesto, le besa la nuca y representa su número de gigoló balcánico para tratar de insuflarle un humor de fiesta. Magnus, por supuesto, tiene el humor que sea preciso en toda ocasión.

–Por el amor de Dios –le espeta Mary, más brutalmente de lo que es su intención–. Deja de hacer el payaso y arréglame este puñetero cierre. A veces mi familia militar se apodera de mi lenguaje.

Y Magnus le complace. Magnus siempre es complaciente. Magnus repara, arregla y se comporta mejor que un mayordomo. Y cuando ha obedecido coloca sus manos en mis pechos y exhala su aliento caliente sobre mi cuello desnudo.

–Por favor, mi tontita, ¿no tenemos tiempo para el más divino momento perfecto? ¿No? ¿Sí?

Pero Mary, por lo general, está demasiado nerviosa incluso para sonreír, y le ordena que baje a asegurarse de que Herr Wenzel ha traído el hielo de la pescadería de Weber. Y Magnus va. Magnus siempre va. Incluso cuando lo más juicioso sería una bofetada en plena boca de Mary.

Haciendo una pausa, Mary levantó la cabeza y escuchó. El motor de un coche. En esta nieve surgen como malos recuerdos. Pero a diferencia de un mal recuerdo, aquel coche pasó.

Es la cena, es la feliz hora diplomática, es tan bueno como Georgetown en los tiempos en que Magnus era todavía un subdirector con posibilidades de ascenso y el puesto de jefe de servicio al alcance de la mano, y todo está solucionado entre Magnus y Mary, menos una nube negra que se cierne día y noche sobre el corazón de Mary incluso cuando no está pensando en ello, y esa nube se llama Lesbos, una isla griega del Egeo totalmente rodeada de recuerdos monstruosos. Mary Pym, esposa de Magnus, consejero de «ciertas materias no mencionables» en la embajada inglesa de Viena y en realidad el director de plaza aquí, como todo «inmencionable» sabe, está orgullosamente enfrente de su marido, al otro lado de los candelabros de plata, mientras los criados sirven el venado de Mary, estofado según la receta de su madre, a doce miembros «inmencionablemente» distinguidos de la comunidad local de espionaje.

–Usted también tiene una hija –recuerda firmemente Mary a un Oberregierungsrat Dinkel del ministerio de Defensa austríaco, en su alemán bien aprendido–. Se llama Úrsula, ¿cierto? Lo último que he sabido es que estudiaba piano en el conservatorio. Hábleme de ella. –Y dice a la sirvienta, en voz baja, cuando pasa–. Frau Wenzel. El señor Lederer, dos asientos más allá, no tiene salsa roja. Sírvale.

Era una noche bonita, había decidido Mary mientras escuchaba una enumeración de los infortunios familiares del Oberregierungsrat. Era la clase de noche por la que ella trabajaba y había trabajado durante toda su vida de casada, en Praga y en Washington, mientras medraban, y ahora aquí, donde estaban cumpliendo tiempo. Era feliz, echaba las campanas al vuelo, la nube negra de Lesbos prácticamente se había disipado. Tom progresaba en el internado y pronto volvería a casa para las vacaciones navideñas, Magnus había alquilado un chalet en Lech para esquiar, los Lederer habían dicho que se reunirían con ellos. Magnus tenía muchos recursos en esa época, y era muy atento con ella a pesar de la enfermedad de su padre. Y antes de Lech la llevaría a Salzburgo para ver *Parsifal* y, si ella le apremiaba, al baile de la ópera, porque, como solían decir en la familia de Mary, una moza adora el bailongo. Y, con un poco de suerte, los Lederer podían acompañarles también –los niños podían pasar la noche juntos y compartir un canguro–, y en cierto modo con Magnus la compañía ajena era en esos tiempos un alivio. Entreviendo a Pym a la luz de la vela, le lanzó una sonrisa en el preciso momento en que él se escabullía para entablar una conversación sordomuda a su izquierda. Perdona por haber estado susceptible antes, estaba diciendo Mary. Olvidado, le estaba diciendo él. Y cuando se hayan ido haremos el amor, estaba diciendo ella, nos mantendremos sobrios y haremos el amor y todo irá como la seda.

Fue entonces cuando ella oyó el teléfono. Exactamente entonces. Cuando estaba transmitiendo a Magnus estos pensamientos amorosos y viviendo con ellos un instante desesperadamente feliz. Lo oyó sonar dos, tres veces, y empezaba a irritarse cuando, para su alivio, oyó que el criado, Herr Wenzel, contestaba. Herr Pym le llamará más tarde, a menos que sea urgente, ensayó mentalmente Mary. No se debía molestar a Herr Pym, a no ser por algo vital. Herr Pym está ocupadísimo contando una historia divertida en ese alemán perfecto que fastidia tanto en la embajada y sorprende a los austríacos. Si alguien se lo pide, Herr Pym puede imitar un acento austríaco o, todavía más divertido, uno suizo, de la época en que estudió allí. Herr Pym pone un conjunto de botellas en fila y sabe producir con un cuchillo un tintineo que suena como las campanas del antiguo ferrocarril suizo, mientras recita las estaciones entre Interlaken y el Jungfraujoch con el tono de un jefe de estación y su público prorrumpe en lágrimas de hilaridad nostálgica.

Mary alzó la mirada hacia el extremo más lejano de la mesa vacía. Y Magnus, ¿cómo estaba en aquel momento, aparte de flirtear con Mary?

Realizando un gran avance, era la respuesta. A su derecha estaba sentada la temida Frau Oberregierungsrat Dinkel, una mujer tan fea y áspera, incluso conforme al modelo de las mujeres de funcionarios, que hasta había reducido a un silencio atónito a algunos de los más rudos soldados de la embajada. Magnus, sin embargo, la había atraído como el sol a una flor, y ella estaba embobada con él. A veces, al observarle cuando actuaba así, Mary experimentaba una piedad involuntaria por su dedicación incondicional. Deseaba que estuviese más tranquilo, aunque sólo fuera durante un momento. Quería que supiese que se había ganado la paz siempre que quisiera disfrutarla, en lugar de dar, dar continuamente. Si fuera diplomático de verdad le resultaría fácil llegar a embajador, pensó. En Washington, Grant Lederer le había asegurado confidencialmente que Magnus había ejercido más influencia que su jefe o que el perfectamente horrible embajador. Evidentemente, Viena –aunque, por supuesto, era enormemente respetado aquí, y asimismo enormemente influyente– representaba un declive, bueno, estaba previsto que lo fuera, pero cuando el polvo se asentara Magnus reemprendería la marcha, y entretanto había que ser paciente. Mary deseaba no ser tan joven para él. A veces intenta rebajarse a mi altura, pensó. A la izquierda de Magnus, parejamente hipnotizada, se sentaba Frau Oberst Mohr, cuyo marido alemán estaba destinado en la Oficina de Señales de Wiener Neustadt. Pero la verdadera conquista de Magnus, como siempre, era Grant Lederer III, «el de la barbita negra y los ojillos negros y las pequeñas ideas negras», como le describía Magnus, que seis meses antes había tomado el mando del departamento jurídico de la embajada americana, lo que naturalmente significaba lo contrario, pues Grant era el hombre nuevo de la Agencia, aunque también un viejo amigo de Washington.

–Grant es un gilipollas –se quejaba Magnus de él, como se quejaba de todos sus amigos–. Nos tiene a todos alrededor de una mesa grande una vez a la semana inventando palabras para cosas que hemos estado haciendo perfectamente sin ellas durante veinte años.

–Pero es divertido, cariño –le recordaba Mary–. Y Bee es *tremendamente* guapa.

–Grant es un alpinista –dijo Magnus otra vez–. Nos está poniendo a todos uno encima de otro para poder trepar sobre nuestra espalda. Espera y verás.

–Pero al menos es listo, cariño. Al menos puede mantenerse a tu altura, ¿no?

Porque lo cierto era, desde luego, que, dadas las limitaciones de toda amistad diplomática, los Pym y los Lederer formaban uno de los grandes cuartetos, y tratar a las personas a patadas, ponerles verdes y jurar que nunca volvería a dirigirles la palabra era sólo el modo perverso que tenía Magnus de apreciarlas. Becky, la hija de los Lederer, era de la misma edad que Tom y prácticamente ya eran amantes; Bee y Mary eran uña y carne. En cuanto a Bee y Magnus... bueno, francamente Mary se preguntaba a veces si no eran una pizca *demasiado* amigos. Pero por otra parte había observado que en los cuartetos siempre había una fuerte relación diagonal, aun cuando nunca llegara a nada. Y si alguna vez *llegaba* a haber algo entre ellos dos, bueno, para ser absoluta y *totalmente* sincera, Mary no tendría inconveniente en tomarse el desquite con Grant, cuya intensidad acechante le parecía cada vez más erótica.

–Mary, salud, ¿vale? Una gran fiesta. Nos está encantando.

Era Bee, sempiternamente brindando por todo el mundo. Lucía unos pendientes de azabache y un escote que Mary había estado mirando toda la noche. Tres niños y unos pechos así: era una maldita injusticia. Mary alzó su copa en respuesta. Advirtió que Bee tenía dedos de mecanógrafa, con la punta curvada.

–Vamos, Grant, chico, vamos –estaba diciendo Magnus, con su guasa un tanto seria–. Danos un respiro, sé justo. Si es verdad todo lo que tu valeroso presidente nos dice sobre los países comunistas, ¿cómo diablos podemos hacer un trato con alguno de ellos?

Por el rabillo del ojo Mary vio la sonrisa divertida de Grant estirarse hasta que pareció romperse de envidiosa admiración por el ingenio de Pym.

–Magnus, si por mí fuera, te meteríamos en una gran alfombra de embajada con una coctelera llena de Martini seco y un pasaporte americano y te mandaríamos por arte de magia a Washington para que te nominaran candidato demócrata. Nunca he oído una causa sediciosa tan bien expuesta.

–¿Presentar a Magnus para presidente? –ronroneó Bee[1], sentándose muy erguida y catapultando los pechos como si alguien le hubiera ofrecido un chocolate–. Qué bien.

En ese momento apareció Herr Wenzel, el sirviente contratado, e, inclinándose sobre Magnus, le murmuró al oído izquierdo que le llamaban ur-

1. *Bee* significa abeja; el efecto estilístico de atribuir a una abeja un ronroneo es deliberado en el original. (N. del T.)

gentemente por teléfono –«disculpe, Excelencia»– desde Londres: «Excuse, Herr Consejero.»

Magnus le excusó. Magnus excusa a todo el mundo. Magnus se abrió camino delicadamente entre obstáculos imaginarios hasta la puerta, sonriendo, simpatizando y excusando, mientras Mary charlaba tanto más animadamente para proporcionarle fuego de protección. Pero cuando la puerta se cerró tras él aconteció algo imprevisto. Grant Lederer lanzó una mirada a Bee y Bee Lederer respondió con otra a Grant. Y a Mary, que sorprendió ambas miradas, se le heló la sangre.

¿Por qué? ¿Qué se habían transmitido con aquella mirada desprevenida? ¿Magnus se acostaba realmente con Bee... y Bee se lo había *dicho* a Grant? ¿Compartían momentáneamente una admiración perpleja por el anfitrión que acababa de ausentarse? En todo el trastorno ulterior, la respuesta de Mary a estas preguntas no había variado un ápice. No era sexo, no era amor, no era envidia y no era amistad. Era conspiración. Mary no era fantasiosa. Pero Mary había visto y sabía. Eran un par de asesinos diciéndose uno a otro «pronto», y ese «pronto» se refería a Magnus. Pronto le tendremos. Pronto será castigada su arrogancia y nuestro honor rehabilitado. Vi que le odiaban, pensó Mary. Lo había pensado entonces y lo pensaba ahora.

–Grant es un Casio a la busca de un César –había dicho Magnus–. Si no encuentra pronto una espalda que apuñalar, la Agencia le dará su daga a otro.

Pero en la diplomacia nada dura, nada es absoluto, una conspiración para asesinar no es motivo para poner en peligro el curso de la conversación. Charlando afanosamente, hablando de niños y de compras –buscando frenéticamente una explicación de la mirada mala de los Lederer– y esperando, ante todo, el regreso de Magnus a la fiesta para seguir cautivando a sus vecinos de mesa en dos idiomas a la vez, Mary encontró tiempo todavía para preguntarse si la urgente llamada telefónica de Londres sería la que su marido había estado esperando durante todas aquellas semanas. Desde hacía algún tiempo sabía que él tenía entre manos algo grande, y anhelaba que fuese la reincorporación prometida.

Y fue entonces, como Mary recordaba mientras seguía charlando y ansiando que cambiara la suerte de su marido, cuando sintió la punta de sus dedos brincar familiarmente sobre sus hombros desnudos en cuanto Magnus volvió a su sitio en la cabecera de la mesa. Ella ni siquiera había oído la puerta, a pesar de que había estado escuchando para oírla.

–¿Todo va bien, querido? –le llamó por encima de los candelabros, diciéndolo abiertamente porque los Pym eran un matrimonio felicísimo.

–¿Está Su Majestad en buena forma, Magnus? –Mary oyó inquirir a Grant en su voz insinuante y lenta–. ¿No tiene raquitismo? ¿Crup?

La sonrisa de Pym fue radiante y relajada, pero no siempre significaba demasiado, como Mary sabía.

–No es más que una de esas rabietas de Whitehall, Grant –contestó Magnus, con magnífico desenfado–. Creo que deben de tener aquí un espía que les dice cuándo organizo una cena. Querida, ¿se ha terminado el clarete? Las raciones son de lo más tacañas, digo yo.

Oh, Magnus, había pensado ella, agitadamente: tientas a la suerte.

Era hora de llevar a las mujeres arriba para un pis antes del café. La Frau Oberregierungsrat, que se preciaba de moderna, mostró cierta resistencia. Una expresión ceñuda de su marido la hizo salir. Pero Bee Lederer, que a aquellas alturas de la velada estaba dispuesta a erigirse en la gran feminista americana, salió como un cordero, perentoriamente expulsada por su maridito sexy.

–Ahora viene el ponche –dice Jack Brotherhood, alegremente, en la imaginación de Mary.

–No hay ponche.

–¿Entonces por qué tiemblas, querida? –dice Brotherhood.

–No estoy temblando. Simplemente me estoy preparando una copita mientras espero a que llegues. Tú sabes que siempre tiemblo.

–Tomaré el mío seco, por favor, como tú. Cuéntamelo tal como ha ocurrido. Sin hielo, sin burbujeo, sin chorradas.

Muy bien, maldito, toma.

La noche está terminando tan perfectamente como empezó. En el vestíbulo, Mary y Magnus ayudan a sus invitados a ponerse los abrigos y Mary no puede por menos de observar que Magnus, cuya vida es servicio, atiesa los brazos y curva la punta de los dedos cada vez que introduce con éxito una manga. Magnus ha invitado a los Lederer a quedarse un rato, pero Mary, solapadamente, ha anulado la propuesta diciéndole a Bee, con una risita, que Magnus necesita acostarse temprano. El vestíbulo se vacía. Los Pym diplomáticos, sin hacer caso del frío –son ingleses, en definitiva–, permanecen en la entrada valerosamente y despiden con la mano a los huéspedes. Mary rodea con un brazo la cintura de Pym y con el pulgar, secretamente, le está hurgando, por dentro de la pretina de los pantalones, la espalda y la línea divisoria de las nalgas. Magnus no le opone resistencia. Magnus no resiste. Le dejaré que me diga cuándo está preparado, piensa ella; detesta que yo le apremie. Su cabeza descansa afectuosamente sobre el hombro de Magnus mientras le susurra dulces naderías en el mismo oído que Herr Wenzel ha elegido para llamarle al teléfono, y confía en que Bee advertirá sus carantoñas. Bajo la luz del pórtico –Mary luminosamente joven con su vestido largo azul, Magnus tan distinguido con su esmoquin– debemos de haber sido el retrato de la vida conyugal armoniosa. Los Lederer son los últimos en irse y son los más efusivos.

–Maldita sea, Magnus, no recuerdo otra noche tan divertida –dice Grant, con su indignación peculiar, algo marica.

En un segundo coche les sigue su guardaespaldas. Los muy británicos

Pym saborean juntos un momento de desdén compartido por el estilo americano.

–Bee y Grant son divertidísimos –dice Mary–. ¿Pero tendrías *tú* guardaespaldas si Jack te ofreciese uno?

En su pregunta hay algo más que mera curiosidad. Últimamente se ha interesado por la gente rara que parece callejear por delante de la casa, sin nada que hacer.

–Es condenadamente improbable –replica Pym, con un escalofrío–. No, a no ser que me prometa protegerme de Grant.

Mary saca el pulgar, dan media vuelta y entran en la casa cogidos del brazo.

–¿Todo va bien? –pregunta ella, pensando que esto podría incitarle un poco.

–Todo va maravillosamente –responde Magnus.

–Te deseo –susurra Mary audazmente, y le pasa por los muslos el roce de una mano.

Pym asiente, sonriendo, tira de su corbata y se afloja el nudo para prepararse. En la cocina, los Wenzel esperan para irse. Mary percibe olor a humo de cigarrillo, pero decide pasarlo por alto porque han trabajado de firme. En el lecho de muerte habrá de recordar que tomó la decisión consciente de pasar por alto el humo de sus cigarrillos: que su vida en aquel momento era tan sosegada, Lesbos estaba tan lejos y su sentido del servicio era tan completo que podía pararse a pensar en cuestiones tan sumamente triviales. Pym tiene el dinero de los Wenzel preparado en un sobre, más una bonita propina. Magnus les gratificará con su último billete de cinco *schillings*, piensa Mary indulgentemente. Ha aprendido a amar su generosidad, incluso cuando su criterio más frugal de clase alta le dice que él se excede: Magnus rara vez es vulgar. Incluso cuando a veces ella se pregunta si él no estará gastando demasiado y si debería ofrecerle parte de sus ingresos privados. Los Wenzel se marchan. Mañana trabajarán en otra fiesta. Los Pym, en íntima armonía se trasladan al salón, y sus manos se unen y se separan y oscilan libremente para el preámbulo ritual de una última copa y un repaso chismoso de la velada. Pym sirve un *scotch* para ella y un vodka para él, pero, en contra de lo habitual, no se quita la chaqueta. Mary le acaricia explícitamente. Hay veces, en estos casos, en que no llegan a subir la escalera.

–Un venado superior, Mabs –dice Pym.

Que es lo que siempre hace primero: felicitarla. Magnus felicita constantemente a todo el mundo.

–Todos han creído que lo ha cocinado Frau Wenzel –dice Mary, buscando a tientas la pestaña de la cremallera.

–Que les den por el culo, entonces –dice Pym galantemente, rechazando por ella al fatuo mundo diplomático en pleno con un amplio gesto de su antebrazo.

Mary teme por un momento que haya bebido más de la cuenta. Espera que no, porque ella no está fingiendo: después de las inquietudes y necedades de la fiesta desea a su marido vivamente. Magnus le tiende un vaso, alza el suyo y bebe en silencio a la salud de Mary: bravo, parienta. Está sonriendo directamente a Mary, y sus rodillas, firmes, casi tocan las de ella. Afectada por la tensión que hay en él, Mary le desea urgentemente, aquí y ahora, y se lo manifiesta más claramente con las manos.

–Si Grant Lederer es el *tercero* –dice ella, pensando otra vez por un momento en la mirada asesina–, ¿cómo demonios eran los dos primeros?

–Soy libre –dice Pym.

Mary no comprende. Cree que él está rematando de algún modo la broma que ella ha hecho.

–No lo entiendo –dice, un poco avergonzada. Soy tan lenta para él, pobre amor mío. Un súbito pensamiento horrible–. ¿No querrás decir que te han despedido? –dice.

Magnus mueve la cabeza.

–Rick ha muerto –explica.

–¿Quién?

¿A qué Rick se refiere? ¿Al de Berlín? ¿Al de Langley? ¿Quién es ese Rick muerto que puede liberar a Magnus y, quién sabe, dejar un hueco para su ascenso?

Magnus habla de nuevo. De un modo perfectamente razonable. Es evidente que la pobre chica no ha entendido. Está cansada de la larga cena. Se ha propasado un poco en la bebida.

–Rick, mi padre, ha muerto. Ha muerto esta tarde, a las seis, de un ataque al corazón, mientras estábamos cambiándonos. Pensaron que estaba bien después del último, pero ahora se ha visto que no. Jack Brotherhood me ha llamado de Londres. Por qué diablos Personal le ha dado la noticia a Jack para que me la comunique en vez de dármela ellos mismos es un secreto que no podemos compartir, parece ser. Pero eso han hecho.

Y Mary ni siquiera entonces lo comprende bien.

–¿Qué quieres decir... libre? –grita como una loca, perdido todo freno–. ¿Libre de qué?

Luego, muy sensatamente, rompe a llorar. Lo bastante alto para ellos dos. Lo bastante alto para ahogar sus propias preguntas angustiosas durante todo el tiempo transcurrido desde Lesbos hasta aquí.

Y ahora casi tiene ganas de llorar otra vez, por Jack Brotherhood, cuando el timbre de la puerta resuena en toda la casa como un toque de corneta, tres timbrazos cortos como siempre.

Pym corrió enérgicamente las cortinas y encendió la luz. Había dejado de cantar. Se sentía ágil. Depositó su cartera con un pequeño gruñido y miró con gratitud alrededor, permitiendo que todo le saludara a su debido tiempo. El bastidor de la cama, de cobre amarillo. Buenos días. El retrato bordado de la pared, exhortándole a amar a Jesús: Lo intenté, pero Rick siempre se interpuso. El escritorio de tapa corrediza. La radio de baquelita que había difundido la voz del querido Winston Churchill. Pym no había dejado su impronta en aquella habitación. Era su huésped, no su colonizador. ¿Qué le había llevado allí, remontándose a aquellas eras oscuras, a todas aquellas vidas del pasado? Incluso ahora, cuando tenía tantas otras cosas claras, le invadió una somnolencia cuando intentó obligarse a recordar. Tantos viajes solitarios y paseos sin propósito en ciudades extranjeras me condujeron aquí, tanto tiempo de soledad, tiempo en barbecho. Había estado embarcando en trenes, buscando algún sitio, huyendo de algún otro. Mary estaba en Berlín –no, estaba en Praga–; les habían trasladado un par de meses antes, e incluso entonces le estaban dando a entender con claridad que, si hacía un buen trabajo en Praga, el nombramiento en Washington sería el siguiente de la lista. Tom tenía... Dios santo, Tom todavía no había nacido. Y Pym estaba en Londres para una conferencia... No, no era eso, estaba asistiendo a un curso de tres días sobre los métodos más recientes de comunicación clandestina en una inmunda casa de adiestramiento cerca de Smith Square. Terminado el curso, había cogido un taxi a Paddington. Sin pensárselo, dejándose guiar por el instinto. Con la cabeza todavía atiborrada de conocimientos útiles sobre ánodos y transmisiones cifradas. Saltó a un tren que estaba a punto de partir y en Exeter cruzó el andén y subió a otro. ¿Qué libertad mayor que no saber a dónde vas o por qué? Al encontrarse en el quinto infierno, divisó un autobús que ostentaba un destino vagamente familiar y lo cogió.

Era el país de las abuelitas. Era domingo, cuando las tías iban a la iglesia en el autobús, con monedas para la colecta dentro de sus guantes. Desde la imperial, como si fuese una astronave, Pym contempló amorosamente cañones de chimenea, iglesias, dunas y tejados de pizarra que parecían esperar que les izaran hasta el cielo por el copete. El autobús se detuvo, el cobrador dijo: «Fin de trayecto, señor», y Pym se apeó con una sensación sumamente curiosa de haber culminado algo. Ya estoy, pensó. Por fin lo he encontrado, y ni siquiera lo estaba buscando. La misma ciudad, la misma playa, exactamente como las dejé hace tantos años. El día era soleado y el mundo estaba vacío. Probablemente era la hora del almuerzo. Había perdido la noción del tiempo. Lo cierto era que la escalera de la señorita Dubber estaba tan blanca después de fregada que daba pena pisarla, y de la casa salía la música de un himno, además de un olor a pollo asado, paño de togas, jabón fénico y santidad.

–¡Váyase! –gritó una voz débil–. Estoy en el peldaño de arriba y no llego al fusible, y si me estiro más me caigo.

Cinco minutos más tarde esta habitación era suya. Su santuario. Su casa segura, lejos de todas las demás casas seguras. «Canterbury. El nombre es Canterbury», se oyó decir a sí mismo, cuando, después de haber cambiado el fusible, le había pagado rápidamente el depósito. Una ciudad había encontrado un hogar.

Pym caminó hasta el escritorio, descorrió la tapa y empezó a colocar el contenido de sus bolsillos sobre la superficie de cuero. Como un inventario preliminar a un cambio de personalidad y de domicilio. Como un examen retrospectivo de los sucesos de hoy hasta ahora. Un pasaporte expedido a nombre de Magnus Richard Pym, color de ojos verde, pelo castaño claro, miembro del servicio exterior de Su Majestad, nacido hacía demasiados años. Después de toda una vida de símbolos y nombres cifrados, le producía siempre un cierto sobresalto ver su propio nombre desnudo y sin disfraz, malgastado sobre un documento de viaje. Una cartera de piel de becerro, un regalo navideño de Mary. En el lado izquierdo tarjetas de viaje, en el derecho dos mil *schillings* austríacos y trescientas libras inglesas en billetes diversos y viejos, su dinero de huida cautelosamente agrupado, más accesible en el escritorio. Las llaves del «Metro». Ella tiene el otro juego. Foto de familia en Lesbos, todo marchaba de maravilla. Las señas garabateadas de una chica a la que había conocido en algún sitio y olvidado. Dejó a un lado la cartera y, al seguir con su inventario, sacó del mismo bolsillo una tarjeta de embarque verde y sin usar para el vuelo de la «British Airways» a Viena la noche anterior. La vista y el tacto de la tarjeta le intrigaron. Fue entonces cuando Pym tomó la decisión con los pies, pensó. En toda su vida hasta este momento, era quizás el primer gesto completamente egoísta que había hecho, con la noble excepción del cuarto donde ahora estaba sentado. La primera vez que había dicho «quiero» en lugar de «debo».

En la incineración, en un suburbio silencioso, había tenido la sospecha de que los vigilantes de alguien inflaban exageradamente el muy escaso número de deudos. No podía comprobarlo. En su calidad de pariente principal, difícilmente podía plantarse en la puerta de la capilla y desafiar a cada uno de sus nueve invitados a que declarasen qué hacían allí. Y era cierto que el excéntrico camino de Rick por la vida había atraído a un sinfín de personas en las que Pym nunca se había fijado ni había querido hacerlo. La sospecha, sin embargo, subsistió y fue en aumento cuando conducía hacia el aeropuerto de Londres, y se convirtió casi en una certeza cuando devolvió el coche a la compañía de alquiler, donde dos hombres grises estaban tardando un tiempo excesivo en rellenar los impresos del contrato. Impávido, facturó su maleta rumbo a Viena y con aquella misma tarjeta de embarque en la mano cruzó inmigración y se sentó en el salón insalubre, escondido tras el *Times*. Cuando se retrasó su vuelo ocultó casi su irritación, pero se las ingenió para manifestarla. Cuando le llamaron se apresuró a sumarse obedientemente al tropel disperso que se encaminaba hacia la puerta de embarque, la personificación misma de un sumiso viajero. Mientras caminaba casi podía sentir, aunque no ver, a los dos hombres que se despegaban para ir a tomar el té y jugar al ping-pong en la base: que lo enganchen los bastardos de Viena, vete con viento fresco, estaban diciéndose. Dobló una esquina y avanzó hacia una escalera mecánica, pero no subió. Aminoró, por el contrario, el paso, miró hacia atrás como buscando a un compañero rezagado y luego, imperceptiblemente, se dejó arrastrar por el contingente de pasajeros que venían en dirección opuesta. Instantes después estaba enseñando su pasaporte en el control de llegadas y recibiendo el discreto «bien venido, señor» reservado para los titulares de determinados números de serie. Como una última y espontánea precaución, se había dirigido al mostrador de líneas aéreas nacionales y se había informado de una manera vaga y general, calculada para molestar al empleado más atareado, de los vuelos a Escocia. Glasgow no, gracias, sólo Edimburgo. Espere, mejor que me dé también los de Glasgow. Ah, un horario impreso, estupendo. *Muchísimas* gracias, oiga. ¿Y usted me puede expender el billete que quiera? Ah, ya. Allí. Magnífico.

Pym rompió en pedacitos la tarjeta de embarque y los tiró al cenicero. ¿En qué medida lo he planeado, en qué medida he sido espontáneo? Apenas importaba. Estoy aquí para actuar, no para rumiar. Un billete de autocar, de Heathrow a Reading. Había llovido en el trayecto. Un billete en el tren nocturno de Reading a Exeter, comprado a bordo. Se había puesto una boina y mantenido la cara a la sombra mientras compraba el billete al revisor borracho. Después de romperlo también en pedacitos, Pym los añadió al montón del cenicero, y ya fuera por costumbre o por alguna razón más agresiva, les prendió una cerilla y observó cómo ardían sin parpadear, pero con una fijeza respetuosa. Había decidido casi quemar también su pasaporte, pero un escrúpulo remanente le contuvo, un remilgo que le pareció inusual en él y hasta enternecedor. Lo planeé hasta el último detalle, yo, que no he tomado una decisión consciente en toda mi vida. Lo planeé el día en que ingresé en la Casa, en un rincón de mi cabeza del que no supe nada hasta la muerte de Rick. Lo planeé todo, menos el crucero de la señorita Dubber.

Las llamas se extinguían, desmenuzó la ceniza, se quitó el abrigo y lo colgó del respaldo de la silla. De una cómoda extrajo una chaqueta de punto tejida por la señorita Dubber y se la puso.

Le volveré a hablar de eso, pensó. Pensaré en algo que le guste más. Escogeré mejor el momento. Lo importante es que ella cambie de aires, pensó. En algún lugar donde no tenga que preocuparse.

De repente, necesitando actividad, apagó las luces, se deslizó rápidamente hasta la ventana, abrió las cortinas y se entregó a la tarea de escudriñar la plazuela, vida por vida y ventana por ventana, a medida que las despertaba la mañana, buscando signos reveladores de posibles espías. En su cocina, la mujer del pastor baptista, con su bata de lana, está descolgando de la cuerda de tender el atuendo de fútbol de su hijo para el partido de hoy. Pym se retira velozmente. Ha sorprendido un destello de acero en la puerta del pastor, pero es tan sólo la bicicleta del clérigo, todavía encadenada al tronco de una araucaria como una precaución contra la codicia de manos no cristianas. En la ventana escarchada del cuarto de baño de Sea View, una mujer con un slip gris, encorvada sobre un lavabo, se enjabona el pelo. Celia Venn, la hija del médico que quiere pintar el mar, evidentemente espera hoy compañía. En la puerta de al lado, en el número ocho, el contratista Barlow y su mujer están viendo la televisión del desayuno. La mirada de Pym prosigue su metódica inspección, hasta que una camioneta aparcada atrae su atención. Se abre la puerta del pasajero y una figura de muchacha cruza sigilosamente los jardines centrales y desaparece en el número veintiocho. Ella, la hija del funerario, está descubriendo la vida.

Pym cerró las cortinas y volvió a encender las luces. Crearé mi día y mi noche propios. La cartera estaba donde la había dejado, extrañamente rígida por su forro de acero. Todo el mundo llevaba maletas, recordó al mirar la suya. La de Rick era de piel de cerdo, la de Lippsie era de cartón, y la de Poppy una pacotilla gris con marcas impresas para que pareciese de cuero. Y Jack –querido Jack–, tú tienes tu maravilloso maletín viejo, fiel como el perro al que tuviste que matar.

Verás, Tom, hay personas que legan su cuerpo a un hospital universitario. Las manos van a esta aula, el corazón a esta otra, los ojos a una tercera, todo el mundo recibe algo, todos lo agradecen. Tu padre, sin embargo, sólo tiene sus secretos. Son su procedencia y su maldición.

Pym se sentó de golpe ante el escritorio.

Ensayó, para contarlo francamente. La verdad, palabra por palabra. Sin evasiones, embustes ni ardides. Tan sólo mi yo, tan prometedor y liberado.

Para contárselo a nadie en particular y a todo el mundo. Para decíroslo a todos vosotros, mis amos, a quienes me he entregado con tan irreflexiva generosidad. A mis manipuladores y patrones. A Mary y a todas las demás Marys. A cualquiera que tuviese un pedazo de mí, le hubieran prometido más y estuviera, con razón, defraudado; y a lo que haya quedado de mí después del gran reparto de Pym.

A todos mis acreedores y copropietarios legales, aquí, de una vez por todas, la liquidación de atrasos que tantas veces soñó Rick y que ahora se consumará en su único hijo reconocido. Fuera quien fuese Pym para ti, seas quien seas o hayas sido, he aquí la última de las muchas versiones del Pym que creíste conocer.

Pym respiró profundamente y exhaló el aire inhalado.

Lo haces una vez. Una vez en la vida y ya está. Sin reescribir ni pulir, sin evasiones. Sin sería-mejor-de-esta-otra-manera. Eres el zángano. Lo haces una vez y mueres.

Cogió una pluma y una sola hoja de papel. Garabateó unas líneas, lo que se le pasaba por la cabeza. Tanto trabajo y nada de juego hacen de Jack un espía insulso. Poppy, Poppy en la pared. La señorita Dubber tiene que hacer un crucero. Come buen pan, el pobre Rickie está muerto. Su mano se movía con soltura, sin ninguna tachadura. A veces, Tom, tenemos que hacer una cosa para descubrir la razón de haberla hecho. A veces nuestros actos son preguntas, no respuestas.

2

Un día negro y ventoso, Tom, como por lo general son los domingos en esos sitios. Vi un montón de días así de niño y no recuerdo uno soleado. Apenas recuerdo el mundo exterior, salvo cuando lo atravesaba corriendo, como un criminal, camino de la iglesia. La época es toda la vida anterior de tu padre más media docena de meses; el lugar, una ciudad costera no muy distante de ésta pero lo bastante para mi paz de espíritu, con una cuesta más pronunciada hasta ella y un campanario más sólido: pero esta otra ciudad servirá igual. Un mediodía empapado y tormentoso, lleno de malos presagios, te aseguro, y, en cuanto a mí, un fantasma nonato, sin ordenar, sin liberar y desde luego sin recompensar: un micrófono sordo, podría decirse, instalado pero inactivo en cualquier sentido menos en el biológico. Hojas viejas, viejas agujas de pino y confettis viejos que se pegan a los escalones mojados de la iglesia cuando nuestro humilde censo de feligreses entra en el templo para su dosis semanal de perdición o salvación, aunque nunca vi que hubiese tanto como eso a elegir entre las dos. Y yo era un espía mudo y fetal que cumple inconscientemente su primera misión en un lugar normalmente desprovisto de objetivos.

Hoy, sin embargo, hay algo en el aire. Se oye un zumbido, y su nombre es Rick. Hoy hay una chispa de maldad en su piedad que no pueden mantener apagada, y procede de ellos mismos, del ascua encendida en el centro de su esferita oscura, y Rick es su dueño, su origen y su instigador. Se advierte por doquier: en los andares siniestros y oscilantes del diácono de traje marrón, en la respiración agitada y palpitante de las mujeres con sombrero que entran con prisa, creyendo que llegan tarde, y que luego se sientan sonrojándose por debajo de su polvo facial blanco porque han llegado pronto. Todo el mundo ansioso, todos de puntillas y un llenazo imponente, como Rick hubiera comentado con orgullo, como probablemente hizo, porque le encantaban los llenos a cualquier precio, aunque fuera para verle ahorcar. Unos cuantos han venido en coche –prodigios del día tales como los «Lanchester» y los «Singer»–, otros en trolebús y algunos andando; y la lluvia marina de Dios les ha puesto barbas de frío dentro de sus estolas baratas de zorro, y el viento marino de Dios se cuela cortante por la tela raída de su ropa de domingo. No hay ninguno, sin embargo, no importa cómo haya venido, que no desafíe el clima un segundo más para pararse a mirar atónito el tablón de anuncios y confirmar con sus propios ojos lo que radio macuto ha estado difundiendo estos últimos días. Hay dos carteles clavados, ambos manchados por la lluvia, ambos tan desangelados para el transeúnte como tazas de té frío. Pero para quienes conocen el código transmiten una noticia electrizante. El primero, de color naranja, proclama la cuestación de cinco mil libras para restaurar la sede de la Liga de Mujeres Baptistas y proporcionarle una sala de lectura, bien que todos saben que en ella no se leerá jamás un libro, que será un local donde exponer tartas caseras y fotografías de niños famélicos del Congo. Un termómetro de contrachapado, atado a la barandilla, informa de que ya se han recaudado las primeras mil. El segundo letrero, verde, anuncia que la homilía de hoy la impartirá el pastor: todo el mundo será bien recibido. Pero esta información ha sido corregida. Han clavado encima un rígido comunicado, escrito íntegro a máquina, como un aviso jurídico, y con el cómico error de las mayúsculas mal puestas, que en esos lugares indica presagios:

> Debido a Circunstancias imprevistas, Sir Makepeace Watermaster, juez de paz y diputado liberal por esta Circunscripción, pronunciará el Sermón hoy. Se ruega al Comité que Después se quede para una reunión Extraordinaria.

¡Makepeace Watermaster en persona! ¡Y saben por qué!

En todas las demás partes del mundo, Hitler está cobrando fuerzas para prender fuego al universo, en América y Europa las desventuras de la Depresión se extienden como una plaga incurable, y los antepasados de Jack Brotherhood las están incitando o no, según la falsa doctrina-en-boga que prevalezca en los pasillos discutibles del Whitehall remoto. Pero la congregación no se atreve a sustentar opiniones sobre estos aspectos inescrutables de los designios de Dios. La suya es la iglesia disidente y nuestro señor feudal es Sir Makepeace Watermaster, el predicador y liberal más grande que el mundo haya conocido y uno de los mandamases del país, que les donó este mismo edificio de su propio bolsillo. No lo hizo, por supuesto. Se lo dio su padre, Goodman, pero Makepeace, al sucederle en el feudo, sabe olvidar que su padre existió. El viejo Goodman era galés, un mísero alfarero, predicador, cantante y viudo, con dos hijos que se llevaban entre ellos veinticinco años y de los cuales Makepeace es el mayor. Goodman vino aquí, analizó la arcilla, olió el aire de mar y construyó una alfarería. Un par de años más tarde abrió otras dos e importó mano de obra barata para contratarla, primero galeses de extracción humilde como él y luego irlandeses perseguidos, igualmente humildes y aún más baratos. Goodman los engatusó con sus casas de campo, los mató de hambre con sus jornales de miseria y les inculcó el temor al infierno desde el púlpito antes de ser a su vez trasladado al paraíso, como atestigua el modesto monumento de dieciocho metros erigido en su memoria en el antepatio de la alfarería, hasta que hace unos años demolieron todo el tinglado para dejar sitio a una urbanización de bungalows, y adiós muy buenas.

Y hoy, *Debido a Circunstancias imprevistas*, ese mismo Makepeace, el hijo único de Goodman, baja de la cumbre de su montaña, si bien las circunstancias han sido previstas por todos menos él, son tan palpables como los bancos en los que aguardamos, tan inamovibles como las baldosas Watermaster a las que están atornillados, tan fatídicas como la campana rechinante que resuella y silba dentro de su campanario entre cada tañido, como una cerda agonizante que lucha contra su horrible fin. Imagina el triste cuadro: la manera en que aniquila y hunde a los jóvenes, su prohibición de todas las emociones que les agradaban; desde los periódicos dominicales al papado, desde la sicología al arte, desde la lencería fina al ánimo alegre o el humor abatido, desde el amor hasta la risa y viceversa, creo que no había faceta de la condición humana sobre la que su reprobación no recayese. Porque si no comprendes la tristeza del cuadro no entenderás el mundo del que Ricky huía o el universo hacia el que escapaba, ni el deleite sinuoso que murmura y cosquillea como una pulga en el pecho humilde de cada feligrés este domingo oscuro, mientras los últimos carillones se funden con el tamborileo de la lluvia y comienza la primera gran prueba en la vida del joven Rick. «Rick Pym va a dar por fin el gran salto», dice el rumor. ¿Y qué verdugo más impresionante que el propio Makepeace, el mandamás del país, juez de paz y diputado liberal, para ajustarle al cuello el nudo corredizo?

Junto con la campana se extinguen también los acordes del órgano. La feligresía contiene la respiración y empieza a contar hasta cien mientras busca sus actores favoritos. Las dos mujeres Watermaster han llegado temprano. Están sentadas hombro con hombro en el banco de los notables, directamente debajo del púlpito. Cualquier otro domingo, o casi, Makepeace se habría posado entre ellas, con su metro noventa y pico de estatura y su cabeza larga ladeada, mientras escuchaba el solo de órgano con sus orejas tan húmedas como capullitos. Pero hoy no, porque hoy es un día especial, hoy Makepeace está entre bastidores conferenciando con nuestro pastor y con ciertos administradores preocupados del comité de cuestación.

La mujer de Makepeace, conocida como señora Nell, está ya corcovada y marchita como una bruja, a pesar de que aún no ha cumplido los cincuenta, y tiene la costumbre de asestar papirotazos de improviso a su cabeza grisácea, como si estuviera espantando moscas. Y, a su lado –una estatua diminuta y seria junto al picoteo y la estupidez de Nell–, está instalada Dorothy, a quien acertadamente llaman Dot[1], una mujer que semeja una mota inmaculada, lo bastante joven para ser hija de Nell en vez de hermana de Makepeace, y está rezando, rezando a su Creador, apretando contra los ojos sus puños cerrados mientras le confía su vida y su muerte con la esperanza de que Él la escuche y la socorra. Los baptistas no se arrodillan ante Dios, Tom. Se acuclillan. Pero mi Dorothy se habría tendido de bruces sobre las baldosas de Watermaster y habría besado ese día el dedo gordo del pie del Papa si Dios la hubiera sacado del aprieto.

Tengo una sola fotografía de ella y ha habido tiempos –aunque ya no, lo juro, Dorothy ha muerto para mí– en que hubiera dado mi alma por tener otra más. La encontré en una Biblia vieja y desgastada cuando yo tenía la

1. *Dot* significa *punto*; de ahí el empleo a continuación de la palabra *mota*. (N. del T.)

edad de Tom ahora, en un palacete de las afueras que estábamos desocupando precipitadamente. «A Dorothy con todo mi amor especial, Makepeace», reza la inscripción en la página interior. Una sola en todo el mundo. Solamente una foto marrón sepia y moteada, obtenida como una pausa en la huida cuando ella se apea del taxi –no se ve el número de la matrícula– aferrando un ramillete casero de florecillas que podrían ser silvestres y, para inquietud nuestra, sus ojos grandes esconden demasiadas cosas. ¿Se dirige a una boda? ¿A la suya? ¿Va a visitar a un pariente enfermo? ¿A Nell? ¿Dónde está? ¿Adónde huye esta vez? Tiene las flores a la altura de la barbilla y los codos pegados. Los antebrazos forman una línea vertical desde la cintura hasta el cuello. Mangas largas ceñidas en la muñeca. Guantes de muselina y en consecuencia ningún anillo visible, aunque albergo la sospecha de una protuberancia en la tercera articulación del dedo tercero de la mano izquierda. Un gorro acampanado le cubre el pelo y proyecta una sombra como una máscara a través de sus ojos intimidadores. Los hombros inclinados, como si estuviera a punto de perder el equilibrio, y un pie diminuto ladeado hacia un costado para impedírselo. Sus medias pálidas tienen el brillo zigzagueante de la seda; sus zapatos son de charol, puntiagudos, con botones. Y por alguna razón sé que le aprietan, que han sido comprados contra reloj, como el resto de su indumentaria, en un comercio donde no la conocen y donde no quiere que la conozcan. Tiene la cara agachada y pálida como una planta crecida en la oscuridad; piensa en *The Glades*, la casa en la que se ha criado. Es hija única, como yo, se ve a simple vista; da igual que tenga un hermano que le lleva veinte años.

¿Te diré lo que encontré una vez en el gran huerto oscuro de la casa de verano de los Watermaster, por donde yo, un niño como ella, estaba vagabundeando? El libro de colorear que ella había ganado en clase de religión, la *Vida de Nuestro Salvador en imágenes*. ¿Y sabes lo que había hecho con él mi querida Dot? Tachado todas las caras santas con lapicero salvaje. Al principio me escandalicé; luego lo entendí. Aquéllas eran las caras pavorosas del mundo real en el que ella no participaba. Gozaban del compañerismo y las sonrisas amables que ella nunca tuvo. Así que las tachaba con lápices de colores. Sin cólera. Sin odio. Sin envidia siquiera. Sino porque la vida fácil de los santos estaba fuera de su alcance. Mira la foto otra vez. La mandíbula. La mandíbula severa, seria, hermética. La boquita firmemente cerrada y hacia adentro para mantener sus secretos a salvo. Esa cara no puede desechar ni un solo mal recuerdo o experiencia, pues no tiene a nadie con quien compartirlos. Está condenada a acumularlos hasta que la sobrecarga la desborde.

Basta. Me estoy adelantando. Dot, también conocida como Dorothy, apellidada Watermaster. Nada que ver con ninguna otra empresa. Una abstracción. Mía. Una mujer irreal y vacía, permanentemente en fuga. Si hubiera estado de espaldas y no de frente a mí, podría haberla conocido menos o amado más.

Y detrás de las Watermaster, muy detrás, por casualidad tan lejos como permite el pasillo largo y grande, en el fondo mismo de la iglesia, en los bancos que han elegido directamente al lado de las puertas cerradas, está la flor de nuestros jóvenes, con la corbata apretada y sobresaliendo del cuello almidonado y el pelo alisado y dividido en dos por un tajo de navaja. Son los chicos de la escuela nocturna, como se les llama cariñosamente, nuestros futuros apóstoles del Tabernáculo, nuestra esperanza blanca, nuestros clérigos del mañana, los médicos, misioneros y filántropos, los futuros mandamases del país, que un día saldrán al mundo y lo Salvarán como nunca ha sido Salvado anteriormente. Son ellos los que por su celo han merecido los quehaceres habitualmente confiados a hombres más mayores: el reparto de himnarios y cojines, la recaudación de la colecta, la tarea de colgar los abrigos y la de tocar la gran campana. Son ellos los que una vez por semana, en bicicleta, motocicleta y automóviles de padres afables, reparten nuestra revista parroquial por todas las puertas temerosas de Dios, sin descontar la de Sir Makepeace, cuya cocinera tiene la orden fija de esperar al recadero con un pedazo de tarta y un vaso de hordiate; ellos los que cobran los exiguos chelines de alquiler de las pobres viviendas rurales de la iglesia, los que gobiernan las embarcaciones de recreo cuando los niños hacen excursiones en Binkley Mere, y los que levantan el abeto en el antepatio eclesial por Navidades. Y son ellos los que han aceptado sobre sus espaldas, como un encargo directo de Jesús, el fardo de la cuestación para la Liga de Mujeres, el objetivo de reunir cinco mil libras en una época en que doscientas mantendrían a una familia durante un año. No hay timbre que no hayan pulsado en el curso de su peregrinación. No hay ventana que no se hayan brindado a limpiar, arriate a desherbar y cavar por Jesús. Día tras día las jóvenes huestes han partido para regresar apestando a hierbabuena mucho después de que sus padres se hayan dormido. Sir Makepeace ha cantado sus alabanzas, lo mismo que nuestro pastor. Ningún domingo es completo sin elevar a Nuestro Señor un recordatorio de su devoción. Y valerosamente la línea roja sobre el termómetro de contrachapado en las puertas de la iglesia ha ascendido a través de los cincuentas y los cientos hasta el primer mil, donde parece que lleva un tiempo estancada, a pesar de todos sus esfuerzos. No es que los chicos hayan perdido ímpetu, nada de eso. El fracaso es idea desterrada de su pensamiento. No hace falta que Makepeace Watermaster les recuerde la araña de Robert the Bruce, aunque a menudo lo hace. Nuestros chicos de la escuela nocturna son *formidables*, como solemos decir. Nuestros chicos son la vanguardia de Cristo y serán los mandamases del país.

Son cinco, y en su centro se halla Rick, su fundador, director, mentor y tesorero, todavía soñando con su primer «Bentley». Rick, de nombre completo Richard Thomas por su querido padre, el adorado TP, que combatió en las trincheras de la gran guerra antes de convertirse en nuestro alcalde, y que falleció hace siete años, aunque parece que fue sólo ayer, ¡y *qué* predicador tuvimos hasta que el Señor se lo llevó a Su seno! Rick, tu abuelo sin funciones, Tom, porque nunca consentí que le conocieras.

Tengo dos versiones de la alocución de Makepeace, las dos incompletas, las dos desprovistas de hora, lugar y origen: recortes amarillentos, claramente cortados con tijeras de uñas de las páginas eclesiásticas de la prensa local, que en aquellos tiempos informaban de las actividades de nuestros predicadores tan lealmente como si fueran nuestros futbolistas. Los encontré en la misma Biblia de Dorothy, junto con su foto. Makepeace no acusó a nadie abiertamente, Makepeace no formuló acusaciones. Esto es el país de las insinuaciones; hablar sin rodeos es para pecadores. «El diputado expresa Rigurosa Advertencia contra la Codicia y la Avaricia Juveniles» reza el primero. «Los peligros de la joven Ambición magníficamente Expuestos.» En la imponente personalidad de Makepeace, declara el cronista anónimo, «se conjugan la gracia celta del poeta, la elocuencia del estadista, el sentido férreo de la justicia que posee el legislador». La congregación, «hasta el más sumiso de sus miembros», estaba «hechizada», y nadie más que el propio Rick, que, en un rapto de éxtasis, asiente con su amplia cabeza a las cadencias de la retórica de Makepeace, aun cuando cada acento galés de la misma –para los oídos y los ojos excitados de quienes le rodean– es lanzado personalmente contra Rick por toda la longitud del pasillo, e introducido como una puñalada chapucera por el lúgubre índice del orador.

La segunda versión cobra un tono menos apocalíptico. El mandamás del país distaba mucho de vociferar contra los pecados de la juventud. Estaba ofreciendo socorro al joven que flaquea. Estaba ensalzando los ideales juveniles, equiparándolos a estrellas. De creer esta segunda versión, en efecto, se diría que Makepeace se había vuelto loco por las estrellas. No lograba alejarse de las cosas, ni tampoco el cronista. Estrellas como nuestro destino. Estrellas que guían a los Reyes Magos a través de desiertos hasta la Cuna de la Verdad. Estrellas que iluminan la oscuridad de nuestra desesperación, sí, incluso en el pozo del pecado. Estrellas de todas las formas para cada ocasión. Brillando sobre nuestras cabezas como la luz misma de Dios. El cronista debe de haber sido propiedad de Makepeace en cuerpo y alma, si es que no escribió él mismo la reseña: nadie más podría haber dulcificado su aparición odiosa e impresionante en el púlpito.

Aunque mis ojos no estaban todavía abiertos aquel día, le veo tan claramente como le vi más tarde en persona y como le veré siempre: alto como una de las chimeneas de su fábrica, e igual de estrecho. Elástico, de débiles hombros apretados y una cintura ancha y combada. Extendía hacia nosotros un brazo inarticulado, como una señal ferroviaria, del que aleteaba una mano holgada. Y la boquita húmeda y elástica, que debería haber sido de mujer, demasiado pequeña incluso para alimentarse por ella, se estira y se contrae mientras pronuncia trabajosamente las vocales indignadas. Y cuando, finalmente, han sido proferidas suficientes advertencias espantosas –y los castigos del pecado perfilados con harto detalle– le veo juntar fuerzas, echarse hacia atrás y humedecerse los labios para concluir, cosa que los niños hemos estado ansiando durante estos cuarenta minutos, con las piernas cruzadas y muriéndonos de ganas de hacer pis, por muchas veces que hayamos meado antes de salir de casa. Un recorte reproduce entero este pasaje absurdo, y yo lo transcribiré aquí de nuevo –su texto, no el mío–, si bien ningún sermón de Watermaster que oí posteriormente era completo sin él, y aunque las palabras se convirtieron en parte integrante del carácter de Rick y le acompañaron durante toda su vida y por consiguiente también la mía, y me asombraría que no hubiesen sonado en sus oídos a la hora de la muerte y le escoltasen cuando corría al encuentro de su Hacedor, dos camaradas reunidos por fin:

–Ideales, mis jóvenes hermanos. –Veo a Makepeace hacer una pausa aquí, fulminar nuevamente a Rick con la mirada y proseguir–. Los ideales, mis amados hermanos, deben compararse a esas magníficas estrellas que hay encima de nosotros... –Le veo levantar los ojos tristes y sin estrellas al techo de pino–. No podemos alcanzarlas..., millones de millas nos separan de ellas... –Le veo extender sus brazos que descienden como para sujetar a un pecador que cae–. Pero oh, hermanos míos, ¡qué gran provecho extraemos en verdad de su presencia!

Recuérdalas, Tom. Jack, pensarás que estoy loco, pero esas estrellas, por fatuas que sean, son una pieza crucial del espionaje operativo, porque prestaron una primera imagen a la inmarcesible creencia de Rick en su destino, y no acabó sólo en Rick, cómo podía, pues, ¿qué es el hijo de un profeta sino una profecía él mismo, aun si nadie en la tierra de Dios descubre nunca qué está profetizando cada uno? Makepeace, como todos los grandes predicadores, debe prescindir de un telón final o de aplausos. Sin embargo, bastante audible en el silencio –tengo testigos que lo juran– se oye a Rick susurrar dos veces «hermoso». Makepeace Watermaster lo oye también; arrastra sus pies grandes y se detiene en la escalera del púlpito, mirando con asombro en derredor como si alguien le hubiese llamado una grosería. Makepeace se sienta, el órgano entona «Aleluya, aleluya, mi corazón canta», Makepeace vuelve a levantarse, inseguro como siempre respecto a dónde asentar su trasero ridículamente pequeño. Este himno se canta hasta su triste final. Los chicos de la escuela nocturna, con Rick, herido por estrellas, en su centro, desfilan por el pasillo y con un movimiento ejercitado se abren en abanico hacia los puestos que les han asignado. Hecho un brazo de mar hoy y todos los domingos, Rick tiende la bandeja de la colecta a las mujeres Watermaster, y sus ojos azules brillan con divina inteligencia. ¿Cuánto darán? ¿Con cuánta rapidez? El silencio presta tensión a estas preguntas cruciales. Primero la señora Nell, que le hace esperar mientras picotea en su bolso y maldice, pero Rick es todo tradición, todo amor, todo estrellas, y toda mujer, con independencia de su edad o su belleza, recibe la merced de su sonrisa santa y emocionada. Pero en tanto la boba de Nell le dirige una sonrisa idiota e intenta despeinarle el pelo alisado y echárselo sobre la frente despejada y cristiana, mi pequeña Dot no mira a ningún sitio más que al suelo, todavía rezando, rezando incluso cuando se levanta y Rick tiene que tocarle el antebrazo con el dedo para avisarle de su proximidad cuasi divina. Yo siento su tacto ahora en mi propio brazo, y transmite a mi cuerpo una carga curativa de repugnancia anodina y de devoción. Los chicos se alinean ante la mesa del Señor, el oficiante acepta las ofrendas, pronuncia una bendición mecánica y luego ordena que todo el mundo, menos el comité, salga en el acto y silenciosamente. Las Circunstancias imprevistas están a punto de comenzar, y con ellas la primera gran prueba de Richard T. Pym, la primera de muchas, es cierto, pero al fin y al cabo la única que realmente aguzó su apetito de Juicio.

Le he visto cien veces como estaba esa mañana. Rick solo, cavilando en la puerta de una habitación concurrida. Rick con su ceño de santo, hijo de su padre, la gloria de una gran herencia que agrieta su frente. Rick esperando como Napoleón, antes de la batalla del Destino, a que suenen las trompetas para el asalto. Nunca en su vida fue perezoso a la hora de salir a escena, nunca erró su oportunidad o su impacto. Podías olvidar la idea que tenías hasta entonces: el tema del día acaba de entrar. Así ocurre en el tabernáculo aquel domingo lluvioso, mientras el viento de Dios retumba en las vigas de pino de techo alto y la gran campana del juicio se mueve inquieta en su torre y el desconsolado tropel humano de los bancos delanteros aguarda a Rick incómodamente. Pero las estrellas, ya lo sabemos, son como ideales, y esquivas. Empiezan a estirarse cuellos, a chirriar sillas. Rick aún no comparece. Los chicos de la escuela nocturna, ya en el banquillo de los acusados, se humedecen los labios, se dan golpecitos nerviosos en la corbata. Rickie ha puesto pies en polvorosa. Rickie no puede afrontar la prueba. El mayordomo de traje marrón cojea con un malestar misterioso de artesano hacia la sacristía donde Rick puede haberse escondido. Se oye un ruido sordo. Todas las cabezas giran al oírlo y miran fijamente al fondo del pasillo, a la gran puerta oeste que una mano enigmática ha abierto desde fuera. Perfilado contra las grises nubes marinas de la adversidad, Rick T. Pym, hasta ahora el heredero natural de David Livingstone, si alguna vez conocimos a alguno, inclina gravemente la cabeza ante sus jueces y su Hacedor, cierra tras él la puerta grande y casi todo se desvanece una vez más contra su negrura.

–Un mensaje de la señora Harmann para usted, señor Philpott.

Philpott es el nombre del pastor. La voz pertenece a Rick y todo el mundo, como de costumbre, comenta su belleza, toma partido por ella, la ama, asustado y atraído por su impávido aplomo.

–Ah, ¿sí? –dice Philpott, muy alarmado al ser aludido tan calmosamente desde tan lejos. Philpott también es galés.

–Agradecería que la llevasen al hospital de Exeter para ver a su marido antes de la operación de mañana, señor Philpott –dice Rick con un levísimo acento de reproche–. Por lo visto no cree que él saldrá adelante. Si es una molestia para usted estoy seguro de que podemos ocuparnos de ella, ¿verdad, Syd?

Syd Lemon es un *cockney* cuyo padre no hace mucho se afincó en el sur a causa de su artritis y que a juicio de Syd no tardará en morirse, pero de aburrimiento. Syd es el lugarteniente más querido de Rick, un luchador engreído y diminuto, con la agilidad y el centelleo de un habitante de la gran ciudad, y Syd es Syd para mí por siempre, incluso ahora, y lo más próximo a un confesor que he tenido nunca, sin contar a Poppy.

–Estaremos con ella toda la noche si es preciso –afirma Syd con intensa rectitud–. Y todo el día siguiente, ¿verdad, Rickie?

–Cállate –gruñe Makepeace.

Pero no a Rick, que está pasando el cerrojo de las puertas de la iglesia desde dentro. Conseguimos apenas vislumbrarle entre las luces y penumbras del pórtico. *Clank* hace el primer cerrojo, arriba, Rick tiene que estirar la mano para alcanzarlo. *Clank* hace el segundo, abajo, mientras se agacha hacia él. Por último, para visible alivio de los susceptibles, se aviene a emprender el viaje hacia el cadalso. Para entonces los más débiles de nosotros dependemos de él. Para entonces en nuestro fuero interno estamos suplicándole una sonrisa suya, al hijo del viejo TP, le estamos enviando mensajes para asegurarle que no se trata de nada personal, para preguntarle por esa mujer querida, su pobre madre, pues la querida mujer, como todo el mundo sabe, no se siente hoy suficientemente ella misma y nadie puede moverla. Se ha quedado en la casa de Airdale Road, con una tiranía de viuda, detrás de cortinas corridas y debajo del retrato sombreado y gigante de TP con los atributos de su cargo de alcalde, llorando y rezando un primer minuto para que le devuelvan a su difunto marido y, al minuto siguiente, para que permanezca exactamente donde está y se ahorre el deshonor, y, al siguiente, animando a Rick como la jugadora inveterada que en secreto es: «Reconóceselo, hijo. Derrótales antes de que hagan lo mismo contigo, lo mismo que tu padre hizo y mejor.» Para entonces, los funcionarios menos mundanos de nuestro tribunal improvisado se han convertido, si no corrompido, a la causa de Rick. Y, como para minar aún más su autoridad, el galés Philpott, en su inocencia, ha cometido el error de situar a Rick junto al atril, en el mismo lugar desde donde en el pasado nos ha leído el mensaje del día con tanto brío y persuasión. Peor aún, el galés Philpott acomoda a Rick en este sitio y desplaza de un tirón la silla para que se siente. Pero Rick no es tan dócil. Continúa de pie, con una mano apoyada cómodamente en el respaldo, como si hubiera decidido adoptar a la silla. Entretanto entabla con Philpott una conversación de unas cuantas más palabras fáciles.

–Veo que al Arsenal le dieron un baño el sábado –dice Rick.

El Arsenal, en tiempos mejores, es el segundo gran amor de Philpott, como lo fue de TP.

–Eso no importa ahora, Rick –dice el señor Philpott, todo nervioso–. Tenemos cosas que hablar, como bien sabes.

Con mala cara, el pastor ocupa su lugar al lado de Makepeace Watermaster. Pero Rick ha logrado su propósito. Ha creado un lazo a pesar de que Philpott no quería ninguno, nos ha obsequiado con un hombre sensible en vez de un canalla. Consciente de su logro, Rick sonríe. Sobre todos nosotros a la vez: grandioso por tu parte que estés aquí hoy. Su sonrisa nos invade, no es impertinente, impresiona la compasión que muestra por las fuerzas de la falibilidad humana que nos han conducido a este atolladero.

Sólo Sir Makepeace y Perce Loft, el gran procurador de Dawlish, conocido como Perce *Mandamiento*, que está sentado a su lado con los papeles, mantienen su desaprobación granítica. Pero a Rick no le amedrentan. No le atemoriza Makepeace y desde luego no lo hace Perce, con quien Rick ha cimentado una relación espléndida en los últimos meses, basada, según dicen, en el respeto y la comprensión mutuos. Perce quiere que Rick estudie Derecho. Rick siente inclinación por la abogacía pero mientras tanto quiere que Perce le asesore sobre ciertas transacciones que está proyectando. Perce, siempre altruista, le presta sus servicios gratis.

–Su sermón ha sido maravilloso, Sir Makepeace –dice Rick–. Nunca he oído uno mejor. Sus palabras sonarán dentro de mi cabeza como las campanadas del Paraíso tanto tiempo como me dure la vida, señor. Hola, señor Loft.

Perce Loft es demasiado jurídico para responder. Sir Makepeace ha sido adulado antes y recibe el halago simplemente como algo que merece.

–Siéntate –dice nuestro diputado liberal en el Parlamento por esta circunscripción, y juez de paz.

Rick obedece al momento. Rick no es enemigo de la autoridad. Al contrario, él también es hombre de autoridad, como los irresolutos ya sabemos, un poder y una justicia en una pieza.

–¿Adónde ha ido a parar el dinero de la cuestación? –exige Makepeace sin dilación–. Sólo el mes pasado donaron cerca de cuatrocientas libras. Trescientas el mes anterior, trescientas en agosto. Tus cuentas del mismo período muestran ciento doce libras recibidas. No hay nada guardado y nada en metálico. ¿Qué has hecho con el dinero, chico?

–Comprar un autocar –responde Rick, y Syd (por usar sus mismas palabras), sentado en el banquillo con todos los demás, pasa un mal rato tratando de no parecer un cadáver.

Rick habló durante doce minutos según el reloj de Syd, y éste está seguro de que después de haberlo hecho sólo Makepeace Watermaster se interponía entre Rick y la victoria:

–Al pastor se lo puso de su parte antes de que tu padre llegara a abrir la boca, Titch. Bueno, tenía que estar de su parte, porque le dio a TP su primer púlpito. El bueno de Perce Loft... En fin, tenía cosas entre manos, ¿no? Rick le había cosido la boca. Los demás iban para arriba y para abajo como las bragas de una furcia, esperando a ver por qué lado saltaba su Señoría Makewater.

Ante todo, Rick reclama magnánimamente la plena responsabilidad de todo. La culpa, dice Rick, si la hay, debe recaer exactamente donde corresponde. Estrellas e ideales no son nada comparados con las metáforas que nos lanza:

–Si hay que apuntar con el dedo, apuntad aquí.

Una puñalada en su propio pecho.

–Si debe pagarse un precio, ésta es la dirección. Aquí estoy. Mandadme la factura. Y que ellos aprendan por los errores del culpable quién les ha metido en esto, si ha existido tal cosa –les desafía, sojuzgando la lengua inglesa con la cuchilla de su mano regordeta, a guisa de ejemplo. Las mujeres admiraron esas manos hasta el fin de los días de Rick. Sacaban conclusiones por la circunferencia de sus dedos, que nunca se separaban cuando hacía un gesto.

–¿Dónde aprendió su retórica? –pregunté una vez a Syd con reverencia, disfrutando de lo que él y Meg llamaban un traguito al amor de su lumbre, en Surbiton–. ¿Quiénes fueron sus modelos, aparte de Makepeace?

–Lloyd George, Curts Bennett, Avory, Marshall Hall, Norman Birkett y otros grandes abogados de su tiempo –respondió Syd prontamente, como si fueran los caballos y jinetes de las 2.30 en Newmarket–. Tu padre tenía más respeto por la ley que ningún hombre que yo haya conocido, Titch. Estudiaba sus discursos, seguía su estilo mejor que a los jamelgos. Habría sido un juez de campanillas si TP le hubiese dado oportunidades, ¿verdad, Meg?

–Habría sido primer ministro –afirma devotamente Meg–. ¿Quién más había, aparte de él y Winston?

Rick explaya acto seguido su «teoría de la propiedad», que desde entonces le he oído exponer muchas veces de muchos modos distintos, pero creo que aquélla fue la ocasión inaugural. La idea central consiste en que cualquier dinero que pase por las manos de Rick está sujeto a una redefinición de las leyes de la propiedad, puesto que haga lo que haga con él mejorará la humanidad, de la que él era el representante en materia de principios. Rick, en una palabra, no es alguien que recibe, sino que da, y quienes dicen lo contrario carecen de fe. El reto final surge en forma de bombardeo creciente de apasionadas y gramaticalmente desconcertantes frases seudobíblicas.

–Y si alguno de los que hoy estáis aquí presentes... puede encontrar pruebas de una sola ventaja... un solo beneficio... sea en el pasado, sea reservado para el porvenir... directo o indirecto de esta iniciativa... que yo he desviado... por ambiciosa que pueda haber sido, no lo dudéis, que se adelante ahora, con el corazón limpio... y que apunte con el dedo donde corresponda.

De allí no hay más que un paso a aquella visión sublime de la compañía limitada *Autocar Pym y Parroquia* que reportará ganancias a la piedad y a los adoradores de nuestro amado tabernáculo.

La caja mágica está ya abierta. Levantando la tapa, Rick exhibe una deslumbrante confusión de promesas y estadísticas. La tarifa de autocar actual desde Farleigh Abbott hasta nuestro tabernáculo es dos peniques. El trolebús desde Tambercombe cuesta tres, cuatro personas en taxi desde cualquiera de las dos localidades cuesta seis por cabeza, y un autocar Granville Hastings cuesta novecientas ocho libras al contado y tiene capacidad para treinta y dos pasajeros sentados y ocho de pie. Solamente el domingo –mis ayudantes, aquí, han hecho un estudio concienzudo, caballeros– más de seiscientas personas recorren un total de más de cuatro mil millas para asistir a los cultos de este hermoso tabernáculo. Porque les encanta el sitio. Como a Rick. Nos encanta a todos los hombres y mujeres aquí presentes; para qué negarlo. Porque quieren sentirse atraídos *desde la circunferencia hacia el centro*, en el espíritu de su fe. Esta última es una de las expresiones de Makepeace Watermaster, y Syd dice que fue un poco caradura por parte de Rick devolvérsela a la cara. En otros tres días de la semana, caballeros –la Banda de la Esperanza, la Liga de Mujeres y el Esfuerzo Cristiano–, se recorren otras setecientas millas, quedando tres días libres para el tráfico comercial ordinario, y si no me creen observen cómo mi antebrazo aparta a los incrédulos de mi camino con una serie de codazos convulsivos, sin que se separen los dedos curvados. De repente es obvio que de tales cifras sólo cabe deducir una conclusión:

–Caballeros: si cobramos la *mitad* de la tarifa normal y damos un billete gratis a todos los inválidos y personas de edad, a todos los niños menores de ocho años, con seguro íntegro, respetando la excelente normativa que correctamente regula el tráfico de los vehículos comerciales de transporte en esta era cada vez más ajetreada en que vivimos, con conductores totalmente profesionales y plenamente conscientes de sus responsabilidades, hombres temerosos de Dios y reclutados en nuestra propia comunidad, teniendo en cuenta la depreciación del dinero, el garaje, el mantenimiento, el combustible, el billetaje y gastos varios, y calculando un cincuenta por ciento de viajeros los tres días de tráfico comercial... queda un cuarenta por ciento de beneficio neto para la cuestación y dinero de sobra para ocuparse debidamente de todo el mundo.

Makepeace Watermaster está haciendo preguntas. Los demás están demasiado llenos o demasiado vacíos para poder hablar.

–¿Y lo has comprado? –pregunta Makepeace.

–Sí, señor.

–La mitad de vosotros no tiene edad legal.

–Usamos un intermediario, señor. Un excelente abogado de este distrito que por modestia desea permanecer en el anonimato.

La respuesta de Rick arranca una rara sonrisa de los labios increíblemente diminutos de Sir Makepeace Watermaster.

–Todavía no he conocido a un abogado que deseara guardar el anonimato –dice.

Perce Loft, ceñudo, mira distraídamente a la pared.

–¿Así que dónde está ahora? –prosigue Sir Makepeace.

–¿Qué, señor?

–El autocar, chico.

–Lo están pintando –dice Rick–. De verde con letras doradas.

–¿Con permiso de quién en sus distintas fases os habéis embarcado en este proyecto? –pregunta Watermaster.

–Vamos a pedirle a la señorita Dorothy que corte la cinta, Sir Makepeace. Ya hemos redactado la invitación.

–¿Quién te dio permiso? ¿El señor Philpott? ¿Los diáconos? ¿El comité? ¿Te lo di yo? ¿Gastarse novecientas ocho libras de fondos de la cuestación, de óbolos para las viudas, en un autocar?

–Buscábamos el elemento sorpresa, Sir Makepeace. Queríamos hacer saltar la banca. En cuanto difundes la noticia por adelantado y hablas del asunto por la ciudad, ya no tiene gracia. La sorpresa APP va a presentarse en un mundo que no se lo sospecha.

Makepeace entra ahora en lo que Syd denominó terreno peligroso.

–¿Dónde están los libros?

–¿Libros, señor? Yo sólo conozco *un* libro...

–Tus carpetas, chico. Tus cifras. Tenemos entendido que te encargabas de las cuentas tú solo.

–Deme una semana, Sir Makepeace. Responderé hasta del último penique.

–Eso no es llevar las cuentas. Eso es amañarlas. ¿No aprendiste nada de tu padre, chico?

–Rectitud, señor.

–¿Cuánto has gastado?

–Gastado no, señor. Invertido.

–¿Cuánto?

–Mil quinientas libras. En números redondos.

–¿Dónde está el autocar en este momento?

–Se lo he dicho, señor. Lo están pintando.

–¿Dónde?

–Los Balham, de Brinkley. Carroceros. De los mejores liberales del condado.

–Les conozco. TP les vendió madera durante diez años.

–Sólo cobran los costes.

–¿Tienes intención de utilizarlo como transporte público, dices?

–Tres días a la semana, señor.

–¿En los recorridos del autocar público?

–Desde luego.

–¿Has pensado en la actitud probable que adoptará ante esta aventura la sociedad de transportes Dawlish y Tambercombe de Devon?

–Una demanda popular como ésta... esos chicos no pueden sabotearla, Sir Makepeace. Llevamos a Dios al volante. En cuanto vean el mar de fondo y nos palpen el pulso, echarán marcha atrás y nos dejarán pista libre hasta la cima. No pueden detener el progreso, Sir Makepeace, y no pueden frenar el avance del pueblo cristiano.

–No pueden, ¿eh? –dice Sir Makepeace, y garrapatea cifras en un pedazo de papel que tiene delante–. También faltan ochocientas cincuenta libras del dinero de alquileres –comenta mientras escribe.

–También las hemos invertido, señor.

–Eso es más que mil quinientas, pues.

–Pongamos dos mil. En números redondos. Creí que sólo se refería al dinero de la cuestación.

–¿Y el de la colecta?

–Parte.

–Contando todo el dinero de todas las fuentes, ¿a cuánto asciende la suma total? En números redondos.

–Incluyendo a los inversores privados, Sir Makepeace...

Watermaster se endereza en su silla:

–¿O sea que también tenemos inversores privados? Válgame Dios, chico, has ido un poco aprisa. ¿Quiénes son?

–Clientes particulares.

–¿De quién?

Perce Loft da la impresión de que estuviera a punto de quedarse dormido de puro aburrimiento. Tiene los párpados cerrados varios centímetros, y su cabeza caprina se ha deslizado hacia adelante sobre el cuello.

–Sir Makepeace, no estoy autorizado a revelar eso. APP cumple lo que promete confidencialmente. Nuestra consigna es la integridad.

–¿Se ha constituido en sociedad la empresa?

–No, señor.

–¿Por qué no?

–Por seguridad, señor. Por mantenerlo en secreto. Como he dicho antes.

Makepeace empieza a tomar notas otra vez. Todo el mundo espera más preguntas. No hace ninguna. Un incómodo aire de consumación envuelve a Makepeace, y Rick lo percibe antes que nadie.

–Fue como ir al médico, Titch –me dijo Syd–, cuando él ha decidido ya de qué te estás muriendo, sólo que tiene que escribir la receta antes de darte la buena noticia.

Rick habla de nuevo. Sin que se lo pidan. Syd nunca olvidaría su voz, y yo tampoco. Era la voz que usaba cuando estaba acorralado. Syd la oyó entonces y yo, más tarde, sólo la oí dos veces. No era un tono bonito en absoluto.

–Podría traerle esas cuentas esta tarde, en realidad, Sir Makepeace. Están a buen recaudo, ¿entiende? Tengo que sacarlas.

–Dáselas a la policía –dice Makepeace, escribiendo todavía–. No somos detectives, sino hombres de iglesia.

–La señorita Dorothy puede pensar un poco distinto, ¿no le parece, Sir Makepeace?

–La señorita Dorothy no tiene nada que ver en esto.

–Pregúntele.

Entonces Makepeace deja de escribir y su cabeza se alza un poco más afilada, dice Syd, y se miran uno a otro; Makepeace con sus ojillos de bebé inseguro. Y Rickie como el destello de una navaja automática en la oscuridad. Syd no va tan lejos como yo iré al describir esa mirada porque Syd no quiere tocar el lado oscuro. Pero yo sí. Asoma en Rickie como un niño por los agujeros de una máscara. Niega todo lo que ha defendido no hace ni medio segundo. Es pagana. Es amoral. Lamentas tu decisión y tu mortalidad. Pero no hay otra elección.

–¿Me estás diciendo que la señorita Dorothy es uno de los inversores en este proyecto? –pregunta Makepeace.

–Se puede invertir algo más que dinero, Sir Makepeace –dice Rick, desde lejos pero próximo.

La cuestión es, dice Syd en este punto, con bastante premura, que Makepeace nunca debería haber inducido a Rick a emplear ese argumento. Makepeace era un hombre débil actuando fuerte, y ésos son los peores, dice Syd. Si Makepeace hubiera sido razonable, si hubiera sido un creyente como los demás y hubiera tenido un concepto mejor del pobre chico de TP en vez de carecer de fe y minar a todos los demás comprometidos, las cosas podrían haberse arreglado de un modo amistoso y positivo y todo el mundo habría vuelto contento a casa, creyendo en Rick y en su autocar del modo en que él necesitaba que creyeran. Así las cosas, Makepeace era la última barrera, y no dejó a Rick más opción que derribarla. De modo que lo hizo, ¿no? Bueno, tuvo que hacerlo, Titch, es natural.

Me afano y me esfuerzo, Tom. Excavo con todos los músculos de mi imaginación lo más hondo que me atrevo en las sombras densas de mi prehistoria. Poso la pluma, miro fijamente la espantosa torre de la iglesia al otro lado de la plaza y oigo, tan claramente como la televisión de la señorita Dubber abajo, las voces disonantes de Rick y de Sir Makepeace Watermaster enfrentadas. Veo el salón oscuro de *The Glades* donde tan rara vez se me admitía e imagino a los dos hombres encerrados juntos allí dentro esa única noche, y mi pobre Dorothy temblando en alguna habitación oscura de arriba, leyendo las mismas homilías encuadernadas a mano que ahora adornan los rellanos de la señorita Dubber mientras trata de aspirar consuelo de las flores, el amor y la voluntad de Dios. Y podría decirte, creo que con total exactitud, descontando una o dos frases, lo que se dijeron como continuación de su charla inacabada de esa mañana. Rick ha recuperado el temple, porque la navaja automática nunca asoma mucho tiempo, y porque ya ha obtenido el objetivo que es más importante para él que cualquier otro en sus relaciones humanas, aun cuando todavía no lo sepa. Ha inducido a Makepeace a sustentar dos opiniones totalmente divergentes sobre él, y quizá más. Le ha mostrado la versión oficial y la oficiosa de su identidad. Le ha enseñado a respetar la complejidad de Rick y a contar tanto con su mundo secreto como con el conocido. Es como si en la intimidad de aquella habitación cada jugador hubiese descubierto las numerosas cartas –si reales o falsas es cuestión secundaria– que componían su baza: y Makepeace se quedó sin blanca. Pero el hecho es que los dos han muerto –Makepeace precediendo a Rick en treinta años– y se han llevado sus secretos a la tumba. Y la única persona que todavía puede conocerlos no puede hablar, porque si aún existe no es más que una especie de fantasma que atormenta su vida y la mía, muerta hace mucho por las consecuencias del fatídico diálogo de ambos hombres esa noche.

La historia consigna dos encuentros entre Rick y mi Dorothy antes de aquel domingo. El primero, cuando ella hizo una visita regia al Club de Jóvenes Liberales, del que Rick era a la sazón dignatario electo, creo que

–Dios les ayude– tesorero. El segundo, cuando Rick era capitán del equipo de fútbol del Tabernáculo y un tal Morrie Washington, chico de la escuela nocturna y otro de los lugartenientes de Rick, jugaba de portero. Como hermana del presidente, Dorothy fue invitada a entregar la copa. Morrie recuerda la ceremonia, en la que Dorothy recorría la fila del equipo alineado y colgaba una medalla en cada pecho victorioso, empezando por Rick, el capitán. Parece ser que no acertaba a prender el pasador, o que Rick fingió que así había sido. Fuera como fuese, él emitió un festivo grito de dolor y se postró sobre una rodilla, agarrándose el pecho e insistiendo en que ella le había traspasado hasta el corazón. Fue una pamema osada y bastante malévola, y me sorprende que la exagerase tanto. Aun en la parodia, Rick era muy celoso de su dignidad y, en los bailes de disfraces, que hicieron furor hasta que estalló la guerra, prefería ir de Lloyd George antes que correr el riesgo del ridículo. Pero se postró, Morrie lo recordaba como si hubiera sido ayer, y Dorothy se rió, una cosa que nadie le había visto hacer: reírse. No podemos saber qué citas furtivas siguieron, excepto que, según Morrie, Rick se jactó en una ocasión de que en *The Glades* le esperaba algo más que tarta y hordiate cuando iba a entregar la revista parroquial.

Creo que Syd sabe más que Morrie. Syd vio un montón de cosas. Y la gente se las cuenta porque él sabe guardar un secreto. Creo que Syd conoce casi todos los escondrijos en la casa de madera que Makepeace Watermaster llamaba su hogar, aun cuando en la vejez ha hecho lo posible por sepultarlos dos metros bajo tierra. Sabe por qué la señora Nell bebía y por qué Makepeace estaba tan descontento de sí mismo, y por qué sus ojillos húmedos estaban tan torturados y su boca no estaba a la altura de sus apetitos, y por qué podía castigar el pecado con tan apasionada familiaridad. Y por qué hablaba de un amor especial cuando estampó su maldito nombre en la Biblia de Dorothy. Y cuál era la razón de que Dorothy se hubiese trasladado al rincón más lejano de la casa para dormir, lejos de las habitaciones de la señora Nell y más aún de las de Makepeace. Y el motivo de que Dorothy fuese tan accesible al advenedizo lenguaraz del equipo de fútbol, que le hablaba como si pudiera construirle un camino a cualquier parte y conducirle a él en su autocar. Pero Syd es un buen hombre, y es masón. Amaba a Rick y dedicó los mejores años de su vida ya a parrandear con él, ya a pegarse a su estela. Syd hacía unas risas, contaba una historia siempre y cuando no hiriese demasiado a nadie. Pero Syd no removía las oscuridades.

La historia registra asimismo que Rick no llevó libros de contabilidad a aquella reunión, aunque Muspole, el gran contable, otro chico de la escuela nocturna, se ofreció a ayudarle a rellenar algunos y posiblemente lo hizo. Muspole podía inventar cuentas del mismo modo que otros saben escribir postales o contar anécdotas delante de un micrófono. Y que, a fin de prepararse, Rick dio un paseo por los acantilados de Brinkley, aunque realmente siempre fue, y yo también después de él, un hombre aficionado a las caminatas en busca de una decisión o de una voz. Y que volvió de *The Glades* exhibiendo un aire de alto cargo no muy distinto del de Makepeace, sólo que poseía más el resplandor natural que procede, nos han dicho, de la limpieza interior. Rick informó a sus cortesanos de que había sido tratado el asunto de la cuestación. Dijo que el problema de la liquidez había sido resuelto. Todo el mundo sería atendido. ¿Cómo?, le imploraron: ¿Cómo, Rickie? Pero Rick prefirió seguir siendo su mago y no consintió a nadie que le mirara dentro de la manga. Porque soy un bienaventurado. Porque dirijo los acontecimientos. Porque estoy destinado a ser uno de los mandamases del país.

La otra buena noticia no les fue comunicada. Era un cheque librado contra la cuenta personal de Watermaster por importe de quinientas libras para asegurar el porvenir de Rick: probablemente, dijo Syd, en la remota Australia. Rick lo endosó y Syd lo cobró, puesto que la cuenta corriente de Rick, como ocurría con frecuencia, no estaba temporalmente disponible. Unos días después, en virtud de esta subvención, Rick presidió un banquete suculento, aunque sombrío, en el «Hotel Brinkley Towers», y al que asistió su corte en pleno, con los miembros de que entonces constaba, y varias beldades de la localidad que siempre actuaban como meras comparsas. En sus recuerdos, Syd ve la reunión envuelta en un clima de cambio histórico, si bien nadie sabía con exactitud qué había concluido o qué estaba a punto de comenzar. Se pronunciaron discursos, principalmente sobre el tema de mantenerse unidos, pero cuando se hizo un brindis a la salud de Rick, él contestó con una brevedad inusitada, y susurraron que era presa de la emoción porque le habían visto llorar, cosa que hacía a menudo, incluso en aquellos tiempos. Perce Loft, el gran abogado, asistió al festín, para sorpresa de algunos, y para aumentarla aún más llevó a una hermosa aunque inadecuada estudiante de música que se apellidaba Lippschwitz y se llamaba Annie, y que eclipsó a todas las demás bellezas pese a que apenas tenía una chaqueta con que taparse la espalda. La apodaron Lippsie. Era una refugiada alemana que había entrado en contacto con Perce por algún asunto de inmigración y a quien él, en su bondad, había decidido echar una mano de modo parecido a como se la había tendido a Rick. Para clausurar el acto, Morrie Washington, el bufón de la corte, cantó una canción y Lippsie se sumó a las otras muchachas en el coro, aunque cantaba demasiado bien, y, siendo extranjera, no entendía muy bien los pasajes obscenos. Ya había amanecido. Un taxi flamante se llevó a Rick y no se le vio por estos contornos durante muchos años.

Consta en los anales, además, que un tal Richard Theodore Pym, soltero, y Dorothy Godchild Watermaster, soltera, ambos vecinos muy transitorios de esta parroquia, fueron unidos en matrimonio al día siguiente, en una ceremonia solemne y discreta celebrada en presencia de los dos testigos elegidos a votos, en un registro civil recién abierto cerca de la carretera de circunvalación occidental, justo donde se torcía a la izquierda para el aeródromo de Northolt. Y consta que la pareja trajo al mundo, no más tarde de seis meses después, a un niño bautizado con el nombre de Magnus Richard, que pesaba unas pocas libras y a quien el Señor proteja. El registro de empresas, que he consultado, también da fe del acontecimiento, aunque de forma distinta. Dentro de cuarenta y ocho horas a partir del natalicio,

Rick había constituido la compañía de seguros «Magnus Star Equitable» con un capital de acciones de dos mil libras. Su finalidad declarada era proveer de un seguro de vida a los necesitados, los inválidos y los ancianos. Su contable era el señor Muspole y su asesor jurídico Perce Loft. Morrie Washington era el secretario de la firma y el difunto Alderman Thomas Pym, afectuosamente conocido como TP, su santo patrón.

–¿Pero había realmente un autocar o era todo una patraña? –pregunté a Syd.

Syd es siempre muy cauteloso en sus respuestas.

–Pues *podría* haber habido, Titch. No estoy diciendo que no hubiese, mentiría si dijera tal cosa. Simplemente estoy diciendo que yo no sabía nada de un autocar hasta que tu padre lo mencionó en la iglesia aquella mañana. Pongámoslo así.

–¿Entonces qué había hecho con el dinero... si no había autocar?

Syd lo ignora realmente. Tantas aguas han corrido por debajo del puente desde entonces. Tantas grandes visiones han surgido y se han ido. Quizá lo repartió, dice embarazosamente. Tu padre no sabía decir que no a nadie, y menos a las beldades. No se sentía a gusto si no estaba dando. Quizá llegó un estafador y se lo quitó, a tu padre le encantaban los estafadores. Aquí, para mi asombro, Syd se ruboriza. Y débil pero claramente oigo que por la comisura de su boca sale el ratatatá que solía hacer cuando yo era niño y quería que me hiciese el ruido de cascos de los caballos.

–¿Quieres decir que se gastó el dinero en apuestas? –pregunto.

–Titch, lo único que estoy diciendo es que aquel autocar podría haber sido un coche tirado por caballos. Es lo único que estoy diciendo, ¿verdad, Meg?

¡Oh, pero sí que hubo un autocar! Y no era de tracción animal. Era el más magnífico y potente jamás fabricado. Las letras doradas de la compañía de «Autocares Pym y Parroquia» brillaban en sus costados lustrosos como los titulares iluminados de los capítulos de todas las Biblias de la juventud de Rick. Era verde como los hipódromos de Inglaterra. Sir Malcolm Campbell en persona iba a conducirlo. El mandamás del país viajaría en él. Cuando los feligreses de nuestra parroquia vieran el vehículo iban a postrarse de rodillas, juntar las manos y agradecérselo a Dios y a Rick a partes iguales. Las muchedumbres se congregarían en señal de gratitud ante la casa de Rickie y le llamarían hasta altas horas de la noche para que saliese al balcón. Le he visto ejercitar el saludo con que proyectaba recibirlas. Con ambas manos, como si me meciera por encima de su cabeza, mientras resplandece y llora en un segundo plano: «Todo esto se lo debo al viejo TP.» Y si, como sin duda ocurrió, resultase que los Balham de Brinkley, de los mejores liberales del condado, no habían oído hablar nunca, estrictamente hablando, del autocar de Rick, y mucho menos lo habían pintado a precio de coste por la pura bondad de sus corazones, entonces se hallaban en el mismo estado de realidad provisional que el autocar. Estaban esperando a que la varita mágica de Rick provocara su existencia. Únicamente cuando a unos incrédulos entrometidos como Makepeace Watermaster les costó trabajo aceptar este estado de cosas, Rick se encontró con una guerra religiosa entre las manos y, como otros antes que él, se vio compelido a defender su fe por medios desagradables. Lo único que solicitaba era la totalidad de nuestro amor. Lo menos que podíamos hacer a cambio era entregárselo ciegamente. Y aguardar a que él, como banquero de Dios, lo duplicase en el plazo de seis meses.

3

Mary se había preparado para todo menos para esto. Menos para el ritmo y la urgencia de la intrusión y el número de intrusos. Menos para la pura magnitud y complejidad de la ira de Jack Brotherhood, y para su desconcierto, que parecía mayor que el suyo propio. Y para el alivio atroz de que él estuviese allí.

Al entrar en el vestíbulo apenas la había mirado.

–Si la hubiera tenido te lo habría dicho –respondió ella, lo que representaba una pelea incluso antes de que hubieran empezado.

–¿Ha telefoneado?

–No.

–¿Y alguna otra cosa?

–No.

–¿Ni palabra de *nadie*? ¿Ningún cambio?

–No.

–Te he traído un par de huéspedes. –Señaló con el pulgar dos sombras a su espalda–. Parientes de Londres, que han venido a consolarte mientras esto dure. Vendrán más.

Pasó rápidamente por delante de ella como un gran halcón andrajoso en su viaje hacia otra presa, y le dejó una impresión helada de su cara arrugada y punteada y su mechón blanco enmarañado mientras se precipitaba hacia el salón.

–Soy Georgie, de la oficina central –dijo la chica en el umbral–. Éste es Fergus. Lo sentimos mucho, Mary.

Llevaban equipaje y ella les condujo hasta el pie de la escalera. Parecían conocer el camino. Georgie era alta y afilada, de pelo lacio y sencillo. Fergus no era totalmente el tipo de Georgie, lo que era una práctica habitual de la Oficina en esos tiempos.

–Lo sentimos, Mary –repitió Fergus mientras seguía a Georgie por la escalera–. No le importará que echemos un vistazo, ¿verdad?

En el salón, Brotherhood había apagado las luces y descorrido de un tirón las cortinas de las puertaventanas.

–Necesito la llave de esto. El candado. Lo que haya aquí.

Mary corrió a la repisa de la chimenea y buscó a tientas el cuenco de rosas plateado donde guardaba la llave de seguridad.

–¿Dónde está Magnus?

–En cualquier parte del mundo o fuera de él. Está usando mañas del oficio. Las nuestras. ¿A quién conoce en Edimburgo?

–A nadie.

El cuenco de rosas estaba lleno del popurrí que había hecho con Tom. Pero la llave no estaba.

–Creen haberlo localizado allí –dijo Brotherhood–. Creen que tomó el autobús de las cinco en Heathrow. Un hombre alto con una cartera pesada. Por otra parte, conociendo a Magnus como le conocemos, podría estar perfectamente en Tombuctú.

Buscar la llave era como buscar a Magnus. Mary no sabía por dónde empezar. Cogió la caja del té y la agitó. Estaba enferma de pánico. Agarró la copa de plata que Tom había ganado en el colegio y oyó que algo de metal tintineaba dentro. Al llevarle la llave a Jack, se dio un golpe tan fuerte en la espinilla que los ojos se le empañaron. Aquel puñetero taburete del piano.

–¿Han llamado los Lederer?

–No. Ya te lo he dicho. No ha llamado nadie. No he vuelto del aeropuerto hasta las once.

–¿Dónde están los agujeros?

Ella le buscó el ojo superior de la cerradura y le guió la mano hasta el orificio. Debería haberlo hecho yo misma y así no habría tenido que tocarle. Se arrodilló y empezó a tantear en busca del inferior. Prácticamente le estoy besando los pies.

–¿Alguna vez ha desaparecido y no me lo has dicho? –preguntó Brotherhood mientras ella continuaba tanteando.

–No.

–Las cosas claras, Mary. Tengo a los de Londres encima como lobos. Bo está cabreadísimo y Nigel está enclaustrado con el embajador ahora. La RAF no nos manda a volar en mitad de la noche para nada.

Nigel es el verdugo de Bo, había dicho Magnus. Bo da la contraseña y Nigel va calladamente detrás de él, cortando cabezas.

–Nunca. No. Lo juro –dijo ella.

–¿Tendría un lugar favorito en algún sitio? ¿Algún escondrijo al que dijese que pensaba ir?

–Una vez dijo Irlanda. Que compraría un huerto con vistas al mar y escribiría.

–¿Del norte o del sur?

–No lo sé. Del sur, supongo. Con tal de que fuese costa. Luego de repente las Bahamas. Eso fue más reciente.

–¿A quién tiene allí?

–A nadie. Que yo sepa.

–¿Alguna vez habló de pasarse al otro lado? ¿De una pequeña *dacha* en el mar Negro?

–No seas idiota.

–De modo que Irlanda y luego las Bahamas. ¿Cuándo dijo lo de las Bahamas?

–No lo dijo. Simplemente marcó los anuncios inmobiliarios del *Times* y me los dejó a la vista.

–¿Como una señal?

–Como un reproche, como una sugerencia, como una señal de que quería estar en otro sitio. Magnus tiene muchas maneras de expresarse.

–¿Alguna vez ha hablado de eliminarse? Te lo preguntarán, Mary. Más vale que lo haga yo primero.

–No, no lo ha hecho.

–No pareces muy segura.

–No lo estoy, tendría que pensarlo.

–¿Alguna vez ha estado físicamente asustado?

–¡No puedo responder a eso ahora mismo, Jack! Es un hombre complicado, ¡tengo que pensarlo! –Se serenó–. En principio no. No a todo eso. Ha sido un choque tremendo.

–Pero de todos modos has llamado en seguida desde el aeropuerto. En cuanto has visto que no venía en ese avión has llamado por teléfono: «Jack, Jack, ¿dónde está Magnus?» Tenías razón, ha desaparecido.

–He visto su maleta dando vueltas en la maldita cinta, ¿no? ¡La había facturado! ¿Por qué no estaba en el avión?

–¿Seguía bebiendo?

–Menos que antes.

–¿Menos que en Lesbos?

–Muchísimo menos.

–¿Y sus dolores de cabeza?

–Ya no tenía.

–¿Otras mujeres?

–No lo sé. No me enteraría. ¿Cómo iba a enterarme? Si él me dice que pasará la noche fuera, pasa la noche fuera. Podría ser una mujer, podría ser un agente. O podría ser Bee Lederer. Siempre anda detrás de él. Pregúntaselo.

–Creí que las mujeres siempre notaban la diferencia –dijo Brotherhood.

Con Magnus no, no pueden, pensó ella, empezando a adaptarse al paso de Jack.

–¿Todavía trae papeles a casa para trabajar de noche? –preguntó Brotherhood, mirando el jardín cubierto de nieve.

–De vez en cuando.

–¿Hay alguno aquí ahora?

–No, que yo sepa.

–¿Documentos americanos? ¿Material de enlace?

–Yo no los leo, Jack. Así que no lo sé.

–¿Dónde los guarda?

–Los trae por la noche y se los lleva por la mañana. Exactamente igual que todos los demás.

–¿Y dónde los guarda, Mary?

–Al lado de la cama. En el escritorio. Donde haya estado trabajando con ellos.

–¿Y Lederer no ha llamado?

–Ya te lo he dicho: ¡no!

Brotherhood retrocedió. Dos hombres, al socaire de la noche, irrumpieron en la habitación. Mary reconoció a Lumsden, el secretario particular del embajador. Recientemente había tenido una trifulca con su mujer Caroline a propósito de instalar una bodega en el antepatio de la embajada para dar ejemplo a los vieneses. Mary lo consideraba esencial. Caroline Lumsden lo consideraba improcedente y explicó por qué en un acceso de furia ante un comité interno de la Asociación de Mujeres de Diplomáticos: Mary no era una esposa de verdad, dijo Caroline. Era «inmencionable», y la única razón de que la aceptasen como esposa era para proteger la endeble tapadera de su marido.

Debían de haber recorrido el camino de herradura desde el colegio, pensó ella. Y vadeado medio metro de nieve con objeto de ser discretos respecto a Magnus.

–Ave, María –dijo alegremente Lumsden, con su mejor voz de jefe de *scouts*. Era católico, pero siempre la saludaba así, y por eso lo hizo esa noche. Para aparentar normalidad.

–¿Trajo algunos papeles la noche de la fiesta? –preguntó Brotherhood, cerrando las cortinas una vez más.

–No.

Mary encendió la luz.

–¿Sabes lo que hay en esa cartera negra que se ha llevado?

–No la sacó de aquí, o sea que tiene que haberla recogido en la embajada. Lo único que cogió de aquí fue la maleta que está en Schwechat.

–Estaba –dijo Brotherhood.

El segundo hombre era alto y de aspecto enfermizo. Llevaba una bolsa grande en cada mano enguantada. Entra el abortista. De modo que había sido un avión prácticamente lleno, pensó ella estúpidamente: la Oficina Central debe de tener un equipo de deserciones que está de guardia las veinticuatro horas del día.

–Te presento a Harry –dijo Brotherhood–. Va a instalar unos artilugios en tus teléfonos. Úsalos normalmente. No pienses en nosotros. ¿Alguna objeción?

–¿Puedo ponerla?

–No puedes, tienes razón. Intento ser cortés, ¿por qué no haces lo mismo? Tenéis dos coches. ¿Dónde están?

–El «Rover» está fuera, el «Metro» en el aparcamiento del aeropuerto, esperando a que él lo recoja.

–¿Por qué has ido al aeropuerto si él tenía allí un coche?

–Simplemente he pensado que le gustaría verme allí, y he cogido un taxi y he ido.

–¿Dónde están las llaves del «Metro»?

–En su bolsillo, posiblemente.

–¿Tienes otro juego?

Ella rebuscó en su bolso hasta encontrarlo. Él se lo guardó en el bolsillo.

–Voy a retirarlo –dijo–. Si alguien pregunta, que lo están reparando. No quiero que esté parado en el aeropuerto.

Ella oyó arriba un fuerte ruido sordo.

Observó cómo Harry se quitaba sus botas de goma y las colocaba ordenadamente encima del felpudo, junto a las puertaventanas.

–Su padre murió el miércoles. ¿Qué ha estado haciendo en Londres aparte de enterrarle?

–Supuse que se presentaría en la oficina.

–No lo hizo. No telefoneó ni se presentó.

–Entonces probablemente estaba ocupado.

–¿Tenía algún proyecto en Londres... te dijo algo de eso?

–Dijo que iría al colegio a ver a Tom.

–Bueno, lo hizo. Fue. ¿Nada más? ¿Amigos, citas, mujeres?

Ella se sintió de pronto muy cansada de él.

–Fue a enterrar a su padre y a ordenar las cosas, Jack. Toda la visita fue una larga cita. Si hubieras tenido un padre y se te hubiese muerto, sabrías cómo son esas cosas.

–¿Te llamó desde Londres?

–No.

–Cálmate, Mary. Piénsalo. Hace ya cinco días.

–No. No llamó. Por supuesto que no.

–¿Normalmente lo haría?

–Si puede usar el teléfono de la oficina, sí.

–¿Y si no?

Ella se puso en el lugar de Magnus. Lo intentó realmente. Llevaba tanto tiempo pensando.

–Sí –concedió–. Lo habría hecho. Le gusta saber que estamos bien en todo momento. Es aprensivo. Supongo que por eso he perdido los nervios cuando no ha aparecido. Creo que estaba ya preocupada.

Lumsden daba vueltas por la habitación en calcetines, fingiendo que admiraba las acuarelas que Mary había pintado en Grecia.

–Tiene usted un talento increíble. –Se maravilló, con la cara pegada a una panorámica de Plomari–. ¿Fue a una escuela de arte o pinta por su cuenta?

Ella no le hizo caso. Tampoco Brotherhood. Era un vínculo tácito entre ellos. El único diplomático decente era un trapense sordomudo, solía decir Jack. Mary empezaba a estar de acuerdo.

–¿Dónde está la sirvienta? –preguntó Brotherhood.

–Me has dicho que la espantara.

–¿Se ha olido algo?

–No creo.

–No tiene que saberse, Mary. Vamos a ocultarlo todo el tiempo posible. Lo sabes, ¿verdad?

–Lo imaginaba.

–Hay que pensar en sus hombres, hay que pensar en todo. Mucho más de lo que tú sabes. Londres hierve de teorías y suplica tiempo. ¿Estás segura de que Lederer no ha llamado?

–¡Y dale! –exclamó ella.

Su mirada recayó en Harry, que estaba desempaquetando sus cajas. Eran verdigrises y no poseían mandos visibles.

–A la sirvienta puede decirle que son transformadores –dijo.

–*Umformer* –pitó Lumsden, servicialmente, por las orejeras–. Transformador es *Umformer*. «*Die kleinen Büchsensind Umformer*.»

Una vez más no le hicieron caso. El alemán de Jack era casi tan bueno como el de Magnus, y unas trescientas veces mejor que el de Lumsden.

–¿Cuándo tiene que volver?

–¿Quién?

–Por el amor de Dios, tu sirvienta.

–Mañana, a la hora del almuerzo.

–Sé buena chica y mira si puedes mantenerla lejos un par de días más.

Mary fue a la cocina y telefoneó a la madre de Frau Bauer en Salzburgo. Herr Pym va a quedarse en Londres unos cuantos días. ¿Por qué no aprovecha su ausencia y se toma un agradable descanso? Cuando volvió le tocaba a Lumsden dar explicaciones. Ella las entendió inmediatamente y después dejó de escucharle adrede.

–Simplemente para llenar cualquier laguna molesta, Mary... Para que todos hablemos el mismo idioma, Mary... Mientras Nigel sigue encerrado con el *emba*... Por si acaso, Dios no lo quiera, la odiosa prensa se entera antes de que todo esté resuelto, Mary...

Lumsden tenía un tópico para cada ocasión y fama de poseer una mente ágil.

–De todos modos, éste es el rumbo que al *emba* le gustaría que siguiéramos todos –concluyó, empleando el último grito en jerga atrevida–. No si no nos lo piden, claro está. Pero si lo hacen... Y, Mary, le manda su inmenso amor. Está totalmente a su lado. Y al lado de Magnus, naturalmente. Lo lamenta inmensamente, y todo eso.

–Nada de nada a los amigos de Lederer –dijo Brotherhood–. Ni una palabra a nadie, pero sobre todo no decir ni pío a Lederer. No ha habido desaparición, nada anormal. Ha vuelto a Londres a enterrar a su padre y se queda para unas entrevistas en la oficina central. Fin del mensaje.

–Es el mismo rumbo que hemos seguido ya –dijo Mary, apelando a Brotherhood como si Lumsden no existiera–. Sólo que Magnus no ha solicitado un permiso humanitario antes de tomarlo.

–Sí, pues eso creo que es lo que el *emba* quiere que *no* digamos, si no le importa –dijo Lumsden, mostrando rudeza–. Así que no lo diremos, por favor.

Brotherhood le plantó cara. Mary era de la familia. Nadie iba a chincharla en presencia de Brotherhood, y mucho menos un lacayo sabiondo del ministerio de Exteriores.

–Ya has hecho tu trabajo –dijo Brotherhood–. Esfúmate, ¿quieres? Pitando.

Lumsden se marchó por donde había venido, pero más aprisa.

Brotherhood volvió donde Mary. Estaban a solas. Era tan ancho como un fortín antiguo y, cuando quería, tan duro. El mechón blanco le había caído sobre la frente. Puso las manos sobre las caderas de ella como acostumbraba, y la atrajo hacia él.

–Maldita sea, Mary –le dijo mientras la estrechaba–. Magnus es mi mejor muchacho. ¿Qué demonios has hecho con él?

Ella oyó arriba el chillido de castores y otro ruido más fuerte. Es la cómoda panzuda. No, es nuestra cama. Georgie y Fergus están echando un vistazo.

El escritorio estaba en la antigua habitación de los criados, contigua a la cocina, en un semisótano espacioso y lleno de arañas que ningún sirviente había ocupado durante cuarenta años. Cerca de la ventana, entre las macetas de plantas de Mary, estaban su caballete y sus acuarelas. Contra la pared, el viejo televisor en blanco y negro y el sofá desvencijado para mirarla. «Nada mejor que un poco de incomodidad –le gustaba decir a Magnus– para decidir si un programa vale la pena.» En un nicho debajo de bandas de tubería estaba la mesa de ping-pong donde Mary encuadernaba sus libros, y sobre ella estaban las pieles y el bucarán, las colas, grapas, hilos, las guardas jaspeadas y las cuchillas eléctricas, y los ladrillos envueltos en calcetines viejos de Magnus que ella utilizaba en vez de pesas de plomo, y los volúmenes destrozados que había comprado por unos pocos schillings en el Rastro. Junto a la mesa, al lado de la caldera difunta, estaba el escritorio, el enorme y disparatado escritorio Habsburgo comprado por cuatro perras en una subasta en Graz, aserrado para que pasara por la puerta y encolado nuevamente por el habilidoso Magnus. Brotherhood tiró de los cajones.

–¿Llave?

–Magnus ha debido de llevársela.

Brotherhood levantó la cabeza.

–¡Harry!

Harry llevaba sus ganzúas en una cadena, del mismo modo que otros sus llaveros, y contuvo la respiración para oír mejor mientras exploraba.

–¿Trabaja siempre aquí o hay algún otro sitio?

–Papá le dejó su vieja mesa de campaña. A veces la usa.

–¿Dónde está?

–Arriba.

–¿Dónde es arriba?

–En el cuarto de Tom.

–Ahí guarda también sus documentos, ¿no? ¿Papeles de la Casa?

–No creo. No sé dónde.

Harry se marchó sonriendo, con la cabeza gacha. Brotherhood abrió un cajón.

–Es para el libro que estaba escribiendo –dijo Mary cuando él sacó una carpeta flaca. Magnus lo guarda todo dentro de algo. Todo tiene que llevar un disfraz para ser real.

Se estaba poniendo las gafas, una oreja roja después de la otra. Sabe también lo de la novela, pensó ella, observándole. Ni siquiera finge que está sorprendido.

–Sí.

Y ya puedes poner esos puñeteros papeles en el mismo sitio de donde los has cogido, pensó. No le gustaba lo frío que él se había vuelto, lo duro.

–Abandonó los bocetos, ¿verdad? Yo pensaba que lo estabais haciendo los dos juntos.

–No le satisfizo. Decidió que prefería la palabra escrita.

–No parece que haya escrito mucho aquí. ¿Cuándo decidió el cambio?

–En Lesbos. En las vacaciones. Todavía no lo está escribiendo. Está preparando.

–Oh.

Brotherhood empezó otra página.

–Él lo llama una matriz.

–¿Ah, sí? –Todavía leyendo–. Tengo que enseñarle esto a Bo. Es un hombre de letras.

–Y cuando nos retiremos, cuando se retire él, si es que coge la jubilación anticipada, él escribirá y yo pintaré y encuadernaré. Ése es el proyecto.

Brotherhood pasó una página.

–¿En Dorset?

–En Plush. Sí.

–Bueno, ya se ha jubilado antes de tiempo –comentó, no muy amablemente, mientras reanudaba la lectura–. ¿No había también la escultura en algún momento?

–No era práctica.

–No creí que lo fuera.

–Tú estimulas esas cosas, Jack. La Casa lo hace. Siempre decías que teníamos que tener aficiones y esparcimientos.

–¿De qué trata el libro, entonces? ¿De algo especial?

–Está buscando todavía el género. No suelta prenda al respecto.

–Escucha esto: «Cuando la melancolía más horrible se cernía sobre la familia; cuando Edward mismo sufría atrozmente y se estaba comportando lo mejor que sabía.» Ni un solo verbo principal, que yo pueda ver.

–Él no escribió eso.

–Es su letra, Mary.

–Copiado de algo que leyó. Cuando lee un libro subraya cosas a lápiz, y cuando lo ha terminado anota sus pasajes favoritos.

Oyó arriba un agudo chasquido, como de madera que se casca o de disparo de pistola en los viejos tiempos en que le habían enseñado a disparar.

–Es el cuarto de Tom –dijo–. No tienen por qué entrar ahí.

–Necesito una bolsa, querida –dijo Brotherhood–. Una de basura serviría. ¿Serías tan amable de buscarme una?

Ella fue a la cocina. ¿Por qué le permito que me haga esto? ¿Cómo le consiento que entre en mi casa, mi matrimonio y mi pensamiento y que disponga a sus anchas de todas las cosas que no le gustan? Mary no era sumisa. Los comerciantes no le robaban dos veces. En el colegio inglés, en la escuela inglesa, en la Asociación de esposas de diplomáticos, tenía bastante fama de fierecilla. Y, sin embargo, una mirada dura de los ojos claros de Jack Brotherhood, un gruñido de su voz potente y desenfadada bastaban para que ella corriera hacia él.

Es porque se parece muchísimo a papá, decidió. Adora la Inglaterra que sentimos propia y el resto le importa un bledo. Es porque trabajé para Jack en Berlín cuando yo era una colegiala con la cabeza a pájaros y un poco de talento. Jack fue mi amante más antiguo en una época en que creí necesitar uno. Es porque orientó a Magnus al divorciarse de mí, cuando él estaba confuso, y me lo entregó «de postre», como él dijo.

Y porque él también ama a Magnus.

Brotherhood estaba pasando las páginas de la agenda de Mary.

–¿Quién es P? –preguntó, dando un golpecito en una página–. Veinticinco de septiembre. 18,30, P. Había otra P en el día dieciséis, Mary. No es la P de Pym, ¿verdad? ¿O estoy diciendo otra estupidez? ¿Quién es este P con quién está citado?

Ella empezó a oír el chillido en su propio fuero interno y no le quedaba whisky para acallarlo. De todas las notas, las docenas y docenas de notas, tenía que haber elegido precisamente aquélla.

–No lo sé. Un agente. No lo sé.

–Lo has escrito tú, ¿no?

–Magnus me pidió que lo apuntara. «Pon que tengo una cita con P.» Él no llevaba agenda. Decía que era inseguro.

–Y te pedía que le anotaras las cosas.

–Dijo que si alguien las leía no sabría qué citas eran suyas y cuáles mías. Era una forma de compartir.

Sintió la mirada escrutadora de Brotherhood. Me está haciendo hablar, pensó. Quiere oír el temblor en mi voz.

–¿Compartir qué?

–Su trabajo.

–Explica.

–No podía decirme lo que estaba haciendo, pero sí enseñarme que lo estaba haciendo y cuándo.

–¿Dijo él eso?

–Yo lo notaba.

–¿Qué notabas?

–¡Que estaba orgulloso! ¡Quería que yo lo supiera!

–¿Que supieras qué?

Brotherhood podía sacarle de quicio aun cuando ella supiera que se lo proponía.

–¡Que él tenía otra vida! Otra vida importante. Que le estaban utilizando.

–¿Nosotros?

–Vosotros, Jack. ¡La Casa! ¿Quién pensabas? ¿Los americanos?

–¿Por qué dices eso? «Los americanos.» ¿Tenía algo sobre ellos?

–¿Por qué iba a tener? Estuvo destinado en Washington.

–No hacía falta frenarle. Incluso se le podría alentar. ¿Conocisteis a los Lederer en Washington?

–Apenas, pero los conocimos allí.

–Pero mejor aquí, ¿eh? Dicen que ella es de armas tomar.

Él se estaba adelantando a los días que aún habría que soportar. Mañana y pasado mañana. Se refería al fin de semana, que ya se presentaba ante ella como un agujero en su universo destrozado.

–¿Te importa que guarde esto? –preguntó él.

A Mary le importaba condenadamente. No poseía otra agenda ni tampoco una vida de repuesto. Se la arrancó de las manos y le hizo esperar mientras copiaba su futuro en una hoja de papel: «Bebidas Lederer... cena con los Dinkel... Termina el trimestre de Tom... Cita con P.»

–¿Por qué está vacío este cajón?

–No sabía que lo estuviera.

–Entonces, ¿qué había dentro?

–Fotos viejas. Recuerdos. Nada.

–¿Desde cuándo está vacío?

–No lo sé, Jack. ¡No lo sé! Deja de acosarme, ¿quieres?

–¿Metió papeles en su maleta?

–No le vi prepararla.

–¿Le oíste aquí abajo cuando la preparaba?

–Sí.

Sonó el teléfono. La mano de Mary se disparó para descolgarlo, pero Brotherhood ya le había agarrado la muñeca. Sin soltarla, se inclinó hacia la puerta y llamó a gritos a Harry mientras el teléfono seguía sonando. Eran cerca de las cuatro. ¿Quién demonios llama a las cuatro de la mañana, excepto Magnus? Interiormente Mary estaba rezando tan alto que apenas oyó gritar a Brotherhood. El teléfono seguía reclamándola y ella supo entonces que lo único importante era Magnus y su familia.

–¡Podría ser Tom! –gritó mientras forcejeaba–. ¡Suéltame, maldito!

–También podría ser Lederer.

Harry debía de correr escalera abajo. Ella contó dos timbrazos más antes de que él se presentara en la puerta.

–Localiza esa llamada –ordenó Brotherhood, en voz alta y despacio. Harry desapareció. Brotherhood soltó la mano de Mary–. Haz que dure mucho, mucho, Mary. Alárgalo todo lo que puedas. Tú sabes cómo se juegan estos juegos. Adelante.

Ella descolgó el auricular y dijo: «Domicilio de Pym.»

No respondió nadie. Brotherhood la dirigía con sus manos poderosas, incitándola, apremiándola a hablar. Ella oyó un sonido metálico y aplastó la mano contra el micrófono.

–Podría ser una llamada en clave –susurró.

Levantó un dedo para computar un *ping*. Luego otro. Después un tercero. Era una llamada cifrada. Las habían usado en Berlín: dos para esto, tres para aquello. Un código particular y convenido de antemano entre el agente y la base. Abrió los ojos hacia Brotherhood para preguntar qué debía hacer. Él movió la cabeza para indicar que tampoco lo sabía.

–Habla –musitó.

Mary respiró hondo.

–¿Sí? Hable más fuerte, por favor.

Se refugió en el alemán.

–Esto es el domicilio de Magnus Pym, consejero de la embajada británica. ¿Quién llama? ¿Quiere hablar, por favor? El señor Pym no está en este momento. Si desea dejar un mensaje puede hacerlo. De lo contrario llame más tarde. ¿Diga?

Más, le estaba apremiando Brotherhood. Habla más. Ella recitó su número de teléfono en alemán y luego en inglés. La comunicación no se había interrumpido y oyó un ruido como de tráfico y otro como de música chirriante interpretada a media velocidad, pero ningún *ping* más. Repitió el número en inglés.

–Hable más alto, por favor. Se oye fatal. Diga. ¿Me oye? ¿Quién llama, por favor? Por favor, hable-más-fuerte.

Entonces no pudo contenerse. Cerró los ojos y gritó: «Magnus, por el amor de Dios, ¿dónde estás?» Pero Brotherhood se le anticipó de sobra. Con el conocimiento de un amante, había intuido que se avecinaba aquel arranque y había apretado con la mano la horquilla del teléfono.

–Demasiado breve, señor –se lamentó Harry desde la puerta–. Hubiera necesitado otro minuto como mínimo.

–¿Era del extranjero? –preguntó Brotherhood.

–Podía ser del extranjero o de la puerta de al lado, señor.

–Has sido desobediente, Mary. No vuelvas a hacer esas cosas. Estamos en el mismo bando y yo soy el jefe.

–Alguien le ha raptado –dijo ella–. Estoy segura.

Todo se paralizó: ella, los ojos claros de Jack, hasta Harry en la puerta.

–Vaya, vaya –dijo Brotherhood por fin–. Eso te haría sentirte mejor, ¿eh? ¿Un secuestro? ¿Pero por qué lo dices, querida? ¿Hay algo peor que un secuestro?

Al tratar de encontrar la mirada de Jack, Mary experimentó un violento retorno en el tiempo. No sé nada. Quiero Plush. Devolvedme el país por el que murieron Sam y papá. Se vio a sí misma en el último curso, sentada delante de la tutora de estudios en mitad del último trimestre. Una segunda mujer le acompaña, londinense y ruda. «Esta mujer es un oficial de reclutamiento del Servicio Exterior, querida», dice la tutora. «Un poco especial», dice la mujer ruda. «Está enormemente impresionada por cómo *dibujas*, querida –dice la tutora–. Admira muchísimo tus dotes para el dibujo lineal, igual que todos nosotros. Quiere saber si aceptarías llevar tu cartapacio a Londres un par de días, para que otras personas lo vean.» «Es por tu país, querida», dice la mujer ruda, intencionadamente, a la hija de patriotas ingleses.

Recordó el centro de instrucción en East Anglia, a otras muchachas como ella, nuestra clase. Recordó las lecciones divertidas de copiar, grabar y colorear en papeles, cartones, ropa blanca e hilos, el modo de hacer filigranas y la manera de modificarlas, cómo recortar sellos de goma, cómo hacer que el papel pareciera más viejo y cómo más reciente, e intentó recordar el momento exacto en que habían caído en la cuenta de que les estaban enseñando a falsificar documentos para espías ingleses. Y volvió a verse de pie en presencia de Jack Brotherhood en su oficina destartalada de un piso alto en Berlín, a menos de un tiro de piedra del Muro, Jack el *Striptease*, Jack el Armiño, Jack el Negro y todos los demás Jacks por los que era conocido. Jack estaba al mando del puesto de Berlín y le gustaba recibir personalmente a todo recién llegado, sobre todo si eran chicas bonitas de veinte años. Recordaba su mirada descolorida recorriendo lentamente su cuerpo mientras conjeturaba sus formas y la sopesaba sexualmente, y recordaba que le había odiado nada más verle, como estaba tratando de odiarle ahora, cuando él hojeaba una carpeta de correspondencia familiar que había sacado del escritorio.

–Te habrás dado cuenta de que la mitad son cartas de Tom desde el internado, supongo –dijo.

–¿Por qué no os escribe a los dos?

–Nos escribe a los dos, Jack. Tom y yo mantenemos una correspondencia. Magnus y Tom tienen otra aparte.

–No hay interconsciencia –dijo Brotherhood, utilizando una expresión de la jerga del oficio que él le había enseñado en Berlín.

Encendió otro de sus gruesos cigarrillos amarillos y la miró teatralmente a través de la llama. Todos ellos adoptan alguna pose, pensó ella. Magnus y Grant inclusive.

–Eres absurdo –dijo ella, con una ira nerviosa.

–Es una situación absurda y Nigel estará aquí en cualquier momento para hacerla todavía más absurda. ¿Quién la causó?

Abrió otro cajón.

–Su padre. Si es realmente una situación.

–¿De quién es esta cámara?

–De Tom. Pero la usamos todos.

–¿Hay alguna otra por ahí?

–No. Si Magnus necesita una para su trabajo la trae de la embajada.

–¿No hay ninguna de la embajada ahora?

–No.

–Quizá la motivó su padre o quizás un montón de cosas. Tal vez una riña marital que desconozco.

Estaba examinando los accesorios de la cámara, volteándola en sus manos grandes como si estuviera pensando en comprarla.

–No tenemos riñas –dijo ella.

Él levantó sus ojos sagaces hacia ella.

–¿Cómo lo conseguís?

–No se presta a una riña, eso es todo.

–Pero tú sí. Eres un verdadero demonio cuando te pones de malas, Mary.

–Ya no –dijo ella, recelando de su encanto.

–No conociste a su padre, ¿verdad? –dijo Brotherhood, mientras rebobinaba el carrete de la cámara–. Me parece recordar que había algo entre ellos.

–Estaban distanciados.

–Ah.

–Nada dramático. Se fueron alejando. Son esa clase de familia.

–¿Qué clase, querida?

–Dispersa. Gente de negocios. Él había dicho que les informaría de su primer matrimonio y que con uno bastaba. Apenas hablábamos del asunto.

–¿Tom está incluido en eso?

–Tom es un niño.

–Tom fue la última persona a quien Magnus vio antes de esfumarse, Mary. Aparte del portero de su club.

–Entonces arréstale –propuso crudamente Mary.

Arrojando la película a la bolsa de basura, Brotherhood recogió el pequeño transistor de Magnus.

–¿Es ese nuevo que hacen con toda la onda corta?

–Creo que sí.

–Se lo llevó de vacaciones, ¿no?

–Sí.

–¿Lo escuchaba asiduamente?

–Puesto que, como una vez me dijiste, se ocupaba de Checoslovaquia él solo, sería de lo más sorprendente que no lo escuchara.

Jack encendió el transistor. Una voz de hombre estaba leyendo las noticias en checo. Brotherhood miró inexpresivamente a la pared mientras la emisión continuaba durante lo que parecieron horas. Apagó la radio y la metió en la bolsa. Dirigió la mirada hacia la ventana sin cortinas, pero transcurrió aún un largo rato antes de que hablara.

–No vamos a encender demasiadas luces a esta hora de la mañana, ¿verdad, Mary? –preguntó distraídamente–. No queremos dar que hablar a los vecinos, ¿eh?

–Saben que Rick ha muerto. Saben que es una hora normal.

–Y que lo digas.

Le odio. Siempre le he odiado. Incluso cuando estaba loca por él, cuando me hacía subir y bajar por toda la gama de sensaciones y yo lloraba y se lo agradecía, incluso entonces le odiaba. Háblame de la noche en cuestión, estaba diciendo él. Se refería a la noche en que se enteraron de la muerte de Rick. Ella se lo contó exactamente como lo había ensayado.

Él había encontrado el guardarropa y estaba delante de la trenca raída que había colgada entre el Loden de Tom y la zamarra de Mary. Estaba palpando los bolsillos. El estrépito de arriba era monótono. Sacó un pañuelo mugriento y un rodillo a medio consumir de pastillas de menta.

–Me estás tomando el pelo, Mary.

–Muy bien, te estoy tomando el pelo.

–¿Dos horas en la nieve gélida con zapatillas de baile, Mary? ¿En mitad de la noche? El colega Nigel creerá que me lo estoy inventando. ¿Qué hacía con ellas?

–Caminar.

–¿A dónde?

–No me lo dijo.

–¿Se lo preguntaste?

–No.

–¿Entonces cómo sabes que no cogió un taxi?

–No tenía dinero. Su cartera y el dinero suelto estaban arriba, en el vestidor, con sus llaves.

Brotherhood restituyó a la trenca el pañuelo y los caramelos de menta.

–¿Y nada aquí?

–No.

–¿Cómo lo sabes?

–Es metódico en esas cosas.

–Quizá pagaron al final del trayecto.

–No.

–Quizá le recogió alguien.

–No.

–¿Por qué no?

–Es andariego y estaba consternado. Por eso. Su padre había muerto, aunque él no le apreciara particularmente. Eso le trabaja dentro. La tensión o lo que sea. Y entonces camina.

Y yo le abracé cuando volvió, pensó. Sentí el frío de su mejilla, el temblor de su pecho y el sudor limpio y caliente a través de su abrigo por la caminata. Y le abrazaré otra vez en cuanto vuelva a traspasar esa puerta.

–Le dije: «No salgas. Esta noche no. Emborráchate. Nos emborracharemos juntos.» Pero se fue. Tenía esa expresión.

Lamentó haber dicho esto, porque por un momento estuvo tan enfadada con Magnus como lo estaba con Brotherhood.

–¿Qué expresión es ésa, Mary? «Tenía esa expresión.» Creo que no te entiendo.

–Vacía. Como un actor sin papel.

–¿Sin *papel*? ¿Su padre va y *se muere* y Magnus se queda sin *papel*? ¿Qué demonios significa eso?

Está estrechando su cerco, pensó ella, resuelta a no contestar. Dentro de un minuto voy a sentir sus manos seguras encima de mí y voy a tenderme y a dejar que suceda porque ya no se me ocurren más excusas.

–Pregúntale a Grant –dijo, tratando de herirle–. Es nuestro psicólogo doméstico. Él sabrá.

Se habían trasladado al salón. Él estaba esperando algo. Ella también. A Nigel, a Pym, el teléfono. A Georgie y Fergus en el piso de arriba.

–No te estarás excediendo con esto, ¿o sí? –preguntó Brotherhood, sirviéndole otro whisky.

–Claro que no. Cuando estoy sola, casi nunca.

–No lo hagas. Es rematadamente fácil. Y cuando Hermano Nigel esté aquí, nada. Guárdalo bajo siete llaves. ¿Sí, Jack?

–Sí, Jack. Eres un sacerdote lujurioso recogiendo los residuos de la gracia de Dios –le dijo ella, observando sus lentos y decididos movimientos mientras llenaba su propio vaso–. Primero el vino, ahora el agua. Ahora bajas los párpados y levantas el cáliz para una palabra mojigata con Aquel que te envió.

–Y él está libre –comentó Jack–. «Soy libre.» Rick está muerto y por tanto Magnus es libre. Es uno de tus tipos freudianos que no saben decir «Padre».

–Es completamente normal a su edad. Llamar a un padre por su nombre de pila. Más normal todavía si no se han visto durante quince años.

–Me gusta que le defiendas –dijo Brotherhood–. Admiro tu lealtad. Ellos también la admirarán. Y nunca me has fallado, sé que no.

Lealtad, pensó ella. Mantener mi estúpida boca cerrada por si acaso tu mujer lo descubre.

–Y lloraste. Eres como la antigua plañidera, Mary, no lo sabía. Mary llora, Magnus la consuela. Extraño, ¿verdad?, para el observador accidental, viendo que Rick era *su* padre, no el tuyo. Una auténtica inversión de papeles, ciertamente: tú llevando el luto por él. ¿Por quién eran esas lágrimas exactamente? ¿Tienes idea?

–Su padre había muerto, Jack. No me senté y dije: «Voy a llorar por Rick, voy a llorar por Magnus.» Simplemente lloré.

–Creí que podrían ser por ti misma.

–¿Qué tengo que entender?

–Eres la única persona que no has mencionado. Eso es todo. A la defensiva: así pareces.

–No estoy a la defensiva.

Habló demasiado alto. Ella lo sabía y una vez más lo sabía asimismo Brotherhood, y la reacción le interesaba.

–Y cuando Magnus ha terminado de consolar a Mary –prosiguió, cogiendo un libro de la mesa y pasando sus páginas–, se pone la trenca y sale a caminar con sus zapatillas de baile. Tú intentas retenerle; le suplicas, lo que me cuesta trabajo imaginar, pero lo intentaré. Es inútil, él se va. ¿Ninguna llamada antes de que salga?

–No.

–¿No llamaron aquí ni desde aquí?

–¡Te he dicho que no!

–Hilo directo, después de todo, es normal que un hombre que acaba de perder a un familiar quiera compartir la mala noticia con otros miembros de la familia.

–No son esa clase de familia. Te lo he dicho.

–Para empezar, está Tom. ¿Qué me dices de él?

–Era demasiado tarde para llamar a Tom, y de todos modos Magnus pensó que era mejor decírselo en persona.

Brotherhood estaba mirando el libro.

–Otra joya que ha subrayado: «Los hombres, ni siquiera los locos, no inventan por las buenas su mundo. Los materiales que emplean para su construcción son, en general, de propiedad pública.» Bien, bien. Muy instructivo. ¿También para ti?

–No.

–Para mí tampoco. Magnus es libre. –Cerró el libro y lo dejó en la mesa–. ¿No se llevaría nada consigo, al salir de paseo? ¿Algo como una cartera?

–Un periódico.

Te estás quedando sordo. Reconócelo. Te preocupa que un audífono estropee tu imagen. ¡Díselo, maldita!

Ella lo *había* dicho. Sabía que lo había dicho. Había estado esperando toda la noche para decirlo, lo había preparado desde todos los ángulos posibles, lo había ensayado, negado, olvidado, rememorado. Y ahora resonaba en su cabeza como una explosión mientras tomaba un trago excesivamente largo de whisky. Pero los ojos de Jack, mirándole directamente, seguían esperando.

–Un periódico –repitió–. Sólo un periódico. ¿Y qué?

–¿Qué periódico?

–La *Presse*.

–Es un diario.

–Exacto. *Die Presse* es un diario.

–Un diario local. Y Magnus se lo llevó. Para leer en la oscuridad. En zapatillas de baile. Háblame de eso.

–Acabo de hacerlo, Jack.

–No, no lo has hecho. Y vas a tener que hacerlo, Mary, porque cuando metamos aquí a la artillería pesada vas a necesitar toda la ayuda que pueda prestarte.

Mary recordaba perfectamente. Magnus estaba al lado de la puerta, a un metro de donde Brotherhood se encontraba ahora. Estaba pálido e intocable, con la trenca retorcida que le colgaba de los hombros mientras miraba alrededor por etapas rígidas: la chimenea, a su esposa, el reloj, libros. Se oyó a sí misma diciéndole cosas que ya había referido a Brotherhood, aunque eran más: «Por el amor de Dios, Magnus, quédate. No te deprimas, quédate. No cedas a uno de esos humores. Quédate. Haz el amor. Emborráchate. Si quieres compañía, les pediré a Grant y a Bee que vuelvan, o iremos nosotros allí.» Ella le vio esbozar su sonrisa tiesa y resplandeciente. Le oyó adoptar su voz terriblemente tranquila. Su voz de Lesbos. Y se oyó repetir para Brotherhood, ahora, las palabras exactas que Magnus había dicho.

–Me preguntó: «Mabs, ¿dónde está ese maldito periódico, cariño?» Creí que se refería al *Times* para mirar el mercado inmobiliario escocés, y por eso le dije: «Donde lo hayas puesto al volver de la embajada.»

–Pero no se refería al *Times* –dijo Brotherhood.

–Fue a la estantería... allí. –La miró pero sin señalarla, porque le aterraba conceder demasiada importancia al gesto–. Y lo cogió él mismo. *Die Presse*. De ese estante, donde dejamos la *Presse*. Hasta el final de cada semana. Le gusta que le guarde los números atrasados. Luego salió –concluyó Mary, haciendo que sonara completamente normal, cosa que por supuesto era.

–¿Miró algo del periódico cuando se lo llevó?

–Sólo la fecha. Para comprobar.

–¿Para qué se supone que lo quería?

–Quizás había una sesión nocturna de cine. –Magnus no había ido a una sesión de noche en su vida–. Quizá quería algo para leer en el café–. Sin llevar dinero encima, pensó, mientras llenaba el vacío del silencio de Brotherhood–. A lo mejor buscaba alguna distracción. Como todos podríamos hacer. Haber hecho. Cualquiera a quien se le hubiese muerto alguien.

–O cualquier persona libre –sugirió Brotherhood.

Pero por lo demás no la ayudó.

–De todas formas estaba tan trastornado que cogió un periódico de otra fecha –dijo vivamente, zanjando la cuestión.

–Lo notaste, ¿verdad, querida?

–Sólo cuando los estaba tirando.

–¿Cuándo lo hiciste?

–Ayer.

–¿Cuál cogió él?

–El del lunes. Nada menos que de tres días antes. O sea que evidentemente estaba bastante afectado.

–Evidentemente.

–De acuerdo, su padre no fue el gran amor de su vida. Pero, en definitiva, había muerto. Nadie es racional cuando le ocurre una cosa así. Ni siquiera Magnus.

–¿Entonces qué hizo a continuación? ¿Después de haber mirado la fecha y haber cogido un periódico atrasado?

–Salió, como te he dicho, a pasear. No escuchas. Nunca lo has hecho.

–¿Lo dobló?

–¡Lo que faltaba, Jack! ¿Qué importancia tiene el modo en que alguien se lleva un periódico?

–Limítate a meterte en tu ego y responde. ¿Qué hizo con él?

–Lo enrolló.

–¿Y luego?

–Nada. Se lo llevó. En la mano.

–¿Lo trajo de vuelta?

–¿Aquí, a casa? No.

–¿Cómo sabes que no?

–Le estaba esperando en el recibidor.

–Y te diste cuenta: no trae el periódico. No trae el periódico enrollado, te dijiste.

–Por pura casualidad, sí.

–Nada de casualidad, Mary. Tenías pensado fijarte. Sabías que se había marchado con él y descubriste al momento que no lo traía. Eso no es casual. Eso es espiarle.

–Lo que tú digas.

Él estaba furioso.

–Eres tú la que vas a tener que decir, Mary –dijo, en voz alta y despacio–. Vas a tener cosas que decir a Hermano Nigel dentro de unos cinco minutos. Están enloquecidos, Mary. Ven que el suelo se abre otra vez a sus pies y no saben qué hacer. Literalmente no saben qué hacer. –Amainó su furia. Jack sabía contenerla–. Y más tarde, en cuanto tuviste oportunidad, le registraste los bolsillos. Por casualidad. Y no estaba allí.

–No lo *busqué*, simplemente me fijé en que no lo traía. Y es cierto: no estaba allí.

–¿Sale a menudo con periódicos viejos?

–Cuando necesita mantenerse informado, por su trabajo –es un funcionario concienzudo–, se lleva un periódico.

–¿Enrollado?

–A veces.

–¿Alguna vez vuelve con ellos?

–No, que yo recuerde.

–¿Nunca se lo has comentado?

–No.

–¿Y él a ti?

–Jack. Es una costumbre suya. Oye, ¡no voy a tener una riña conyugal contigo!

–No estamos casados.

–Enrolla un periódico y se va. Igual que un niño con un palo o algo así. Como una especie de consuelo. Como sus pastillas de menta. Allí. Tenía pastillas en el bolsillo. Es lo mismo.

–¿Siempre atrasado?

–No siempre. ¡No le busques tres pies al gato!

–¿Y siempre lo pierde?

–Basta, Jack. Ya basta. ¿De acuerdo?

–¿Lo hace en alguna ocasión especial? ¿En luna llena? ¿El último miércoles del mes? ¿O sólo cuando muere su padre? ¿Has encontrado alguna pauta en eso? Vamos, Mary, ¡sí la has encontrado!

Pégame, pensó ella. Agárrame. Cualquier cosa es mejor que esa mirada fría como el hielo.

–Lo hace algunas veces en que tiene una cita con P –dijo, tratando de dar la impresión de que estuviera amansando a un niño mimado–. Jack, por lo que más quieras, ¡él dirige agentes, vive esa vida, tú le has entrenado! Yo no le pregunto qué mañas emplea, qué hace y con quién. ¡A mí también me han aleccionado!

–Y cuando volvió, ¿cómo estaba?

–Absolutamente bien. Sereno, totalmente sereno. Noté que con el paseo se había repuesto. Estaba perfectamente en todos los sentidos.

–¿No hubo llamadas mientras estuvo fuera?

–No.

–¿Tampoco después?

–Una. Pero no contestamos. Era demasiado tarde.

No había visto muchas veces a Jack sorprendido. Ahora casi lo estaba.

–¿No contestasteis?

–¿Por qué teníamos que hacerlo?

–¿Y por qué no? Es su trabajo, como tú has dicho. Su padre acaba de morir. ¿Por qué no teníais que contestar al teléfono?

–Magnus dijo que no.

–¿*Por qué* dijo que no?

–¡Estábamos haciendo el amor! –dijo ella, y se sintió como la peor puta del mundo.

Harry surgió otra vez en la puerta. Llevaba un mono de trabajo azul y tenía la cara colorada por el esfuerzo. Tenía un destornillador largo en la mano y parecía vergonzosamente alegre.

–¿Le importa subir un momento arriba, señor Brotherhood? –preguntó.

Es como nuestro dormitorio antes del bazar benéfico de la Asociación de esposas, con todas las ropas viejas desechadas por toda la cama, pensó ella. «Magnus, cariño, ¿de verdad necesitas tres chalecos gastados?» Ropas encima de las sillas. Sobre el tocador y el toallero.

Mi chaqueta de verano, que no me he puesto desde Berlín. El esmoquin de Magnus colgado del espejo de cuerpo entero, como una piel secándose. No había nada en el suelo porque no había suelo. Fergus y Georgie habían retirado la alfombra y arrancado la mayoría de las tablas que había debajo, y las habían amontonado como sandwiches al pie de la ventana, dejando las viguetas y el tablón sobrante a modo de pasillo. Habían desmontado en piezas las lámparas de las mesillas, el mobiliario de cabecera, el teléfono y la radio despertador. En el cuarto de baño habían levantado igualmente el suelo, despedazado el botiquín y el panel hasta la bañera y desmontado la puerta de acceso al desván abuhardillado donde Tom se había escondido durante media hora las Navidades pasadas, jugando al «Asesinato», y por ser tan valiente casi se había muerto de miedo. Georgie estaba examinando las pertenencias de Mary en el lavabo. Su crema facial. Su diafragma.

–Para ellos lo que es tuyo es de él, querida, y viceversa –dijo Brotherhood cuando se detuvieron para mirar adentro desde la entrada sin puerta–. Para ellos no hay suyo ni tuyo, no puede haberlo.

–Ni para ti tampoco –dijo ella.

El dormitorio de Tom estaba al otro lado del suyo, en el pasillo. Su luminoso Supermán estaba extendido encima de la cama, junto con sus treinta y un muñecos y tres tigres. La mesa de campaña de su padre estaba plegada contra la pared. La cómoda de juguete había sido empujada hasta el centro de la habitación, poniendo al descubierto la chimenea de mármol que había detrás. Era una chimenea hermosa. El departamento de Obras Públicas había querido tapiarla para reducir las corrientes de aire, pero Magnus no se lo había permitido. En vez de eso había comprado aquella vieja cómoda para cegar la abertura y dejar sólo la repisa visible para que Tom tuviese un poco de la Viena antigua para él solo. Ahora la chimenea quedaba expuesta y la chica Georgie permanecía arrodillada respetuosamente ante ella, con su túnica luchadora de la libertad. Y delante de Georgie había una caja blanca de zapatos con la tapa quitada, y dentro de la caja había un lío de trapos, y alrededor de él varios atadillos más pequeños.

–Lo hemos encontrado en el saliente encima de la parrilla, señor –dijo Fergus–. Donde conecta con el tiro principal.

–No tiene una mota de polvo –dijo Georgie.

–Totalmente a mano –dijo Fergus–. Nada más meterla y ahí estaba.

–Ni siquiera hay que desplazar la cómoda en cuanto le has cogido el tranquillo –dijo Georgie.

–¿Lo has visto antes? –preguntó Brotherhood.

–Evidentemente es algo de Tom –dijo Mary–. Los niños lo esconden todo.

–¿Lo has visto antes? –repitió Brotherhood.

–No.

–¿Sabes lo que hay dentro?

–¿Cómo voy a saberlo si no lo he visto nunca?

–Muy fácil.

Brotherhood no se agachó, sino que se inclinó hacia atrás y extendió los brazos. Georgie le entregó la caja y Brotherhood la llevó a la mesa donde Tom hacía sus espirografías y sus *Lego* y sus innumerables dibujos de aeroplanos alemanes en el momento de ser abatidos contra una puesta de sol en Plush, con familiares en segundo plano que agitaban la mano y exhibían un aspecto radiante. Brotherhood sacó primero el bulto más grande y los otros miraron mientras empezaba a desenvolverlo y cambiaba de idea.

–Tenga –dijo, devolviendo la caja a Georgie–. Dedos de mujer.

Es una de sus amantes, comprendió Mary de pronto. Se preguntó cómo diablos no habría caído en la cuenta antes.

Georgie se alzó elegantemente en toda su estatura, primero una pierna y luego la otra, y tras haberse recogido el pelo lacio detrás de las orejas, aplicó sus dedos de mujer a desenrollar las tiras de sábanas que Magnus había dicho que quería para el coche, hasta destapar por fin una cámara pequeña y de apariencia ingeniosa, con un ingenioso revestimiento de acero alrededor. Y después de la cámara un objeto parecido a un telescopio, provisto de un brazo que, si se desplegaba en toda su longitud, creaba un soporte al que podía atornillarse la cámara, boca abajo y a una distancia fija, para fotografiar documentos en la mesa de campaña de tu suegro. Después del telescopio surgieron una sucesión de películas, lentes, filtros, aros y otros accesorios que ella no pudo identificar a simple vista. Y debajo de estas cosas había un taco de papel de tela fino con columnas de números en la hoja de arriba y bordes fuertemente cauchutados para que sólo se pudiese ver la página de encima. Mary conocía el tipo de papel. Había trabajado con él en Berlín. Se arrugaba como un helecho en el momento en que le acercabas una cerilla. La mitad del taco estaba usada. Debajo del taco, un bloc de notas militar envejecido, con tapa de cartón y la leyenda Propiedad del MG, que significaba Ministerio de Guerra y se componía de papel de campaña rayado y blanco y de una textura parcheada. Y en el interior de esto, cuando Brotherhood prosiguió su búsqueda, dos flores rojas prensadas y muy viejas, amapolas pero también posiblemente rosas, Mary no estaba completamente segura, y de todos modos para ese momento ya estaba gritando.

–¡Es para la Casa! ¡Es para su trabajo con vosotros!

–Por supuesto. Se lo diré a Nigel. No hay problema.

–¡Simplemente porque no me ha hablado de eso no significa que sea algo malo! ¡Es por si tiene que andar con documentos en casa! ¡Los fines de semana!

Y a continuación, dándose cuenta de lo que había dicho:

–Es para sus agentes, por si le traen documentos, ¡estúpido! ¡Si se los trae Grant y tiene que devolverlos en seguida! ¿Qué hay de jodidamente malo en eso?

Fergus estaba manoseando el taco medio usado, dándole vueltas y más vueltas, ladeándolo a la luz de la lámpara inclinada de Tom.

–Parece más checo que otra cosa, señor, francamente –dijo Fergus, ladeando el taco a la luz–. Podría ser ruso, pero francamente creo más probable que sea checo. Sí –dijo complacido cuando su mirada captó alguna característica inexplicada del borde del caucho–. Eso es. Checo. Aunque allí sólo los fabrican. Quién los usa es otra cuestión. Sobre todo en estos tiempos.

Brotherhood estaba más interesado en las flores prensadas. Las había colocado sobre su palma y las contemplaba como si fueran a revelarle el futuro.

–Creo que eres una mala chica, Mary –dijo, pausadamente–. Creo que sabes mucho más de lo que me has dicho. No creo que esté en Irlanda o en las puñeteras Bahamas. Creo que eso fue una cortina de humo. Creo que es un mal hombre y me estoy preguntando si los malos sois los dos.

Ella perdió toda contención. Gritó «¡eres una mierda!» y le golpeó con la mano abierta, pero él atajó el golpe. La rodeó con un brazo y la levantó del suelo como si ella ya no tuviera piernas. La transportó en volandas por el pasillo hasta la habitación de Frau Brauer, que era la única que hasta entonces no había sido desmantelada. La arrojó sobre la cama y le arrancó los zapatos exactamente como solía hacer en el sórdido picadero donde él follaba con sus amantes. La enrolló en el edredón, confeccionando con él una camisa de fuerza. Luego se tumbó sobre ella, forcejeando hasta reducirla mientras Georgie y Fergus contemplaban la escena. Pero de algún modo sorprendente a lo largo de todas estas cabriolas y dramatismos, Jack Brotherhood se las había ingeniado para conservar las dos amapolas prensadas en su puño izquierdo, y las conservaba aún cuando sonó nuevamente el timbre de la puerta, un largo timbrazo de autoridad.

4

«Estar por encima de la refriega –escribió Pym para sí en una hoja separada de papel–. Un escritor es un rey. Debería mirar con amor a su sujeto, aun cuando sea él mismo.»

La vida empezó con Lippsie, Tom, y Lippsie aconteció mucho antes de que tú o cualquier otra persona aparecieseis, y mucho antes de que Pym estuviese en lo que la Casa llama edad casadera. Con anterioridad a Lippsie lo único que Pym recordaba era un peregrinaje sin objeto por casas de diferentes colores y un montón de gritos. Después de ella, todo parecía navegar con un solo rumbo imparable y él no podía hacer más que dejar que la corriente le transportase sentado en su barca. De Lippsie a Poppy, de Rick a Jack, siempre fue el mismo derrotero alegre, por mucho que serpentease y se dividiera a lo largo de la travesía. Y no sólo con ella empezó la vida, sino también la muerte, porque en realidad fue el cadáver de Lippsie lo que puso a Pym en marcha, aunque él nunca lo vio. Otros lo vieron, y Pym podría haber ido a verlo, pues el cadáver estaba en el patio de la campana y tardaron siglos en taparlo. Pero el jovencito atravesaba por entonces un período quisquilloso y egocéntrico y tuvo la impresión de que si no lo veía ella podría no estar muerta, al fin y al cabo, sino fingiendo. O de que su muerte era una sentencia contra él por haber tomado parte en la matanza reciente de una ardilla en la piscina vacía. Había dirigido la caza un profesor de matemáticas que tenía cada ojo de un color distinto y a quien llamaban Corbo *el Cuervo*. Cuando la ardilla estuvo bien aprisionada, Corbo mandó a tres chicos que bajaran por la escalerilla de la piscina con palos de hockey. Pym era uno de ellos. «Va hacia ti, Pymmie. ¡Dale fuerte!», le incitó Corbo. Pym vio al animal lisiado cojear hacia él. Asustado por su dolor le asestó un gran porrazo, más fuerte de lo que era su intención. Vio a la ardilla salir catapultada hacia el jugador siguiente y caer inmóvil. «¡Bravo, Pymmie! Buen golpe.»

La otra cosa que pensó fue que la banda de Sefton Boyd había organizado todo aquel asunto para fastidiarle, cosa siempre posible. Así que en calidad de sustituto Pym se asignó a sí mismo la tarea oficinesca de reunir descripciones y reconstruir los hechos en aquel primer ajetreo, antes de que la escuela enmudeciera, una representación mental de Lippsie probablemente tan clara como la de cualquier otro.

Estaba tendida en postura de carrera, de costado sobre las losas, con la mano delantera cerrada en un puño hacia la línea de meta y el pie trasero apuntando en dirección incorrecta. Sefton Boyd, que fue quien la avistó y alertó al director durante el desayuno colegial, dijo que había pensado que ella *estaba* corriendo, hasta que vio el pie torcido. Pensó que ella estaba haciendo un ejercicio lateral en el suelo, una especie de pataleo, de pedaleo en el aire. Y pensó que la sangre de alrededor era una capa o una toalla que ella había puesto, hasta que advirtió que las hojas del viejo castaño se adherían a aquello y no volaban. No se acercó porque el patio de la campana era territorio prohibido incluso para los alumnos de último año, a causa del tejado peligroso que lo cubría. Y no había vomitado –se jactó– porque nosotros, los Sefton Boyd, somos propietarios de inmensos terrenos y yo he cazado mucho con mi padre y estoy acostumbrado a ver continuamente sangre y tripas. Pero subió corriendo la escalera del último curso hasta la ventana de la torre, desde donde la policía dijo más tarde que ella había caído; debía de haberse asomado por la ventana para hacer algo. Y tenía que haberse asomado por alguna razón importante y urgente, ya que llevaba puesto el camisón y había recorrido en bicicleta el largo trayecto de una milla desde Overflow House en mitad de la noche. Su bicicleta, con el sillín cubierto por su funda de tartán, estaba todavía apoyada contra el cobertizo del cubo de la basura, detrás de las cocinas.

La teoría de Sefton Boyd, excitadamente deducida del estilo de vida de su padre, fue que ella estaba borracha. Sólo que no la llamó «ella», sino *Labiomierda*, que era el juego de palabras ingenioso que su banda hacía con Lippschitz.[1] Pero por otra parte, como él llevaba algún tiempo sugiriendo, *Labiomierda* podía haber sido una espía alemana que había subido furtivamente a la torre para enviar mensajes después del *blackout*,[2] señor. Porque desde la ventana de la torre se divisa todo el valle hasta el Brace of Partridges, de modo que sería un lugar estupendo para hacer señales a los bombarderos alemanes, señor. Lo malo era que ella no tenía ninguna luz excepto el faro de la bici, todavía afianzado sobre el manillar. O sea que quizá la había escondido en la vagina, que Sefton Boyd afirmó haber visto claramente porque la caída le había desgarrado el camisón.

Así las historias circularon esa mañana mientras Pym estaba sentado en la cómoda taza de madera de los servicios del profesorado, que había convertido en su hogar seguro después del primer furor, y contenía la respiración y se ponía colorado y blanco delante del espejo, en una serie de esfuerzos perplejos por adoptar una cara apropiada a su congoja. Con la navaja del ejército suizo que llevaba en el bolsillo se había recortado el mechón de la frente a modo de vano tributo, y luego se había entretenido jugueteando con los grifos y había confiado en que todo el mundo le estuviese buscando: «¿Dónde está Pym? ¡Pym ha huido! ¡Pym también ha muerto!» Pero Pym no había huido ni tampoco estaba muerto, y en el caos resultante de que el cuerpo de Lippsie yaciese en el patio y de la llegada de la ambulancia y la policía, nadie buscaba a nadie, y muchísimo menos en los retretes de

1. *Shitlips* (Literalmente: labios de mierda) es una jocosa transcripción fonética de las sílabas invertidas de Lippschitz. (N. del T.)
2. Apagón de luces preceptivo en Inglaterra durante la guerra para no orientar a los aviones alemanes. (N. del T.)

los profesores, que era el sitio más prohibido de toda la escuela, tanto que atemorizaba hasta al mismo Sefton Boyd. Se suspendieron las clases y lo que había que hacer supuestamente después de todos los gritos y el alboroto era ir en silencio a repasar lecciones en el aula; a menos, como le ocurría a Pym, que estuvieras en el aula dos, con vistas al patio de autos, en cuyo caso tenías que ir a la sala de artes. Esta sala era la cabaña Nissen habilitada que habían construido soldados canadienses y donde Lippsie enseñaba música, pintura y drama, y dirigía ejercicios curativos para chicos con pies planos. Era también donde escribía a máquina y cumplimentaba el papeleo en su calidad de factótum de la escuela: cobrar los honorarios docentes, pagar facturas en nombre del tesorero, llamar a taxis para los alumnos de la clase de confirmación y, como hacen esas personas, llevar el peso del centro sin ayuda y sin que nadie se lo agradeciese. Pero Pym tampoco pensaba ir a esta sala, a pesar de que tenía a medio terminar con su navaja la maqueta de una balsa, así como el proyecto inconcluso de copiar poemas oscuros de un libro viejo para hacerlos pasar luego como suyos. Lo que tenía que hacer, cuando encontrase el valor y el momento propicio, era regresar a la Overflow House donde había vivido hasta entonces con Lippsie y los otros once chicos de la casa. Hasta que hubiese hecho esto y hecho algo respecto a las cartas, no se atrevía a ir a ninguna parte porque Rick volvería a la cárcel.

El modo en que se había metido en aquel lío y la manera en que había adquirido el adiestramiento que tan útil habría de serle en aquella su primera operación clandestina, constituían en gran medida la historia de su vida hasta entonces, que constaba de diez años y tres cursos en un internado.

Incluso hoy, tratar de seguir la pista a Lippsie a través de la vida de Pym es como perseguir a una luz errante a través de un matorral impenetrable. Para Perce Loft, ya fallecido, ella era simplemente inexistente: «una ficción de Titch», la llamaba, queriendo decir que era invención mía, un cuento, una nadería. Pero Perce, el gran abogado, podía haber transformado en una ficción a la torre Eiffel, si le hubiera hecho falta, después de haberse dado de narices con ella. Era su oficio. Y ello a pesar del testimonio de Syd y de otros en el sentido de que había sido Perce el primero que la había utilizado, Perce quien la había presentado a la corte en los oscuros tiempos anteriores al nacimiento de Pym. El señor Muspole, aquel genio de la contabilidad, también fallecido, apoyó comprensiblemente a Perce. Tenía que. Estaba metido en el negocio hasta el cuello. Ni siquiera Syd, la única fuente de información viva, sirve de mucha más ayuda. Ella era una alemana cuatro por dos, dijo, empleando la afectuosa jerga *cockney* para decir judía. Creía que era oriunda de Munich, aunque podría haber sido de Viena. Estaba sola, Titch. Adoraba a los críos. Te adoraba a ti. Syd no dijo que también amaba a Rick, pero en la corte se daba por sentado. Era una «beldad», y en la ética cortesana era para eso para lo que servían las «beldades»: para que Rick cuidara de ellas y para que se bañaran en su gloria. Y Rick, en su bondad, le había hecho estudiar secretariado y sacar un título, dice Syd. Y tu Dorothy ponía por las nubes a Lippsie y le enseñó inglés, que era necesario, dice Syd; después de lo cual se cierra en banda y comenta solamente que fue una lástima y que todos deberíamos aprender de ello, y que quizá tu padre le apretó un poco las clavijas porque ella nunca tuvo tus ventajas. Sí, admite, era guapa. Y tenía una pizca de clase que algunas de las otras, para qué negarlo, no siempre tenían, Titch. Y le encantaban las bromas hasta que empezó a pensar en su pobre familia y en lo que les habían hecho esos teutones.

Mis furtivas consultas de archivo no han sido más esclarecedoras. Estando una noche al cargo del registro como oficial de servicio, no hace demasiados años, busqué Lippschitz, de nombre Annie, en todo el índice general, pero mis pesquisas no dieron fruto con ninguna ortografía. El viejo Dinkel, en Viena, que está al frente de la sección de personal en el servicio austríaco, realizó recientemente una búsqueda similar para mí, cuando le conté una trola; lo mismo hizo en otra ocasión su colega alemán en Colonia. Los dos dijeron: ni rastro.

En mi memoria, sin embargo, ella es cualquier cosa menos una ausencia. Es una muchacha alta, vital, de pelo suave, grandes ojos asustados y cierta brusquedad en sus andares, pues nada hacía despacio. Y recuerdo –debió de ser en unas vacaciones de verano en alguna casa donde nos cobijamos temporalmente–, recuerdo que Pym ansiaba locamente verla desnuda, y dedicaba sus horas de vigilia a idear el medio de conseguirlo. Lippsie debió de adivinarlo de alguna manera, porque una tarde le propuso que compartiera el agua con ella para ahorrar agua caliente. Incluso midió el agua con la mano: a los patriotas se les permitía cinco pulgadas y Lippsie nunca fue menos que un patriota. Se encorvó, desnuda, y me dejó observarla mientras de nuevo hundía la longitud de su mano en el agua de la bañera –estoy seguro de que lo hizo– y la volvía a sacar:

–¡Mira, Magnus! –Mostrándome la palma extendida y mojada–. Ahora podemos tener la certeza de que no ayudamos a los alemanes.

O eso creo yo fervientemente, por más que, aunque lo intente, hasta la fecha no recuerdo qué aspecto tenía Lippsie. Y sé que en la misma casa o en una parecida su habitación estaba enfrente de la de Pym en un pasillo, y que albergaba su maleta de cartón y fotografías de sus hermanos barbudos y sus hermanas solemnes con sombreros negros, y marcos de plata colocados como lápidas minúsculas y bruñidas sobre el tocador. Y estaba la habitación donde ella le advirtió a gritos a Rick de que prefería morir que ser una ladrona, y donde Rick emitió su sonora risa parda, la que se prolongaba más de lo preciso y lo arreglaba todo hasta la próxima vez. Y aunque no recuerdo una sola lección, ella debió de enseñarle alemán a Pym, pues años más tarde, cuando él llegó a aprender formalmente este idioma descubrió que poseía un depósito de información sobre Lippsie: *Aaron war mein Bruder; mein Vater war Architekt*, todo en el mismo tiempo pretérito al que ella misma pertenecía por entonces. En una época aún más posterior comprendió también que cuando ella le había llamado su *Mönchlein* quería decir su «pequeño monje» y estaba aludiendo a la dura senda de Martín Lutero –«sigue tu camino, pequeño monje»–, mientras que entonces había pensado que ella le asignaba el papel de mono atado al organillo, y a Rick el de organillero. El descubrimiento había elevado muchísimo su amor propio, hasta que comprendió que Lippsie le había dado a entender que debía apañárselas sin ella.

Y sé que ella estaba en el paraíso con nosotros porque sin Lippsie no había paraíso. El Paraíso era una tierra dorada entre la Cruz de Gerrard y el mar, donde Dorothy se ponía un jersey de angora para planchar y un gabán azul cuando hacía las compras. El paraíso era adonde Rick y Dorothy habían huido después de su casamiento clandestino, un Eldorado de nuevos comienzos y emocionantes futuros, pero no recuerdo un solo día sin los movimientos bruscos de Lippsie en algún lugar de la orilla, o diciéndome lo que estaba bien o mal con una voz de la que yo no hacía caso. A una hora hacia el este en automóvil «Bentley» estaba la Ciudad, y en la Ciudad se encontraba el West End y allí era donde Rick tenía su despacho y en el despacho una foto grande y sombreada del abuelo TP con su collar de alcalde, y el despacho era lo que retenía a Rick hasta altas horas, cosa que hacía la felicidad del niño Pym porque le consentían subirse a la cama de Dorothy y darle calor, tan pequeña y friolera era ella incluso para un chiquillo. A veces Lippsie se quedaba con nosotros y otras veces iba a Londres con Rick porque tenía que estudiar y, lo que ahora entiendo, justificar su propia supervivencia cuando tantos de los suyos habían muerto.

En el paraíso había una recua de lustrosos caballos de carrera que Syd llamaba imbatibles y una hilera de «Bentley» aún más relucientes que, al igual que las casas, se deterioraban tan aprisa como el crédito con que se habían comprado, y había que cambiarlos con rapidez escalofriante por modelos todavía más nuevos y más caros. A veces los «Bentley» eran tan preciados que había que rodear el flanco de la casa y esconderlos en el jardín de atrás por miedo a que pudiese mancillarlos la mirada de los Infieles. Otras veces Pym los conducía a mil millas por hora sentado en las rodillas de Rick, a lo largo de inacabadas carreteras arenosas, orilladas de hormigoneras, tocando la gran bocina grave para llamar la atención de los peones a los que Rick gritaba: «¿Qué tal, muchachos?», y les invitaba a todos a casa para tomar un trago de burbujas. Y Lippsie estaba allí, al lado de nosotros, en el asiento del copiloto, derecha como un cochero e igualmente distante, hasta que Rick optaba por dirigirle la palabra o hacer una broma. Entonces la sonrisa de ella era como el sol de las vacaciones, y nos amaba a los dos. El paraíso era también St. Moritz, de donde procedían las navajas del ejército suizo, aunque por alguna razón los «Bentley» y aquellos dos inviernos prebélicos en Suiza se fundieron en mi memoria como un solo lugar. Incluso hoy me basta con olfatear el interior de cuero de un automóvil lujoso para sentirme trasladado de buena gana a los salones del gran hotel de St. Moritz, en pos del amor tumultuoso de Rick por la fiesta. El *Kulm*, el *Suvretta Hotel*, el *Grand Hotel*, Pym los conocía como un único palacio gigantesco con diferentes grupos de sirvientes, pero siempre con la misma corte: el séquito personal de Rick, compuesto de bufones, asesores y jockeys; rara vez iba a alguna parte sin ellos. Durante el día, porteros italianos con largas escobas te cepillaban la nieve de las botas cada vez que cruzabas la puerta batiente. Por las noches, mientras Rick y su cortejo estaban de banquete con beldades locales y Dorothy estaba demasiado cansada, Pym se aventuraba de la mano de Lippsie por callejones nevados, agarrando su navaja en el bolsillo al tiempo que fingía ante sí mismo que era una especie de príncipe ruso que la protegía de cualquiera que se riese de ella por ser seria. Y por la mañana, después de madrugar, salía de puntillas sin escolta al rellano y miraba por las barandillas a sus huestes de siervos trabajando abajo, en el gran vestíbulo, mientras él olía el humo rancio de puro, el perfume de las mujeres y la cera que brillaba como rocío en el parqué cuando lo pulimentaban con largos barridos de sus fregonas. Y así era como olían después los «Bentley» de Rick: olían a beldades, a cera de abeja, a humo de sus habanos de millonario. Y muy débilmente, de los viajes en trineo al lado de Lippsie por el bosque helado, a frío y a boñiga de caballo mientras ella charlaba en alemán con el cochero.

De nuevo en casa, y el paraíso eran pirámides de mandarinas relucientes en papel de plata, y arañas rosas en el comedor y clamorosas visitas a hipódromos lejanos para exhibir nuestras insignias de propietarios y ver perder a los imbatibles, y un televisor diminuto en blanco y negro insertado en un estuche enorme de caoba mostraba la regata detrás de un cielo de puntos blancos, y cuando veíamos el Grand National los caballos estaban tan lejos que Pym se preguntaba cómo encontraban el camino a casa, pero me temo ahora que Rick muy a menudo no lo hacía. Y el cricket en el jardín con Syd, seis peniques si no sacaba a Titch del campo en seis bolas. Y boxeo en el salón con Morrie Washington, el experto de la corte en el juego de la lucha, porque Morrie era nuestro ministro de artes: había hablado con Bud Flanagan y estrechado la mano de Joe Louis, y había interpretado al secuaz del prestidigitador en el hombre con ojos como rayos X. Y Muspole, el gran contable, te sacaba monedas de media corona de las orejas, aunque Muspole no fue nunca mi favorito: me obligaba a meterme cantidad de aritmética en la cabeza. Y veía desaparecer terrones de azúcar debajo del sombrero jurídico de Perce Loft: se convertían en ficción ante mis propios ojos. Y los correteos por el jardín montado a horcajadas sobre los hombros enfundados en chalecos de los jockeys, que tenían nombres como Billie y Jimmy, Gordon y Charlie y eran los mejores magos del mundo, los mejores duendes, y se leían todos mis tebeos y me dejaban los suyos cuando los terminaban.

Pero siempre, en algún lugar de esta fauna, puedo encontrar a Lippsie, ya madre, ya mecanógrafa, música, jugadora de cricket y en todo momento preceptora moral particular de Pym, corriendo por el campo en persecución de un tiro alto, mientras todo el mundo le gritaba *Achtung!* y «ojo, cuidado con los arriates». Fue también en Paraíso donde Rick descargó un balonazo contra la cara joven de Pym con un balón flamante de tamaño natural, que fue como ser golpeado por el interior de todos los «Bentley» a la vez, el mismo cuero proyectado a la misma velocidad suicida. Cuando volvió en sí, Dorothy estaba inclinada sobre él con un pañuelo apretado entre los dientes, gimiendo: «Oh, no, por favor, Dios mío, no», porque había sangre por todas partes. El balón sólo le había producido un corte en la frente, pero Dorothy insistía en que le había hundido el globo del ojo entero en la cabeza, tan adentro que nunca volvería a su sitio. La pobrecilla estaba tan asustada que no se atrevía a limpiar la sangre y Lippsie tuvo que hacerlo por ella, porque Lippsie sabía tocarme como tocaba a animales y pájaros heridos. No he vuelto a conocer a una mujer con semejante tacto en las manos. Y ahora creo que eso era lo que yo significaba para ella: una cosa a la que tocar, mimar y proteger después de que le habían privado de todo lo demás. Yo era su residuo de amor y de esperanza en la cárcel dorada donde Rick la tenía prisionera.

Cuando Rick estaba en el Paraíso la noche no existía y nadie se acostaba, excepto Dorothy, que se había nombrado ella misma la Bella Durmiente de la corte. Pym podía sumarse a la juerga en cualquier momento y allí estaban todos, Rick, Syd, Morrie Washington, Perce Loft, Muspole, Lippsie y los jockeys, tumbados en el suelo entre montoncitos de dinero, mirando brincar a la bola de la ruleta por las paredes de estaño bajo la mirada de TP ornado con los atributos de su cargo, de modo que también en las casas debía de haber un retrato suyo. Y veo a todos nosotros bailando al compás del gramófono y contando historias sobre un chimpancé llamado *Pequeño Audrey*, que se reía y reía de chistes que superaban la comprensión intelectual de Pym. Pero Pym reía más fuerte que ninguno porque estaba aprendiendo a ser un seductor, con voces graciosas, actuaciones y anécdotas que le hicieran atractivo. En Paraíso todo el mundo se amaba porque una vez Pym encontró a Lippsie sentada en las rodillas de Rick y otra vez le encontró bailando con la mejilla pegada a la de ella y un habano entre los dientes, al tiempo que cantaba «Debajo de los arcos» con los ojos cerrados. Y parecía una lástima que Dorothy estuviese una vez más demasiado cansada para ponerse la bata con volantes que Rick le había comprado –rosa para Dorothy, blanca para Lippsie– y bajar a divertirse. Pero cuanto más fuerte la llamaba Rick por la escalera tanto más profundamente dormía Dorothy, como Pym descubrió por sí mismo cuando le enviaron por encargo de Rick para convencerla de que bajase. Llamó a la puerta y no hubo respuesta. Fue de puntillas hasta la cama enorme y le retiró de la mejilla lo que a primera vista parecían telarañas. Le habló en susurros y luego intentó gritarle, pero fue en vano. Dorothy estaba llorando en sueños, informó Pym cuando volvió abajo. Pero a la mañana siguiente todo se había resuelto nuevamente porque los tres estaban juntos en la cama, con Rick en el medio, y a Pym le autorizaron a deslizarse dentro, al lado de Lippsie, mientras Dorothy bajaba a preparar tostadas y Lippsie me estrechaba gravemente contra ella y me dedicaba su mueca contrita y moral, que ahora supongo que era su manera de decirme que se avergonzaba de su debilidad y enamoramiento, y deseaba purificarlos con su preocupación por mí.

Es cierto que en el Paraíso Rick vociferaba, pero nunca a Pym. Ni una sola vez me levantó la voz: su voluntad era asaz firme sin necesidad de palabras y su amor era todavía más fuerte. Le vociferaba a Dorothy, le engatusaba y le advertía de cosas que Pym no podía entender. Más de una vez le transportaba físicamente hasta el teléfono y le obligaba a hablar con gente: con el tío Makepeace, con tiendas y con otras personas que representaban algún género de amenaza para nosotros y a quienes sólo Dorothy podía apaciguar, porque Lippsie se negaba a hacerlo y de todos modos su acento no era correcto. Ahora creo que ésa fue la primera vez en que Pym oyó el nombre de Wentworth, porque recuerdo que Dorothy me agarraba de la mano para infundirse valor mientras decía a la señora Wentworth que no habría problemas respecto al dinero siempre que todo el mundo dejase de presionar. De modo que Wentworth fue un nombre feo para Pym desde muy pronto. Se convirtió en sinónimo de miedo y de final de cosas.

–¿Quién es Wentworth? –preguntó Pym a Lippsie, y fue la única vez en que ella le ordenó que se callase.

Y recuerdo que Dorothy conocía por su nombre a todas las operadoras de la centralita y lo que sus maridos y prometidos hacían y en qué colegio estudiaban sus hijos, porque cuando estaba sola con Pym y temblorosa en su jersey de angora descolgaba el teléfono blanco y mantenía una larga charla con ellas, como si hallara consuelo en un mundo de voces incorpóreas. Rick le chillaba a Lippsie también cuando ella le plantaba cara, y creo ahora que se le enfrentaba más a medida que yo iba creciendo. Y a veces les gritaba a Dorothy y a Lippsie juntas y les hacía llorar al mismo tiempo hasta que los tres hacían las paces en el gran lecho blanco donde él desayunaba su tostada y dejaba que la mantequilla gotease sobre las sábanas rosas. Pero nadie hacía daño a Pym, nadie le hacía llorar. Creo que incluso en aquella época Pym comprendía que Rick medía sus relaciones con mujeres mediante su relación con Pym, y le parecían deficientes por comparación. En ocasiones Rick llevaba a patinar a Dorothy y a Lippsie. Rick vestía un frac y una corbata blanca y ellas dos iban vestidas como chicos de pantomima, ambas enlazadas a él por un brazo y evitando mirarse.

La Caída aconteció en la oscuridad. Últimamente nos habíamos mudado con frecuencia de casa, en lo que debió de ser un vertiginoso ascenso a través del mercado inmobiliario local, y nuestro palacio entonces era una casa solariega sobre una colina, y el día era una tarde negra de invierno próxima a las Navidades. Pym había estado haciendo decoraciones de papel con Lippsie, y tengo la impresión de que si pudiera encontrar el sitio, si no es actualmente un terreno municipal o una carretera de circunvalación, todavía estarían colgando exactamente como los dejamos, las estrellas de David y las estrellas de Belén –ella me enseñó a distinguirlas con exactitud– centelleando en inmensas habitaciones vacías. Primero se apagaron las luces en el espacioso cuarto de juegos de Pym, luego se extinguió la estufa eléctrica, luego no funcionaba su flamante tren eléctrico de diez vías y luego Lippsie dio una especie de grito y desapareció. Pym fue al piso de abajo y abrió de par en par la puerta de nogal del novísimo y lujoso mueble bar de Rick. Los espejos del interior rehusaron encenderse y tocar «Alguien está en la cocina con Dinah.»

De repente, en toda la casa, las bolas de latón del reloj de pared barométrico recién comprado eran lo único que había conservado su energía. Pym corrió a la cocina. No estaba la cocinera ni el señor Roley, el jardinero, cuyos hijos le robaban los juguetes a Pym pero no se les podía reprochar porque ellos no disfrutaban de sus privilegios. Volvió a subir corriendo y, aterido de frío, realizó una inspección urgente de los largos pasillos, llamando «Lippsie, Lippsie», pero no contestó nadie. Desde la ventana del rellano, coronada por un arco y con cristal de colores, miró furiosamente al jardín y vislumbró coches negros en el sendero. No eran «Bentley», sino dos «Wolseley» de la policía. Y chóferes de la policía con gorra de visera sentados al volante. Y hombres con gabardinas marrones formando un corro a su lado y hablando con el señor Roley al tiempo que la cocinera retorcía el pañuelo y las manos como el ama de la pantomima *Loca pandilla*, que Rick había llevado a ver a su corte tan sólo una semana antes. La gente sitiada huye hacia arriba, como sé ahora, lo que puede explicar por qué la reacción de Pym fue subir corriendo la estrecha escalera hasta el desván. Allí encontró a Rick muy nervioso, rodeado de papeles y carpetas desparramadas por el suelo, cargando documentos a brazadas en un fichero verde, viejo y astillado que Pym no había visto nunca en todas sus exploraciones.

–La electricidad se ha averiado y Lippsie está asustada y la policía ha venido y está en el jardín deteniendo al señor Roley –dijo Pym a Rick de una tirada.

Lo repitió varias veces, cada vez más alto, debido a la trascendencia del mensaje. Pero Rick no le escuchaba. Corría entre los papeles y el fichero, llenando los cajones. Así que Pym se le acercó y le propinó un golpe fuerte en la parte superior del brazo, tan fuerte como pudo en la parte blanda que había justo encima del muelle de acero que Rick usaba para mantener derecha la manga de su camisa de seda, hasta que Rick se volvió hacia él y lanzó hacia atrás la mano para golpearle, y su cara se asemejaba a la del señor Roley cuando estaba a punto de realizar un gran esfuerzo final ante un tarugo para partirlo en dos: roja, tirante y sudorosa. Luego cayó en cuclillas y agarró a Pym por los dos hombros con sus manazas ahuecadas. Y su cara inquietó a Pym mucho más que el vuelo del hacha, porque sus ojos expresaban miedo y lloraban sin que el resto del rostro lo supiese, y su voz fue suave y sacramental.

–No vuelvas a pegarme nunca, hijo. Cuando sea juzgado, como todos lo seremos, Dios me juzgará por el trato que te he dado, no se andará con rodeos.

–¿Por qué ha venido la policía? –preguntó Pym.

–Tu viejo tiene un problema temporal de liquidez. Ahora despeja el camino hasta ese armario y abre la puerta como un buen chico. Rápido.

El armario estaba en un rincón, detrás de una pila de ropas viejas y trastos de desván. De un modo u otro Pym logró llegar hasta la puerta y tiró de ella hasta abrirla. Rick estaba cerrando con estrépito los cajones del fichero. Giró el cerrojo, agarró a Pym del brazo y le metió la llave en el fondo del bolsillo del pantalón, que era angosto, de lana y con cabida sólo para una llave y una bolsita de caramelos.

–Dásela a Muspole, ¿me oyes, hijo? A nadie más que a Muspole. Luego le enseñas dónde está este fichero. Le traes aquí y se lo enseñas. A nadie más. ¿Quieres a tu viejo?

–Sí.

–Así me gusta.

Orgulloso como un centinela, Pym sujetó la puerta mientras Rick hacía girar y rodar el fichero sobre sus ruedas hasta introducirlo en el armario y después en el oscuro entablado que había detrás. A continuación arrojó un montón de cachivaches que lo taparon totalmente.

–¿Has visto dónde está, hijo?

–Sí.

–Cierra la puerta.

Pym lo hizo y luego se precipitó escalera abajo, con el pecho inflado, porque quería echar otra ojeada a los coches de la policía. Dorothy estaba en la cocina, con su abrigo de piel nuevo y sus mullidas zapatillas nuevas, removiendo una lata de sopa de tomate. Tenía en la boca uno de esos burbujeos que a la gente le sale cuando un nudo en la garganta les impide hablar. Pym aborrecía la sopa de tomate, al igual que Rick.

–Rick está reparando las cañerías –anunció pomposamente a fin de mantener su secreto intacto.

Era el único sentido que lograba atribuir a la referencia de Rick sobre liquidez. Gritando todavía más alto para llamar a Lippsie, salió al pasillo como una exhalación y tropezó de narices con dos policías que avanzaban trabajosamente bajo el peso de un gran escritorio que era el despacho de Rick cuando estaba en casa.

–Eso es de mi padre –dijo agresivamente, colocando una mano encima del bolsillo donde tenía la llave.

El primer policía es el único que recuerdo. Era amable, tenía un bigote blanco como el de TP y era más alto que Dios.

–Sí, bueno, me parece que ahora es nuestro, chico. Mantén abierta esa puerta, haz el favor, y ten cuidado con los dedos de los pies.

Pym, el portero oficial, obedeció.

–¿Tu papá tiene algún escritorio más? –preguntó el policía alto.

–No.

–¿Armarios? ¿Algún sitio donde guarde sus papeles?

–Están todos ahí dentro –dijo Pym, señalando firmemente el escritorio mientras mantenía la otra mano sobre el bolsillo.

–¿Tienes ganas de hacer pis?

–No.

–¿Dónde hay una cuerda?

–No sé.

–Sí sabes.

–En el establo. En un gancho grande de silla al lado de la segadora nueva. Es un ronzal.

–¿Cómo te llamas?

–Magnus. ¿Dónde está Lippsie?

–¿Quién es Lippsie?

–Mi amiga.

–¿Trabaja para tu papá?

–No.

–Vete a buscarnos esa cuerda, Magnus, sé buen chico. Yo y mis amigos vamos a llevar a tu padre a unas vacaciones de trabajo durante una temporada y necesitamos sus papeles para poder trabajar.

Pym corrió al cobertizo que estaba en el otro extremo de los jardines, entre el corral del pony y la vivienda del señor Roley. En la estantería había un bote verde de té donde Roley guardaba sus clavos. Pym metió la llave dentro, pensando: bote verde, fichero verde. Para cuando volvió con el cabestro Rick se encontraba escoltado por los dos hombres de gabardina marrón. Y todavía veo la escena: Rick tan pálido que ni todas las vacaciones del mundo le devolverían el color, exigiéndome fidelidad con los ojos. Y el policía alto permitiendo a Pym probarse su gorra plana y tirar de la manilla que hacía sonar la campana de plata en el techo del «Wolseley» negro. Y Dorothy con aspecto de necesitar unas vacaciones con más urgencia aún que Rick, sin atragantarse más, sino rígida como una estatua, con sus manos blancas cruzadas sobre el regazo de su abrigo de piel.

La memoria es una gran tentadora, Tom. Imagina el cuadro trágico. El pequeño grupo, el día de invierno, las Navidades próximas. El convoy de «Wolseley» alejándose por el camino donde Pym había pasado tanto tiempo patrullando con su pistola nueva de seis tiros de *Harrods*. El escritorio de Rick amarrado al último automóvil con ayuda del ronzal del establo. Contemplan inmóviles al cortejo que desaparece por el túnel de árboles y se lleva a nuestro Proveedor Dios sabe dónde. La señora Roley llorando. La cabecita de Pym apretada contra el seno de su madre. Mil violines tocando: «¿No piensas volver a casa?»; es ilimitado el patetismo que podría exprimir de este limón si lo estrujara. La verdad, no obstante, cuando me esfuerzo en recordarla, es diferente. La partida de Rick produjo en el ánimo de Pym una gran calma. Se sintió reconfortado y liberado de una carga intolerable. Vio a los coches partir, con el escritorio de Rick en último lugar. Y siguió mirándolos ansiosamente, pero sólo por miedo a que Rick les convenciese de que volvieran. Mientras los miraba, Lippsie salió de los bosques con su pañuelo en la cabeza y avanzó hacia él inclinada por el peso de la maleta de cartón que contenía todas sus pertenencias. Verla puso a Pym aún más furioso que cuando había descubierto a Dorothy cocinando una sopa. Te has escondido, le acusó en el diálogo secreto que constantemente mantenía con ella. Te has asustado tanto que te has escondido en el bosque y te has perdido la juerga. Ahora lo comprendo, por supuesto, pero entonces no podía saber que Lippsie había presenciado antes escenas de detenciones: la de su hermano Aaron y la de su padre, el arquitecto, por mencionar sólo dos. Pero a Pym, al igual que al resto del mundo, no le preocupaban mucho los pogroms de aquellos tiempos, y lo único que sentía era el hondo agravio de que el amor de su vida no hubiese estado a la altura de un momento histórico.

Muspole apareció esa noche. Se presentó en la puerta lateral con un pollo asado, una empanada de ruibarbo, natillas espesas y un termo de té caliente, y dijo que estaba haciendo gestiones y que al día siguiente todo estaría resuelto. Para reponerse Pym dijo: «Venga a ver mi Hornby», y Dorothy se echó a llorar porque para entonces ya no había Hornby: los alguaciles del embargo habían librado una batalla campal con los comerciantes que recuperaban sus mercancías y el Hornby había sido una de las primeras cosas en desaparecer. Pero Muspole fue con Pym de todos modos, le acompañó al cobertizo y recibió de él la llave, y luego le siguió al desván donde el niño le enseñó el secreto. Y todo el mundo se puso a observar de nuevo cómo Roley y Muspole levantaban el fichero y lo introducían jadeantes en el coche de Muspole. Y nuevamente dijeron adiós con la mano cuando Muspole se internaba en el crepúsculo con su sombrero.

Después de la Caída vino, como corresponde, el Purgatorio, y en el purgatorio no existían Lippsies: presumo que estaba utilizando la ausencia de Rick para distanciarse y tratar de imponerme una de sus rupturas. Fue en el purgatorio donde Dorothy y yo cumplimos nuestra condena, Tom, y está justo en la cima de esa colina, uno de los pocos jalones del recorrido de Rick por la costa, aunque los nuevos apartamentos han eliminado gran parte de sus tormentos. El purgatorio era la misma hondonada de madera, con grietas y crestas y laureles chorreantes donde Pym había sido concebido, con playas rojas barridas por el viento, siempre fuera de temporada, y columpios chirriantes y zonas recreativas empapadas y cerradas para los niños el domingo, y para Pym también los demás días de la semana. El purgatorio era la casona triste de Makepeace Watermaster, *The Glades*, donde Pym tenía prohibido abandonar el huerto tapiado si el tiempo era seco o entrar en las habitaciones principales si estaba lloviendo. El purgatorio era el tabernáculo con los chicos de la escuela nocturna borrados de los libros de historia; y los sermones aterradores de Makepeace; y los del señor Philpott, y los de cada tía, primo o filósofo del vecindario que tomaba la palabra, impelido por la desgracia de Rick, y veía en el joven delincuente la persona indicada a quien dirigirse.

En el purgatorio no había muebles bar, televisores, «Bentley» ni caballos, y se servía pan con margarina en lugar de tostadas. Cuando cantábamos, era para entonar «Hay un monte verde en lontananza» y nunca «Debajo de los arcos» o uno de los *Lieder* de Lippsie. Las fotos de la época muestran a un niño que al sonreír enseña dientes grandes, un niño desarrollado y bastante guapo, pero encorvado como si viviera en un lugar de techos bajos. Todas están desenfocadas y desprenden un aire furtivo y sigiloso, y procuro amarlas tan sólo porque Dorothy debió de sacarlas, aunque era a

Lippsie a quien Pym añoraba. En un par de ellas el niño está tirando del brazo de la madre que en ese momento le tenía a su cargo, y probablemente intentaba convencerla de que huyera con él. En una de las fotos lleva guantes blancos y holgados como manos de marionetas, por lo que supongo que padecía alguna afección de la piel, a menos que a Makepeace le preocuparan las huellas dactilares. O quizá se proponía llegar a ser camarero. Las madres, todas corpulentas, todas ellas vestidas con el mismo uniforme estricto, tienen tal aspecto de carceleras que me pregunto seriamente si Makepeace las buscaba en una agencia especializada en el cuidado de adolescentes. Una luce una medalla como una Cruz de Hierro. No quiero decir que no sean amables. Sus sonrisas emanan un piadoso optimismo. Pero en su mirada hay algo que te advierte de que permanecen continuamente alerta a la criminalidad latente de los niños a su cargo. Lippsie es una figura ausente y mi pobre Dorothy, la compañera única de celda que Pym tenía en la oscura ala trasera de la casa, donde los dos habían sido confinados, era incluso una nulidad mayor que antes. Si Pym recibía una paliza, Dorothy le vendaba las heridas, pero no discutía la necesidad de los azotes. Si le ponían pañales vergonzosos como castigo por mojar la cama, Dorothy le exhortaba a no beber en la segunda mitad del día. Y si le castigaban a no tomar el té, Dorothy le guardaba sus galletas y se las pasaba en la intimidad de la habitación de arriba, introduciéndolas una por una entre los barrotes invisibles. En el paraíso, en los buenos tiempos, Pym y Dorothy habían conseguido compartir bromas cómplices. Ahora el silencio culpable de su propio hogar embargaba a Dorothy. Día tras día intensificaba su retraimiento, y aunque él le contaba sus mejores chistes y le representaba sus números más vistosos y le pintaba los cuadros más bonitos que sabía, nada de lo que hiciese lograba despertar su sonrisa mucho tiempo. De noche ella gemía y rechinaba los dientes y, cuando encendía la luz, Pym estaba despierto a su lado, pensando en Lippsie y observando los ojos de Dorothy que miraban sin pestañear la estrella de Belén de pergamino que hacía la función de pantalla de la lámpara.

Si Dorothy se hubiese estado muriendo, Pym habría podido cuidarla para siempre, sin vacilación. Pero no lo estaba y, en lugar de mimarla, le guardaba rencor. En realidad pronto empezó a cansarse de ella y a preguntarse si había sido el padre que no debía, el que se había ido de vacaciones, y si Lippsie era su verdadera madre y Rick había cometido un error espantoso que lo explicaba todo. Cuando estalló la guerra Dorothy fue incapaz de alegrarse por la maravillosa noticia. Makepeace encendió la radio y Pym oyó a un hombre solemne declarar que había hecho todo lo posible para evitarla. Makepeace apagó la radio y Philpott, que había venido a tomar el té, preguntó compungido dónde, oh, ¿dónde sería el campo de batalla? Makepeace, que tenía respuestas para todo, contestó que Dios decidiría. Pero Pym, desbordante de excitación, por una vez se atrevió a interrogarle.

–Pero tío Makepeace, si Dios puede decidir dónde es la batalla, ¿por qué no la detiene totalmente? No quiere hacerlo. Si quisiera lo haría fácilmente. ¡No quiere!

Hasta esta misma fecha desconozco cuál fue el pecado más grande: interrogar a Makepeace o interrogar a Dios. En ambos casos el remedio fue el mismo: imponerle un régimen de pan y agua, como a su padre.

Pero el peor monstruo de *The Glades* no era el gomoso tío Makepeace, con sus orejitas de rosa y su figura tan alta y terrible que más parecía divina que humana, sino la loca tía Nell, con sus gafas de color hígado, que perseguía a Pym sin ningún motivo, amenazándole con el bastón y llamándole «mi pequeño canario» a causa del jersey amarillo que Dorothy le había tejido entre llanto y llanto. La tía Nell tenía un bastón blanco para ver y un bastón marrón para caminar. Veía perfectamente, salvo cuando llevaba su bastón blanco.

–La tía Nell saca sus tembleques de una botella –dijo Pym a Dorothy un día, pensando que podría hacerla sonreír–. Lo he visto. Tiene una botella escondida en el invernadero.

Dorothy no sonrió, sino que se asustó mucho y le hizo jurar que nunca repetiría semejante cosa. La tía Nell estaba enferma, dijo. Su enfermedad era un secreto y tomaba una medicina secreta y nadie debía saberlo, pues de lo contrario la tía Nell moriría y Dios se enfadaría mucho. Pym acarreó durante semanas este conocimiento asombroso, de un modo parecido a como, brevemente, había transportado el de Rick, aunque la nueva información era mejor y más deshonrosa. Era como el primer dinero que había poseído en su vida, su primer fragmento de poder. ¿Con quién emplearlo? ¿Con quién compartirlo?, se preguntaba. ¿Dejo vivir a la tía, o la mato por llamarme pequeño canario? Decidió emplearlo con la cocinera, la señora Banister.

–La tía Nell saca sus tembleques de una botella –le dijo procurando usar exactamente las mismas palabras que tanto habían horrorizado a Dorothy.

Pero la tía Nell no se murió y la señora Banister sabía ya lo de la botella y le dio una bofetada por su descaro. Peor aún: debió de ir con el cuento al tío Makepeace, pues esa noche él realizó una visita infrecuente al ala carcelaria, balanceándose, rugiendo y sudando y apuntando a Pym mientras hablaba de que Rick era el diablo. En cuanto se marchó, Pym cruzó la cama delante de la puerta por si Makepeace decidía volver y armar escándalo, pero no lo hizo. El espía en ciernes, sin embargo, había aprendido una lección temprana en el juego peligroso del espionaje: todo el mundo habla.

La lección siguiente no fue menos instructiva y versó sobre los peligros de la comunicación en territorio ocupado. Por esa época Pym escribía a Lippsie todos los días y echaba las cartas a un buzón que había en la puerta trasera de la casa. Para posterior vergüenza suya, las cartas contenían información inestimable, y casi nada en clave. Cómo entrar en *The Glades* de noche. Sus horas de ejercicio. Mapas. El carácter de sus perseguidores. El dinero que había ahorrado. La ubicación exacta de los guardas alemanes. El itinerario que había que seguir por el jardín trasero y dónde se guardaba la llave de la cocina. «Estoy secuestrado en una casa peligrosa. Por favor, libérame en seguida», escribió, y adjuntó un dibujo de la tía Nell en que le salían canarios por la boca, como una advertencia más de los riesgos que le rodeaban. Pero había una pega. Como ignoraba la dirección de Lippsie, Pym sólo podía confiar en que alguien de la estafeta conociese sus señas. Esta confianza fue traicionada. Un día el cartero entregó personalmente a Makepeace el fajo ultrasecreto. Makepeace convocó entonces a la madre de turno, quien a su vez convocó a Pym y le condujo como reo que era ante el juez para el castigo, sin que le valieran sus sonrisas fingidas y sus súplicas y todas las lisonjas a que recurrió, pues Pym, poco deportivamente, odiaba los azotes y rara vez se mostraba valeroso a la hora de recibirlos. A partir de ese día se conformó con buscar a Lippsie en los autobuses y, de tal manera que siempre pudiera desmentirlo, preguntando a cualquiera que pasase por la puerta trasera si la había visto. Preguntaba especialmente a policías, a quienes ahora dedicaba una espléndida sonrisa siempre que los encontraba.

–Mi padre tiene una caja verde con secretos dentro –dijo a un agente un día en que paseaba con una de sus guardianas por los jardines conmemorativos.

–¿Con que sí, hijo? Pues gracias por decírnoslo –respondió el policía, fingiendo que lo anotaba en su libreta.

Entretanto le llegaron nuevas de Rick, aunque no de Lippsie, como los susurros inconclusos de una radio lejana. Tu padre está bien. Las vacaciones le están mejorando. Ha perdido peso, está muy bien alimentado, no tenéis que preocuparos, hace ejercicio, lee sus libros de leyes y ha vuelto a la escuela. La fuente de estos retazos inapreciables era la Otra Casa, que se encontraba en una parte más pobre del purgatorio, junto a la estación de cok, y no debía mencionarse nunca delante de Makepeace, puesto que era la casa que había incubado a Rick y reportado deshonra a la gran familia de los Watermaster, por no decir a la memoria de TP. Dorothy y Pym viajaban allí cogidos de la mano, como en la penumbra al amor de la lumbre, con una malla pegajosa contra la detonación de las bombas en las ventanas del trolebús, y las luces del interior azules para desorientar a los pilotos alemanes. En la Otra Casa, una inquebrantable mujercita irlandesa, con una mandíbula de roca, entregaba a Pym media corona extraída de un frasco rojizo, le palpaba con aprobación los músculos del brazo y le llamaba «hijo» como Rick, y de la pared colgaba una copia de la misma fotografía sombreada de TP, aunque no con un marco dorado, sino de madera de ataúd. Tías de cara alegre regalaban a Pym su ración de azúcar, le abrazaban y lloraban y trataban a Dorothy como a la reina que en un tiempo había sido, y ululaban cuando Pym les hacía chistosas imitaciones de voces y aplaudían cuando les cantaba «Debajo de los arcos».

–¡Vamos, Magnus, imita ahora a Sir Makepeace!

Pero Pym no se atrevía por miedo a la ira de Dios, de la que sabía que era rápida y atroz por el asunto de la tía Nell. La tía a la que más amaba era Bess.

–Dinos, Magnus –le susurraba la tía Bess, a solas en la trascocina, acercando la cabeza de Pym a la suya–. ¿Es verdad que tu papá tuvo una vez un caballo de carreras que se llamaba *Príncipe Magnus* por ti?

–No es verdad –respondió Pym sin dudar un segundo, recordando la emoción de estar sentado en la cama de tía Bess, al lado de Lippsie y escuchando el comentario del *Príncipe Magnus* saliendo de la nada–. Es una mentira inventada por el tío Makepeace para hacer daño a mi padre.

La tía Bess le besó, se rió y lloró de alivio, y le estrechó aún más fuerte.

–No digas nunca que te lo he preguntado. Prométetelo.

–Lo prometo –dijo Pym–. Palabra de honor.

La misma tía Bess, una noche gloriosa, sacó de matute a Pym de *The Glades* y le llevó al teatro de Bournemouth Pier, donde vieron a Max Miller y a una hilera de chicas con largas piernas desnudas como las de Lippsie. En el trolebús de vuelta, desbordante de gratitud, Pym le contó todas las cosas que sabía en el mundo e inventó las que no sabía. Dijo que había escrito un libro de Shakespeare y que estaba guardado en una caja verde en una casa secreta. Un día lo encontraría, lo publicaría y ganaría un montón de dinero. Dijo que de mayor sería policía, actor y jockey, y que conduciría un «Bentley» como Rick, se casaría con Lippsie y tendrían seis hijos, todos llamados TP como su abuelo. Esto complació a Bess sobremanera, salvo lo del jockey, y se fue a casa diciendo que Magnus era un cómico, que era lo que él más deseaba. Su satisfacción fue efímera. Esta vez Pym había encolerizado de verdad a Dios, y como de costumbre Él no tardó en tomar medidas al respecto. Al día siguiente mismo, antes del desayuno, la policía llegó y se llevó a Dorothy para siempre, aunque la madre a la sazón en funciones dijo que era sólo una ambulancia.

Y una vez más, si bien Pym lloró por Dorothy, como era menester, y se negó a comer por su causa y zurró con los puños a las sufridas madres, no pudo por menos de reconocer su rectitud por habérsela llevado. Se la llevaron a un lugar donde sería feliz, dijeron las madres. Pym envidió la suerte de Dorothy. No al mismo sitio que a Rick, no, sino a otro más bonito y más tranquilo, con personas buenas que la cuidaban. Pym planeó reunirse con ella. La huida, hasta entonces una fantasía, se convirtió en un objetivo serio. Un epiléptico famoso de la escuela dominical le familiarizó con sus síntomas. Pym esperó un día, irrumpió en la cocina con los ojos en blanco y se desplomó dramáticamente delante de la señora Banister, metiéndose las manos en la boca y retorciéndose para rematar. El médico, que debía de ser un imbécil integral, recetó un laxante. Al día siguiente, en una nueva tentativa de llamar la atención, Pym se cercenó el mechón de la frente con tijeras de papel. Nadie lo advirtió. Improvisando ahora, liberó de su jaula a la cacatúa de la señora Banister, arrojó escamas de jabón en la olla y obstruyó el retrete con un boa propiedad de tía Nell.

No sucedió nada. Eran palos de ciego. Lo que necesitaba era una trastada espectacular. Aguardó toda la noche y por la mañana temprano, cuando su valentía adquirió el grado más alto, Pym recorrió en bata y zapatillas la distancia de la casa hasta el estudio de Makepeace Watermaster y orinó copiosamente en el centro de la alfombra blanca. Aterrado, se precipitó sobre el reguero que había formado, con las esperanza de secarlo mediante el calor de su cuerpo. Entró una sirvienta y gritó. Llamaron a una madre y, desde su postura fetal sobre la alfombra, Pym fue obsequiado con un ejemplo instructivo del modo en que la historia se reescribe en una crisis. La madre le tocó el hombro. Él gimió. Ella le preguntó dónde le dolía. Él señaló la ingle, la causa literal de su dolencia. Trajeron a Makepeace. En primer lugar, ¿qué estabas haciendo en mi estudio? El dolor, señor, el dolor, quería decirle que me dolía. El médico regresó con un chirrido de neumáticos y ahora lo rememoraron todo mientras él se inclinaba sobre Pym y le tanteaba el estómago con la punta de sus dedos estúpidos. El colapso delante de la señora Banister. Los gemidos nocturnos, la palidez diurna. La demencia de Dorothy, comentada en cuchicheos. Hasta el hecho de que Pym mojase la cama fue tomado en consideración y utilizado como prueba en su favor.

–Pobre niño, también habrá que internarle –dijo la madre cuando el paciente fue transportado cautelosamente hasta el sofá y la sirvienta fue enviada urgentemente en busca de desinfectante y una bayeta. Tomaron al paciente la temperatura, que sombríamente fue declarada normal.

–No quiere decir nada –dijo el médico, ahora esforzándose en rectificar su negligencia anterior, y ordenó a la madre que empaquetase las cosas del pobre chico. Ella lo hizo así y en el curso de la tarea debió de descubrir inevitablemente una serie de pequeños objetos que Pym había sustraído de la vida ajena con la finalidad de mejorar la suya propia: pendientes de azabache de la tía Nell, cartas que la cocinera recibía de su hijo en Canadá y el «Viajes con un burro» de Makepeace Watermaster, que Pym había elegido por su título, lo único que había leído. En aquel trance incluso se pasó por alto esta prueba flagrante de su delincuencia.

El desenlace fue más eficaz de lo que Pym podía haber esperado. Menos de una semana después, en un hospital recientemente habilitado para acoger a las víctimas del inminente bombardeo aéreo, Magnus Pym, de ocho años y medio, cedió su apéndice en aras de la cobertura operativa. Cuando volvió en sí, lo primero que vio fue un osito amarillo, más grande que él, sentado a los pies de la cama. Lo segundo fue un cesto de frutas más grande que el oso, que parecía un producto de St. Moritz desembarcado por error en la Inglaterra en guerra. Lo tercero fue Rick, esbelto y elegante como un marinero, en posición de firmes y con la mano derecha levantada a modo de saludo. Al lado de Rick, de nuevo, como un fantasma asustado y emergido a regañadientes de las sombras del reino clorofórmico de Pym, estaba Lippsie, con los hombros cubiertos por una nueva esclavina de piel, y sostenida por Syd Lemon, que parecía su hermano menor.

Lippsie se arrodilló junto a mí. Los dos hombres presenciaron nuestro abrazo.

–Así me gusta –repetía Rick, aprobadoramente–. Dale un buen abrazo inglés. Así me gusta.

Suavemente, como una perra que recobra a su cachorro, Lippsie me levantó en brazos, apartó el mechón de mi frente y me miró gravemente a los ojos como si temiera que en ellos hubieran penetrado cosas malas.

¡Cómo festejaron la excarcelación! Despojada de todas sus posesiones, menos la ropa que llevaba y el crédito que conseguía obtener sobre la marcha, la corte reconstruida de Rick se lanzó al camino abierto y se convirtió en una cohorte de cruzados por el país en guerra. La gasolina estaba racionada, los «Bentley» habían desaparecido durante la contienda, todos los carteles callejeros preguntaban: «¿Es su viaje realmente necesario?», y cada vez que pasaban por delante de uno reducían la velocidad para gritar «¡Sí!» a coro por las ventanillas abiertas de su taxi. Los chóferes se convertían en cómplices o huían de prisa. Un tal Humphries les puso de patitas en la calle en Aberdeen, al cabo de una semana, tras llamarles ladrones, y se perdió de vista para siempre en su taxi, sin haber cobrado su dinero. Pero un tal Cudlove, a quien Rick había conocido durante las vacaciones, y que agenció a la corte una semana al fiado en el Imperial de Torquay por mediación de una tía suya que trabajaba en la sección contable, se quedó con ellos para siempre, compartiendo su comida y su destino y enseñando a Pym habilidades con una cuerda. A veces disponían de un taxi, otras el amigo especial de Cudlove, Ollie, traía su «Humber» y hacían trayectos que duraban todo el día para recreo exclusivo de Pym, mientras Syd se asomaba por la ventanilla de atrás para espolear a latigazos la velocidad del coche. Por lo que atañe a las madres, contaban con un surtido deslumbrante y variado, y a menudo las adquirían con tal celeridad que tenían que prensarlas una encima de otra en el asiento trasero, con Pym apretujado contra un regazo desconocido y excitante. Hubo una señora que se llamaba Topsie y olía a rosas, y que le hacía bailar a Pym con la cabeza contra su seno. Hubo una Millie que le dejaba dormir con ella en su traje de sirena, porque él tenía miedo del armario negro de su habitación de hotel, y que le dispensaba caricias directas mientras le bañaba. Y hubo Eileens, Mabels y Joans, y una Violet que vomitó en el coche por culpa de la sidra, parte en el estuche de su careta antigás y el resto sobre Pym. Y cuando todas se quitaron de en medio, Lippsie se materializó, de pie e inmóvil en el vapor de una estación ferroviaria, con su maleta de cartón colgando de su mano delgada. Pym la amaba más que nunca, pero no soportaba su melancolía creciente, y en el torbellino de la gran cruzada le disgustaba ser el objeto de la misma.

–La buena de Lippsie tiene un no sé qué –decía Syd amablemente, notando la desilusión de Pym, y exhalaron una especie de suspiro de alivio cuando ella se fue.

–La buena de Lippsie ya está otra vez a vueltas con sus judíos –dijo Syd tristemente en otra ocasión–. Constantemente le cuentan que les están haciendo otro tanto.

Y otra vez:

–Lippsie se siente culpable por no haber muerto como ellos.

Las pesquisas intermitentes que Pym realizaba acerca de Dorothy eran totalmente infructuosas. Tu mamá está enferma, le decía Syd, volverá pronto, y lo mejor que Magnus puede hacer por ella, entretanto, es no preocuparse, porque ella lo sabrá y se pondrá peor. Rick adoptó una actitud dolorida:

–No tienes más remedio que arreglarte con tu viejo por un tiempo. Creí que lo estábamos pasando bien. ¿No nos estamos divirtiendo?

–Nos estamos divirtiendo muchísimo –respondió Pym.

Sobre el tema de su reciente ausencia Rick era tan parco como el resto de la corte, motivo por el cual Pym pronto empezó a preguntarse si de verdad habría estado de vacaciones. Sólo un indicio ocasional le convenció de que habían compartido una experiencia fortalecedora. Winchester había sido peor que Reading debido a aquellos malditos gitanos de Salisbury Plain, oyó Pym una vez a Morrie Washington decirle a Perce Loft. Syd le respaldó.

–Aquellos calés de Winchester eran violentos a más no poder –dijo Syd, sentidamente–. Los carceleros tampoco eran mejores.

Y Pym constató que las vacaciones les habían inculcado un apetito voraz, pues él era el único del grupo que podía tener propensión a quejarse.

–Cómete esos guisantes, Magnus –le incitaba Syd entre muchas risas–. Hay hoteles peores que éste, puedes *creernos*.

No fue hasta un año o algo más tarde, cuando el vocabulario de Pym se había equiparado a su comprensión intelectual, cuando comprendió que habían estado hablando de la cárcel.

Pero su cabecilla no gustaba de estas chanzas y ellos las interrumpían bruscamente, porque las *gravitas* de Rick era algo que nadie se tomaba a la ligera, y mucho menos los hombres designados para sustentarla. La superioridad de Rick era manifiesta en todo lo que hacía. En su modo de vestirse cuando estaban sin un céntimo, en su ropa limpia y sus zapatos limpios. En la comida que exigía y el estilo con que la comía. En las habitaciones que tenían en el hotel. En el hecho de necesitar brandy para el billar ruso y en la manera en que reducía a todos al silencio de sus cavilaciones. En su preocupación por las buenas obras, que implicaban visitas a hospitales donde los internos habían sufrido duros reveses y atenciones a ancianos mientras sus hijos estaban en la guerra.

–¿Te ocuparás también de Lippsie cuando la guerra termine? –le preguntó Pym un día.

–Lippsie es una joya –dijo Rick.

Entretanto comerciábamos. Pym nunca supo con exactitud en qué, y hoy todavía lo ignora. A veces con mercancías escasas como jamón y whisky, y otras veces con promesas, que la corte denominaba Fe. En otras ocasiones con nada más sólido que los horizontes soleados que centelleaban ante nuestra vista por las carreteras vacías de la época bélica. Al acercarse la Navidad alguien sacó miles de hojas de papel de colores. Durante días y noches enteros, con sus filas engrosadas por madres suplementarias, reclutadas para esta vital tarea de guerra, Pym y la corte, acuclillados en Didcot, en un vagón de tren vacío, los moldeaban en forma de petardos que no contenían juguetes ni tampoco explotaban, al tiempo que se contaban unos a otros historias disparatadas y preparaban tostadas poniéndolas encima de la estufa de petróleo. Cierto que algunos de los petardos tenían en su interior soldaditos de madera, pero a éstos se les llamaba muestras y se guardaban aparte. Los demás, explicaba Syd, eran decorativos, Titch, como las flores cuando no hay ninguna. Pym se lo creía todo. Era el chico más industrioso del mundo, siempre que encontrase aprobación a la vuelta de la esquina.

Otra vez transportaron un remolque lleno de cajas de naranjas que Pym se negó a comer porque le había oído decir a Syd que estaban calientes. Las vendieron a un *pub* de la carretera de Birmingham. En una ocasión tuvieron un cargamento de pollos muertos de los que Syd dijo que sólo podían moverse de noche, cuando hacía suficiente frío, y quizás era por eso por lo que se habían puesto malas las naranjas. Y en mi memoria pervive para siempre una secuencia cinematográfica de la cumbre de una colina en los páramos, escabrosa e iluminada por la luna, y de nuestros dos taxis serpenteando nerviosamente hasta la cima con los faros encendidos. Y las figuras oscuras que nos esperaban en la trasera de un camión. Y la lámpara con pantalla a la luz de la cual contaban el dinero para Muspole, el gran contable, mientras Syd descargaba el remolque. Y Pym observando desde cierta distancia porque odiaba las plumas. Ningún cruce nocturno de frontera fue tan emocionante.

–¿Ahora podemos mandarle a Lippsie el dinero? –preguntó Pym–. No le queda nada.

–¿Pero tú cómo lo sabes, hijo mío?

Por las cartas que te escribe, pensó Pym. Te dejaste una en el bolsillo y la leí. Pero los ojos de Rick despedían su brillo de navaja automática, así que dijo: «Me lo he inventado», y sonrió.

Rick no nos acompañaba en nuestras aventuras. Se estaba reservando. Para qué, era una pregunta que nadie le había hecho a Rick en presencia de Pym, y desde luego él nunca se la hizo. Rick se consagraba a sus buenas obras, sus ancianos y sus visitas al hospital.

–¿Está planchado ese traje, hijo? –inquiría Rick, cuando por especial privilegio padre e hijo emprendían juntos una de aquellas elevadas misiones.

–¡Dios bendito, Muspole, mira el traje del chico, da verdadera grima! ¡Mira qué pelo lleva!

A una madre se le encomendaba aprisa el planchado del traje, a otra lustrar los zapatos y recortarle las uñas, a una tercera peinarle hasta que el pelo quedase aliñado y decente.

Con frágil paciencia, Cudlove daba golpecitos con las llaves en el techo del coche mientras Pym era sometido a una inspección final en busca de signos de involuntaria irreverencia. Luego por fin salían disparados hacia la casa o cabecera de alguna persona de edad y respetable, y Pym presenciaba fascinado la rapidez con que Rick adaptaba sus modales a los de sus enfermos, la naturalidad con que deslizaba hacia las cadencias y el lenguaje vulgar que les hacía sentirse más a gusto, y el modo en que el amor de Dios se pintaba en su cara de hombre bueno cuando hablaba de liberalismo, de masonería y de su querido padre difunto, que Dios le tenga en su seno, y de unos réditos de primera, el diez por ciento garantizado más beneficios durante todo el tiempo que le quede de vida. Algunas veces llevaba consigo un jamón de regalo y personificaba a un ángel en un mundo sin jamones. Otras veces un par de medias de seda o una caja de nectarinas, porque Rick era siempre el que daba cuando estaba recibiendo. Siempre que podía, Pym añadía el peso de su encanto a los platillos de la balanza y recitaba una oración que había compuesto, cantaba «Debajo de los arcos» o contaba una anécdota ingeniosa con la gama de acentos regionales que había asimilado en el curso de la cruzada.

–Los alemanes están matando a todos los judíos –dijo en una ocasión, causando un gran impacto–. Tengo una amiga que se llama Lippsie y todos sus demás amigos han muerto.

Si su actuación era deficiente, Rick se lo hacía saber sin brutalidad:

–Cuando una persona como la señora Ardmore te pregunta si te acuerdas de ella, hijo, no te rasques la cabezota ni pongas esa mueca. Mírala a los ojos, sonríele y dile: «*Sí.*» Así hay que tratar a los ancianos.. *y* así se le deja en buen lugar a tu padre. ¿Quieres a tu viejo?

–Pues claro.

–Muy bien. ¿Cómo estaba el filete de anoche?

–Riquísimo.

–No hay veinte niños en toda Inglaterra que anoche cenaran un filete, ¿lo sabes?

–Lo sé.

–Entonces danos un beso.

Syd fue menos reverente.

–Si vas a aprender a afeitar a la gente, Magnus –dijo, con gran profusión de guiños–, primero tienes que aprender a untar el jabón.

En algún lugar cerca de Aberdeen, sin previo aviso, la corte se interesó exclusivamente por las farmacias. Por entonces éramos una sociedad limitada, lo que para Pym era tan bueno como ser policía. Rick había encontrado un banquero con Fe, y el amigo de Cudlove, Ollie, que vivía con ellos, firmaba los cheques y fue nombrado secretario de la sociedad. Y nuestro producto era un mejunje de fruta seca reducida a pulpa con una prensa de mano en las cocinas de una gran casa de campo perteneciente a una fogosa nueva madre que se llamaba Cherry. Era una casona de columnas blancas en la puerta delantera y de estatuas blancas, todas como Lippsie, en el jardín. Ni siquiera en el paraíso la corte se había alojado en posada tan grandiosa. Primero cocíamos la fruta a fuego lento y la aplastábamos con la prensa manual, que era la fase mejor, y luego añadíamos gelatina para hacer tabletas que Pym hacía rodar una y otra vez con la palma desnuda sobre azúcar de la sociedad, que después limpiaba a lengüetazos entre remesa y remesa. Cherry tenía evacuados y caballos, y daba fiestas para soldados americanos que le regalaban latas de gasolina en el cobertizo del diezmo eclesiástico. Poseía granjas y un parque grande con ciervos, y un marido ausente en la armada a quien Syd aludía como «el almirante».

Por la tarde, antes de la cena, el guardabosques azuzaba al interior de la casa a una jauría de *spaniels*. Se hacinaban sobre los sofás, ladrando, hasta que eran expulsados de nuevo a correazos. En la casa de Cherry, por primera vez desde St. Moritz, Pym vio velas de plata en la mesa, alumbrando hombros desnudos.

–Hay una mujer que se llama Lippsie y que está enamorada de mi padre y van a casarse y a tener bebés –dijo Pym servicialmente a Cherry un atardecer en que paseaban juntos por el camino de herradura; y le impresionó vivamente ver la seriedad con que Cherry recibía la noticia y la vehemencia con que interrogó a Pym sobre los méritos y la belleza de Lippsie–. La he visto en el baño y es preciosa –dijo Pym.

Y cuando se marcharon, unos días más tarde, Rick se llevó consigo parte de la dignidad del sitio y también algo de su propietaria, pues le recuerdo bajando a zancadas los grandes escalones de piedra con una maleta de piel en cada mano (siempre le encantaron las maletas hermosas), y luciendo un elegante conjunto campestre de los que ningún almirante se pondría en el mar. Syd y Muspole le seguían como gnomos, transportando entre los dos el mellado fichero verde y gritando: «Es tu fin, Deirdre»,[1] y «Despacio por la escalera, Sybil».

–No le vuelvas a hablar a Cherry de Lippsie, hijo –le advirtió Rick, con su tono moralista más intenso–. Es hora de que aprendas que no es cortés mencionar a una mujer delante de otra. Porque si no lo aprendes perderás tus privilegios, créeme.

Fue asimismo a través de Cherry, sospecho, que Rick tomó la determinación de convertir a Pym en un caballero. Hasta entonces se había dado por sobreentendido que Pym pertenecía ya a la aristocracia. Pero Cherry, una mujer enérgica y superior, enseñó a Rick que el auténtico privilegio inglés se obtenía mediante un régimen duro, y que la mayor dureza se encontraba en los internados ingleses. Tenía también un sobrino en la academia del señor Grimble, que atendía por el nombre de Sefton Boyd, pero mejor conocido para ella como «mi querido Kenny». Una segunda experiencia, menos delicada, era el ejército. Muspole se convirtió en su primera víctima, y luego Morrie Washington y por último Syd. Todos ellos hicieron su pequeño equipaje con una sonrisita triste de fracaso y desaparecieron, regresando tan sólo raramente y con el pelo muy corto. Más tarde Rick, con dolorida sorpresa, recibió un día la llamada de la bandera. En su vida posterior adoptó una opinión más tolerante de la mezquindad de la cofradía confiada a su cuidado, pero la visión de sus papeles de alistamiento en la mesa del desayuno provocó un arranque de furia justiciera.

–Maldita sea, Loft, creí que te ocuparías de todo esto –le chilló a Perce, que estaba excluido de todo servicio.

–Nos hemos ocupado –dijo Perce, apuntando con el pulgar hacia mí–. Niño delicado, su madre en la loquera, es perfectamente enternecedor.

–¿Entonces dónde demonios está su ternura ahora? –preguntó Rick, poniendo el documento amarillo delante de las narices de Perce–. Es una maldita vergüenza, Loft. Eso es lo que es. Infórmate.

1. En la mitología celta, la hermosa hija de un bardo cortesano que habitualmente simboliza a Irlanda. (N. del T.)

–Nunca debiste hablarle a Cherry de Lippsie –le bufó más tarde Perce Loft a Pym–. Cherry se chivó de tu papá por despecho.

Pero el ejército se negó a rendirse, y la corte reducida, compuesta por Perce Loft, un racimo de madres, Ollie y Cudlove, en su momento se mudaron a un hotel sombrío de Bradford, donde Rick se vio obligado a conciliar la ignominia de la plaza de armas con las servidumbres del generalato económico. Sirviéndose del tragaperras y el crédito del hotel, mecanografiando y archivando en sus habitaciones, almacenando sus mercaderías misteriosas en el garaje del establecimiento, la corte llevó a cabo una valerosa acción de retaguardia contra su disolución, pero fue en vano. Era un domingo por la tarde. Rick, con su uniforme de recluta recién planchado, se disponía a volver al cuartel. Llevaba debajo del brazo un tablero de dardos nuevo que proyectaba regalar al comedor del sargento, porque Rick tenía el ojo puesto en el cargo de abastecedor, que le facultaría para alimentarnos en las carestías.

–Hijo. Ya es hora de que encamines esos estupendos pies que tienes por la dura carretera que te llevará a ser presidente del tribunal supremo y un orgullo para tu padre. Ha habido últimamente demasiada holganza y tú eres parte de ella. Cudlove, mira esta camisa. Nadie ha hecho nunca negocios con una camisa sucia. Mira qué pelo. Será un desgraciado a la que se descuide. Vas a ir a un internado, hijo, y Dios te bendiga y me bendiga a mí también.

Otro abrazo de oso, un enjugar de lágrimas final, un noble apretón de manos para las cámaras ausentes y, con el tablero preparado, el gran hombre se marchó a la guerra. Pym le observó hasta perderse de vista y luego subió furtivamente la escalera hacia los apartamentos provisionales de lujo. La puerta no estaba cerrada con llave. Olió a mujer y a talco. La cama de matrimonio estaba deshecha. Sacó de debajo la cartera de piel de cerdo, volcó el contenido y, como tantas veces antes, contempló desconcertado la correspondencia y los expedientes ininteligibles. El traje de campo del almirante, usado durante unas horas y todavía caliente, estaba colgado en el ropero. Registró los bolsillos. El fichero verde, más mellado que nunca, acechaba en su oscuridad habitual. ¿Por qué siempre lo guardaba en armarios? Pym tiró en vano de los cajones cerrados. ¿Por qué siempre viaja separado de todo lo demás, como si tuviera una enfermedad?

–Buscando dinero, ¿eh, Titch? –le preguntó una voz de mujer, desde la puerta del baño. Era Doris, mecanógrafa elegida y buena *scout*–. Yo que tú no me tomaría la molestia. Se lo ha llevado tu papá. He mirado.

–Me ha dicho que me ha dejado una chocolatina en su habitación –respondió Pym resueltamente, y prosiguió hurgando mientras ella le observaba.

–En el garaje hay tres gordas del ejército, de ésas de leche y almendras. Sírvete –le aconsejó Doris–. Y cupones de gasolina también, si tienes sed.

–Era una chocolatina especial –dijo Pym.

Nunca he desentrañado las maquinaciones que enviaron a Pym y a Lippsie al mismo colegio. ¿Fueron infiltrados individualmente o en forma de lote, el uno para que le instruyeran y la otra para suministrar trabajo como pago? Sospecho que en forma de lote, pero no tengo más prueba que mi conocimiento general de los métodos de Rick. Durante toda su vida Rick mantuvo un contingente laboral de mujeres abnegadas a las que periódicamente desechaba y revivía. Cuando no se las necesitaba en la corte eran despachadas a trabajar para él en el gran mundo, contribuyendo a su Cruzada con giros que apenas podían costear, vendiendo sus alhajas para él, retirando sus ahorros y prestando su nombre para cuentas bancarias de las que estaba proscrito el nombre de Rick. Pero Lippsie no tenía joyas ni crédito en los bancos. Tenía únicamente su cuerpo hermoso, su música y su meditabundo sentido de culpa, y un pequeño colegial inglés que la vinculaba con el mundo, y ahora presumo que Rick ya había captado las señales de aviso que ella despedía y decidió entregarme a Lippsie para que me cuidara. Nuestra asociación, sin embargo, fue beneficiosa, y Rick era ante todo un oportunista.

Si Pym poseía alguna instrucción por la época en que se presentó en la academia del señor Grimble en el campo para hijos de señores, se la debía a Lippsie y no a la docena o así de parvularios, catequesis y jardines de infancia diseminados a lo largo del febril camino hacia la prosperidad de Rick. Lippsie le enseñó a escribir, y todavía hoy escribo una *t* alemana y pongo una raya a mis zetas minúsculas. Le enseñó ortografía, y a los dos siempre les hacía mucha gracia no poder recordar cuántas *des* había en la equivalencia inglesa de «*address*», y hasta la fecha no estoy seguro de la respuesta hasta haber escrito primero la palabra alemana. Todas las demás cosas que sabía Pym, aparte de algunos pasajes sin sentido de la Sagrada Escritura, se hallaban en la maleta de cartón de Lippsie, pues ella no iba a verle nunca a ninguna parte sin llevárselo pitando a su habitación y endosarle alguna lección de geografía o historia o hacerle tocar escalas en su flauta.

–Mira, Magnus, sin conocimientos no somos nada. Pero con ellos podemos ir a cualquier lugar del mundo, somos como tortugas que llevan siempre su casa a cuestas. Si aprendes a pintar puedes pintar en cualquier sitio. Un escultor, un músico, un pintor no necesitan permisos. Sólo su cabeza. Podemos llevar nuestro mundo dentro de nuestra cabeza. Es el único modo seguro. Y ahora toca para Lippsie una canción bonita.

La estancia en la academia rural supuso el florecer perfecto de esta relación. Llevaban su mundo dentro de sus cabezas respectivas, pero también estaba contenido en un pabellón de jardinero, de ladrillo y pedernal, al final del largo sendero del señor Grimble, denominado Overflow House y ocupado por los chicos Overflow, de los que Pym era el miembro más reciente. Y Lippsie, su encantadora Lippsie de toda la vida, era la mejor y más solícita madre de todos ellos. Supieron al instante que eran unos parias. De no haberlo sabido, los ochenta alumnos del pabellón se lo hubieran hecho saber con claridad. Había un pálido hijo de tendero sin una H en su apellido, y los comerciantes eran ridículos. Había tres judíos cuyo vocabulario estaba salpicado de polaco, y un tartamudo incurable que se apellidaba M-M-Marlin, y un indio patizambo cuyo padre había muerto cuando los japoneses tomaron Singapur. Tenían a Pym, con sus espinillas y su hábito de mojar la cama. Pero con Lippsie consiguieron enorgullecerse de todos estos inconvenientes. Si los alumnos del otro extremo del sendero eran el regimiento de gala, los chicos Overflow constituían la tropa que se batía tanto más duramente para alcanzar sus medallas. Como profesorado el señor Grimble contrataba lo que podía agenciarse, y lo que podía agenciarse era todo lo que el país no necesitaba. Un tal O'Mally asestó a un chico un puñetazo tan fuerte en el oído que le dejó sin conocimiento, y un tal Farbourne entrechocaba cabezas de alumnos y fracturaba algún cráneo. Un profesor de ciencias creyó que los chicos del pueblo que merodeaban por la zona eran bolcheviques, y disparó fuego de escopeta contra sus traseros en retirada. En la academia de Grimble, los alumnos eran azotados por lentitud y azotados por desaseo, azotados por apatía y por insolencia, y azotados por no mejorar con las azotainas. La fiebre de la guerra fomentaba la brutalidad, el sentimiento de culpa de nuestro profesorado no combatiente la intensificaba, las complejidades del sistema jerárquico británico proporcionaban un orden natural para el ejercicio del sadismo. Su Dios era el protector de los caballeros rurales ingleses, y su justicia era el castigo de los desheredados y los de humilde cuna, y se administraba con la colaboración de los fuertes, de entre los cuales el más robusto y más guapo era Sefton Boyd. La más triste de las ironías que envolvieron la muerte de Lippsie, tal como lo veo ahora, fue que muriese al servicio de un estado fascista.

Todos los días de salida, de acuerdo con las instrucciones de Rick, Pym se presentaba en la entrada del sendero del colegio para esperar la llegada de Cudlove. Si no aparecía nadie, corría feliz a los bosques en busca de intimidad y de fresas salvajes. Al atardecer volvía a la academia jactándose del día maravilloso que había pasado. Sólo de vez en cuando ocurría lo peor y aparecía un coche cargado: Rick, Cudlove, Syd con uniforme de recluta y un par de jockeys espachurrados de cualquier manera, todos bien refrescados después de una pausa en el *Brace de Partridges*. Si se estaba celebrando un partido escolar, la pandilla animaba estentóreamente al equipo de casa y repartía naranjas de origen desconocido que sacaban de una caja en el maletero del automóvil. Si no había partido, Syd y Morrie Washington reclutaban por la fuerza al primer chico que pasase a bordo de una bicicleta y organizaban una carrera de obstáculos por los campos de deporte, mientras Syd formaba con las manos una especie de bocina para pregonar los comentarios. Y Rick, vestido con el traje de almirante, daba la salida, blandiendo su pañuelo como un alcalde, y obsequiaba personalmente al ganador con una inimaginable caja de bombones, al tiempo que los billetes de una libra cambiaban de manos alrededor de la corte. Y al anochecer Rick nunca dejaba de instalarse en la Overflow House con la botella de champán que traía para animar a Lippsie, porque parecía muy decaída. ¿Qué tripa se le ha roto, hijo? Y Rick la animaba de veras, Pym escuchaba la animación, un ruido sordo, un crujido, un grito, acuclillado en bata delante de la puerta y preguntándose si estarían peleando o fingiendo. Y Rick no se marchaba hasta el amanecer. De nuevo en la cama, le oía bajar la escalera de puntillas, aunque Rick sabía pisar tan ligero como un gato.

Hasta que una mañana Rick no se marchó silenciosamente. No para Pym ni para los restantes chicos Overflow, a quienes perturbó mucho el estrépito que les despertó. Lippsie chillaba a voz en cuello y Rick trataba de apaciguarla, pero cuanto más suave era él con ella tanto menos ella atendía a razones.

–Me has hecho ser una *lagdona* –gritaba entre grandes ahogos mientras aspiraba otra bocanada de aire–. Me has hecho una *lagdona* para castigarme. Fuiste un mal sacerdote, Rickie Pym. Me obligaste a robar. Yo era una mujer honrada. Yo era una refugiada, pero honrada.

¿Por qué hablaba como si todo aquello fuese el año pasado?

–Mi padre fue un hombre honrado. Mis hermanos también lo fueron. Fueron hombres buenos, no malos como yo. Me hiciste robar hasta que fui una delincuente como tú. Quizá Dios te castigue un día, Rickie Pym. Quizá te haga llorar a ti también. Ojalá lo haga. ¡Ojalá, ojalá!

–La pobre Lippsie sufre uno de sus tembleques, hijo –explicó Rick a Pym, al encontrarle en la escalera cuando se disponía a marcharse–. Entra ahí y a ver si puedes hacerla reír con una de tus historias. ¿Te da bien de comer ese Grimble?

–De maravilla –contestó Pym.

–Tu viejo va a ocuparse de ellos, ¿sabes? Éste es el colegio más sano de Inglaterra. Pregúntales en el ministerio. ¿Quieres media corona? Así me gusta.

Para llegar a la bicicleta de Lippsie, Pym usó una manera de andar que había aprendido de Sefton Boyd. Juntabas las manos livianamente detrás de la espalda, echabas la cabeza hacia adelante y fijabas los ojos en un objeto vagamente agradable en el horizonte. Caminabas con paso ancho y alto, sonriendo ligeramente, como si escucharas otras voces, que es el modo en que nuestra flor y nata manifiesta autoridad. Montó en la bicicleta sin mirar alrededor. Era demasiado bajo para sentarse en el sillín de tartán, pero una bici de chica tiene un agujero y no una barra, como Sefton Boyd señalaba siempre muy gustoso, y Pym se balanceaba a través de este boquete, impulsando las piernas de un lado para otro mientras giraba el manillar entre los charcos sobre el alquitrán. Soy el cobrador oficial en bicicleta. A su derecha estaba el huerto donde él y Lippsie habían cavado para la victoria, a su izquierda el soto donde había caído la bomba alemana, proyectando astillas de ramitas chamuscadas contra la ventana del dormitorio que compartía con el chico indio y el hijo del tendero. Pero a su espalda, en su imaginación aterrada, venía persiguiéndole Sefton Boyd con sus lictores, imitando a Lippsie para él porque ellos sabían que él la amaba:

–¿*Anone* vas, mi pequeño estraperlo? ¿Qué estás haciendo con tu amiguita, mi pequeño estraperlo, ahora que ella ha muerto?

Delante de él estaba la puerta donde había esperado a Cudlove y, a la izquierda de la puerta, la Overflow House con sus verjas de hierro arrancadas por imperativos bélicos, y un policía apostado en el hueco.

–Me han mandado a recoger mi libro de historia natural –dijo Pym al policía, mirándole directamente a los ojos mientras apoyaba la bicicleta de Lippsie contra un poste de ladrillo.

Había mentido anteriormente a policías y sabía que debía aparentar sinceridad.

–¿Tu libro de historia natural, dices? –preguntó el policía–. ¿Cómo te llamas?

–Pym, señor. Vivo aquí.

–¿Pym qué?

–Magnus.

–Pues entra, aprisa, Pym Magnus –dijo el policía, pero Pym siguió caminando despacio, negándose a mostrar algún signo de ansiedad.

La familia de Lippsie, en sus marcos de plata, formaba una hilera sobre la mesita de noche, pero la cabezota de Rick dominaba todos los retratos, susceptible y político en su marco de piel de cerdo, y los ojos sagaces de Rick le seguían adondequiera que él fuese. Abrió el ropero de Lippsie y aspiró su olor; apartó su bata blanca con volante, su esclavina de piel y el abrigo de pelo de camello con una capucha de duendecillo que Rick le había comprado en St. Moritz. Del fondo del ropero sacó la maleta de cartón, la colocó en el suelo y la abrió con la llave que ella guardaba escondida en la jarra de cerveza que estaba sobre los azulejos de la repisa de la chimenea, al lado del chimpancé de juguete llamado *Pequeño Audrey* y que reía y reía. Sacó el libro parecido a una Biblia que estaba escrito en negras hojitas de espada, y los libros de música y los de lectura que él no entendía, y el pasaporte con su foto de joven, y los fajos de cartas en alemán de su hermana Rachel, que se pronunciaba Ra-ha-el y que ya no le escribía, y en el fondo de la maleta las cartas de Rick, atadas en resmas con cabos de bramante. Algunas se las sabía de memoria, aunque tenía dificultades para desentrañar el prodigio que hervía debajo de su verborrea:

> *Es cuestión de semanas, no de días, mi querida, el que las nubes actuales, se disipen definitivamente, Loft habrá obtenido mi liberación y tú y yo podremos disfrutar de nuestra merecida recompensa... Cuida de ese chico mío que te quiere como a una madre y asegúrate de que no se vuelva un desgraciado...*
>
> *Tus dudas respecto a la confianza son totalmente injustificadas... no deberías darle vueltas al asunto porque es una preocupación más para mí mientras espero a que me llame el toque de corneta para quizá no regresar nunca... Lo que hay en juego aquí reportará indecibles beneficios a muchos como Wentworth... no me sigas hablando de W o de su mujer, es una buscalíos profesional de la peor calaña...*
>
> *Saludos a Ted Grimble, a quien considero un gran pedagogo y director. Dile que otro quintal de ciruelas pasas está en camino... que prepare también la cocina para veinticuatro docenas de las mejores naranjas frescas. Loft me ha conseguido un permiso de tres semanas por razones humanitarias, lo que significa que recomienzo de cero si me llaman a filas. Respecto a otro asunto, Muspole dice que*

continúe enviando artículos como antes. Por favor resuelve rápidamente este extremo debido a un problema puramente transitorio de liquidez que está impidiendo atender a las necesidades de personas decentes como Wentworth...

Si no mandas más cheques de matrícula inmediatamente es como si me mandaras otra vez a la cárcel y a todos los muchachos menos a Perce, como de costumbre, y es un hecho... hablar de matarte es una locura con tanta gente matándose entre sí por el mundo en esta guerra sin sentido y trágica... Muspole dice que si mañana lo envías urgente al apartado de correos él estará en la estafeta cuando abran el sábado y se lo mandará de inmediato a Wentworth...

La carta de Lippsie, que él había dejado para el final, era, por el contrario, un prodigio de concisión:

Mi queridísimo Magnus:

Tienes que ser siempre un buen chico, querido, y tocar tu música y ser fuerte como un hombre para tu padre. Te quiero.

Lippsie.

Pym hizo un lío con las cartas, la última incluida, las metió dentro de su libro de historia natural y el libro dentro de su cinturón. Pasó por delante del policía lentamente, sintiendo uñas de gato en la espalda. La caldera del colegio era un horno de ladrillo instalado en el sótano y alimentado por una rampa desde el patio de la cocina. Acercarse a esa rampa era una falta corporalmente punible, quemar papel era un acto colaboracionista y los marinos se ahogarían por ello. Una lluvia pertinaz soplaba desde los Downs, y las colinas cretáceas eran verde oliva contra las nubes tormentosas. Parándose delante de la rampa abierta, con los hombros alzados contra el cuello, Pym arrojó las cartas por la abertura y las vio desaparecer. Una docena de personas debía de haberle visto, profesores y alumnos, y algunos de éstos sin duda eran aliados de Sefton Boyd. Pero la naturalidad con que había obrado les convenció de que tenía potestades para actuar así. Indudablemente le convenció a Pym. Lanzó la última carta, que era la que le decía que fuese fuerte, y se alejó sin volverse ni una vez para ver si le observaban.

Necesitaba otra vez los urinarios del profesorado. Necesitaba su St. Moritz secreto, su reclusión enmaderada, la secreta majestad de sus grifos de cobre amarillo y espejo con marco de caoba, porque Pym amaba el lujo como sólo lo aman aquellos que se han visto despojados de amor. Ganó la escalera prohibida que llevaba a la sala de profesores, accedió al descansillo. La puerta de los servicios estaba entornada. La empujó, se deslizó dentro, pasó el cerrojo. Estaba solo. Se contempló la cara, endureciéndola para luego ablandarla y volver a endurecerla. Abrió los grifos y se lavó las mejillas hasta que brillaron. Su aislamiento súbito, unido a la grandeza de su hazaña, le transformó en un ser único a sus propios ojos. La mente le daba vueltas en el vértigo de su grandiosidad. Era Dios. Era Hitler. Era Wentworth. Era el rey del fichero verde, el noble descendiente de TP. En lo sucesivo nada de lo que acontezca en la tierra puede prescindir de su intervención. Sacó su navaja, la abrió, levantó su hoja grande lo más alto que pudo delante de su cara en el espejo y formuló un juramento arturiano. Juró por *Excalibur*. Sonó el timbre del almuerzo, pero no pasaban lista y no tenía hambre, jamás volvería a tener hambre, porque era un rey inmortal. Pensó en cortarse la garganta, pero su misión era demasiado importante. Repasó nombres. ¿Quién tiene la mejor familia en la academia? Yo. Los Pym son fabulosos, y el príncipe Magnus es el caballo más veloz del mundo. Al apretar la mejilla contra el revestimiento de madera olió a bates de cricket y a bosques suizos. La navaja seguía en su mano. Los ojos se le calentaron y empañaron, los oídos le cantaban. La voz divina que hablaba en su interior le ordenó mirar, y vio las iniciales KSB talladas muy hondo en el mejor panel. Se agachó, recogió las astillas que había a sus pies y las tiró al retrete, donde flotaron. Tiró de la cadena, pero siguieron flotando. Las dejó allí, fue a la sala de artes y terminó su bombardero Dornier.

Esperó toda la tarde, seguro de que nada había sucedido. Yo no he sido. Si vuelvo no estará allí. Ha sido Maggs, de tercero. Ha sido Jameson, que tiene un alfanje, yo le he visto entrar. Ha sido uno del pueblo, le he visto andar a escondidas por los jardines con una daga en el cinto, y se llama Wentworth. En vísperas rezó para que una bomba alemana destruyese los urinarios del profesorado. No cayó ninguna. Al día siguiente regaló a Sefton Boyd su tesoro más preciado, un koala que le había regalado Lippsie después de la operación de apéndice. Durante el recreo enterró la navaja en la tierra suelta que había detrás del vestuario de cricket. O, como diría hoy, la ocultó. Hasta que esa noche los alumnos formaron en filas y el sádico O'Mally, profesor de guardia, llamó por su nombre completo al honorable Kenneth Sefton Boyd, con una voz inquietante. Desconcertado, el joven noble fue conducido al despacho de Grimble. Igualmente perplejo, Pym le vio partir. ¿Para qué le quieren, a mi amigo, mi mejor amigo, el propietario de mi koala? La puerta de caoba se cerró y ochenta pares de ojos, los de Pym inclusive, convergieron sobre la hermosa pieza artesanal. Pym oyó la voz de Grimble y después a Sefton Boyd elevar la suya enunciando su protesta. Siguió un gran silencio mientras la justicia de Dios se administraba golpe tras glope. Mientras los contaba, Pym se sintió purificado y vengado. O sea que no ha sido Maggs, no ha sido Jameson ni he sido yo. Lo ha hecho Sefton Boyd, pues de lo contrario no le hubieran pegado. Estaba empezando a aprender que la justicia sólo vale lo que sus lacayos.

–Había un guión –le dijo Sefton Boyd al día siguiente–. El que lo hizo nos puso un guión que no tenemos en el apellido. Si alguna vez encuentro a ese cabrón le mataré.

–Y yo también –prometió Pym lealmente, y lo dijo con total sinceridad.

Al igual que Rick, estaba aprendiendo a vivir en varios planos a la vez. El arte consistía en olvidarlo todo menos el suelo que estabas pisando y la cara con que hablabas en el momento concreto.

Los efectos que la muerte de Lippsie causó en el joven Pym fueron múltiples y en modo alguno fueron todos negativos. Su defunción robusteció su seguridad en sí mismo y le confirmó su conocimiento de que las mujeres eran veleidosas y susceptibles de desapariciones repentinas. Aprendió la gran lección del ejemplo de Rick, a saber: la importancia de una apariencia respetable. Aprendió que la única seguridad estribaba en la supuesta legitimidad. Desarrolló su determinación de ser un impulsor secreto de los acontecimientos de la vida. Fue Pym, por ejemplo, el que desinfló los neumáticos de Grimble y vertió tres bolsas de seis libras de sal de cocinar en la piscina. Pero fue Pym también quien encabezó la caza del culpable, sembrando muchas pistas atormentadoras y arrojando dudas sobre muchas reputaciones sólidas. Muerta Lippsie, su amor por Rick fluyó una vez más sin obstáculos, y, aun mejor, pudo amarle a distancia, pues Rick había desaparecido nuevamente.

¿Había vuelto a la cárcel, tal como le había prometido a Lippsie? ¿Había encontrado la policía el fichero verde? Pym no lo sabía entonces, y Syd, sospecho que adrede, lo ignora todavía. Los archivos del ejército conceden a Rick el licenciamiento seis meses antes del período en cuestión, y para una explicación remiten al lector a la oficina de expedientes criminales. No existe ninguno, quizá porque Perce tenía una amiga que trabajaba allí, una mujer que le profesaba un gran afecto. Fuera cual fuese el motivo, Pym navegaba solo una vez más, y no se lo pasaba nada mal. Durante los permisos del fin de semana, Ollie y Cudlove le acogían en su apartamento en un sótano de Fulham y le mimaban de todas las maneras imaginables. Cudlove, siempre en forma por sus ejercicios, le enseñaba a pelear, y cuando los tres iban a beber algo junto al río, Ollie llevaba ropas de mujer y producía una voz chillona tan perfecta que sólo Pym y Cudlove llegaron a saber que aquellas prendas ocultaban a un hombre. Durante las vacaciones más largas, Pym no tenía más remedio que recorrer las extensas fincas de Cherry en compañía de Sefton Boyd, escuchando historias cada vez más atroces sobre el magnífico colegio privado del que pronto iba a ser alumno: cómo a los nuevos les metían atados dentro de los cestos de la colada y les lanzaban rodando por la escalera de piedra, y cómo les enjaezaban con arreos de pony y las orejas perforadas por anzuelos y les obligaban a transportar a los prefectos alrededor del patio del colegio.

–Mi padre estaba en la cárcel y se ha fugado –le dijo Pym a cambio–. Tiene una chova de mascota que le cuida.

Se imaginaba a Rick en una cueva de Dartmoor y a Syd y a Meg llevándole empanadas envueltas en un pañuelo mientras lo sabuesos olfateaban su rastro.

–Mi padre trabaja en el servicio secreto –le dijo Pym otra vez–. La Gestapo le torturó hasta la muerte, pero no me permiten contarlo. Su verdadero nombre es Wentworth.

Sorprendido él mismo por esta declaración, Pym empezó a sacarle partido. Un nombre distinto y una muerte valerosa casaban de perlas con la figura de Rick. Le conferían a Pym la distinción que él empezaba a sospechar que le faltaba y que arreglaba las cosas con Lippsie. De modo que cuando Rick reapareció un día vivo y coleando, sin haber sido torturado ni modificado en absoluto, y acompañado, en cambio, por dos jockeys, una caja de nectarinas y una madre flamante, con una pluma en el sombrero, Pym pensó seriamente en trabajar para la Gestapo y se preguntó qué habría que hacer para ingresar en ella. Y lo habría hecho, sin ninguna duda, si la paz no le hubiera privado descortésmente de la oportunidad.

Es preciso añadir una última palabra sobre las ideas políticas de Pym en esta época. Churchill se enfurruñaba y era excesivamente popular. De Gaulle, con su cabeza ladeada de piña, se parecía demasiado al tío Makepeace, y Roosevelt, con su bastón, sus gafas y su silla de ruedas, era claramente la tía Nell disfrazada. Hitler era tan sumamente detestado que Pym experimentaba por él una estima más que mediana, pero fue a Joseph Stalin a quien terminó nombrando su padre putativo. Stalin no se enrabietaba ni predicaba. Estaba todo el tiempo esbozando risitas, jugando con perros y recogiendo rosas en los noticiarios filmados, mientras sus tropas leales le ganaban la guerra en las nieves de St. Moritz.

Pym posó la pluma y miró atentamente lo que había escrito, primero con temor y luego con un alivio progresivo. Por último se rió.

–He cumplido mi palabra –susurró–. He permanecido por encima de la refriega.

Y se sirvió un vodka como los de Poppy en recuerdo de los viejos tiempos.

5

La cama de Frau Bauer era tan estrecha y llena de chichones como la de una criada en un cuento de hadas, y Mary yacía en ella exactamente como Brotherhood la había tumbado, arrebujada en el edredón, con las piernas recogidas como protección y agarrándose los hombros con las manos. Él la había soltado, ella ya no olía su sudor ni su aliento. Pero notaba el peso de su cuerpo al pie de la cama, y a veces le dolía recordar que no habían hecho el amor un momento antes, porque la costumbre de Jack en aquellos tiempos había sido dejarla dormitando mientras él se sentaba exactamente como estaba sentado ahora, haciendo llamadas telefónicas, repasando sus gastos o entretenido en cualquier otra cosa que sirviese para restaurar el orden de su vida enteramente masculina. Había encontrado una grabadora en alguna parte y Georgie tenía otra por si acaso no funcionaba.

Para ser un verdugo, Nigel era sumamente atildado. Vestía un traje a rayas entallado y llevaba un pañuelo de seda en la manga.

–Pídele a Mary que haga una declaración voluntaria, ¿quieres, Jack? –dijo Nigel, como si lo hiciera todas las semanas–. Voluntaria pero de tono formal. Podría usarse, me temo. La decisión no es sólo de Bo.

–¿Cómo que voluntaria? –dijo Brotherhood–. Firmó la Ley de Secretos Oficiales cuando se alistó, la firmó cuando se marchó. La volvió a firmar cuando se casó con Pym. Todo lo que sabes es nuestro, Mary. Lo hayas oído en la imperial de un autobús o hayas visto la pistola humeante en su mano.

–Y tu bonita Georgie puede hacer de testigo –dijo Nigel.

Mary se oía hablar a sí misma, pero no entendía gran cosa de lo que estaba diciendo porque tenía una oreja contra la almohada y con la otra escuchaba los sonidos matutinos de Lesbos por la ventana abierta de su casita parda con terraza, a medio camino de la colina sobre la que Plomari se asentaba: el estrépito de los ciclomotores, la música *bazuki* y los camiones girando en los callejones. Escuchaba el chillido de las ovejas en el momento de ser degolladas en la carnicería, el resbalar de los cascos de burros sobre los guijarros y los aullidos de los vendedores ambulantes en el mercado del puerto. Si apretaba los ojos lo bastante fuerte podía contemplar los tejados naranjas al otro lado de la calle, más allá de las chimeneas y los tendederos y los jardines de las azoteas llenos de geranios, hasta el muelle y el largo malecón con su luz roja parpadeando en la punta, y sus malévolos gatos rojizos empapándose de sol mientras observaban al vapor de cabotaje emerger de la niebla.

Y así veía Mary su propia historia a partir de ese período, como se la contaba a Jack Brotherhood: como una película de pesadilla que sólo se atrevía a ver poco a poco y en la que ella era siempre la malvada. El barco avanza de costado, los gatos se estiran, bajan la pasarela y la familia inglesa Pym –Magnus, Mary y el hijo de ambos, Thomas– desembarcan en busca de un nuevo lugar perfecto, alejado de todo. Porque ya ninguna parte es bastante lejana, ninguna lo suficiente remota. Los Pym se han convertido en el buque fantasma del Egeo, que apenas desembarcan vuelven a hacer la maleta y cambian de barcos y de islas como almas en pena, aunque sólo Magnus conoce la maldición, sólo él sabe quién les persigue y por qué, y Magnus ha encerrado su secreto, con todos los demás, detrás de su sonrisa. Le ve caminar con zancadas alegres delante de ella, sujetando su sombrero de paja contra la brisa y con la cartera colgando de su otra mano. Ve a Tom seguirle con paso brioso y los pantalones largos de franela gris y la chaqueta escolar que en el bolsillo ostenta los colores de *boy scout* y que insiste en ponerse aun cuando la temperatura ronda los treinta grados. Y se ve a sí misma todavía drogada por la bebida y los vapores de petróleo de la noche anterior, planeando ya traicionarles. Y detrás de ellos ve a los porteadores nativos que transportan descalzos el equipaje excesivo de los Pym, las toallas y la ropa de cama y los cereales del desayuno de Tom y todos los demás trastos que ella empaquetó en Viena para el gran permiso sabático, como Magnus llama a estas vacaciones de familia, que ocurren una vez en la vida, y con las que aparentemente todos han estado soñando, aunque Mary no recuerda haberlas oído mencionar hasta unos cuantos días antes de la partida, y para ser sincera hubiese preferido regresar a Inglaterra, recoger a los perros confiados al jardinero y al siamés de pelo largo entregado a tía Tab y pasar en Plush la temporada de descanso.

Los maleteros depositan su cargamento en el suelo y Magnus, generoso como siempre, entrega a cada uno una propina del bolso que Mary le mantiene abierto. Desgarbadamente inclinado sobre el comité de recepción de gatos de Lesbos, Tom declara que tienen orejas de apio. Suena un silbido, los porteadores suben corriendo la pasarela, el barco vira nuevamente hacia la niebla. Magnus, Tom y Mary, la traidora, lo miran como sucede en toda historia triste del mar, con el equipaje de su vida diseminado alrededor y el faro rojo goteando fuego lento sobre sus cabezas.

–¿Podemos volver a Viena después de esto? –pregunta Tom–. Me gustaría ver a Becky Lederer.

Magnus no le contesta. Está demasiado absorto en su entusiasmo. Lo conservaría incluso en su propio entierro, y Mary le ama por ello y por muchas cosas más, todavía le ama. Algunas veces su pura bondad me acusa.

–Ya está, Mabs –grita, agitando el brazo majestuosamente hacia la colina cónica y sin árboles poblada de casas marrones, que constituye su hogar más reciente–. Lo hemos encontrado. *Plush-sur-mer*.

Y se vuelve hacia ella con la sonrisa que ella no le ha visto hasta estas vacaciones: tan atenta, tan radiante y cansada en su desesperación.

–Aquí estamos a salvo, Mabs. Estamos *okay*.

La rodea con un brazo, ella le deja hacer. La atrae hacia él, se abrazan. Tom se cuela entre ambos, pasa un brazo sobre un hombro de cada uno de los dos.

–Eh, dejadme a mí también –dice.

Unidos como los aliados más fieles del mundo, los tres recorren el malecón y dejan abandonado el equipaje hasta que hayan encontrado un lugar donde ponerlo. Problema que resuelven al cabo de una hora, pues el inteligente Magnus sabe exactamente a qué taberna ir primero, a quién seducir y a quién reclutar con la sorprendente identidad griega que de alguna manera ha logrado fraguarse en el curso del viaje. Pero aún falta la noche y los atardeceres son cada vez peores, se ciernen sobre Mary desde que despierta, los nota arrastrarse hacia ella a lo largo de toda la jornada. Para festejar su nuevo hogar Magnus ha comprado una botella de *scotch*, aunque varias veces en los últimos días han acordado prescindir del licor fuerte y limitarse al vino local. La botella está casi vacía y Tom, gracias a Dios, por fin se ha dormido en su nuevo dormitorio. O eso implora Mary, porque Tom se ha vuelto últimamente un poco colillero, como el padre de ella hubiera dicho, que merodea alrededor para ver qué sobras puede picar.

–Eh, vamos, Mabs, estás poniendo mala cara, ¿eh? –dice Magnus, animándola–. ¿No te gusta nuestro nuevo *Schloss*?

–Has dicho algo gracioso y he sonreído.

–No parecía una sonrisa –dice Magnus, sonriendo a su vez para enseñarle cómo se hace–. Desde donde estoy sentado me ha parecido más como una mueca, querida.

Pero la sangre de Mary se está enardeciendo y, como de costumbre, no puede dominarse. La perspectiva de su traición prevista ya la envuelve en su culpa.

–Es de eso de lo que estás escribiendo, ¿no? –le espeta–. ¿De cómo malgastas tu ingenio con la mujer errónea?

Horrorizada por su desagradable comentario, Mary se echa a llorar e impulsa los puños hacia los brazos de la silla de junco. Pero Magnus no está horrorizado en absoluto. Magnus posa las gafas y se acerca a ella, le da golpecitos suaves en el brazo con la punta de los dedos, a la espera de ser admitido. Coloca las gafas de Mary delicadamente fuera de su alcance. Instantes después los muelles de su nueva cama producen gimoteos y acordes metálicos como una banda que afina los instrumentos, porque un desesperado ardor erótico ha acudido a la postre en ayuda de Magnus. Hace el amor con ella como si no fuera a volver a verla. Se sepulta en ella como si fuese su único refugio, y Mary le acompaña ciegamente. Ella se enciende, él la atrae hacia sí, ella le grita –«¡Por favor, oh, Cristo!»–, él alcanza el objetivo y por un momento dulce Mary puede lanzar un beso de despedida al maldito mundo.

–A propósito, estamos utilizando Pembroke –dice Magnus, más tarde pero no del todo tarde–. Estoy seguro de que es innecesario, pero por si acaso quiero estar a cubierto.

Pembroke es uno de los seudónimos de Magnus. Guarda en su cartera el pasaporte a ese nombre, ella lo ha localizado ya. Tiene una foto hábilmente borrosa que podría ser de Magnus o podría no ser. En el taller de falsificaciones de Berlín solían llamar «flotadores» a las fotos así.

–¿Qué le digo a Tom? –pregunta ella.

–¿Por qué decirle algo?

–El apellido de nuestro hijo es Pym. Podría parecerle un poco raro que le llamasen Pembroke.

Mary espera, odiándose a sí misma por su carácter intratable. No ocurre a menudo que Magnus tenga que buscar una respuesta, ni siquiera en lo referente a una orientación sobre el modo de engañar a su hijo. Pero ahora la busca, ella lo percibe mientras él se halla en vela a su lado en la oscuridad.

–Sí. Pues dile que los Pembroke son los dueños de esta casa. Usamos su nombre para pedir cosas a la tienda. Sólo si pregunta, naturalmente.

–Naturalmente.

–Esos dos hombres siguen ahí –dice Tom desde la puerta, que ha participado en la conversación de sus padres durante todo este rato.

–¿Qué hombres? –pregunta Mary.

Pero tiene erizada la piel de la nuca y en el cuerpo el sudor frío del pánico. ¿Cuánto ha oído Tom? ¿Cuánto ha visto?

–Los que están reparando su moto junto al río. Tienen sacos de dormir especiales del ejército y una linterna y una tienda especial.

–Hay gente haciendo camping por toda la isla –dice Mary–. Vuelve a la cama.

–Venían en nuestro barco –dice Tom–. Jugando a las cartas detrás del bote salvavidas. Vigilándonos. Hablaban en alemán.

–En el barco había cantidad de gente –dice Mary.

¿Por qué no dices nada, bastardo?, grita mentalmente a Magnus. ¿Por qué te quedas tumbado como un muerto en lugar de ayudarme cuando todavía estoy mojada de ti?

Con Tom a un lado y Magnus al otro, Mary escucha las campanas de Plomari tocando las horas. Cuatro días más, se dice a sí misma. El domingo, Tom vuela a Londres para el nuevo curso. Y el lunes lo haré, maldita sea.

Brotherhood la estaba sacudiendo. Nigel le había dicho algo: pregúntale por el comienzo; que sea precisa.

–Queremos que retrocedas una etapa, Mary. ¿Puedes hacerlo? Te estás adelantando.

Oyó murmullos y luego el sonido de Georgie cambiando una cinta en su magnetófono. El murmullo era el suyo propio.

–Dinos en primer lugar cómo se decidieron esas vacaciones, ¿quieres, querida? ¿Quién las propuso? Oh, Magnus, ¿verdad? Ya. ¿Y eso fue aquí, en esta casa? Fue. ¿Y a qué hora sería? Incorpórate, ¿quieres?

Entonces Mary se incorporó y empezó de nuevo por donde Jack le había pedido: un dulce atardecer de principios de verano en Viena, cuando todo marchaba perfectamente y ni Lesbos ni las islas que le precedieron eran un centelleo en la mirada de Magnus. Mary estaba en el sótano con su bata de trabajo, encuadernando una primera edición de «*Die letzten Tage der Menschheit*», de Karl Kraus, que Magnus había encontrado en Leoben durante una cita con un agente y Mary...

–¿Era un lugar habitual, Leoben?

–Sí, Jack, era habitual.

–¿Con qué frecuencia iba?

–Dos veces al mes. Tres veces. Era un viejo agente húngaro, nadie especial.

–¿Él te dijo eso? Creí que era reservado respecto a sus agentes.

–Un viejo húngaro comerciante de vinos desde tiempo atrás, con oficinas en Leoben y Budapest. Por lo general Magnus se guardaba sus secretos, y a veces me los decía. ¿Puedo continuar?

Tom estaba en el colegio, Frau Bauer estaba en la iglesia, dijo Mary. Era una especie de comilona católica, la Asunción, la Ascensión, Rezo y Contrición, Mary no se acordaba. Magnus estaba supuestamente en la embajada norteamericana. El nuevo comité acababa de iniciar sus reuniones y ella no le esperaba hasta tarde. Estaba justo en mitad del encolado cuando de repente, sin que ella oyera nada, le vio en la puerta, Dios sabe cuánto tiempo llevaba allí plantado, con aspecto satisfecho y observándola del modo que a él le gustaba.

–¿Qué modo, querida? ¿Te observaba cómo? –le interrumpió Brotherhood.

La misma Mary estaba sorprendida. Titubeó.

–Como alguien superior. Una superioridad apenada. Jack, no me hagas odiarle, por favor.

–Muy bien, te está observando –dijo Brotherhood.

Magnus la está observando y cuando ella le descubre él lanza una carcajada y le cierra la boca con besos apasionados, haciendo su número de Fred Astaire, y luego van arriba para un cambio de opiniones completo y sincero, como él lo llama. Hacen el amor, él la arrastra al baño, la lava, la arrastra fuera y la seca, y veinte minutos más tarde Mary y Magnus atraviesan brincando el parquecito en lo alto de Dobling como la feliz pareja que casi componen, pasan la zona de juegos infantiles, la estructura metálica para la que Tom es demasiado grande, la jaula del elefante donde chuta su balón de fútbol, y bajan la cuesta hacia el restaurante Teherán, que es su *pub* increíble, porque Magnus adora los vídeos en blanco y negro de idilios árabes que ponen con el volumen bajo mientras comes cuscús y bebes *Kalterer*. En la mesa él le coge del brazo ardientemente y ella nota la excitación de Magnus circulando por el cuerpo de Mary como una descarga, como si haberla poseído le hiciera desearla más.

–Vámonos, Mabs. Vámonos de verdad. Vamos a vivir la vida en vez de representarla. Cogemos a Tom y el permiso de medio turno de servicio y que le den a todo por el saco durante el verano entero. Tú pintas, yo escribo mi libro y haremos el amor hasta reventar.

Mary pregunta que adónde, Magnus dice qué más da, iré mañana a la agencia de viajes que hay en el Ring. Magnus dice qué pasa con el nuevo comité. Él tiene su mano dentro de la suya y la toca con los dedos convertidos en piquitos, y ella enloquece por él otra vez, que es lo que él quiere.

–El nuevo comité, Mary –declara Magnus–, es la payasada más puñeteramente estúpida en la que me he visto envuelto, y créeme que he visto unas cuantas. No es más que pura cháchara para halagar el ego de la Casa y para que puedan contar a quien quiera escucharles que nos acostamos a hurtadillas con los americanos. Es imposible que Lederer se imagine que vamos a revelarle nuestras redes, y él, por su parte, no me diría ni el nombre de su sastre, y no digamos el de sus agentes... en el supuesto de que tenga alguna de las dos cosas, cosa que dudo.

Brotherhood de nuevo.

–¿Te dijo *por qué* Lederer no estaría dispuesto a hablar con él?

–No –dijo Mary.

Nigel, para variar:

–¿Y no facilitó ninguna otra razón respecto al porqué o al cómo el comité podría ser una payasada?

–Era una payasada, era una farsa. Fue lo único que dijo. Le pregunté por sus agentes y él dijo que ellos sabían cuidarse solos, y que si Jack se preocupaba por ellos podía enviarles un suplente. Le pregunté qué pensaría Jack...

–¿Y *qué* pensaría Jack? –preguntó Nigel, con franca curiosidad.

–Dijo que Jack también es una farsa: «No estoy casado con Jack, estoy casado contigo. La Casa debería haberle jubilado hace diez años. El cabrón de Jack.» Perdón. Eso es lo que dijo.

Con las manos hundidas en los bolsillos, Brotherhood dio un paseo por la pequeña habitación, curioseando las fotos que tenía Frau Bauer de su hija ilegítima, examinando atentamente su estantería de folletines en edición rústica.

–¿Alguna otra cosa sobre mí? –preguntó.

–«Jack tiene demasiadas millas en sus botas. La era del *boy scout* ha terminado. El escenario es distinto y él está desfasado.»

–¿Nada más? –dijo Brotherhood.

Nigel había apoyado la barbilla en una mano y estaba estudiando la forma perfecta de su zapato.

–No –respondió Mary.

–¿Salió de paseo esa noche? ¿A encontrarse con P?

–Le había visto la noche anterior.

–He dicho esa noche. ¡Responde a la puta pregunta!

–¡Y yo he dicho que la noche antes!

–Con un periódico. ¿Toda esa historia?

–Sí.

Con las manos todavía en los bolsillos y la cabeza levantada contra los hombros, Brotherhood se volvió rígidamente hacia Nigel.

–Voy a decírselo –dijo–. ¿Vas a cabrearte?

–¿Es una pregunta formal? –contestó Nigel.

–No especialmente.

–Porque de ser así tengo que comunicárselo a Bo –dijo Nigel, y consultó respetuosamente su reloj de oro, como si recibiera órdenes de él.

–Lederer sabe y nosotros sabemos. Si Pym lo sabe también, ¿quién queda? –insistió Brotherhood.

Nigel lo pensó.

–Es cosa tuya. Tu hombre, tu decisión, tu epílogo. Sinceramente.

Brotherhood se inclinó sobre Mary y acercó la cabeza a su oído. Ella recordó su olor: paternal, a *tweed*.

–¿Me escuchas?

Ella movió la cabeza. No, nunca escucharé, ojalá no lo hubiera hecho nunca.

–El nuevo comité del que tu Magnus se estaba burlando tenía previsto ser un organismo de gran eficacia. Quizá la mejor relación laboral en potencia que hemos tenido en la práctica con los americanos durante años. La regla del juego era confianza mutua. Hoy día no es tan fácil de crear como antiguamente, pero nos apañamos. ¿Te vas a dormir?

Ella asintió.

–Tu Magnus no sólo lo sabía, sino que fue uno de los motores principales para que el comité despegara. Si no *el* principal. Incluso llegó al extremo de quejarse a mí, cuando estábamos negociando el acuerdo, de que Londres estaba siendo cicatero en su interpretación de los términos del trueque. Pensaba que debíamos conceder más a los americanos. A cambio de más. Eso en primer lugar.

No tengo absolutamente nada más que decir. Puedes conocer las señas de mi casa, mis parientes más próximos y es todo. Me lo enseñaste tú mismo, Jack, por si acaso me pillaban.

–En segundo lugar, por razones que entonces consideré engañosas e insultantes, los americanos pusieron reparos a la presencia de tu marido en el comité menos de tres semanas después de haberse reunido, y me pidieron que lo sustituyera por alguien más de su gusto. Puesto que Magnus era la piedra angular de la operación checa y de algunos otros pequeños montajes en el este de Europa, la exigencia era totalmente descabellada. Habían alegado las mismas objeciones sobre él el año anterior en Washington y Bo había cedido, en mi opinión equivocadamente. Yo no estaba dispuesto a permitir que volvieran a salirse con la suya. Resulta que no me gusta un pelo que los caballeros americanos o cualquier otro me digan cómo tengo que dirigir mi tinglado. Les dije que no y ordené a Magnus que se tomara un permiso y que se largara de Viena hasta que yo le dijera que volviese. Ésa es la verdad, y creo que ya es hora de que sepas una parte.

–Y es también muy secreta –dijo Nigel.

Ella esperó en vano a ver si se sentía asombrada. Ningún arranque de protesta, ningún fogonazo del famoso temperamento familiar. Brotherhood se había aproximado a la ventana y estaba mirando fuera. La mañana había llegado pronto por causa de la nieve. Parecía viejo y agotado. Su pelo blanco se mostraba esponjoso a contraluz y Mary veía la piel rosa de su cuero cabelludo.

–Tú le defendiste –dijo ella–. Tú fuiste leal.

–Da la impresión de que también fui un maldito estúpido.

La casa estaba patas arriba. De abajo llegó el ruido sordo de muebles que se desplazan, y después del salón. El lugar más seguro era aquella alcoba. Arriba, con Jack.

–Oh, no seas tan duro contigo, Jack –dijo Nigel.

Brotherhood había sentado a Mary en la silla y le entregó un whisky. Sólo vas a tomar uno, había dicho él, hazlo durar. Nigel había tomado posesión de la cama y estaba repantigado encima, con una piernecita estirada como si se la hubiera torcido intentado subir las escaleras de su club. Brotherhood les daba la espalda a los dos. Prefería la vista desde la ventana.

–Así que primero vais a Corfú. Tu tía tiene una casa allí. Os la ha prestado. Cuéntanos eso. Detalladamente.

–La tía Tab –dijo Magnus.

–El nombre completo, creo –dijo Nigel.

–Señora Tabitha Grey. Hermana de papá.

–En un tiempo miembro de la Casa –murmuró Brotherhood–. Puestos a pensarlo, apenas hay un miembro de su familia que no haya estado en nuestros libros en un momento u otro.

Ella había telefoneado a la tía Tab en cuanto volvieron de tomar unas copas esa noche, y por milagro hubo una cancelación y la casa estaba libre. La cogieron, telefonearon al colegio de Tom y concertaron que volase allí directamente en cuanto terminara el curso. Nada más enterarse, los Lederer también quisieron ir, por supuesto, y Grant dijo que lo dejaría todo empantanado, pero Magnus no quiso saber nada. Los Lederer son exactamente la clase de hélice social que necesito para marcharme lejos, había dicho. ¿Por qué demonios iba a llevarme el trabajo durante las vacaciones? Cinco días más tarde estaban instalados en la casa de Tab y todo iba de maravilla. Tom recibía lecciones de tenis en el hotel que había calle arriba, nadaba, daba de comer a las cabras de la casera y paseaba en la barca con Costas, que la cuidaba y regaba el jardín. Pero lo más divertido eran los locos partidos de cricket que Magnus le llevaba a ver por las tardes en las afueras de la ciudad. Magnus dijo que los ingleses habían introducido el juego en la isla cuando la estaban defendiendo contra Napoleón. Magnus sabía esas cosas. O fingía saberlas.

En el cricket de Corfú, Magnus estaba más próximo a Tom que nunca. Se tumbaban en la hierba, mascaban helados, animaban a sus jugadores favoritos y mantenían las charlas masculinas que eran tan vitales para la felicidad de Tom: porque Tom amaba a Magnus con locura, estaba apegado a su padre y siempre lo había estado. En cuanto a Mary, había llevado sus pinturas al pastel porque en Corfú en verano hacía demasiado calor para acuarelas, la pintura acababa de secarse en la página antes de que tuvieras tiempo de acercarte. Pero estaba dibujando bien, logrando bonitas formas y retratos, y se había convertido en la anfitriona de la mitad de los perros de la isla porque los griegos no los alimentaban ni los cuidaban ni *nada*. De modo que todos estaban contentos, los tres estaban maravillosamente, y Magnus tenía un invernadero fresco para escribir y daba paseos tierra adentro para su desasosiego, que le asaltaba al instante por la mañana y a última hora de la tarde, después de haberlo contenido todo el día. Almorzaban tarde, normalmente en una taberna, y muchas veces, a decir verdad, era un refrigerio líquido, pero por qué no, estaban de vacaciones. Seguían largas siestas sexy mientras Mary y Magnus hacían el amor en el balcón y Tom, tumbado en la playa, contemplaba los desnudos del otro lado de la bahía con los prismáticos de Magnus, de modo que, como éste decía, toda la familia disfrutaba de su ración carnal. Hasta que un día el reloj se paró en seco y Magnus volvió de un paseo tardío y confesó que su escrito se había estancado. Nada más entrar, se sirvió un *ouzo* cargado, se dejó caer sobre una silla y lo dijo a bocajarro:

–Lo siento, Mabs. Lo siento, Tom, compadre. Pero este sitio es demasiado idílico. Necesito un poco más de ajetreo. Necesito *gente*, Cristo bendito. Humo, suciedad y un poco de sufrimiento alrededor. Esto es como estar en la luna, Mabs. Peor que Viena. En serio.

Lo dijo con dulzura, pero fue inflexible. Había estado bebiendo, evidentemente, pero era porque estaba decaído.

–Me estoy desquiciando, Mabs. Me afecta realmente. Se lo he dicho a Tom. ¿Verdad, Tom? Le he dicho que ya no le encuentro el gusto a esto y que me siento una mierda porque vosotros os lo estáis pasando divinamente.

–Sí, me lo ha dicho –dijo Tom.

–Varias veces. Y hoy ya no puedo más, Mabs. Tenéis que echarme una mano. Los dos.

Ambos, naturalmente, dijeron que lo harían. Mary telefoneó a Tab de inmediato para que pudiese poner otra vez en alquiler la casa, todos se abrazaron fuerte y se fueron a la cama con la sensación de haber resuelto el problema, y al día siguiente Mary hizo las maletas y Magnus fue a la ciudad a comprar los pasajes y organizar la etapa siguiente de la odisea familiar. Pero Tom, mientras fregaba, momento en el que siempre era muy locuaz, expuso una versión distinta del motivo por el que abandonaban Corfú. Papá había encontrado a aquel hombre misterioso en el cricket. Fue un partido realmente increíble, mami, los dos equipos mejores de la isla, una auténtica revancha. Estábamos viéndolo como locos y de repente apareció aquel hombre juicioso y flacucho, con un bigote triste como de prestidigitador y su cojera, y papá se levantó muy tenso. Él se acercó a papá sonriente y hablaron un poco, dieron vueltas y vueltas por el campo y el hombre delgado andaba despacio como un inválido, pero era enormemente amable con papá, a pesar de que papá estaba emanadísimo.

–Animadísimo –le corrigió Mary automáticamente–. No hables tan alto, Tom. Creo que papá está trabajando en alguna parte.

Y estaba aquel bateador realmente fantástico, dijo Tom. Se llamaba Phillipi. Absolutamente el mejor bateador que Tom había visto *en su vida*, marcó dieciocho puntos en una sola serie y el público se quedó con la boca abierta, pero papá no se enteró, porque estaba muy ocupado escuchando al hombre amable.

–¿Cómo sabes que era tan amable? –preguntó Mary con una extraña irritación–. No levantes la voz.

No había luz en el invernadero, pero a veces Magnus estaba dentro a oscuras.

–Era como un padre con él, mami. Es mayor que papá, pero un hombre muy tranquilo. Insistió en llevar a papá en su coche. Papá repitió que no. Pero el otro no se enfadó ni nada, era demasiado juicioso. Le tranquilizó y sonrió.

–¿Qué coche? Todo eso es una auténtica fantasía, Tom. Y tú lo sabes.

–El «Volvo». El «Volvo» del señor Kaloumenos. Había un hombre al volante y otro sentado atrás. Les seguían por el otro lado de la valla cuando ellos daban vueltas y vueltas hablando. De verdad, mamá. El hombre flaco no perdió la calma en ningún momento, y se ve que aprecia realmente a papá. No es sólo lo de cogerse del brazo. Son amigos. Mucho más que el tío Grant. Tan amigo como el tío Jack.

Mary interrogó a Magnus esa noche. Habían hecho las maletas; la idea de la mudanza estimulaba a Mary y estaba deseando ver los museos de Atenas.

–Tom dice que un pesado te estuvo hostigando en el partido de cricket –dijo Mary mientras degustaban una última copa bastante cargada después del día intenso.

–¿Ah, sí?

–Un hombrecillo que te perseguía alrededor del campo. A mí me sonó como un marido enfadado. Tenía bigote, a no ser que Tom se lo haya imaginado.

Magnus entonces recordó vagamente.

–Ah, es cierto. Era un viejo pelma inglés que me insistía en que fuese a ver su chalé. Quería venderlo. Un verdadero coñazo.

–Hablaba en alemán –dijo Tom, al día siguiente en el desayuno, cuando Magnus estaba fuera paseando.

–¿Quién?

–El amigo delgado de papá. El hombre que se acercó a papá en el cricket. Y papá le respondía en alemán. ¿Por qué dice papá que es un viejo inglés?

Mary se le abalanzó. Hacía años que no había estado tan furiosa con él.

–Si quieres escuchar nuestras conversaciones, hazme el puñetero favor de entrar a escucharlas en vez de remolonear fuera de la puerta como un espía.

Luego se avergonzó de sí misma y jugó al tenis con él hasta que zarpó el barco. Durante la travesía Tom se mareó como una peonza y cuando llegaron al Pireo tenía 39° y medio y Mary se sintió infinitamente culpable. En el hospital de Atenas un médico griego diagnosticó un sarpullido por ingestión de camarones, lo que era absurdo porque Tom aborrecía los camarones y no había probado ni uno, y para entonces tenía la cara hinchada como un hámster, de manera que alquilaron habitaciones caras y le acostaron con una bolsa de hielo, y Mary le leía sus libros mientras Magnus escuchaba o se sentaba a escribir en la habitación de Tom. Pero sobre todo le gustaba escuchar, porque siempre decía que lo mejor de su vida era observar a Mary consolando a su hijo. Ella le creía.

–¿No salió para nada? –preguntó Brotherhood.

–No. No le apetecía.

–¿Hizo alguna llamada telefónica? –preguntó Nigel.

–A la embajada. Para registrarse. Para que vosotros supierais dónde estaba.

–¿Él te dijo eso? –preguntó Brotherhood.

–Sí.

–¿No estabas cuando hizo las llamadas? –dijo Nigel.

–No.

–¿Le oíste a través de la pared? –insistió Nigel.

–No.

–¿Sabes con quién habló? –insistió de nuevo Nigel.

–No.

Desde su puesto en la cama Nigel levantó la mirada hacia Brotherhood.

–Pero te telefoneó a *ti*, Jack –dijo, alentándole–. ¿Pequeñas charlas desde sitios remotos con el jefe de vez en cuando? Es prácticamente obligatorio, ¿no? Compruébalo con los agentes: «¿Cómo está tu compinche de tú sabes dónde?»

Nigel es uno de los nuevos no profesionales, Mary recordó que le había dicho Magnus. Es uno de esos idiotas que se supone que están introduciendo un soplo de realismo de Whitehall. Si alguna vez he oído una contradicción en los términos, es ésta, Magnus había dicho.

–No llamó –estaba diciendo Brotherhood–. Lo único que hizo fue mandarme un rosario de postales estúpidas diciendo «Gracias a Dios que no estás aquí» y enviándome su última dirección.

–¿Cuándo empezó a salir? –preguntó Nigel.

–Cuando a Tom le bajó la fiebre –respondió Mary.

–¿Al cabo de una semana? –dijo Nigel, invitadoramente–. ¿Dos?

–Menos –dijo Mary.

–Cuenta –dijo Brotherhood.

Era de noche, probablemente el cuarto día. La cara de Tom estaba ya normal y Magnus propuso a Mary que fuese de compras mientras él cuidaba al niño, para darle a ella un respiro. Pero Mary no se sentía con ánimos de atreverse a andar sola por las calles de Atenas y entonces fue Magnus. Mary iría por la mañana a ver algún museo. Él volvió a medianoche, muy satisfecho, diciendo que había encontrado a aquel maravilloso agente de viajes griego en un sótano enfrente del Hilton, un viejo increíblemente culto, y que habían bebido *ouzo* y resuelto los problemas del universo. El buen hombre dirigía un servicio de alquiler de chalés en las islas y confiaba en que surgiese alguna cancelación al cabo de aproximadamente una semana, cuando ellos estuvieran ya hartos de Atenas.

–Yo pensaba que las islas estaban descartadas –dijo Mary.

Por un momento pareció que Magnus hubiese olvidado la razón por la que habían abandonado Corfú. Sonrió un poco forzado y dijo algo así como que no todas las islas eran iguales. Después pareció perder la cuenta de los días. Se mudaron a un hotel más pequeño, Magnus escribía todo el tiempo, salía por la noche y cuando Tom estuvo bastante repuesto le llevó a nadar. Mary tomaba bocetos de la Acrópolis y llevó a Tom a un par de museos, pero él prefería ir a nadar. Entretanto aguardaban a que el griego apareciera con algo.

Brotherhood le interrumpió de nuevo.

–Respecto a lo que escribía. ¿Cuánto hablaba de ello exactamente?

–Quería mantenerlo en secreto. Migajas. Fue lo único que me dio.

–Como a sus agentes. Lo mismo –comentó Brotherhood.

–Quería que yo estuviese fresca para cuando tuviera realmente algo que enseñarme. No quería irse de la lengua.

Transcurrió un tiempo tranquilo y, tal como Mary lo recordaba ahora, extrañamente furtivo hasta que una noche Magnus desapareció. Salió después de cenar diciendo que iba a meter prisa al viejo griego. A la mañana siguiente no había regresado y a la hora del almuerzo Mary se asustó. Sabía que debía telefonear a la embajada. Por otra parte no quería que cundiera una alarma innecesaria ni hacer algo que pusiera en un aprieto a Magnus.

Brotherhood intervino nuevamente.

–¿Qué clase de aprieto?

–Si se había ido de juerga o algo así. No haría demasiado buen efecto en su expediente. Justo cuando tenía esperanzas de un ascenso.

–¿Se había ido de juerga antes?

–En absoluto. Él y Grant se emborrachaban juntos alguna que otra vez, pero nunca llegaban más lejos.

Nigel levantó bruscamente la cabeza.

–¿Pero por qué esperaba un ascenso? ¿Quién le había dicho algo sobre eso?

–Yo –dijo Brotherhood, sin un ápice de remordimiento–. Consideré que después de todos los incordios que le estábamos causando merecía tenerlo al reincorporarse.

Nigel anotó algo pulcramente en su libro y sonrió tristemente mientras escribía. Mary prosiguió.

De todos modos esperó hasta la noche y luego llevó a Tom al Hilton y exploraron juntos todas las casas que había enfrente hasta que encontraron en su sótano al griego ilustrado, exactamente igual a como Magnus lo había descrito. Pero hacía una semana que el griego no había visto a Magnus y Mary no quiso quedarse a tomar un café. Cuando volvieron a la taberna encontraron a Magnus con barba de dos días y vestido con la ropa que llevaba en el momento de desaparecer, sentado en el patio y comiendo bacon y huevos, borracho. No era una borrachera ridícula, no le ocurría eso. Tampoco era una borrachera colérica ni llorona ni agresiva, y mucho menos indiscreta, porque la bebida únicamente fortificaba sus defensas. Una borrachera cortés, por consiguiente, e indulgente con el propio desliz, como siempre, y su coartada estaba perfectamente intacta salvo por un insólito fallo.

–Perdón, familia. Me entrompé un poco con Dimitri. El cerdo me dejó más borracho que una cuba. Hola, Tom.

–Hola –dijo Tom.

–¿Quién es Dimitri? –preguntó Mary.

–Ya sabes quién es. El viejo agente de viajes griego que ensarta cuentas enfrente del Hilton.

–El culto.

–Ese mismo.

–¿Anoche?

–Hasta donde recuerdo, amiguita, segurísimo que anoche.

–Dimitri no te ha visto desde el lunes pasado. Nos lo ha dicho hace una hora.

Magnus meditó al respecto. Tom había encontrado un ejemplar del *Athens News* y de pie junto a la mesa vecina estaba examinando atentamente la página de cine.

–Has investigado sobre mí, Mabs. No deberías haberlo hecho.

–No he investigado sobre ti, ¡te estaba buscando!

–No hagas una escena ahora, chica. Por favor. Hay otras personas comiendo aquí, como ves.

–No estoy haciendo una escena. Tú sí. No soy yo la que ha desaparecido durante dos días y vuelve contando una mentira. Tom, vete a tu habitación, cariño, subiré dentro de un minuto.

Tom se marchó con una sonrisa radiante para demostrar que no había oído nada. Magnus dio un largo trago de café. Luego agarró a Mary por la mano, se la besó y suavemente la empujó hasta sentarla en la silla que había junto a él.

–¿Qué preferirías que te dijera, Mabs? ¿Que he estado de jarana con una puta o que he tenido problemas con un agente?

–¿Por qué no me dices simplemente la verdad?

La sugerencia divirtió a Magnus. No cruel ni cínicamente. Se limitó a acogerla con la benevolencia compungida que mostraba hacia Tom cuando éste le exponía una de sus soluciones para acabar con la pobreza en el mundo o la carrera de armamentos.

–¿Sabes una cosa?

Besó la mano de Mary y la apretó contra su mejilla.

–Nada desaparece en la vida.

Ella notó con sorpresa que la barba incipiente estaba húmeda, y comprendió que Magnus estaba llorando.

–Estoy en la plaza Constitución, ¿vale? Saliendo del bar del Grande Bretagne. Pensando en mis cosas. ¿Qué sucede? Me doy de narices con un agente checo al que yo controlaba. Un hueso duro de roer, embustero, nos causó un montón de problemas. Me coge del brazo así. «¡Coronel Manchester! ¡Coronel Manchester!» Me amenaza con avisar a la policía y denunciarme como espía británico si no le doy dinero. Dice que soy el único amigo que le queda en el mundo. «Venga a tomar un trago, coronel Manchester. Como hacíamos antes.» Fui. Le emborraché como a un sapo. Luego le di esquinazo. Me temo que yo también me achispé un poco. Todo en el campo del deber. Vamos a la cama.

Y fueron. E hicieron el amor. El joder desesperado de dos desconocidos mientras Tom lee *Fantasy* en el cuarto de al lado. Y dos días más tarde se marchan a Hydra, pero en Hydra hay demasiada gente, es demasiado siniestra, y de pronto no queda otro sitio adonde ir que Spetsai, en esta época del año no habrá problema. Tom pregunta si Becky puede venir a verles, Magnus responde que de ninguna manera, pues querrán venir todos, y no está dispuesto a aguantar a cinco Lederer mientras trata de escribir. Por lo demás, aparte de que bebe, Magnus nunca ha estado más cariñoso y atento que ahora.

Mary se había callado. Como retrocediendo unos pasos delante de un cuadro. Estudiando la historia hasta ese momento. Bebió un poco de whisky, encendió un cigarro.

–Cristo –exclamó Brotherhood en voz baja.

Luego nada.

Nigel había encontrado un pellejo en el reverso de un dedo más pequeño de lo normal y se lo estaba arrancando meticulosamente.

Es Lesbos de nuevo, es otro amanecer pero la misma cama griega, y Plomari despierta una vez más, aunque Mary suplica que vuelva a dormirse, que los sonidos cesen y que el sol se esconda por donde ha salido, detrás de los tejados, porque hoy es lunes y ayer Tom volvió al colegio, Mary tiene la prueba debajo de la almohada, donde prometió poner la piel de conejo que él le dio para que la protegiera de todo peligro, y –como si lo necesitara para robustecer su determinación– el recuerdo terrible de las últimas palabras de Tom antes de irse. Mary y Magnus le han llevado al aeropuerto, le han pesado para esta nueva partida. Tom y Mary, de pie, incapaces de tocarse, esperan a que anuncien el vuelo; Magnus está en el bar comprando a Tom una bolsa de pistachos para el viaje y pidiendo de pasada un *ouzo* para él. Mary se ha cerciorado seis veces de que Tom tiene su pasaporte, el dinero, la carta a la enfermera informándole de su sarpullido de camarones y la carta que debe entregar a la abuela en el *momento* en que se reúna con ella en el aeropuerto de Londres, cielo, para que no se te olvide. Pero Tom está más distraído aún que de costumbre, está mirando a la entrada principal, viendo cómo la gente franquea las puertas de batiente, y tiene una expresión desesperada, tanto que Mary llega a preguntarse si no estará pensando en huir corriendo.

–¿Mamá?

–Sí, cariño.

–Están ahí, mamá.

–¿Quiénes?

–Aquellos dos campistas de Plomari. Están sentados en la moto, en el aparcamiento, vigilando a papá.

–Escucha, cariño, ya *basta* –replica Mary firmemente, resuelta a disipar esas sombras de una vez por todas–. Olvídate de eso completamente, ¿de acuerdo?

–Sólo que les he reconocido, ¿ves? Lo he descubierto esta mañana. Me he acordado. Son los hombres que iban en el coche que daba vueltas por fuera del campo de cricket de Corfú mientras el amigo de papá trataba de convencerle de que subiera al coche con ellos.

Por un momento, aunque Mary ya ha pasado por este procedimiento angustioso una docena de veces, tiene ganas de gritar: «Quédate. No te vayas. Me importa un pepino tu educación. Quédate conmigo.» Pero en vez de eso le despide con la mano desde el otro lado de la barrera y reserva sus lágrimas para el trayecto de regreso, en que Magnus, como siempre, está absolutamente encantador con ella. Y ahora es ya la mañana siguiente, Tom está a punto de llegar a su colegio y Mary mira fijamente los barrotes carcelarios de los postigos carcomidos de Kyria Katina, y el cielo clarea sin remordimiento por entre los resquicios, y ella procura no oír el ruido metálico de las cañerías debajo y el torrente de agua que cae libremente sobre las baldosas cuando Magnus ejecuta su ducha matutina.

–¡Cristo! ¿Estás despierta, chica? ¡Está helada, créeme!

Te creo, repite ella para sí misma, y se arrebuja con la ropa de cama. En quince años nunca me ha llamado chica. Ahora de repente es chica a todas horas, como si él acabara de enterarse de su sexo. Tan sólo le separa de él la anchura de una tabla del suelo, y si se atreve a mirar por el costado de la cama vislumbrará su cuerpo desnudo de desconocido a través de las grietas entre los tablones. Al no recibir respuesta de Mary, Pym empieza a cantar una canción de Gilbert y Sullivan al tiempo que chapotea en el agua.

–*Por la mañana temprano procedemos a encender el fuego...* ¿Qué tal lo hago? –grita, cuando ha cantado todo lo que sabe.

En otros tiempos Mary tenía una pequeña reputación musical. En Plush dirigía un grupo pasable de madrigales. Cuando estaba realizando su tarea en la oficina central, cantó de solista en el coro de la Casa. Es simplemente que nadie te puso nunca discos, solía decirle a Magnus, en una crítica velada a su primera mujer, Belinda. Un día tu voz será tan buena cantando como cuando hablas, querido.

Mary junta aire.

–¡Mejor que Caruso! –grita.

Tras este intercambio, Magnus puede reanudar su ducha.

–Fue bien, Mabs. Realmente bien. Siete páginas de prosa inmortal. Primera versión, pero buena.

–Estupendo.

Él ha empezado a afeitarse. Le oye vaciar la tetera en la palangana de plástico del fregadero. Hojas Contour, piensa ella: Oh, Dios, me he olvidado de comprarle sus malditas hojas Contour. Durante todo el trayecto de ida al aeropuerto, y también en el de vuelta, sabía que había olvidado algo, porque en estos días las pequeñeces son para ella tan espantosas como las cosas grandes. Ahora compraré queso para el almuerzo. Ahora compraré pan para el queso. Cierra los ojos e inhala otra bocanada enorme.

–¿Has dormido?

–Como un tronco. ¿No te has dado cuenta?

Sí, me he dado cuenta. Te he sentido salir de la cama a las dos de la mañana y bajar silenciosamente a tu cuarto de trabajo. Te he oído andar de un lado para otro y detenerte. He oído el crujido de tu silla y el susurro de tu pluma cuando empezabas a escribir. ¿A quién? ¿Con qué voz? ¿Cuál de ellas?

Un estallido de música ahoga el rumor de su afeitado. Ha encendido la radio para escuchar el noticiario de la BBC. Magnus sabe la hora exacta en todo momento del día y de la noche. Si consulta a su reloj es sólo para confirmar los horarios que hay en su cerebro. Mary escucha entumecida una enumeración de sucesos que nadie puede controlar. Ha estallado una bomba en Beirut. Una ciudad ha sido destruida en El Salvador. La libra ha caído. O subido. Los rusos se excluyen de las próximas olimpíadas o participan, después de todo. Magnus sigue la política como un jugador demasiado sabio para apostar. El ruido crece progresivamente a medida que Magnus transporta la radio arriba, *plop, plop*, desnudo salvo por las sandalias. Se inclina sobre ella y ella huele el jabón de afeitar y los insípidos cigarros griegos que se ha aficionado a fumar mientras escribe.

–¿Todavía con sueño?

–Un poco.

–¿Cómo está Rata?

Mary está cuidando a una rata medio destripada que encontró en el jardín. Está metida en un cajón de paja en la habitación de Tom.

–No he mirado –contesta.

Él la besa cerca de la oreja, una explosión, y comienza a acariciarle el pecho como una señal para que ella le abrace, pero ella gruñe un desmañado «luego» y se da media vuelta en la cama. Le oye chapotear hasta el ropero, oye la puerta vieja resistir y abrirse de golpe. Si elige pantalones cortos se va de paseo. Si escoge unos vaqueros se va a la ciudad a beber con los gorrones. El coronel Parker –llámeme Parkie–, con mi chulo griego y mi terrier *Sealyham* que llevo de la correa como a una tetera. Elsie y Ethel, las maestras jubiladas y tortilleras de Liverpool. Un tipo escocés, tengo un negocio minúsculo en Dundee. Magnus saca una camisa y se la pone. Mary le oye abrocharse los pantalones cortos.

–¿Dónde vas? –pregunta.

–A dar un paseo.

¿Quién era la que hablaba así de pronto, aquella mujer madura y que iba derecha al grano?

–Espérame. Te acompaño. Puedes hablarme de eso.

Magnus está tan sorprendido como ella:

–¿De qué, por Dios?

–De lo que te preocupa, querido. Me da igual. Háblame de ello, sea lo que sea, para que no tenga que...

–¿No tengas qué?

–Reprimirlo. No darme por enterada.

–Tonterías. No pasa nada. Simplemente estamos un poco tristones sin Tom.

La recuesta en la almohada como si fuese una inválida.

–Se te pasará durmiendo y a mí paseando. Te veo en la taberna hacia las tres.

Sólo Magnus es capaz de cerrar con tanto sigilo la puerta delantera de Kyria Katina.

De pronto Mary es fuerte. La partida de Magnus la ha liberado. Respira. Va a la ventana norte, todo planeado. Ha hecho estas cosas antes y ahora recuerda que las hace bien, muchas veces con más calma que los hombres. En Berlín, cuando Jack necesitaba una chica disponible, Mary había montado guardia, escamoteado llaves de habitaciones a porteras, restituido documentos robados a escritorios peligrosos, conducido a agentes asustados a apartamentos seguros. Conocía el juego mejor de lo que creía, pensó. Jack solía elogiar mi frialdad y mi vista aguda. Por la ventana ve la carretera nueva alquitranada que serpentea hacia las colinas. A veces va por ahí, pero hoy no. Abre la ventana y se asoma por ella como saboreando el lugar y la mañana. Esa bruja, Katina, ha ordeñado temprano a sus cabras, eso significa que se ha ido al mercado. Mary solamente se permite una mirada fugaz hacia el lecho fluvial seco donde, a la sombra del puente de piedra, los dos jóvenes de siempre están molestando con su motocicleta de matrícula alemana. Si hubieran aparecido así delante de la puerta en Viena, Mary se lo habría comunicado a Magnus al instante: le habría telefoneado a la embajada, de ser preciso. «Parece que los ángeles vuelan hoy bastante bajo», habría dicho. Y Magnus hubiera hecho lo que fuere menester: avisar a la patrulla diplomática, enviar a sus hombres a identificarlos. Pero ahora, en sus vidas separadas, es como si hubieran acordado entre ellos que no hay que hacer comentarios sobre los ángeles, ni siquiera sobre los sospechosos.

Su cuarto de trabajo está en la planta baja. Él no le cierra la puerta con llave, pero entre ellos existe el pacto ético de que ella no entre a menos que él la llame expresamente. Gira la manilla y entra. Los postigos están cerrados, pero no tapan los cristales superiores de la ventana y hay luz suficiente para que ella vea. Pisa fuerte, se dice a sí misma, recordando su adiestramiento. Si tienes que hacer un ruido, que sea acentuado. El cuarto es austero, como a Magnus le gusta. Una mesa, una silla, una cama individual donde desplomarse entre ráfagas de redacción creativa de borradores. Retira hacia atrás la silla y hace tambalear una botella de vodka. La mesa está cubierta de libros y papeles, pero no toca nada. El viejo ejemplar de *Simplicissimus*, encuadernado en tela, ocupa un lugar de honor, como de costumbre. Es su mascota. Su no sé qué. Es un motivo de permanente afrenta para Mary el hecho de que nunca le permitirá encuadernarlo. Porque me gusta así, dice él tercamente. Así me lo dieron. Una mujer, sin duda. «Para Sir

Magnus, que nunca será mi enemigo», reza la inscripción en alemán. Que la follen. Y también a los apodos estrafalarios.

Brotherhood la ha interrumpido de nuevo.

–¿Dónde está ahora ese libro?

Con dificultad y un ligero rencor ella retornó al tiempo presente. Pero Brotherhood insistió:

–No está en su escritorio de abajo. Tampoco lo he visto en el salón. No está en el dormitorio ni en el cuarto de Tom. ¿Dónde está?

–Ya te lo he dicho –dijo ella–. Se lo lleva a todas partes.

–No me lo habías dicho, pero gracias –respondió Brotherhood.

Ella lleva un par de guantes de algodón contra las marcas de sudor y de mugre. Él usará un truco. Hace esas cosas instintivamente. Su vieja cartera descansa en el suelo, abierta de par en par, pero ella tampoco la toca. Otros libros están esparcidos como pisapapeles para sujetar el manuscrito, y aparentemente al azar. Mary lee un título. Está en alemán: *Libertad y conciencia*, de un autor cuyo nombre nunca ha oído. Junto a él, un ejemplar de *El buen soldado* de Madox Ford, que Magnus lee incesantemente en los últimos tiempos, se ha convertido en su Biblia. Junto a este ejemplar, un viejo álbum de fotos. Levanta con suavidad la tapa desconocida y sin moverla pasa varias páginas. Magnus a los ocho años vestido de futbolista, la foto de un equipo. Magnus a los cinco en un escenario alpino, sosteniendo un tobogán. Magnus a la edad de Tom ya con su sonrisa excesivamente complaciente, invitándote a entrar pero sin esperar que a él le inviten. Magnus de luna de miel con Belinda, sin que ninguno de los dos parezca tener más que unos doce años. Es la primera vez que ve estas fotos. Mary deja caer la tapa, retrocede unos pasos e inspecciona de nuevo la disposición de los objetos sobre la mesa. Al hacerlo descubre la argucia que ha utilizado Magnus. Cada uno de los tres libros, al parecer colocados a la ventura encima de los papeles, está alineado con respecto a la punta de las tijeras que ocupan su centro. Mary va a la cocina, coge el mantel, lo pone en el suelo, al lado del escritorio, y a continuación, con la mano enguantada, mide las distancias entre cada objeto de la mesa. Con tanta suavidad como si estuviera levantando vendas de una herida, los coloca en el mismo orden encima del mantel. Ahora los papeles de la mesa permanecen expuestos ante su mirada. No ha contado con la aparición de tanto polvo. Con sólo cruzar la puerta ha levantado nubes polvorientas. Soy una ladrona de tumbas, piensa cuando el polvo le abrasa la garganta. Está examinando el fajo de un manuscrito. La página superior está oscurecida por las tachaduras. Levanta el fajo de papeles y deja todo lo demás en su sitio. Lo lleva a la cama pequeña, se sienta. En Plush, cuando era una muchacha, lo llamaba el juego de Kim y lo jugaban todas las Nocheviejas, junto con números de teatro y asesinato y bobinas de cine. En el centro de adiestramiento, cuando supuestamente ella era una adulta, lo llamaban Observación y lo jugaban por los pueblos dormidos de Dedham, Manningtree y Bergholt: ¿Quién ha pintado su puerta esta mañana, podado las rosas, comprado un coche nuevo, cuántas botellas de leche había en el umbral del número dieciocho? Pero jugaran donde jugasen

Mary siempre ganaba con mucha diferencia, tiene la maldición de una memoria fotográfica a la que muy poco escapa.

Fragmentos de novela, dijo a Brotherhood, todos ellos comienzos.

Una docena de capítulos 1, algunos a máquina y otros a mano, todos plagados de tachaduras. Principalmente hablaban de la infancia de un huérfano llamado Ben.

Garabatos. Dibujos de un brazo extendido para robar. La entrepierna de una mujer.

Notas personales, todas injuriosas: «basura sentimental»; «reescribir o destruir»; «has omitido el estigma que transmitimos de hombre a niño»; «un día un Wentworth nos atrapará a todos».

Una carpeta rosa con la rúbrica: «Pasajes sueltos.» Ben se entrega a las autoridades. Ben descubre que existe otro servicio secreto, el auténtico, y se incorpora a él en el momento preciso. Una carpeta azul titulada «Escenas finales», varias de ellas dirigidas a Poppy, su querida y puñetera Poppy. Una cartulina de dibujo sustraída del cuaderno de bocetos de Mary y en la cual Magnus ha dibujado un diseño de bocadillos de diálogo unidos para formar un diagrama de sus ideas, exactamente lo que le enseñan a Tom para preparar sus redacciones escolares. Bocadillo: «Si toda naturaleza aborrece el vacío, ¿qué opina un vacío sobre toda naturaleza?» Otro: «Duplicidad es cuando complaces a una persona a expensas de otra.» Otro más: «Somos patriotas porque tenemos miedo de ser cosmopolitas, y cosmopolitas porque tememos ser patriotas.»

Llamaron a la puerta, pero Brotherhood hizo una señal con la cabeza a Georgie, indicándole que no hiciera caso.

–No era su escritura de verdad –dijo Mary–. Era todo puntiagudo. Funcionó por un tiempo y luego se atascó. Era como si le doliera seguir.

A Brotherhood le importaba un bledo a quién le doliera.

–Más –dijo–. Más. De prisa.

–Soy yo, señor –gritó Fergus al otro lado de la puerta–. Un mensaje urgente, señor. Muy urgente.

–He dicho que espere –ordenó Brotherhood.

–«Los sistemas de la vida de Ben se están derrumbando» –continuó Mary–. «Se ha pasado la vida inventando versiones de sí mismo que no son ciertas. Ahora la verdad se le echa encima y está huyendo. Su Wentworth espera en la puerta.»

–Más –dijo Brotherhood, vigilando a Mary.

–«Rick me inventó, Rick se está muriendo. ¿Qué ocurrirá cuando Rick suelte el cabo de la cuerda?»

–Sigue.

–Una cita de San Lucas. No le vi abrir una Biblia en mi vida. «Quien es fiel en muy poco también es fiel en mucho.»

–¿Y?

–... «Quien es deshonesto en muy poco también lo es en mucho.» Había iluminado los bordes de la página durante horas seguidas. Con tintas diferentes.

–¿Y?

–«Wentworth fue la némesis de Rick. Poppy[1] fue la mía. Los dos dedicamos la vida a tratar de reparar lo que les habíamos hecho.»

–¿Qué más?

–«Ahora todos me persiguen. La Casa me persigue, y los americanos, y también tú. Hasta la pobre Mary me persigue, y no sabe que tú existes.»

–¿Quién es ese *tú*? ¿Quién es *tú* en ese poema?

–«Poppy. Mi destino. Mi queridísima Poppy, la mejor de mis amigos, retira tus malditos perros de mi puerta.»

–Poppy como las flores –sugirió Brotherhood, apartando el micrófono de Georgie al arrodillarse junto a ella–. Como las flores de la chimenea. Pero en singular. Una Poppy.

–Sí.

–Y Wentworth como el lugar. ¿El soleado Wentworth, en el elegante Surrey?

–Sí.

–¿Le conoces a él... a ella? ¿A alguien con ese nombre?

–No.

–¿Y a Poppy?

–No.

–Sigue.

–Había un capítulo 8 –dijo ella–. Salido de la nada. No el 2 ni el 7, sino este capítulo octavo, escrito con su puño y letra y sin una tachadura. Titulado «Cuentas pendientes», mientras que el capítulo primero no tenía título. Escrito de prisa, con exuberancia o rabia, y describiendo un día en que Ben se rebela contra todas sus promesas. Pasando de la tercera a la primera persona y quedándose en la primera, mientras que los capítulos 1 eran «él» o «Ben». «Los acreedores están aporreando la puerta, Wentworth en primer plano, pero a Ben le importa un comino. Bajo la cabeza, levanto los hombros, arremeto contra ellos, reparto puñetazos, zarandeos, cabezazos, mientras me rompen la crisma. Pero incluso con la cara rota estoy haciendo lo que debería haber hecho hace treinta años, a Jack y a Rick y a todas las madres y padres, por robarme la vida del plato mientras yo te miraba hacerlo, Poppy, Jack, todos vosotros, empujándome a una vida entera, una vida entera, una vida entera...»

Había enmudecido. Tenazas de hierro le habían arrebatado la respiración. La puerta se abrió y Fergus se coló dentro, una infracción de la disciplina por la que seguramente sería castigado. Nigel le miraba inexpresivamente. Georgie le miraba revirando los ojos, señalando a la puerta y articulando fuera, fuera, pero Fergus aguantó donde estaba.

–¿Una vida entera de qué, por Cristo? –estaba gritando Brotherhood al oído de Mary.

Ella estaba susurrando. Estaba gritando. Estaba forcejeando con la palabra en el interior de la boca, empujándola, apretándola, pero no salió nada

1. *Poppy* significa amapola (N. del T.)

por ella. Brotherhood la zarandeó, al principio suavemente, luego mucho más fuerte y por último muy fuerte.

–Traición –dijo ella–. «Traicionamos para ser leales. La traición es como imaginar cuando la realidad no es agradable.» Escribió eso. La traición como esperanza y compensación. Como la forja de un país mejor. La traición como amor. Como un tributo a nuestras vidas no vividas. Una larga lista de esos aforismos laboriosos sobre la traición. La traición como evasiva. Como acto constructivo. Como una declaración de ideales. Como un culto. Como una aventura del alma. La traición como viaje: ¿cómo podemos descubrir nuevos lugares si nunca salimos de casa? «Tú eras mi tierra prometida, Poppy. Tú diste sentido a mis mentiras.»

Y era la última frase a la que había llegado en su lectura, explicó –la frase sobre Poppy la Tierra Prometida–, cuando volvió la cabeza y vio a Magnus con pantalones cortos en la puerta abierta de su cuarto de trabajo, con un sobre grande azul en una mano y el telegrama en la otra, sonriendo como el alumno al mando de uno de sus colegios.

–Había otra persona dentro de él –dijo Mary, sobresaltándose–. No era él.

–¿Qué diablos significa eso? Acabas de decir que era Magnus, plantado en la puerta. ¿Qué estás insinuando?

Ella tampoco lo sabía.

–Era algo que le había ocurrido cuando era joven. Alguien que le observaba desde una puerta. Por alguna razón lo estaba repitiendo. Le vi en la cara que reconocía la escena.

–¿Qué dijo *él*? –propuso Nigel, servicialmente.

¿Tenía ella una voz para imitar a Magnus o era quizá solamente una expresión facial? Vacía y sin embargo impenetrable. Infatigablemente cortés:

–Hola, mi amor. ¿Poniéndote al corriente de la gran novela? No es que sea exactamente Jane Austen, me temo, pero algo puede ser utilizable cuando me meta de lleno.

El mantel estaba extendido en el suelo. Con los libros y la mitad de los papeles encima. Pero la sonrisa de Magnus transmitió victoria y alivio cuando tendió el telegrama hacia ella. Mary lo cogió de su mano y caminó con él hasta la ventana para leerlo. O para distraer del escritorio la atención de Magnus.

–El telegrama era tuyo, Jack, usando tu nombre de guerra, Victor. Dirigido a Pym, en casa de Pembroke. Vuelve de inmediato, decías. Todo está olvidado. El comité vuelve a reunirse en Viena el lunes a las diez de la mañana. Victor.

Tomándose su tiempo, Brotherhood había atendido por fin a Fergus.

–¿Qué demonios quieres? –dijo.

Fergus habló como Tom lo hacía cuando se había estado conteniendo mucho tiempo, a la espera de que los adultos le dejaran intervenir.

–Mensaje de emergencia del empleado del servicio en la embajada, señor

–soltó–. Lo ha telefoneado en clave, acabo de descifrarlo. La caja combustiva ha desaparecido de la cámara acorazada.

Nigel hizo un gestito curioso, al parecer destinado a suavizar una atmósfera cargada. Levantó sus manos adoradas y, apuntando blandamente hacia el cielo con las yemas de los dedos, las agitó como si se estuviese secando las uñas. Pero Brotherhood, todavía arrodillado al lado de Mary, pareció invadido por una letargia súbita. Se levantó lentamente y se pasó la mano despacio por la boca como si tuviera un mal sabor en la punta de la lengua.

–¿Desde cuándo?

–No se sabe, señor. No está anotado. Hace una hora que la están buscando. No la encuentran. Es lo único que saben. Con ella había una tarjeta de correo diplomático. La tarjeta también ha desaparecido.

Mary no había captado todavía el clima. La sincronización ha salido mal, pensó. ¿Quién está en la puerta, Fergus o Magnus? Jack se ha vuelto sordo. Jack, que interroga con ráfagas de salvas, a razón de unas veinte por minuto, se ha quedado sin municiones.

–El guarda de la cancillería dice que el señor Pym se presentó en la embajada la mañana del martes a primera hora, cuando iba al aeropuerto, señor. El guarda no se acordó de mencionarlo porque no lo había apuntado en su parte. Fue arriba, bajó y siento lo de su padre, señor. Pero cuando bajó la escalera Pym llevaba esa pesada valija negra.

–¿Y al guarda no se le ocurrió hacerle ninguna pregunta?

–Pues no, señor, ¿cómo iba a hacerlo? Habiendo muerto su padre y teniendo tanta prisa.

–¿No falta nada más?

–No, señor, sólo la caja hasta ahora. Y la tarjeta, como le he dicho.

–¿Adónde va? –preguntó Mary.

Nigel se había puesto de pie y se tiraba de las puntas de su chaleco, mientras Brotherhood estaba guardando cosas en el bolsillo de su chaqueta para un largo viaje. Sus cigarros amarillos. Su pluma y su libreta. Su viejo mechero alemán.

–¿Qué es una caja combustiva? –preguntó Mary, próxima al pánico–. ¿Dónde vais? ¡Os estoy hablando! ¡Sentaos!

Brotherhood, por último, se acordó de ella y la miró donde estaba sentada.

–No lo sabes, ¿verdad? –dijo–. No, claro que no. Eras del nivel nueve. Nunca llegaste al grado necesario para saberlo.

Explicar era penoso, pero se esforzó, en recuerdo de los viejos tiempos.

–La misma palabra lo dice. Es una cajita de metal. En este caso es una valija diplomática forrada de acero. Quema todo lo que hay dentro en cuanto se lo ordenas. Es donde un jefe de puesto guarda los tesoros.

–¿Y qué hay dentro?

Nigel y Brotherhood intercambiaron miradas. Fergus tenía aún los ojos abiertos como platos.

–¿Qué hay dentro? –repitió Mary, al tiempo que un miedo distinto y más escurridizo empezaba a apoderarse de ella.

–Oh. No mucho –respondió Brotherhood–. Agentes en activo. Todos nuestros checos. Unos cuantos polacos. Un par de húngaros. Prácticamente todo lo que dirigimos desde Viena. O dirigíamos. ¿Quién es Wentworth?

–Ya lo has preguntado. No lo sé. Un lugar. ¿Qué más hay dentro?

–O sea que es eso. Un lugar.

Ella le había perdido. A Jack. Se había ido. Le había perdido como amante, como amigo, como autoridad. Su cara era la del padre de Mary cuando le comunicó la noticia de la muerte de Sam. El amor le había abandonado y con él el último residuo de fe.

–Tú lo sabías –dijo él, como de paso. Estaba a mitad de camino hacia la puerta, sin mirar siquiera a Mary–. Lo supiste durante años y años.

Todos lo sabíamos, pensó ella. Pero no tuvo ánimos para decírselo o, en realidad, interés.

Como si hubiera sonado el timbre del final de la visita, Nigel también se dispuso a salir.

–Ahora, Mary, te voy a dejar en compañía de Georgie y Fergus. Planearán su cobertura contigo y te dirán cómo actuar en todo. Me tendrán constantemente informado. A partir de ahora, igual que tú. Solamente a mí. ¿Comprendido? Si necesitas dejar un mensaje o algo parecido, soy Nigel, el jefe del secretariado. Mi ayudante personal se llama Sandy, pero es una chica, naturalmente. No hables para nada con nadie más de la Casa. Me temo que es una orden. Ni siquiera con Jack –agregó, refiriéndose particularmente a Jack.

–¿Qué más hay en la caja? –repitió ella.

–Nada. Absolutamente nada. Material de rutina. No te preocupes.

Se acercó a ella y, envalentonado por la intimidad de Brotherhood con ella, le colocó torpemente una mano en el hombro.

–Escucha. Esto no tiene por qué ser tan malo como parece. Tenemos que tomar precauciones, desde luego. Tenemos que presumir lo peor y ponernos a cubierto. Pero Jack tiene a veces una manera bastante gótica de ver las cosas. Las explicaciones menos dramáticas son muchas veces las más cercanas a la verdad. Jack no es el único que tiene experiencia.

6

Una oscura lluvia costera había envuelto la Inglaterra de Pym y él caminaba bajo ella cautelosamente. Era la primera hora de la noche y había estado escribiendo durante más tiempo que en toda su vida, y ahora se sentía vacío, accesible y temoroso. Sonó una sirena de niebla, un pitido corto, dos largos, un faro o un barco. Se detuvo debajo de una farola para consultar de nuevo su reloj. Quedaban por transcurrir ciento diez minutos, cincuenta y tres años habían transcurrido. El quiosco de la música estaba vacío, el césped del *bowling* inundado. Los escaparates todavía conservaban su cochambroso celofán amarillo contra el sol del verano.

Se dirigía fuera de la ciudad. Le había comprado un impermeable de plástico a Lorimer, el mercero. «*Buenas* noches, señor Canterbury, ¿en *qué* podemos servirle?» La lluvia tamborileaba sobre la capucha como sobre un tejado de hojalata. Por dentro de los faldones llevaba las compras para la señorita Dubber: el bacon que vendía el señor Aitken, pero no se olvide de decirle que lo corte en el número cinco, si se descuida se lo cortará más grueso. Y dígale al señor Crosse que tres de sus tomates estaban podridos la semana pasada; no sólo malos: *podridos*. Si no me los cambia por otros buenos nunca volveré a comprarle. Pym había seguido las instrucciones al pie de la letra, aunque no con la ferocidad que ella hubiese deseado, porque tanto Crosse como Aitken eran destinatarios de sus subvenciones secretas, y durante años habían estado enviando a la señorita Dubber facturas por sólo la mitad de lo que ella había gastado. De Farways, el agente de viaje, había obtenido asimismo detalles de una gira por Italia para ciudadanos de edad, que partía de Gatwick dentro de seis días. Telefonearé a su prima Melanie en Bognor, pensó. Si también me brindo a pagarle el viaje a Melanie, la señorita Dubber no podrá negarse.

Ciento seis minutos. Sólo han pasado cuatro. De los incontables recuerdos apremiantes que reclamaban evocación en su cabeza, Pym eligió Washington y el globo. De todas las maneras locas de hablar que tuvimos, realmente aquel globo se llevó la palma. Tú querías una charla, yo no quería verte. Yo huía asustado y te había convertido en una persona inexistente. Pero tú no te dabas por vencido, nunca lo harías. Para animarme lanzaste un globo de gas en miniatura, con un baño de plata, por encima de los tejados de Washington, Columbia. De medio metro de diámetro; a veces Tom los consigue gratis en los supermercados. Mientras conducíamos nuestro propio coche por ambos lados de la ciudad, tú me dijiste en alemán que era una insensatez por mi parte representar contigo el papel de Garbo. Por medio de microteléfonos sintonizados que brincaban como chinches entre las frecuencias y debían de desquiciar igualmente a los radioescuchas.

Estaba ascendiendo el camino del acantilado, por delante de bungalows iluminados, construidos en los jardines de una gran mansión. Llamaré a su médico y le diré que le convenza de que lo que necesita es un descanso. O al vicario, ella le escucharía. A sus pies, las luces feéricas del parque de atracciones brillaban como bayas gordas en la niebla. A lo largo de ellas podía distinguir los neones blanquiazules de la heladería Softa. Penny, pensó. Nunca volverás a verme, a no ser que mi cara aparezca en el periódico. Penny pertenecía a su ejército secreto de amantes, tan secreto que ni ella sabía que era miembro. Cinco años antes ella vendía pescado con patatas en un puesto del paseo marítimo y estaba enamorada de un chico con vestimenta de cuero que se llamaba Bill y que le pegaba, hasta que Pym pasó el número de matrícula de la moto de Bill por la computadora de la Casa y descubrió que estaba casado y tenía críos en Taunton. Envió bajo cuerda los detalles al vicario de la localidad y un año más tarde Penny se casó con un alegre heladero italiano que se llamaba Eugenio. Pero esta noche no estaba casada. Esta noche, cuando Pym se había aproximado a su café para sus dos cucharadas de Cornish habituales, ella estaba con la cabeza pegada a la de un hombre fornido y de sombrero flexible cuyo aspecto a Pym no le gustó un pelo. No era más que un viajante ordinario, se dijo mientras una ráfaga de viento le inflaba el impermeable. Un vendedor de alimentos, un recaudador de impuestos. ¿Quién caza solo en estos tiempos, aparte de Jack? Y no es Jack, no es por los treinta años de diferencia. Era el coche, pensó. Aquellas aletas limpias, la antena elegante. La inclinación de su cabeza cuando escuchaba.

–¿Ninguna visita, señorita D? –preguntó Pym, depositando los paquetes encima del aparador.

La señorita Dubber estaba sentada en la cocina, viendo «Dallas» y tomando su copita del día. *Toby* estaba en su regazo.

–Son tan malvados, señor Canterbury –dijo–. No admitiríamos aquí por una noche a ninguno de ellos, ¿verdad, *Toby*? ¿Qué te ha comprado? Le he dicho Assam, tonto, devuélvalo.

–Es Assam –dijo Pym suavemente, agachándose para enseñárselo–. Lo venden con un nuevo envase y le regalan tres peniques. ¿No ha venido nadie mientras estaba fuera?

–Sólo el del gas, para mirar el contador.

–¿El de siempre? ¿O uno nuevo?

–Nuevo, querido. Todos son nuevos últimamente.

Pym la besó suavemente en la mejilla y le enderezó el chal nuevo sobre los hombros.

–Sírvase un vodka, querido –dijo ella.

Pero Pym declinó el ofrecimiento, diciendo que debía trabajar.

Al entrar en su cuarto verificó los papeles de la mesa. Grapadora con asa de la taza de té. Libro emparejado con lápiz. Valija alineada con respecto a la pata de la mesa. La señorita Dubber no es Mary. Mientras se afeitaba se sorprendió pensando en Rick. Te he visto, pensó. No aquí, sino en Viena. Te vi en todos los escaparates y puertas otoñales mientras intentaba rascarme el picor de la espalda. Llevabas tu abrigo de pelo de camello y fumabas el habano del que nunca chupabas sin fruncir el ceño. Me estabas siguiendo, sí, con tus ojos azules sombreados como los de un ahogado, y las pupilas pegadas a los párpados superiores para darme miedo. «¿Adónde vas, hijo mío, adónde te lleva ese par de buenas piernas a estas horas de la noche? ¿Alguna amiguita, eh? ¿Alguien que te considera maravilloso? Vamos, hijo. Puedes decírselo a tu viejo. Venga un abrazo.» En Londres estabas tendido en tu lecho de muerte pero no quise acercarme, no quise saber nada ni hablar nada de ti, era mi modo de llorarte. «No, no iré. No, no iré», me decía cada vez que mi talón repicaba en los adoquines. O sea que tú viniste a mí. Viniste a mí e hiciste de Wentworth. Aparecías en cada esquina que doblaba. Hasta que sentí tu mirada amorosa como un calor en la espalda que nunca podría eliminar. Fuera, maldito, susurré. ¿Qué muerte te deseaba yo? Todas ellas, por turnos. Muere, te decía. Muérete en la acera, a la vista de todo el mundo. Deja de adorarme. Deja de creer en mí. ¿Querías dinero? Ya no. Habías renunciado a esta petición en favor de la más grande de todas. Querías a Magnus. Querías que mi espíritu vivo entrase en tu cuerpo muerto y te devolviese la vida que yo te debía. «Lo estamos pasando bien, ¿no es cierto, hijo? Poppy es fabulosa, lo veo por el número inaugural de la función. ¿Qué estáis maquinando ahí los dos juntos? Vamos, puedes decírselo a tu compinche. ¿Algún negocio entre manos? ¿Mercando algunos billetes eh, como te enseñó tu padre?»

Tres minutos. Me gusta calcular con exactitud. Pym se lavó la cara y de un bolsillo interior sacó su fiel ejemplar del *Simplicissimus* de Grimmelshausen, encuadernado en bucarán marrón y desgastado, y muy viajado. Lo dejó preparado encima de la mesa, al lado de un taco de papel y un lápiz, cruzó la habitación y se arrodilló delante de la vieja y querida radio de nogal de Winston, y giró el dial de baquelita hasta que tuvo la longitud de onda.

Baja el volumen. Enciende. Espera. Un hombre y una mujer hablando en checo de la economía de una cooperativa de frutas. El coloquio se extingue en mitad de una frase. La señal horaria anuncia el noticiario vespertino. Listo. Pym está tranquilo. Una calma operativa.

Pero está también un poquito arrobado. Aquí reina una serenidad que no es totalmente de este mundo, un ápice de afinidad mística en su sonrisa amorosa y juvenil que dice «hola» a alguien que no es del todo terrenal. De todos los que le han conocido, aparte de este desconocido extraterrestre, quizá sólo la señorita Dubber ha visto esa misma expresión.

Primera noticia, arenga contra los imperialistas americanos a raíz de la ruptura de la última ronda de conversaciones sobre el desarme. Sonido de página que se vuelve, señal para prepararse. Anotado. Vas a hablar conmigo. Te lo agradezco. Aprecio ese gesto. Noticia dos en antena. El locutor presenta al profesor de universidad de Brno. Buenas noches, profesor, ¿cómo está esta noche el servicio secreto checo? El profesor habla, un pasaje para traducir. Con todos los nervios en tensión, toda mi persona a pleno gas. Primera frase: *Las conversaciones han terminado en un punto muerto.* Paso por alto. *En otra tentativa.* Lo escribo. Despacio. Sin precipitarse. Paciencia de nuevo mientras esperamos el primer numeral. Aquí está. *Un soldador de Plzěn, de cincuenta y cinco años.* Apagó la radio y, con el bloc en la mano, regresó a la mesa, mirando directamente hacia adelante. Al abrir el Grimmelshausen por la página cincuenta y cinco encontró la quinta línea, sin contar siquiera, y en una hoja limpia de papel escribió las diez primeras letras de la línea y luego las convirtió en numerales con arreglo a su posición en el alfabeto. Resta sin llevar. No razones, hazlo. Estaba sumando otra vez, sin llevar tampoco. Estaba convirtiendo números en letras. No razones. NOT... EPR... EOC... UP... No hay nada aquí. Es jerga burocrática. Sintoniza otra vez a las diez y vuelve a leerlo. Estaba sonriendo. Estaba sonriendo como un santo cuando el calvario ha pasado. Las lágrimas afluían a sus ojos. Déjalas. Estaba de pie, sosteniendo la página con las dos manos encima de su cabeza. Estaba llorando. Estaba riendo. Apenas podía leer lo que había escrito. NO TE PREOCUPES, E. WEBER TE QUIERE SIEMPRE. POPPY.

–Cabrón insolente –susurró en voz alta, secándose más lágrimas–. Oh, Poppy. Oh mi...

–¿Ocurre algo malo, señor Canterbury? –preguntó severamente la señorita Dubber.

–Vengo a tomar ese vodka que me ha ofrecido, señorita D. Vodka –explicó–. Vodka con algo.

Lo estaba ya mezclando.

–Sólo ha estado una hora arriba, señor Canterbury. Eso no se llama trabajar, ¿verdad, *Toby*? No es de extrañar que el país esté revuelto.

La sonrisa de Pym se ensanchó.

–¿Por qué es el revuelo?

–Los hinchas de fútbol. Dando tan mal ejemplo a los extranjeros... *Usted* nunca permitiría que eso sucediera, ¿verdad, señor Canterbury?

–Por supuesto que no.

Zumo de naranja tibio de la botella, ¡qué delicia! Agua calcárea del grifo, ¿en qué otro sitio podrías encontrarla? Se sentó con ella durante una hora, parloteando sobre los encantos de Nápoles, antes de retornar a su tarea de salvar a la patria.

Nunca sabré debidamente cómo Rick ganó la paz, Tom, pero la ganó de la noche a la mañana, como era proverbial, y ninguno de nosotros tendrá que volver a preocuparse, hijo, hay de sobra para todos y esto es obra de tu viejo. En el celo de la nueva prosperidad padre e hijo adoptaron la profesión de hacendados rurales. Con la victoria en Europa todavía húmeda en las vallas publicitarias, el Pym de trece años vistió su traje color carbón y sus codiciados pantalones largos, una corbata negra y un cuello duro blanco y se marchó valientemente a que los anzuelos prometidos de Sefton Boyd le perforasen los lóbulos de las orejas, mientras Rick, en su madurez inmensa, adquiría una mansión de veinte acres en Ascot, con un vallado blanco a lo largo del sendero y una hilera de trajes de *tweed* más pesados que los del almirante, y un par de enloquecidos *setters* rojos y otro de zapatos bicolores de campo para pasearlos y otro de escopetas Purdy para hacerse un retrato con ellos, y un bar de un kilómetro de largo para entretener sus veladas rústicas con champán y ruleta, un busto de bronce de TP sobre una peana en el vestíbulo, junto a otro más grande de sí mismo. Un pelotón de polacos expatriados fue contratado para el servicio de la casa, una madre nueva y distinguida llevaba tacones altos sobre el césped, vociferaba en compañía masculina y proporcionaba a Pym información sobre la higiene y la dicción de las clases altas. Apareció un «Bentley» que no fue escondido ni cambiado durante varias vacaciones, aunque un polaco rencoroso tuvo la idea de llenarlo de agua con una manguera a través de una rendija en la ventanilla y empapó la dignidad de Rick cuando a la mañana siguiente abrió la puerta del automóvil. A Cudlove le entregaron un uniforme de color mora y un chalé en los jardines donde Ollie cultivaba geranios, cantaba *El mikado* y pintaba la cocina para sosegar sus nervios. El ganado y una vaquera desabrigada conferían a la finca el carácter de una granja, pues Rick se había convertido en un pagador de impuestos que ahora sé que se hallaba en la cumbre de su heroica lucha por alcanzar liquidez.

–Es una auténtica vergüenza, Maxie –declaró orgullosamente a un comandante llamado Maxwell-Cavendish que había sido convocado para asesorar sobre cuestiones del hipódromo–. Que el Señor en el cielo baje y nos diga para qué diablos hicimos la guerra si un hombre no puede disfrutar en estos tiempos del fruto de sus desvelos.

El comandante, que lucía un monóculo teñido, dijo: «En efecto, ¿para qué?,» y apretó los labios, que adquirieron la forma de una hoja de acebo. Y Pym, sinceramente de acuerdo, llenó hasta arriba la copa del comandante. Todavía a la espera de volver al colegio, estaba atravesando por un período insípido y hubiese llenado cualquier cosa.

En Londres, la corte regentaba un *Reichskanzlei* con columnas en Chester Street, atendido por una tropa de beldades que eran sustituidas en cuanto se ajaban. Un jockey disecado, con los colores deportivos de Pym, agitaba hacia ellas su pequeña fusta; fotografías de lo que Syd llamaba los imbatibles de Rick y una lápida de honor conmemorando las empresas incólumes del más reciente imperio de Rick T. Pym e hijo completaban el muro de la Fama. Sus nombres viven en mí para siempre jamás, al parecer, porque me costó años de declaraciones juradas repudiarlos, y todavía hoy me sé de memoria la mayoría. Los mejores celebran la victoria de armas que Rick por entonces estaba convencido de haber conquistado para nosotros sin ayuda: la Enfermedad y Salud Alamein, el Fondo Militar y de Pensiones Permanentes, la Mutua General Dunkerque, la Alianza de Veteranos TP, todas aparentemente anónimas, pero todas satélites del gran *holding* de Rick T. Pym e hijo, cuyas limitaciones legales como receptáculo de los óbolos de viudas sólo se revelaron progresivamente. He investigado, Tom. He preguntado a abogados que saben cosas. Cien libras de capital bastaban para cubrir el lote. Y teníamos libros, ¡imagínate! Mulliner para agravios, Maxton para contratos, Wormald para pleitos, abogados que ya peinaban canas y que eran siempre los primeros en desaparecer en la adversidad y los primeros en volver sonrientes cuando se había ganado la batalla. Y más allá de Chester Street estaban los clubs, escondidos como casas seguras en los rincones más tranquilos de Mayfair. El *Albany*, el *Burlington*, el *Regency*, el *Royalty*: los nombres no eran nada comparados con las glorias que nos aguardaban dentro. ¿Existen hoy esos sitios? No a expensas de la Casa, Jack, eso seguro. Y de ser así, en un mundo dedicado ya al placer, no a la austeridad. En el mostrador no venden cupones de gasolina ilegales ni en el *grill* filetes ilícitos, ni se aceptan apuestas prohibidas en la sala de deportes clandestina. No tienen madres ilegales con zafios trajes largos que te juran que un día romperás un sinfín de corazones. Ni auténticos miembros vivos de nuestra amada *Pandilla loca* lúgubremente recostados en la barra, una hora antes de partirnos de risa en las butacas. Ni jockeys corriendo alrededor de la mesa de *snooker*, que era demasiado alta para ellos, un billete de cien a una esquina y, Magnus, ¿dónde está ese puñetero apoyatacos? Ni Cudlove esperando fuera con su uniforme morado, leyendo un *Das Kapital* abierto contra el volante del «Bentley» mientras esperaba para transportarnos a nuestra próxima conferencia importante con algún caballero o dama desafortunados que necesitaban el toque divino.

Allende los clubs, a su vez, estaban los *pubs*: *Beadles* en Maindenhead, *Sugar Island* en Bray, el *Clock* aquí, el *Goat* allí, el *Bell* en otra parte, todos con sus *grills* de plata, sus pianistas de plata y sus señoras de plata en el mostrador. En uno de ésos Muspole fue calificado de puñetero gorrón por un camarero bajo a quien estaba insultando, y Pym logró intervenir con una ocurrencia graciosa a tiempo de evitar la pelea. No recuerdo qué ocurrencia fue, pero Muspole me había enseñado una vez una manopla de cobre amarillo que le gustaba llevar a las carreras, y sé que esa noche la llevaba. Y sé que el camarero se llamaba Billy Craft y que me llevó a su casa para que conociera a su mujer desnutrida y a sus hijos en su apartamento de Bob Cratchitt, en las afueras de Slough, y que Pym pasó una noche divertida con ellos y que durmió en un sofá huesudo, tapándose con las prendas de lana de toda la familia. Porque quince años después, en una reunión de recursos celebrada en la oficina central, quién crees que salió de entre el público sino Billy en persona, jefe supremo de la sección de vigilancia doméstica.

–Pensé que era preferible seguirles que alimentarles, señor –dijo con una risa tímida cuando me estrechó la mano como unas cincuenta veces–. No pretendo faltar a la memoria de su padre, que era un gran hombre, naturalmente.

Resultó que Pym no había sido el único en enmendar la mala conducta de Muspole. Rick había enviado una caja de champán y una docena de medias de nilón para la señora Craft.

Después de los *pubs*, si teníamos suerte, venía una incursión al alba en el Covent Garden para un grato refrigerio de huevos con bacon que nos repusiera las fuerzas antes del trayecto a cien millas por hora para los establos donde los jockeys se ponían viseras marrones y pantalones de montar y se convertían en los caballeros templarios que Pym siempre había sabido que eran, galopando por las pistas cubiertas de escarcha y señaladas por ramitas de pino, hasta que en su imaginación leal se internaban en el cielo para ganar otra vez la Batalla de Inglaterra.

¿Dormir? Sólo recuerdo una vez. Viajábamos a Torquay para un agradable descanso de fin de semana en el «Imperial», donde Rick había organizado un juego ilegal de *chemin de fer* en una *suite* con vistas al mar, y debió de ser una de las veces en que Cudlove había dimitido, porque de repente nos encontramos en medio de un trigal iluminado por la luna que Rick, oliendo fuertemente a los gajes del oficio, había confundido con la carretera. Extendidos uno junto a otro sobre el techo del «Bentley», padre e hijo dejaron que la luna caliente les quemara la cara.

–¿Estás bien? –preguntó Pym, queriendo decir: «¿Tienes liquidez? ¿Vamos camino de la cárcel?»

Rick le estrechó enérgicamente.

–Hijo. Contigo a mi lado, y con Dios sentado ahí arriba con Sus estrellas, y el «Bentley» debajo de nosotros, soy el tipo que mejor está en el mundo.

Y decía en serio cada palabra, como siempre, y el día más orgulloso de su vida iba a ser cuando Pym estuviese en el Old Bailey en el lado bueno de la barandilla, ostentando los plenos atributos de presidente del tribunal supremo y dictando las sentencias que antaño habían dictado contra Rick en tiempos que nunca reconocíamos.

–Padre –dijo Pym.

Y se detuvo.

–¿Qué, hijo? Puedes hablar con tu viejo.

–Es sólo que... bueno, si no puedes pagar por adelantado las cuotas del primer año de internado, no importa. Quiero decir que iré a la escuela diurna. Creo solamente que debería ir a algún sitio.

–¿Eso es todo lo que tienes que decirme?

–No importa. De verdad.

–Has estado leyendo mi correspondencia, ¿no?

–No, claro que no.

–¿Alguna vez te ha faltado algo? ¿En toda tu vida?

–Nunca.

–Así me gusta –dijo Rick, y casi le rompió el cuello a Pym con un abrazo de acero.

–¿De dónde salía entonces el dinero, Syd? –insisto una y otra vez–. ¿Por qué llegó a acabarse?

Incluso hoy, en mi seriedad incurable, anhelo hallar una explicación seria para la mutilación criminal de aquellos días, aun cuando sea el único delito que, según Balzac, se esconde detrás de toda fortuna. Pero Syd nunca fue un cronista objetivo. Sus ojos claros se empañan, una sonrisa lejana ilumina su carita de pájaro mientras sorbe de su copa. En el fondo sigue viendo a Rick como a un gran río sinuoso del que cada uno de nosotros sólo puede llegar a conocer el tramo que el Destino nos otorga.

–Nuestro gran tipo era Dobbsie –recuerda–. No estoy diciendo que no hubiese otros, Titch: los había. Había hermosos proyectos, muchos muy visionarios, muy fantásticos. Pero el viejo Dobbsie era el tipo grande.

Para Syd siempre tiene que haber el tipo grande. Como los jugadores y los actores, ha vivido para eso toda su vida, y todavía lo hace. Pero la historia de Dobbsie tal como me la contó esa noche, tomando Dios sabe cuántas copas, puede servir igual que cualquier otra, aun cuando deja inexplorados los recodos más oscuros.

–Durante un tiempo, Titch –dice Syd, mientras Meg nos da una gota más de empanada y aviva el fuego de leña–, mientras el flujo y el reflujo de la guerra, con la ayuda de Dios, naturalmente, favorecen cada vez más a los aliados, tu padre ha estado muy preocupado por encontrar una nueva salida para aquellos fantásticos talentos suyos de los que todos somos, y con razón, plenamente conscientes. Hacia 1945 no se puede pensar que la escasez no acabará nunca. La carestía se ha convertido, Titch, sin rodeos, en un negocio arriesgado. Con los peligros de la paz sobre nosotros, el chocolate, medias de nilón, frutos secos y gasolina podrían inundar el mercado en un día. Lo que se avecina, Titch, dice Syd –en quien las cadencias de Rick resuenan como canciones que no consigo expulsar de mi cabeza–, es la Reconstrucción. Y tu padre, con aquel cerebro suyo, está tan ansioso como cualquier otro buen patriota de percibir su parte de la misma, lo cual es totalmente justo. La pega, como siempre, está en encontrar el asidero, porque ni siquiera Rick puede acaparar el mercado inmobiliario inglés sin un penique de capital. Y de un modo totalmente accidental, dice Syd, este asidero se obtiene por la impensada mediación de Flora, la hermana de Muspole. ¡*Tú* te acuerdas de Flora! Claro que me acuerdo. Flora es una buena *scout*, una predilecta de los jockeys a causa de sus pechos majestuosos y del generoso uso que hace de ellos. Pero su verdadera devoción, me recuerda Syd, se la reserva a un caballero llamado Dobbs, que trabaja para el gobierno. Y una noche, en Ascot, tomando una copa –tu padre estaba en una conferencia entonces–, a Flora se le escapa como de paso que su Dobbsie es arquitecto municipal por vocación y que recientemente se ha agenciado un trabajo importante. ¿Qué trabajo es, querida?, pregunta la corte educadamente. Flora titubea. Las palabras largas no son su fuerte. *Valorar la indemnización*, contesta, citando algo que no ha entendido totalmente. ¿Indemnización por qué, querida?, pregunta la corte, aguzando el oído, porque la indemnización no había perjudicado a nadie todavía. *Indemnización por daños de bomba*, dice Flora, y mira furiosamente alrededor, con creciente incertidumbre.

–Era un chollo, Titch –dice Syd–. Dobbsie monta en su bicicleta, visita una casa bombardeada, descuelga el chisme para llamar a Whitehall. Aquí Dobbs, dice. Necesitaré veinte mil libras para el jueves, y sin chistar. Y el gobierno paga como un señor. ¿Por qué? –Syd me picotea la rodilla superior con el dedo índice. Un gesto que Rick tuvo toda la vida–. Porque Dobbs es imparcial, y nunca lo olvides.

También yo recuerdo vagamente a Dobbsie, un hombrecillo baqueteado y mentiroso que se entrompaba con dos copas de champán. Recuerdo que se me ordenó ser agradable con él: ¿cuándo no lo era Pym?

–Hijo, si el señor Dobbs, aquí presente, te pide algo, si quiere ese cuadro bonito de la pared, tú se lo das. ¿Comprendido?

A partir de ese día Pym miró de un modo distinto la pintura de barcos sobre un mar rojo, pero Dobbsie nunca la pidió.

Con el secreto asombroso de Flora al descubierto, continúa Syd, las ruedas del comercio giran a toda marcha. Llaman a Rick de su conferencia, se concierta una cita con Dobbsie, se establece una mutualidad. Los dos son liberales o masones o hijos de grandes hombres, los dos son seguidores del Arsenal, admiran a Joe Louis, piensan que Noel Coward es un mariquita o comparten la misma visión de hombres y mujeres de todas las razas que caminan codo a codo hacia el magno cielo que, a decir verdad, es lo bastante espacioso para acogernos a todos, no importa de qué color o credo seamos; todo esto es una de las cantinelas fijas de Rick, que nunca dejan de hacerle llorar. Dobbs se convierte en miembro honorario de la corte y al cabo de unos días les presenta a un amado colega que se llama Fox y a quien también le gusta hacer el bien a la humanidad y cuyo trabajo consiste en seleccionar terrenos de construcción para la Utopía posbélica. Así las ondas de la conspiración se multiplican, se entrecruzan y se extienden.

El siguiente afortunado es Perce Loft. Mientras se ocupa de un negocio en los Midlands, Perce ha oído rumores acerca de una mutualidad moribunda que posee una fortuna, y hace averiguaciones. El presidente de la mutua, un tal Higgs –el destino ha decretado que todos los conspiradores ostenten monosílabos–, resulta ser un baptista de toda la vida. Rick también lo es; sin serlo, nunca hubiera podido llegar a lo que es hoy. La fortuna procede de un depósito familiar al cargo de un abogado, Crabbe, que se fue a la guerra en el momento en que el dinero le fue entregado y dejó que el depósito cuidara de sí mismo como creyera mejor. Como baptista, Higgs no puede distraer fondos sin que Crabbe le autorice. Rick consigue que licencien a Crabbe de su regimiento, le lleva en el «Bentley» a Chester Street, donde examina el muro de la Fama, los libros de leyes y a las beldades, y de allí al viejo y querido Albany, donde goza de una bonita charla y de relajación.

Crabbe resulta ser un hombrecillo pendenciero e idiota, que estira el codo para coger su bebida, señor, se retuerce el bigote para demostrar su perspicacia militar y al cabo de unas cuantas copas exige saber ¿qué estabais haciendo vosotros, los civiles, caguetas, mientras yo participaba en cierta contienda, señor, arriesgando el pellejo entre balas y bombas? Sin embargo, unas copas más tarde, en el *Goat*, declara que Rick es la clase de tipo que le hubiera gustado tener de comandante y, de ser necesario, morir por él, cosa que estuvo a punto de hacer algunas veces, pero chitón. Incluso llama «coronel» a Rick, desencadenando de este modo un extraño interludio en la ascensión del gran hombre, pues a Rick le agrada tanto el rango que decide atribuírselo en serio, de un modo parecido a como más adelante se convence de que el duque de Edimburgo le ha nombrado secretamente caballero y guarda una colección de tarjetas de visita para las personas admitidas a esta confidencia.

Pero ninguna de estas responsabilidades adicionales interrumpe un solo minuto el vals sin resuello de Rick. A lo largo de toda la noche, durante todo el fin de semana, la casa de Ascot recibe una pomposa cabalgata de los grandes, los hermosos y los crédulos, porque Rick se ha convertido en un coleccionista de celebridades, así como de necios y de caballos. Jugadores de cricket, jockeys, futbolistas, letrados de moda, parlamentarios corruptos, subsecretarios relucientes de útiles ministerios de Whitehall, navieros griegos, peluqueros *cockneys*, maharajás que no figuran en la nómina, magistrados borrachos, alcaldes venales, príncipes regentes de países que han dejado de existir, prelados con pectorales y con botas de ante, cómicos de la radio, cantatrices, holgazanes aristocráticos, millonarios de la guerra y estrellas de cine: todos desfilan por nuestro escenario como beneficiarios perplejos de la gran visión de Rick. Lúbricos directores de banco y presidentes de inmobiliarias que jamás han bailado se quitan la chaqueta, confiesan su vida estéril e idolatran a Rick, que les dona el sol y la lluvia. Sus esposas reciben medias de nilón inhallables, perfumes, cupones de gasolina, abortos discretos, abrigos de piel y, si se cuentan entre las afortunadas, a Rick mismo, pues todo el mundo tiene que recibir algo, hay que velar por todos, todos tienen que tenerle en gran estima. Si tienen ahorros, Rick los duplicará. Si desean apostar, Rick les conseguirá más posibilidades que los corredores de apuestas, páseme el metálico, yo me ocuparé. Los hijos se los entregan a Pym para que les divierta, les exime del servicio militar por la intervención de algún viejo conocido, les regalan relojes de oro, entradas para la final de copa, cachorros de *setter* rojo y, si están enfermos, les envían a los médicos más selectos para que les atiendan. Hubo una época en que tal prodigalidad consternó al Pym adolescente y le despertó la envidia. Hoy no. Hoy lo consideraría simplemente la asistencia normal que se dispensa a un agente.

Y, entre ellos, fortuitos como gatos, acechan los hombres silenciosos de la corte ampliada, los hombres del bando de Muspole, con trajes de hombros anchos y sombreros marrones de copa baja, que se llaman a sí mismos asesores y se llevan al oído el auricular del teléfono, pero que no hablan. Quiénes eran, adónde iban: hasta la fecha sólo lo saben el diablo y el espectro de Rick, y Syd se niega en redondo a hablar de ellos, aunque con el tiempo creo haberme hecho una idea acertada de sus actividades. Eran los matones de la tragicomedia de Rick, ora postrados de rodillas y rebosantes de sonrisas falsas, ora apostados como centinelas shakesperianos alrededor de la escena, con los ojos en blanco en la penumbra mientras esperan para destriparle.

Y, de puntillas entre esta casa de fieras completa –como entre sus piernas–, aunque era ya tan alto como la mitad de ellos, vislumbro otra vez a Pym, camarero servicial, botones mudo, magistrado supremo en ciernes, cortando las puntas de los puros y rellenando las copas. Pym, el orgullo de su progenitor, el diplomático en embrión, acudiendo presuroso a todas las llamadas: «Éste es Magnus. ¿Qué te han hecho en ese colegio nuevo, te han echado fertilizante encima? Aquí Magnus, ¿quién te ha cortado el pelo? Aquí Magnus, cuéntanos ése del taxista que pone a su mujer en estado interesante.» Y Pym –el más irresistible narrador de anécdotas de su edad y peso de todo el Gran Ascot– agradece, sonríe y se escabulle entre la concurrencia anómala y apretujada, y para relajarse acude a las clases nocturnas de política radical en la casa de Ollie y de Cudlove, lecciones en las que se decide cordialmente, al tiempo que se consumen canapés robados y cacao, que todos los hombres son hermanos, pero esto no va contra tu papá. Y aunque las doctrinas políticas son hoy para mí en el fondo tan carentes de sentido como para Pym entonces, recuerdo la humanidad sencilla de nuestras conversaciones cuando prometíamos remediar las maldades del mundo, y el buen corazón sincero con que, al ir a acostarnos, nos deseábamos mutuamente paz en el espíritu de Joe Stalin, que, con franqueza, Titch, y esto no va contra tu padre *jamás*, les ganó la guerra a todos esos bastardos capitalistas.

Las vacaciones de la corte se reincorporan al programa porque ningún hombre puede dar lo mejor de sí mismo sin descanso. St. Moritz queda fuera del mapa desde el intento fallido de Rick de comprar el centro invernal en lugar de pagar las deudas contraídas en él, pero como «compensación», ahora una palabra favorita, Rick y sus consejeros han adoptado el sur de Francia y viajan a Montecarlo en el *Train bleu*, organizando un festín durante el trayecto en el vagón restaurante de terciopelo y cobre amarillo, y haciendo una pausa sólo para dar una propina al maquinista franchute que es un liberal de primer orden, antes de correr al casino con divisas ilícitas en la mano. Por encima del hombro de Rick, en la *grande salle*, Pym puede observar cómo desaparecen en segundos, los honorarios de un año de colegio, y nadie se ha enterado. Si prefiere el bar puede cambiar impresiones con un alcalde de Wildman o Dios sabía de qué ejército, que dice ser caballerizo del rey Faruk y pretende disponer de una línea telefónica privada con El Cairo a fin de informar de los números ganadores y recibir órdenes reales, inspiradas por adivinos, sobre el modo de dilapidar la riqueza de Egipto. Para nuestros amaneceres mediterráneos tenemos el sombrío desfile hasta el prestamista del muelle, abierto toda la noche, donde Rick sacrifica al dios esquivo de la liquidez su reloj de oro, su cigarrera de oro, su varilla de cóctel y sus gemelos igualmente de oro y con los colores deportivos de Pym. Para nuestras tardes pensativas disponemos del *tir aux pigeons*, en el que la corte, tras un buen almuerzo, se tumba de bruces en el campo de tiro y dispara a infortunados pichones, conforme salen de su túnel y alzan el vuelo hacia el cielo azul antes de estrellarse contra el mar en un torbellino rizado. De vuelta a casa, en Londres, con todas las facturas abonadas, es decir, firmadas, y todos los porteros y *maîtres* complacidos, esto es, generosamente gratificados con las últimas monedas que nos quedan, se reanudan las tareas cada vez más numerosas del imperio Pym e hijo.

Porque nada puede permanecer inmóvil, demasiado no es bastante, como Syd mismo admite. No hay ingreso tan sacrosanto que no pueda superarlo al gasto; no hay gasto tan desmedido que no puedan obtenerse más préstamos para evitar que el dique se rompa. Si el *boom* de la construcción va a estancarse temporalmente por la aprobación de la ley de Restricciones de Renta, al alcalde Maxwell-Cavendish tiene un plan que cala en el alma deportista de Rick: se trata de sobornar a cualquiera que haya montado un caballo en el *Sweep* irlandés y ganar así automáticamente el primero, segundo y tercer premio. Muspole conoce a un propietario de periódico en apuros que se ha liado con malas compañías y necesita vender rápidamente; Rick siempre se ha considerado un moldeador de la mente humana. Perce Loft, el gran abogado, quiere comprar mil viviendas en Fulham; Rick conoce una inmobiliaria cuyo presidente tiene fe. Cudlove y Ollie son amigos íntimos de una joven modelista que ha conseguido la concesión auxiliar para el festival de Inglaterra; Rick no pide nada mejor que dar una oportunidad a nuestros muchachos y, Dios mío, hijo, si alguien se lo ha merecido son ellos. El sobrino de Morrie Washington ha diseñado un automóvil anfibio, hay el proyecto de construir un campo nacional de cricket para complementar los campos invernales de fútbol, Perce tiene otra idea más para que un pueblo irlandés cultive el cabello humano para el mercado de pelucas, que está experimentando un rápido desarrollo gracias a la munificencia de la recién creada seguridad social. Peladoras automáticas de naranjas, plumas que pueden escribir debajo del agua, los casquillos de la guerra de Corea: todo proyecto suscita el interés del gran pensador, atrae a sus expertos y alquimistas, agrega una nueva línea a la lápida de Honor de la firma Pym e hijo en la casa de Chester Street.

«¿Entonces qué falló? –pregunto otra vez a Syd, atisbando el fin inevitable–. ¿Qué capricho de la suerte, esta vez redonda, Syd, frenó el avance del gran hombre?» Mi pregunta provoca una furia inusual. Syd posa su vaso.

–Falló Dobbsie, eso es todo. Flora empezó a ser poco para él. Quería el lote completo. Dobbsie perdió la cabeza por todas sus mujeres, ¿verdad, Meg?

–Dobbsie mimaba demasiado a su pequeño ego –dice Meg, siempre una estudiosa severa de la fragilidad humana.

Sale a relucir que el pobre Dobbs se atolondró tanto que concedió cien mil libras de indemnización a una urbanización que no había sido construida hasta un año después de concluido el bombardeo.

–Dobbsie lo estropeó todo –dice Syd, bufando de indignación moral–. Dobbsie era egoísta, Titch. Eso es lo que era. Un monocéntrico.

Una nota posterior al pie de página pertenece a este breve pero glorioso apogeo de la opulencia de Rick. Hay constancia de que en octubre de 1947 vendió su cabeza. Obtuve por casualidad esta información ayer, cuando en las escaleras del crematorio intentaba identificar a algunos de los miembros menos familiares del entierro. Un joven sin resuello que afirmaba representar a un hospital docente blandió ante mí un pedazo de papel y me exigió que detuviese la ceremonia. «En virtud de la suma de cincuenta libras en metálico, yo, Richard T. Pym, de Chester Street West, autorizo a que cuando muera mi cabeza pueda ser utilizada para favorecer el progreso de la ciencia médica.» Llovía ligeramente. Al socaire del pórtico garabateé al chico un cheque por importe de cien libras y le dije que comprase una cabeza en otro sitio. Si el fulano era un embaucador, razoné, Rick habría sido el primero en admirar su inventiva.

Y en todo momento, en alguna parte de este clamor, el nombre de Wentworth resonando débilmente en el oído secreto de Pym como un nombre de guerra conocido únicamente por los iniciados: Wentworth. Y Pym, el forastero, el que no está en la lista, pugnando por entrar, por conocer. Como una consigna transmitida entre veteranos en un bar de oficiales de la oficina central, y Pym, el nuevo, oyendo desde la esquina sin saber si fingir conocimiento o sordera: «Se lo sacamos a Wentworth.» «Ultrasecreto y Wentworth.» «¿Te han aclarado Wentworth?» Hasta que el nombre mismo se volvió para Pym un símbolo burlón de sabiduría denegada, un desafío a una propia deseabilidad. «El cabrón nos está haciendo un Wentworth», oye rezongar en voz baja a Perce Loft una noche. «Esa mujer Wentworth es un tigre –dice Syd otra vez–. Mejor de lo que fue su estúpido marido.» Cada mención incitaba a Pym a reemprender sus pesquisas. Pero ni los bolsillos de Rick, ni los cajones de su escritorio ni la mesilla de noche ni su agenda de piel de cerdo ni la guía telefónica de baquelita y ni siquiera su cartera, que Pym exploraba todas las semanas con la llave del llavero Asprey de Rick, proporcionaron una sola pista. Tampoco lo hizo el impenetrable fichero verde que, como un icono ambulante, había llegado a constituirse en el centro de la fe migratoria de Rick. Ninguna llave conocida lo abría, ni ganzúas ni palancas lo hacían ceder.

Y finalmente llegó el colegio. El cheque fue enviado y fue pagado. El tren dio una sacudida. En las ventanillas, Cudlove y las madres de otros chicos hundían la cara en sus pañuelos y desaparecían. En su vagón, chicos mayores que él lloriqueaban y se mordían los puños de sus chaquetas grises, nuevas. Pero Pym, con un solo giro de cabeza, repasó de un vistazo su vida hasta entonces y miró hacia la senda férrea del deber que se internaba sinuosa en la niebla otoñal y pensó: «Aquí voy yo, el mejor fichaje que hayáis hecho nunca, el que necesitáis, así que aceptadme.» El tren llegó, el colegio era una mazmorra medieval de interminable crepúsculo, pero san Pym de la Renuncia comenzó de inmediato a ayudar a sus condiscípulos a desembarcar sus baúles y a subir cajas por las escaleras de caracol, que eran de piedra, a forcejear con botones de cuello nunca vistos, a localizarles las camas, armarios y perchas, y a reservarse para él los peores. Y cuando le llegó el turno de comparecer ante el profesor encargado para una charla introductoria, Pym no ocultó su placer. El señor Willow era un hombretón casero, con traje de *tweed* y corbata de cricket, y la sencillez cristiana de su habitación, después de Ascot, infundió en Pym al instante la confianza de la integridad.

–Vaya, vaya, ¿qué tenemos aquí? –preguntó Willow cordialmente mientras levantaba el paquete hasta su oreja grande y lo sacudía.

–Un perfume que me han dado, señor.

Willow no le entendió bien.

–¿Mandado? Yo pensé que tú lo habías traído –dijo, aún sonriente.

–Es para la señora Willow, señor. De Montecarlo. Me han dicho que es de lo mejor que hacen esos franchutes –añadió, citando al alcalde Maxwell-Cavendish, un caballero.

Willow tenía una espalda muy ancha y de repente fue lo único que Pym vio. Se agachó, hubo un rumor de apertura y cierre y el paquete se esfumó en el interior de la mesa enorme. Si Willow hubiera tenido a mano una larga vara con que ensartarlo, no podría haber cogido con más asco el obsequio de Pym.

–Ten cuidado con Tit Willow –le advirtió Sefton Boyd–. Pega los viernes para que puedas reponerte durante el fin de semana.

Pero aun así Pym se esforzaba, se presentaba voluntario para todo y obedecía a todas las campanas que le llamasen. Trimestres enteros. Vidas enteras. Corría antes del desayuno, rezaba antes de correr, se duchaba antes de rezar, defecaba antes de ducharse. Se lanzaba por el barro de Flandes del campo de rugby, gateaba sobre las baldosas sudorosas en busca de lo que denominaban instrucción, se ejercitaba tan rudamente para ser un buen soldado que se fracturó la clavícula con el cerrojo de su voluminoso fusil Lee Enfield y recibió puñetazos hasta el día del juicio en el ring de boxeo. Y todavía esbozaba una sonrisita y levantaba la pezuña, para colmo en la derrota, mientras iba tambaleándose al vestuario, y le hubieras amado, Jack, hubieras dicho que a los niños y a los caballos había que quebrarlos, me forjé en la fragua del colegio privado.

No creo que me forjase en absoluto. Creo que el maldito colegio estuvo en un tris de matarme. Pero a Pym no: Pym lo consideraba totalmente maravilloso y extendía el plato para pedir más. Y cuando se lo exigían las rígidas leyes de una justicia arbitraria, cosa que retrospectivamente parece ocurrir todas las noches de la semana, apretaba su mechón lacio contra el fondo de un lavabo sucio, aferraba un grifo con cada mano palpitante y expiaba un rosario de delitos que él no sabía que había cometido hasta que se los explicaban concienzudamente, entre golpe y golpe, el señor Willow o sus acólitos. Y sin embargo, cuando por fin estaba acostado en la oscuridad trémula del dormitorio, escuchando los chirridos y las toses de perrera del deseo adolescente, se las ingeniaba todavía para convencerse de que era un príncipe en gestación y de que, como Jesús, estaba pagando el pato por la divinidad de su padre. Y su franqueza, su empatía por el prójimo florecían indemnes.

En una sola tarde podía sentarse con Noakes, el cuidador de los terrenos, comer tarta y galletas en su casa, al lado de la fábrica de sidra, y llevar lágrimas a los ojos del viejo atleta con sus embustes sobre las payasadas de los grandes deportistas que se habían soltado el pelo en las fiestas de Ascot. Todo mentira, pero perfectamente cierto para él mientras hilaba sus fábulas.

–¿Don también? –exclamaba incrédulo Noakes–. ¿El gran Don Bradman bailando encima de la mesa de la cocina? ¿En tu casa, Pymmie? ¡Qué va!

–Y a la vez cantando «Cuando yo tenía cinco años» –dijo Pym. Después, mientras Noakes seguía embelesado por esas ideas, Pym subía directamente la cuesta para ir a ver al mustio señor Glover, el ayudante del profesor de dibujo, que calzaba sandalias, a echarle una mano en la limpieza de las paletas y ayudarle a eliminar los pintarrajos de pintura en polvo que ese día habían hecho los alumnos en los genitales del querubín del vestíbulo principal. Glover era, no obstante, la antítesis de Noakes. Sin Pym, los dos hombres eran irreconciliables. Glover consideraba que los deportes escolares eran una tiranía peor que la de Hitler, y ojalá que tiraran al río sus puñeteras botas de fútbol y pasara el arado por sus campos de juegos y pusieran un poco de arte y belleza, para variar. Y Pym también deseaba todo esto y juraba que su padre iba a hacer una donación para reconstruir la escuela de artes al doble de su tamaño, probablemente millones, pero no diga ni pío.

–Yo en tu lugar cerraría la boca respecto a tu padre –dijo Sefton Boyd–. Aquí no les gustan los estraperlistas.

–Tampoco les gustan las madres divorciadas –dijo Pym, devolviendo por una vez la pulla.

Pero en general su estrategia consistía en pacificar y reconciliar, y tener todos los hilos en la mano.

Otra conquista fue Bellog, el profesor de alemán, que parecía físicamente encogido por los pecados de su país de adopción. Pym le sitiaba con trabajo extra, le compró en la tienda de Thomas Goode, por cuenta de Rick, una costosa jarra alemana de cerveza, le paseaba a su perro y le invitó a Montecarlo con todos los gastos pagados, ofrecimiento que por suerte él rechazó. Hoy enrojecería por un asedio tan ingenuo y me atormentaría pensando en si Bellog se habría agriado y le habrían despedido. Pym no. Pym amaba a Bellog como amaba a todos los demás. Y necesitaba aquel alma alemana, la había buscado arduamente desde los tiempos de Lippsie. Necesitaba entregarse a ella, confiarse a las manos sobresaltadas de Bellog, a pesar de que Alemania no significaba nada especial para él, salvo la huida a un coto impopular donde sus talentos serían apreciados. Necesitaba el abrazo, el misterio, la intimidad de otra cara de la vida. Necesitaba poder cerrar la puerta a su identidad inglesa y esculpir un nuevo nombre en un lugar fresco. Incluso de vez en cuando llegó al extremo de afectar un ligero acento alemán que provocaba en Sefton Boyd paroxismos de ira.

¿Y las mujeres? Jack, nadie era más sensible que Pym a las virtudes potenciales de una agente femenina bien meneada, pero en aquel colegio era dificilísimo conseguirlas, y menear a alguien, incluso tú mismo, constituía una falta físicamente punible. La señora Willow, aunque él estaba dispuesto a amarla en cualquier momento, parecía estar permanentemente embarazada. Pym desperdiciaba sus miradas lánguidas con ella. El ama de llaves era de bastante buen ver, pero una noche en que fue a verla con un dolor de cabeza ficticio y la vaga esperanza de proponerle matrimonio, ella le ordenó secamente que volviera a la cama. Sólo la pequeña señorita Hodges, que enseñaba violín, se reveló como una efímera promesa, pero cuando Pym le regaló un estuche de música de piel de cerdo adquirido en «Harrod's» y le dijo que quería ser violinista profesional, ella lloró y le aconsejó que eligiera otro instrumento.

–Mi hermana quiere hacerlo contigo –dijo Sefton Boyd una noche en que estaban tumbados en la cama de Pym, abrazándose sin entusiasmo–. Ha leído tu poema en la revista del cole. Piensa que eres Keats.

Pym no estaba totalmente sorprendido. Su poema era sin duda una obra maestra, y Jemima Sefton Boyd le había puesto mala cara a través del parabrisas del «Land Rover» familiar cuando iban a recoger a su hermano para los fines de semana.

–Se muere de ganas –explicó Sefton Boyd–. Lo hace con todo el mundo. Es una ninfo.

Pym le escribió inmediatamente una carta de poeta.

Un cuento debe subsistir en tu pelo suave. ¿Alguna vez has tenido la impresión de que la belleza es una especie de pecado? Dos cisnes se han afincado en el foso de la abadía. Los observo a menudo, soñando con tu pelo. Te quiero.

Ella contestó a vuelta de correo, pero no antes de que Pym hubiera sufrido torturas de remordimiento por su temeridad.

Gracias por tu carta. Tengo un largo permiso de salida que empieza el veinticinco y que coincide con uno de tus fines de semana. Una profética coincidencia. Mamá te invitará a pasar la noche del domingo y conseguirá el permiso del señor Willow para que duermas con nosotros. ¿Estás pensando en la posibilidad de una fuga?

Una segunda carta fue más precisa:

La escalera de servicio es bastante segura. Encenderé una luz y tendré vino por si tienes sed. Trae cualquier obra que estés escribiendo y por favor acaríciame primero. En mi puerta encontrarás la escarapela roja que gané las vacaciones pasadas saltando con Smokey.

Pym estaba muerto de miedo. ¿Cómo podría bandearse con una mujer tan experimentada? De los pechos sabía algo y los amaba. Pero Jemima parecía no tenerlos. Por lo demás ella representaba un matorral ininteligible de enfermedad y peligros, y sus recuerdos de Lippsie en el baño se volvían cada vez más nebulosos.

Llegó una tarjeta:

> *A todos nos agradaría mucho que nos visitaras en Hadwell durante el fin de semana del día veinticinco. Voy a escribir por separado al señor Willow. No te preocupes por cuestiones de ropa, porque en verano no acostumbramos a vestirnos para la cena.*
>
> *Elizabeth Sefton Boyd.*

En la colina que había más arriba de la casa de Willow se alzaba un colegio femenino poblado de vestales morenas. Los chicos que allanaban sus jardines eran azotados y expulsados. Pero Elphick, del grupo de Barker, sostenía que si te ponías debajo del puente cuando las chicas lo estaban cruzando para ir al hockey podías aprender mucho. Pero ay, lo único que Pym vio cuando siguió este consejo fue unas cuantas rodillas frías y muy parecidas a las suyas. Peor aún, tuvo que sufrir el humor áspero de una profesora de deportes que se asomó por el puente y le invitó a que jugara con ellas. Pym, asqueado, retornó a sus poetas alemanes.

La biblioteca municipal la dirigía un fabiano de edad, un agente de Pym. Pym se saltó el almuerzo y pasó sin ser detenido por la sección con un letrero que rezaba: «Sólo adultos». *Guía del matrimonio* parecía ser un manual sobre hipotecas. *El arte del libro de cabecera chino* empezaba bien, pero derivaba a una descripción de juegos de dardos y tigres blancos a punto de abalanzarse. *Amor y mujer rococó*, por otra parte, hermosamente ilustrado, era un asunto distinto, y Pym llegó a Hadwell esperando ver Gracias desnudas retozando con sus galanes en el parque. En la cena, para su alivio, cenaron vestidos, Jemima cortó a Pym en seco, escondiendo la cara entre el pelo y leyendo a Jane Austen. Una chica feúcha, que se llamaba Belinda y estaba considerada como la amiga más íntima de Jemima, se negó a hablar, en un gesto de solidaridad.

–Así se pone Jem cuando está cachonda –explicó Sefton Boyd al alcance del oído de Belinda, ante lo cual ésta intentó propinarle un puñetazo y salió de la habitación furiosa.

Enviado a acostarse, Pym ascendió por la gran escalera mientras una docena de relojes tocaban por él a difuntos. ¿Cuántas veces no le habría puesto en guardia Rick contra las mujeres que no querían de él más que dinero? Cuánto anhelaba la seguridad de su cama en el colegio. Al cruzar el rellano vio una escarapela que brillaba como sangre en la luz débil. Subió otro tramo y vio la cabeza de Belinda mirándole amenazadora desde detrás de la puerta.

–Puedes entrar aquí, si quieres –dijo crudamente.

–Muy bien, gracias –dijo Pym.

Entró en su propia habitación.

Sobre la almohada descansaban sus ocho cartas de amor y sus cuatro poemas a Jemima, atados con una cinta y olorosos a jabón para cuero.

Por favor, quédate con tus cartas, que encuentro opresivas puesto que lamento que ya no seamos compatibles. No sé qué locura te ha inducido a alisarte el mechón de la frente como un recadero, pero a partir de ahora nos veremos como extraños.

Abatido por la humillación y el desprecio, Pym volvió al colegio precipitadamente y esa misma noche escribió a todas las madres, en activo o jubiladas, cuyo nombre y señas consiguió recordar.

«Queridísimas Toppsie, Cherry, querida señora Ogilvie, Mabel, Violet, me golpean sin piedad por escribir poesía y soy muy desgraciado. Por favor, sacadme de este sitio horrible.» Pero cuando ellas respondieron a su llamada, la presteza de su amor le repugnó, y tiró las cartas sin apenas leerlas. Y cuando una de ellas, la mejor, lo abandonó todo y realizó un viaje caro de ciento sesenta kilómetros para invitarle a un plato combinado en el Feathers, Pym respondió a sus preguntas con una distante cortesía.

–Sí, gracias, la escuela es fabulosa, todo es absolutamente impecable. Y *usted*, ¿cómo está?

Luego le llevó a la estación de tren una hora antes, para poder ser un buen chico en el mal trato.

«Querida Belinda –escribió con su letra cursiva de poeta–. Muchísimas gracias por tu carta explicándome que Jem es inestable. Sé que las chicas son tremendamente sensibles a esta edad y que experimentan toda clase de cambios, así que no hay ningún problema. El equipo de nuestro curso ganó a Juniors, lo que aquí es la gran noticia. Pienso muchas veces en tus hermosos ojos.

Magnus.»

«Querido papá –escribió con un brusco estilo eduardiano que copió de Sefton Boyd–. Hago cantidad de animación esencial aquí, lo que es el quid de la cuestión y me desenvuelvo bien. Todo el mundo me agradece mucho lo que hago, pero los precios de la confitería han subido y me gustaría saber si podrías mandarme otras cinco libras para que me alcance.»

Para su sorpresa, Rick no le envió nada, sino que bajó de la montaña en persona y no le llevó dinero sino amor, que era la primera razón por la que Pym le había escrito.

Fue la primera visita de Rick. Hasta entonces Pym le había prohibido aparecer, explicando que la visita de padres distinguidos se consideraba de mala educación. Y Rick, con insólita timidez, había aceptado esta exclusión. Y ahora vino con igual comedimiento y un porte elegante, amoroso y misteriosamente humilde. No se aventuró a entrar en el colegio, sino que envió una carta de su puño y letra proponiendo un encuentro en la carretera de Farleigh Abbot, que bordeaba el mar. Cuando Pym llegó en bicicleta, según las instrucciones, esperando ver al «Bentley» y a la mitad de la corte, al doblar la curva apareció Rick solo, también en bicicleta, con una sonrisa encantadora que Pym podía ver a kilómetros y tarareando desafinadamente «Debajo de los arcos». En el cesto de la bici había llevado una merienda de sus viandas predilectas, una botella de gaseosa de jengibre para Pym, champán para él y un balón de fútbol que había sobrado del Paraíso. Anduvieron en bici por la arena e hicieron brincar guijarros sobre las olas. Se tumbaron en las dunas mascando *foie gras* y Ryvita. Pasearon por el pueblecito y dudaron si Rick debía comprarlo. Contemplaron la iglesia y prometieron no olvidar nunca sus oraciones. Hicieron una portería con una puerta rota y se lanzaron la pelota de una parte del mundo a la otra. Se besaron, lloraron y abrazaron muy fuerte, y juraron ser compañeros durante toda la vida y salir de excursión en bicicleta todos los domingos, incluso cuando Pym fuese presidente del tribunal supremo y fuese ya abuelo.

–¿Se ha despedido Cudlove? –preguntó Pym.

Rick alcanzó simplemente a oír, aunque su cara ya había adquirido la expresión soñadora que la embargaba al enfrentarse a una pregunta directa.

–Verás, hijo –concedió–, el buen Cuddie ha tenido sus altibajos a lo largo de los años y ha decidido que es hora de concederse un pequeño descanso.

–¿Cómo va la obra de la piscina?

–Casi acabada. Casi. Hay que tener paciencia.

–Fabuloso.

–Dime, hijo –dijo Rick, ahora con su expresión más venerable–. ¿Tienes algún compañero que esté dispuesto a hacerte el favor de proporcionarte una cama y alojamiento durante las vacaciones escolares que ya se perfilan en el horizonte?

–Oh, cantidad –dijo Pym, procurando parecer despreocupado.

–Pues creo que sería juicioso por tu parte aceptar esas invitaciones, porque en todas las reformas que se están haciendo en Ascot no creo que disfrutaras del descanso y la intimidad a que tiene derecho tu excelente cerebro.

Pym respondió al instante que lo haría, y se deshizo en cumplidos con Rick a fin de convencerle de que no sospechaba que algo fuese mal.

–Además, estoy enamorado de una chica fabulosa –dijo Pym, cuando llegó casi la hora de despedirse, en un esfuerzo más por persuadir a Rick de su felicidad–. Es bastante divertido. Nos escribimos todos los días.

–Hijo, no hay cosa más hermosa en esta vida que el amor de una buena mujer, y si hay una persona que se lo haya merecido, esa persona eres tú.

–Dime, chico –dijo Willow una noche, durante una clase íntima de confirmación–: ¿qué hace tu padre exactamente?

A lo cual Pym, con un instinto natural para llegar al corazón de Willow, contestó que bueno, parece ser una especie de negociante por su cuenta, señor, no lo sé. Willow cambió de tema pero en la sesión siguiente obligó a Pym a dar un informe sobre su madre. Su primer impulso fue decir que había muerto de sífilis, una dolencia que ocupaba gran espacio en las disertaciones de Willow sobre la Siembra de la Simiente de Vida. Pero se contuvo.

–Puede decirse que desapareció cuando yo era joven, señor –confesó, con más veracidad de la que se había propuesto.

–¿Con quién? –preguntó Willow.

Entonces Pym, sin ninguna razón particular que más tarde hubiera podido descubrir, respondió:

–Con un sargento del ejército, señor. Él ya estaba casado y por eso se la llevó a África para huir.

–¿Te escribe, chico?

–No, señor.

–¿Por qué?

–Supongo que está demasiado avergonzada, señor.

–¿Te manda dinero?

–No, señor. No tiene. Él le quitó todo lo que tenía.

–¿Debo presumir que seguimos hablando del sargento?

–Sí, señor.

Willow reflexionó.

–¿Estás al corriente de las actividades de una empresa conocida con el nombre de «Mutualidad y Académica Muspole, S.A.»?

–No, señor.

–Parece ser que eres el director de esa empresa.

–No lo sabía, señor.

–¿Entonces también desconoces, probablemente, la razón de que esa empresa tenga que pagar tus cuotas escolares? ¿O no pagarlas, quizá?

–No, señor.

Willow levantó la mandíbula y entornó los ojos, indicando que iba a agudizar su técnica de interrogatorio.

–¿Y dirías tú que tu padre vive con cierta opulencia, por comparación con el nivel de vida de otros padres de alumnos de aquí?

–Supongo que sí, señor.

–¿Supones?

–Sí vive, señor.

–¿Desapruebas su estilo de vida?

–Un poco, señor.

–¿Has pensado que un día puedes verte obligado a elegir entre Dios y Mammón?

–Sí, señor.

–¿Has hablado de eso con el padre Murgo?

–No, señor.

–Hazlo.

–Sí, señor.

–¿Has pensado alguna vez en ingresar en la Iglesia?

–A menudo, señor –dijo Pym, poniendo su expresión más devota.

–Aquí tenemos un fondo, Pym, para chicos sin recursos que desean seguir una vocación religiosa. El tesorero piensa que tú podrías ser un candidato apto para beneficiarte de ese fondo.

–Sí, señor.

El hermano Murgo era un pobre diablo, dentudo y esforzado, cuya tarea incongruente, considerando sus orígenes proletarios, era actuar como cazatalentos itinerantes de Dios en los colegios privados. Mientras que Willow era atronador y arriscado, una especie de Makepeace Watermaster sin secreto, Murgo se convulsionaba dentro de su hábito como un hurón atado dentro de una bolsa. Mientras que la sabiduría serenaba la mirada sin miedo de Willow, la de Murgo delataba la angustia solitaria de la celda.

–Está chiflado –declaró Sefton Boyd–. Fíjate en la roña que tiene en los tobillos. El cerdo la coge cuando está rezando.

–Se mortifica –dijo Pym.

–¿Magnus? –repitió Murgo con su agudo gangueo norteño–. ¿Quién te llamó así? Dios es *magnus*. Tú eres *parvus*. –Su rápida sonrisa roja brilló como un latigazo que no cicatrizara–. Ven esta noche –le instó–. Escalera Allenby. Habitación de huéspedes. Llama.

–Maricón loco, te va a meter mano –gritó Sefton Boyd, enloquecido de celos.

Pero Murgo nunca sobaba a nadie, como Pym había adivinado. Sus manos solitarias permanecían sujetas detrás de la espalda por tenazas invisibles, y sólo emergían para comer o rezar. Durante el resto de aquel trimestre de verano Pym flotó sobre nubes de libertad no soñada. No hacía una semana que Willow había jurado flagelar a un chico que se había atrevido a definir al cricket como un esparcimiento. Ahora Pym sólo tenía que mencionar su intención de dar un paseo con Murgo para que le excusaran de cuantos juegos quisiera. Le perdonaban misteriosamente deberes escolares sin hacer, posponían palizas vagamente dictadas contra él. En el curso de paseos jadeantes o excursiones en bici, en saloncitos de té rurales o, de noche, acurrucado en un rincón del mísero dormitorio de Murgo, Pym exponía ansiosamente versiones de sí mismo que alternadamente escandalizaban y estremecían a los dos. El materialismo indolente de su vida hogareña. Su búsqueda de fe y amor. Su lucha contra los demonios de la masturbación y contra tentadores tales como Sefton Boyd. Su relación de hermano y hermana con Belinda.

–¿Y las vacaciones? –indagó Murgo un atardecer, mientras cruzaban raudamente por un camino de herradura donde unos amantes se acariciaban en la hierba–. ¿Son divertidas? ¿Vida a todo tren?

–Las vacaciones son un desierto –dijo Pym lealmente–. También las de Belinda. Su padre es agente de Bolsa.

La descripción obró como un acicate en Murgo.

–Oh, un desierto, ¿eh? ¿Un erial? Muy bien. Estoy de acuerdo con eso. Cristo también estuvo en el desierto, Parvus. Un tiempo condenadamente largo. Y también san Antonio. Pasó veinte años en una pequeña fortaleza asquerosa a orillas del Nilo. Quizá lo has olvidado.

–No, en absoluto.

–Pues eso hizo. Y eso no le impidió hablar con Dios ni a Dios hablar con él. Antonio no tenía privilegios. No tenía dinero ni bienes ni coches bonitos ni hijas de agentes de Bolsa. Oraba.

–Lo sé –dijo Pym.

–Ven a Lyme. Contesta a la llamada. Sé como Antonio.

–¿Qué cojones te has hecho en el flequillo? –le gritó Sefton Boyd esa misma noche.

–Me lo he cortado.

Sefton Boyd dejó de reír.

–Vas a ser un mico Murgo –dijo en voz baja–. Estás colado por él, furcia loca.

Los días de Sefton Boyd estaban contados. A consecuencia de información recibida –incluso hoy me sonroja recordar la fuente de la misma–, Willow había decidido que el joven Kenneth se estaba haciendo demasiado mayor para el colegio.

Así que ya tienes otro Pym, Jack, y más vale que lo añadas a mi expediente aunque no te resulte admirable ni, sospecho, comprensible, si bien Poppy le conoció al dedillo desde el primer día. Es el Pym que no descansa hasta haber despertado el amor de la gente y que luego no descansa hasta que se ha desembarazado de ese afecto, cuando más drásticamente mejor. El Pym que no hace nada cínicamente, nada sin convicción. Que desencadena acontecimientos para convertirse en su víctima, cosa que él llama decisión, y que anuda relaciones sin sentido, cosa que llama lealtad. Luego espera a que el suceso siguiente le libere del último, y a eso le llama destino. Es el Pym que rechaza una invitación de dos semanas con los Sefton Boyd en Escocia, con toda la familia en pleno, incluida Jemima, porque se ha comprometido a lanzarse a las colinas de Dorset en pos de un torturado fanático de Manchester, preparándose para una vida que no tiene la más mínima intención de seguir, entre gente que le hiela hasta la médula. Es el Pym que escribe todos los días a Belinda porque Jemima ha sembrado dudas sobre su divinidad. Es el Pym malabarista de la noche de sábado, que corre alrededor de la mesa haciendo girar un estúpido plato tras otro porque no soporta desairar a nadie ni un segundo y perder de este modo su estima. Así que se va y medio se asfixia con incienso y noches en una celda que hiede como un perro mojado, y casi se muere comiendo estofado de ortigas a fin de hacerse piadoso y pagar sus cuotas escolares y ser adorado por Murgo. Mientras tanto amontona las promesas nuevas sobre las antiguas y se convence a sí mismo de que está en el camino del cielo a la par que se hunde más en su propio desconcierto. Al término de una semana ha prometido asistencia a un campamento de jóvenes en Hereford, un retiro en Shropshire de todo género de sectas, una peregrinación de sindicalistas en Wakefield y una celebración testimonial en Derby. Al cabo de dos, no hay condado de Inglaterra donde no haya comprometido su santidad de seis semanas distintas, lo que significa negar que intermitentemente no tenga visiones de sí mismo como un apóstol macilento de la renuncia a la vida, convirtiendo a mujeres hermosas y a millonarios a la pobreza cristiana.

Transcurrió un mes entero antes de que Dios proporcionase la escapatoria que Pym estaba esperando.

TU PRESENCIA INMEDIATA EN CHESTER STREET ESENCIAL EN ASUNTO DE VITAL IMPORTANCIA NACIONAL E INTERNACIONAL RICHARD T. PYM DIRECTOR GERENTE PYMCO.

–Tienes que ir –dijo Murgo con lágrimas de desventura rodando por sus mejillas hundidas cuando le entregó el telegrama fatal después de la hora tercia.

–No creo que pueda afrontarlo –dijo Pym, no menos afectado–. Es solamente dinero, dinero todo el tiempo.

Pasaron por delante de la tienda de estampas y la de cestas, y cruzando los huertos llegaron a la puertecita de mimbre que mantenía a raya al mundo de Rick.

–No lo habrás enviado tú mismo, ¿verdad, Parvus? –preguntó Murgo. Pym juró que no, lo cual era cierto.

–No puedes hacerte idea de lo que representas –dijo Murgo–. Creo que no volveré a ser el mismo.

A Pym no se le había ocurrido pensar hasta entonces que Murgo fuese capaz de cambiar.

–Bueno –dijo Murgo por fin, con un último retorcimiento triste.

–Adiós –dijo Pym–. Y gracias.

Pero hay alegría en ciernes para ambos. Pym ha prometido volver en Navidades, cuando llegan los vagabundos.

Vaivenes locos, Tom. Saltos y amorosos locos, más locos a la vuelta de la esquina. En aquella época escribí también a Dorothy a alguna parte. A la atención de Sir Makepeace Watermaster en la Cámara de los Comunes, aunque sabía que él había muerto. Esperé una semana y luego lo olvidé hasta que un día, sin más, mi táctica se vio recompensada por una cartita raída, manchada de lágrimas o de bebida, escrita con papel rayado y arrancado de un bloc, sin dirección pero con matasellos de Londres este, un sitio donde yo nunca había estado. La tengo delante ahora.

La tuya ha sido una voz presente en muchos pasillos de años, mi querido, la he puesto en el armario de la cocina, con la vajilla, para poder mirarla a mi antojo. Estaré en el andén de arriba de Euston Station a las tres de la tarde del jueves, sin mi Herbie, y llevaré el ramo de lavanda que siempre te encantó.

Lamentando ya su decisión, Pym llegó a la estación tarde y se colocó en la esquina del pistolero, debajo de un arco de hierro, cerca de unas sacas de correo. Una nutrida banda de mujeres se arremolinaba en derredor, algunas atractivas, otras menos, pero no había ninguna que le apeteciese y varias estaban borrachas. Y una de ellas parecía llevar un ramo de flores envuelto en papel de periódico, pero para entonces él ya había decidido que se había equivocado de andén. Era a su querida Dorothy a quien Pym había deseado, no a una vejestoria torpona y con un sombrero de pantomima.

Un atardecer laborable. El tráfico de Chester Street eructa y crepita bajo la lluvia, pero en el interior del Reichskanzlei es un domingo de Greenhill. Todavía piadoso por el monasterio, Pym aprieta el timbre pero no oye un sonido de respuesta. Abate el aldabón de cobre contra su montante. Una cortina de encaje se separa y se cierra. La puerta se abre, pero no mucho.

–Mi nombre es Cunningham, señor –dice un hombre corpulento, con un fuerte acento *cockney* de expatriado, mientras cierra la puerta velozmente detrás de él, como si temiera que entraran gérmenes–. Mitad astucia y mitad jamón[1]. Usted debe de ser el hijo y heredero. Saludos, señor. *Salam.*

–¿Cómo está usted? –dice Pym.

–Optimista, señor, gracias –contesta Cunningham, con una literalidad de centroeuropeo–. Creo que estamos en el camino del entendimiento. Al principio es de esperar cierta resistencia. Creo que veo una luz que empieza a brillar.

Pym no llega a tanto, pues el pasillo por el que Cunningham le conduce con el mayor aplomo está oscuro como boca de lobo, y la única luz procede de los pálidos claros que han dejado en la pared los libros de leyes retirados.

–Tengo entendido que usted es germanista, señor –dice Cunningham con voz menos nítida, como si el esfuerzo hubiera afectado a sus adenoideos–. Un hermoso idioma. La gente, no estoy tan seguro. Pero una lengua preciosa en buenas manos, créame.

–¿Por qué vamos arriba? –pregunta Pym, que para entonces ha reconocido varios augurios familiares de pogrom inminente.

–El ascensor está averiado, señor –responde Cunningham–. Creo que han mandado a buscar a un técnico que no tardará mucho en llegar.

–Pero el despacho de Rick está en la planta baja.

–Pero arriba hay intimidad, señor –explica Cunningham, abriendo una puerta de doble jamba. Entran en un apartamento de gala vacío e iluminado por el resplandor de las farolas de la calle–. Su hijo, señor, recién vuelto del convento –anuncia Cunningham, y con una reverencia introduce a Pym.

Al principio Pym sólo ve la frente de Rick reluciente a la luz de la vela. Luego los contornos de la cabezota, seguidos por amplio volumen del cuerpo a medida que avanza rápidamente para envolverle en un húmedo y ferviente abrazo de oso.

–¿Cómo estás, hijo? –pregunta urgentemente–. ¿Qué tal el viaje en tren?

–Bien –dice Pym, que ha viajado en autostop debido a un problema temporal de liquidez.

–¿Te han dado algo de comer? ¿Qué te han dado?

–Sólo un bocadillo y un vaso de cerveza –dice Pym, que ha tenido que

1. Es decir, *cunning*, astucia, y *ham*, jamón, las dos palabras que componen el apellido. (N. del T.)

contentarse con un pedazo de pan duro como una piedra y robado del refectorio de Murgo.

–¡Es mi propio hijo, clavadito! –exclama Cunningham con brío–. Nunca satisfecho si no está comiendo.

–Hijo, tienes que vigilar esa bebida –dice Rick, en un reflejo casi inconsciente, mientras sujeta a Pym por debajo de la axila y le encamina sobre tablas desnudas hacia la cama de tamaño imperial–. Te esperan cinco mil libras al contado si no fumas ni tomas alcohol hasta cumplir veintiún años. Baronesa, ¿qué le parece este chico mío?

Una figura vestida de oscuro se ha levantado como una sombra de la cama.

Es Dorothy, piensa Pym. Es Lippsie. Es la madre de Jemima albergando una queja. Pero a medida que la oscuridad se eleva, el aspirante a monje observa que la figura no lleva el pañuelo de cabeza de Lippsie ni el sombrero acampanado de Dorothy, y que tampoco posee la autoridad intimidatoria de la señora Sefton Boyd. Al igual que Lippsie, luce el uniforme de anticuaria de la Europa prebélica, pero ahí termina la comparación. Su falda acampanada tiene cintura entallada. Lleva una blusa con gorguera de encaje y un sombrerito de plumas que hace vistoso el atuendo. Sus senos representan la mejor tradición de *Amor y mujer rococó*, y la luz tenue realza su redondez.

–Hijo, quiero que conozcas a una mujer noble y heroica que ha vivido grandes privilegios y desventuras y librado grandes batallas y sufrido cruelmente a manos del destino. Y que me ha hecho el mayor cumplido que una mujer puede hacer a un hombre al venir a verme en su hora de necesidad.

–Rot-schilt, querido –dice la dama en voz baja, levantando la mano hasta una altura donde Pym pueda besarla o estrecharla.

–¿Verdad que con tu excelente educación has oído ese nombre en algún sitio, hijo? ¿*Barón* Rothschild? ¿*Lord* Rothschild? ¿*Conde* Rothschild? ¿*Banca* Rothschild? ¿O vas a decirme que no estás familiarizado con el apellido de cierta gran familia judía con toda la riqueza de Salomón en la yema de los dedos?

–Pues claro que lo he oído.

–Así me gusta. Siéntate aquí y escucha lo que ella tiene que decir, porque es la baronesa. Siéntate, querido. Ven aquí, entre nosotros. ¿Qué te parece el chico, Elena?

–Guapísimo, querido –responde la baronesa.

Me está vendiendo a ella, piensa Pym, en absoluto reacio a la idea. Soy su última y desesperada baza.

Y aquí nos tienes a todos, Tom. Todo el mundo en el juego y la locura instaurada. Tu padre y tu abuelo sentados nalga con nalga junto a una baronesa judía en el burdel a medio amueblar del director, en un palacio del West End sin electricidad, y Cunningham, como voy comprendiendo poco a poco, montando guardia en la puerta. Un aire de conspiración tonta sólo comparable con las últimas conspiraciones bobas organizadas por la Casa, cuando la voz suave de la mujer inicia uno de esos monólogos pacientes de refugiados que tu tío Jack y yo hemos escuchado más veces de lo que cualquiera de los dos pueda recordar, salvo que esta noche Pym es virgen en estas cuestiones, y el muslo de la baronesa se aprieta entrañablemente contra el del aspirante a monje.

–Soy una humilde viuda de familia sencilla pero piadosa, felizmente casada, pero, oh, tan brevemente, con el difunto barón Luigi Svoboda-Rothschild, el último vástago de la gran estirpe checa. Yo tenía diecisiete años, él veintiuno, imaginaos nuestro placer. Mi mayor pena es que no le di un hijo. Nuestra residencia en el campo era el Palacio de las Ninfas en Brno, que primero los alemanes y después los rusos violaron literalmente peor que a una mujer. Mi prima Anna se casó con el jefe de los diamantes Beer de Ciudad de El Cabo, vivió en casas como no podéis imaginaros, yo no apruebo el lujo excesivo.

Pym tampoco lo aprueba, como intenta decirle con una sonrisita afectada y monjil de comprensión.

–Con mi tío Wolfram no me hablo, y gracias a Dios, realmente. Colabora con los nazis. Los judíos le cuelgan boca abajo.

Pym afirma la mandíbula con solemne aprobación.

–Mi tío abuelo David donó todos sus tapices al museo del Prado. Ahora es pobre como un kulak, ¿por qué el museo no le da algo para que no se muera de hambre?

Pym mueve la cabeza con desesperación ante la mezquindad del alma española.

–Mi tía Waldorf...

Se le quiebra la voz bellamente mientras Pym se pregunta si la tensión de su propio cuerpo es visible para ella en la oscuridad.

–Es una auténtica vergüenza –exclama Rick mientras la baronesa recobra la compostura–. Dios mío, hijo, esos bolcheviques podrían irrumpir mañana mismo en Ascot sin pedir permiso y hacerse con una fortuna. Sigue, querida. Hijo, dile que continúe. Llámala Elena, a ella le agrada. No es una snob. Es de los nuestros.

–*Weiter bitte* –dice Pym.

–*Weiter* –repite la baronesa con aprobación, y se aplica unos toques en los ojos con el pañuelo de Rick–. *Jawohl*, querido. *Sehr gut!*

–Oh, pero tendrías que oír su acento –grita Cunningham desde la puerta–. Impecable, créeme, igual que mi propio hijo.

–¿Qué dice Elena, hijo?

–Que puede apañarse –dice Pym–. Puede defenderse.

–Es una verdadera joya. No le va a faltar de nada, ya lo verás.

Lo mismo que Pym. Va a casarse con ella, por lo menos. Pero entretanto, con ligera irritación, tiene que oír más alabanzas de mi difunto marido, el barón. Mi Luigi no sólo era propietario de un gran palacio, sino también un genio de las finanzas y hasta que estalló la guerra el presidente de la casa Rothschild en Praga.

–Eran los más ricos de la dinastía –dice Rick–. ¿Verdad que sí, hijo? Tú has estudiado historia. ¿Cuál es tu veredicto?

–Ni siquiera podían contar su fortuna –confirma Cunningham desde la puerta, con el orgullo de un empresario de espectáculos–. ¿Verdad, Elena? Pregúntenle a ella. No sean tímidos.

–Dábamos tales conciertos, querido –confiesa la baronesa a Pym–. Príncipes de todos los países. La casa era de mármol. Teníamos espejos, cultura. Como aquí –añade deferentemente, señalando un óleo inestimable del príncipe Magnus en su *paddock*, pintado a partir de una fotografía–. Lo perdimos todo.

–No todo –dice Rick, en un cuchicheo.

–Cuando llegan los alemanes, mi Luigi se niega a huir. Se enfrenta con los cerdos nazis desde el balcón pistola en mano, y desde entonces no se ha sabido nada de él.

Sigue otra pausa necesaria, durante la cual la baronesa se permite un delicado sorbo de brandy de una hilera de garrafas de cristal que hay en el suelo, y Rick para cólera de Pym, toma el hilo de la historia: en parte porque ya está cansado de escuchar, pero más especialmente porque se avecina un secreto, y en el protocolo de la corte es patrimonio esclusivo de Rick divulgarlo.

–Ese barón era un hombre magnífico y un marido ejemplar, hijo, e hizo lo que haría un buen marido, y créeme que si tu madre estuviese en condiciones de apreciarlo, yo haría lo mismo por ella mañana...

–Lo sé –dice Pym.

Aquel barón sacó de aquel palacio algunos de los mejores tesoros más valiosos, los metió en una caja y entregó esa caja a unos amigos de confianza suyos y de esta hermosa mujer, e impartió órdenes de que cuando los ingleses ganaran la guerra se entregara la caja a su encantadora esposa, aquí presente, con todo lo que contuviera, por mucho que hubiese aumentado su valor en ese tiempo.

La baronesa conoce el catálogo de memoria y de nuevo elige a Pym como auditorio, y para este objetivo es necesario reclamar su atención descansando amorosamente en su muñeca una mano delicada.

–Una Biblia de Gutenberg, en buen estado, querido, un Renoir temprano, dos obras médicas de Leonardo. Una primera edición de los caprichos de Goya, con anotaciones del artista, trescientos dólares del mejor oro americano, un par de cartones de Rubens.

–Cunningham dice que el lote es una bomba –dice Rick cuando ella parece haber terminado.

–Es Hiroshima –dice Cunningham desde la puerta.

Pym improvisa una sonrisa etérea que pretende expresar que el gran arte no conoce precio. La baronesa la intercepta y comprende.

Es una hora después. La baronesa y su protector se han ido y padre e hijo están solos en la gran habitación a oscuras. El tráfico en la calle ha disminuido. Hombro con hombro encima de la cama, están comiendo pescado con patatas que Pym ha sido enviado a comprar con una libra preciosa y salida del bolsillo trasero de Rick. Lo riegan con una botella de *Château d'Yquem* de una caja de «Harrod's».

–¿Siguen ahí, hijo? –dice Rick–. ¿Te ven? Esos hombres de Riley. Fortachones.

–Me temo que sí –responde Pym.

–Tú crees en ella, ¿verdad, hijo? No temas herir mis sentimientos. ¿Tú crees en esa mujer hermosa o piensas que es una mentirosa de corazón negro y además una aventurera?

–Es fantástica –dice Pym.

–No pareces convencido. Escúpelo, hijo. Es nuestra última oportunidad, no te lo digo por nada.

–Es sólo que no entendía del todo por qué no ha vuelto con los suyos.

–Tú no conoces a esos judíos como yo. Son la gente más estupenda del mundo. Pero hay otros que le arrancarían la piel a tiras en cuanto la vieran. Le he preguntado lo mismo. Tampoco le he apretado las clavijas.

–¿Quién es Cunningham? –pregunta Pym, sin poder apenas disimular su aversión.

–El buen Cunnie es de primera. Voy a meterle en el negocio cuando termine éste. Exportaciones y Extranjero. Hará el gancho. Sólo su sentido del humor nos rinde cinco mil al año. Esta noche no estaba en forma. Estaba en tensión.

–¿De qué va el asunto entonces? –pregunta Pym.

–De fe en tu viejo, de eso va. «Rickie –me dice ella; así me llama, ella tampoco se emplea a fondo–. Rickie, quiero que me recuperes esa caja, que vendas lo que contiene y que inviertas ese dinero en una de tus iniciativas, y quiero que me quites ese cuidado de encima y que me des un diez por ciento anual durante el tiempo que viva, con todas las disposiciones necesarias de seguro y donación si mueres antes que yo. Quiero que emplees ese dinero en cualquier empresa que te parezca justa según tu criterio.» Es una gran responsabilidad, hijo. Si tuviera pasaporte iría yo mismo. Enviaría a Syd si estuviera disponible. Syd iría. Ganado y puercos. Es lo que voy a hacer después de esto. Unos cuantos acres y ganadería. Quiero retirarme.

–¿Qué ha pasado con tu pasaporte? –pregunta Pym.

–Hijo, voy a serte sincero. En ese colegio de señoritos tuyo negocian duro. Quieren el pago en metálico y lo quieren el día convenido. Tú hablas el idioma de Elena, y ahí está el quid. A ella le gustas. Confía en ti. Eres mi hijo. Podría enviar a Muspole, pero no podría estar seguro de que volviera. Perce Loft es demasiado legal. Le asustaría. Ahora acércate con cuidado a la ventana y mira si ese Riley se ha ido. Que no te dé la luz en la cara. No pueden entrar. No tienen un mandato judicial. Soy un ciudadano honrado.

Medio escondido detrás del fichero verde mellado, Pym echa un vistazo en picado a la calle, con solapada contravigilancia. El Riley sigue donde estaba.

No hay sábanas en la cama, de modo que se apañan con fundas de muebles. Pym duerme a rachas, helado, y sueña con la baronesa. En una ocasión el brazo de Rick cae violentamente en diagonal sobre él, otra vez le desvela la voz sofocada de Rick lanzando invectivas contra una perra llamada Peggy. Y en algún momento del alborotar siente el blando peso femenino de la región inferior del cuerpo de Rick, en camiseta de seda y calzoncillos, empujándole inexorablemente, lo que convence a Pym de que será más descansado tenderse en el suelo. Por la mañana Rick no abandonará todavía la casa, por lo que Pym va solo a pie hasta la estación Victoria acarreando sus escasas pertenencias en una espléndida maleta de becerro curtido de «Harrod's», con las iniciales de Rick en cobre amarillo debajo del asa. Aunque le queda demasiado grande, lleva uno de los abrigos de Rick, de pelo de camello. Con un aspecto más deleitoso que nunca, la señora baronesa está esperando en el andén. Cunningham ha ido a despedirles. En el retrete del tren, Pym abre el sobre y saca un fajo de billetes blancos de diez libras y las primeras instrucciones que ha recibido en su vida para un encuentro clandestino.

> *Tienes que llegar a Berna y hospedarte en el hotel «Grand Palace». El señor Bertl, el subdirector, es un gran tipo, y la factura está ya pagada. El* signor *Lapadi se pondrá en contacto con la baronesa y te conducirá a la frontera austríaca. Cuando Lapadi te haya entregado la caja y tú hayas confirmado en nuestro lenguaje que todo está dentro, le abonas el servicio con el sobre,* pero no hasta entonces. *Va a ser nuestra salvación, hijo. El dinero que llevas costó mucho ganarlo, pero cuando el asunto haya terminado ninguno de nosotros volverá a tener preocupaciones.*

Diré bruscamente los detalles operativos de la misión Rothschild, Jack: los días de esperanza, los días de duda, los saltos súbitos del uno al otro. Y en verdad olvido qué esquinas callejeras o palabras en clave precedieron al lento descenso a la inconclusión que ha sido mi memoria de tantas operaciones desde aquélla; del mismo modo que olvido, si es que alguna vez lo supe, con qué magnitud de escepticismo y fe ciega Pym prosiguió su cometido hasta su fin inevitable. Desde luego, he conocido desde entonces operaciones que han sido organizadas con parejamente exigua probabilidad de éxito y que han costado mucho más que dinero. *Signor* Lapadi habló sólo con la baronesa, quien transmitió su información con desdén.

–Lapadi habla *mit* su *Vertrauensmann*, querido.

Sonríe indulgentemente cuando Pym le pregunta qué es un *Vertrauensmann*.

–Es el hombre en quien estamos confiando. No ayer, quizá no mañana. Pero hoy confiamos como nunca.

Un día o dos más tarde:

–Lapadi necesita cien libras, querido. El *Vertrauensmann* conoce a un hombre cuya hermana conoce al jefe de aduanas. Mejor que le pague ahora por amistad.

Recordando las instrucciones de Rick, Pym ofrece una resistencia simbólica, pero la baronesa tiene ya la mano extendida y está frotándose el índice y el pulgar con deliciosa insinuación.

–Si quieres pintar la casa, querido, primero hay que comprar la brocha –explica, y ante el asombro de Pym se sube la falda hasta la cintura y se guarda los billetes en lo alto de la media.

–Mañana te compramos un bonito traje.

–¿Le has dado el dinero, hijo? –brama Rick esa noche desde el otro lado del Canal–. Cielo santo, ¿quién te has creído que somos? Que se ponga Elena.

–No me grites, cariño –dice calmosamente la baronesa por teléfono–. Tienes a un chico encantador aquí, Rickie. Es muy estricto conmigo. Creo que algún día será un gran actor.

–La baronesa dice que eres un gran tipo, hijo. ¿Estás hablando ahí nuestro lenguaje con ella?

–Continuamente –responde Pym.

–¿Has tomado ya un plato combinado auténticamente inglés?

–No, lo estamos ahorrando.

–Pues tomad uno a mi cuenta. Esta noche.

–Lo haremos, papá. Gracias.

–Dios te bendiga, hijo.

–Y a ti también, papá –dice Pym cortésmente y, a la manera de un mayordomo, mantiene las rodillas y los pies juntos mientras cuelga el teléfono.

Mucho más importantes para mí son los recuerdos de la primera luna de miel platónica de Pym con una dama curtida. En compañía de Elena Pym vagó por el casco antiguo de Berna, bebió los vinos ligeros del Valais, presenció *tés dansants* en los grandes hoteles y confió su pasado a la historia. En *boutiques* perfumadas y pretenciosas, que ella parecía localizar por instinto, trocaron su vestuario gastado por esclavinas de piel y botas de montar Anna Karenina que resbalaban sobre los adoquines helados, y la deprimente indumentaria escolar de Pym por una chaqueta de piel y pantalones sin botones para sus tirantes. Incluso en su desaliño, la baronesa insistía en conocer la opinión de Pym, llamándole al pequeño probador con espejo para que le ayudara a elegir y permitiéndole, como inadvertidamente, deliciosos atisbos de sus encantos rococó: ora un pezón, ora la copa de una nalga despreocupadamente al descubierto, ora una sombra sorprendente en el centro de sus muslos redondos cuando se despojaba de una falda para ponerse otra. Ella es Lippsie, pensó él, emocionado: es como Lippsie habría sido si no hubiera pensado tanto en la muerte.

–¿*Gefalle ich dir*, querido?

–*Du gefällst mir sehr.*

–Un día que tengas una chica bonita, le hablas así, cariño, y la tienes loca. ¿No te parece demasiado atrevido?

–Creo que es perfecto.

–Muy bien, compramos dos. Una para mi hermana Zsa-Zsa, que es de mi talla.

Una inclinación de los hombros blancos, un tirón desenfadado a un dobladillo torcido de lencería, trajeron la cuenta, Pym la firmó y la transfirió al providente Herr Bertl, dándole la espalda a Elena y encogiéndose para ocultar la prueba de su perturbación. En una joyería de la Herrengasse compraron un collar de perlas para otra hermana de Budapest y, como una idea tardía, una sortija de topacio para su madre en París que la baronesa le llevaría en el viaje de vuelta. Y ahora veo el centelleo de ese anillo en su dedo recién manicurado cuando sigue a una trucha que nada por la pecera del *grill* de nuestro gran hotel mientras el *maître* permanece sobre Elena con la red lista para la pesca.

–*Nein, nein*, querido, ésta *nicht*, *¡ésa! Ja, ja, prima.*

Fue en una de esas noches, en este caso la última, donde el amor y la confusión conmovieron tanto a Pym que se sintió impelido a confesarle su intención de abrazar una vida monástica. La baronesa posó ruidosamente el tenedor y el cuchillo.

–¡Ni una palabra más de monjes! –le ordenó furiosa–. Conozco demasiados. Conozco monjes de Croacia, de Serbia, de Rusia. Dios corrompe con monjes el maldito mundo.

–Bueno, no es completamente cierto –dijo Pym.

Necesitó imitar un montón de voces chistosas, y cantidad de embustes íntimos, para conseguir que la luz retornara cautelosamente a los ojos castaños de la baronesa.

–¿Y se llamaba Lippsie?

–Bueno, nosotros la llamábamos así. No debo decirle su nombre real.

–¿Y dormía con un chico tan joven como tú? ¿Tan joven hacías el amor con ella? Yo creo que era una puta.

–Probablemente se sentía sola –dijo Pym prudentemente.

Pero subsistió la seriedad de Elena, y cuando Pym, como de costumbre, la acompañó hasta la puerta de su dormitorio, ella le escrutó detenidamente antes de tomarle la cabeza cuidadosamente entre sus manos y besarle en la boca. De repente se abrió la boca de ella y también la de él y el beso se tornó intenso, y Pym sintió que un montículo desconocido ejercía una presión irresistible contra su muslo. Percibió el calor de este túmulo, percibió vello blando deslizándose contra seda nueva mientras ella apretaba más rítmicamente. Ella susurró «*Schatz*», él oyó un chillido y se preguntó si le habría hecho daño de algún modo. Ella giró la cabeza y su cuello presionó contra los labios de Pym. Con dedos confiados ella le entregó la llave de su dormitorio y desvió la mirada mientras él abría la puerta. Encontró la cerradura, giró la llave y sujetó la puerta para que ella entrara. Depositó la llave en la palma de Elena y vio que la luz de sus ojos se esfumaba.

–En fin, querido mío –dijo ella.

Besó a Pym, primero una mejilla y después la otra y le miró intensamente a los ojos, como si buscara algo que hubiese perdido. Hasta la mañana siguiente él no descubrió que le había estado dando el beso de despedida.

«Cariño –escribió Elena–. Eres un buen hombre, con un cuerpo de Miguel Ángel, pero tu papi tiene graves problemas. Mejor que te quedes en Berna. No te preocupes. E. Weber te quiere siempre.»

Dentro del sobre estaban los gemelos de oro que habían comprado para el primo de ella, Victor, que vivía en Oxford, y doscientas de las quinientas libras que Pym le había dado para el invisible *signor* Lapadi. Tengo puestos los gemelos mientras escribo. Son de oro, con diamantes diminutos en una corona. La baronesa adoraba el toque regio.

Era de día también en casa de la señorita Dubber. A través de la cortina cerrada, Pym oyó el tintineo del camión de la leche en su ronda de todas las mañanas. Pluma en mano, acercó hacia él una carpeta roja con la simple rúbrica RTP, se humedeció el dedo índice y el pulgar y empezó a pasar papeles metódicamente hasta haber extraído una media docena.

Copia de la carta de Richard T. Pym al padre guardián, Lyme Regis, fechada el 1 de octubre de 1948, amenazando una acción judicial por el secuestro de su hijo Magnus. (De carpetas de RTP.)

Memorándum del 15 de septiembre de 1948, de la Brigada contra el fraude al Departamento de control de pasaportes, recomendando la confiscación del pasaporte de RTP durante las investigaciones criminales respecto al caso de un tal J. R. Wentworth. Obtenido informalmente por medio de la sección de enlace policial de la Oficina Central.

Carta del tesorero colegial a RTP, rehusando aceptar más frutos secos, latas de melocotones o cualquier otra mercancía como pago total o parcial de las cuotas escolares y lamentando que la junta directiva no acceda a educar a Pym gratis. «Advierto asimismo con pesar que usted se niega a calificarse de padre indigente cuyo hijo está destinado a la vida religiosa.» (De carpetas de RTP.)

Carta furiosa de los abogados representantes de Herr Eberhardt Bertl, ex subdirector del hotel «Grand Palace» de Berna, dirigida al coronel Sir Richard T. Pym, en posesión de la Medalla de los Servicios Distinguidos, una de la lista de misivas exigiendo el pago de un importe que asciende a once mil dieciocho francos suizos con cuarenta céntimos, más el interés a razón del cuatro por ciento mensual. (De carpetas de RTP.)

Reseña del *London Chronicle* del 8 de noviembre de 1948, declarando la bancarrota personal de RTP, y la liquidación obligatoria de las ochenta y tres empresas del imperio Pym.

Recorte del *Daily Telegraph*, fechado el 9 de octubre de 1948, en que se informa de la muerte en el hospital Truro de Cornualles, de un tal John Reginald Wentworth, tras una larga enfermedad causada por sus heridas, amado esposo de Peggy.

Y un pintoresco recorte entresacado de Dios sabe dónde, notificando la detención en el mar, a bordo del crucero *Grande Bretagne*, de los famosos estafadores Weber y Woolfe, alias Cunningham, que se hacían pasar por el duque y la duquesa de Sevilla.

Pym numeró uno por uno, con tinta roja, cada documento en el extremo superior derecho, y luego anotó los mismos números en los puntos correspondientes del texto, a modo de referencia. Con los pulcros ademanes de un burócrata grapó las pruebas documentales y las introdujo en una carpeta con la inscripción «Anexo». Al cerrar la carpeta se levantó, exhaló un desinhibido suspiro de alivio y lanzó los brazos hacia atrás, como un hombre que se despoja de un arnés. Había concluido la adolescencia espectral e informe. Detrás venía la edad viril y la madurez, aun cuando él nunca cubriera esta distancia. Por fin se hallaba en su amada Suiza, la patria espiritual de los espías natos. Se aproximó a la ventana e hizo una última inspección de la plaza en la que se apagaban, mientras él las miraba, las luces fatigadas de Inglaterra. Se desvistió gravemente, tomó un último vodka, echó un vistazo final e igualmente grave de sí mismo en el espejo y se dispuso a acostarse. Pero silenciosa, silenciosamente. Casi de puntillas. Casi como si tuviera miedo de despabilarse. Al ir a acostarse se detuvo ante el escritorio y releyó el mensaje descifrado que por una vez no se había molestado en destruir.

Poppy, pensó, quédate exactamente donde estás.

7

Cinco años antes Jack Brotherhood había matado de un tiro a su perra labrador. La perra estaba en su cesto, reumática y temblando, y él le había dado las pastillas durante todo el día, pero ella las había vomitado y se había deshonrado ensuciando la alfombra. Y cuando él se puso la cazadora y sacó la escopeta de doce tiros de detrás de la puerta, para incitarla, ella le miró como un criminal porque sabía que finalmente estaba demasiado enferma para rastrear. Él le ordenó que se levantara, pero ella no pudo. Cuando gritó «¡Busca!», ella se arrastró sobre las patas delanteras y se tumbó de nuevo con la cabeza asomando estúpidamente por encima del cesto. De modo que él dejó el arma, cogió una pala del cobertizo y le cavó un agujero en el campo que había detrás de la casa, un poco encaramada en la cuesta, con una vista decente del estuario. Luego la envolvió en su chaqueta de *tweed* favorita, la transportó hasta el lugar y le disparó por detrás de la cabeza, destrozándole la médula espinal a la altura de la nuca, y la enterró. Hecho esto se sentó a su lado con media botella de whisky escocés mientras el rocío de Suffolk se aposentaba sobre él y decidió que probablemente la perra había tenido la mejor muerte que cualquiera tenía posibilidades de tener en un mundo que no se distinguía por las buenas maneras de morir. No le puso una lápida ni una tímida cruz de madera, pero había tomado indicaciones del lugar, guiándose por la torre de la iglesia, el sauce muerto y el molino de viento, y cada vez que pasaba por allí enviaba a la perra un ronco saludo mental, que era lo más cerca que había estado nunca de meditar sobre la ultratumba, hasta esta vacía mañana de domingo en que conducía por las carreteras desiertas de Berkshire y contemplaba el sol despuntando sobre las lomas.

«Jack lleva demasiados kilómetros en las botas –había dicho Pym–. La Casa debería haberle despedido hace diez años.»

¿Y hace cuánto deberíamos haberte despedido a ti, muchacho?, se preguntó. ¿Veinte? ¿Treinta años? ¿Cuántos kilómetros tienes tú en tus botas? ¿Cuántos kilómetros de películas expuestas has envuelto con cuántos periódicos? ¿Cuántos kilómetros de periódicos has introducido en buzones muertos y arrojado por encima de tapias de cementerio? ¿Cuántas horas has escuchado radio Praga, sentado delante de tus cuadernos de claves?

Bajó la ventanilla. Corría un aire oloroso a ensilaje y humo de madera que le emocionaba. Brotherhood era de cepa rural. Sus antepasados fueron gitanos y clérigos, guardabosques, cazadores furtivos y piratas. Al fustigar su cara el viento matutino, volvió a convertirse en un golfillo galopando a pelo en el caballo de la señorita Sumner por el parque de ésta y encontrando así el escondrijo de su vida. Se moría de frío en el barro plano de los pantanos de Suffolk, demasiado orgulloso para volver a casa sin una captura. Estaba haciendo su primer salto desde un globo de barrera en el aeródromo de Abingdon y descubriendo que el viento le mantenía la boca abierta después de haber gritado. Me marcharé cuando me echen. Me marcharé cuando tú y yo hayamos tenido unas palabras, muchacho.

Había dormido seis horas en un plazo de cuarenta y ocho, la mayor parte en un catre de campaña lleno de chichones en una habitación llena de mecanógrafas, pero no estaba cansado.

–¿Puedes dedicarnos un minuto, Jack? –dijo Kate, la vestal del quinto piso, con una mirada que se detuvo en él un segundo más de lo necesario–. A Bo y Nigel les gustaría otra pequeña charla.

Y cuando no estaba durmiendo o contestando al teléfono o rumiando sus habituales pensamientos perplejos sobre Kate, había visto cómo su vida transcurría en una especie de desconcertada caída libre en territorio enemigo: de modo que así es, éstos son los páramos y éstos son mis pies girando hacia ellos como una rama de sicómoro. Había contemplado a Pym en todos los estadios en que había madurado con él, bebido con él y trabajado con él, incluyendo una noche en Berlín que había olvidado totalmente hasta ese momento y en la que habían terminado follando con un par de enfermeras del ejército en habitaciones contiguas. Se había recordado contemplando su brazo destrozado el día de invierno de 1943 en que el brazo colgaba junto a él, embellecido por tres balas de ametralladora alemana, y había experimentado el mismo sentimiento de indiferencia incrédula.

–Si al menos nos hubieras avisado un poco antes, Jack. Si lo hubieras visto venir.

Sí, lo siento, Bob. Un descuido por mi parte.

–Pero Jack, él era prácticamente tu hijo, solíamos decir.

Sí, lo decíamos, ¿verdad, Bo? Qué tontería realmente, lo admito.

Y los ojos censuradores de Kate, diciendo, como siempre: Jack, Jack, ¿dónde estás?

En su vida había habido otros casos, naturalmente. Desde que la guerra había terminado, la vida profesional de Brotherhood había sido regular y completamente trastornada por el último escándalo terminal de la Casa. Mientras fue jefe de puesto en Berlín, le había sucedido no dos, sino tres veces: telegramas nocturnos, zas, destinados exclusivamente a Brotherhood. Una llamada telefónica: ¿Quién es? Jack, déjalo todo y preséntate aquí *ahora.* Una carrera por calles mojadas, mortalmente sobrio. Telegrama uno, el asunto del telegrama siguiente es un miembro de este servicio que ahora ha sido descubierto como agente del servicio de espionaje soviético. Informarás confidencialmente a tus contactos oficiales antes de que lo lean en los periódicos de la mañana. Seguido por la larga espera junto a los libros de claves mientras piensas: ¿es él, es ella, soy yo? Telegrama número dos, escribe un apellido de seis letras, ¿a quién demonios conozco que tenga seis letras? Primer grupo M... Cristo, ¡es Miller! Segundo grupo A;

Dios mío, ¡es Mackay! Hasta que surge un nombre que nunca has oído, de una sección que no sabías que existía, y cuando el expediente expurgado llega finalmente a tu mesa, lo único que tienes es una imagen de un joven mariquita desvalido en la sala de códigos de Varsovia, que creía que estaba jugando el juego del mundo cuando lo que realmente quería era engañar a sus patrones.

Pero aquellos escándalos lejanos no habían sido hasta ahora más que el fuego de artillería de una guerra que estaba seguro de que nunca se cruzaría en su camino. No los había considerado avisos, sino la confirmación de todo lo que le repugnaba respecto a la vía que la Casa estaba siguiendo: su elección de la burocracia y la semidiplomacia; su alcahuetería con los métodos y el ejemplo americano. Por comparación, su propia plantilla escogida a dedo le había parecido aún más intachable, y cuando los cazadores de brujas se habían congregado ante su puerta, encabezados por Grant Lederer y sus repulsivos funcionarios mormones, pidiendo a ladridos la cabeza de Pym y esgrimiendo sospechas caprichosas, fundadas tan sólo en un puñado de coincidencias computerizadas, fue Jack Brotherhood quien había estrellado la mano abierta contra la mesa de conferencia y había hecho brincar a los vasos de agua:

–Basta *ya*. No hay un solo hombre o mujer en esta sala que no parezca un traidor en cuanto se empieza a hurgar en su biografía. ¿Un hombre no recuerda dónde estaba la noche del día diez? Entonces está mintiendo. ¿Lo recuerda? Entonces está demasiado ansioso de exponer su coartada. Si seguimos por este camino todo el que dice la verdad pasará por ser un redomado embustero, todo el que hace un trabajo decente estará trabajando para el otro bando. Por ese camino hundiremos a nuestro servicio mejor de lo que los rusos podrían hacerlo. ¿O es eso lo que queréis?

Y, que Dios le ayude, con su reputación, su cólera y sus amistades, y con el historial de su sección, de bajo coste y alta productividad, en la jerga moderna que él aborrecía, se había llevado el gato al agua, sin pensar por un instante que habría de llegar el día en que desease no haberlo hecho.

Cerrando de nuevo la ventanilla, Brotherhood detuvo el coche en un pueblo donde nadie le conocía. Era demasiado temprano. Había necesitado salir de Londres, estar ilocalizable, lejos de la mirada fija de los ojos castaños de Kate. De haberle endosado otra reunión inútil sobre limitación de perjuicios, una sesión más sobre el modo de ocultárselo a los americanos, una mirada más de compasión o reproche de Kate, o de puro odio por parte del ejército gris de mandarines de extrarradio a las órdenes de Bo, era posible, simplemente posible, que Jack Brotherhood hubiera dicho cosas que todo el mundo, pero más que nadie él mismo, hubiese lamentado posteriormente. Por tanto había preferido presentarse voluntario para esta misión y Bo, con rara prontitud, había dicho: «Qué buena idea. ¿Quién mejor que tú?» Y apenas traspasó la puerta de Bo supo que estaban tan contentos de que se fuese como él de irse. Exceptuando a Kate.

–No dejes de telefonearnos, si no te importa –le gritó Bo cuando se iba–. Tres veces por hora. Kate estará al corriente. ¿No es así, Kate?

Nigel le siguió por el pasillo.

–Cuando llames, hazlo a través de la secretaría. No tienes que usar su línea directa y yo tendré que hablar contigo primero.

–Y es una orden –sugirió Brotherhood.

–Es un permiso temporal y puede cancelarse en cualquier momento.

La iglesia tenía un pórtico de madera y un sendero conducía junto a un campo de deportes. Atravesó un corral con cobertizos de ladrillo y olió a leche tibia en el aire otoñal.

–Los evacuaremos escalonadamente, Jack –está diciendo Frankel–. Eso si llegamos a evacuarlos.

–Y con mi visto bueno –añade Nigel, desde bastidores.

La habitación es baja, sin ventanas y excesivamente iluminada. Un guardia informado controla la mirilla. Espaciadas a lo largo de la pared, las ayudantes de Frankel, que tienen ya el pelo gris, ocupan su asiento ante las mesas de caballete. Han llevado termos y comparten sus respectivos cigarrillos. Todas han hecho esto antes, como un día en las carreras. Frankel es gordo y feo, un *maître* de Latvia. Brotherhood le reclutó, Brotherhood le ascendió, ahora se hace cargo del embrollo de Brotherhood. Así van las cosas. Son las tres de la mañana. Es hoy, seis horas antes.

–Día uno, Jack, movemos sólo a los agentes jefes –dice Frankel, con el falso aplomo de un médico–. Conger y Watchman en Praga, Voltaire en Budapest, Marryman en Gdansk.

–¿Cuándo empezamos? –pregunta Brotherhood.

–Cuando Bo ondee la bandera, no antes –dice Nigel–. Todavía lo estamos valorando y todavía consideramos las lealtades de Pym como *muy posiblemente impecables* –dice Nigel, como quien recita un trabalenguas.

–Los evacuamos con mucho sigilo, Jack –dice Frankel–. Sin despedidas, sin flores para los vecinos, sin buscar un sitio donde dejar el gato. Día dos, los operadores de radio. Día tres los marginales, los subagentes. Día cuatro, los que falten.

–¿Cómo los localizamos? –pregunta Brotherhood.

–Tú no, eso es cosa nuestra –dice Nigel–. Sólo si el quinto piso dice que es necesario, lo que de momento, repito, es una pura hipótesis.

Kate ha entrado con ellos. Kate es nuestra solterona viuda inglesa, pálida, escultural y hermosa, que a los cuarenta llora los amores que nunca ha tenido. Y Kate sigue siendo Kate, él lo ve en sus ojos más claro que nunca.

–Quizá los retiremos de la calle cuando vayan al trabajo –continúa Frankel–. Quizá llamemos a la puerta, se lo digamos a un amigo, dejemos una nota en alguna parte. Cualquier cosa que se nos ocurra, con tal de que no se haya hecho antes.

–Ahí es donde podrás ayudarnos, si llegamos a ese punto –explica Nigel–. Diciéndonos todo lo que se ha hecho antes.

Frankel ha hecho una pausa delante de un mapa de Europa del Este. Brotherhood espera, un paso detrás de él. Los agentes jefe en rojo, los subagentes en azul. Es mucho más sencillo matar a una chincheta que a un hombre. Sin dejar de mirar el mapa, Brotherhood recuerda una velada en Viena.

Pym ejerce de anfitrión, Brotherhood es el coronel Peter, portador de la gratitud de Londres por diez años de servicio. Recuerda la grata alocución de Pym en checo, el champán y las medallas, los apretones de mano, las garantías, los valses silenciosos al compás del gramófono. Y aquella pareja regordeta vestida de marrón, él un físico y ella una funcionaria superior en el ministerio checo del Interior, amantes en plena traición, y la cara les reluce de emoción mientras giran por la sala a los acordes de Johann Strauss.

–¿Entonces cuándo empezáis? –pregunta nuevamente Brotherhood.

–Jack, eso es incumbencia de Bo –insiste Nigel, peligrosamente paciente.

–Jack, el quinto piso ha decretado que lo más importante es aparentar actividad, actuar de un modo natural, mantener todo normal –dice Frankel, cogiendo de su mesa un fajo de telegramas–. ¿Usan buzones? Pues vaciarlos con normalidad. ¿Tienen radio? Pues transmitir normalmente, respetar los horarios normales, confiar en que el adversario esté escuchando.

–Eso es lo más importante por ahora –dice Nigel, como si todo lo que dice Frankel no tuviera validez hasta que él lo repite–. Normalidad absoluta en todos los campos. Un paso prematuro podría ser fatal.

–Lo mismo que uno tardío –dice Brotherhood, mientras sus ojos azules comienzan a llamear.

–Te están esperando, Jack –dice Kate, queriendo decir: vete, no puedes hacer nada.

Brotherhood no se mueve.

–Hazlo ahora –le dice a Frankel–. Refúgiales en las embajadas. Difunde un aviso. Frústralo.

Nigel no dice una palabra. Frankel le mira solicitando ayuda, pero Nigel se ha cruzado de brazos y mira por encima del hombro de una de las mujeres de Frankel que mecanografía una señal.

–Jack, no podemos refugiar a esos agentes en embajadas o consulados –dice Frankel, haciendo muecas en dirección de Nigel–. *Verboten.* Lo máximo que podemos hacer cuando recibamos la orden del quinto es proporcionarles documentos de huida, dinero, transporte, un par de orientaciones. ¿No es eso, Nigel?

–*Si* recibes la orden –le corrige Nigel.

–Conger irá al este –dice Brotherhood–. Su hija estudia en la universidad de Bucarest. Irá a buscarla.

–Vale, ¿y adónde irá desde Bucarest? –pregunta Frankel.

Brotherhood está casi gritando. Kate es impotente para contenerle.

–Al sur, a la puñetera Bulgaria, ¿tú qué crees? Si le damos una fecha y un sitio, ¡podemos mandarle un avión, despacharle a Yugoslavia!

Ahora Frankel también eleva la voz.

–Jack. Escúchame, ¿de acuerdo? Nigel, confirma lo que digo para que no parezca tan constantemente negativo. Nada de avioncitos, embajadas, violación de fronteras ni nada por el estilo. Ya no vivimos en los años sesenta. No son los cincuenta ni los cuarenta. No lanzamos aviones y pilotos por Europa oriental como alpiste. No nos entusiasman los comités de recepción para nosotros o nuestros agentes descubiertos por el enemigo.

–Lo que ha dicho es exacto –confirma Nigel con una pizca de sorpresa.

–Tengo que decirte una cosa, Jack. Tus redes están tan contaminadas en este momento que el ministerio de Asuntos Exteriores ni siquiera las tiraría al cubo de la basura, ¿verdad, Nigel? Estás aislado, Jack. Whitehall tiene que taparse la mano con polietileno antes de estrechar la suya. ¿No es así, Nigel?

Frankel se escucha a sí mismo y calla. Mira a Nigel una vez más pero no recibe una palabra reconfortante. Sorprende la mirada de Brotherhood y le mira con una larga e inesperada expresión de temor, la misma con que contemplamos monumentos y nos descubrimos contemplando nuestra propia mortalidad.

–Cumplo órdenes, Jack. No me mires así. Salud.

Brotherhood sube lentamente la escalera. Kate, que le precede, aminora el paso y desliza un par de dedos para que él los agarre. Él finge que no lo ha visto.

–¿Cuándo te veré? –pregunta ella.

Brotherhood también se ha vuelto sordo.

Las responsabilidades que pesaban sobre los hombros de Tom Pym esa mañana eran tan gravosas como cualquiera de las que no había tenido más remedio que afrontar durante sus doce años de vida y su mes como perfecto colegial y capitán de Pandas. Hoy era su primera semana de capitán en funciones. Hoy y los seis horribles días siguientes, Tom tenía que tocar la campana matutina, auxiliar al ama de llaves en la supervisión de las duchas y pasar lista antes del desayuno. Como hoy era domingo, tenía que vigilar la escritura de cartas en el aula diurna, leer el texto bíblico en la capilla e inspeccionar los vestuarios en busca de desorden e indecencias. Cuando por fin llegase la noche tenía que presidir el comité de alumnos, que admite sugerencias sobre el gobierno de la vida colegial y, después de tomar nota, entregárselas al director, el señor Caird, para su penosa consideración, pues Caird era incapaz de hacer nada a la ligera y de ver todas las caras de cada argumento. Y cuando de una manera u otra Tom hubiese cumplido todos estos cometidos y sonase la campana para apagar las luces, aún faltaría la llegada del lunes. La semana anterior le había tocado el turno a Lions, y Lions se había desenvuelto bien. Caird había dictaminado, en un raro alarde de convicción, que Lions había exhibido un ejercicio del poder realmente democrático, celebrando votaciones y organizando comités sobre cada asunto conflictivo. En la capilla, a la espera de que concluyeran los últimos versos del himno, Tom rezó sentidamente por el alma de su abuelo difunto, por el señor Caird y por la victoria en el partido de *squash* del miércoles contra el St. Saviours de Newbury en el terreno de éstos, aunque temía que fuese otra humillante derrota, porque Caird estaba indeciso respecto a los méritos de la competición atlética. Pero rezó más fervientemente para que llegara el sábado siguiente –si alguna vez llegaba– y que los Pandas conquistasen también el favor del señor Caird, puesto que la decepción que le habían causado era inaguantable para Tom.

Tom era un chico muy alto y afectaba ya los andares bamboleantes de administrador británico que caracterizaban a su padre. Las crecientes entradas de la frente le conferían un aire de madurez que podría haber explicado su promoción a un alto cargo en el colegio. De haberle observado separarse, con las manos unidas por detrás de la espalda, del banco del prefecto, salir al pasillo, agachar la cabeza ante el altar y subir los dos peldaños hasta el atril, hubiera sido excusable preguntarse si era un alumno o más bien un miembro del personal del señor Caird, increíblemente joven. Sólo su voz de rana ladrando el texto del día traicionaba al niño escondido debajo del porte senatorial. Tom no oía gran cosa de lo que estaba leyendo. Era la primera lectura bíblica que hacía y había practicado hasta sabérsela de memoria. Pero llegado el momento de leerlas, las palabras rojas y negras no poseían sonido ni significado. Tan sólo la visión de sus pulgares mordidos y apretados contra los dos flancos del atril y la cabeza blanca que flotaba encima de ellos en la última fila de la congregación le mantenían en contacto con el mundo. Decidió que sin esas ataduras podría haber despegado y, tras romper el techo de la capilla y acceder al cielo, haber levitado, como su globo de gas el Día de la Conmemoración, que voló sin parar hasta Maidenhead y aterrizó, con su nombre inscrito, en el jardín posterior de una anciana, ganando así cinco libras en vales para libros y una carta de la mujer diciéndole que ella también tenía un hijo que se llamaba Tom y trabajaba en «Lloyd's».

–«He pisado el lagar solo –bramó, para su propia sorpresa–. Y conmigo no había ninguna otra persona: porque las pisaré en mi cólera y pisotearé en mi furia.»

La amenaza le alarmó, sin saber por qué la había proferido ni contra quién iba dirigida.

–«Y su sangre se derramará sobre mis ropas, y mancharé todas mis vestiduras.»

Sin dejar de leer, mientras sentía que sus corvas batían contra sus pantalones, Tom consideró una serie de cuestiones distintas que habían llegado a ocupar su pensamiento, algunas de las cuales eran nuevas para él hasta ese momento. Ya no esperaba que su mente se rigiera por lo que sucedía alrededor de ella, ni siquiera en los estudios. En la clase de gimnasia del viernes se había sorprendido pensando en un problema de gramática latina. En la hora de latín, la víspera, le había preocupado la afición de su madre a la bebida. Y en la mitad de la sintaxis francesa había descubierto que ya no estaba enamorado de Beckie Lederer, a pesar de su ardiente correspondencia recíproca, sino que prefería a una de las hijas del tesorero. Bajo las tensiones del alto cargo, su mente se había convertido en un tramo de cable submarino como el que había en el laboratorio de ciencias. Primero estaba aquella madeja de alambres que portaban los mensajes adecuados y cumplían la misión encomendada; y luego, nadando alrededor como un banco de peces invisibles, circulaba una gran cantidad de otros mensajes que por alguna razón no necesitaban en absoluto alambres. Y así se sentía mentalmente ahora, mientras vociferaba las palabras sagradas con la voz más grave posible, aunque las oía tintinear como campanas rajadas en una habitación lejana.

–«Porque el día de la venganza está en mi corazón, y el año de mis redimidos ha llegado» –dijo.

Pensó en globos de gas y en el Tom que trabajaba en «Lloyd's», y en el apocalipsis próximo cuando fracasara en el examen de ingreso, y en la hija del tesorero cuando iba en bicicleta con la blusa aplanada contra el pecho por el viento. Y le inquietó la duda de si el comandante Carter, que era el vicecapitán de los Pandas, poseía las cualidades de liderazgo democrático para dirigir el partido de la tarde. Pero había un pensamiento que se negaba a pensar porque en realidad todos los demás eran sustitutos del mismo. Era un pensamiento que no podía expresar en palabras ni tampoco en imágenes, porque era tan malo que incluso pensarlo podría transformarlo en cierto.

–¿Cómo está la carne, hijo? –preguntó Jack Brotherhood, en lo que le parecieron unos veinte segundos después, cuando almorzaban donde siempre lo hacían, en el hotel «Digby».

–Riquísima, tío Jack, gracias –respondió Tom.

Por lo demás comieron en el silencio que normalmente observaban hasta el final del almuerzo. Brotherhood tenía su *Sunday Telegraph* y Tom una novela fantástica que estaba leyendo una y otra vez, porque era un libro donde todo salía bien, y otras lecturas podían ser peligrosas. Nadie sabe mejor que el tío Jack cómo sacar a la gente del colegio, decidió, al tiempo que leía, comía y pensaba en su madre. Ni siquiera su padre tenía una idea tan clara del modo en que todo debería ser igual cada vez y, no obstante, exquisitamente diferente en minúsculos detalles. De que tenías que estar completamente tranquilo y despreocupado y sin embargo estirar el día haciendo un montón de cosas distintas hasta el último momento. De que el colegio era un lugar que no debía existir durante la mayor parte del día, para que no se plantease nunca la cuestión de regresar a él. Sólo durante la última cuenta atrás había que reconstruirlo suficientemente para hacer verosímil la posibilidad del retorno.

–¿Un segundo plato?

–No, gracias.

–¿Más Yorkshire?

–Sí, gracias. Un poco.

Brotherhood alzó las cejas hacia el camarero y éste acudió al instante, como todo camarero hacía con el tío Jack.

–¿Sabes algo de tu padre?

Tom no contestó de inmediato, porque los ojos le dolían de pronto y no podía respirar.

–Vamos a ver –dijo Brotherhood suavemente, posando el periódico–. ¿Qué te pasa?

–Es sólo la lectura –dijo Tom, secándose las lágrimas–. Ya estoy bien.

–Has leído ese texto maravillosamente. A quien diga lo contrario túmbale de un puñetazo.

–Era la lectura de otro día –explicó Tom, luchando todavía por salir a flote–. Tenía que haber pasado hasta la señal siguiente del libro, y se me olvidó.

–A tomar por el culo el otro día –gruñó Brotherhood, tan enfáticamente que la pareja de viejos de la mesa de al lado volvió la cabeza–. Si la lectura de ayer fue provechosa, a nadie le hará el menor daño oírla otra vez. Tómate otra gaseosa.

Tom asintió y Brotherhood pidió la gaseosa antes de levantar nuevamente el *Sunday Telegraph*.

–Probablemente tampoco la entendieron la primera vez –dijo con desprecio.

Pero lo malo, en realidad, era que Tom no se había equivocado de pasaje: había leído el que correspondía. Lo sabía muy bien, y abrigaba la sospecha de que el tío Jack también lo sabía. Simplemente necesitaba un pretexto para llorar más sencillo que los peces que nadan alrededor del cable en su cabeza y el pensamiento que se negaba a pensar.

Acordaron prescindir del postre para no desperdiciar el buen tiempo que hacía.

Sugarloaf Hill era una joroba cretácea en las lomas de Berkshire, con el alambre de espino del ministerio de Defensa en torno y un letrero al público prohibiendo la entrada, y posiblemente Tom no había encontrado en toda su vida un sitio mejor donde estar en el mundo, excepto en la casa de Plush en la época de ovejas. Ni esquiando en Lech con su padre, ni navegando en Berlín con él, ni en Praga, jugando al badminton con Magnus Pym y los checos locos, ni en Washington, visitando el Museo del Espacio por decimoctava vez –las habían contado–, ni montando a caballo con su madre en Viena: ninguna parte donde hubiese estado o soñado que estaba era tan privada, tan asombrosamente privilegiada como aquel cercado secreto en la cumbre de una colina, con alambre de espino para impedir el acceso de enemigos, donde Jack Brotherhood y Tom Pym, padrino e ahijado y los mejores amigos del mundo, podían turnarse para soltar palomas de arcilla desde la plataforma de lanzamiento y abatirlas o fallar el disparo con la escopeta de Tom. La primera vez que habían ido allí, Tom no se lo había creído.

–Está cerrado a cal y canto, tío Jack –había objetado cuando Brotherhood detuvo el coche.

Había sido un buen día hasta entonces. De repente ahora todo marchaba mal. Habían recorrido diez millas siguiendo el mapa y, para su pesar, topaban con un par de altas verjas blancas, cerradas y prohibidas por orden superior. La jornada había terminado. Había deseado encontrarse de vuelta en el colegio, haciendo sus deberes de castigo voluntario.

–Entonces acércate y grita «Ábrete Sésamo» –le había aconsejado el tío Jack, entregando a Tom una llave que sacó del bolsillo.

Y acto seguido las puertas blancas de la autoridad se habían vuelto a cerrar detrás de ellos y eran personas especiales con un pase especial para estar en lo alto de aquella colina con el maletero abierto, descargando la lanzadora herrumbrosa de la que el tío Jack no había dicho nada durante todo el almuerzo. Y a continuación de *esto* sucedió que Tom había acertado doce dianas de veinte y el tío Jack diecinueve, porque el tío Jack era el mejor tirador del mundo, el mejor en todo a pesar de ser tan viejo, y no iba a regalar un torneo para complacer a nadie, ni siquiera a Tom. Si alguna vez Tom ganaba al tío Jack le derrotaría con toda justicia, que era lo que ambos querían sin necesidad de decirlo. Y era lo que Tom quería hoy más que nada: un intercambio, una competición, una conversación normales, de aquellas en las que el tío Jack era brillante. Quería esconder sus peores pensamientos en agujero profundo y no tener que enseñárselos a nadie hasta que él muriese por Inglaterra.

Fue el aire libre lo que liberó a Tom. El tío Jack no tuvo nada que ver. No le gustaba demasiado hablar y desde luego no de cosas personales. Fue la luz del día lo que sintió como una resurrección. Fue el fragor de artillería, el estrépito del viento de octubre que le abofeteaba las mejillas y se le colaba dentro del jersey del colegio. De improviso estas cosas le empujaron a hablar como un hombre en vez de gimotear debajo de las mantas de la cama con el oso de peluche que el progresista señor Caird aprobaba. En el valle fluvial no había habido viento, sino tan sólo un cansino sol otoñal y hojas pardas a lo largo del camino de sirga. Pero allí arriba, en la desnuda colina cretácea, el viento avanzaba como un tren por un túnel, transportando a Tom dentro. Fue el ruido metálico y las risas en la nueva torreta del ministerio de Defensa, que habían construido desde la última vez que estuvieron.

–Si tumbamos a tiros la torre dejaremos entrar a los puñeteros rusos –le gritó el tío Jack, usando las manos como una bocina–. No queremos hacer eso, ¿verdad?

–¡No!

–Vale, entonces. ¿Qué hacemos?

–¡Arma la lanzadora justo al lado de la torre y dispara desde ahí! –había gritado alegremente Tom, y mientras gritaba había sentido que los últimos residuos de preocupación abandonaban su pecho, y que sus hombros se acomodaban sobre su espalda, y sabía que con un viento así fustigando la cima del cerro podía decir a cualquiera lo que le viniese en gana.

El tío Jack le lanzó diez arcillas y él derribó ocho con once cartuchos, lo que era su mejor marca teniendo en cuenta el viento. Y cuando le tocó lanzar a Tom, el tío Jack se las vio y las deseó para empatarle. Pero le empató, y Tom le amó por ello. No quería derrotar al tío Jack. A su padre quizá, pero no al tío Jack: no quedaría nada por hacer. En su segunda serie Tom no estuvo tan acertado, pero no le importó porque le dolían los brazos y eso no era culpa suya. Pero el tío Jack se mantuvo firme como un castillo. Incluso mientras recargaba, su cabeza blanca permanecía en posición adelantada para encarar la diana que se alzaba.

–Dieciséis de dieciocho para ti –gritó Tom mientras galopaba recogiendo los cartuchos vacíos–. ¡Buena marca!

Y luego, con voz igualmente alta y alegre:

–Y papá está bien, ¿verdad?

–¿Por qué no iba a estarlo? –gritó Brotherhood en respuesta.

–Parecía un poco decaído cuando vino a verme después del entierro del abuelo, eso es todo.

–Yo diría que claro que *estaba* decaído. ¿Cómo te sentirías tú si acabaras de enterrar a *tu* padre?

Los dos seguían gritando en el viento. Charlaban un poco mientras cargaban la escopeta y volvían a preparar la lanzadora.

–Habló de libertad todo el tiempo –chilló Tom–. Dijo que nadie nos la podía dar, que tenemos que ganarla por nuestra cuenta y riesgo. Me resultó bastante aburrido, la verdad.

El tío Jack estaba tan ocupado recargando que Tom se preguntó incluso si le habría oído. O, de haberlo hecho, si le interesaba.

–Tiene más razón que un santo –dijo Brotherhood, cerrando con un chasquido la escopeta–. El patriotismo es una palabra sucia en estos tiempos.

Tom soltó la arcilla y la vio curvarse y quedar reducida a polvo por la infalible puntería del tío Jack.

–No estaba hablando de patriotismo exactamente –explicó Tom, rastreando en busca de otro par de cartuchos.

–¿Eh?

–Creo que me estaba diciendo que si yo era infeliz debía huir. Me lo dijo también en la carta. Es como si...

–¿Sí?

–...como si quisiera que yo hiciese algo que él no había hecho cuando estuvo en el colegio. Es un poco raro.

–A mí no me parece nada raro. Te está sondeando, simplemente. Te está diciendo que la puerta está abierta si quieres largarte. Por lo que me dices, parece más bien un gesto de confianza. Ningún chico ha tenido mejor padre que tú, Tom.

Tom disparó y falló.

–¿Qué es eso de la carta, de todas maneras? –dijo Brotherhood–. Yo creía que fue a verte.

–Vino. Pero también me escribió. Una carta muy larga. Simplemente me pareció raro –repitió, incapaz de desprenderse de su nuevo adjetivo favorito.

–Muy bien, estaba destrozado. ¿Qué tiene de malo eso? Se le muere su padre y se sienta a escribirle a su hijo. Deberías considerarlo un honor... buen tiro, chico. Buen tiro.

–Gracias –dijo Tom, y miró orgullosamente al tío Jack apuntando una diana en su tarjeta. El tío Jack siempre llevaba el tanteo.

–Pero él no dijo eso –añadió Tom torpemente–. No estaba destrozado. Estaba contento.

–¿Te escribió eso?
–Dijo que el abuelo le había devorado la humanidad natural que él tuvo y que él no quería tragarse la mía.
–Ése es otro modo de estar destrozado –dijo Brotherhood, impávido–. ¿Tu padre, por cierto, nunca te habló de un lugar secreto? ¿De algún sitio donde puedes encontrar una paz y tranquilidad bien merecidas?
–No exactamente.
–Pero tenía un escondrijo, ¿verdad?
–No exactamente.
–¿Dónde es?
–Me dijo que nunca se lo dijera a nadie.
–Entonces no lo digas –dijo firmemente el tío Jack.
De repente, después de eso, hablar del propio padre pasó a ser la función obligatoria de un perfecto democrático. Caird había dicho que era el deber de los privilegiados sacrificar lo que más querían en la vida, y Tom amaba a su padre lo indecible. Sintió la mirada de Brotherhood puesta en él y le agradó haber despertado su interés, aun cuando no parecía particularmente aprobatorio.
–Le conoces desde hace mucho tiempo, ¿verdad, tío Jack? –dijo Tom, entrando en el coche.
–Si treinta años es mucho tiempo.
–Lo es –dijo Tom, para quien una semana era aún un siglo. De pronto, en el interior del coche no había nada de viento–. Así que si papá está bien –dijo con falsa audacia mientras se ajustaba el cinturón de seguridad–, ¿por qué le está buscando la policía? Eso es lo que *yo* quiero saber.

–¿Vas a leernos la fortuna hoy, Mary Lou? –preguntó el tío Jack.
–Hoy no, querido, no tengo ganas.
–Tú siempre tienes ganas –dijo el tío Jack, y los dos lanzaron una carcajada mientras Tom se ruborizaba.
Mary Lou era una gitana, dijo el tío Jack, pero Tom la consideraba más una pirata. Tenía un trasero grande, pelo negro y labios falsos pintados sobre la boca como Frau Bauer en Viena. Cocinaba pasteles y servía tes con nata en un café de madera que lindaba con el campo de deportes. Tom pidió huevos escalfados sobre una tostada, y los huevos estaban cremosos y frescos como los de Plush. El tío Jack tomó una tetera y un pedazo del mejor pastel de frutas que hacía Mary Lou. Parecía haberse olvidado de todo lo que Tom había hablado, cosa que éste le agradecía, pues le dolía ligeramente la cabeza por el aire fresco y le incomodaban sus propios pensamientos. Faltaban dos horas y ocho minutos para tener que tocar la campana llamando al rezo de vísperas. Estaba pensando en que podía seguir el consejo de su padre y huir.
–¿Entonces cómo era eso de la policía? –preguntó Brotherhood con tono un tanto vago, mucho después de que Tom hubiera decidido que lo había olvidado o no lo había oído.

–Vinieron a ver a Caird. Y Caird me mandó a buscar.

–El *señor* Caird, hijo –le corrigió Brotherhood, perfectamente amable, y dio un agradable trago de té–. ¿Cuándo?

–El viernes. Después del rugby. El señor Caird me mandó a buscar y había un hombre de gabardina sentado en su butaca, y dijo que era de Scotland Yard por lo de papá, y que si yo sabía por casualidad su dirección actual, porque después del entierro del abuelo, papá se había marchado distraídamente de permiso y nadie sabía dónde estaba.

–Cojones –dijo Brotherhood al cabo de un largo tiempo.

–Es verdad, señor. La pura verdad.

–Has dicho *vinieron*.

–Quería decir *vino*.

–¿Estatura?

–Uno setenta y cinco.

–¿Edad?

–Cuarenta.

–¿Color del pelo?

–Como el mío.

–¿Bien afeitado?

–Sí.

–¿Ojos?

–Castaños.

Era un juego que habían jugado a menudo antiguamente.

–¿Coche?

–Vino en taxi desde la estación.

–¿Cómo lo sabes?

–Le trajo el señor Mellor. Me lleva a clase de violoncelo desde la parada de taxis de la estación.

–Sé preciso, chico. Vino desde la parada de taxis de la estación en el coche del señor Mellor. ¿Te dijo que había venido en tren?

–No.

–¿Te lo dijo Mellor?

–No.

–¿Entonces quién dice que era policía?

–El señor Caird, señor. Cuando me lo presentó.

–¿Qué ropa llevaba?

–Un traje, señor. Gris.

–¿Dijo su categoría?

–Inspector.

Brotherhood sonrió. Una sonrisa maravillosa, alentadora, afectuosa.

–Tontorrón, era un inspector de *Asuntos Exteriores*. Un simple lacayo del taller de tu padre. Eso no es un *policía*, hijo, sino un empleado gilipollas del departamento de personal, con poca cosa que hacer. Caird lo entendió mal, como de costumbre.

Tom podría haberle besado. Estuvo a punto de hacerlo. Se enderezó y se sintió unos tres metros más alto, y tuvo ganas de sepultar la cara en el *tweed* espeso de la cazadora del tío Jack. Pues claro que no era un policía. No hablaba como un policía, no actuaba como un policía, no tenía los pies grandes ni el pelo corto, ni ese aire que tiene un policía de mantenerse distante aunque esté siendo simpático. No hay problema, se dijo Tom, eufórico. El tío Jack lo había resuelto, como siempre hacía.

Brotherhood le estaba ofreciendo un pañuelo y Tom se restregó los ojos con él.

–Total, ¿qué le dijiste? –preguntó Brotherhood.

Y Tom explicó que él tampoco sabía dónde estaba su padre, que había hablado de perderse en Escocia unos días antes de volver a Viena. Lo que de algún modo había producido que papá pareciese ser culpable, una especie de criminal o algo peor. Y cuando Tom le hubo dicho al tío Jack todo lo que recordaba sobre la entrevista, las preguntas y el número de teléfono por si papá aparecía –Tom no tenía el número, pero sí el señor Caird–, el tío Jack fue al teléfono del salón de Mary Lou, llamó a Caird y consiguió para Tom una prórroga hasta las nueve fundada en que tenían que hablar de asuntos de familia.

–¿Pero y las campanas? –preguntó Tom, alarmado.

–El comandante Carter va a tocarlas –dijo el tío Jack, que comprendía absolutamente todo.

También debió de telefonear a Londres, porque tardó mucho tiempo y dio a Mary Lou otras cinco libras para que ella llenase lo que él llamó su media de Navidad, y otra vez les entró la risa, y esta vez Tom se sumó a ella.

Posteriormente Tom no recordaba cómo llegaron a hablar de Corfú, y quizá ya no había un verdadero puente que condujese a la conversación, sino que simplemente se limitaba a una charla sobre lo que habían hecho desde la última vez en que se habían visto, que en definitiva fue antes de las vacaciones de verano, por lo que había cantidad de cosas de que hablar si te sentías locuaz. Y Tom lo estaba: hacía siglos que no hablaba así, quizá no lo había hecho nunca, pero el tío Jack tenía la desenvoltura, poseía esa combinación de tolerancia y disciplina que para Tom era la mezcla perfecta, pues amaba sentir la fuerza de las fronteras del tío Jack al mismo tiempo que el suelo firme de dentro.

–¿Cómo va tu confirmación? –había preguntado Brotherhood.

–Muy bien, gracias.

–Ya tienes edad, Tom. Tienes que afrontarlo. En algunos países estarías ya de uniforme.

–Lo sé.

–¿Los estudios siguen siendo un problema?

–Un poco, señor.

–¿Todavía piensas en ingresar en Sandhurst?

–Sí, señor. Y el regimiento de mi tío dice que me aceptarían si saco buenas notas.

–Pues tendrás que empollar, ¿no crees?

–Ya lo estoy intentando.

Entonces el tío Jack se acercó y bajó la voz.

–No sé seguro si debería decírtelo, hijo. Pero voy a hacerlo, de todos modos, porque creo que estás preparado para guardar un secreto. ¿Puedes?

–Tengo muchos secretos que nunca he dicho a nadie, señor.

–Tu padre es más bien ahora un hombre secreto. Supongo que lo sabías, ¿no?

–Tú también lo eres.

–Y es un gran hombre, además. Pero no debe irse de la lengua. Por su país.

–Y por ti –dijo Tom.

–Gran parte de su vida está completamente tapada. Casi podría decirse que oculta a la mirada humana.

–¿Lo sabe mamá?

–En principio sí, lo sabe. Con detalle, casi nada. Es nuestro método de trabajo. Y si tu padre ha dado alguna vez la impresión de mentir, de ser esquivo, menos que veraz algunas veces, puedes apostar las botas a que la causa era su trabajo y su lealtad. Es una tensión para él. Lo es para todos nosotros. Los secretos son una tensión.

–¿Es peligroso? –preguntó Tom.

–Puede serlo. Por eso le ponemos guardaespaldas. Como chicos en moto que le siguen por Grecia y merodean por delante de su casa.

–¡Yo les vi! –declaró Tom, excitado.

–Como hombres altos y delgados que se le acercan en partidos de cricket...

–¡Le vi, le vi! ¡Llevaba un sombrero de paja!

–Y hay veces en que lo que tu padre hace es tan secreto que tiene que desaparecer totalmente. Y ni siquiera sus guardaespaldas pueden conocer su dirección. *Yo* lo sé. Pero el resto del mundo no lo sabe ni tiene que saberlo. Y si esos inspectores vienen a verte otra vez, o a ver al señor Caird, o si viene cualquier otra persona, tienes que decirles lo que sepas e informarme inmediatamente después. Voy a darte un número de teléfono especial y voy a tener también una charla especial con el señor Caird. Tu padre merece toda clase de ayuda. Y va a tenerla.

–Me alegro mucho –dijo Tom.

–Pues bien. Esa carta que te escribió a ti. La larga que te mandó después de haberse ido. ¿Hablaba de cosas así?

–No lo sé. No la he leído entera. Había todo un rollo sobre la navaja de Sefton Boyd y una inscripción en los lavabos de los profesores.

–¿Quién es Sefton Boyd?

–Un chico del colegio. Es amigo mío.

–¿Es amigo de tu padre también?

–No, pero su padre sí. Su padre estuvo también en el colegio.

–Sí, los secretos son una tensión –repitió el tío Jack, tan tranquilo como siempre–. ¿Y qué has hecho con esa carta?

Castigarse con ella. Estrujarla hasta que estuvo tirante y puntiaguda y guardarla en el bolsillo del pantalón, donde le pinchaba el muslo. Pero Tom no le dijo esto. Se limitó a entregar, agradecido, los restos al tío Jack, que prometió cuidarlos y comentarlo todo con él la próxima vez; siempre que hubiese algo que comentar, cosa que el tío Jack dudaba mucho.

–Tienes el sobre, ¿no?

Tom no lo tenía.

–¿De dónde te la envió entonces? Supongo que ahí habrá una pista, si la buscamos.

–El matasellos era de Reading –dijo Tom.

–¿De qué día?

–El martes –dijo Tom infelizmente–. Pero podría haber sido fechada el lunes con la fecha del martes. Creí que volvía a Viena el lunes por la tarde. Si no se fue a Escocia, claro.

Pero el tío Jack no parecía escucharle, porque otra vez estaba hablando de Grecia, jugando a lo que los dos llamaban redacción de un informe sobre aquel tipo desmirriado de bigote que se había presentado en el campo de cricket de Corfú.

–Me figuro que estabas preocupado por él, ¿verdad, hijo? Supongo que pensaste que no tramaba nada bueno respecto a tu padre, aunque se mostrase tan amistoso. O sea: si se conocían *tan* bien, ¿por qué tu padre no le invitaba a ir a casa para conocer a tu madre? Entiendo que al pensarlo bien te hubiera molestado. No te resultaba muy agradable que tu padre tuviese una vida secreta a dos pasos de su mujer.

–Supongo que me molestó –reconoció Tom, maravillado como siempre por la omnisciencia del tío Jack–. Cogió a mi padre del brazo.

Habían regresado al «Digby». En la gran alegría de la inquietud disipada, Tom había redescubierto su apetito y estaba comiendo un filete con patatas fritas para llenar el hueco. Brotherhood había pedido un whisky.

–¿Estatura? –preguntó, volviendo al juego especial de ambos.

–Uno ochenta.

–Muy bien, bravo. Exactamente uno ochenta. ¿Color del pelo?

Tom vaciló.

–Una especie de marrón amarillento con rayas –respondió.

–¿Qué demonios significa eso?

–Llevaba un sombrero de paja. Era difícil de ver.

–Sé que llevaba un sombrero de paja. Por eso te estoy preguntando. ¿Color del pelo?

–Castaño –dijo Tom finalmente–. Castaño a la luz del sol. Y una frente grande, como un genio.

–¿Y cómo diablos se mete el sol debajo del ala de un sombrero?

–Castaño grisáceo –dijo Tom.

–Entonces dilo. Dos puntos solamente. ¿Cinta del sombrero?

–Roja.

–Dios mío.

–Era roja.

–Vuelve a intentarlo.

–¡Era roja, roja, roja!
–Tres puntos. ¿Color de la barba?
–No llevaba barba. Tenía un bigote peludo y cejas gruesas como las tuyas, pero no tan tupidas, y ojos arrugados.
–Tres puntos. ¿Constitución?
–Encorvada y renqueante.
–¿Qué demonios es renqueante?
–Como un bamboleo. Un bamboleo es como cuando el mar está picado y encrespado. Renqueante es cuando alguien camina de prisa y renquea.
–Quieres decir que cojea.
–Sí.
–Dilo así. ¿De qué pierna?
–Izquierda.
–¿Un intento más?
–Izquierda.
–¿Seguro?
–¡Izquierda!
–Tres puntos. ¿Edad?
–Setenta.
–No seas estúpido.
–¡Es viejo!
–No tiene setenta años. Yo no tengo setenta. Ni sesenta. Bueno, recién cumplidos. ¿Es más viejo que yo?
–Igual.
–¿Lleva algo en la mano?
–Una cartera. Una gris, como de piel de elefante. Y era flacucho, como el señor Toombs.
–¿Quién es Toombs?
–Nuestro profe de gimnasia. Da clases de aikido y de geografía. Ha matado a gente con los pies, aunque se supone que no lo ha hecho.
–Muy bien, flacucho como Toombs, llevaba una cartera de piel de elefante. Dos puntos. En otra ocasión omite la referencia subjetiva.
–¿Qué es eso?
–El señor Toombs. Tú le conoces, yo no. No compares a una persona que no conozco con otra que tampoco conozco.
–Has dicho que le conocías –dijo Tom, muy excitado por pillar al tío Jack.
–Le conozco. Estoy bromeando. ¿Tenía coche tu hombre?
–Un «Volvo». Alquilado a Kaloumenos.
–¿Cómo lo sabes?
–Se lo alquila a todo el mundo. Baja al puerto y da vueltas por allí, y si alguien quiere alquilar un coche Kaloumenos le alquila el «Volvo».
–¿Color?
–Verde. Y tiene una aleta abollada y matrícula de Corfú y una brizna de hierba en la antena y un...
–Es rojo.

–¡Es verde!
–Cero puntos –dijo Brotherhood con firmeza, para indignación de Tom.
–¿Por qué?
Brotherhood esbozó una sonrisa lobuna.
–El coche no era suyo, ¿no? Pertenecía a los otros dos fulanos. ¿Cómo sabes que el tipo de bigote lo había alquilado si había otros dos dentro? Has perdido tu objetividad, hijo.
–¡Él mandaba!
–No lo *sabes*. Lo estás presumiendo. Podrías provocar una guerra inventando cosas como ésa. ¿No has conocido a la tía Poppy, hijo?
–No.
–¿Y al tío?
Tom lanzó una risita.
–No, señor.
–¿Te dice algo el nombre de un tal Wentworth?
–No, señor.
–¿No te suena en absoluto?
–No, señor. Creí que era un pueblo de Surrey.
–Bravo, hijo. Nunca inventes si crees que no sabes y que deberías saber. Ésa es la regla.
–Estabas de broma otra vez, ¿no?
–Quizá. ¿Cuándo dijo tu padre que volvería a verte?
–No me lo dijo.
–¿Alguna vez lo hace?
–No, la verdad.
–¿Entonces cuál es el problema?
–Es sólo la carta.
–¿Qué pasa con la carta?
–Es como si estuviera muerto.
–Cojones. Estás imaginando. ¿Quieres que te diga otra cosa que sabes? Ese escondrijo secreto adonde ha ido tu padre. Muy bien. Sabemos que hay uno. ¿Te dio él la dirección?
–No.
–¿El nombre de la ciudad escocesa más próxima?
–No. Sólo dijo Escocia. En la costa de Escocia. Un lugar a salvo de todo el mundo donde pueda escribir.
–Te ha dicho todo lo que puede decirte, Tom. No está autorizado a decirte más. ¿Cuántas habitaciones tiene?
–No me lo dijo.
–¿Entonces quién le hace las compras?
–Tampoco me lo dijo. Tiene una patrona fabulosa. Es vieja.
–Es un buen hombre. Y un hombre juicioso. Y ella es una buena mujer. Una de los nuestros. No te preocupes más.
El tío Jack consultó de soslayo su reloj.
–Escucha. Acaba esto y pide una gaseosa. Necesito ver a un hombre por un asunto de un perro.

Sonriendo todavía se encaminó hacia la puerta con un letrero que indicaba los servicios y el teléfono. Tom era ante todo observador. Puntos de color feliz en las mejillas del tío Jack. Una sensación de alegría como la suya y todo el mundo de maravilla.

Brotherhood tenía esposa y una casa en Lambeth, y en teoría podría haber ido a visitarlas. Tenía otra esposa en su chalé de Suffolk, divorciada, ciertamente, pero, si se la avisaba, ansiosa de complacer. Tenía una hija casada con un abogado en Pinner, y por lo que a él respecta podían irse al infierno, y era una inquina recíproca. No obstante, considerarían un deber alojarle. Y había una nulidad de hijo que se agenciaba el cocido trabajando en el teatro, y si Brotherhood se sentía caritativo con él, que por raro que parezca era algo que a veces le ocurría en esa época, y si lograba aguantar la sordidez y el olor de marihuana, cosa que a veces podía, habría sido admitido en el amasijo de colchas grasientas que Adrian llamaba la cama de invitados. Pero esa noche y durante todas las que transcurrieran hasta que hubiera tenido su conversación con Pym, no quería tener trato con ninguno de ellos. Prefería el exilio en la seguridad de su pequeño apartamento hediondo en Shepherd's Market, con las palomas cubiertas de hollín que andaban jorobándose las unas a las otras en el parapeto y las furcias que montaban guardia a lo largo de la acera, como en los tiempos de guerra. La Casa intentaba periódicamente arrebatarle el lugar o deducirle el alquiler de su sueldo. Los jockeys burócratas le odiaban por eso y decían que era su picadero, como en efecto era ocasionalmente. Les fastidiaban sus demandas de bebida hospitalaria y asistentas que no tenía. Pero Brotherhood era más fuerte que todos ellos y más o menos ellos lo sabían.

–La investigación ha revelado más material sobre el uso que hace de los periódicos el espionaje checo –dijo Kate, hablando hacia la almohada–. Pero no hay nada concluyente.

Brotherhood dio un largo trago de vodka. Eran las dos de la mañana. Llevaban allí una hora.

–No me lo cuentes. El gran espía pincha las letras de su mensaje con un alfiler y envía por correo el periódico a su jefe. Dicho jefe sostiene el periódico al trasluz y lee los planes para el día del juicio final. La próxima vez usarán semáforos.

Ella estaba blanca y luminosa a su lado en la pequeña cama, una debutante de cuarenta años salida de Cambridge y que se había extraviado. El resplandor rosa grisáceo que entraba por las cortinas la cortaba en fragmentos clásicos. Aquí un muslo, allí una pantorrilla, allá el cono de un pecho o el perfil de cuchillo de un costado. Estaba de espaldas a él, con una pierna ligeramente doblada. Maldita sea, ¿qué quiere de mí esta triste y hermosa jugadora de bridge del quinto piso, con su aire de amor perdido y su carnalidad gazmoña? Al cabo de siete años de tenerla, Brotherhood seguía sin saberlo. Estaba en gira de inspección por los puestos del servicio, estaba en Tombuctú. No le había hablado ni escrito durante meses. Y, sin embargo, apenas sacaba de la maleta el cepillo de dientes, ella ya estaba en sus brazos, solicitándole con sus ojos tristes y ávidos. ¿Tiene cien como nosotros, somos sus pilotos de combate, que pedimos sus favores cada vez que volvemos a casa después de una nueva misión? ¿O soy el único que asalta la estatua?

–Y Bo ha invitado a algún siquiatra de campanillas a participar en el banquete –dijo ella, con sus vocales impecables–. Un especialista en depresiones nerviosas. Le han lanzado el expediente de Pym y le han dicho que componga un retrato de un inglés leal sometido a estrés agudo y que está suscitando inquietud en otras personas, sobre todo americanos.

–A continuación llamará a una médium –dijo Brotherhood.

–Han investigado los vuelos a las Bahamas, a Escocia y a Irlanda. Y a todos los demás sitios. Han hecho pesquisas en barcos, empresas de alquiler de coches y Dios sabe qué más. Han obtenido una orden judicial sobre todos los teléfonos que ha podido usar y una autorización general para el resto. Han cancelado los permisos y fines de semana de todos los copistas y ha puesto a los equipos de vigilancia en alerta de veinticuatro horas, y todavía no han dicho a nadie qué es todo este lío. La cantina es una funeraria, nadie habla con nadie. Están interrogando a todos los que compartieron un cargo con él o le compraron un coche de segunda mano; han desalojado a los inquilinos de la casa de los Pym en Dulwich y la han desmantelado de arriba abajo fingiendo que son expertos en carcoma. Ahora Nigel habla de trasladar a todo el equipo de búsqueda a una casa segura en Norfolk Street, tan grave es el asunto. Incluyendo el personal auxiliar, es una plantilla de unas ciento cincuenta personas. ¿Qué hay en la caja combustiva?

–¿Por qué?

–Hay una sombra al respecto. No delante de los niños. Bo y Nigel se cierran en banda en cuanto alguien la menciona.

–¿La prensa?

–Amordazada, como de costumbre. Desde *Breves* para abajo. Bo almorzó ayer con los directores. Ha escrito ya a sus jefes por si acaso se divulga algo. Sobre que los rumores debilitan nuestra seguridad. Sobre la especulación desinformada como el verdadero enemigo interno. Nigel ha volcado todo su peso sobre la gente de la radio y la televisión.

–Sus catorce kilos. ¿Qué se sabe del falso poli?

–El que visitó al director de Tom no era conocido. No era de la Casa ni de la policía.

–Quizá fuese de la competencia. No tienen que consultarnos antes, ¿no?

–Lo que a Bo le aterra es que los americanos estén desplegando su propia caza del hombre.

–Si hubiera sido americano habrían sido tres. Era un checo descarado. Así trabajan ellos. Igual que solían volar en la guerra.

–El director le describe como un inglés por encima de la media, sin una gota de extranjero. No vino ni se marchó en tren. Se presentó como el inspector Baring, del Servicio Especial. No existe tal inspector. La tarifa de ida y vuelta en taxi entre la estación y el colegio fue de doce libras, y ni siquiera pidió un recibo al taxista. Imagínate a un policía que no quiere un recibo por un desembolso de doce libras. Dejó una tarjeta de visita falsa. Están buscando al impresor, al fabricante del papel y, que yo sepa, a los de la tinta, pero no quieren que intervenga la policía, la competencia o el cuerpo de enlace. Harán cualquier pesquisa que se les ocurra siempre que no dé la voz de alarma.

–¿Y el número de Londres que dio?

–Falso.

–Me reiría casi si estuviera de humor. ¿Qué piensa Bo del caballero bigotudo y con bolso que coge del brazo a Pym en los partidos de cricket?

–Se niega a opinar. Dice que si todos controlásemos a nuestros amigos en los partidos de cricket, no tendríamos ni amigos ni cricket. Ha contratado a más chicas para repasar el índice de personalidades checas, y ha ordenado a la oficina de Atenas que envíe a alguien a Corfú para hablar con el hombre que alquiló el coche. Es un compás de espera, y Magnus, vuelve a casa, por favor.

–¿Cuál es mi situación? ¿Acorralado?

–Les aterra la idea de que derribes el Templo.

–Creí que Pym ya lo había hecho.

–Entonces quizás es un contacto culpable –dijo Kate con su voz resuelta de abeja reina.

Brotherhood dio otro largo trago de vodka.

–Si al menos desmontaran las malditas redes. Si por una vez hicieran lo más obvio.

–No harán nada que pueda alertar a los americanos. Preferirían mentir hasta la misma tumba. «Hemos tenido tres traidores importantes en tres años intrascendentes. Uno más y bien podríamos admitir que la partida ha terminado.» Es Bo el que habla.

–Así que los agentes morirán por la Relación Especial. Me gusta eso. También les gustará a ellos. Lo comprenderán.

–¿Le encontrarán?

–Quizá.

–Quizá no basta. Te estoy preguntando, Jack. ¿Le encontrarán? ¿Le encontrarás tú?

De repente su tono era imperioso y urgente. Ella le quitó el vaso de la mano y bebió lo que quedaba de vodka mientras él la observaba. Se inclinó sobre el costado de la cama y alcanzó un cigarrillo de su bolso. Entregó a Jack las cerillas y él se lo encendió.

–Bo ha puesto a cantidad de monos delante de cantidad de máquinas de escribir –dijo Brotherhood, mirándola fijamente–. Quizás uno de ellos descubra lo que buscan. No sabía que fumabas, Kate.

–No fumo.

–Pues ahora estás fumando. Me complace ver que también estás bebiendo. No recuerdo que le pegases al vodka tan fuerte como ahora, seguro que no. ¿Quién te ha enseñado a beber vodka así?

–¿Por qué no puedo beberla?

–Más exacto sería preguntar por qué tienes que beberla. Intentas decirme algo, ¿verdad? Algo que no creo que me haga ninguna gracia. Por un minuto he pensado que estabas espiando para Bo. He pensado que estabas haciendo un poco la Jezabel conmigo. Luego he pensado, no, está tratando de decirme algo. Intenta hacerme una pequeña confesión íntima.

–Es un blasfemo.

–¿Quién, querida?

–Magnus.

–¿Ah, sí? Magnus un blasfemo. Vaya, ¿y por qué?

–Abrázame, Jack.

–¡Ni hablar!

Se desasió de ella y vio que lo que había tomado por arrogancia era una aceptación estoica de la desesperación. Los ojos tristes de Kate le miraron frontalmente, y su cara destiló resignación.

–«Te quiero, Kate –dijo–. Sácame de esto y me casaré contigo y siempre viviremos felices en adelante.»

Brotherhood le quitó el cigarro y dio una chupada.

–«Dejaré a Mary. Iremos a vivir al extranjero. A Francia. A Marruecos. ¿Qué más da?» Llamadas telefónicas desde la otra punta de la tierra. «He llamado para decirte que te amo.» Flores diciendo: «Te quiero.» Postales. Notitas dobladas dentro de otras cosas, empujadas por debajo de la puerta, exclusivamente para mí en sobres ultrasecretos. «He vivido demasiado tiempo en la indecisión. Quiero acción, Kate. Tú eres mi escapatoria. Ayúdame. Te quiero. M.»

Una vez más, Brotherhood esperaba.

–«Te quiero» –repitió ella–. Lo repetía continuamente. Como un ritual en el que trataba de creer. «Te quiero.» Supongo que pensaba que si se lo decía suficientes veces a suficientes personas, un día podría ser cierto. No lo era. No amó a una mujer en toda su vida. Éramos enemigos, todos nosotros. Tócame, Jack. ¡Tócame, Jack!

Él comprobó, sorprendido, que una oleada de afinidad le embargaba. La atrajo hacia él y la estrechó firmemente contra su pecho.

–¿Está Bo al corriente de algo de esto? –preguntó.

Notaba el sudor acumulándose en su espalda. Olía la proximidad de Pym en las hendiduras del cuerpo de Kate. Ella balanceó la cabeza contra él, pero Brotherhood la zarandeó suavemente, obligándola a decir en voz alta: «Bo no sabe nada. No, Jack. No sabe una palabra.»

–No mostró interés hasta que declaró el juego entero –añadió.– Podría haberme tenido en cualquier momento. No era suficiente para él. «Espérame, Kate. Voy a cortar las amarras y a ser libre. Kate, soy yo, ¿dónde estás?» «Estoy aquí, idiota, o no estaría contestando al teléfono, ¿no crees?» No tiene asuntos. Tiene vidas. Para él vivimos en planetas separados. Sitios adonde puede llamar cuando navega por el espacio. ¿Sabes cuál es su foto predilecta de mí?

–No creo que lo sepa, Kate –respondió Brotherhood.

–Una en que estoy desnuda en una playa de Normandía. Nos fugamos juntos un fin de semana. Estoy de espaldas a él, entrando en el mar. Ni siquiera sabía que tuviese una cámara.

–Eres una chica hermosa, Kate. Hasta yo me pondría caliente con una foto así –dijo Brotherhood, retirándole el pelo para poder verle la cara.

–Él amaba eso más que a mí. De espaldas a él yo era alguien... su chica en la playa. Su sueño. Dejaba sus fantasías intactas. Tienes que ayudarme a salir de esto, Jack.

–¿Estás muy metida?

–Bastante.

–¿Le escribes alguna carta?

Kate negó con la cabeza.

–¿Le haces pequeños favores? ¿Violas por él las normas? Es mejor que me lo digas, Kate.

Esperó, sintiendo la presión creciente de la cabeza de ella contra él.

–¿Me oyes? –Ella asintió–. Yo estoy muerto, Kate. Pero tú tienes todavía camino por delante. Si alguna vez averiguan que tú y Pym habéis tomado aunque sea un batido de fresas en un MacDonald mientras estabas esperando el autobús a tu casa, te raparán la cabeza y te mandarán a Desarrollo Económico antes de que puedas contárselo a ningún Jack. ¿Sabes esto, verdad?

Otro asentimiento.

–¿Qué hiciste por él? ¿Birlar unos cuantos secretos? ¿Algo jugoso sacado del plato mismo de Bo? –Ella negó con la cabeza–. Vamos, Kate. A mí también me engañaron. No voy a arrojarte a los lobos. ¿Qué hiciste por él?

–Había una reseña en su expediente personal –dijo ella.

–¿Y bien?

–Quería que la eliminara. Era de hacía mucho. Un informe militar sobre la época de su servicio en Austria.

–¿Cuándo lo hiciste?

–Hace tiempo. Salíamos desde hacía como un año. Él había vuelto de Praga.

–Y tú lo hiciste. ¿Revisaste su expediente?

–Me dijo que era una trivialidad. Por entonces él era muy joven. Todavía un muchacho. Había estado controlando a un agente de poca monta en Checoslovaquia. Alguien que pasaba clandestinamente la frontera, creo. Una pequeñez, en realidad. Pero apareció en escena aquella chica, una tal Sabina, que quiso casarse con él y desertó. No me enteré bien de la historia. Dijo que si alguien repasaba su expediente y descubría el episodio nunca conseguiría llegar al quinto piso.

–Bueno, eso no es el fin del mundo, ¿no crees?

Ella asintió con la cabeza.

–El agente tiene un nombre, ¿no? –preguntó Brotherhood.

–Un nombre cifrado. Mangasverdes.

–Qué bonito. Me gusta. Mangasverdes. Un agente cien por cien inglés. Cogiste el papel del expediente: ¿qué hiciste con él? Dímelo, Kate. Ya lo has contado. Vamos.

–Lo robé.

–Muy bien. ¿Qué hiciste con él?

–Lo que me pidió.

–¿Cuándo?

–Me telefoneó.

–¿Cuándo?

–El lunes pasado por la noche. Después de haber embarcado supuestamente hacia Viena.

–¿A qué hora? Vamos, Kate, vas bien. ¿A qué hora te llamó?

–A las diez. Más tarde. Las diez y media. Más pronto. Estaba viendo el noticiario de las diez.

–¿Qué noticia?

–Líbano. El bombardeo. En Sidón u otro sitio. Bajé el volumen en cuanto oí el teléfono y el bombardeo siguió y siguió como en una película muda. «Necesitaba oír tu voz, Kate. Lo lamento todo. Llamo para decirte que lo siento. No fui un mal hombre, Kate. No era todo fingido.»

–¿No lo era?

–Sí. No lo era. Estaba haciendo una retrospección. No lo era. Le dije que era sólo la muerte de tu padre, te repondrás, no llores. No hables como si tú también te hubieras muerto. Ven a verme. ¿Dónde estás? Iré yo. Dijo que no podía. Ya no más. Y luego lo del expediente. Que me sintiera libre de decir a todo el mundo lo que había hecho y que no intentara protegerle ya. Pero que le concediera una semana. «Una semana, Kate. No es mucho después de todos estos años.» Y luego me preguntó que si tenía todavía el papel que había robado para él. ¿Lo había destruido, había hecho una copia?

–¿Qué le dijiste?

Ella fue al cuarto de baño y volvió con el neceser bordado donde guardaba sus utensilios de aseo. Sacó de él un cuadrado doblado de papel de estraza y se lo entregó.

–¿Le diste una copia?

–No.

–¿Te pidió una?

–No. Yo no hubiera hecho eso. Supongo que él lo sabía. Robé el papel y le dije que lo había robado y él me creyó. Pensaba devolverlo algún día. Era un vínculo.

–¿Dónde estaba él cuando te llamó el lunes?

–En una cabina.

–¿A cobro revertido?

–Era conferencia. Conté cuatro monedas de cincuenta peniques. Fíjate, hasta podía ser Londres, conociendo a Magnus. Estuvimos hablando unos veinte minutos, pero gran parte del tiempo no podía hablar.

–Describe. Vamos, cariñito. Sólo tienes que contarlo una vez, te lo prometo, así que podrías contarlo de principio a fin.

–Le dije: ¿por qué no estás en Viena?

–¿Qué respondió él?

–Dijo que se le habían acabado las monedas. Eso fue lo último que dijo. «Se me han acabado las monedas.»

–¿Tenía un sitio donde te llevaba? ¿Un escondrijo?

–Usábamos mi apartamento o íbamos a hoteles.

–¿A cuáles?

–El «Grosvenor» de Victoria era uno. El «Great Eastern», de Liverpool Street. Tiene habitaciones favoritas que dan a las vías del tren.

–Dame los números.

Estrechándola, la llevó caminando hasta la mesa, apuntó los números que ella le dictaba y luego se puso su viejo batín, se lo ató alrededor de la cintura y le sonrió.

–Yo también le quería, Kate. Soy más imbécil que tú. –Pero no conquistó una sonrisa a cambio–. ¿Alguna vez habló de un lugar? ¿Era algún sueño que tuvo?

Sirvió a Kate más vodka y ella se la tomó.

–Noruega –dijo–. Quería ver la migración del reno. Iba a llevarme algún día.

–¿Qué más sitios?

–España. El norte. Dijo que compraría un chalé para los dos.

–¿Te habló de sus escritos?

–No mucho.

–¿Dijo dónde le gustaría escribir su gran libro?

–En Canadá. Invernaríamos en algún paraje nevado y viviríamos a base de latas.

–El mar... ¿Nada junto al mar?

–No.

–¿Alguna vez te mencionó a Poppy? ¿A una mujer llamada Poppy, como en su libro?

–Nunca mencionaba a ninguna de sus mujeres. Ya te lo he dicho. Éramos planetas separados.

–¿Y qué me dices de alguien llamado Wentworth?

Ella negó con la cabeza.

–«Wentworth fue la némesis de Rick» –recitó Brotherhood–. «Poppy fue la mía. Los dos consagramos nuestra vida a reparar el daño que les habíamos hecho.» Has oído las cintas. Has visto las transcripciones. Wentworth.

–Está loco –dijo ella.

–Quédate aquí –dijo él–. Quédate todo el tiempo que quieras.

Volviendo a la mesa, barrió los libros y los papeles con un solo movimiento del brazo, encendió la lámpara de lectura, se sentó y colocó la hoja de papel de estraza junto a la carta arrugada de Pym a Tom, con matasellos de Reading. Los listines de teléfonos de Londres estaban en el suelo, junto a él. Eligió primero el hotel «Grosvenor», en Victoria, y pidió al portero de noche que le pusiera con el número de habitación que Kate le había dado. Contestó un hombre soñoliento.

–Le habla el detective del hotel –dijo Brotherhood–. Tenemos motivos para creer que tiene una mujer en su habitación.

–Por supuesto que tengo a una puta mujer en mi habitación. Estoy pagando una habitación doble y ella es mi esposa.

No era ninguna de las voces de Pym.

Brotherhood se rió pensando en lo que se reiría la mujer; llamó al hotel «Great Eastern» y obtuvo un resultado similar. Llamó al noticiario de *Independent Television* y preguntó por el director nocturno. Le dijo que era el inspector Markley de Scotland Yard con una investigación urgente: quería saber la hora de emisión del reportaje sobre el bombardeo en Trípoli en las *Noticias de las diez* del lunes por la noche. Sostuvo el auricular todo el tiempo que tardó la consulta, mientras continuaba hojeando las páginas de la carta de Pym. Matasellos de Reading. Enviada la noche del lunes o la mañana del martes.

–Las diez diecisiete y diez segundos. A esa hora exacta te llamó –dijo, y giró la cabeza para asegurarse de que ella se encontraba bien.

Estaba recostada contra la almohada, con la cabeza hacia atrás, como un boxeador en un descanso entre asaltos.

Telefoneó al servicio de investigación de Correos y habló con la oficial de noche. Le dio la contraseña de la Casa y ella replicó con un lúgubre «Le escucho», como si la tercera guerra mundial estuviese a punto de sobrevenir.

–Le estoy pidiendo lo imposible y lo quiero para ayer –dijo él.

–Haremos todo lo posible –dijo ella.

–Quiero un rastreo de todas las llamadas a Londres hechas desde una cabina del área telefónica de Reading entre las diez dieciocho y las diez y veintiuna de la noche del lunes. Duración: alrededor de veinte minutos.

–No puede hacerse –respondió ella orgullosamente.

–La amo –dijo Brotherhood a Kate por encima del hombro.

Ella se había dado media vuelta y estaba tumbada otra vez sobre el estómago, con la cara hundida en el brazo.

Él colgó y volcó su atención sobre las páginas que Kate había sustraído del expediente personal de Pym. Tres de ellas, extraídas del historial militar del teniente Magnus Pym, destinado al Cuerpo de Espionaje, adjunto a la Unidad de Interrogación de Campaña n.º 6 de Graz, descrita en una nota al pie como una unidad de espionaje castrense ofensiva, con permiso limitado para controlar a informantes locales. Fechada el 18 de julio de 1951, redactor desconocido, pasaje relevante encuadrado por el Registro. Fecha de la anotación del expediente personal de Pym, 12 de mayo de 1952. Motivo de la anotación: la candidatura formal de Pym para el ingreso en este servicio. El extracto era del informe de conducta del oficial al mando al término del turno de servicio de Pym en Graz, Austria:

«... joven oficial excepcional... popular y cortés en la residencia... conquistó una gran reputación por su hábil control de la fuente MANGASVERDES, que en el curso de los once últimos meses ha suministrado a esta unidad información secreta y ultrasecreta sobre el orden de batalla soviético en Checoslovaquia...»

–¿Estás bien ahí? –le llamó a Kate–. Escucha. No hiciste nada malo. Nadie echó de menos este material. Nadie se habría dado cuenta, nadie habría intentado investigarlo.

Pasó una página: «... estrecha relación personal establecida entre la fuente y el oficial del caso... La autoridad serena de Pym durante la crisis... La insistencia de la fuente en operar sólo a través de Pym...» Leyó rápidamente hasta el final y después recomenzó desde el principio más despacio.

–Su oficial jefe también estaba enamorado de él –le dijo a Kate–. «... su excelente memoria para el detalle» –leyó–, «... lúcida redacción de informes, a menudo realizada en las primeras horas de la mañana, después de un largo interrogatorio... grandes dotes de animador...». Ni siquiera menciona a Sabina –se quejó a Kate–. No entiendo por qué demonios estaba tan preocupado. ¿Por qué arriesgar su relación contigo para suprimir un pedazo de papel de hace treinta años que no contiene más que alabanzas? Debe de ser algo que hay en su sucia mollera, no en la nuestra. Tampoco me sorprende.

El teléfono estaba sonando. Miró a su alrededor. La cama estaba vacía, la puerta del baño cerrada. Asustado, se puso en pie de un brinco y la abrió rápidamente. Kate estaba sana y salva delante del lavabo, mojándose la cara. Cerró la puerta y corrió hacia el teléfono. Era un mezclador de color verde musgo con botones de cromo. Descolgó el auricular y gruñó:

–¿Sí?

–¿Jack? Vamos a repasar. ¿Preparado? Ya.

Brotherhood pulsó un botón y oyó la misma voz de tenor trinando en la tormenta electrónica.

–Te va a gustar, Jack... Jack, ¿me oyes? ¿Sí?

–Te oigo, Bo.

–Acabo de hablar con Carver –Carver era el jefe de la sede americana en Londres–. Insiste en que su gente ha descubierto nuevas pistas respecto a nuestro amigo mutuo. Quieren reabrir inmediatamente la historia sobre él. Harry Wexler vuela desde Washington para supervisar el juego limpio.

–¿Eso es todo?

–¿Te parece poco?

–¿Dónde creen que está? –preguntó Brotherhood.

–Ése es el quid de la cuestión. No han preguntado, no les preocupaba. Presumen que todavía está arreglando los asuntos de su padre –dijo Brammel, muy contento–. En realidad han insistido en que sería una ocasión excelente para reunirse. Mientras nuestro amigo está ocupado con sus asuntos personales. Todo sigue como estaba por lo que a ellos respecta. Excepto en las nuevas pistas. Sean las que sean.

–Excepto en lo de las redes –dijo Brotherhood.

–Quiero que vengas conmigo a la reunión, Jack. Quiero que les lleves la contraria, como sueles hacer. ¿Lo harás?

–Si es una orden, haré lo que sea.

Bo parecía estar organizando un grupito divertido:

–Cuento con todos los que normalmente están. No voy a excluir ni añadir a nadie. No quiero que nada salga a relucir, ni un susurro mientras seguimos buscándole. Toda esta historia podría no ser más que una tormenta en un vaso de agua. Whitehall está convencido. Sostienen que estamos afrontando una secuela de la última cosa, no una situación nueva en absoluto. Últimamente tienen algunas lumbreras. Algunos son incluso funcionarios públicos. ¿Te duermes?

–No mucho.

–Ninguno de nosotros duerme mucho. Tenemos que mantenernos unidos. Nigel está en Exteriores en este momento.

–¿De verdad? –dijo en voz alta, cuando colgaba–. ¿Kate?

–¿Qué pasa?

–No acerques los dedos a mis hojas de afeitar, ¿me oyes? Los dos somos mayorcitos para actos dramáticos.

Esperó un segundo, marcó el número de la Oficina Central y pidió que le pusieran con el oficial de guardia.

–¿Tiene un motorista ahí?

–Sí.

–Brotherhood. Quiero un expediente del ministerio de Guerra. Ocupación de Austria por el ejército inglés, verano de 1951, antiguo historial de campaña. Operación Mangasverdes, lo crea o no. ¿Dónde estará?

–En el ministerio de Defensa, supongo, considerando que el ministerio de Guerra fue desmantelado hace veinte años.

–¿Con quién hablo?

–Con Nicholson.

–Pues no supongas tanto. Averigua dónde está, consíguelo y llama cuando lo tengas encima de la mesa. ¿Tienes un lápiz?

–Me parece que no tengo. Nigel ha dejado instrucciones de que toda petición tuya debe ser comunicada antes a secretaría. Lo siento, Jack.

–Nigel está en el ministerio de Exteriores. Consulta con Bo. Y ya que estás en ello, pregunta a Defensa el nombre del oficial al mando de Interrogación n.º 6 de Graz, Austria, el 18 de julio de 1951. Me urge. Mangasverdes, ¿lo has captado? A lo mejor no te gusta la música.

Colgó y aproximó salvajemente hacia él la carta de Pym a Tom.

–Es una concha –dijo Kate–. Lo único que tienes que hacer es buscar al cangrejo ermitaño que se le ha colado dentro. No busques la verdad sobre él. La verdad es la parte de nosotros que le dimos.

–Claro –dijo Brotherhood.

Preparó una hoja de papel para hacer anotaciones mientras leía.

Si no te escribo durante una temporada, recuerda que pienso en ti continuamente. Sensiblerías. *Si necesitas ayuda y no quieres recurrir al tío Jack, lo que tienes que hacer es esto.* Prosiguió la lectura, apuntando una por una las instrucciones de Pym a su hijo. *No les des vueltas a problemas religiosos, simplemente trata de confiar en la bondad de Dios.*

–Maldito sea –protestó en voz alta, para que lo oyera Kate, y, estrellando el lápiz contra la mesa, apretó los puños contra las sienes cuando volvió a sonar el teléfono.

Lo dejó sonar un momento, se recuperó y descolgó, echando una ojeada a su reloj, como tenía por costumbre.

–De todos modos el expediente que quieres falta desde hace *años* –dijo Nicholson, con placer.

–¿A quién se lo dieron?

–A nosotros. Dicen que consta que nos lo entregaron y que nunca lo hemos devuelto.

–¿Quién es *nosotros*, concretamente?

–La sección checa. Fue requisado por uno de nuestros oficiales de Londres en 1953.

–¿Qué oficial?

–M. R. P. Es decir, Pym. ¿Quieres que le telefonee a Viena y que le pregunte qué hizo con él?

–Yo mismo se lo preguntaré por la mañana –dijo Brotherhood–. ¿Y lo del jefe de Austria?

–Un tal comandante Harrison Membury, del Cuerpo de Educación.

–¿De *qué*?

–Fue destinado a espionaje durante el período 1950-1954.

–Dios Todopoderoso. ¿Su dirección?

La anotó, recordando una agudeza de Pym: la inteligencia militar tiene tanto que ver con la inteligencia como la música militar con la música.

Colgó.

–Todavía no han adoctrinado a ese pobre y maldito oficial de guardia –exclamó Brotherhood, otra vez para Kate.

Reanudó sus deberes más contento.

–Me voy –dijo Kate.

Estaba en la puerta, totalmente vestida.

Brotherhood se levantó con presteza.

–Oh, no, no te vas. Te quedas aquí hasta que te oiga reír.

Fue donde ella y volvió a desvestirla. La llevó de nuevo a la cama.

–¿Por qué piensas que voy a suicidarme? –dijo ella–. ¿Te lo ha hecho alguien alguna vez?

–Digamos que una vez sería ya demasiadas –contestó él.

–¿Qué hay en la caja? –preguntó ella, por segunda vez esa noche.

Pero también por segunda vez Brotherhood parecía demasiado atareado para responder.

8

Mi memoria se vuelve selectiva aquí, Jack. Más que de costumbre. A él le tengo a la vista como supongo que empieza a estarlo para ti. Pero a ti también. Lo que no apunta a vosotros pasa por delante de mí como un paisaje por la ventanilla de un tren. Podría referirte las penosas conversaciones de Pym con el infortunado Herr Bertl, en las cuales, por indicación de Rick, le aseguró repetidamente que estaba en el correo, que lo estaban gestionando, que todo el mundo cobraría lo suyo y que su padre estaba a punto de hacer una oferta por el hotel. O podríamos divertirnos un rato evocando a Pym que languidece durante días y noches en su habitación de hotel, en calidad de rehén de la montaña de facturas impagadas de abajo, que sueña con el cuerpo lechoso de Elena Weber reflejado en sus muchas poses deliciosas por los espejos de los probadores de Berna, que se mortifica por su timidez, se sustenta a base de desayunos continentales acumulados, ocasiona más facturas y espera a que suene el teléfono. O el momento en que Rick se esfumó. No telefoneó, y cuando Pym marcó su número la única respuesta fue un aullido como el de un lobo atascado en una sola nota.

Cuando marcó el de Syd contestó Meg, y el consejo de Meg fue asombrosamente parecido al de Elena Weber.

–Estás mejor donde estás, querido –le dijo, con la voz intencionada de quien te está informando de que hay alguien escuchándole–. Hay una ola de calor aquí y mucha gente se está abrasando.

–¿Dónde está Syd?

–Refrescándose, cariño.

O la tarde de domingo en que todo el hotel se sumió en un silencio misericordioso y Pym, tras haber empaquetado sus escasas pertenencias, bajó a hurtadillas, con el corazón en un puño, la escalera de servicio y salió por una puerta lateral a lo que de repente era una ciudad extranjera hostil: su primera salida clandestina, y la más fácil.

Podría pintarte a Pym como niño refugiado, aunque nunca pasé hambre, tenía un pasaporte inglés en regla y, si miro hacia atrás, rara vez me faltó una palabra amable. Pero sí bañó sebos para un fabricante de cirios, barrió la nave de la catedral, rodó barriles de cerveza para un cervecero y descosió sacos de alfombras para un viejo armenio que no cesaba de instarle a que se casara con su hija y, puestos a pensar en ello, había cosas peores: era una hermosa muchacha que suspiraba sin tregua y se emperifollaba encima del sofá, pero Pym era demasiado educado para aproximarse a ella. Hizo todo esto y más. Todo ello de noche, como un animal nocturno en fuga a través de aquella ciudad encantadora iluminada con velas, con sus relojes y pozos, soportales y empedrados. Despejó nieve, acarreó quesos, gobernó un carro tirado por un caballo ciego y enseñó inglés a personas que aspiraban al empleo de viajantes. Todo bajo cuerda, mientras aguardaba a que los sabuesos de Herr Bertl olfateasen su rastro y le hicieran comparecer ante la justicia, aunque ahora sé que el pobre hombre no me guardaba rencor y que incluso en el apogeo de su cólera evitaba mencionar la participación de Pym en el asunto.

> *Querido papá: Soy realmente feliz aquí y no tienes que preocuparte en absoluto por mí, ya que los suizos son amables y hospitalarios y tienen toda clase de becas extraordinarias para jóvenes extranjeros deseosos de estudiar Derecho.*

Podría cantar las excelencias de otro gran hotel que estaba a menos de un tiro de piedra del primero, donde Pym aterrizó como camarero de noche y volvió a ser un colegial, durmiendo debajo de avenidas de tuberías recubiertas en un dormitorio subterráneo tan grande como una fábrica, donde las luces nunca se apagaban; podría contar cómo una vez más se acostumbró de buen grado a su camastro de hierro y cómo animaba a sus colegas camareros del mismo modo que había alegrado a los alumnos nuevos, porque resultaron ser campesinos de Ticino que lo único que querían era volver a su casa. Cómo se levantaba sin esfuerzo con las primeras campanas y se ponía una pechera blanca que, por muy grande que fuese la mugre de las últimas noches, no era ni la mitad de opresiva que los cuellos del señor Willow. Y cómo servía bandejas de champaña y foie-gras a parejas ambiguas que a veces querían que se quedara, con *Amor y Rococó* asomando en sus miradas. Pero nuevamente era demasiado educado e inexperto para complacerles. Sus modales en aquella época eran una jaula de alambre de espino. Sólo sentía deseo cuando estaba solo. Sin embargo, incluso mientras permito que mi memoria roce estos episodios tantálicos, mi corazón vuela hacia la noche en que conocí al santo Herr Ollinger en el *buffet* de tercera clase de la estación ferroviaria de Berna y, gracias a su caridad, topé con el encuentro que alteró toda mi vida posterior: y me temo que también la tuya, Jack, aunque todavía no sepas en qué medida.

De la universidad, del cómo y el porqué Pym ingresó en ella, mis recuerdos son igualmente impacientes. Era una tapadera. Todo era una tapadera, como siempre, no digamos más.

Había estado trabajando en un circo que le servía de hogar invernal, y que era una parcela de tierra justo debajo de la misma estación ferroviaria donde sus paseos tan a menudo concluían después de las caminatas que duraban todo el día. Por alguna razón los elefantes le habían atraído –cualquier idiota puede lavar a un elefante, pensó–, pero le sorprendió comprobar lo arduo que era sumergir la cabeza de un cepillo de seis metros en un cubo cuando la única luz son los rayos de los focos en el vértice del entoldado. Cada amanecer, cuando terminaba su trabajo, se encaminaba al hostal del Ejército de Salvación, que era su Ascot provisional. Todas las mañanas, al amanecer, veía la cúpula verde de la universidad que se alzaba sobre él, a través de la niebla otoñal, como una Roma pequeña y fea que le desafiaba a convertirse. Y de un modo u otro tenía que ingresar en sus aulas, porque su segundo terror, más grande que el que tenía a los sabuesos de Herr Bertl, era que Rick, a pesar de sus problemas de liquidez, apareciera en la nube de un «Bentley» y se los llevara pitando a casa.

Había fabricado para Rick fábulas imaginativas y preciosas. He conseguido esa beca para extranjeros de que te hablé. Estoy estudiando Derecho suizo, alemán y romano y todos los demás Derechos que hay. Sigo los cursos nocturnos, dicho sea de paso, para evitar la tentación de hacer diabluras. Había ensalzado la erudición de sus tutores inexistentes y la piedad de los capellanes universitarios. Pero los sistemas de información de Rick, si bien irregulares, eran formidables. Pym sabía que no estaba a salvo hasta que hubiese prestado sustancia a aquellas fantasías. De modo que una mañana se armó de valor y se presentó en la facultad. Mintió primero sobre sus títulos académicos y luego sobre su edad, pues los unos no podían haber sido obtenidos sin el correspondiente ajuste de la otra. Pagó los últimos billetes blancos de R. Weber a un cajero con el pelo al rape, y a cambio recibió una tarjeta de tela gris con su fotografía y la acreditación de alumno legítimo. Nunca en mi vida me ha complacido tanto la visión de un documento falso. Por él Pym hubiera dado toda su fortuna, que entonces ascendía a otros setenta y un francos. La facultad de Pym era de filosofía *Zwei* y todavía no tengo la más mínima noción de las materias que allí se impartían, pues Pym había solicitado el ingreso en Derecho pero de algún modo le habían reexpedido hacia otro rumbo. Aprendió más traduciendo los boletines de los estudiantes en el tablero de los anuncios, que le invitaban a un rosario de asambleas inverosímiles y le enseñaron sus primeros rudimentos de cañoneo político desde que Ollie y Cudlove habían desfogado sus iras contra los ricos y Lippsie le había advertido de la vacuidad de las posesiones. Tú también recuerdas esas asambleas, Jack, aunque un aspecto distinto, y por razones a las que en seguida llegaremos.

Fue asimismo en el tablón de anuncios donde Pym descubrió la existencia de una iglesia inglesa en Elfenau, un país de hadas diplomático. Iba allí sin apenas contener la impaciencia, a menudo dos o tres domingos. Rezaba, merodeaba después por delante de la puerta, estrechando la mano a todo el que se moviese, aunque pocos lo hacían. Contemplaba sentimentalmente a las madres de edad, se enamoró de varias, consumía pasteles y té flojo en sus casas de pesadas cortinas y las cautivaba con relatos estrambóticos de su infancia huérfana. Pronto el expatriado que llevaba dentro no pudo prescindir de su dosis semanal de banalidad inglesa. La iglesia británica, con sus familias de diplomáticos, britanos antiguos y anglófilos dudosos, se convirtió en su capilla escolar y en todas las demás capillas de las que había desertado.

Su contrapartida era el *buffet* ferroviario de tercera, donde, si no trabajaba, podía pasar toda la noche fumando *Disque Bleus* hasta marearse delante de una única cerveza, e imaginándose que era el trotamundos más apátrida y más hastiado que jamás había conocido. Actualmente la estación es una metrópoli al aire libre de *boutiques* elegantes y restaurantes revestidos de plástico, pero en los años de la inmediata posguerra era todavía una venta eduardiana pobremente iluminada, con ciervos disecados en la explanada y murales de campesinos libertados ondeando banderas, y un olor a *Bockwurst* y a cebolla frita que nunca se disipaba. El *buffet* de primera clase estaba lleno de caballeros de traje negro y servilletas alrededor del cuello, pero el de tercera era oscuro y cervezoso, con un tufo de desorden balcánico y borrachos que desafinaban. La mesa favorita de Pym estaba en un rincón con paneles de madera, cerca de los abrigos, donde una camarera sagrada que se llamaba Elisabeth le daba una ración extra de sopa. Debía de ser también la mesa favorita de Herr Ollinger, pues en cuanto entró, se aposentó en ella y tras haber saludado con una amorosa reverencia a Elisabeth, que llevaba un *Tracht* escotado y un delantal fruncido, saludó asimismo a Pym con una inclinación de la cabeza, jugueteó sobre su pobre cartera, se tironeó el pelo desobediente y preguntó «¿Te molestamos?», con un tono de inquietud jadeante mientras acariciaba al viejo *chow* amarillo que colgaba gruñón de su correa. De este modo, como ahora sé, disfrazaba el Hacedor a sus mejores agentes.

Herr Ollinger era un hombre sin edad, pero ahora le calculo cincuenta. Tenía la tez pastosa, una sonrisa contrita y mejillas fláccidas y con hoyuelos como el trasero de un viejo. Incluso cuando finalmente comprendió que su silla no iba a serle arrebatada por seres superiores, descendió sobre ella su cuerpo redondo con tanta cautela que se hubiera pensado que esperaba que de un momento a otro iba a desalojarle alguien con más méritos. Con el aplomo de un parroquiano asiduo, Pym cogió la gabardina marrón de un brazo que no le opuso resistencia y la encajó en una percha. Había decidido que necesitaba urgentemente a Herr Ollinger y a su *chow* amarillo. Su vida atravesaba por entonces un período de barbecho y desde hacía una semana no había intercambiado con nadie más que unas pocas palabras. Su gesto sumergió a Herr Ollinger en un torbellino de gratitud impotente. Resplandeció y declaró a Pym «muy amigable». Cogió un ejemplar de *Der Bund* de la rejilla y sepultó en él la cara. Susurró al perro que se comportara y le dio un golpecito ineficaz en el hocico, aunque la conducta del animal era un modelo de tolerancia. Pero había hablado, lo que dio pie a Pym, para explicar, en una frase fija, que por desgracia soy extranjero, señor, y no domino su dialecto local. Así que por favor le ruego que me disculpe y me hable en alto alemán. Después de lo cual, y como había aprendido, agregó su sobrenombre «Pym», y a continuación Herr Ollinger confesó que se llamaba Ollinger, como si el nombre implicara un espantoso desdoro, y luego presentó al *chow* como *Herr Bastl*, cosa que por un instante recordó incómodamente al infortunado Bertl.

–¡Pero si hablas un alemán excelente! –protestó Herr Ollinger–. Yo hubiera pensado inmediatamente que eras alemán. ¿No eres? ¿Entonces de dónde eres, si me permites la impertinencia?

Y era una amabilidad por parte de Herr Ollinger, porque nadie habría podido tomar en aquellos tiempos el alemán de Pym por el idioma genuino. De modo que Pym refirió a Herr Ollinger la historia de su vida, que era lo que se había propuesto desde el principio, y le deslumbró con preguntas tiernas sobre él mismo, y de todas las maneras que sabía depositó sobre Herr Ollinger todo el peso de su encanto delicado, lo que más adelante se reveló como un esfuerzo totalmente innecesario, pues Herr Ollinger no era selectivo con sus amistades. Admiraba a todo el mundo, compadecía a todo el mundo desde abajo, más que nada por el terrible infortunio de tener que compartir el mundo con él. Dijo que estaba casado con un ángel y que tenía tres hijas angelicales que eran prodigios musicales. Dijo que había heredado la fábrica de su padre en Ostermundingen y que aquello le causaba una gran preocupación. Y en efecto debía de ser así, pues retrospectivamente es evidente que el pobre hombre se levantaba con gran diligencia todas las mañanas para proceder a hundirla un poco más. Dijo que *Herr Bastl* estaba con él desde hacía tres años, pero sólo temporalmente, porque todavía seguía intentando encontrar a su amo.

Correspondiendo con igual generosidad, Pym le contó sus experiencias en el *Blitz* y la noche en que había visitado a su tía de Coventry cuando las bombas alcanzaron la catedral, y aunque ella vivía casi a cien metros de las puertas principales, su casa resultó milagrosamente incólume. Después de haber destruido Coventry, se describió a sí mismo, en una proeza de imaginación, como el hijo de un almirante asomado en bata a la ventana de su dormitorio, observando con calma las oleadas de los bombarderos alemanes que sobrevolaban el colegio y preguntándose si esta vez iban a lanzar a los paracaidistas disfrazados de monjas.

–¿Pero no teníais refugios? –exclamó Herr Ollinger–. ¡Qué vergüenza! ¡No eras más que un niño, Dios mío! Mi mujer se pondría furiosísima. Es de Wilderswill –explicó, mientras *Herr Bastl* comía un *pretzel* y pedorreaba.

Así pues, Pym continuó engarzando una invención tras otra, apelando al amor suizo de Herr Ollinger por el desastre y embelesando al neutral que había en él con las atroces realidades de la guerra.

–Pero eras tan joven –protestó otra vez Herr Ollinger cuando Pym relató los rigores de su temprana instrucción militar en el cuartel de transmisiones de Bradford–. No tenías el calor de un hogar. ¡Eras un niño!

–Bueno, gracias a Dios nunca tuvieron que utilizarnos –dijo Pym con una voz malgastada mientras pedía la cuenta–. Mi abuelo murió en la primera y mi padre fue dado por muerto en la segunda, así que no puedo por menos que pensar que es hora de que nuestra familia tenga un respiro.

Herr Ollinger no quiso que Pym pagara. Herr Ollinger dijo que podría ser que respirase el aire libre de Suiza, pero tenía tres generaciones de ingleses a quienes agradecer el privilegio. La cerveza y la salchicha de Pym eran un mero paso en el avance veloz de la generosidad de Herr Ollinger. Le siguió el ofrecimiento de una habitación, por todo el tiempo que Pym quisiera honrarle con su presencia, en la angosta casita del Langasse que Herr Ollinger había heredado de su madre.

No era una habitación grande. En realidad era muy pequeña. Era un ático, uno de los tres, y Pym ocupaba el del medio, y sólo el centro del mismo era lo bastante alto para estar de pie, y aun así se sentía más cómodo con la cabeza asomada por el tragaluz. En verano la luz diurna duraba toda la noche, en invierno la nieve suprimía el mundo. Como calefacción tenía un radiador grande empotrado en el tabique, que calentaba con una estufa de leña en el pasillo. Tenía que elegir entre congelarse y abrasarse, según su humor. Sin embargo, Tom, nunca he estado más a gusto en ningún sitio hasta que conocí a la señorita Dubber. Una vez en la vida nos es dado a conocer una familia realmente feliz. Frau Ollinger era alta, luminosa y frugal. En una ronda rutinaria por la casa, Pym la observó en una ocasión a través de una rendija en una puerta mientras ella dormía, y estaba sonriendo. Estoy seguro de que sonreía cuando se murió. Su marido revoloteaba alrededor de ella como un remolcador gordo, trastornando la economía, encomendándole cada niño abandonado y cada gorrón que encontraba, y la adoraba. Las hijas eran a cada cual más fea y tocaban atrozmente instrumentos musicales, para furor de los vecinos, y una tras otra se fueron casando con hombres incluso más feos y peores músicos a quienes los Ollinger consideraban brillantes y deliciosos, y al considerarlo los volvían tales. De la mañana a la noche una caravana de emigrantes, inadaptados y genios sin descubrir desfilaban por la cocina familiar, cocinándose tortillas y apagando los cigarros con el pie sobre el linóleo. Y ay de ti si no cerrabas con llave el dormitorio, pues Herr Ollinger era completamente capaz de olvidar que estabas dentro o, en caso necesario, de convencerse a sí mismo de que esa noche habías salido o de que no te importaría la presencia de un extraño hasta que encontrara otro alojamiento. No recuerdo cuánto pagábamos. No podíamos pagar casi nada, y desde luego no lo bastante para subvencionar la fábrica de Ostermundingen, porque lo último que supe de Herr Ollinger fue que trabajaba dichoso de empleado en la oficina de correos principal de Berna, encantado con la erudita compañía. La única pertenencia que asocio con él aparte de *Herr Bastl* es una colección de revistas eróticas con las que se consolaba de su timidez. Como todo lo demás en su persona, la tenía para compartirla, y era mucho más reveladora que la *Amor y mujer rococó*.

Éste fue, pues, el hogar donde Pym instaló su torre de vigía. Por una vez en su vida era bueno y completo. Tenía una cama, poseía una familia. Estaba enamorado de la Elisabeth del *buffet* de tercera clase y proyectaba casarse y ser padre pronto. Estaba enzarzado en una correspondencia torturante con Belinda, quien creía su deber informarle de los amoríos de Jemima, que «estoy segura de que los tiene sólo porque tú estás lejos». Si Rick no estaba extinto permanecía al menos inactivo, porque su única señal de vida era un raudal de homilías sobre Ser Siempre Fiel a tus Privilegios y evitar las Tentaciones Extranjeras y las Trampas del Sinismo, que o bien él o su secretaria no sabían escribir correctamente. Aquellas cartas parecían claramente escritas sobre la marcha, y nunca procedían dos veces del mismo sitio: escribe a la atención de Topsy Eaton en *Firs*, East Grinstead, no hace falta que pongas mi nombre en el sobre... escribe al *apartadero* de correos del coronel Mellow en la estafeta central de Hull, que tiene la amabilidad de recoger mi correspondencia... En una ocasión varió esta dieta una carta de amor que comenzaba: «Annie, mi gatita, tu cuerpo significa más para mí que las riquezas de la tierra.» Rick debía de haberse equivocado de sobre.

Lo único, por tanto, que Pym echaba en falta era un amigo. Lo conoció en el sótano de Herr Ollinger un sábado al mediodía, cuando bajó la ropa sucia para la colada semanal. Arriba, en la calle, la primera nevada expulsaba ya al otoño. Pym tenía un cargamento de ropa húmeda delante de la cara y concentraba su atención en los peldaños de piedra. La luz del sótano se encendía con un interruptor cronometrado y en cualquier momento podía quedarse a oscuras y pisar a *Herr Bastl*, que era el dueño de la caldera. Pero la luz continuó encendida y al pasar por delante del interruptor advirtió que alguien había insertado en él una ingeniosa cerilla, una cerilla pulida y recortada con un cuchillo. Olió a humo de puro, pero Berna no era Ascot: quienquiera que tuviese unos pocos peniques podía fumar un puro. Cuando vio la butaca la atribuyó mentalmente a los trastos que Herr Ollinger apartaba como un regalo para Herr Rubi, el trapero que pasaba los sábados en su carreta tirada por un caballo.

–¿No sabes que está prohibido a los extranjeros colgar su ropa en los sótanos suizos? –dijo una voz de hombre, no en dialecto sino en un alto alemán seco.

–Me temo que no –respondió Pym.

Miró en torno en busca de alguien a quien pedir disculpas y vio la forma confusa de un hombre delgado y acurrucado en la butaca, que se sujetaba al cuello una manta compuesta de retazos con pequeñas manos blancas. Llevaba una boina negra y lucía un bigote caído. No se le veían los pies, pero su cuerpo tenía el aspecto de algo puntiagudo y mal doblado, como un trípode armado a medias. El bastón de Herr Ollinger estaba recostado contra la butaca. Un purito se consumía entre los dedos que aferraban la manta.

–En Suiza está prohibido ser pobre, está prohibido ser extranjero, está terminantemente prohibido colgar ropa. ¿Eres inquilino de este establecimiento?

–Soy un amigo de Herr Ollinger.

–¿Un amigo inglés?

–Me llamo Pym.

Destapando el bigote, los dedos de una mano blanca empezaron a mesárselo pensativamente hacia abajo.

–¿Lord Pym?

–Solamente Magnus.

–Pero eres de linaje aristocrático.

–Bueno, nada muy especial.

–Y eres héroe de guerra –dijo el desconocido, e hizo un ruido de succión que en inglés hubiera sonado escéptico.

A Pym no le gustó nada la descripción. El retrato de sí mismo que había ofrecido a Herr Ollinger era obsoleto. Le consternaba verlo revivir.

–¿Y *usted* quién es, si me permite preguntarlo? –dijo Pym.

El dedo del desconocido se levantó para rascar alguna irritación en su mejilla mientras parecía considerar una gama de posibilidades.

–Me llamo Axel, y desde hace una semana soy tu vecino, o sea que no tengo más remedio que oírte rechinar los dientes por la noche –dijo, dando una chupada al puro.

–¿*Herr* Axel? –preguntó Pym.

–Herr Axel Axel. Mis padres se olvidaron de ponerme un segundo nombre.

Depositó el libro y extendió una mano escuálida a guisa de saludo.

–Por el amor de Dios –exclamó con una mueca de dolor cuando Pym la estrechó–. Tranquilo, ¿quieres? La guerra ha terminado.

Demasiado retado para sentirse cómodo, Pym dejó su colada para otro día y volvió arriba.

–¿Cuál es el segundo nombre de Axel? –preguntó a Herr Ollinger al día siguiente.

–Quizá no tenga –contestó Herr Ollinger maliciosamente–. A lo mejor es por eso que no tiene papeles.

–¿Es estudiante?

–Es poeta –dijo Herr Ollinger orgullosamente, pero la casa estaba repleta de poetas.

–Deben de ser poemas muy largos. Escribe a máquina toda la noche –dijo Pym.

–Toda la noche, sí. Y con mi máquina –dijo Herr Ollinger, en la cima del orgullo.

–Mi marido le encontró en la fábrica –dijo Frau Ollinger, mientras Pym la ayudaba a preparar verduras para la cena–. Es decir, le encontró Herr Harprecht, el vigilante nocturno. Axel estaba durmiendo en el almacén, encima de unos sacos, y Herr Harprecht quiso entregarlo a la policía porque no tenía papeles y era extranjero y olía mal, pero gracias a Dios mi marido se lo impidió a tiempo y le dio el desayuno a Axel y le llevó a un médico porque sudaba.

–¿De dónde es? –preguntó Pym.

Cosa rara en ella, Frau Ollinger se tornó precavida. Axel viene de *drüben*, respondió: *drüben* era al otro lado de la frontera, esas regiones irracionales de Europa que no eran Suiza, donde la gente viajaba en tanques en lugar de trolebuses, y los famélicos tenían la mala educación de buscar la comida en los escombros en vez de comprarla en las tiendas.

–¿Cómo llegó aquí? –preguntó Pym.

–Creemos que andando –respondió Frau Ollinger.

–Pero es un inválido. Está lisiado y es flaco.

–Creemos que tuvo una voluntad fuerte y una necesidad grande.

–¿Es alemán?

–Hay muchas clases de alemanes, Magnus.

–¿De qué clase es Axel?

–No preguntamos. Quizá tú tampoco deberías preguntar.

–¿No puede adivinarlo por su voz?

–Tampoco adivinamos. En el caso de Axel es mejor prescindir totalmente de curiosidad.

–¿Qué enfermedad tiene?

–Quizá sufrió en la guerra, como tú –sugirió Frau Ollinger, con una sonrisa de entendimiento algo excesivo–. ¿No te gusta Axel? ¿Te molesta ahí arriba?

¿Cómo puede molestarme si no me habla?, pensó Pym. ¿Si lo único que oigo de él es el repiqueteo de la máquina de Herr Ollinger, los gritos de éxtasis de sus visitantes femeninas por las tardes y su arrastrar de pies cuando se desplaza a los retretes con el bastón de Herr Ollinger? ¿Si lo único que veo son sus botellas de vodka vacías y la nube de humo azul del puro en el pasillo y su cuerpo pálido y enclenque desapareciendo por la escalera?

–Axel es fabuloso –dijo.

Pym ya había determinado que aquella Navidad sería la más alegre de su vida, no obstante una carta terriblemente desdichada de Rick narrando las privaciones de «una pequeña pensión de los desiertos de Escocia donde las necesidades más míseras de la vida son un regalo del cielo.» Más tarde descubrí que se refería a Gleneagles. Llegó la Nochebuena y Pym, por ser el pupilo más joven, ayudó a Frau Ollinger a colgar los regalos en el árbol. El día entero había sido maravillosamente oscuro y, por la tarde, gruesos copos de nieve empezaron a arremolinarse en las luces de la calle y a atascar los carriles del tranvía. Las hijas de los Ollinger llegaron con su escolta respectiva, seguidas por una tímida pareja de recién casados que venían de Basilea y sobre quienes se cernía una sombra, no recuerdo qué. A continuación un genio francés que se llamaba Jean-Pierre y pintaba perfiles de peces, siempre sobre un fondo sepia. Y tras él un caballero japonés pródigo en disculpas, el señor San, que trabajaba en la fábrica de Herr Ollinger como una especie de espía industrial, lo que hoy día me resulta muy gracioso, porque si Japón intentó alguna vez copiar los métodos de Herr Ollinger, deben de haber provocado un retraso de un decenio en su producción industrial.

Por último Axel bajó lentamente la escalera de madera y efectuó su entrada. Por primera vez Pym pudo observarle a sus anchas. Aunque superlativamente enjuta, su cara era de corte redondeado. Tenía la frente alta, pero la madeja de pelo castaño que le crecía a un costado le prestaba un aire curvo y entristecedor. Era como si el Creador le hubiese puesto el pulgar y el índice en las sienes y le hubiese estrechado el rostro entero como una advertencia por su frivolidad: primero las cejas en forma de aro, luego los ojos, después el bigote, que era una herradura peluda. Y de algún modo, dentro de todo esto, se encontraba el mismo Axel, con los ojos que emitían un centelleo desde sus propias penumbras, el superviviente agradecido de algo que Pym no estaba autorizado a compartir. Una de las hijas le había tejido una rebeca desgarbada que Axel portaba como una capa sobre sus hombros consumidos.

–*Schönen guten Abend*, Sir Magnus –dijo. Llevaba en la mano un gorro de paja invertido. Pym vio dentro de él paquetes bellamente envueltos–. ¿Por qué nunca nos hablamos allá arriba? Se diría que estamos a veinte kilómetros en vez de a veinte centímetros. ¿Todavía está luchando contra los alemanes? Somos aliados, tú y yo. Pronto estaremos luchando contra los rusos.

–Supongo que sí –respondió débilmente Pym.

–¿Por qué no llamas a mi puerta alguna vez que te sientas solo? Podemos fumar un puro juntos, arreglar el mundo un poco. ¿Te gusta hablar de tonterías?

–Me gusta mucho.

–De acuerdo. Hablaremos de bobadas.

Pero en el momento en que su arrastrar de pies se alejaba al encuentro del señor San, Axel se detuvo y se volvió. Y por encima de su hombro cubierto por la rebeca dirigió a Pym una mirada burlona y casi desafiante, como si se preguntara si no se había precipitado al dispensarle su confianza.

–¿*Aber dann können wir doch Freunde sein*, Sir Magnus? Después de todo, entonces, ¿podemos ser amigos?

–*Ich würde mich freuen!* –contestó Pym cordialmente, encarando su mirada sin temor–. ¡Me encantaría!

Se estrecharon la mano nuevamente, pero esta vez con ligereza. En el mismo momento las facciones de Axel compusieron una sonrisa de alegría tan chispeante que inundó el corazón de Pym y se prometió que seguiría a Axel a cualquier parte durante todas las Navidades que llegara a vivir. La fiesta empezó. Las chicas tocaron villancicos y Pym cantó como el que más, utilizando palabras inglesas cuando le fallaba el vocabulario alemán. Hubo discursos y después un brindis por los amigos y familiares ausentes, momento en el cual los pesados párpados de Axel casi ocultaron sus ojos y guardó silencio. Pero luego, como ahuyentando los malos recuerdos, se levantó bruscamente y empezó a vaciar el gorro que había traído mientras Pym se situaba cerca para ayudarle, sabedor de que esto era lo que Axel había hecho siempre en Navidad, estuviera donde estuviese. Para las hijas había confeccionado flautas, todas ellas con el nombre respectivo tallado en la parte inferior. ¿Cómo las había fabricado con sus débiles manos blancas? ¿Tan exquisitamente, sin que Pym le oyera a través del tabique? ¿Dónde había encontrado la madera, la pintura y los pinceles? Para los Ollinger sacó lo que ahora sé que constituye otro emblema de la vida carcelaria, una maqueta confeccionada con palos de cerillas de un arca con figuras pintadas de nuestra familia acrecentada saludando con la mano desde las portillas. Al señor San y a Jean-Pierre les regaló cuadrados de tela parecidos a los que antiguamente Pym había hecho para Dorothy en un telar casero entre clavos. Para la pareja de Basilea, un ojo diseñado en lana para exorcizar lo que les afligía. Y para Pym –todavía considero un cumplido que me dejase para el final–, para Sir Magnus tenía un ejemplar muy usado del *Simplicissimus* de Grimmelshausen encuadernado en viejo bucarán marrón, libro del que Pym ignoraba la existencia pero que se moría de ganas de leer, porque le proporcionaba un pretexto para llamar a la puerta de Axel. Lo abrió y leyó la dedicatoria en alemán. «Para Sir Magnus, que nunca será mi enemigo.» Y en el extremo superior izquierdo, con una tinta más vieja, pero en una muestra más joven de la misma mano: «A. H. Carlsbad, agosto 1939.»

–¿Dónde está Carlsbad? –preguntó Pym antes de haber tenido tiempo de pensárselo, y al instante advirtió la tirantez de los presentes, como si todo el mundo supiera la mala noticia menos él, que aún no tenía la edad de conocerla.

–Carlsbad ya no existe, Sir Magnus –contestó Axel cortésmente–. Cuando hayas leído *Simplicissimus* entenderás por qué.

–¿Dónde estaba?

–Era mi ciudad natal.

–Entonces me has regalado un tesoro de tu pasado.

–¿Preferirías que te regalase algo que no aprecio?

Y Pym... ¿qué había llevado? Que Dios le ayude, el hijo del presidente y del gerente no estaba acostumbrado a ceremonias llenas de sentido, y no se le había ocurrido nada mejor que una caja de puros para obsequiar al querido Axel.

–¿Por qué no existe ya Carlsbad?

Pym preguntó a Herr Ollinger tan pronto como pudo verle a solas. Herr Ollinger lo sabía todo, excepto cómo dirigir una fábrica. Carlsbad estaba en el Sudetenland, explicó. Era una hermosa ciudad balneario y todo el mundo solía visitarla: Brahms y Beethoven, Goethe y Schiller. Primero fue de Austria y luego formó parte de Alemania. Ahora era checoslovaca, tenía otro nombre y todos los alemanes habían sido expulsados.

–¿Entonces adónde pertenece Axel? –preguntó Pym.

–Sólo a nosotros, creo –dijo gravemente Herr Ollinger–. Y tenemos que tener cuidado con él o puedes estar seguro de que van a quitárnoslo.

–Tiene mujeres en su habitación –dijo Pym.

La cara de Herr Ollinger se volvió rosa de pícaro placer.

–Creo que tiene todas las mujeres de Berna –asintió.

Transcurrió un par de días. El tercero llamó a la puerta de Axel y le encontró fumando de pie junto a la ventana abierta, con varios libros de aspecto pesado abiertos ante él sobre el alféizar. Debía de estar helado, pero al parecer necesitaba aire libre para leer.

–Vamos a dar un paseo –dijo Pym audazmente.

–¿A mi ritmo?

–Bueno, no podemos ir al mío, ¿no?

–Mi constitución rechaza los lugares concurridos, Sir Magnus. Si damos un paseo, mejor que vayamos fuera de la ciudad.

Se llevaron a *Bastl* y recorrieron lentamente el camino de sirga desierto que discurría junto al Aare impetuoso, mientras *Herr Bastl* meaba y se negaba a seguirles y Pym hacía lo posible por mantener los ojos abiertos para avistar a todo el que tuviera pinta de policía. En el valle sin sol, la niebla circulaba en nubes malignas y el frío era implacable. Axel parecía no advertirlo. Daba bocanadas de su puro al mismo tiempo que escupía preguntas con voz suave y divertida. Si así había venido andando desde Austria, pensó Pym, tiritando en pos de él, debía de haber tardado años.

–¿Cómo llegaste a Berna, Sir Magnus? ¿En el curso de un avance o de una retirada? –preguntó Axel.

Siempre incapaz de resistir a una oportunidad de retratarse en una nueva página, Pym puso manos a la obra. Y si bien, como solía, se cuidaba de mejorar la realidad, reordenando los hechos para que se ajustaran a la imagen dominante que tenía de sí mismo, una cautela instintiva le aconsejó contención. Cierto que se dotó de una madre noble y excéntrica, y cierto asimismo que, llegado el momento de describir a Rick, le invistió de muchas de las cualidades que Rick aspiraba a poseer en vano, tales como riqueza, distinción militar y acceso cotidiano a los mandamases del país. Pero en otros aspectos fue comedido y burlón consigo mismo, y cuando refirió la histeria de E. Weber, que hasta entonces no había contado a nadie, Axel se rió tanto que tuvo que sentarse en un banco y encender otro puro para recobrar el aliento, y Pym se reía con él, encantado de su éxito. Y cuando le enseñó la carta misma en la que le decía: «No importa. E. Weber te quiere siempre.» Axel gritó:

–*Nochmal!* ¡Cuéntalo otra vez, Sir Magnus! ¡Te lo ordeno! Y procura que esta vez sea completamente distinto. ¿Dormiste con ella?

–Por supuesto.

–¿Cuántas veces?

–Cuatro o cinco.

–¿En una sola noche? ¡Eres un tigre! ¿Estaba agradecida?

–Era muy, muy experimentada.

–¿Más que tu Jemima?

–Bueno, muy parecida.

–¿Más que tu perversa Lippsie, que te sedujo cuando sólo eras un niño?

–Bueno, Lippsie era algo aparte.

Axel le dio una palmada alegre en la espalda.

–Sir Magnus, eres un príncipe, sin duda. Eres un caballo oscuro, ¿sabes? Un niño tan pequeño y que sin embargo se acuesta con aventureras peligrosas y jóvenes aristócratas inglesas. Te quiero, ¿me oyes? Amo a todas las aristócratas inglesas, pero te amo más a ti.

Al reemprender la marcha, Axel tuvo que rodear con el brazo a Pym para sostenerse, y en lo sucesivo no se avergonzó de usarle como bastón. Durante treinta y cinco años rara vez hemos caminado de otra manera.

Ese atardecer, en algún lugar debajo de un puente, Pym y Axel encontraron un café vacío y Axel insistió en pagar los dos vodkas con el monedero negro que llevaba colgado del cuello con un cordón de cuero. En algún tramo del gélido trayecto de regreso, acordaron que Axel y Pym tenían que comenzar la educación que nunca habían tenido, y que el día siguiente sería el primer día del mundo, y que Grimmelshausen sería el primer tema porque enseñaba que el mundo era un manicomio que por momentos se volvía cada vez más loco, y donde todo lo que parecía bien estaba casi con certeza mal. Convinieron que Axel se encargaría del alemán hablado de Pym y que no descansaría hasta que lo hablase a la perfección. De este modo, en un día y una velada Pym se convirtió en las piernas y en el compañero intelectual de Axel, así como, aun cuando en principio no había sido previsto, en su discípulo, pues durante los meses siguientes desveló para Pym a la musa alemana. Aunque los conocimientos de Axel eran mayores que los de Pym, su curiosidad no le iba a la zaga y su energía era igualmente incansable. Quizá resucitando la cultura de su patria para un inocente estaba reconciliándose con su pasado reciente.

En cuanto a Pym, por fin estaba contemplando las glorias del reino con el que había soñado durante tanto tiempo. La musa alemana no ejercía un atractivo especial sobre él, ni entonces ni más tarde, a pesar de su ruidoso entusiasmo. Si hubiera sido china, polaca o india, no habría supuesto la menor diferencia. Lo importante era que por primera vez suministró a Pym los medios de conceptuarse intelectualmente como un caballero. Y Pym le estaba eternamente agradecido por eso. Al querer que Pym acompañase a Axel de día y de noche en sus exploraciones, le daba el mundo interior que Lippsie había dicho que podría llevar consigo a todas partes. Y Lippsie tenía razón, porque cuando fue al almacén de Ostring donde Herr Ollinger le había conseguido un trabajo nocturno ilegal al servicio de un filántropo, no iba andando ni viajaba en tranvía, sino que se desplazaba con Mozart en su carruaje a Praga. Cuando por las noches limpiaba a sus elefantes sufría las humillaciones del *Soldaten* de Lenz. Cuando sentado en el *buffet* de tercera clase dirigía a Elisabeth miradas enternecedoras, se figuraba que era el joven Werther planeando su vestuario antes de suicidarse. Y cuando sopesaba juntos sus fracasos y esperanzas, podía equiparar su *Werdegang* con los años de aprendizaje de Wilhelm Meister, y proyectaba incluso entonces una gran novela autobiográfica que mostraría al mundo lo noble y sensible que era comparado con Rick.

Y sí, Jack, las otras semillas ya estaban ahí, claro que estaban: una ración acelerada de Hegel, todo lo que pudieron engullir de una sentada, una ráfaga de Marx y Engels y los ogros del comunismo, porque en definitiva, dijo Axel, era el primer día del mundo.

–Si tenemos que juzgar el cristianismo por la desdicha que ha causado a la humanidad, ¿quién sería cristiano? No aceptamos prejuicios, Sir Magnus. Lo creemos todo cuando lo leemos, y sólo después lo rechazamos. Si Hitler odiaba tanto a estos tipos, no podían ser tan malos, digo yo.

Surgieron Rousseau y los revolucionarios, y *Das Kapital* y el *Anti-Duhring*, y el sol se puso durante varias semanas, aunque juro que no sacamos conclusiones, que yo recuerde, excepto que nos alegramos de que el curso acabara. Y sinceramente dudo ahora de que la sustancia del magisterio de

Axel tuviese más trascendencia que el gozo de Pym por el hecho de estarlo recibiendo. Lo que contaba era que Pym estaba feliz desde el momento de levantarse hasta las primeras horas del día siguiente; y que cuando finalmente se acostaban a ambos lados del radiador y dormían, por usar la expresión de Axel, como Dios en Francia, la mente de Pym seguía explorando en sueños.

–Axel ha obtenido la Orden de la Carne Congelada –dijo orgullosamente Pym a Frau Ollinger un día en que cortaba pan para una *fondue* familiar. Frau Ollinger lanzó una exclamación de asco:

–Magnus, ¿qué disparate estás diciendo ahora?

–¡Es verdad! En la jerga de los soldados alemanes es una medalla de combate rusa. Se presentó voluntario cuando estaba en el *Gymnasium*. Su padre podría haberle agenciado un puesto seguro en Francia o en Bélgica. Un *Druckposten* donde salvar el pellejo. Axel no quiso. Quería ser un héroe como sus compañeros de clase.

Frau Ollinger no se mostró complacida.

–Entonces más vale que no digas dónde luchó –dijo severamente–. Axel está aquí para estudiar, no para jactarse.

–Tiene mujeres arriba –dijo Pym–. Suben a escondidas la escalera por las tardes y gritan cuando les hace el amor.

–Si le dan la felicidad y le ayudan a estudiar son bien venidas. ¿Tú quieres invitar a tu apasionada Jemima?

Furioso, Pym se marchó con paso altivo a su habitación y redactó una larga carta para Rick sobre la injusticia del suizo medio en los asuntos cotidianos. «A veces pienso que la ley aquí remplaza a la amabilidad común –escribió pomposamente–. Especialmente por lo que respecta a las mujeres.»

Rick le contestó a vuelta de correo exhortándole a la castidad: «Es preferible que te conserves puro hasta que hayas elegido lo que te está reservado.»

> *Querida Belinda:*
> *Las cosas por aquí están un poco difíciles en este momento. Algunos de los estudiantes extranjeros de la casa se están excediendo con su mujerío y he tenido que intervenir, porque de lo contrario nunca terminaré mi obra. Quizá si adoptaras la misma actitud firme con Jem puede que, a la larga, le hubieras hecho un favor.*

Llegó un día en que Axel cayó enfermo. Pym volvió aprisa del zoo, con un montón de historias divertidas sobre sus aventuras, y le encontró postrado en cama, donde más odiaba estar. Su cuartucho estaba enrarecido por el humo de puro, y su cara pálida oscurecida por sombra y barba de varios días. Una chica zascandileaba por la habitación, pero Axel le ordenó marcharse cuando llegó Pym.

–¿Qué le pasa? –pregunto Pym al médico de Herr Ollinger, fisgando por encima de su hombro, tratando de descifrar la receta.

–Lo que le pasa, Sir Magnus, es que fue bombardeado por los heroicos ingleses –dijo Axel salvajemente desde la cama, con una voz mordaz y desconocida–. Le pasa que medio proyectil inglés se le metió en el culo y tiene problemas para cagarlo.

El médico había formulado un juramento no sólo de reserva, sino de silencio, y se fue tras dar a Pym una palmada amistosa.

–A lo mejor fuiste tú el que me lo disparaste, Sir Magnus. ¿Por casualidad desembarcaste en Normandía? ¿No dirigiste quizá la invasión?

–No hice en absoluto nada semejante –respondió Pym.

De esta suerte Pym se convirtió nuevamente en las piernas de Axel: le alcanzaba las medicinas y los puros, le preparaba la comida y saqueaba las bibliotecas de la universidad en busca de más y más libros que le leía en voz alta.

–No más Nietzsche, gracias, Sir Magnus. Creo que ya sabemos bastante sobre el efecto purificador de la violencia. Kleist no está tan mal, pero no lo lees correctamente. A Kleist hay que vociferarlo. Era un oficial prusiano, no un héroe inglés. Tráeme pintores.

–¿Cuáles?

–Abstractos. Decadentes. Judíos. Cualquiera que estuviese *entartet* o prohibido. Déjame descansar de esos escritores locos.

Pym consultó a Frau Ollinger.

–Entonces tiene que pedir al bibliotecario todos los pintores que no les gustaban a los nazis, Magnus –le explicó, con su voz de institutriz.

El bibliotecario era un emigrado que conocía de memoria las necesidades de Axel. Pym le llevó Klee y Nolde, Kokoschka y Klint, Kandinsky y Picasso. Dejó los libros de pintura y los catálogos abiertos sobre la repisa de la chimenea, donde Axel podía verlos sin mover la cabeza. Pasaba las páginas y leía en voz alta los pies de las ilustraciones. Si venían mujeres, Axel volvía a despedirlas.

–Estoy atendido. Esperad a que esté bien.

Pym le llevó a Max Beckmann. Le llevó Steinlen y después Schiele y más Schiele. Al día siguiente reintegraron a los escritores. Pym le consiguió Brecht y Zuckmayer, Tuchoslky y Remarque. Se los leía en voz alta durante horas enteras.

–Música –ordenó Axel.

Pym tomó prestado el gramófono de manivela de Herr Ollinger y puso Mendelssohn y Chaikovski hasta que Axel se quedó dormido. Despertó delirando, chorreando sudor como gotas de lluvia, y describió una retirada a través de la nieve con los ciegos agarrados a los cojos y la sangre helándose en las heridas. Habló de un hospital donde dos hombres compartían una cama y los muertos estaban tendidos en el suelo. Pidió agua. Pym se la llevó y Axel cogió el vaso con las dos manos, temblando frenéticamente. Levantó el vaso hasta que sus manos se inmovilizaron y después bajó la cabeza a sacudidas hasta que sus labios alcanzaron el borde. Absorbió el agua como un animal y la derramó mientras sus ojos febriles vigilaban. Encogió las piernas y se orinó, y permaneció tembloroso y malhumorado en una butaca mientras Pym le cambiaba las sábanas.

–¿De quién tienes miedo? –preguntó Pym otra vez–. No hay nadie aquí. Sólo nosotros.

–Entonces debo de tener miedo de ti. ¿Qué es ese *caniche* del rincón?

–Es *Herr Bastl*, y es un *chow chow*, no un *caniche*.

–Creí que era el demonio.

Hasta un día en que Pym despertó y encontró a Axel de pie junto a la cama, totalmente vestido.

–Es el aniversario de Goethe y son las cuatro de la tarde –anunció, con su voz militar–. Tenemos que ir a la ciudad y escuchar al idiota de Thomas Mann.

–Pero si estás enfermo.

–Nadie que se tiene en pie está enfermo. Ningún enfermo camina. Vístete.

–¿También estaba Mann en la lista prohibida? –preguntó Pym mientras se vestía.

–Él nunca lo hizo.

–¿Por qué es un idiota?

Herr Ollinger le facilitó una gabardina que podría haber dado dos vueltas alrededor del cuerpo de Axel, y el señor San un amplio sombrero negro en lugar de su boina. Herr Ollinger les llevó hasta la puerta dos horas antes en su coche averiado, y ellos ocuparon dos asientos del fondo antes de que la gran sala se llenase. Cuando terminó la conferencia, Axel encaminó a Pym hacia bastidores y llamó a la puerta del camerino. Hasta entonces a Pym no le había gustado Thomas Mann. Su prosa le parecía perfumada y prolija, aunque se había esforzado en atención a Axel. Pero ahora allí estaba, Dios en persona, alto y anguloso como el tío Makepeace.

–Este joven noble inglés desea estrecharle la mano, señor –le informó Axel con autoridad desde debajo del amplio sombrero del señor San.

Thomas Mann miró a Pym y luego a Axel, tan pálido y etéreo por causa de la fiebre. Thomas Mann frunció el entrecejo mirándose la palma de su mano derecha, como si se preguntara si podría sufrir el esfuerzo de un apretón aristocrático. Extendió la mano y Pym se la estrechó, esperando sentir el flujo del genio de Mann penetrando en él como uno de esos *shocks* eléctricos que se podían comprar en las estaciones de ferrocarril: agarra este pomo y deja que mi energía te reviva. No ocurrió nada, pero el entusiasmo de Axel fue de sobra para los otros dos:

–¡Le has tocado, Sir Magnus! ¡Eres un privilegiado! ¡Eres inmortal!

Al cabo de una semana había ahorrado dinero suficiente para desplazarse a Davos y visitar el santuario de las almas dolientes de Mann. Viajaron en el retrete, Pym de pie y Axel, con su boina, sentado pacientemente en la taza. El revisor llamó a la puerta y gritó: «*Alle Billette bitte*»; Axel lanzó un quejido afeminado de turbación y deslizó por debajo de la puerta el único billete que tenían. Pym aguardó, con los ojos fijos en las sombras de los pies del revisor. Notó que se agachaba, le oyó rezongar al enderezarse. Oyó un chasquido que percibió como si un nervio propio se partiera y el billete reapareció por debajo de la puerta con un agujero practicado en él. Las sombras se alejaron. «Así llegaste tú aquí –pensó Pym, con admiración, mientras se estrechaban la mano en silencio–. Con estas mañas llegaste a Suiza.» Esa noche, en Davos, Axel refirió a Pym su viaje de pesadilla desde Carlsbad a Berna. Pym se sintió tan orgulloso y rico que decidió que Thomas Mann era el mejor escritor del mundo.

> *Querido padre,* –escribió jubiloso, tan pronto como estuvo de regreso en el ático–. *Estoy viviendo ahora una época realmente magnífica y obteniendo una instrucción de primer orden. No puedo expresarte cuánto echo de menos tu consejo mundano y lo agradecido que te estoy por tu sabiduría al mandarme a Suiza para mis estudios. He conocido hoy a unos abogados que parecen saber a fondo la vida en todos sus aspectos, y estoy seguro de que serán una ayuda para el progreso de mi carrera.*
>
> *Querida Belinda:*
> *Ahora que ya me he asentado, las cosas van mucho mejor.*

Entretanto estabas tú, el bueno de Jack, ¿verdad? Jack, el otro héroe de guerra, Jack, el otro lado de mi cabeza. Te describiré quién eras porque supongo que ya no conocemos a la misma persona. Te contaré lo que eras para mí y lo que hice por ti y, lo mejor que pueda, el porqué, puesto que nuevamente dudo que compartamos la misma interpretación de sucesos y de personalidades. Lo dudo muchísimo. Para Jack, Pym no era más que otro alevín de agente, una nueva adquisición de su escudería de Kims en ciernes que más tarde se convirtieron en su ejército particular: todavía enteros y ciertamente sin adiestrar, pero con el cabestro uncido ya bonitamente al cuello y dispuestos a correr un largo trecho por su terrón de azúcar. Probablemente no te acuerdas –¿por qué habrías de acordarte?– del modo en que le reclutaste o le sondeaste. Lo único que sabías era que él encarnaba el tipo que le gustaba a la Casa, y a ti también, e incluso a una parte de mí. Espalda y flancos estrechos, habla el inglés del rey, lingüística decente, buen colegio privado en el campo. Aficionado a los juegos, entiende la disciplina. No tiene ínfulas de artista, indudablemente no es uno de esos tipos superintelectuales. Equilibrado, uno de los nuestros. Situación económica desahogada pero no suntuosa, el padre una especie de magnate menor: qué típico que nunca te tomases la molestia de hacer investigaciones sobre Rick. ¿Y dónde hubieses encontrado ese modelo de los hombres del mañana sino en la iglesia inglesa, donde la bandera de san Jorge ondeaba victoriosa en la neutral brisa suiza?

Ignoro cuánto tiempo llevabas tras la pista de Pym. Apuesto a que tú tampoco lo sabes. Dijiste que te gustaba su manera de leer los textos bíblicos, de modo que debiste de haberte fijado en él desde por lo menos antes de Navidad, porque era uno de los primeros pasajes del Adviento. Pareciste sorprendido cuando te dijo que estaba estudiando en la universidad, por lo que supongo que hiciste tus primeras pesquisas antes de que él ingresara en ella y que no las habías culminado. Fue un día de Navidad, después de los maitines, la primera vez que Pym estrechó tu mano. El pórtico de la iglesia parecía un ascensor atestado en el que todo el mundo agitaba paraguas y hacía ruidos ingleses de *hurra, hurra*, y los repugnantes críos de los diplomáticos se arrojaban unos a otros bolas de nieve en la calle. Pym llevaba su chaqueta de E. Weber, y tú, Jack, vestido de *tweed*, tú eras una inaccesible montaña inglesa de veinticuatro años. En términos de guerra y paz, los siete años que nos separaban constituían una generación, o más bien dos. Algo semejante ocurría con Axel, en realidad: los dos me llevabais esos años cruciales, y todavía me los lleváis.

¿Sabes qué otra cosa lucías, aparte de tu buen traje marrón? Tu corbata de la fuerza aérea. Caballos de alas azules correteando por un cielo rosa, felicidades. Nunca me dijiste dónde habías estado para conseguir esa corbata, pero la realidad, tal como la conozco ahora, no es menos impresionante que mis conjeturas: con los partisanos de Yugoslavia y la resistencia de Checoslovaquia, detrás de las líneas, en África, con el Grupo del Desierto de Larga Autonomía, e incluso, si no recuerdo mal, en Creta. Eres dos centímetros y medio más alto que yo, pero recuerdo como si fuera ayer que cuando Pym estrechó tu manaza seca se encontró delante aquella corbata de la aviación. Levantó la cabeza, vio tu mandíbula de piedra y tus ojos azules, con las cejas feroces y tupidas ya entonces; y supo que tenía enfrente al personaje que supuestamente tenía que haber llegado a ser en todos los colegios por donde había pasado, y que a veces en su imaginación había sido: un valiente y erguido oficial británico, de los que conservan la cabeza cuando todos alrededor la están perdiendo. Le deseaste Felices Pascuas y cuando dijiste tu nombre él pensó que estabas haciendo una especie de chiste vulgar relacionado con la Navidad:

–Tú eres Compañerismo y yo seré Brotherhood.[1]

–No, no, chico, es verdad –insististe, riendo–. ¿Por qué iba a usar un nombre falso un tío majo como yo?

¿Por qué, en efecto, cuando tenías cobertura diplomática? Le invitaste a una copa de jerez antes del almuerzo al día siguiente, Boxing Day,[2] y dijiste que le habrías enviado una invitación si hubieras sabido su dirección, lo que fue inteligente por tu parte, ya que, naturalmente, la conocías de sobra: señas, fecha de nacimiento, educación y todas las demás estupideces que nos figuramos que nos dan un ascendiente sobre las personas que queremos conquistar. Entonces hiciste una cosa divertida. Sacaste una tarjeta de invitación del bolsillo y, en el pórtico lleno de gente, mientras todo el mundo seguía alborotando, hiciste que Pym se diera media vuelta y, apoyándote en su espalda, escribiste su nombre entre la línea del medio y se la entregaste: «El capitán Jack Brotherhood y señora tienen el honor de...» Tachaste el «Se ruega contestación», para recalcar que el trato estaba hecho, y tachaste el «capitán» para demostrar que éramos camaradas.

–Si quieres quedarte luego puedes ayudarnos a comer el pavo frío. Ropa de calle –agregaste.

1. *Brotherhood* significa Fraternidad; de ahí el juego de palabras.
2. El 26 de diciembre, día en que tradicionalmente se entregaban los regalos navideños a los proveedores y a la servidumbre.

Pym vio que te alejabas bajo la lluvia exactamente igual a como él sabía que habías avanzado a través del tiroteo de todos los campos de batalla en donde habías triunfado por ti mismo sobre el «teutón», mientras la única acción valerosa de Pym había sido grabar las iniciales de Sefton Boyd en la pared de los lavabos de los profesores.

Al día siguiente se presentó puntualmente en tu casa pequeña de diplomático, y al apretar el timbre vio tu tarjeta de visita enmarcada en el panel de encima: Capitán J. Brotherhood, Oficial Adjunto de Pasaportes, Embajada Británica, Berna. Puede que recuerdes que en aquellos tiempos estabas casado con Felicity. Adrian tenía seis meses. Pym jugaba con él durante horas a fin de impresionarte, costumbre que pronto se convirtió en un rasgo fijo de sus relaciones con los miembros más jóvenes de tu oficio. Interrogaste a Pym de un modo perfectamente agradable y, cuando terminaste, Felicity te relevó como la buena *squaw* del servicio secreto, que Dios la perdone:

–Pero qué *amigos* tienes, Magnus, debes de sentirte muy *solo* aquí, ¿no? –exclamó–. ¿Qué *distracciones* tienes, Magnus?

¿Y había acaso mucha vida extra-académica en la universidad, por ejemplo –preguntó–, grupos políticos y demás? ¿O era todo un poco soso y monótono como el resto de Berna? Berna no le parecía a Pym sosa o monótona en absoluto, pero por complacer a Felicity fingió que lo pensaba. Cronológicamente la amistad de Pym con Axel databa de hacía doce horas, pero no le dedicó un solo pensamiento: ¿por qué hacerlo, cuando estaba tan empeñado en causaros una buena impresión?

Recuerdo haberte preguntado en qué regimiento luchó, señor, esperando que dijeses que en «Quinto de Aviación» o «Fusileros Artistas», para poder mostrarme convenientemente admirado. Pero tú te pusiste un poco rabioso y respondiste que en «Lista general». Ahora sé que estabas empleando la doble medida de la tapadera diplomática: querías que te cubriera pero también querías que Pym viera a través de ella. Querías que él supiera que eras un irregular y no uno de esos intelectuales amariconados del ministerio de Exteriores, a los que ambos despreciamos tanto. Le preguntaste si conocía el país y sugeriste que, en las ocasiones en que debías hacer un viaje a algún sitio en coche oficial, quizá le apeteciera acompañarle y divertirse de otra manera. Los dos nos pusimos botas y emprendimos lo que tú llamaste un «tiento», es decir, una marcha forzada por los bosques de Elfenau. En el curso de la misma le dijiste a Pym que no era necesario que te llamase «señor» y, cuando volvimos, Felicity había amamantado a Adrian y había un hombre más viejo y de sonrisa afectada hablando con ella. Le presentaste como Sandy, de la embajada, y Pym intuyó que erais colegas y vagamente que Sandy era tu jefe. Ahora sé qué él era tu jefe de zona y que tú eras su número dos, y que estaba cumpliendo su tarea preceptiva de revisar la propiedad antes de autorizarte a invertir más capital en ella. Por entonces Pym se limitó a considerar que Sandy era el director de escuela y tú el jefe de estudios, un esquema que no hubieras desaprobado.

–A propósito, ¿qué tal es tu alemán? –preguntó Sandy a Pym con su sonrisita mientras los tres comíamos las empanadas de carne de Felicity–. Un poco difícil aprenderlo aquí, ¿verdad?, con todo ese dialecto regional.

–Magnus conoce a bastantes emigrados universitarios –explicaste tú por mí, haciendo publicidad del artículo. Sandy emitió una risa tonta y se dio una palmada en la rodilla.

–Sí, ¿de verdad? Apuesto a que hay algunos borrachines en ese cenáculo.

–También podría contarnos muchas cosas de ellos, ¿no es así, Magnus? –dijiste.

–¿No te importaría? –preguntó burlonamente Sandy, sin abandonar su sonrisita.

–¿Por qué iba a importarme? –dijo Pym.

Sandy jugó su baza inteligentemente. Intuyó que a Pym le gustaba tomar decisiones precipitadas delante de la gente, y utilizó su conocimiento para forzar un compromiso antes de que Pym supiera a qué se estaba comprometiendo.

–¿Nada de nobles escrúpulos sobre la santidad del estudio académico o algo parecido? –insistió Sandy.

–Nada –dijo Pym audazmente–. No si es por mi país –añadió, y fue recompensado por la sonrisa de Felicity.

No recuerdo qué versión de sí mismo ofreció Pym ese día y a la que tuvo que adaptarse durante los meses venideros, y el no recordarla significa que debió de ser una mesurada, exigua en torpes toques de fantasía que con tanta frecuencia había que pagar más tarde. Lo mejor que pudo, te dio, como de costumbre, lo que creyó que estabas buscando. Tuvo la prudencia de no confesar que ganaba dinero, y eso te agradó, porque tú sabías ya que tenía un trabajo *negro*, como dicen los alemanes, es decir, ilegal y nocturno. Un chico listo, pensaste; con recursos; tiene un poco de ratero. Pym renunció a la vida familiar con los Ollinger porque los padres adoptivos perjudicaban su imagen de sí mismo como exiliado maduro. Cuando le preguntaste si conocía a algunas chicas –la sombra de la homosexualidad, ¿es uno de ésos?–, Pym captó el mensaje en el acto y tejió una fantasía inofensiva sobre una beldad italiana que se llamaba Maria y a quien había conocido en el «Cosmo Club» y que le gustaba, pero sólo como sustituta de su novia formal Jemima, que estaba en Inglaterra.

–¿Jemima qué? –preguntaste, y Pym respondió «Sefton Boyd», lo que provocó una señal audible de satisfacción social.

Efectivamente existía una Maria que en efecto era hermosa, pero la adoración de Pym por ella era puramente personal, porque nunca le había dirigido la palabra.

–«Cosmo» –dijiste tú–. Me parece que no he oído hablar de ese club. ¿Y tú, Sandy?

–No puedo decir que sí, compadre. Me suena sospechoso.

Pym explicó que «Cosmo» era una especie de foro político de los extranjeros, y que Maria era una especie de empleada del mismo en calidad de tesorera.

–¿Un cutis particular? –preguntó Sandy.

–Bueno, es morena –contestó Pym ingenuamente, y tú y Felicity y Sandy reísteis sin parar como el monito *Audrey*, y Felicity comentó que estaba *totalmente* clara la política que seguía Magnus. En lo sucesivo no hubo reunión completa sin que alguien preguntase por la tez de Maria, y todo el mundo se desternillaba por un malentendido tan maravillosamente sano. Era de noche cuando Pym se fue de tu casa, y tú le habías regalado una botella de *scotch* libre de impuestos para combatir el frío. Coste para la Casa en aquellos tiempos: calculo que unos cinco chelines. Te ofreciste a llevarle en coche a casa, pero él dijo que le encantaba andar, ganando así más puntos. Y caminó, sí, por las nubes. Iba brincando y riendo, y abrazaba la botella y a sí mismo, porque no se había sentido tan feliz en sus diecisiete años de vida. En una sola Navidad, Dios le había servido dos santos. Uno estaba huyendo y no podía andar, y el otro era un apuesto señor de la guerra que le invitaba a jerez el Boxing Day y no había tenido una duda en su vida. Los dos le admiraban, los dos amaban sus chistes y sus voces, los dos ansiaban ocupar los espacios vacíos de su corazón. A cambio él daba a cada uno el personaje que parecía estar buscando. No necesitó tomar la decisión de mantenerles secretos el uno para el otro. Que cada uno sea la amante que conserva el otro hogar intacto, pensó Pym. Si es que pensó algo.

–¿A quién se la has robado? –preguntó Axel, mirando la etiqueta con curiosidad.

–Al capellán –dijo Pym, sin un segundo de vacilación–. Es un tipo tremendo. Estuvo en el ejército. No se la he robado, en realidad me la ha dado. Una botella gratis para los feligreses asiduos. Las compran a tarifa diplomática, por supuesto. No tienen que pagar lo que en la tienda.

–¿No te habrá regalado cigarros también? –preguntó Axel.

–No, ¿por qué?

–¿Ni una chocolatina por una noche con tu hermana?

–No tengo hermanas.

–Bien. Entonces vamos a beberla.

¿Recuerdas nuestros viajes en coche, Jack? Empiezo a creer que sí. ¿Alguna vez te has preguntado cómo se las arreglaban nuestros antecesores para dirigir a sus agentes en la época en que no había automóviles? Nuestra primera expedición no pudo haber venido más a mano. Tenías una cita en Lausana. Necesitarías tres horas. No me diste ninguna explicación del porqué necesitarías tres horas, aunque podrías haberme contado la primera patraña que se te ocurriera. Una vez más, con la ventaja de la retrospección, sé que estabas confesándome adrede el carácter secreto de tu trabajo sin decirme en qué consistía. Tres horas tardaste, tres horas justas, probablemente encerrado con algún agente en un apartamento seguro o vaciando un buzón o algo por el estilo. En esta ocasión no pediste nada a Pym. Estabas creando intimidad. Lo máximo que hiciste fue darle una cita y una contraorden y ver cómo reaccionaba.

–Escucha, es posible que tenga que hacer otra visita. Si no estoy en la puerta del hotel «Dora» a las tres, estáte en el lado oeste de la oficina principal de correos a las tres y veinte.

Pym no sabía dónde estaba el este ni el oeste, pero preguntó a unas seis personas hasta que una de ellas se lo indicó bien y efectuó la retirada a las tres y veinte en punto, si bien echando las bofes. Tú rodeaste la plaza y a la segunda vuelta abriste la puerta de golpe, con el coche en marcha, y Pym saltó dentro como un soldado de un batallón aerotransportado para demostrarte sus aptitudes.

–He estado hablando con Sandy –dijiste, cuando fuimos a Ginebra, una semana más tarde–. Quiere que le hagas un trabajo. ¿Algún reparo?

–Por supuesto que no.

–¿Eres bueno traduciendo?

–¿Traduciendo qué?

–¿Sabes mantener la boca cerrada?

–Creo que sí.

Le informaste de su primer objetivo esa noche:

–De vez en cuando recogemos mucha información técnica. Sobre todo acerca de curiosas empresas suizas que fabrican cosas que no nos gustan mucho. Porquerías que explotan –añadiste con una sonrisa–. No es exactamente secreto, pero contratamos cantidad de mano de obra local en la embajada y preferiríamos que lo hiciera alguien de fuera. A ser posible un inglés. Alguien de fiar. ¿Te animas?

–Desde luego.

–Pagamos. No mucho, pero te pagaré una cena con Maria de cuando en cuando. ¿Has tenido noticias recientes de Jemima?

–Jem está bien, gracias.

Pym no había estado tan asustado en su vida. Le entregaste el sobre, se lo guardó en el bolsillo, le dedicaste tu mirada de «maestro de la intriga» y dijiste: «Buena suerte, compadre.» Sí, Jack, ¡dijiste eso! ¡Nos hablábamos así! Y Pym se fue a casa cambiando aquel maldito sobre de un bolsillo a otro tantas veces que debía de parecer un corredor de apuestas en el hipódromo. ¿Y qué contenía? No me lo digas, te lo diré yo: basura. Basura fotocopiada de catálogos de armamentos anticuados. Era el alma de Pym lo que querías, no una traducción de poca monta. En el ático, además, perdió el sobre unas seis veces. Debajo de la cama, debajo del colchón, detrás del espejo, encima de la chimenea. Tradujo su contenido en horas libres que ni siquiera Axel sabía que tenía. Le pagaste veinte francos. El diccionario técnico había costado veinticinco, pero Pym sabía que los caballeros no mencionaban esas cosas, aun cuando los cheques de Rick, si es que llegaban, carecieran normalmente de fondos.

–¿Has estado últimamente en el «Cosmo»? –inquiriste a la ligera en el trayecto hacia Zurich, donde dijiste que tenías que ver a un hombre por algo relacionado con un perro.

Pym confesó que no. Teniendo ya el cosmos de Axel y de Brotherhood, ¿quién necesitaba otro?

–Me han dicho que algunas de las personas que van allí no tienen pelos en la lengua. No es nada contra Maria, de verdad. En estos sitios siempre hay un amplio espectro. Es cosa de la democracia. Pero podría ser una buena idea que echases una ojeada más a fondo –dijiste–. No te hagas notar. Si suponen que eres un rojo, déjales que lo crean. Si están buscando un inglés de centro derecha, hazte pasar por uno. Si es necesario hazte pasar por los dos. Pero no te excedas. No queremos que te metas en un lío con los suizos. ¿Hay algún otro inglés aparte de ti?

–Hay un par de estudiantes de medicina escoceses, pero me han dicho que van por las chicas.

–Unos cuantos nombres servirían de ayuda –dijiste.

Al mirar atrás, después de aquella conversación Pym dejó de ser Pym. Era nuestro hombre en el «Cosmo», no uses los teléfonos para nada delicado. Era un agente simbolizado, clasificado como semiconsciente, que es nuestra dulce manera de decir que más o menos conoce lo que más o menos hace y tiene alguna idea del porqué. Tenía diecisiete años, y si te necesitaba con urgencia debía telefonear a Felicity y decirle que su tío estaba en la ciudad. Si tú le necesitabas a él, llamarías a los Ollinger desde una cabina y dirías que eras Mac, de Birmingham, de paso por Berna. De lo contrario el sistema era de cita-para-cita, lo que significa que siempre fijamos la siguiente en ésta. Flota, Magnus, decías. Métete allí y sé nuestro ego encantador, Magnus. Ten los ojos y los oídos abiertos, mira lo que pasa, pero por lo que más quieras no nos pongas en un aprieto con los suizos. Y aquí tienes tu asignación para el mes próximo, Magnus. Y Sandy te manda recuerdos. Te diré una cosa, Jack: recogemos lo que sembramos, aunque la cosecha tarde en crecer treinta años.

La secretaria del «Cosmo» era una insípida monárquica rumana que se llamaba Anka y que inexplicablemente lloraba en las conferencias. Era correosa y arisca, y caminaba con las muñecas vueltas al revés, y cuando Pym la detuvo en el pasillo ella le puso mala cara y con los ojos rojos le dijo que se fuera porque le dolía la cabeza. Pero Pym estaba en misión de espionaje y no toleraba un rechazo.

–Estoy pensando en fundar un boletín informativo del «Cosmo» –anunció–. He pensado que podríamos incluir una aportación de cada grupo.

–El «Cosmo» no tiene grupos. El «Cosmo» no quiere boletines. Eres un estúpido. Vete.

Pym persiguió a Anka hasta el despacho diminuto que le servía de cubil.

–Lo único que necesito es una lista de miembros –dijo él–. Con una lista puedo enviar una circular y encontrar a los interesados.

–¿Por qué no vienes a la próxima reunión y les preguntas? –dijo Anka, sentándose y poniendo la cabeza entre las manos como si estuviera a punto de vomitar.

–No viene todo el mundo a las reuniones. Quiero sondear todas las opiniones. Es más democrático.

–Nada es democrático –dijo Anka–. Todo es ilusión.

«Es un inglés», se explicó ella misma en voz alta mientras abría un cajón y empezaba a revolver su contenido caótico.

–¿Qué sabe de la ilusión un inglés? –preguntó a algún confesor privado–. Está loco.

Le entregó una hoja mugrienta con nombres y direcciones. Más tarde resultó que la mayoría estaban mal escritos.

> *Queridísimo padre* –escribió Pym, excitado–. *Teniendo en cuenta mi edad, estoy logrando un par de éxitos increíbles, y sospecho que los suizos están pensando en la posibilidad de ofrecerme algún título académico.*
>
> *Te quiero* –le escribió a Belinda–. *Nunca le he escrito esto a nadie.*

Es de noche. Es el invierno más oscuro de Berna. La ciudad no volverá nunca a ver la luz del día. Una sofocante niebla marrón envuelve los adoquienes mojados de la Herrengasse, y el buen ciudadano suizo la atraviesa aprisa, sumisamente, como reservistas que parten al frente. Pero Pym y Jack Brotherhood están sentados confortablemente en un rincón de su pequeño restaurante y Sandy ha enviado su cariño muy especial junto con su felicitación más calurosa. Es la primera vez que el agente y su control han comido juntos en público en la ciudad donde operan. Han acordado una ingeniosa explicación para el caso de un encuentro fortuito. Jack se ha autonombrado secretario de la Sociedad Cristiana Anglosuiza dependiente de la embajada y desea atraer elementos de la universidad: ¿qué podría ser más natural que recurrir a Magnus, a quien conoce de la iglesia inglesa? Para una cobertura más profunda todavía ha traído a la encantadora Wendy, que trabaja en la cancillería, tiene el pelo color miel y es de buena familia, y el labio superior le sobresale ligera pero visiblemente, como si estuviera soplando permanentemente a una vela situada justo debajo de su barbilla. Wendy ama por igual a los dos hombres y es una sobona natural y espontánea, con pechos planos que no amedrentan. Cuando Pym ha terminado de exponer cómo asestó su gran golpe, Wendy no puede resistir la tentación de pasarle una mano por la mejilla y decir:

–Dios mío, Magnus, *qué* valor has tenido. Es maravilloso. Jemima estaría orgullosa si pudiera enterarse. ¿No te parece, Jack?

Pero lo dice con la mayor calma, con la voz de suave caída que hasta el más aficionado a los caballos tiene que aprender antes de que le dejen salir del *paddock*. Y acerca mucho el pelo a Jack cuando le habla.

–Has hecho un trabajo realmente bueno –dice Brotherhood con su sonrisa militar–. La iglesia debería enorgullecerse de ti –añade, directamente a su agente.

Brindan por la buena labor de Pym para la iglesia.

Es la hora del café y Brotherhood ha sacado un sobre de un bolsillo de la chaqueta y, del otro, un par de gafas en forma de medialuna, con montura de acero, que confieren una autoridad misteriosamente finita a su rostro enérgico de valiente inglés. No hay estipendio esta vez, porque el estipendio llega en un sobre blanco sin membrete, no es uno pardusco como éste. No se lo entrega a Pym, sino que lo abre a plena vista de todos los que se molestan en mirar y pide a Wendy un lápiz, querida, tu relumbrante lápiz de oro, *no* me digas que te lo has ganado. Y Wendy dice:

–Para ti, querido, cualquier cosa.

Y lo deja caer en las manos ahuecadas de Brotherhood, que se cierran sobre las de ella.

Jack extiende el papel ante él.

–Sólo quiero comprobar unas cuantas de estas direcciones –dice–. No queremos empezar a enviar folletos hasta que estemos seguros. ¿De acuerdo?

De acuerdo quiere decir: ¿has descifrado este brillante *double-entendre*?

Pym dice que le parece perfecto y Wendy recorre la lista con una uña amorosa, deteniéndose en uno o dos nombres afortunados que ostentan marcas y cruces.

–Sólo que parece que un par de miembros de nuestro coro han sido indebidamente modestos acerca de sus datos personales. Casi como si quisieran ocultar sus luces detrás de un biombo –dice Brotherhood.

–En realidad no he mirado la lista –dice Pym.

Brotherhood baja la voz.

–Ni tenías que hacerlo. Eso es cosa nuestra

–No hemos encontrado a tu Maria en *ninguna parte* –dice Wendy, terriblemente decepcionada–. ¿Qué has hecho con ella?

–Me temo que ha vuelto a Italia –dice Pym.

–No estarás buscando una sustituta, ¿verdad, Magnus, cariño? –dice Wendy, y todos ríen estruendosamente, y Pym más fuerte que nadie, aunque hubiera dado lo que le queda de vida tan sólo por ver uno de sus pechos.

Brotherhood menciona nombres que no tienen dirección. Pym no puede ayudar con ninguno de ellos, no puede prestarles una cara, no puede facilitar descripciones de carácter. En otras circunstancias habría inventado de buena gana, pero Brotherhood posee un don incómodo de conocer las respuestas antes de hacer las preguntas y Pym se está volviendo juicioso al respecto. Wendy rellena los vasos de los hombres y se reserva los posos para ella. Brotherhood pasa a las direcciones que carecen de nombre.

–A. H. –dice, con despreocupación–. ¿Te suena? A-H.

Pym confiesa que no le suena.

–Todavía no he asistido a suficientes reuniones –dice, a modo de disculpa–. He estado apretando bastante los codos antes de los exámenes.

Brotherhood está todavía sonriendo, todavía absolutamente relajado. ¿Sabe que Pym no se presenta a exámenes? Pym advierte que el lápiz de Wendy ha desaparecido casi dentro de su puño cerrado. Su punta afilada asoma por él como un diminuto cañón de pistola.

–Piensa un poco –sugiere Brotherhood. Y lo repite, pronunciando como si fuera una contraseña–: A... H...

–Quizá sea A. H. y algo más –dice Pym–. A. H. Smith. Schmidt. Podría encontrar un modo de averiguarlo, si quiere. En realidad todo está bastante abierto.

Wendy se ha quedado inmóvil, como un participante en juegos de salón cuando la música para. Se le ha congelado la sonrisa al mismo tiempo. Wendy posee el arte de la secretaria particular que suspende su personalidad hasta cuando sea necesario, y algo le ha dicho que no lo es en este momento. El camarero está retirando platos. El puño de Brotherhood tapa el papel de tal modo que, como casualmente, ningún nombre es visible para quien pase por delante.

–¿Serviría de ayuda que te dijera que A. H., sea quien sea, comparte cierta dirección del Langgasse? O dice que la comparte. La casa de Ollinger. Ahí vives tú también, ¿no?

–Oh. Se refiere a Axel –dice Pym.

Un gallo estaba cantando en alguna parte, pero Pym no lo oyó. Llenaba sus oídos una especie de cascada, el corazón le estallaba con una sensación de deber honrado. Estaba en el vestidor de Rick, buscando una manera de recobrar el amor entregado a una causa injusta. Estaba en los lavabos del profesorado, incriminando con una navaja al alumno más pera del colegio. Estaban las historias que Axel le había contado cuando deliraba y el agua se derramaba del vaso que sostenía con las dos manos. Estaban las historias que le había contado en Davos cuando fueron a visitar el sanatorio de Thomas Mann. Estaban las migajas que había recogido por su cuenta en sus ocasionales y precavidas inspecciones del cuarto de Axel. Y estaba la hábil incitación de Brotherhood, que extraía cosas de Pym que él no se había percatado de que conocía. Dijo que el padre de Axel había luchado en España con la brigada Thälmann. Era un socialdemócrata a la vieja usanza, por lo que tuvo suerte de morir antes de que los nazis pudiesen arrestarle.

–¿O sea que es un rojillo?

–Está muerto.

–Me refería al hijo.

–Pues no, en realidad, él no lo ha dicho. Se limita a asimilar su educación. No está comprometido.

Brotherhood juntó las cejas y apuntó *Thälmann* en su lista del coro. Su madre era católica, pero su padre había sido miembro del movimiento anticatólico *Los Von Rom*, que era luterano, dijo Pym. Su madre perdió el derecho a la confesión porque se había casado con un protestante.

–Y socialista –recordó en voz baja Brotherhood a Pym mientras escribía.

En el *Gymnasium*, todos los amigos de Axel querían pilotar aviones contra Inglaterra, pero los equipos de reclutamiento visitantes convencieron a Axel de que se presentase voluntario en el ejército. Le destinaron a Rusia, fue hecho prisionero y se evadió, pero cuando los aliados invadieron Francia le mandaron a combatir en Normandía, donde fue herido en la columna vertebral y en la cadera.

–¿Te dijo *cómo* había huido de los rusos? –le interrumpió Brotherhood.

–Dijo que se escapó a pie.

–Igual que llegó a Suiza –dijo Brotherhood con una sonrisa dura, y Pym comenzó a ver una pauta en la que no había pensado hasta que la había insinuado Brotherhood.

–¿Cuánto tiempo estuvo allí?

–No lo sé. Pero el suficiente para aprender ruso. Tiene libros con caracteres cirílicos en su habitación.

De regreso en Alemania enfermó de sus heridas, pero tan pronto como estuvo en condiciones de andar le enviaron a combatir contra los americanos. Fue herido de nuevo y enviado a Carlsbad, donde su madre estaba postrada en cama con ictericia, de modo que la subió a un carro con sus pertenencias y la trasladó a Dresde, una hermosa ciudad que los bombardeos de los aliados acababan de arrasar. Llevó a su madre al barrio donde se habían congregado los refugiados silesios, pero ella murió poco después y él se quedó solo. Para entonces la cabeza de Pym le daba vueltas. Los colores de la pared, detrás de la cabeza de Brotherhood, se combinaban y desvanecían. No soy yo. Soy yo. Estoy cumpliendo mi deber con la patria. Ayúdame, Axel.

–En fin, ahora es tiempo de paz. El cuarenta y cinco. ¿Qué hace?

–Abandona la zona soviética.

–¿Por qué?

–Tenía miedo de que los rusos le encontraran y le metieran en la cárcel. Los rusos no le gustaban ni le gustaba la cárcel ni la manera en que los comunistas se estaban apoderando de Alemania oriental.

–Buena historia hasta aquí. ¿Qué hace al respecto?

–Quema su cartilla y compra otra.

–¿A quién?

–A un soldado que conoció en Carlsbad. Un hombre de Munich que se le parecía bastante. Dijo que, de todas formas, en 1945 nadie en Alemania se parecía a su propia foto.

–¿Por qué no quería sus papeles aquel soldado servicial?

–Quería quedarse en el este.

–¿Por qué?

–Axel no lo sabía.

–Poco convincente, ¿no?

–Supongo que sí.

–Sigamos.

–Subió al tren de repatriación a Munich y todo marchó bien hasta que llegó al otro extremo, cuando los americanos le desembarcaron directamente, le metieron en la cárcel y le golpearon.

–¿Por qué hicieron semejante cosa?

–Fue por sus papeles. Se los había comprado a un hombre buscado. Cayó de cabeza en una trampa.

–A menos, claro, que los papeles fueran los suyos y que no se los hubiera comprado a nadie –sugirió Brotherhood, volviendo a escribir–. Perdona, compadre. No era mi intención destrozar tus ilusiones. Es ley de vida, me temo. ¿Cuánto tiempo estuvo?

–No lo sé. Enfermó otra vez, le llevaron al hospital y se escapó de allí.

–Parece que tiene talento para las fugas. ¿Dices que llegó aquí andando?

–Bueno, andando y mendigando trayectos en tren. Tuvieron que acortarle una pierna. Lo hicieron los alemanes. Cuando volvió de Rusia. Por eso cojea. Debería haberlo dicho antes. O sea, quiero decir que hasta con trenes fue una buena caminata. De Munich a Austria y de Austria a Suiza, cruzando la frontera por la noche. Y luego a Ostermundingen.

–¿A dónde?

–Es donde Herr Ollinger tiene la fábrica. –Pym se oyó a sí mismo tratando de poner excusas–. No tenía ningún tipo de papeles, ¿entiende? Destruyó los suyos en Carlsbad. Los americanos se quedaron con los que había comprado y no pudo encontrar a nadie que le diera un juego nuevo. Mientras tanto sigue en la lista de personas buscadas por los aliados. Dice que habría confesado todo lo que los americanos le pidieron si por lo menos hubiera sabido de qué era presuntamente culpable. Pero no confesó y le siguieron pegando.

–Ésa también me la sé –dijo Brotherhood en voz baja, escribiendo otra vez–. ¿Cómo pasa el tiempo aquí, Magnus? ¿Qué amigotes tiene?

Demasiado, demasiado tarde, unas voces le estaban susurrando «¡atención!» a Pym.

–Tiene miedo de salir a la calle por si le detiene la *Fremdenpolizei*. Si va a la ciudad pide prestado un sombrero grande. No es solamente la *Fremdenpolizei*. Si los suizos ordinarios supieran algo de él también le denunciarían. Dice que lo harían. Es un deporte nacional. Dice que lo hacen por envidia y que lo llaman civismo. Le estoy contando simples cotilleos familiares.

–Lástima que no nos lo hayas dicho antes.

–No significaba nada. No era nada que pudiese interesarle. Casi todo me lo contó Herr Ollinger. Se pasa el día cotilleando.

Brotherhood tenía el coche fuera. Hombre y muchacho estaban sentados dentro pero Brotherhood no lo puso en marcha. Wendy se había ido a casa. Brotherhood preguntó por las ideas políticas de Axel. Pym dijo que Axel despreciaba las actitudes convencionales. Brotherhood dijo: «Explica.» Ya no estaba escribiendo, sino que mantenía la cabeza inmóvil en el marco de la ventanilla. Pym dijo que Axel había comentado en una ocasión que el dolor era democrático.

–¿Hábitos de lectura? –preguntó Brotherhood.

–Bueno, lee de todo. Todo lo que no ha leído sobre la guerra. Escribe mucho a máquina. Sobre todo de noche.

–¿Qué escribe?

–Dice que es un libro.

–¿Qué lee?

–Pues de todo. Las veces en que está enfermo saco libros de la biblioteca para él.

–¿A nombre suyo?

–Sí.

–Es un poco imprudente. ¿Qué sacas?

–Toda la gama.

–Precisa.

Pym precisó y llegó inevitablemente a Marx y Engels y a los ogros, y Brotherhood anotó todos los nombres y le preguntó quién demonios era Duhring.

Brotherhood preguntó por las costumbres de Axel. Pym dijo que le gustaban los puros y el Kirsch. No mencionó el whisky.

Brotherhood preguntó sobre la vida sexual de Axel. Dejando de lado sus propias limitaciones en este dominio, Pym la declaró promiscua.

–Precisa.

Pym hizo lo posible, aunque sabía menos de la sexualidad de Axel que de la suya, excepto que, adoptara la forma que adoptase, a diferencia de Pym, Axel la ejercía.

–A veces tiene mujeres –dijo Pym desdeñosamente, como si fuera algo que todos nosotros teníamos–. Normalmente es una beldad simbólica del «Cosmo», que cocina para él y le limpia la habitación. Él las llama sus Martas. Al principio creí que quería decir mártires.

> *Querido papá* (escribió Pym esa noche, solo y desdichado en su ático). *Estoy estupendamente y la cabeza me zumba con tantos seminarios y conferencias, aunque te añoro terriblemente, como siempre... Una cosa mala, sin embargo, es que tenía un camarada que hace poco me dejó en la estacada.*

¡Cómo amó Pym a Axel en las semanas que siguieron! Cierto que durante un par de días no se le acercó, de tanto rencor que le guardaba. Le ofendía todo lo suyo, cada movimiento al otro lado del radiador. Me utiliza. Se burla de mi ignorancia sin respetar mis fuerzas. Es un alemán arrogante de la peor especie y Jack hace bien en mantenerle vigilado. A Pym le molestaba el correo que recibía, en casa de Herr Ollinger, a la atención de Herr Axel. Le afrentaban más que nunca las Martas que subían la escalera de puntillas, como discípulas tímidas, hasta el santuario del gran gurú, y que la bajaban dos horas más tarde. Es un disoluto. Es un anormal. Las está adoctrinando, exactamente como intentaba adoctrinarme a mí. Llevaba cuenta puntual de estos procesos para informar de ellos a Brotherhood en su siguiente cita. También pasaba mucho tiempo en el *buffet* de tercera, exhibiendo su mirada empañada para provecho de Elisabeth. Pero estos ejercicios de separación no prosperaron, y la línea hacia Axel se estrechaba cada día más. Descubrió que podía calibrar su estado de ánimo por el *tempo* con que escribía a máquina; si estaba excitado, furioso o cansado. Informa sobre nosotros, se decía a sí mismo, sin convicción. Está vendiendo a los estudiantes extranjeros a su patrón alemán. Es un criminal de guerra nazi convertido en espía comunista, a semejanza de su padre izquierdoso.

–¿Cuándo podremos leerlo? –le había preguntado Pym tímidamente en los tiempos en que eran amigos.

–Si alguna vez lo termino y el editor lo publica.

–¿Por qué no puedo leerlo ahora?

–Porque me quitarás la nata y me dejarás sólo la cuajada.

–¿De qué se trata?

–Misterios, Sir Magnus, y si se dicen en voz alta nunca serán escritos.

Está escribiendo su autobiografía de Wilhelm Meister, pensó Pym, indignado. La idea fue mía, no suya.

Sabía cuándo Axel no podía dormir por el rascar de las cerillas cuando encendía los puros. Sabía cuándo su cuerpo le estaba enloqueciendo. Lo revelaban el ritmo alterado de sus movimientos y la alegría resuelta con que cantaba cuando iba cojeando por el pasillo de madera a acuclillarse durante horas en el retrete común, con sus huellas de porcelana. Al cabo de dos noches transcurridas de este modo, Pym pudo aborrecer a Axel por su incontinencia. ¿Por qué no vuelve al hospital? «Canta marchas militares alemanas –escribió a Brotherhood en su libreta–. Esta noche ha cantado *Lied* Horst-Wessel entero en el retrete.» La tercera noche, mucho después de que Pym se hubiese acostado, la puerta se abrió de repente y apareció Axel envuelto en el batín de Herr Ollinger.

–¿Y bien? ¿Todavía no me has perdonado?

–¿Qué tengo que perdonarte? –contestó Pym, escondiendo discretamente su cuaderno entre la ropa de cama.

Axel permaneció en el umbral. El batín le quedaba ridículamente grande. El sudor había convertido su bigote en dos colmillos negros.

–Dame un poco del whisky de ese cura –dijo.

Después de eso Pym no pudo dejar que Axel se marchara hasta haber eliminado de su cara las sombras de sospecha. Pasaron las semanas, llegó la primavera y Pym supo que no ocurría nada y que nunca había traicionado a Axel, pues de lo contrario ellos hubieran hecho algo mucho tiempo antes. De vez en cuando Brotherhood hacía un par de preguntas complementarias, pero tenían resonancia de rutina. Una vez preguntó:

–¿Puedes decirme una noche en que sepas seguro que él estará fuera?

Pero Pym pudo responder que no había certezas en la vida de Axel.

–Bueno, escúchame. ¿Por qué no le invitas a una comilona por cuenta nuestra? –propuso Brotherhood.

Pym lo intentó una noche. Le dijo a Axel que había recibido de su padre un dinero inesperado y que si no sería divertido disfrazarse otra vez como el día en que visitaron a Thomas Mann. Axel movió negativamente la cabeza, con una prudencia que Pym no se atrevió a explorar. A partir de entonces Pym se esforzó por Axel y le estudió de todas las formas que conocía, ya negándose a sí mismo que Brotherhood existiese fuera de su mente, ya felicitándose de la supervivencia continuada de Axel, que se debía íntegramente a la diestra manipulación que Pym hacía de fuerzas irresistibles.

Llegaron en la madrugada de una mañana de primavera, cuando más les tememos: cuando queremos vivir el mayor tiempo posible y tenemos más miedo de morir. Pronto, a menos que yo haga su viaje innecesario, vendrán por mí de la misma manera. De ser así, confío en que veré la justicia del hecho y saborearé la circularidad de la vida. Habían conseguido una llave de la puerta principal y descubierto algún método de soltar las cadenas de Herr Ollinger, que no eran muy distintas de las de la señorita Dubber. Conocían la casa de arriba abajo porque la habían vigilado durante meses, fotografiado a los visitantes, enviado a sus falsos limpiacristales y lectores de contador, retrasado el correo mientras lo leían y sin duda escuchado las desconcertadas conversaciones telefónicas de Herr Ollinger con sus acreedores y morosos. Pym supo que eran tres porque pudo contar sus pasos sigilosos de papá Noel sobre la cima chirriante de la escalera. Miraron en el retrete antes de colocarse delante de la puerta de Axel. Pym lo supo porque oyó que la puerta del retrete crujía y se quedaba abierta. Oyó también un repiqueteo cuando quitaron la llave del excusado por si el criminal intentaba encerrarse dentro. Pero Pym no pudo hacer nada porque en aquel momento soñaba profundamente con todas las camas atemorizadas de su infancia. Soñaba con Lippsie y con su hermano Aaron, y que él y Aaron habían empujado a Lippsie desde el tejado en el colegio del señor Grimble. Soñaba que delante de la casa estaba esperando una ambulancia como la que había ido a *The Glades* para recoger a Dorothy, y que Herr Ollinger intentaba detener a los hombres que subían por la escalera, pero ellos le ordenaban que se retirase a su alojamiento en un colérico dialecto suizo. Soñaba que oía un grito de «Pym, bastardo, ¿dónde estás?», procedente de la habitación de Axel, e inmediatamente después el horrible y breve rugido de un hombre con piernas desiguales que luchaba con tres invasores sanos, y la furiosa oposición de *Bastl*, a quien Axel había acusado una vez de ser su demonio fáustico. Pero cuando levantó la cabeza de la almohada y escuchó el mundo real, reinaba el silencio y todo estaba en perfecta calma.

Te guardo ese resquemor, Jack, lo confieso. He discutido mentalmente contigo durante años, al derecho y al revés, y mucho después de haber ingresado en la Casa. ¿Por qué le hiciste eso? No era inglés, no era comunista, no era el criminal de guerra que los americanos alegaban que era. No tenía nada que ver contigo. Sus únicos crímenes eran su pobreza, su estancia ilegal y su cojera, amén de una cierta libertad en su manera de pensar, que a los ojos de algunos es nuestro cometido proteger. Pero albergo un rencor y lo lamento. Porque ahora, por supuesto, sé que apenas dedicaste un pensamiento al asunto. Axel era otra pieza más de material de trueque. Hiciste tu informe y él reapareció con aspecto formidable y siniestro en la mecanografía impecable de Wendy. Encendiste tu pipa y admiraste tu obra, y pensaste: «Hombre, apuesto a que los suizos querrán olisquear a este ejemplar. Se lo cederé y me apunto un tanto.» Hiciste un par de llamadas e invitaste a algún contacto en el servicio de seguridad suizo a reunirse contigo para un almuerzo copioso en tu restaurante favorito. A la hora del café y el *William's* le pasaste un sobre marrón anónimo. Tras pensarlo mejor, deslizaste también una copia para tu colega americano, pues ya que iba a deberte un favor, puestos a ello ¿por qué no deberte otro? Después de todo, fueron los yanquis quienes le metieron en el trullo, aun cuando equivocaron su expediente.

Tú también eras subalterno por entonces, ¿no? Tenías que abrirte camino. Como todos nosotros. Ahora más maduros, tú y yo. Siento que esta evocación haya sido tan extensa, pero me costó bastante tiempo olvidar el episodio. Ahora ya está todo en regla. Me estuvo bien empleado por tener un amigo fuera del servicio.

–¡Señor Canterbury! ¡Señor Canterbury! ¡Ha venido un hombre!

Pym había posado la pluma. No había mirado hacia la puerta. Antes casi de percatarse de ello, se había levantado de un brinco y estaba corriendo en zapatillas por el cuarto hasta donde la cartera negra, con su forro de metal y todavía cerrada con llave, descansaba contra la pared. Poniéndose en cuclillas junto a ella, insertó la complicada llave en la primera cerradura y la abrió. Luego la segunda: en sentido contrario a las agujas del reloj, pues si no se incendia.

–¿Quién es ese hombre, señorita Dubber? –preguntó, con su tono más suave y tranquilizador, y con una mano puesta ya en el maletín.

–Con un *fichero*, señor Canterbury –respondió la señorita Dubber, con voz desaprobadora, por el ojo de la cerradura–. Usted nunca ha tenido un fichero. Nunca ha tenido nada. Tampoco ha cerrado nunca la puerta con llave. ¿Qué ocurre?

Pym se rió.

–No ocurre nada. Es un simple fichero. Lo he encargado yo. ¿Cuántos son?

Con la cartera en la mano, fue de puntillas hasta la ventana, cuadró la espalda contra la pared y miró cautelosamente de soslayo a través del resquicio en la cortina.

–Sólo uno, ¿le parece poco? Uno grande de hierro, verde y feo. Si quería un fichero, ¿por qué no me lo dijo? Podía haber usado el de la señora Tutton, de la habitación dos.

–Preguntaba cuántos hombres.

Era de día. Un taxi amarillo estaba aparcado delante de la puerta, con el chófer al volante. Recorrió con la mirada el resto de la plaza. De prisa. Inspeccionando todo. Luego lentamente. Observándolo todo otra vez.

–¿Qué importa cuántos, señor Canterbury? ¿Por qué tenemos que contar los hombres cuando traen un fichero?

Relajándose, Pym volvió a poner la cartera en su rincón y volvió a cerrarla con llave. En el sentido de las agujas del reloj. Guardó las llaves en el bolsillo. Abrió la puerta.

–Disculpe, señorita D. Creo que he debido de dar una cabezada.

Ella le observó bajar la escalera, luego fue tras él y le observó de nuevo cuando Pym miró primero a los dos hombres y después, tímidamente, el fichero verde, tocando con suavidad su pintura desconchada, tocándolo por arriba y por abajo, y tirando por turnos de cada cajón.

–Te digo que pesa una tonelada, viejo –dijo el primer hombre.

–¿Quién irá dentro? –dijo el segundo.

La señorita Dubber observó a Pym conducir a los dos hombres a su habitación, con el fichero entre ellos, y luego acompañarles abajo. Vio que les pagaba la factura en metálico con dinero que sacó del bolsillo trasero y que les daba cinco libras de propina.

–Ya me puede perdonar, señorita D. –dijo Pym, cuando ellos se fueron–. Archivos viejos del ministerio, que necesito para mi trabajo. Tenga, esto es para usted.

Le dio un folleto de viaje que había bajado de su habitación. Había una vaharada de Rick en el empleo de mayúsculas.

–Descubra Túnez desde el Lujoso interior de nuestro Autocar con aire acondicionado. Las Personas Mayores son nuestra Especialidad. Pinceladas de Oriente en el Mediterráneo. Suficiente para que se le haga la boca Agua.

Pero la señorita Dubber no quiso aceptar el folleto.

–*Toby* y yo no vamos a ir ya a ninguna parte, señor Canterbury –dijo–. Lo que a usted le preocupa no se irá con nosotros. Se lo aseguro.

9

Brotherhood se había bañado, afeitado y cortado, y se había puesto un traje. Había escuchado las noticias de la BBC y luego había sintonizado con la *Deutsche Welle* porque a veces la prensa extranjera se apoderaba de historias mientras Fleet Street seguía suprimiéndolas obedientemente. Pero no había oído ninguna alegre mención de un oficial superior del servicio secreto británico que anduviese de paseo o hubiese aparecido en Moscú. Había comido un pedazo de tostada con mermelada y había hecho unas cuantas llamadas telefónicas, pero desde las seis hasta las ocho de una mañana inglesa eran las horas muertas en que nadie, salvo él, estaba despierto. Un día normal hubiera atravesado el parque hasta la Oficina Central y hubiera consagrado un par de horas a leer, sentado ante su mesa, la selección nocturna de informes de la sede, y a prepararse para la sesión de plegarias de las diez en punto en el santuario de Bo. «¿Cómo está entonces nuestro frente oriental esta mañana de lluvia, Jack?», diría Bo con un tono de veneración jocosa, cuando le llegase el turno a Brotherhood. Y seguiría un respetuoso silencio mientras el gran Jack Brotherhood daba cuentas a su jefe.

–Una crónica bastante interesante de Conger sobre las cifras comerciales del Comecon el año pasado, Bo. La hemos enviado a Hacienda por correo especial. Watchman sigue convencido de que se está tramando un golpe de fuerza en Praga. No le impresionaron las reservas de Asuntos Exteriores cuando el oficial del caso se las expuso anoche. Por lo demás es una temporada tonta. Los agentes están de vacaciones, igual que el adversario.

Pero aquél no era un día normal y Brotherhood ya no era el gran veterano de las operaciones encubiertas que Bo ensalzaba a bombo y platillo cuando le presentaba a bomberos visitantes de los servicios de enlace occidentales. Era la última incógnita en el último escándalo que se perfilaba, y al salir a la calle, debajo de su piso, su mirada rápida fue más vigilante que de costumbre para escudriñar los coches, las tiendas y los transeúntes. Por fin eran las ocho y media. Primero se dirigió hacia el sur a través de Green Park, caminando tan aprisa como siempre y quizás un poco más, para que los espías de Nigel, si le estaban siguiendo, tuvieran que ir al galope o avisar por radio para que alguien se les adelantara. La lluvia de la noche había escampado. Una niebla calurosa e insalubre se cernía sobre los estanques y los sauces. Al llegar al Mall cogió un taxi y dijo al taxista «Tottenham Court Road», y a continuación caminó de nuevo y subió a un segundo taxi para ir a Kentish Town. Su destino era una ladera gris de mansiones victorianas. Las estribaciones inferiores estaban aún en decadencia, con las ventanas taponadas con chapa ondulada contra la invasión de los *squatters*. Pero más arriba las furgonetas «Volvo» y las buhardillas con marco de teca testimoniaban la llegada segura de las clases medias, y los largos jardines alardeaban de estructuras metálicas de colores para niños y botes a medio construir. Aquí Brotherhood ya no tenía prisa. Emprendió despacio la ascensión de la cuesta, tomando nota de todo a su antojo: es el paso que me he ganado en la vida, es la sonrisa. Una muchacha bonita se cruzó con el camino del trabajo y la saludó indulgentemente. Ella le replicó con un guiño descarado, demostrando contundentemente que no era una espía. Se detuvo ante el número dieciocho y, a la manera de un comprador en potencia, retrocedió unos pasos y examinó la casa. De la cocina de la planta baja emanaron Bach y el olor del desayuno. Una flecha de madera que rezaba A18 apuntaba hacia la escalera del sótano. Había una bicicleta de hombre encadenada a la baranda, y un póster del partido socialdemócrata colgaba de la ventana salidiza. Llamó al timbre. Le abrió la puerta una chica con chaqueta y cartera escolar. Aunque pálida y de unos trece años, ostentaba ya un aire de superioridad.

–Voy a buscar a mamá –dijo ella, antes de que él pudiese hablar, y se volvió tan bruscamente que él pudo observar el cimbreo de su falda–. Mamá. Es un hombre. Es para ti –dijo, y con intensa censura pasó por delante de él rumbo a un colegio decente.

–Hola, Belinda –dijo Brotherhood–. Soy yo.

Al salir de la cocina, Belinda se encaminó directamente al pie de la escalera, respiró hondo y vociferó a una puerta cerrada.

–¡Paul! Baja inmediatamente, por favor. Ha venido Jack Brotherhood. Supongo que quiere algo.

Era lo que él sabía que ella gritaría, aunque no tan alto, porque Belinda siempre había reaccionado mal al principio y rectificado con bastante dulzura más tarde.

Estaban sentados en una sala de madera, en sillas bajas de mimbre que crujían como columpios cuando te movías. Sobre ellos se balanceaba, torcida, una gigantesca pantalla de lámpara de papel blanco. Belinda había preparado café en tazones moldeados a mano y lo había endulzado con azúcar natural. Bach sonaba aún desafiante en la cocina. Belinda tenía los ojos oscuros e iracundos por algún suceso de su infancia; a los cincuenta años, su cara continuaba dispuesta a afrontar otra disputa con su madre. Llevaba el pelo grisáceo recogido en un moño discreto y un collar de algo parecido a nuez moscada. Al andar se desplazaba dentro de su caftán como si lo odiara. Al sentarse extendía las rodillas y se rascaba los nudillos de una mano. Su belleza, sin embargo, se aferraba a ella como una identidad que intentase negar, y su sencillez desentonaba continuamente como un mal disfraz.

–Ya han estado aquí, por si no lo sabes, Jack –dijo–. A las diez de la noche, en realidad. Nos estaban esperando en la puerta cuando volvimos de la casa de campo.

–¿Quiénes?

–Nigel. Lorimer. Dos más que yo no conocía. Todos hombres, claro.

–¿Qué dijeron que querían? –preguntó Brotherhood, pero Paul le detuvo.

No era posible enfadarse con Paul. Sonreía de un modo muy juicioso a través del humo de su pipa incluso cuando se estaba comportando de un modo grosero.

–¿Pero qué es esto, Jack? –dijo, sacando la pipa de la boca y bajándola hasta convertirla en un micrófono de mano–. ¿Un interrogatorio sobre interrogatorios? No tenéis un estatuto político, Jack. Sólo sois un equipo de alquiler incluso bajo este gobierno, me temo.

–Posiblemente lo ignoras, pero Paul ha escrito extensamente sobre el auge de los servicios paramilitares bajo los conservadores –dijo Belinda con una voz que se esforzaba en ser áspera–. Lo sabrías si te tomaras la molestia de leer el *Guardian*, pero no lo lees. En el último le dieron una página entera.

–Así que jódete, Jack –dijo Paul, con la misma deferencia.

Brotherhood sonrió. Paul sonrió. Un viejo perro pastor entró en la sala y se acomodó a los pies de Brotherhood.

–Por cierto, ¿quieres fumar? –dijo Paul, siempre sensible a la atmósfera–. Me temo que Belinda no tolera los pitillos, pero puedo ofrecerte un elegante purito, si te mueres de ganas.

Brotherhood sacó uno de sus paquetes pestilentes y encendió un cigarrillo.

–Jódete tú también, Paul –dijo, en contrapartida.

Paul había medrado pronto en la vida. Veinte años antes había escrito obras prometedoras para teatros marginales. Las seguía escribiendo. Era alto, pero por fortuna poco atlético. Dos veces, que Brotherhood supiera, había solicitado su ingreso en la Casa. En ambas ocasiones había sido rechazado de plano, incluso sin la intervención de Brotherhood.

–Vinieron aquí porque estaban investigando a Magnus antes de darle un alto cargo, si lo quieres saber –dijo Belinda, de una tirada–. Tenían prisa porque querían ascenderle inmediatamente para que pudiera seguir trabajando.

–¿Nigel? –repitió Brotherhood con una risa incrédula–. ¿Nigel y Lorimer y dos hombres más? ¿Haciendo investigaciones a las diez de la noche? Has tenido en tu casa a la mitad del Whitehall secreto, Bel. No a un equipo de investigadores incapaces trabajando a medio sueldo.

–Es un puesto de categoría superior, así que la investigación tienen que hacerla funcionarios superiores –replicó Belinda, poniéndose colorada.

–¿Te dijo eso Nigel?

–¡Sí, me lo dijo! –respondió Belinda.

–¿Y te lo creíste?

Pero Paul había decidido que había llegado el momento de mostrar su temple.

–Vete a tomar por el culo, ¿quieres, Jack? –dijo–. Fuera de esta casa. Ya. Querida, no le contestes. Todo esto es demasiado teatral y estúpido. Vamos, Jack. Fuera. Puedes venir a tomar una copa cuando quieras, con tal de que llames antes. Pero no para estas bobadas. Lo siento. Fuera.

Había abierto la puerta y estaba agitando su manaza blanda como si achicara agua, pero ni Brotherhood ni el perro se movieron.

–Magnus ha saltado del barco –explicó Brotherhood a Belinda, mientras Paul adoptaba su expresión ceñuda de «puedo-ser-violento»–. Nigel y Lorimer os han vendido caca de la vaca. Magnus se ha fugado y se ha escondido mientras ellos fabrican contra él un caso como el gran traidor del mundo occidental. Yo soy su jefe y por lo tanto no estoy tan entusiasmado como ellos. Creo que se ha extraviado, pero no perdido, y me gustaría encontrarle antes y hablar con él. –Al dirigirse a Paul ni siquiera se molestó en volver la cabeza. Se limitó a levantarla lo suficiente para marcar la diferencia–. Le han puesto una mordaza a tu director por el momento, lo mismo que a los demás, Paul. Pero si Nigel se sale con la suya, dentro de unos días tus colegas vocearán a toda plana el matrimonio anterior de Belinda en sus columnas asquerosas y te sacarán una foto cada vez que vayas a la lavandería. Así que más vale que empieces a pensar cómo representar vuestro papel juntos. Entretanto tráenos más café y déjanos en paz durante una hora.

Sola, Belinda era mucho más fuerte que cuando estaba protegida por su compañero. Su semblante, aunque aturdido, se había relajado. Sus ojos castaños miraban resueltamente a un punto situado a pocos centímetros, como para indicar que aunque no pudiera ver más lejos que los demás, su fe en lo que veía era dos veces más intensa. Se sentaron ante una mesa redonda del mirador, y la persiana cortaba en franjas el cartel del partido socialdemócrata.

–Su padre ha muerto –dijo Brotherhood.

–Lo sé. Lo he leído. Me lo dijo Nigel. Me preguntaron en qué medida podría haberle afectado a Magnus. Supongo que era una treta.

Brotherhood tardó un momento en responder.

–No del todo –dijo–. No. No totalmente, Belinda. Creo que están razonando que eso podría haberle trastornado un poco.

–Magnus siempre quiso que le salvara de Rick. Hice lo que pude. Intenté explicárselo a Nigel.

–¿Salvarle cómo, Belinda?

–Esconderle. Contestar al teléfono por él. Decir que estaba en el extranjero cuando no lo estaba. A veces pienso que por eso Magnus ingresó en la Casa. Como un escondrijo. Del mismo modo que se casó conmigo porque tenía miedo de correr ese riesgo con Jemima.

–¿Quién es Jemima? –preguntó Brotherhood, fingiendo ignorarlo.

–Una íntima amiga mía del colegio. –Frunció el ceño–. Demasiado íntima. –El ceño se suavizó y se torno melancolía–. Pobre Rick. Sólo le vi una vez. Fue en nuestra boda. Apareció en medio de la fiesta sin haber sido invitado. Nunca he visto a Magnus más feliz. Por lo demás Rick era sólo una voz en el teléfono. Tenía una voz bonita.

–¿Magnus tenía otros escondrijos en aquella época?

–Te refieres a mujeres, ¿no? Puedes decirlo si quieres. Ya no me importa.

–Simplemente un sitio donde podría haberse escondido. Es todo. Una casita en el campo. Un antiguo compinche. ¿Dónde iría, Belinda? ¿Quién le alojaría?

Las manos de Belinda, ahora que las había desunido, eran elegantes y expresivas.

–Habría ido a cualquier parte. Era un hombre distinto todos los días. Venía a casa siendo una persona y yo trataba de acoplarme. A la mañana siguiente era otra. ¿Tú crees que lo hizo, Jack?

–¿Y tú?

–Siempre respondes a una pregunta con otra. Lo había olvidado. Magnus utilizaba el mismo truco. –Él esperó–. Prueba con Sef –dijo–. Sef siempre fue leal.

–¿Sef?

–Kenneth Sefton Boyd. El hermano de Jemima. «Sef es demasiado rico para mi sangre», solía decir Magnus. Eso quería decir que eran iguales.

–¿Magnus podría haber ido a verle?

–En caso de verdadero apuro.

–¿Podría haber ido a ver a Jemima?

Ella negó con la cabeza.

–¿Por qué no?

–Tengo entendido que ya no le gustan los hombres –dijo, y se ruborizó–. Es una mujer imprevisible. Siempre lo ha sido.

–¿Alguna vez has oído hablar de un tal Wentworth?

Ella movió la cabeza, pensando todavía en otra cosa.

–Desde aquella época –dijo.

–¿Y de Poppy?

–Aquella época acabó con Mary. Si existe una Poppy, mala suerte para Mary.

–¿Qué es lo último que has sabido de él?

–Eso mismo me preguntó Nigel.

–¿Qué le contestaste?

–Le dije que no había motivo para saber nada de él después de nuestro divorcio. Estuvimos casados seis años. No tuvimos hijos. Fue un error. ¿Por qué revivirlo?

–¿Era la verdad?

–No. Mentí.

–¿Qué estabas ocultando?

–Telefoneó. Magnus llamó.

–¿Cuándo?

–El lunes por la noche. Paul no estaba, gracias a Dios.

Hizo una pausa para oír el sonido de la máquina de escribir de Paul, que repiqueteaba tranquilizadoramente arriba.

–Tenía una voz rara. Pensé que estaba borracho. Era tarde.

–¿Qué hora?

–Debía de ser alrededor de las once. Lucy estaba todavía haciendo sus deberes. Por regla general no la dejo trabajar después de las once, pero estaba estudiando francés. Llamó desde una cabina.

–¿Con monedas?

–Sí.

–¿De dónde?

–No lo dijo. Sólo dijo: «Rick ha muerto. Ojalá hubiéramos tenido un hijo.»

–¿Nada más?

–Dijo que siempre se había odiado por casarse conmigo. Ahora se había reconciliado. Se entendía a sí mismo. Y me amaba por haberme esforzado tanto. Gracias.

–¿Es todo?

–«Gracias. Gracias por todo. Y por favor perdona las partes malas.» Después colgó.

–¿Le dijiste eso a Nigel?

–¿Por qué me preguntas continuamente eso? No pensé que fuera de su incumbencia. No quise decirle que Magnus había llamado una noche, borracho y sentimental, en el preciso momento en que estaban pensando en ascenderle. Lo tiene bien merecido por engañarme.

–¿Qué más te preguntó Nigel?

–Cosas de su carácter. Si alguna vez había tenido razones para suponer que Magnus podría haber simpatizado con el comunismo. Respondí que Oxford. Nigel dijo que eso lo sabían. Yo dije que en mi opinión la política universitaria no significaba mucho. Nigel estuvo de acuerdo. Preguntó si había sido excéntrico en algo. Inestable, alcohólico, depresivo. Respondí que no otra vez. Yo no consideraba que haber hecho una llamada borracho en catorce años constituyera embriaguez, pero aunque lo hubiera creído no iba a decírselo a cuatro colegas de Magnus. Me sentí protectora con él.

–Deberían haberte conocido mejor, Belinda –dijo Brotherhood–. A propósito, ¿tú le hubieras dado el puesto?

–¿Qué puesto? Has dicho que no había ninguno.

Estaba siendo brusca con él, sospechando tardíamente que él también hablaba con duplicidad.

–Quería decir: supónte que hubiese habido un puesto. Un cargo de alto nivel, de responsabilidad. ¿Se lo hubieras dado?

Ella sonrió. Muy hermosamente.

–Lo hice, ¿no? Me casé con él.

–Ahora eres más sensata. ¿Se lo darías hoy?

Ella se estaba mordiendo el dedo índice, con expresión indignada. Cambiaba de humor en cuestión de un momento. Brotherhood esperaba, pero no obtuvo respuesta y le hizo otra pregunta:

–¿Por casualidad te preguntaron algo sobre su época de Graz?

–¿Graz? ¿Te refieres a su servicio militar? Cielo santo, no se remontaron *tan* atrás.

Brotherhood movió la cabeza como diciendo que nunca podría estar a la altura de la perversidad del mundo.

–Graz es donde intentan decir que todo empezó, Bel –dijo–. Tienen una grandiosa teoría de que cayó en manos de ladrones mientras cumplía su servicio militar allí. ¿A ti qué te parece?

–Son absurdos –dijo ella.

–¿Por qué estás tan segura?

–Fue feliz allí. Cuando volvió a Inglaterra era un hombre nuevo. «Estoy completo –repetía–. Lo he conseguido, Bel. He recuperado mi otra mitad.» Estaba orgulloso de haber hecho tan buen trabajo.

–¿Describió el trabajo?

–No podía. Era demasiado secreto y demasiado peligroso. Sólo dijo que si yo lo supiera estaría orgullosa de él.

–¿Te dijo el nombre de alguna de las operaciones en las que tomó parte?

–No.

–¿Te dijo el nombre de alguno de sus agentes?

–No seas absurdo. Nunca haría eso.

–¿Mencionó a su oficial jefe?

–Dijo que era brillante. Todos eran brillantes para Magnus cuando eran hombre nuevos.

–Si te dijera Mangasverdes en voz alta, ¿te sonaría a algo?

–Significaría música tradicional inglesa.

–¿Has oído hablar de una chica llamada Sabina?

Ella negó con la cabeza.

–Él me dijo que yo era su primera mujer.

–¿Le creíste?

–Es difícil de decir cuando también es tu primer hombre.

Brotherhood recordó que con Belinda el silencio era siempre provechoso. Si sus embestidas tenían algo de cómicas, había siempre dignidad en las pausas entre ellas.

–O sea que Nigel y sus amigos se marcharon contentos –sugirió Brotherhood–. ¿Y tú?

El perfil de Belinda se destacaba contra la ventana. Él esperó a que la cara se irguiera o se volviera hacia él, pero no lo hizo.

–¿Dónde le buscarías tú? –dijo él–. Si estuvieras en mi caso.

Ella siguió sin moverse ni hablar.

–¿En algún sitio al lado del mar? Tenía esas fantasías, ya sabes. Las cortaba en rebanadas y daba un pedazo a cada persona. ¿Te dio una versión a ti? ¿Escocia? ¿Canadá? ¿La migración del reno? ¿Alguna mujer amable que le acogería? Necesito saberlo, Belinda. De verdad.

–No voy a hablar más contigo, Jack. Paul tiene razón. No tengo por qué.

–¿Al margen de lo que haya hecho? ¿Tampoco, quizá, para salvarle?

–No confío en ti. Sobre todo cuando eres cordial. Tú le inventaste, Jack.

Él hubiera hecho cualquier cosa que le dijeras. Quién ser. Con quién casarse. De quién divorciarse. Si ha hecho algo malo, la culpa es tan tuya como suya. Fue fácil deshacerse de mí: simplemente me dio la llave y se fue a ver a un abogado. ¿Cómo se suponía que iba a deshacerse de ti?

Brotherhood se encaminó hacia la puerta.

–Si le encuentras, dile que no vuelva a telefonear. Y... ¿Jack?

Brotherhood se detuvo. La expresión de Belinda era de nuevo suave y esperanzada.

–¿Escribió aquel libro del que siempre estaba hablando?

–¿Qué libro era?

–La gran novela autobiográfica que iba a cambiar el mundo.

–¿Debería haberlo escrito?

–«Un día voy a enclaustrarme y a contar la verdad.» «¿Por qué tienes que enclaustrarte? Dila ahora», le dije. Parecía pensar que no podía. No voy a permitir que Lucy se case temprano. Ni tampoco Paul. Vamos a darle la píldora y a dejarle que tenga aventuras.

–¿Enclaustrarse *dónde*, Belinda?

Una vez más, la luz desapareció de la cara de ella.

–Lo lleváis encima, Jack. Todos vosotros. A él no le habría ocurrido nada si no hubiera conocido a gente como vosotros.

«Espera –se dijo Grant Lederer–. Todos te odian. Tú odias a casi todos. Sé un chico listo y espera tu turno.» Once hombres estaban sentados en una habitación dentro de otra. Falsas ventanas, en las paredes falsas, daban a flores de plástico. Desde sitios así, pensó Lederer, Norteamérica perdía sus guerras contra los hombrecillos marrones de pijama negro. Desde sitios así, pensó –desde habitaciones de cristal ahumado, aisladas de la Humanidad–, Norteamérica perderá todas sus guerras la última. Pocos metros más allá de las paredes se extendían los plácidos remansos diplomáticos de St. John's Wood. Pero allí dentro podrían haber estado en Langley o en Saigón.

–Harry, con el mayor respeto *posible* –dijo Mountjoy, miembro del gobierno, mostrando muy poco–, un adversario escrupuloso podría habernos endilgado esos tempranos indicadores tuyos, como algunos de nosotros hemos venido diciendo continuamente. ¿Es realmente acertado sacarlos otra vez al ruedo? Creí que habíamos despachado ese expediente en agosto.

Wexler miró las gafas que estaba sujetando con las dos manos. «Son demasiado pesadas para él –pensó Lederer–. Ve demasiado claro con ellas.» Wexler las bajó hasta la mesa y se rascó su pelo al rape de veterano con la punta de sus dedos rechonchos. «¿Qué te detiene? –le preguntó Lederer en silencio–. ¿Estás traduciendo del inglés al inglés? ¿Te han paralizado los efectos del desfase horario después de volar en el Concorde desde Washington? ¿ O te atemorizan estos caballeros ingleses que nunca se cansan de decirnos cómo organizaron en primer lugar nuestro servicio y generosamente nos invitaron a cenar en su selecta mesa? Por los clavos de Cristo, eres un alto funcionario de la mejor agencia de espionaje del mundo. Eres mi jefe. ¿Por qué no te pones de pie y te impones?» Como en respuesta a la súplica silenciosa de Lederer, la voz de Wexler empezó a funcionar de nuevo, pero con la confianza y la animación de una báscula que te dice el peso.

–Caballeros –comenzó Wexler, salvo que dijo «cabelleros». «Recarga, vuelve a apuntar, tómate tu tiempo», pensó Lederer–. Nuestra situación, Sir Eric –prosiguió Wexler, con algo desagradablemente parecido a una reverencia en dirección a Mountjoy, que poseía el tratamiento de «Sir»–, es decir, la... esto... situación global de la agencia en este asunto, en esta importante reunión y en este momento concreto, es que tenemos aquí una acumulación de indicadores de una amplia gama de fuentes por un lado, y por el otro algo que consideramos bastante más concluyente a propósito de nuestra inquietud.

Se humedeció los labios. «Yo también lo haría –pensó Lederer–. Si yo hubiera soltado esa parrafada, escupiría, cuando menos.»

–Estimamos, por consiguiente, que la... ah... logística exige aquí que desandemos... ah... una corta distancia y, una vez hecho esto, que pongamos... ah... el nuevo material donde todos podamos echarle un buen vistazo a la luz de lo que... ah... ha ocurrido últimamente.

Se volvió hacia Brammel y su cara arrugada pero inocente esbozó una sonrisa de disculpa.

–Tú quieres hacerlo de un modo distinto en todos los aspectos, Bo. ¿Por qué no lo dices claramente y vemos si podemos complacerte?

–Mi querido amigo, debes hacer exactamente lo que más te complazca –dijo Brammel hospitalariamente, que era lo que se había pasado la vida diciendo a todo el mundo.

Wexler, pues, continuó su exposición, primero centrando su carpeta ante él encima de la mesa y luego ladeándola ligeramente hacia la derecha, como si tomara tierra sobre la punta de un ala. Y Grant Lederer III, que tiene la impresión de que la comezón de su sarpullido le está mordiendo las superficies internas de la piel, trata de reducir sus pulsaciones y el calor de su sangre y creer en el alto nivel de esta reunión. En algún sitio, se dice, existe un servicio de espionaje digno, secreto y omnisciente. Lo único malo es que está en el cielo.

Los ingleses habían presentado su equipo habitual de negociadores intratables. Hobsbawn, delegado del Servicio de Seguridad, Mountjoy, miembro del gabinete, y Dorney, de Asuntos Exteriores, todos ellos atrincherados en diversas posturas de incredulidad o franco desprecio. Lederer advirtió que sólo la colocación había cambiado: mientras que hasta entonces Jack Brotherhood había sido colocado simbólicamente al lado de Brammel, esta posición la ocupaba hoy su recaudador, Nigel, y Brotherhood había sido promovido a la cabecera de la mesa, donde presidía la asamblea como una vieja ave gris que, amenazadora, observa su presa. En el lado americano de la mesa solamente cuatro. «Qué típico que en nuestras Relaciones Especiales los británicos superen en número a los americanos –pensó Lederer–. En el dominio de la acción la agencia supera a esos bastardos en una proporción de casi noventa a uno. Aquí dentro somos una minoría perseguida.» A la derecha de Lederer, Harry Wexler, tras haberse aclarado la garganta a tiempo, había empezado por fin a forcejear con las complejidades de lo que insistió en denominar «la... ah... situación aún vigente». A la izquierda de Lederer estaba repantigado Mick Carver, jefe de la oficina de Londres, un millonario mimado de Boston que tenía reputación de brillante en base a unos méritos que Lederer no veía por ninguna parte. Debajo de él, el insigne Artelli, un matemático angustiado, perteneciente al espionaje de señales, parecía como si hubiese sido transportado desde Langley agarrado por los pelos. «Y entre ellos estoy sentado yo, Grant Lederer Tercero, inquerible incluso para mí mismo, el abogado emprendedor de la South Bend Indiana, cuyos esfuerzos incansables en pro de su propio ascenso han obligado a todos a reunirse una vez más para demostrar que lo que habría podido demostrarse seis meses antes: a saber, que las computadoras no fabrican inteligencia, que no hay que aproximarse al adversario a cambio de favores, que no hay que inventar calumnias voluntariamente contra hombres que ocupan altos cargos en el servicio inglés.» Dicen la verdad deshonrosa sin tener en cuenta encanto, raza o tradición, y se la dicen a Grant Lederer Tercero, que está atareado haciéndose lo más impopular posible.

Cuando Lederer escuchaba impotente los tropiezos de Wexler, decidió que era él mismo, no Wexler, el extraño allí. «Ahí está E. Wexler –razonó–, que en Langley se sienta a la mano derecha de Dios. Que en el *Time Magazine* ha sido presentado como el aventurero legendario de América. Que desempeñó un papel estelar en la Bahía de los Cochinos y engendró alguna de las mejores putadas del espionaje en la guerra de Vietnam. Que ha desestabilizado más economías en bancarrota de Centroamérica de lo que pueda pensarse, y conspirado con la flor y nata, desde los jefes de la Mafia para abajo. Y aquí estoy yo, un gilipollas ambicioso. ¿Y qué estoy pensando? Estoy pensando que un hombre que no puede hablar claro no puede pensar claro. Estoy pensando que la capacidad de expresarse es compañera de la lógica, y que Harry E. Wexler, de acuerdo con este criterio, está circuncidado desde el cuello para arriba, aunque tenga mi precioso futuro en sus manos.»

Para alivio de Lederer, la voz de Wexler cobró nueva confianza. Era porque estaba leyendo directamente del informe de Lederer. *En marzo del 81 un desertor digno de crédito informó que...* Nombre de guerra Dumbo, recordó Lederer automáticamente, transformándose en una computadora: reinstalado en París con una furcia proporcionada por la sección de recursos. Un año después desertó la furcia. *En marzo del 81 el espionaje de señales informó que...* Lederer lanzó una mirada a Artelli, esperando encontrar la suya, pero Artelli estaba escuchando señales propias. *Nuevamente en marzo del 82, a una fuente introducida en el espionaje polaco, en el curso de una visita de enlace a Moscú, le aconsejaron que...* Nombre falso Mustafá, recordó Lederer con un escalofrío delicado: murió por exceso de entusiasmo mientras auxiliaba en sus investigaciones a la seguridad polaca. Con un titubeo y un traspiés, el gran Wexler sirvió el primer plato fuerte de la mañana y consiguió no estropearlo. Y el sentido de esos indicadores, *caballeros*, es en todos los casos el mismo, declaró: a saber, *«que la campaña balcánica íntegra de un servicio de espionaje occidental innominado está siendo orquestada por el espionaje checo en Praga, y que la filtración se está produciendo ante las mismas narices de la hermandad del espionaje angloamericana»*. Pero nadie da un salto en el aire. El coronel Carruthers no se quita el monóculo para exclamar: «¡Dios santo, qué diabólica astucia!» La fuerza sensacional de la revelación de Wexler tiene seis meses de antigüedad. El junco de la caja se ha marchitado y ningún pájaro canta.

Lederer decidió escuchar, en cambio, lo que Wexler no dice. «Nada sobre mi entrenamiento de tenis interrumpido, por ejemplo. Nada sobre mi matrimonio en peligro, mi vida sexual truncada, mi absoluta inoperancia como padre, a partir del día en que me eximieron de todos los demás deberes y me asignaron la función de superesclavo del gran Wexler veinticinco horas al día.» «Tienes formación de abogado, hablas el checo y tienes la pericia checa –le había dicho el departamento de personal con estas mismas palabras–. Más concretamente tienes una mente enormemente brillante. Aplícala, Lederer. Esperamos maravillas de ti.» Nada sobre las horas nocturnas delante de mi computadora, gastando los dedos en pulsar malditas teclas y alimentar acres de datos inconexos. ¿Por qué lo hice? ¿Qué me ocurrió? Mamá, simplemente sentí que mi talento crecía en mi interior y entonces me monté en su lomo y me puse en marcha hacia mi destino. Nombres e historial de todos los oficiales pasados o presentes de los servicios de espionaje occidentales con sede en Washington y acceso al objetivo checo, sean consumidores centrales o periféricos: Lederer envasa en cuatro días toda esta información ridícula. Nombres de todos sus contactos, detalles de sus desplazamientos, sus pautas de conducta, sus apetitos sexuales y sus esparcimientos: Lederer lo asimila todo en una sesión maniática de viernes-a-lunes mientras Bee reza por los dos. Nombres de todos los correos checos, funcionarios, viajeros legales o ilegales que entran y salen de Estados Unidos, además de descripciones personales en reseñas separadas para contrarrestar los pasaportes falsos. Fechas y propósito aparente de esos viajes, frecuencia y duración de la estancia. Lederer lo entrega todo atado y amordazado al cabo de tres cortos días y noches mientras Bee se convence de que le está engañando con Maisie Morse, de la Cantina, a quien el humo de marihuana le sale por las orejas.

Desdeñando todavía éste y otros muchos sacrificios de su subordinado, Wexler se ha embarcado en un párrafo desastroso sobre «incorporar nuestro conocimiento general de la metodología checa en lo referente a la atención *de* y a la comunicación *con* sus agentes en activo». Sigue un silencio expectante mientras la reunión parafrasea mentalmente.

–Ah, quieres decir *mañas del oficio*, Harry –dice Bo Brammel, que nunca podía resistirse a una agudeza si pensaba que adornaría su reputación, y el pequeño Nigel, a su lado, contiene la risa alisándose el pelo.

–Pues sí, señor, supongo que es eso lo que quiero decir –confiesa Wexler, y Lederer, para su propia sorpresa, siente que un bostezo de excitación nerviosa le recorre cuando el desaliñado Artelli ocupa la tribuna.

Artelli no utiliza notas y posee una frugalidad verbal de matemático. A pesar de su apellido, habla con un ligero acento francés que disimula debajo de un tono gangoso y cansino del Bronx. Como los indicadores continuaban multiplicándose, dice, mi sección recibió la orden de efectuar una revalorización de las transmisiones de radio clandestinas emitidas desde el tejado de la embajada checa en Washington, así como desde ciertos edificios checos identificados en Estados Unidos a lo largo de los años 81 y 82, en especial su consulado de San Francisco.

–Nuestra gente reconsideró las distancias del rebote, variaciones de frecuencias y zonas de recepción probables. Repasó todas las emisiones interceptadas de ese período, aunque no habíamos podido interceptarlas en el momento de su transmisión original. Preparó un horario de dichas transmisiones para poder confrontarlas con los movimientos de sospechosos verosímiles.

–Espere un minuto, ¿quiere?

La cabeza del pequeño Nigel gira como una veleta en una tormenta. Hasta Brammel muestra signos visibles de interés humano. Desde su exilio en el extremo de la mesa, Jack Brotherhood apunta con un índice calibre 45 directamente al ombligo de Artelli. Y es sintomático de todas las paradojas de la vida de Lederer que, de todas las personas presentes en la habitación, Jack Brotherhood es a la que más desearía servir, si alguna vez tuviera la oportunidad y a pesar de que –o quizá porque– sus ocasionales esfuerzos por congraciarse con su héroe adoptado han merecido un repudio férreo.

–Escuche, Artelli –dice Brotherhood–. Ustedes han insistido mucho en el punto de que cada vez que Pym abandonaba las oficinas de Washington, ya fuese de permiso o para visitar otra ciudad, cesaba una serie particular de transmisiones cifradas desde la embajada checa. Sospecho que va a repetirnos eso mismo ahora.

–Con más detalle, sí –responde Artelli, bastante complacido.

El dedo índice de Brotherhood continúa apuntando a su blanco. Artelli mantiene las manos apoyadas en la mesa.

–¿La presunción es que al estar Pym fuera del alcance de su transmisor de Washington, los checos no se molestarían en hablar con él? –inquiere Brotherhood.

–Así es.

–Entonces cada vez que volvía a la capital reanudaban el contacto. «Hola, ¿eres tú? Bien venido a casa.» ¿Es así?

–Sí, señor.

–Bien. Vamos a invertirlo por un momento, ¿de acuerdo? Si usted estuviese incriminando a un hombre, ¿no es eso exactamente lo que haría usted también?

–Actualmente no –responde Artelli, serenamente–. Y tampoco en el 81 y el 82. Quizá sí diez años antes. No en los ochenta.

–¿Por qué no?

–No sería tan tonto. Todos sabemos que es una práctica habitual del espionaje seguir transmitiendo aunque el receptor no esté escuchando. Tengo la impresión de que... –Se detiene–. Quizá debería dejar esto al señor Lederer –dice.

–No, dígaselo usted mismo –ordena Wexler sin levantar la vista.

La brusquedad de Wexler no es inesperada. Es una característica de estas reuniones, conocida por todos los presentes, que una maldición, cuando no una prohibición explícita, impida usar el nombre de Lederer. Lederer es su Casandra. Nadie pidió jamás a Casandra que presidiera una asamblea sobre limitación de daños.

Artelli es un jugador de ajedrez y se toma su tiempo.

–Las técnicas de comunicación que nos encomendaron observar aquí estaban anticuadas incluso en la época de su utilización. Percibes una impresión. Un olor. Un olor a viejo. Una sensación del largo trato, de un ser humano con otro. Quizá de años.

–Ésos son argumentos *muy* capciosos –exclama Nigel, bastante enfadado, y continúa sentado muy derecho antes de inclinarse hacia su jefe, quien parece estar intentando negar y asentir con el mismo movimiento de cabeza.

Mountjoy dice: «Muy bien.» Un par de directores regionales de Brammel están produciendo sonidos similares de corral. Hay hostilidad en el aire, y se está gestando a escala nacional. Brotherhood no dice nada, pero se ha sonrojado. Lederer ignora si alguien aparte de él lo ha notado. Se ha sonrojado, ha bajado el puño y durante un segundo parece haber bajado totalmente la guardia. Lederer le oye rezongar «camelos», pero no oye el resto porque Artelli ha decidido proseguir.

–Nuestro descubrimiento más importante, con todo, se refiere a los tipos de código en esas transmisiones. En cuanto tuvimos noticia de un sistema de tipos más antiguo, sometimos las transmisiones a diferentes métodos analíticos. Del mismo modo que no te pones a buscar inmediatamente un motor de vapor dentro del capó de un «Cadillac». Decidimos leer los mensajes a partir del supuesto de que los leía un hombre o una mujer que pertenece a una determinada generación de adiestramiento y que no puede o no se atreve a almacenar materiales modernos de lenguaje cifrado. Buscamos claves más elementales. Buscamos en particular pruebas de textos no fortuitos que sirvieran de base para la transposición.

«Si alguien aquí entiende lo que está diciendo, no lo demuestra», piensa Lederer.

–Al poner esto en práctica, empezamos a detectar al momento una progresión en la estructura. Por ahora sigue siendo álgebra. Pero ahí está. Es una lógica progresión lingüística. Quizá sea un fragmento de Shakespeare.

Quizás una canción infantil hotentote. Pero emerge una pauta basada en el texto continuo de algún análogo semejante. Y ese análogo es, en efecto, el libro de claves de esas transmisiones. Y pensamos –quizá sea un poco místico– que el análogo es... bueno, como un vínculo entre el campo y la base. Lo vemos como si tuviera casi una identidad humana. Lo único que necesitamos es una palabra. Preferente, pero no necesariamente la primera. Después de lo cual, identificar el resto del texto es sólo cuestión de tiempo. Entonces leeremos con toda claridad esos mensajes.

–¿Y cuándo será eso? –preguntó Mountjoy–. Hacia 1990, supongo.

–Podría ser. Podría ser esta noche.

De repente se puso de manifiesto que Artelli quería decir más de lo que estaba diciendo. Lo hipotético se había vuelto específico. Brotherhood es el primero en captar su insinuación.

–¿Por qué esta noche? –dice–. ¿Por qué no en 1990?

–Hay una cosa muy curiosa en el conjunto de las transmisiones checas –confiesa con una sonrisa–. Es como si estuvieran lanzando material al azar por todas partes. Como ayer por la noche, en que Radio Praga emitió una llamada espectral por todo el mundo utilizando a un falso profesor inexistente. Como un grito de auxilio a alguien que sólo está en condiciones de recibir un anuncio verbal. Durante veinticuatro horas, además, captamos llamadas como de primero de mayo, por ejemplo una transmisión de alta velocidad de la embajada checa aquí en Londres. Desde hace cuatro días han estado colando señales de gran velocidad en los programas principales de la BBC. Es como si los checos hubiesen perdido a un niño en el bosque y estuvieran gritando mensajes que acaso pudieran llegarle.

Antes incluso de que la voz sin eco de Artelli se hubiese extinguido, Brotherhood estaba ya hablando.

–Pues *claro* que hay una transmisión de Londres –declara con vehemencia, apoyando el puño en la mesa, como en un gesto de desafío–. Pues claro que los checos la están enviando. Por Dios, ¿cuántas veces tenemos que decírselo? Hace dos malditos años que ha habido transmisiones checas en cualquier parte del globo donde Pym pone el pie y que, naturalmente, coinciden con sus movimientos. Es un juego de radio. Así es como se juega cuando se está incriminando a un hombre. Persistes y repites y esperas hasta que el otro pierde los nervios. Los checos no son idiotas. A veces pienso que nosotros sí.

Sin incomodarse, Artelli dirige a Lederer su sonrisa retorcida como diciéndole: «A ver si *tú* puedes impresionarles.» En eso Lederer se permite un recuerdo improcedente de su mujer Bee extendida encima de él, en todo su esplendor desnudo, haciéndole el amor como todos los ángeles del cielo.

–Sir Michael, tengo que empezar por el otro extremo –dijo Lederer prontamente, en un exordio preparado que se dirige a Brammel–. Si no tiene inconveniente, señor, tengo que remontarme a Viena, hace tan sólo diez días, y desde allí a Washington.

Nadie le mira. Empieza por donde quieras, le estaban diciendo, y acaba de una vez.

Un Lederer distinto se ha desatado en su fuero interno y él recibe con placer esta versión de sí mismo. «Soy el cazador de recompensas que se mueve sigiloso entre Londres, Washington y Viena, con Pym perpetuamente en mi punto de mira. Soy el Lederer que, como Bee se quejaba a voz en cuello cuando estuvimos a salvo de micrófonos, se acostaba con Pym todas las noches, despertaba sudando de dudas en las horas veleidosas y despertaba de nuevo por la mañana con Pym más firmemente instalado entre Bee y yo: «Te atraparé, chico. Te agarraré.» El Lederer que durante los últimos doce meses –desde que el nombre de Pym empezó a parpadearme desde la pantalla del ordenador– le ha perseguido primero como una abstracción y luego como a un tipo estrafalario. Ha posado con él en comités falsos como su colega serio y admirativo. Ha compartido *picnics* alegres y ebrios con la familia Pym en los bosques de Viena, y a continuación he corrido a mi escritorio y me he puesto a trabajar con renovado vigor para desguazar lo que acabo de gozar. Es el Lederer que con excesiva facilidad se encariña de aquello mismo a lo que luego castiga por tenerle sujeto; el Lederer que agradece cada sonrisa tiesa y palmadita de aliento fortuita del gran Wexler, mi jefe, para volverse contra él diez minutos más tarde, satirizarle, degradarle en mi mente recalentada y castigarle por ser otra decepción más para mí.

No importa que yo tenga veinte años menos que Pym. Reconozco en Pym lo mismo que reconozco en mí: un espíritu tan excéntrico que incluso mientras estoy jugando una inocente partida de *scrabble* con los chicos, puede oscilar entre las opciones de suicidio, violación y asesinato. «¡Es uno de los *nuestros*, por Cristo bendito! –quiere gritar Lederer a los potentados soñolientos que le rodean–. No uno de vosotros. Uno de los *míos*. Los dos somos un par de sicópatas energúmenos.» Pero por supuesto no grita esto ni ninguna otra cosa. Habla cuerda y juiciosamente de su computadora. Y de un hombre llamado Petz, también llamado Hampel y Zaworski, que viaja casi tanto como Lederer y exactamente lo mismo que Pym, pero que se toma más molestias que ellos dos para ocultar sus huellas.

Antes, no obstante, con la misma voz perfectamente equilibrada y desapasionada, Lederer describe la situación como estaba en agosto, cuando quedó bilateralmente convenido –Lederer lanza una mirada respetuosa hacia su héroe Brotherhood– que debía abandonarse el caso Pym y disolverse el comité.

–Pero no se abandonó, ¿verdad? –dice Brotherhood, sin molestarse esta vez en avisar de su interrupción–. Mantuviste una vigilancia de su casa y apostaría que también dejaste otros contadores en marcha.

Lederer mira de soslayo a Wexler. Éste se mira ceñudo las manos para decir «no me metas... ah... en esto». Pero Lederer no tiene intención de parar esta pelota, y aguarda groseramente a que la detenga Wexler.

–La resolución por nuestra parte, Jack, fue que debíamos capitalizar la... apropiación existente de recursos –dice Wexler con desgana–. Optamos por una reducción gradual de... ah... una disminución progresiva y nada abrupta.

En el silencio que sigue, Brammel esboza una sonrisa deportiva.

–¿Entonces quiere decir que mantuvo la vigilancia? ¿Es eso lo que está diciendo?

–Sobre una base limitada únicamente, a un ritmo muy lento, muy mínimo en todos los niveles, Bo.

–Yo creía más bien que acordamos retirar al instante nuestros sabuesos, Harry. Sin duda nosotros cumplimos nuestra parte del trato.

–La... ah... Agencia decidió respetar el espíritu de ese pacto, Bo, pero también a la luz de lo que se juzgó operativamente conveniente teniendo en cuenta... ah... todos los hechos e indicadores conocidos.

–Gracias –dice Mountjoy, y tira su lápiz como un hombre que se niega a comer.

Pero esta vez Wexler devuelve el mordisco, y sabe hacerlo:

–Creo que comprenderá que su gratitud es merecida, señor –replica, y coloca los nudillos combativamente contra la punta de su nariz.

El caso de Hans Albrecht Petz, prosigue Lederer, surgió hace seis meses en un contexto que a primera vista no tenía nada que ver con el caso contra Pym. Petz era simplemente otro periodista checo que había aparecido en una conferencia Este-Oeste celebrada en Salzburgo y había sido valorado como una cara nueva para los cazatalentos. Un hombre más viejo, retraído pero inteligente, detalles de su pasaporte filtrados. Lederer sometió su nombre a vigilancia y encargó a Langley una investigación rutinaria de su historial. Langley transmitió «ningún antecedente adverso», pero advirtió que era irregular que un hombre de la edad y profesión de Petz no se hubiese hecho notar hasta entonces. Un mes más tarde Petz reapareció en Linz, supuestamente para informar de una feria agrícola. No alternó con otros periodistas, no intentó congraciarse, rara vez fue visto en las carpas de lona y no aportó nada. Cuando Lederer encomendó a sus lectores de prensa que cribaran los periódicos checos en busca de crónicas redactadas por Petz, lo máximo que encontraron fueron dos párrafos en el *Granjero socialista*, firmados por H. A. P., sobre las limitaciones de los tractores pesados occidentales. Entonces, cuando Lederer estaba dispuesto a olvidarse de él Langley le suministró una identificación positiva. Albrecht Petz era la misma persona que Alexander Hampel, un oficial del espionaje checo que recientemente había asistido a una conferencia de periodistas no alineados en Atenas. No abordar a Petz-Hampel sin autorización. Permanezca a la espera de más información.

Al oírse a sí mismo decir «Atenas», Lederer tiene la impresión de que la presión atmosférica ha disminuido en la sala de seguridad.

–¿En Atenas *cuándo*? –refunfuña Brotherhood, con tono irritado–. ¿Cómo podemos seguir esta historia sin fechas?

Su propio pelo se convierte de pronto para Nigel en una gran preocupación. Una y otra vez moldea los cuernos grisáceos de encima de una oreja con la punta inmaculada de sus dedos, al propio tiempo que muestra un ceño dolorido.

Wexler interviene de nuevo, y Lederer comprueba con placer que está empezando a desprenderse de su timidez y respeto.

–La conferencia de Atenas se celebró del 15 al 18 de julio, Jack. Hampel fue visto solamente el primer día. Conservó su habitación de hotel las tres noches pero no durmió en ella ninguna. Pagó en metálico. Según los registros griegos llegó a Atenas el 14 de julio y nunca abandonó el país. Lo más probable es que saliera con un pasaporte distinto. Parece ser que voló a Corfú. Las listas de vuelo griegas son tan caóticas como de costumbre, pero parece ser que voló a Corfú –repite–. Para entonces ya empezamos a interesarnos mucho por este hombre.

–¿No nos estamos adelantando? –dice Brammel, cuyo sentido del orden nunca es más agudo que en los momentos de crisis–. Maldita sea, Harry, es el mismo juego de siempre. Es culpabilidad por coincidencia. No es distinto de lo de la radio. Si *nosotros* quisiéramos incriminar a un hombre, haríamos el mismo juego con ellos. Cogeríamos a un miembro antiguo de la Casa, un poco en descrédito pero nada deshonrado, y le haríamos ir a la par de los movimientos de un pobre diablo hasta que el adversario diga: «Caramba, nuestro hombre es un espía.» Que ellos se peguen un tiro en el pie. Es facilísimo. Muy bien. Hampel sigue la pista de Pym. ¿Pero qué nos demuestra que Pym colabora activamente?

–En aquel momento preciso nada, señor –confiesa Lederer con falsa humildad, interviniendo en nombre de Wexler–. Pero para entonces habíamos descubierto un lazo retrospectivo entre Pym y Albrecht Petz. En la fecha de la conferencia de Salzburgo, Pym y su mujer asistían a un festival de música allí. Petz se hospedaba a unos doscientos metros del hotel de los Pym.

–Otra vez la misma historia –dice Brammel, obcecadamente–. Es un montaje. Se ve a la legua. ¿No te parece, Nigel?

–Es realmente endeble –dice Nigel.

Nuevamente la presión atmosférica. Quizá las máquinas matan el oxígeno además del sonido, piensa Lederer.

–¿Tiene inconveniente en decirnos la fecha en que salió a relucir esa pista de Atenas? –pregunta Brotherhood, aferrado aún a la cronología.

–Hace diez días, señor –responde Lederer.

–Han sido más lentos que un caracol para avisarnos, ¿no?

Cuando está furioso, Wexler encuentra las palabras más rápido:

–Verás, Jack, nos disuadía bastante la idea de presentaros prematuramente una nueva serie de coincidencias de computadora.

Y añade para Lederer, su cabeza de turco:

–¿Qué demonios estás esperando?

Es hace diez días. Lederer está acurrucado en la sala de comunicaciones de la oficina de Viena. Es de noche y ha declinado dos invitaciones a cócteles y la de una cena pretextando una gripe ligera. Ha telefoneado a Bee y no ha ocultado la excitación de su voz y tiene pensado a medias volver aprisa y decírselo en seguida, porque en definitiva siempre se lo ha contado todo, y las veces en que había poca cosa algo más de lo debido para que su imagen no se resienta. Pero no suelta prenda. Y aunque la puta tensión le ha congelado las articulaciones de los dedos, continúa tecleando. Primero recuerda los horarios más recientes de los movimientos conocidos de Pym dentro y fuera de Viena y descubre, casi como algo que cae por su peso, que visitó Salzburgo y Linz exactamente en las mismas fechas que Petz, alias Hampel.

–¿Linz también? –le interrumpe bruscamente Brotherhood.

–Sí, señor.

–Le siguieron allí, supongo. En contra de lo acordado.

–No, señor, no seguimos a Magnus en Linz. Hice que mi mujer Bee visitara a Mary Pym. Bee obtuvo la información en el curso de una conversación inocente, de mujer a mujer, sobre otro tema, señor Brotherhood.

–Sin embargo, podría no haber ido a Linz. Podría haber contado a su mujer una historia falsa.

A Lederer le cuesta reconocer que es posible, pero en voz baja sugiere que apenas importa, señor, en vista de la señal de Langley de esa misma noche, señal que ahora lee en voz alta a los señores del espionaje angloamericano reunidos.

–Llegó a mi mesa cinco minutos después de que tuvimos la conexión de Linz, señor. Cito: «Petz-Hampel es asimismo Jerzy Zaworski, nacido en Carlsbad en 1926, periodista alemán occidental de origen checo que hizo nueve viajes legales a Estados Unidos en 1981-1982.»

–Perfecto –dice Brammel para sí.

–La fecha de nacimiento, por supuesto, es aproximativa en estos casos –continúa Lederer, sin arredrarse–. Nuestra experiencia revela que los pasaportes falsos suelen añadir al titular un año o dos.

Apenas la señal está en la mesa de Lederer, dice éste, mecanografía las fechas y destinos de las visitas de Herr Zaworski a América. Y fue entonces cuando –dice Lederer, aunque no con tantas palabras– con sólo pulsar un botón todo concordó, los continentes se unieron, tres periodistas pasaron a ser un único espía checo y Grant Lederer III, gracias al aislamiento intachable de la sala de señales, pudo gritar «¡Aleluya!» y «¡Bee, te quiero!» a las paredes acolchadas.

–Todas las ciudades americanas visitadas por Petz-Hampel-Zaworski en 1981 y 1982 fueron visitadas por Pym en las mismas fechas –salmodia Lederer–. Durante estas fechas fueron suspendidas las más importantes transmisiones clandestinas desde la terraza de la embajada checa, siendo la razón de ello, a nuestro juicio, que se estaba produciendo un encuentro personal entre el agente en activo y su controlador de visita. Las transmisiones de radio eran por consiguiente, superfluas.

–Qué bonito –dice Brammel–. Me gustaría encontrar al oficial de espionaje checo que concibió este tinglado para darle inmediatamente mi óscar particular.

Con discreción afligida Mick Carver levanta suavemente una cartera hasta la mesa y extrae un mazo de carpetas.

–Éste es un perfil de Langley sobre el actual Petz-Hampel-Zaworski, presunto controlador de Pym –explica, a la paciente manera de un vendedor empeñado en exhibir una nueva tecnología a pesar del obstáculo del elemento más viejo–. Esperamos un par de precisiones en un plazo muy breve, quizás esta misma noche. Bo, cuando Magnus vuelva a Viena, ¿te importa comunicárnoslo, por favor?

Brammel, al igual que todos los demás, está examinando su carpeta, por lo que es natural que no conteste en el acto.

–Cuando se lo digamos, supongo –dice, descuidadamente, pasando una página–. No antes, eso seguro. Como tú dices, la muerte de su padre fue providencial. El viejo dejó un buen lío, sospecho. Magnus tiene muchas cosas que arreglar.

–¿Dónde está ahora? –pegunta Wexler.

Brammel consulta su reloj.

–Cenando, me figuro. Casi es la hora, ¿no?

–¿Dónde se aloja? –insiste Wexler.

Brammel sonríe.

–Oye, Harry, creo que no voy a decirte eso. Tenemos ciertos derechos en nuestro propio país, ya sabes, y os habéis propasado un poco en el juego de la vigilancia.

Wexler es ante todo un hombre testarudo.

–Lo último que supimos de él fue que estaba en el aeropuerto de Londres haciendo el embarque de su vuelo a Viena. Nuestra información es que había resuelto sus asuntos aquí y que volvía a su puesto. ¿Qué demonios pasó?

Nigel ha juntado las manos. Todavía unidas, las posa sobre la mesa para indicar que, pequeño o no, se dispone a hablar.

–No le habréis seguido aquí también, ¿no? Eso sería ya el colmo.

Wexler se frota la barbilla. Su expresión es de pesar, pero no de derrota. Se dirige a Brammel.

–Bo, necesitamos esa información. Si es un montaje para engañar a los checos es el caso más condenado e ingenioso que he visto en mi vida.

–Pym es un oficial muy ingenioso –replica Brammel–. Ha sido una espina para el bando checo durante treinta años. Es digno de que se tomen un montón de molestias.

–Bo, tenéis que frenar a Pym e interrogarle para que escupa toda la mierda. Si no lo hacéis, vamos a darle vueltas y más vueltas a este asunto hasta que a todos nos salgan canas y algunos estemos ya en la tumba. Ha estado jugueteando con nuestros secretos, y también con los vuestros. Tenemos preguntas muy serias que hacerle y personas muy bien adiestradas para hacérselas.

–Harry, tienes mi palabra de que llegado el momento tú y tu gente podréis interrogarle todo lo que queráis.

–Quizás ese momento es ahora mismo –dice Wexler, sacando la mandíbula–. Quizá deberíamos estar presentes desde que empiece a cantar. Zurrarle mientras esté blando.

–Y quizá deberías confiar en nuestro juicio suficientemente para esperar tu oportunidad –susurra Nigel melosamente, y lanza a Wexler una mirada muy tranquilizadora por encima del marco superior de sus gafas de lectura.

Un impulso muy extraño, entretanto, se está apoderando de Lederer. Lo siente crecer dentro de él y no puede contenerse, como si fuera una urgencia de vomitar. En este ciclo autoregenerador de transigencia y doblez, necesita exteriorizar la afinidad secreta que existe entre Magnus y él. Afirmar el monopolio del conocimiento sobre Pym y subrayar el carácter personal de su triunfo. Mantenerse en el centro del terreno y no verse expulsado a la banda de donde procede.

–Señor, usted ha mencionado al padre de Pym –salta, hablando directamente a Brammel–. Señor, yo sé cosas de ese padre. El mío no es muy distinto en ciertos aspectos; sólo difieren en grado. Es un picapleitos oscuro y la honradez no es su punto fuerte. No, señor. Pero el de Pym era un estafador de guante blanco. Un artista del timo. Nuestros psiquiatras han elaborado un retrato realmente inquietante de ese hombre. ¿Sabe que cuando Richard T. Pym estuvo en Nueva York amañó todo un *imperio* de empresas falsas? ¿Que pidió préstamos a la gente más impensable, a personas realmente importantes? Me refiero a personas conocidas. Hay en eso una tensión grave de inestabilidad controlada. Tenemos un artículo al respecto. –Estaba yendo demasiado lejos, pero no podía detenerse–. Es decir, por Cristo, ¿sabe que Magnus se insinuó del modo más brutal a mi mujer? No se lo reprocho. Es una mujer atractiva. Lo que quiero decir es que el tipo está en todo. Está en todas partes. Esa frialdad inglesa que muestra es puro barniz.

No es la primera vez que Lederer ha cometido suicidio. Nadie le oye, nadie le grita «¡Vaya, no me digas!» Y cuando Brammel habla su voz es tan fría como la caridad y llega con igual retraso.

–Sí, bueno, siempre doy por sentado que esos hombres de negocios son unos estafadores, ¿tú no, Harry? Seguro que todos lo pensamos.

Pasea la mirada alrededor de la mesa, mirando a todos menos a Lederer, y se dirige nuevamente a Wexler.

–Harry, ¿qué te parece si tú y yo parlamentamos durante una hora? Si va a haber un interrogatorio hostil en alguna fase del procedimiento, creo que deberíamos acordar algunas pautas de antemano. Nigel, ¿por qué no vienes tú también para que haya juego limpio? En cuanto a los demás... –Su mirada se posa en Brotherhood y le concede una sonrisa particularmente confiada–. Bueno, digamos simplemente que hasta luego. Saldrán por parejas, ¿de acuerdo?, cuando hayan terminado su lectura. No todos a la vez, que asustan a los campesinos del lugar. Gracias.

Brammel sale, Wexler anadea enérgicamente en pos de él, como un hombre que ha sostenido su criterio y le tiene sin cuidado quién lo conoce. Nigel aguarda hasta que todos se han marchado y entonces, como un funerario atareado, rodea la mesa apresuradamente y coge a Brotherhood del brazo, en un gesto fraternal.

–Jack –susurra–. Bien dicho, bien jugado. Les hemos jodido totalmente. Una palabra al oído lejos de los micrófonos, ¿vale?

Era a primera hora de la tarde. La casa franca donde se habían citado era una mansión seudorregencia con pantallas de joyero a través de las ventanas. Una niebla cálida sobrevolaba el sendero de grava y Lederer deambulaba por él como un asesino a la espera de que la mole de Brotherhood llenara el porche iluminado. Mountjoy y Dorney le sobrepasaron sin decirle una palabra. Carver, acompañado de Artelli y su cartera, fue más explícito.

–Tengo que vivir aquí, Lederer. Sólo confío en que esta vez consigas que la cosa cuele o que te destinen al quinto infierno.

Bastardo, pensó Lederer.

Por fin apareció Brotherhood, hablando crípticamente con Nigel. Lederer les observó celoso. Nigel se volvió y regresó al interior. Brotherhood siguió avanzando.

–¿Señor Brotherhood? Soy yo. Lederer.

Brotherhood aminoró el paso hasta detenerse. Llevaba una bufanda y su habitual gabardina mugrienta, y había encendido uno de sus cigarros amarillos.

–¿Qué quiere? –preguntó.

–Jack. Quiero decirle que pase lo que pase y haya hecho lo que haya hecho, lamento que sea él y lamento que sea usted.

–Probablemente no ha hecho nada de nada. Posiblemente reclutó a un agente del otro bando y no nos lo ha dicho. Muy propio de Pym. Mi opinión es que ustedes han desquiciado esta historia.

–¿Haría una cosa así? ¿Magnus? ¿Jugar una partida en solitario con el enemigo y no decírselo a nadie? Cristo, ¡eso es dinamita! Si yo intentara hacer eso, Langley me desollaría.

Sin haber sido invitado, empezó a caminar al lado de Brotherhood. En la puerta había un policía. Les llegó desde la explanada el sonido de cascos, pero la niebla ocultaba los caballos. Brotherhood caminaba aprisa. A Lederer le costaba esfuerzo mantenerse a su paso.

–Me siento francamente mal, Jack –confesó Lederer–. Nadie parece comprender lo que ha significado para mí tener que hacerle esto a un amigo. No solamente es Magnus. Es Bee y Mary y los críos y todo el mundo. Beckie y Tom son verdaderos novios. Todo esto nos hace reflexionar sobre nosotros mismos en muchos sentidos. Hay un *pub* ahí mismo. ¿Puedo invitarle a una copa?

–Me temo que tengo que ir a ver a un hombre por un asunto de un perro.

–¿Quiere que le deje en algún sitio? Tengo un coche y chófer a la vuelta de la esquina.

–Prefiero ir andando, si no le importa.

–Magnus me habló mucho de usted, Jack. Supongo que violó alguna de las reglas, pero así fue. Compartíamos realmente cosas. Era una gran amistad. Esa es la locura. Realmente *éramos* la Relación Especial. Y yo creo en eso. Creo en la alianza anglosajona, en el Pacto del Atlántico, en todo. ¿Recuerda aquel allanamiento de morada que usted y Magnus perpetraron juntos en Varsovia?

–Me temo que no.

–Oh, vamos, Jack. ¿Cuando usted le descolgó por una claraboya, como en la Biblia? ¿Y lo de aquellos falsos policías polacos que estaban abajo, en la puerta, por si la víctima volvía a casa inesperadamente? Me dijo que usted era como un padre para él. ¿Sabe lo que me dijo de usted una vez? «Grant –me dijo–. Jack es el auténtico campeón del gran juego.» ¿Sabe lo que pienso? Que si los escritos de Magnus le hubieran salido como él quería, habría estado a gusto. Tiene demasiadas cosas dentro. Tiene que expresarlas en algún sitio.

Respiraba con cierta precipitación entre cada palabra, pero insistía en seguir el paso de Brotherhood, tenía que aclarar la situación con él.

–Verá, señor, últimamente he leído mucho sobre la creatividad de la mente criminal.

–Ah, entonces, ¿ahora es un criminal?

–Por favor. Permítame que le cite algo que he leído.

Habían llegado a un cruce y estaban esperando a que cambiara el semáforo.

–«¿Qué diferencia moral hay entre la criminalidad del artista, que es endémica en todas las finas mentes creativas, y la habilidad artística del criminal?»

–Me temo que no lo entiendo. Demasiadas palabras largas. Disculpe.

–Demonios, Jack, somos estafadores tolerados, es lo único que digo. ¿Cuál es nuestro negocio? ¿Sabe cuál es? Es poner nuestro temperamento de ladrones al servicio del estado. Por eso me pregunto: ¿cómo voy a cambiar mis sentimientos por Magnus simplemente porque se ha equivocado un poco en la mezcla? ¡Magnus sigue siendo exactamente el mismo hombre con quien he pasado magníficos ratos! Y yo sigo siendo el mismo que pasó esos ratos con Magnus. Nada ha cambiado, aparte de que hemos aterrizado a distintos lados de la valla. ¿Sabe que una vez hablamos de la deserción? ¿De adónde iríamos si alguna vez poníamos pies en polvorosa? ¿Dejar el trabajo, la mujer y los hijos, y lanzarse a la aventura? Hasta ese punto estábamos unidos, Jack. Literalmente pensábamos lo impensable. De verdad. Éramos increíbles.

Había entrado en la High Street de St. John's Wood y se encaminaban hacia Regent's Park. Brotherhood había avivado el paso.

–¿Dónde dijo que iría? –preguntó de golpe Brotherhood–. ¿A Washington? ¿A Moscú?

–A casa. Dijo que sólo había un sitio. El hogar. Eso lo demuestra. El hombre ama a su país, señor Brotherhood. Magnus no es un renegado.

–No sabía que tuviese un hogar –dijo Brotherhood–. Siempre me dijo que había tenido una infancia vagabunda.

–El hogar es una pequeña ciudad costera de Gales. Tiene una iglesia victoriana muy fea. Tiene una casera muy estricta que le encierra en casa a las diez de la noche. Y uno de estos días Magnus va a enclaustrarse en esa habitación de arriba y va a perder el culo hasta que salga con los doce volúmenes de la réplica de Pym a Proust.

Brotherhood podría no haber oído. Aceleró el paso.

–El hogar es la infancia recreada, señor Brotherhood. Si la deserción es una autorrenovación, exige también un renacimiento.

–¿Esa frase estúpida es de él o de usted?

–Mía y suya por igual. Hablamos de todo esto y hablamos de muchas cosas más. ¿Sabe por qué tantos desertores vuelven a desertar? También esclarecimos este punto. Es entrar y salir del útero constantemente. ¿Lo había notado alguna vez en los desertores, el denominador común de toda esa banda de locos? Son inmaduros. Perdóneme, son *literalmente* chupacoños.

–¿Tiene nombre ese sitio?

–¿Cómo dice?

–Ese paraíso galés. ¿Cómo se llama?

–Nunca dijo su nombre. Lo único que dijo fue que estaba cerca del castillo donde se crió con su madre, en una región de grandes casas donde él y su madre solían ir a las cacerías, bailaban en los bailes de Navidad y se mezclaban muy democráticamente con los criados.

–¿Alguna vez ha encontrado checos que utilicen números atrasados de periódico? –preguntó Brotherhood.

Momentáneamente confundido por el cambio de rumbo, Lederer se vio obligado a hacer una pausa y reflexionar.

–Es un caso que lleva un colega mío –dijo Brotherhood–. Me lo consultó. Un agente checo rebusca los periódicos de la semana anterior antes de dar un paseo por la calle. ¿Por qué haría eso?

–Yo se lo diré. Es una práctica corriente –dijo Lederer, recobrándose–. Un truco viejo, pero corriente. Tuvimos un agente así, un doble. Los checos emplearon varios días simplemente en enseñarle a envolver una película revelada en un periódico. Le sacaban a la calle de noche y tenía que buscar un sitio oscuro. Al pobre bastardo casi se le congelan los dedos. Estaban a veinte grados bajo cero.

–He dicho números atrasados –dijo Brotherhood.

–Claro. Hay dos métodos. Uno es usar el día del mes, y el otro usar el día de la semana. El día del mes es una pesadilla: hay que aprender de memoria treinta y un modelos de mensaje. Si el día es dieciocho significa: «Cita detrás de los urinarios de caballeros de Brno a las nueve y media, y no te retrases.» Si es el día seis: «¿Dónde demonios está el cheque de mi mensualidad?» –Lanzó una risita sin resuello, pero Brotherhood no le secundó–. Los días de la semana son una versión abreviada del mismo sistema.

–Gracias, se lo diré a mi colega –dijo Brotherhood, deteniéndose por fin.

–Señor, no concibo un honor más grande que invitarle a cenar esta noche –dijo Lederer, ahora ansiando desesperadamente la absolución de Brotherhood–. Siembro calumnias sobre uno de sus hombres, forma parte de mi deber. Pero si pudiera separar la faceta personal y la oficial, sería un hombre feliz, señor. ¿Jack?

El taxi estaba ya parando.

–¿Qué?

–¿Cree usted que podría darle a Magnus un mensaje de mi parte, un mensaje amistoso?

–¿Qué mensaje?

–Dígale que en cualquier momento, cuando todo acabe, en cualquier sitio. Allí estaré como amigo suyo.

Brotherhood asintió, subió al taxi y se alejó antes de que Lederer pudiese oír su destino.

Lo que Lederer hizo a continuación debería figurar en la historia, si no en la historia más amplia del asunto Pym, al menos en su propia crónica personal exasperante de verlo todo con una visión perfecta y ser repetidamente rechazado como un profeta inoportuno. Lederer se zambulló en una cabina telefónica y trató de hablar con Carver, pero lo único que logró fue descubrir que no tenía monedas inglesas. Se zambulló en el «Mulberry Arms», se abrió camino hasta el mostrador y pidió una cerveza que no quería con el solo propósito de que le dieran cambio. Volvió a la cabina y la encontró ocupada, por lo que echó a correr en busca de su chófer, que, habiendo visto que Lederer se marchaba con Brotherhood, había presumido que no necesitaban sus servicios y se había ido a su casa en Battersea, donde tenía una amiga. A las nueve en punto, Lederer irrumpió en el despacho de la embajada americana donde Carver estaba redactando una señal sobre los sucesos de la jornada.

–¡Están mintiendo! –gritó Lederer.

–¿Quiénes?

–¡Los putos ingleses! Pym se ha largado. No tienen ni puta idea de dónde está. Le he pedido a Brotherhood que le transmita este mensaje totalmente subversivo y él ha hecho el paripé para apartarme de la buena pista. Pym se fugó en el aeropuerto de Londres y le están buscando lo mismo que nosotros. Esas transmisiones de radio checas son auténticas. Los ingleses le están buscando, nosotros le estamos buscando. Y los putos checos también le buscan por todas partes. ¡Escúchame!

Carver le había escuchado. Carver continuó escuchándole. Siguió la conversación de Lederer con Brotherhood y concluyó que no debería haber tenido lugar y que Lederer se había extralimitado. No se lo dijo a él pero lo apuntó y esa noche, más tarde, un telegrama aparte al departamento de personal de la agencia, se cuidó de que esta nota se agregara al expediente de Lederer. Al mismo tiempo que Lederer podría haber tropezado con la verdad, aun cuando por un mal camino, y lo notificó asimismo. De este modo Carver se cubría la espalda de todas las maneras y simultáneamente asestaba una puñalada a un desagradable entrometido. No estaba mal.

–Los ingleses están jugando sucio –confió, a personas que conocía en la cumbre–. Voy a tener que observar el juego muy detenidamente.

El despacho del director olía a botellas mortíferas. El señor Caird, pese a que odiaba la violencia, era un lepidopterólogo apasionado. Un severo retrato de nuestro fundador, G. F. Grimble, miraba ceñudo las sillas de cuero resquebrajado. En una de ellas estaba sentado Tom. Brotherhood se había sentado enfrente. Tom estaba mirando la fotografía de la carpeta Langley sobre Petz-Hampel-Zaworski. Brotherhood miraba a Tom. El señor Caird había estrechado la mano de Brotherhood y les había dejado solos.

–¿Es éste el hombre que paseó alrededor del campo de cricket con tu padre en Corfú? –preguntó Brotherhood, mirando a Tom.

–Sí, señor.

–Entonces no ibas muy descaminado en tu descripción, ¿eh?

–No, señor.

–Pensé que te divertiría.

–Sí.

–No cojea en la foto, o sea que no parece tan renqueante. ¿Has recibido alguna carta de tu padre? ¿Te ha llamado?

–No, señor.

–¿Le has escrito?

–No sé dónde enviar la carta, señor.

–¿Por qué no me la das a mí?

Tom excavó en el interior de su jersey gris y desenterró un sobre cerrado, sin nombre ni dirección. Brotherhood lo cogió y recuperó también la foto.

–Ese inspector no ha vuelto a molestarte, ¿verdad?

–No, señor.

–¿Algún otro lo ha hecho?

–No realmente, señor.

–¿Qué quiere decir eso?

–Es sólo que se me hace muy raro que haya venido esta noche.

–¿Por qué?

–Tengo deberes de matemáticas –dijo Tom–. Mi peor asignatura.

–Entonces supongo que te gustaría seguir estudiando.

Sacó del bolsillo la carta estrujada de Pym y se la tendió a través del espacio que mediaba entre ellos.

–Pensé que te gustaría guardarla. Es una carta hermosa. Deberías estar orgulloso.

–Gracias, señor.

–Tu padre habla ahí de un tal tío Syd. ¿Quién es? «Si alguna vez no te sonríe la fortuna –dice–, o si necesitas una comida caliente y unas risas o una cama para pasar la noche, no te olvides de tu tío Syd.» ¿Quién es ese tío Syd?

–Syd Lemon, señor.

–¿Dónde vive?

–En Surbiton, señor. Al lado de unas vías de tren.

–Un hombre mayor, ¿no? ¿O más bien joven?

–Cuidó a mi padre cuando era pequeño. Era amigo del abuelo. Su mujer se llamaba Meg, pero ya ha muerto.

Los dos se levantaron.

–Papá sigue bien, ¿verdad, señor?
Brotherhood enderezó los hombros.
–Tienes que volver con tu madre, ¿me oyes? Con tu madre o conmigo. Con nadie más. Eso si las cosas se ponen feas.
Sacó del bolsillo de la chaqueta un viejo estuche de cuero.
–Es para ti.
Tom lo abrió. Dentro había una medalla con una cinta adherida: carmesí, con finas rayas azul oscuro a ambos lados.
–¿Por qué se la dieron? –preguntó Tom.
–Por aguantar noches oscuras a solas.
Sonó una campana.
–Ahora corre a hacer tus deberes –dijo Brotherhood.

Era una noche de perros. Ráfagas de lluvia batían contra el parabrisas cuando Brotherhood enfiló la calle estrecha. El coche era un «Ford» sobrealimentado del parque de la Casa, y bastó con acariciar el acelerador para que se abalanzara hacia el seto. Magnus Pym, pensó: traidor y espía checo. Si yo lo sé, ¿por qué no ellos? ¿Cuántas veces y de cuántas maneras necesitan la prueba para actuar en consecuencia? Un *pub* emergió de repente en la lluvia. Aparcó en el antepatio y tomó un *scotch* antes de ir al teléfono. Llámame a mi línea privada, viejo, había dicho Nigel, expansivamente.
–El hombre de la foto es nuestro amigo de Corfú. Ninguna duda al respecto –informó Brotherhood.
–¿Estás seguro?
–Lo estoy. El chico lo está. Estoy seguro de que está seguro. ¿Cuándo vas a dar la orden de evacuar?
Un crujido amortiguado mientras Nigel colocaba el puño sobre el micrófono, al otro lado del hilo. Pero no, probablemente, sobre el auricular.
–Quiero a esos agentes fuera, Nigel. Evácualos. Dile a Bo que saque la cabeza del agujero y que dé la orden.
Un largo silencio.
–Sintonizamos mañana por la mañana, a las cinco –dijo Nigel–. Vuelve a Londres y duerme unas horas.
Colgó.
Londres estaba al este. Brotherhood se dirigió hacia el sur, siguiendo los letreros que indicaban el camino a Reading. En toda operación hay una parte que está encima y otra debajo de la raya. Encima es lo que se hace según el reglamento. Debajo es la manera como se hace el trabajo.
La carta a Tom tenía matasellos de Reading, repitió. Echada al correo la noche del lunes o a primera hora de la mañana del martes.
«Me telefoneó el lunes por la noche», había dicho Kate.
«Me telefoneó el lunes por la noche», había dicho Belinda.
La estación de Reading se asemejaba a un establo bajo, de ladrillo rojo, construido en un extremo de una plaza charra. Un cartel en la explanada

anunciaba los horarios de autocares a y desde Heathrow. «Es lo que tú hiciste –pensó–. Lo que voy a hacer yo. En Heathrow lanzaste tu cortina de humo con eso de los vuelos a Escocia, y luego montaste en el autocar a Reading para que todo quedara bonito y privado.» Contempló la parada del autocar y después paseó una mirada larga y lenta por la plaza hasta que sus ojos enfocaron el quiosco de billetes. Se aproximó a él. El empleado llevaba un pequeño volante de metal en el ojal de la chaqueta. Brotherhood puso cinco libras en la bandeja.

–Quisiera cambio para el teléfono, por favor.

–Lo siento, amigo. No puedo dárselo –dijo el empleado, y siguió leyendo el periódico.

–Pero el lunes por la noche sí pudo, ¿eh?

El empleado levantó de golpe la cabeza.

El carnet oficial de Brotherhood era verde, con una línea roja en diagonal trazada con tinta transparente a través de su fotografía. Una nota en el dorso decía que si alguien lo encontraba debía restituirlo al ministerio de Defensa. El empleado miró ambas caras del documento y lo devolvió.

–Es la primera vez que veo uno de éstos –dijo.

–Un tipo alto –dijo Brotherhood–. Llevaba una cartera negra. Probablemente una corbata también negra. Hablaba bien, modales finos. Tenía muchas llamadas que hacer. ¿Se acuerda?

El empleado desapareció para ser remplazado un minuto después por un indio rechoncho de ojos exhaustos, visionarios.

–¿Estaba usted de servicio aquí el lunes por la noche? –preguntó Brotherhood.

–Yo era el hombre de servicio el lunes por la noche, señor –contestó el indio cautelosamente, como si pudiera no ser ya aquel hombre.

–Un caballero agradable con una corbata negra.

–Ya sé, ya sé. Mi compañero me ha comunicado todos los detalles.

–¿Cuánto cambio le dio?

–Por todos los santos, ¿qué importa eso? Si yo decido dar cambio a un hombre es una cuestión de preferencia personal, un asunto de mi bolsillo y mi conciencia que no tiene nada que ver con nadie.

–¿Cuánto cambio le dio?

–Cinco libras, exactamente. Quería cinco y yo le di cinco.

–¿En qué monedas?

–De cincuenta peniques exclusivamente. No deseaba hacer llamadas locales. Le interrogué al respecto y fue totalmente coherente en sus respuestas. Vamos a ver, ¿qué hay de malo en eso? ¿Dónde está lo siniestro?

–¿Con qué le pagó?

–Que yo recuerde, me dio un billete de diez libras. No puedo tener una certeza absoluta, pero mi recuerdo imperfecto es ése: que me dio un billete de diez libras de su cartera, acompañado por las palabras: «Aquí tiene.»

–¿Con ese dinero le llegaba también para el billete de tren?

–Eso no presentó ningún problema. El precio del trayecto a Londres en segunda es cuatro libras y treinta peniques exactamente. Le di diez monedas de cincuenta y el resto en calderilla. ¿Alguna pregunta más? Espero que no, francamente. Policía, policía, ya se sabe. El día en que hacen una pregunta, hacen media docena.

–¿Es este hombre? –dijo Brotherhood.

Le estaba enseñando una fotografía de Pym y Mary el día de su boda.

–Pero si es usted, señor. Al fondo. Creo que usted está acompañando a la novia hasta el altar. ¿Está seguro de que la suya es una investigación oficial? Esta fotografía es de lo más irregular.

–¿Es este hombre?

–Bueno, no le digo que no sea, por decirlo así.

Pym imitaría su voz de maravilla, pensó Brotherhood. Pym captaría aquel acento a la perfección. Ante la barrera, estudió el horario de trenes que salían de la estación de Reading después de las once los días laborables. «Fuiste a cualquier sitio menos a Londres, porque compraste precisamente un billete para Londres. Tenías tiempo. Tiempo para hacer tus llamadas sensibleras. Tu avión despegó sin ti de Heathrow a las ocho cuarenta. Hacia las ocho, como muy tarde, ya habías tomado tu decisión. Hacia las ocho y cuarto, según el testimonio del dependiente del aeropuerto, habías levantado tu cortina de humo de los vuelos a Escocia. A continuación te precipitaste al autocar de Reading, te bajaste el ala del sombrero y dijiste adiós al aeropuerto tan rápida y silenciosamente como sabías hacerlo.»

Brotherhood volvió a consultar los horarios del autocar. «Tiempo que matar –se repitió–. Pongamos que cogiste el de las ocho y media desde Heathrow. Entre las nueve y cuarto y las diez y media había media docena de trenes que salían de Reading en ambas direcciones, pero no cogiste ninguno de ellos. En vez de eso escribiste a Tom. ¿Desde dónde?» Volvió a la plaza. En aquel *pub* de allí, con luz de neón. En esa tienda de pescado con patatas. En el café abierto toda la noche, donde se instalan las furcias. En alguna parte de esta plaza deprimente te sentaste a decirle a Tom lo que debía hacer cuando el mundo terminara.»

La cabina del teléfono estaba en la entrada de la estación, bajo una luz intensa que supuestamente serviría para disuadir a vándalos. El suelo estaba sembrado de tazas trituradas de papel y de cristal. *Graffiti* y promesas de amor mutilaban la horrible pintura gris. Pero a pesar de todo era un buen teléfono. «Desde allí dominabas la plaza entera mientras decías tus adioses. –Cerca había un buzón empotrado en el muro–. Y ahí echaste la carta diciendo que ocurra lo que ocurra, recuerda que te quiero. Después te fuiste a Gales. O a Escocia. O te largaste a Noruega para observar la migración del reno. O saliste pitando para Canadá, dispuesto a sustentarte a base de conservas. O hiciste algo que era todas esas cosas y ninguna de ellas, en una habitación del piso de arriba con vistas a la iglesia y al mar.»

Al llegar a su apartamento de Shepherd Market, Brotherhood no estaba todavía derrengado. El contacto oficial que tenía la Casa con la policía era el detective superintendente Bellows, de Scotland Yard. Brotherhood llamó al número de su casa.

–¿Qué tiene para mí sobre ese caballero ennoblecido de quien le he hablado esta mañana? –preguntó y, para su alivio, no detectó un deje de reserva en la voz de Bellows mientras le leía los detalles.

Brotherhood los anotó.

–¿Puede hacerme otra pesquisa para mañana?

–Será un placer.

–Lemon, lo crea o no. Nombre de pila, Syd o Sydney. Un viejales, viudo, vive en Surbiton, al lado de una vía férrea.

Brotherhood telefoneó de mala gana a la Oficina Central y preguntó por Nigel, de Secretaría. Tardíamente, y a pesar de instintos más propios de ladrones, sabía que tendría que conformarse. Del mismo modo que se había conformado esa tarde, cuando vertía desprecio sobre los americanos. Del mismo modo que al final siempre se había conformado, no por servilismo, sino porque creía en la lucha y, pese a todo, en el equipo. Hubo muchas interferencias mientras localizaban a Nigel. La línea cambió de frecuencia.

–¿Qué pasa? –dijo Nigel, ásperamente.

–El libro de que hablaba Artelli. El análogo, como lo ha llamado.

–Pensé que era totalmente ridículo. Bo va a llevar el caso al *más alto* nivel.

–Diles que prueben el *Simplicissimus* de Grimmelshausen. Es un presentimiento. Diles que procuren usar un texto antiguo.

Un largo silencio. Más interferencias. Está en la bañera, pensó Brotherhood. Está en la cama con una mujer, o con lo que le guste.

–¿Cómo se escribe eso? –preguntó Nigel cautamente.

10

Una vez más, una lucidez deseada estaba invadiendo a Pym mientras escuchaba las numerosas voces de su mente. Ser rey, se repitió. Que aquel niño que fui halle gracia a mis ojos. Amar sus defectos y sus afanes, y compadecer su simplicidad.

Si hubo algo semejante a una época perfecta en la vida de Pym, un tiempo en que todas sus personalidades fueron apreciadas y se desenvolvieron agradablemente, y en que no volvería a faltarle de nada, sin duda esos tiempos fueron los primeros cursos en la universidad de Oxford, donde Rick le había enviado como un necesario interludio hasta conseguir que le nombraran presidente del tribunal supremo, para asegurarle así un puesto entre los mandamases del país. La relación entre los dos camaradas nunca había sido mejor. Con posterioridad a la partida de Axel, los solitarios meses finales de Pym en Berna habían conocido un reverdecer espectacular de su correspondencia mutua. Como Frau Ollinger apenas le hablaba y Herr Ollinger estaba cada vez más absorto en los problemas de Ostermundigen, Pym recorría solo las calles de la ciudad, de un modo parecido a como había hecho al principio. Pero de noche, cuando la pared de al lado permanecía silenciosa, redactaba largas e íntimas cartas de afecto a Belinda y a su única ancla verdadera, Rick. Estimulado por sus atenciones, las contestaciones de Rick cobraron una súbita elegancia y prosperidad. Cesaron las misivas angustiosas de la lejana Inglaterra. El papel de escribir se tornó más grueso, se estabilizó y adquirió membretes ilustres. Primero la *Compañía Esfuerzo* de Richard T. Pym le escribió desde Cardiff, notificándole que las nubes del infortunio habían sido disipadas de una vez por todas por una Providencia a la que sólo puedo considerar maravillosa. Un mes más tarde, la empresa inmobiliaria y financiera *Pym y Socios* le informó de que ahora era posible dar ciertos pasos con vistas a asegurar que a Pym no volviese a faltarle nada en el futuro. Más recientemente, una tarjeta impresa, de regia elegancia, se complacía en anunciar que, a consecuencia de una fusión beneficiosa para todas las partes, todos los asuntos relativos a las empresas arriba mencionadas debían remitirse en lo sucesivo a la *Mutualidad Pym* (Nassau), de Park Lane West.

Jack Brotherhood y Wendy le agasajaron con una *fondue* de despedida por cuenta de la Casa; asistió Sandy, y Jack regaló a Pym dos botellas de whisky y formuló el deseo de que sus caminos respectivos se cruzaran.

Herr Ollinger le acompañó a la estación de tren y tomaron juntos un último café. Frau Ollinger se quedó en casa. Elisabeth les sirvió, pero estaba distraída. Había engordado por la región de la barriga, aunque no llevaba anillo. Cuando el tren salió de la estación, Pym miró hacia abajo, al circo y su casa de elefantes, y hacia arriba, a la universidad y su cúpula verde, y para cuando llegó a Basilea supo que Berna se había hundido con todos sus tripulantes. Axel era ilegal. Los suizos le habían denunciado. Tuve suerte al marcharme. De pie en el pasillo, en algún lugar al sur de París descubrió lágrimas rodando por sus mejillas y juró que no volvería a ser espía. El señor Cudlove le esperaba en la estación Victoria con un «Bentley» nuevo.

–¿Cómo vamos a llamarle ahora, señor? ¿Doctor o profesor?

–Magnus a secas estará muy bien –respondió Pym generosamente mientras chocaban la pala–. ¿Cómo está Ollie?

El nuevo *Reichskanzlei* de Park Lane era un monumento a la estabilidad próspera. El busto de TP había vuelto a su sitio. Libros de Derecho, puertas de cristal y un nuevo «jockey» con los colores de Pym le insuflaron seguridad en sí mismo mientras esperaba sobre cojines de cuero a que una beldad le introdujera en los salones de gala.

–Nuestro presidente le recibirá ahora, señor Magnus.

Se reencontraron con un abrazo de oso, y el mutuo orgullo les impidió por un momento hablar. Rick palmeó la espalda de Pym, le pellizcó las mejillas y le secó las lágrimas. Muspole, Perce y Syd fueron convocados por interfonos separados para rendir homenaje al héroe de retorno. Muspole presentó un fajo de documentos y Rick leyó en voz alta los mejores fragmentos. Pym era nombrado asesor jurídico internacional con carácter vitalicio, y se le asignaba una anualidad de quinientas libras susceptibles de reconsideración siempre que no trabajase para otra empresa. De este modo se proveyeron los medios para sus estudios de leyes en Oxford; nunca volvería a faltarle de nada.Una segunda beldad trajo champán. Parecía no tener otra cosa que hacer. Todo el mundo bebió a la salud del nuevo empleado de la firma.

–¡Vamos, Titch, dinos algo en franchute! –gritó Syd excitadamente, y Pym correspondió diciendo algo fatuo en alemán.

Padre e hijo se abrazaron de nuevo, Rick lloró otra vez y dijo que ojalá él hubiera gozado de las mismas oportunidades. Esa misma noche, en una mansión de Amersham denominada *The Furlong*, su regreso a casa fue festejado nuevamente con una fiesta íntima de doscientos amigos antiguos, a pocos de los cuales conocía Pym, y entre ellos los presidentes de varias corporaciones de fama mundial, grandes estrellas del teatro y la pantalla y varios jurisconsultos de renombre que uno por uno llevaron a Pym aparte y reclamaron el mérito de haberle conseguido una plaza en Oxford. Terminada la fiesta, Pym permaneció insomne en su cama de columnas, escuchando los portazos de coches lujosos.

–Has hecho un trabajo excelente en Suiza, hijo –dijo Rick desde la oscuridad en la que se había demorado un rato–. Libraste una buena batalla. Ha sido apreciada. ¿Te ha gustado la cena?

–Ha sido riquísima.

–Mucha gente me dijo: «Rickie, tienes que traer a ese muchacho. Esos extranjeros van a convertirle en una puta.» ¿Sabes qué les contesté?

–¿Qué les contestaste?

–Dije que tenía fe en ti. ¿Tú tienes fe en mí, hijo?

–Cantidad.

–¿Qué te parece la casa?

–Es maravillosa –dijo Pym.

–Es tuya. Está a tu nombre. Se la compré al duque de Devonshire.

–Muchísimas gracias, de todos modos.

–Nadie podrá quitártela nunca, hijo. Puedes tener veinte años. Puedes tener cincuenta. Donde esté tu viejo, ahí tienes tu hogar. ¿Has hablado con Maxie Moore?

–Creo que no.

–¿El tipo que metió el gol de la victoria del Arsenal contra Spurs? Vamos. Claro que has hablado. ¿Qué opinas de Blottsie?

–¿Cuál de ellos era?

–¿G. W. Blott? Uno de los más famosos comerciantes de comestibles que conocerás nunca. Tiene una majestuosa dignidad. Será *lord* un día. Igual que tú. ¿Qué te ha parecido Sylvia?

Pym recordó una mujer voluminosa de mediana edad, que vestía de azul y exhibía una sonrisa aristocrática que quizá fuese producto del champán.

–Simpática –dijo, precavidamente.

Rick se apoderó de la palabra como si la hubiera estado persiguiendo durante la mitad de su vida.

–*Simpática*. Efectivamente. Es una mujer simpatiquísima, con dos maridos de primera en su haber.

–Es realmente atractiva, incluso para mi edad.

–¿Has tenido allí relaciones amorosas? No hay nada en este mundo que no puedan remediar los buenos camaradas.

–Algún amorío. Nada serio.

–Ninguna mujer va a interponerse nunca entre nosotros, hijo. En cuanto esas chicas de Oxford sepan quién es tu padre, se lanzarán a tu caza como una jauría de lobos. Prométeme que no contraerás un compromiso.

–Lo prometo.

–¿Y que estudiarás leyes como si te fuera la vida en ello? Recuerda que se te pagan los estudios.

–Lo prometo.

–Así me gusta.

El peso sigiloso del cuerpo de Rick aterrizó al lado de Pym como un gato de casi cien kilos. Empujó la cabeza de Pym hacia la suya hasta que sus dos mejillas se apretaron barba contra barba. Los dedos de Rick encontraron las partes grasas del pecho de Pym debajo del pijama, y las manoseó. Lloraba. Pym lloró también, rememorando a Axel.

Al día siguiente, Pym se trasladó presurosamente a su facultad, alegando diversos motivos urgentes para presentarse dos semanas antes. Rechazó los servicios de Cudlove y viajó en autobús, y contempló con admiración creciente las colinas que fluían y los trigales segados que brillaban en la luz del otoño. El autobús atravesó pueblos y ciudades provincianas, entre carreteras de hayas bermejas y setos bailarines, hasta que poco a poco la piedra dorada de Oxford sustituyó al ladrillo de Buckinghamshire, las colinas se aplanaron y las agujas urbanas se irguieron en los rayos cada vez más oscuros de la tarde. Se apeó, dio las gracias al conductor y vagó por las calles encantadas, pidiendo orientación en cada esquina, olvidando las indicaciones y preguntando otra vez, despreocupadamente. Chicas con faldas acampanadas le pasaban rozando en sus bicicletas. Catedráticos con togas ondeantes sujetaban sus birretes contra el viento, las librerías le atraían como casas de placer. Arrastraba una maleta, pero no pesaba más que un sombrero. El bedel del *college* le dijo que la escalera cinco, cruzando el patio Chapel. Subió los escalones de madera de la escalera de caracol hasta que vio su nombre escrito en una puerta de roble añoso: M. R. Pym. Abrió la segunda puerta y cerró la primera. Encontró el interruptor y cerró la segunda puerta sobre su vida anterior. Estoy a salvo dentro de las murallas de esta ciudad. Nadie me encontrará, nadie me reclutará. Tropezó con una caja de volúmenes jurídicos. Un jarrón lleno de orquídeas le deseó «Buena suerte, hijo. De tu mejor camarada.» Una factura de «Harrod's» las cargaba en la cuenta del consorcio más reciente de Pym.

La universidad era un lugar convencional en aquellos tiempos, Tom. Te reirías un rato de la forma en que vestíamos y hablábamos y de las cosas que aguantábamos, no obstante ser los elegidos de la tierra. Nos encerraban de noche y nos soltaban por la mañana. Nos daban chicas para el té, pero no para la cena y Dios sabe que tampoco para el desayuno. Los *scouts* del *college* actuaban también como agentes del decano y se chivaban de nosotros si violábamos las reglas. Nuestros padres habían ganado la guerra –al menos los de mucha gente–, y puesto que no podíamos vencerles nuestra mejor venganza era imitarles. Algunos de nosotros habían hecho el servicio militar. Los demás nos vestíamos de oficiales, con todo, confiando en que nadie notaría la diferencia. Con su primer cheque Pym compró una chaqueta azul oscuro con botones de latón; con el segundo, un par de pantalones hípicos y una corbata azul con coronas que irradiaba patriotismo. Después hubo una moratoria porque el tercer cheque tardó un mes en llegar. Pym lustró sus zapatos marrones, adornó con un pañuelo la manga y se acicaló el pelo como un caballero. Y cuando Sefton Boyd, que estaba un año por delante de él, le festejó en el exaltado club «Gridiron», Pym hizo tales progresos con el idioma que en un santiamén lo habló como un nativo y llamaba a sus inferiores Charlies y a los de nuestro grupo *Tíos*, y denominó a las cosas malas Harry Horrible, y a las vulgares Poggy, y a las buenas Decentes.

–A propósito, ¿de dónde has sacado esa corbata Vincent? –le preguntó Sefton Boyd, con toda amabilidad, mientras caminaban despacio por el

Broad, de camino a una partida con algunos Charlies en el *pub* de Trinity–. No sabía que te dedicases al boxeo en tus ratos libres.

Pym dijo que la había admirado en un escaparate de una tienda de High Street llamada «Hall Brothers».

–Bueno, yo la guardaría en el armario por un tiempo. Siempre puedes sacarla cuando te elijan. –Descuidadamente colocó una mano en el hombro de Pym–. Y ya que hablamos de esto, haz que tu *scout* te cosa unos botones normales en esa chaqueta. No querrás que la gente piense que eres pretediente al trono húngaro, ¿verdad?

Una vez más, Pym participaba en todo, lo amaba todo, estiraba todos los tendones para descollar. Se afiliaba a las sociedades, pagaba más suscripciones que clubs había, se convirtió en secretario de cualquier cosa, desde la Filatelia hasta la Eutanasia. Escribió artículos delicados para publicaciones universitarias, cortejó a oradores distinguidos, fue a recibirles a la estación, les invitó a cenar a expensas de la sociedad y les condujo sanos y salvos a auditorios vacíos. Jugó al rugby y al cricket, remó con el equipo de ocho miembros de la trainera de su facultad, se emborrachó en el bar universitario y fue por turnos desarraigadamente cínico con la sociedad e incondicionalmente inglés y protector de la misma, según la persona con la que estuviese. Se consagró de nuevo a la musa alemana y apenas desmayó cuando descubrió que en Oxford era unos quinientos años más vieja que en Berna, y que todo lo escrito y recordado por la memoria viva era erróneo. Pero en seguida superó su desengaño. Esto es calidad, razonó. Esto es academia. En un abrir y cerrar de ojos estaba sumergido en los textos mutilados de trovadores medievales, con la misma energía que, en una época anterior, había dispensado a Thomas Mann. Hacia finales de su primer trimestre era un estudiante entusiasta de alemán medio y alto alemán antiguo. Al final del segundo podía recitar el *Hildebrandslied* y declamar en el bar, para deleite de su modesta corte, la traducción gótica que de la Biblia hizo el obispo Ulfila. A mediados del tercero retozaba por los campos parnasianos de la filología comparativa y putativa, en donde la creatividad juvenil ha echado siempre una cana al aire. Y cuando se encontró brevemente transportado a los modernismos peligrosos del siglo XVII, le complació poder informar, en un ataque de veinte páginas contra el arribista Grimmelshausen, que el poeta había arruinado su obra con moralismo popular y socavado su validez luchando en ambos bandos durante la guerra de los Treinta Años. Como remate sugirió que la obsesión de Grimmelshausen por los seudónimos arrojaba dudas sobre su autoría.

Me quedaré aquí para siempre, decidió. Llegaré a ser catedrático y seré un héroe para mis alumnos. Para apuntalar esta ambición desarrolló un tartamudeo selectivo y una sonrisa abnegada, y de noche pasaba largas horas sentado ante su mesa, manteniéndose despierto a base de «Nescafé». Al amanecer bajaba sin afeitar para que todos pudiesen ver las arrugas del estudio grabadas en su cara ansiosa. Una de esas mañanas le sorprendió encontrar esperándole una caja de oporto de marca, acompañada de una nota del profesor de Derecho por designación real.

Querido señor Pym:

El establecimiento «Harrod's» me entregó ayer lo que adjunto, así como una carta encantadora de su padre que parece encomendarle a usted como mi alumno. Aunque no es mi costumbre rechazar tal generosidad, me temo que sería mejor destinarla a mi colega de la escuela de lenguas modernas, ya que tengo entendido, a través de su tutor, que usted estudia alemán.

Durante la mitad del día Pym no supo qué hacer consigo mismo. Se subió el cuello, erró desdichadamente por los prados de Christ Church, hizo novillos por miedo a ser arrestado y escribió cartas a Belinda, que trabajaba de secretaria sin sueldo para una sociedad benéfica londinense. Pasó la tarde en un cine oscuro. Por la noche, aún desesperado, acarreó su paquete culpable hasta Balliol, resuelto a contárselo todo a Sefton Boyd. Pero para cuando llegó allí ya se le había ocurrido una historia mejor.

–Un cerdo ricachón de Merton está intentando que me meta en la cama con él –declaró, con el tono de sana exasperación que había estado practicando a lo largo de todo el camino hasta las verjas–. Me ha mandado una caja grande de oporto para comprarme.

Si Sefton Boyd dudó de esta versión no lo manifestó. Entre los dos transportaron su botín al club «Gridiron», donde seis de los socios se lo bebieron de una sentada, brindando a rachas por la virginidad de Pym hasta la mañana. Unos días más tarde, Pym fue elegido socio. Al llegar las vacaciones encontró un empleo de vendedor de alfombras en una tienda de Watford. Unas vacaciones de abogado, le dijo a Rick. Parecidas a los seminarios estivales a los que había asistido en Suiza. Rick le envió en respuesta una homilía de cinco páginas poniéndole en guardia contra los intelectuales blandengues, y un cheque de cincuenta libras que se reveló sin fondos.

Dedicó enteramente a las mujeres un trimestre de verano. Pym no había estado nunca tan enamorado. Juraba amor a todas las chicas que conocía, tan ávido estaba de superar la pobre opinión de él que suponía que ellas tendrían. En cafés íntimos, en bancos de parque o paseando por la orilla del Isis en tardes gloriosas, Pym las cogía de la mano, las miraba fijamente a los ojos perplejos y les decía todo lo que siempre había soñado oír. Si hoy se sentía torpe con una, se juraba que mañana se sentiría mejor con la siguiente, porque las mujeres de su misma edad e inteligencia representaban una novedad para él y le desconcertaban cuando no asumían una actitud de subordinación. Si se sentía torpe con todas ellas escribía a Belinda, cuya contestación nunca fallaba. Nunca duplicaba su declaración de amor; no era un cínico. A una le hablaba de su ambición de volver a las tablas en Suiza, donde había cosechado un éxito abrumador. Ella debería aprender alemán e irse con él, le decía; actuarían juntos. Ante otra se presentaba como un poeta de lo infructuoso y le contaba la persecución que había sufrido a manos de la asesina policía suiza.

–¡Pero si yo creía que eran terriblemente neutrales y humanos! –exclamó élla, horrorizada por sus descripciones de las palizas que le habían propinado antes de conducirle a la frontera con Austria.

–No si eres distinto –respondió Pym severamente–. No si te niegas a amoldarte a la norma burguesa. Esos suizos tienen dos leyes que son las que cuentan de verdad allí. No serás pobre y no serás extranjero. Yo era las dos cosas.

–Y tú has pasado realmente por eso –dijo ella–. Es fantástico. Yo no he hecho absolutamente nada.

Y a una tercera le explicó que era un novelista de la vida torturada, con una obra que todavía no había enseñado a los editores, escondida en su casa en un viejo fichero.

Un día llegó Jemima. Su madre la había enviado a un curso de secretariado impartido en Oxford para que aprendiese mecanografía y fuese a los bailes. Era zanquilarga y muy nerviosa, como alguien que siempre llega tarde. Estaba más bella que nunca.

–Te quiero –le dijo Pym, ofreciéndole pedazos de pastel de frutas en su habitación–. En todos los sitios donde he estado, y a pesar de lo que he tenido que soportar, te he querido en todo momento.

–¿Pero qué has tenido que soportar? –preguntó Jemima.

Pues Jemima requería un tratamiento muy especial. La respuesta de Pym le sorprendió a él mismo. Posteriormente decidió que esa respuesta había estado al acecho en su fuero interno y había saltado antes de que pudiese impedirlo.

–Fue por Inglaterra –dijo–. Es una suerte que todavía esté vivo. Si se lo cuento a alguien me matarán.

–¿Por qué te matarán?

–Es un secreto. Juré no decirlo.

–¿Entonces por qué me lo dices a mí?

–Te quiero. Tuve que hacer cosas horribles a personas. No puedes imaginarte lo que es guardar a solas secretos así.

Mientras Pym se oía decir esto, recordó una frase que Axel le había dicho poco antes del fin: *No existe una vida que no retorne.*

La siguiente vez que vio a Jemima le habló de una muchacha valerosa con quien había trabajado mientras realizaba su terrible actividad secreta. Tenía en mente una de aquellas embarradas fotos bélicas de hermosas mujeres que habían ganado medallas del rey Jorge por haberse lanzado en paracaídas semanalmente sobre Francia.

–Se llamaba Wendy. Cumplimos juntos misiones secretas en Rusia. Nos convertimos en compañeros.

–¿Hiciste eso con ella?

–No era esa clase de relación. Era una relación profesional.

Jemima estaba fascinada.

–¿Quieres decir que era una fulana?

–Pues claro que no. Era una agente secreta como yo.

–¿Alguna vez lo has hecho con una fulana?

–No.

–Kenneth sí. Con dos. Una en cada extremo.

¿Cada extremo de qué?, pensó Pym, con violenta indignación. ¡Me habla de sexo a mí, un héroe secreto! Desesperado, escribió a Belinda una carta de doce páginas sobre el amor platónico que sentía por ella, pero cuando recibió su respuesta había olvidado el contexto de sus sentimientos. A veces Jemima se presentaba sin haber sido invitada, sin maquillaje y con el pelo recogido detrás de las orejas. Se tumbaba de bruces en la cama y leía a Jane Austen mientras daba patadas en el aire con una pierna desnuda o bostezaba.

–Puedes subirme la mano por la falda si te apetece.

–Estoy bien, gracias –dijo Pym.

Demasiado cortés para molestarla más, se sentó en una silla y leyó *Manual de literatura antigua en alto alemán* hasta que ella hizo una mueca y se marchó. No volvió a visitarle durante una temporada. La vislumbraba en los cines, de los que había siete, y los recorrió gratamente a lo largo de una semana. Ella siempre estaba con otro chico, y en una ocasión, al igual que su hermano, estaba con dos. Una vez, durante este período, Belinda fue a pasar unos días con ella, pero le dijo a Pym que no podía verle porque no sería justo con Jem. La necesidad que Pym tenía de impresionar a Jemima cobró ahora dimensiones enormes. Comía solo y se fingía obsesionado, pero ella no se le acercaba. Una noche, al pasar por una pared de ladrillo, estrelló adrede los nudillos contra ella hasta que sangraron, y luego corrió al costoso alojamiento de Jemima en Merton Street, donde la encontró secándose su larga cabellera delante de la estufa eléctrica.

–¿Con quién te has peleado? –le preguntó ella mientras le aplicaba yodo.

–No puedo decírtelo. Ciertas cosas no desaparecen nunca.

Poniendo la estufa al revés, ella le preparó una tostada mientras seguía secándose el pelo y observando a Pym a través de las trenzas.

–Si *yo* fuera hombre –dijo–, no gastaría mis energías pegándome con nadie. No jugaría al rugby, no boxearía, no espiaría a gente. Ni siquiera montaría a caballo. Reservaría todas mis fuerzas para follar y follar todo el tiempo.

Pym se marchó, deplorando nuevamente la frivolidad de quienes no captaban que él había sido llamado para más altos destinos.

> *Queridísima Bel:*
> *¿No puedes hacer nada por Jemima? Simplemente no soporto ver cómo se echa a perder de esa manera.*

¿Sabía Pym que había tentado a Dios? Ahora lo sé, desde luego, esta noche ventosa al lado del mar en que trato de escribirlo tantos años después. ¿A quién, si no a su Creador, estaba provocando cuando hilaba sus estúpidas historias? Pym estaba invocando a su destino tan ciertamente como si lo estuviera suplicando por su nombre en sus oraciones, y Dios, como a menudo hacía, le otorgó el favor. La fantástica versión que Pym tenía de sí mismo esperaba allí como un señuelo que ningún ojo celestial podía no ver, y la respuesta divina estaba en su cuchitril, en la garita del bedel, menos de veinticuatro horas más tarde, cuando bajó a ver quién le amaba esa mañana de sábado, antes del desayuno. ¡Ah! ¡Una carta! ¡De color azul! Quizá sea de Jemima, ¿o es de la amiga de Jemima, la virtuosa Belinda? ¿Es de Lalage, quizá, o de Polly, de Prudence, de Anne? La respuesta, Jack, era que ninguna de ellas. Como tantas cosas malas, la carta procedía de ti. Escribías a Pym desde Omán, en la residencia de los *scouts* del emirato, aunque el sello era genuinamente inglés y el matasellos de Whitehall, porque había llegado a Inglaterra en valija diplomática.

Mi querido Magnus:

Como verás por el encabezamiento de la carta, he abandonado los festines de Berna por una dieta más austera, y en este momento estoy destinado en la misión militar aquí, ¡donde la vida es sin duda un poco más excitante! Sigo a ratos perdidos con mi labor eclesial, y debo decir que algunos de estos árabes cantan bastante bien. El propósito de mi carta es doble:

1) Desearte lo mejor en tus estudios y reiterarte mi interés por tus progresos.

2) Decirte que he dado tu nombre a nuestra iglesia gemela en ese viejo país, porque presumo que hay una cierta escasez de tenores en tu región. De modo que si por casualidad tienes noticias de un muchacho llamado Rob Gaunt, que te dice que es amigo mío, confío en que le permitas que te invite a una comida en mi nombre, ¡y asegúrate de que te trata a cuerpo de rey! Dicho sea de paso, es teniente coronel, nominalmente artillero.

Pym no tuvo que esperar mucho tiempo, aunque cada minuto le pareció un año. El martes siguiente, al volver de una clase práctica sobre la teoría de Ablaut, encontró esperándole un segundo sobre. Éste era marrón y extraordinariamente grueso, de un tipo que no he vuelto a ver en años posteriores. Lo surcaban finas rayas que le conferían la apariencia de cartón ondulado, aunque la textura era aceitosa y tersa. No había timbre en el dorso ni señas del remitente. Hasta el fabricante era secreto. Sin embargo, el nombre y la dirección de Pym estaban inmaculadamente mecanografiados y el sello perfectamente centrado, y cuando examinó la solapa en la seguridad de su cuarto, descubrió que estaba pegada con un pegamento cauchutado que olía a gotas de ácido y se separaba en hebras pegajosas como chicle. En el interior había una sola hoja de grueso papel blanco que estaba más planchado que plegado. Al desdoblar la hoja, el gran espía descubrió al instante la ausencia de filigrana. La letra era grande, como para un miope, y su alineación impecable:

Apartado de correos 777
Oficina de Guerra
Whitehall S.W.1

Mi querido Pym:

Nuestro amigo mutuo Jack me ha dicho cosas excelentes de ti y me gustaría mucho tener la oportunidad de llegar a conocerte, puesto que hay importantes asuntos de interés recíproco en los que podrías prestarnos tu ayuda. Por desgracia tengo un programa completo en este momento, y estaré en el extranjero cuando recibas esta carta. Quisiera saber, por tanto, si en este ínterin estarías dispuesto a mantener una conversación con un colega mío que viajará por esa zona el lunes de la semana que viene. Si estás de acuerdo, ¿por qué no coges el autobús a Burford y estás en el salón interior del «Monmouth Arms» un poco antes del mediodía? Para facilitar el reconocimiento llevará en la mano un ejemplar del Allan Quatermain *de Rider Haggard, y te sugiero que consigas un* Financial Times, *que tiene un distintivo color rosa. Se llama Michael y, como Jack, tuvo una actuación brillante en la guerra. No me cabe duda de que os entenderéis de maravilla.*

Con mis mejores deseos,
te saluda atentamente

R. Gaunt
(T. Cor. retirado
Royal Artillery.)

Pym abandonó el trabajo los cinco días siguientes. Recorrió las callejuelas de la ciudad, volviendo sobre sus pasos para ver si alguien le seguía. Compró un cuchillo de monte y se ejercitó en lanzarlo contra árboles hasta que se rompió la hoja. Escribió un testamento y se lo envió a Belinda. Cuando entraba en la residencia lo hacía con circunspección, y no subía ni bajaba la escalera sin escuchar primero por si había sonidos poco familiares. ¿Dónde debía esconder las cartas secretas? Eran demasiado preciosas para desprenderse de ellas. Recordando algo que había leído, excavó el centro de su flamante ejemplar del *Diccionario etimológico* de Kluge para procurarles un nido. A partir de entonces, su Kluge desventrado se convirtió en la primera cosa que sus ojos buscaban al regresar de sus excursiones. Para comprar el ejemplar del *Financial Times* fue andando hasta Littlemore, pero en la estafeta del pueblo no habían oído hablar de ese periódico. Cuando volvió a Oxford estaba todo cerrado. Tras una noche insomne hizo una incursión al alba en la sala común de los alumnos menores antes de que hubiera nadie levantado, y robó un ejemplar atrasado de los anaqueles.

Había dos autobuses con destino a Burford todas las mañanas laborables, pero el segundo tan sólo le otorgaba un margen de veinte minutos para localizar el «Monmouth Arms», de modo que cogió el primero y llegó a las nueve cuarenta para descubrir que el autobús le dejaba en la misma puerta. En su situación de extrema alerta, el rótulo de la posada, con su insolente leyenda, le pareció una infracción de la seguridad nacional, y pasó por delante apartando la vista. El resto de la mañana transcurrió con pies de plomo. Para las once su libreta estaba ya repleta con la matrícula de cada automóvil estacionado en Burford, así como con notas abundantes sobre transeúntes sospechosos. Dos minutos antes de las doce, debidamente sentado en el salón del «Monmouth Arms», sucumbió al pánico. ¿Estaba en el «Monmouth Arms» o en el «Golden Pheasant»? ¿No había dicho el coronel Gaunt el «Winter's Tale»? En el horno de la mente de Pym, estas posibilidades se mezclaron en una aleación brillante y horrorosa. Salió al antepatio y releyó a hurtadillas el rótulo de la posada antes de correr a los urinarios exteriores para salpicarse agua fría en la cara. Cuando estaba orinando en uno de los mingitorios, oyó el sonido del viento irrumpiendo y adivinó una figura corpulenta, con una gabardina azul marino, plantada a su lado. Estaba inclinada hacia atrás y hacia un costado, y sus ojos miraban hacia arriba con expresión de sufrimiento. Durante un momento espantoso Pym pensó que el hombre había recibido un balazo, hasta que comprendió que aquellas contorsiones se debían a las dificultades que representaba sostener un grueso volumen encajado debajo del sobaco. Incapaz de orinar, Pym se abrochó, volvió rápidamente al salón y, dejando su *Financial Times* encima del mostrador, pidió una cerveza.

–Que sean dos, por favor, jefe –dijo una voz jovial al camarero–. ¿Cómo estás? ¿Te parece bien aquel rincón? No olvides el periódico.

No te diré mucho de nuestro cortejo, Jack. Cuando dos personas deciden acostarse juntas, lo que sucede entre ellas antes de ese acto es más una cuestión de forma que de contenido. Tampoco recuerdo muy claramente qué justificaciones inventamos, porque Michael era un hombre tímido que había pasado la mayor parte de su vida en el mar y sus raros arranques de filosofía manaban de él como señales de vapor que se le escapasen mientras se aplicaba en la boca toques de un pañuelo a cuadros.

–Alguien tiene que dragar las cloacas, chico... Fuego con fuego, es la única manera, a no ser que queramos que los cabrones nos roben el barco debajo de los pies... y yo *no* quiero, gracias.

Esto último fue una declaración tensa y poco enérgica de fe personal, que al instante ahogó con un trago de cerveza. Michael fue el primero de tus suplentes, Jack, así que dejémosle que haga las veces de los restantes. Después de Michael, si no recuerdo mal, vino David y, después de David, Alan, y después de Alan no me acuerdo. Pym no encontraría fallo en ninguno de ellos. O si lo encontraba, lo traducía inmediatamente en una forma de engaño diabólicamente astuta. Hoy, por supuesto, sé quienes eran aquellos pobres diablos: miembros de esa familia vasta y perdida de las clases inglesas no profesionales, que parecen moverse por derecho entre los servicios secretos, los clubs de automóviles y las instituciones benéficas más ricas. No son mala gente en absoluto. No son hombres deshonestos. No son estúpidos. Pero son hombres que creen que la amenaza a su clase es sinónimo de amenaza a Inglaterra, y nunca han ido lo bastante lejos para advertir la diferencia. Hombres modestos, prácticos, que rellenan su cuenta de gastos y cobran su sueldo, e impresionan a sus agentes con su pericia tranquila por debajo de la guasa. Y sin embargo, en el fondo de su corazón, se alimentan secretamente de las mismas ilusiones que en aquellos tiempos sustentaban a Pym. Y necesitan a sus agentes para que les ayuden a realizarlas. Hombres preocupados, que despedían un olor a comidas de *pub* y a *squash* de club, y tenían la costumbre de mirar alrededor mientras pagaban, como preguntándose si habría una manera mejor de vivir. Y Pym, a medida que pasaba de mano en mano, hizo lo posible por honrar y obedecer a todos ellos. Creía en ellos; les animaba con historias chistosas de su repertorio cada vez más amplio. Se esforzaba en deleitarles y hacerles grata la jornada. Y cuando les llegaba el momento de irse, siempre procuraba tenerles reservada una última pepita de información que pudieran llevarles a sus padres, aun cuando a veces tuviera que inventarla.

–¿Cómo está el coronel? –aventuró Pym un día, recordando tardíamente que Michael seguía siendo el suplente oficial del coronel Gaunt.

–Es una pregunta que yo, personalmente, no hago nunca, chico –respondió Michael, y para sorpresa de Pym comenzó a chasquear los dedos, como si llamara a un perro.

¿Existía Rob Gaunt? Pym no llegó a conocerle y, más tarde, cuando estuvo en mejor situación para preguntarlo, no pudo encontrar a nadie que admitiese que había oído hablar de él.

Ahora los sobres marrones fluyen gruesos y rápidos, con frecuencia dos o tres por semana. El bedel del *college* se acostumbra tanto a ellos que los deposita en la casilla de Pym sin leer la dirección, y Pym tiene que excavar el centro de otro diccionaraio para guardarlos. Siempre contienen instrucciones y a veces pequeñas sumas en metálico que los Michaels llaman dinero de convalecencia. Mejor aún es el caudal de Pym para gastos de operaciones, que se mantiene en la cifra fabulosa de veinte libras: para agasajar al secretario de la Sociedad Hegeliana de la universidad de Oxford, siete libras y nueve peniques... aportación a la campaña por la paz en Corea, cinco chelines... botella de jerez para la fiesta de la Sociedad de Relaciones Culturales con la URSS, catorce chelines... viaje en autocar a Cambridge para visita de buena voluntad a los socios de dicha universidad, más gastos de representación, una libra, quince chelines y nueve peniques. Al principio Pym formula con timidez estas peticiones, temiendo que de este modo está abusando de la indulgencia de sus amos. El coronel encontrará a otra persona más barata, más pudiente, alguien que sepa que los caballeros no reparan en el precio. Pero poco a poco llega a percatarse de que, lejos de desagradar a sus jefes, sus desembolsos son considerados como la prueba de su diligencia.

Querido amigo Once (escribió Michael, respetando su propia máxima de evitar los nombres para que el enemigo no intercepte nuestra correspondencia):

Gracias por tu Ocho, cómodamente a mano, una perla como de costumbre. Me he tomado la libertad de pasar tu crónica sobre la última coral del clan a nuestro dueño y señor en alta esfera, y no he visto al viejo reírse tanto desde que su tía se pilló su chisme izquierdo en donde tú ya sabes. Brillante e informativa, mi querido señor, y ten presente que el gran hombre mismo comentó tu perseverancia. Ahora la habitual lista de compras.

1) ¿Estás seguro de que el tesorero de nuestro distinguido clan escribe su nombre con Z y no con S? En el catastro figura un tal Abraham S, matemático, ex alumno del instituto de Manchester, que encaja perfectamente, pero desde luego no Z. (Aunque claro está que siempre es posible que un caballero de raigambre es-

cocesa lo escriba de las dos formas...) No lo fuerces, como decía el obispo, pero si la Dama Fortuna te facilita la respuesta, avísanos...

2) Aguza, por favor, tu oído siempre fino respecto a lo que se habla sobre el proyecto de nuestra intrépida hermandad escocesa para enviar una delegación en julio al festival de la juventud en Sarajevo. Las autoridades vigentes empiezan a sentirse extrañamente ofendidas por los caballeros que aceptan generosas subvenciones del gobierno para irse pitando al extranjero y escupir a la sombra de dicho gobierno.

3) Por lo que respecta al notable vocalista visitante de la universidad de Leeds, que ha sido designado para dirigir la palabra al clan el primero de marzo, mantén, por favor, los ojos y los oídos abiertos ante su fiel esposa, Magdalene (¡Dios nos bendiga!), que posee una reputación musical tan buena como su marido, pero prefiere agachar la cabeza por causa de sus delicados intereses científicos. Todo comentario será alegremente recibido...

¿Por qué lo hacía, Pym, Tom? Al principio era el acto. No el motivo, y menos que nada la orden. Había elegido él mismo. Era su propia vida. Nadie le obligó. En cualquier punto de la trayectoria, o desde el principio de la misma, podría haber gritado *no* y haberse sorprendido él mismo. Nunca lo hizo. Tuvieron que transcurrir otras diez generaciones universitarias antes de que arrojara la toalla, y para entonces las líneas, todas ellas, estaban trazadas definitivamente. Te preguntarás por qué tirar por la borda su libertad y buena suerte, su prestancia, su buen humor y buen ánimo precisamente cuando por fin empezaban a dar fruto. ¿Por qué buscar la amistad de un hatajo de mugrientos e infelices, de origen y mentalidad extraños, por qué apretarse contra ellos, todos sonrientes y obsequiosos –porque, créeme, no había encanto en la izquierda universitaria de entonces; Berlín y Corea habían puesto punto final a aquello–, con el mero designio de poder traicionarles? ¿Por qué pasar noches enteras en cuartos traseros, entre muchachas hoscas de provincias que ponían mala cara y comían chuletas y sacaban sobresaliente en economía, a fin de profesar una visión del mundo que tenía que aprender sobre la marcha, retorciéndose el cerebro, envenenándose con cigarros baratos mientras que apasionadamente suscribía la idea de que todo lo divertido de la vida era una maldita lástima? ¿Por qué hacer de padre Murgo con ellas, por qué ofrecerles su extracción burguesa para que ellas la condenaran, rebajándose, refocilándose en su desaprobación y sin obtener su absolución a cambio... y sólo para marcharse aprisa e inclinar la balanza hacia el otro lado en un torrente de informes embellecidos sobre los debates de la noche? Debería saberlo. He hecho esto y se lo he hecho hacer a otros, y mi poder de persuasión nunca dejó de ser fuerte. Por Inglaterra. Para que el mundo libre pueda dormir tranquilamente de noche mientras los centinelas secretos lo custodian con su desvelo vigoroso. Por amor. Para ser un buen muchacho, un buen soldado.

El nombre de Abie Ziegler, fuera con Z o con S, apareció escrito, no lo dudes, en letras mayúsculas en todos los carteles izquierdistas de todas las porterías de todos los colegios universitarios. Abie era un maníaco sexual de alrededor de un metro veinte de alto, que fumaba en pipa y estaba enloquecido por la publicidad. La única ambición de su vida era llamar la atención, y consideraba que la mermada izquierda era el camino más rápido para este objetivo. Había una docena de maneras indoloras para que Michael y su gente hubieran averiguado lo que quisieran de Abie, pero Pym tenía que ser su agente. El gran espía hubiera ido andando hasta Manchester para consultar el nombre de Siegler o Ziegler en el listín telefónico, tal era el impulso con que se había zambullido en su misión secreta. Esto no es traición, se decía a sí mismo cuando estaba operando como el hombre de los Michaels; esto es lo auténtico. Esos hombres y mujeres estridentes, con sus bufandas universitarias y sus curiosos acentos, que aluden a mí como su amigo burgués, son mis propios compatriotas que planean trastornar nuestro orden social.

Por su país, o como lo llamara, Pym escribía direcciones en sobres y las memorizaba, hacía de camarero en reuniones públicas, desfilaba en procesiones tristonas y después apuntaba los nombres de los participantes. Por su país aceptaba cualquier trabajo servil que le granjease favor. Por su país o por amor o por los Michaels, se apostaba en esquinas de la calle a horas avanzadas de la noche, ofreciendo panfletos marxistas ilegibles a viandantes que le decían que debería estar acostado. Luego arrojaba a la cuneta los ejemplares sobrantes y metía dinero de su propio bolsillo en la hucha del partido porque era demasiado orgulloso para reclamárselo a los Michaels. Y si alguna vez, cuando más tarde aún estaba escribiendo sus informes meticulosos sobre los revolucionarios de mañana, el espectro de Axel se materializaba ante él, y el grito de Axel «Pym, bastardo, ¿dónde estás?» resonaba en su oído, Pym sólo tenía que utilizar para ahuyentarlo una combinación de la lógica de los Michaels y la suya propia: «Eras enemigo de mi patria aunque fueras mi amigo. Eras enfermizo. No tenías papeles. Lo siento.»

–¿Qué demonios estás tramando con todos esos rojos? –le preguntó un día, soñolientamente, Sefton Boyd, tumbado de bruces sobre la hierba. Habían ido a almorzar a Godstow en su coche deportivo, y estaban tendidos en un prado, encima de la presa–. Me han dicho que te han visto con el grupo Cole. Hiciste un discurso gilipollas sobre la locura de la guerra. ¿Qué tinglado es ése del grupo Cole?

–Es un grupo de debates dirigido por G. D. H. Cole. Explora avenidas del socialismo.

–¿Son maricas?

–No, que yo sepa.

–Bueno, explora la avenida de cualquier otro. También he visto tu asqueroso nombre en un cartel. Secretario del club socialista. Es decir, Cristo bendito: se supone que eres socio del «Grid».

–Me gusta ver todos los bandos –dijo Pym.

–Ellos no son todos los bandos. Nosotros lo somos. Ellos son un bando. Se han apoderado de la mitad de Europa y son una pandilla de absolutos mierdas. Te lo digo yo.

–Lo hago por mi país –dijo Pym–. Es secreto.

–Los cojones –dijo Sefton Boyd.

–Es verdad. Recibo instrucciones de Londres todas las semanas. Estoy en el servicio secreto.

–Igual que estabas en el ejército alemán en el colegio de Grimble –sugirió Sefton Boyd–. Igual que eras la tía de Himmler en el de Willow. Igual que te follaste a la mujer de Willow y que tu padre le llevaba mensajes a Winston Churchill.

Llegó el día, largamente hablado y con frecuencia pospuesto, en que Michael llevó a Pym a su casa para que conociera a su familia. «Material de primera fila –le advirtió Michael en una descripción anticipada de su esposa–. Mente como un dardo. Sin piedad.» La señora Michael resultó ser una mujer famélica y descolorida, que vestía una falda con abertura y una blusa escotada sobre un pecho poco apetecible. Mientras su marido hacía cosas en el cobertizo, donde parecía que vivía, Pym mezcló inexpertamente el *Yorkshire pudding* y rechazó sus abrazos hasta que no le quedó más remedio que refugiarse con los niños en el césped. Cuando empezó a llover los introdujo en el salón y les colocó alrededor, a modo de autodefensa, mientras manejaba sus delicados juguetes.

–Magnus, ¿cuáles son las iniciales de tu padre? –le preguntó la señora Michael, con voz mandona, desde la puerta.

Recuerdo su voz, quejumbrosa e interrogante, como si yo acabara de comerme su último caramelo en lugar de haberme negado a subir al dormitorio para acostarme con ella.

–R. T. –respondió Pym.

Arrastraba en la mano un periódico del domingo y debía de haber estado leyéndolo en la cocina.

–Bueno, aquí dice que hay un R. T. Pym que se presenta como candidato liberal por Gulworth North. Dicen que es un filántropo y agente inmobiliario. No puede haber dos, ¿no?

Pym le cogió el periódico.

–No –admitió, mirando el autorretrato de Rick con un *setter* rojo–. No puede.

–Pues podías habérnoslo dicho. Quiero decir que eres riquísimo y superior, ya sé, pero una cosa así es de lo más emocionante para gente como nosotros.

Enfermo de aprensión, Pym regresó a Oxford y se obligó a leer, aunque fuera de soslayo, las cuatro últimas cartas de Rick, que había arrojado sin abrir al cajón de su mesa, al lado del ejemplar de Grimmelshausen que le había regalado Axel y de otras facturas impagadas.

Envuelto en su bata de pelo de camello, Pym estaba tiritando. Le había sobrevenido de repente, como a veces le ocurría, una fiebre sin calentura. Había estado escribiendo durante tanto tiempo como llevaba despierto, lo que a juzgar por su barba era mucho tiempo. La tiritona se convirtió en un estremecimiento, como normalmente sucedía. Le retorcía los músculos del cuello y le roía la cara posterior de los muslos. Empezó a estornudar. El primer estornudo fue largo y especulativo. El segundo le siguió como un disparo de réplica. Me están disparando, pensó: los buenos y los malos se están tiroteando en mi interior. *Atchís*: Oh Dios, recibe mi alma. *Atchís*: Oh señor, perdónale porque no sabía lo que hacía. Se levantó, se tapó con una mano la boca y con la otra aumentó la potencia de la estufa de gas. Agarrándose, emprendió un recorrido carcelario del perímetro de la habitación, metiendo las rodillas a cada paso. Desde una esquina de la alfombra de la señorita Dubber avanzó diez pies, giró en ángulo recto y recorrió otros ocho. Se detuvo y examinó el rectángulo que había medido. ¿Cómo lo aguantó Rick?, se preguntó. ¿Cómo pudo Axel? Alzó los brazos, comparando la anchura de la celda con la extensión abarcada. «Cristo –susurró en voz alta–. Cabré a duras penas.»

Recogió la cartera reforzada que todavía no había abierto, la trasladó hasta el fuego y se sentó allí, con las cejas arqueadas y mirando ceñudamente las llamas, mientras el temblor se hacía más violento. Rick debería haber muerto cuando yo le maté. Pym susurró las palabras en alto, atreviéndose a oírlas. «Deberías haber muerto cuando yo te maté.» Volvió al escritorio y cogió la pluma. Cada línea escrita es una línea que queda atrás. Lo haces una vez y luego te mueres. Escribía aprisa. Y mientras escribía empezó a sonreír otra vez. El amor es todo aquello a lo que puedes todavía traicionar, pensó. La traición sólo es posible si amas.

Mary también estaba rezando. Estaba arrodillada sobre su cojín escolar, con los ojos sumergidos en la negrura de sus palmas, y rezaba para no estar ya en el colegio, sino en la capillita sajona de Plush que formaba parte de la finca, con su padre y su hermano arrodillados protectoramente a ambos lados de ella y su coronel, el reverendo vicario anglicano, vociferando sus órdenes de fuego y agitando el incienso como un gong. O para estar arrodillada en camisón ante la cama de su propio dormitorio, con el pelo cepillado y el trasero sobresaliendo hacia fuera, pidiendo en su oración que nadie la obligara a volver al internado. No obstante, por mucho que Mary rezara y suplicase, sabía que no iba a ninguna parte, sino adonde estaba: en la iglesia inglesa de Viena, donde vengo todos los miércoles para el oficio temprano, que comparto con la banda habitual de cristianos en ascenso, encabezados por la embajadora británica y la mujer del ministro americano, y apoyados por Caroline Lumsden, Bee Lederer y un nutrido contingente de holandeses, noruegos y figurantes de la vecina embajada alemana. Fergus y Georgie están acomodados en el banco de detrás con un pensamiento piadoso entre ellos, y es Tom, no yo, quien está en el internado, y es Magnus, no Dios, quien es omnipresente y omnisciente y, sin embargo, invisible, y quien posee la llave de todos nuestros destinos. Así que Magnus, bastardo, si en ti queda un ápice de veracidad, hazme un favor, ¿quieres?: sal de tu firmamento y aconséjame, con tu infinita bondad y sabiduría –por una vez, al menos, sin mentiras, evasivas ni adornos–, qué demonios se supone que debo hacer respecto a tu querido amigo del campo de cricket de Corfú, que está sentado, no rezando, en el mismo banco que yo, al otro lado del pasillo, en el lado de la novia, y que es flaco y encorvado, con un bigote entrecano y hombros estrangulados, exactamente como Tom lo describió hasta las patas de gallo de la risa en torno a los ojos y la gabardina gris que le cubre los hombros como una capa. Porque no es la primera aparición de tu ángel gris, ni tampoco la segunda. Es la tercera y la más imaginativa en dos días, y cada vez que no reacciono ante su presencia noto que se me acerca un paso más, y si no vuelves pronto y me dices lo que debo hacer, es muy posible que nos encuentres juntos en la cama, porque al fin y al cabo, como solías asegurarme en Berlín, no hay nada como un poco de sexo para romper la tensión y eliminar las barreras sociales.

Giles Marriott, el capellán inglés, estaba invitando a aproximarse con fe a todos aquellos de corazón puro y mente humilde. Mary se levantó, se enderezó la falda y salió al pasillo. Caroline Lumsden y su marido estaban delante de ella, pero la ética de la piedad exigía que se saludasen después y no antes del sacramento. Georgie y Fergus permanecieron firmemente aposentados en su banco, demasiado íntegros para sacrificar su agnosticismo por una coartada. Lo más probable es que no sepan qué hacer, pensó Mary. Juntando las manos sobre la barbilla, agachó de nuevo la cabeza, orando. Oh Dios, oh Magnus, oh Jack, ¡decidme qué debo hacer ahora! Está detrás de mí, a un palmo, puedo notar su olor a humo rancio de puro. Tom también había mencionado eso. En el aeropuerto, como una idea tardía. «Fumaba puritos, mamá, como papá cuando estaba dejando de fumar cigarros.» Y ha *cojeado* a lo largo del banco. Ha *cojeado* al salir al pasillo. Una docena o más de personas caminan en pos de Mary, entre ellas la embajadora, su hija llena de granos y un rebaño de americanos. Un cojo es un cojo, sin embargo, y los buenos cristianos se detienen al verlo y sonríen y le ceden el paso, y él estaba ahora detrás de ella, el recipiendario privilegiado de la caridad de todos. Y cada vez que la cola avanza un paso más hacia el altar, él *cojea* tan íntimamente como si me estuviese dando unas palmaditas en el culo. Mary no había conocido en su vida una cojera más insinuante, impúdica, escandalosa. Podía sentir los ojos alegres del hombre quemándole la espalda. Sentía el cuello ardiendo y la cara calentándose a medida que se avecinaba el momento de la consumación divina. Ante la barandilla del altar, Jenny Forbes, la mujer del oficial de la administración, estaba ejecutando una genuflexión antes de retirarse a su sitio. Ya puede hacerlo, después de la aventura que se trae con el guarda de la cancillería. Mary se adelantó, agradecida, y se arrodilló en su puesto. Fuera de mi espalda, miserable, quédate donde estás. El miserable lo hizo, pero para entonces sus palabras suavemente murmuradas estaban bramando dentro de la cabeza de Mary como un megáfono.

–Puedo ayudarla a encontrarle. Le mandaré un mensaje a su casa.

En unión coral, las preguntas chillaban en el interior de la cabeza de Mary. ¿Mandar cómo? ¿Un mensaje diciendo qué? ¿Para instruirla acerca de las causas de su deslealtad? ¿Para explicarle por qué, cuando salía ayer del té de Mujeres Internacionales, no había alargado un brazo acusador hacia él cuando él le sonreía desde el otro lado de la calle? ¿Por qué no les había gritado: «¡Detengan a ese hombre!» a Georgie y Fergus, que estaban aparcados a menos de doce metros de la puerta por la que él había aparecido... airosamente, como ningún criminal habría hecho? ¿O después, cuando resurgió a unos seis metros de ella en el supermercado Swab?

Giles Marriott la estaba mirando con perplejidad, ofreciéndole por segunda vez el cuerpo de Cristo que se había inmolado por ella. Apresuradamente, Mary colocó las manos como le habían enseñado a hacer desde la infancia, la diestra sobre la siniestra, y trazó una cruz con ellas. Él depositó la oblea sobre su palma. Ella se la llevó a los labios y notó que se le pegaba y que luego caía como un leño sobre su lengua seca. No, no soy digna, pensó, desdichadamente, mientras aguardaba al cáliz. Es cierto. No soy digna de venir a Tu mesa, ni a la mesa de nadie tampoco. Cada instante que transcurre sin que le denuncie es otro momento de deslealtad. Me está tentando y yo le estoy escuchando con todas mis fuerzas. Me está atrayendo hacia él y yo le estoy diciendo «sí, por favor». Le estoy diciendo: «Iré con usted por el bien de Magnus y de mi hijo.» Le estoy diciendo: «Iré con usted si me ofrece claridad, aun cuando sea usted malo. Porque estoy buscando una luz, cualquier clase de luz, y estoy perdiendo el juicio en la oscuridad. Iré con usted porque es la otra mitad de Magnus, y por consiguiente la otra mitad de mí.»

Cuando regresaba hacia su asiento sorprendió la mirada de Bee Lederer. Intercambiaron sonrisas piadosas.

11

Nunca hubo una elección parcial semejante, Tom, jamás hubo una elección parecida. Nacemos, nos casamos, nos divorciamos, morimos. Pero en algún momento del camino, si disponemos de la oportunidad, deberíamos también presentarnos como candidato liberal por la antigua circunscripción pesquera y textil de Gulworth North, situada en los pantanos más remotos de la Anglia oriental, en los años oscuros de posguerra, antes de que la televisión remplazase a la Sede Antialcohólica, y en que las comunicaciones se hallaban en una fase tal que el carácter de un hombre podía renacer si se le trasladaba a ciento cincuenta millas al noroeste de Londres. Si no tenemos la suerte de presentarnos nosotros mismos, entonces lo menos que podemos hacer es abandonarlo todo, desde el criptocomunismo a la exploración sexual inacabada y, olvidando el más reciente *Minnesänger*, correr a ponernos del lado de nuestro padre en la hora de su más ardua prueba y tiritar por su causa en umbrales helados, seducir a ancianas para que le den su voto a la manera en que él nos lo ha indicado, y encargarnos de su bienestar aunque nos cueste el pellejo, y decir al mundo por el altavoz que es un tipo fabuloso y que nunca volverá a faltarles de nada, y comprometernos, diciéndolo en serio, a que tan pronto como termine la jornada electoral, renegaremos de todas nuestras vidas anteriores y ocuparemos nuestro puesto entre las clases trabajadoras, con las que ha estado siempre nuestro corazón y nuestros orígenes, como testimonia nuestro abrazo clandestino de la causa proletaria durante los años de formación como estudiantes.

Era lo más recio del invierno cuando Pym llegó, y es invierno aún, porque nunca he regresado, nunca me atreví. La misma nieve cubre los pantanos y marismas y paraliza los molinos de viento del Quijote contra el flamenco cielo ceniciento. Las mismas ciudades con campanario penden del horizonte marino, las caras de Brueghel de nuestro electorado muestran el mismo ardor rosado que las de tres decenios antes. El convoy de nuestro candidato, dirigido por Cudlove, el liberal de toda la vida, y su precioso cargamento, todavía divulga el mensaje desde el aula de tiza hasta la sala con calefacción de parafina, patinando y maldiciendo por los caminos rurales mientras nuestro candidato medita y envasa un nuevo trago y Sylvia y el comandante Maxwell Cavendish luchan sordamente sobre el mapa de estado mayor. En mi recuerdo, nuestra campaña es una gira dramática del teatro de lo políticamente absurdo a medida que avanzamos a través de la nieve y terrenos cenagosos hacia el majestuoso ayuntamiento de Gulworth

–alquilado contra la opinión de quienes decían que no llegaríamos a ocuparlo, pero lo alquilamos– para la ultimísima aparición de nuestro candidato. Allí la comedia concluye de golpe. Las máscaras y cascabeles de los bufones salen estruendosamente al escenario cuando Dios, con una simple pregunta, nos presenta Su factura por todos los buenos ratos que hemos pasado hasta entonces.

Pruebas, Tom. Hechos.

Aquí tenemos el rosetón de seda amarilla que Rick lució en su gran noche. Fue confeccionado para él por el mismo sastre sin fortuna que eligió sus colores hípicos. Aquí tenemos abierta la página central del *Gulworth Mercury* del día siguiente. Léela tú mismo. EL CANDIDATO DEFIENDE SU HONOR, DICE QUE GULWORTH NORTH SEA EL JUEZ. ¿Ves la foto del podio, con los tubos del órgano iluminados y la escalera en curva? Lo único que necesitamos es a Makepeace Watermaster. ¿Ves a tu abuelo, Tom, en el centro del escenario, acuchillando los rayos de los focos, salpicados de partículas, y a tu padre que asoma tímidamente detrás, con el flequillo al sesgo? ¿No oyes el trueno de la piedad del gran santo elevándose hacia el techo del vagón? Pym se sabe de memoria cada palabra del discurso de Rick, cada inflexión y gesto exagerado. Rick se describe como un honrado comerciante que consagrará «lo que me quede de vida, y por el tiempo que vuestra sabiduría estime que me necesite», al servicio de la circunscripción, y tarda unos cinco segundos en ejecutar con el antebrazo izquierdo un giro que siega la cabeza de los escépticos. Con los dedos cerrados y ligeramente curvados, como siempre. Nos dice que es un humilde cristiano, un padre de familia y un mercader recto, y que va a erradicar de Gulworth North las herejías gemelas del alto conservadurismo y el bajo socialismo, aunque a veces, en su fervor abstemio, confunde el orden de ambos adjetivos. Odia asimismo el exceso. Realmente le indigna. Ahora viene la buena noticia. La fe que hay en su voz la anuncia. Con Rick en el Parlamento, Gulworth North conocerá un renacimiento que supera sus sueños. Su moribunda industria del arenque se levantará de su lecho y empezará a andar. Su decadente industria textil producirá leche y miel. Sus granjas se liberarán de la burocracia socialista y llegarán a ser la envidia del mundo. Sus canales y líneas férreas decrépitas se verán milagrosamente exoneradas de las fatigas de la revolución industrial. Sus calles desbordarán de liquidez. Sus ancianos tendrán sus ahorros protegidos contra la confiscación por parte del estado, y sus hombres no conocerán las ignominias del alistamiento. Desaparecerá el impuesto de paga-cuanto-ganas, así como las demás iniquidades enumeradas en el manifiesto liberal, que Rick sólo ha leído en parte pero en el que cree totalmente.

Hasta aquí todo es perfecto, pero esta noche cae el telón y Rick ha preparado algo especial. Vuelve la espalda audazmente al auditorio y se dirige a sus fieles partidarios situados al fondo del estrado. Se dispone a darnos las gracias. Atención.

–En primer lugar a mi querida Sylvia, sin la cual nada hubiera podido realizarse: ¡gracias, Sylvia, gracias! ¡Un gran aplauso para Sylvia, mi reina!

El público aplaude con entusiasmo. Sylvia esboza la graciosa sonrisa por la que es conservada. Pym espera ser citado a continuación, pero no es así. La mirada azul de Rick tiene acero esta noche, resplandece. Más voz y menos aliento en su rimbombancia. Frases más breves, pero el campeón las lanza más fuertes. Agradece al presidente del partido liberal de Gulworth y a *su* muy encantadora esposa: «Marjorie, querida, no seas tímida, ¿dónde estás?» Agradece a nuestro miserable agente liberal, un incrédulo llamado Donald Algo, véase el subtítulo, que desde la llegada de la corte a su territorio se ha encerrado en un mutismo colérico del que no ha salido hasta esta noche. Agradece a nuestra encargada de transportes, a quien Muspole pretende haber hecho un favor en la sala de billares, y a la señorita Tal y Cual, que velaba para que vuestro candidato no llegara nunca tarde a un mitin –risas–, aunque Morrie Washington jura que no está seguro sentado con ella al fondo. Pasa a «esos otros valientes y fieles ayudantes míos». Morrie y Syd sonríen impúdicamente como un par de asesinos indultados en la última fila, y Muspole y el comandante Maxwell Cavendish prefieren fruncir el ceño. Está en la foto, Tom, míralo tú mismo. Al lado de Morrie se acomoda un cómico de la radio ebrio cuya reputación en declive Rick ha ideado enjaezar a nuestra campaña, del mismo modo que en las últimas semanas ha involucrado en la misma a estúpidos jugadores de cricket, propietarios de hoteles con título de nobleza y otras personalidades supuestamente liberales, a las que ha hecho desfilar por la ciudad como una cuerda de presos y a los que ha devuelto a Londres en cuanto han consumado su breve lapso de utilidad.

Ahora echa otro vistazo a Magnus, sentado a la diestra de su progenitor. Rick llega finalmente a él y cada palabra que le grita abunda en reproche y conocimiento secreto.

–No os lo dirá él, así que lo haré yo. Es demasiado modesto. Este hijo mío, aquí presente, es uno de los más sobresalientes estudiantes de Derecho que este país, y no sólo éste, ha conocido hasta ahora. Podría pronunciar este discurso en cinco idiomas distintos y hacerlo mejor que yo en cualquiera de ellos.

Risas. Gritos de protesta y «no, no».

–Pero eso no le ha impedido desgastarse los pies por su padre a lo largo de esta campaña. Magnus, tu comportamiento ha sido magnífico, hijo, y eres el mejor camarada de tu padre. ¡Un aplauso para ti!

La clamorosa ovación no consigue, empero, aliviar la angustia de Pym. En la realidad solitaria de ser Pym y de escuchar a Rick, que prosigue su discurso, el corazón le late aterrado mientras hace recuento de los tópicos y aguarda la explosión que destruirá para siempre jamás al candidato y su osada madeja de engaños. Reventará el techo del vagón y sus soportes dorados en el cielo nocturno. Destrozará las mismas estrellas que sirven de apoteosis al discurso de Rick.

–La gente os dirá –grita Rick, con un acento de humildad creciente–, y me lo han dicho a mí, me han parado en la calle, agarrado del brazo y me han dicho: «Rick, ¿qué es el liberalismo, si no un montón de ideales? No podemos *comer* ideales, Rick –dicen–. Los ideales no nos proporcionan una taza de té ni una chuleta de cordero, Rick, compadre. No podemos meter ideales en la hucha de la colecta. No podemos pagar con ideales la educación de nuestro hijo. No podemos mandarle al mundo para que ocupe su puesto en los más altos tribunales del país sin nada más que un puñado de ideales en el bolsillo. ¿Entonces de qué sirve, Rick, un partido de ideales en este mundo moderno?», me dicen.

Baja la voz. La mano, hasta ahora tan agitada, desciende con la palma hacia abajo para tocar la cabeza de un niño invisible.

–¡Y yo les digo, a esas buenas gentes de Gulworth, y os lo digo también a vosotros!

La misma mano se eleva en el aire y apunta al cielo mientras Pym, en su aprensión enfermiza, ve que el espectro de Makepeace Watermaster salta desde su púlpito y llena el ayuntamiento con su fulgor tenebroso.

–Digo lo siguiente. Los ideales son como estrellas. ¡No podemos alcanzarlas, pero nos beneficiamos de su presencia!

Rick no ha estado nunca mejor, más apasionado, más sincero. Los aplausos se alzan como un mar encrespado, y los fieles se levantan con él. Pym también se levanta y da palmadas más fuertes que las de todos los demás. Rick llora. Pym está al borde de las lágrimas. La buena gente tiene su Mesías, desde hace muchísimo tiempo los liberales de Gulworth han sido una grey sin pastor; no ha habido ningún candidato liberal en la región desde la guerra. Al lado de Rick, el presidente local del partido está entrechocando sus pezuñas de minifundista y mascando ruibarbo extáticamente en los oídos de Rick. A la espalda de éste, la corte entera sigue el ejemplo de Pym y se pone de pie, aplaude, clama: «¡Rick para Gulworth!». Reclamado de este modo, Rick se vuelve hacia ellos de nuevo y, a imitación de cualquiera de los números de variedades que adora, señala a la corte y dice al auditorio:

–Se lo debéis a ellos, no a mí.

Pero una vez más sus ojos azules están fijos en Pym, y dicen: «Judas, parricida, asesino de tu mejor camarada.»

O eso le parece a Pym.

Porque es en este preciso momento, en el instante exacto en que todo el mundo, de pie, resplandece y aplaude, cuando la bomba que Pym ha plantado explota: Rick da la espalda al enemigo y tiene la cara vuelta hacia Pym y sus amados seguidores, casi a punto, creo, de entonar una canción emocionada. No «Debajo de los arcos», que es demasiado seglar, sino «Adelante, soldados de Cristo», que viene de perlas. Entonces, de repente, el alboroto se extingue y muere en pie delante de nosotros, y un silencio glacial se instaura luego, como si alguien hubiera abierto las grandes puertas del ayuntamiento y permitido la entrada de los ángeles vengadores del pasado.

Alguien nada fidedigno ha hablado desde debajo de la galería de cantores donde se sienta la prensa. Al principio la acústica es tan pésima que sólo nos deja oír unas notas quejumbrosas, aunque ya son subversivas. El orador lo intenta de nuevo, pero más alto. Todavía no es una persona, sino solamente una maldita mujer, con esa voz irlandesa aflautada y estridente que los hombres detestan instintivamente y que te encandila con su impotencia al mismo tiempo que con su causa. Un hombre grita: «Silencio, mujer», luego «¡Cállate!», y después «¡Cierra el pico, perra!» Pym reconoce la voz, rezumante de oporto, del comandante Blenkinsop. El comandante es un librecambista y un fascista rural de la incómoda derecha de nuestro gran movimiento. Pero la áspera voz irlandesa prevalece como una puerta chirriante que no calla, y ningún portazo o aceitado parece capaz de silenciarla. Alguna independentista fastidiosa probablemente. Es el comandante nuevamente: mirad su cabeza calva y el rosetón amarillo del partido. Le está gritando «Mi buena señora», nada menos, y la encamina sin miramientos hacia la puerta. Pero la libertad de prensa se lo impide. Los gacetilleros que se asoman por encima de la balaustrada gritan: «¿Cómo se llama, señorita?», e incluso: «Chíllaselo otra vez.» El comandante Blenkinsop no es de repente un caballero ni un oficial, sino un gamberro de la clase alta con una irlandesa vociferante en sus manos. Otras mujeres empiezan a aullar: «¡Suéltala!» y «¡Quítale las manos de encima, cerdo!». Alguien grita: «¡*Black and Tan* bastardo!»[1]

Entonces la oímos y entonces la vemos con más claridad. Es menuda y furiosa y viste de negro, una arpía viuda. Lleva un sombrero sin ala. De un costado del mismo cuelga un jirón de velo negro, desgarrado por ella o por otra persona. Con la perversidad de una multitud, todo el mundo quiere escucharla. Quizá por tercera vez, empieza su pregunta. Su acento mana del centro de la boca y parece emitirse a través de una sonrisa, pero Pym sabe que no es una sonrisa, sino la mueca de un odio tan poderoso que no se puede retener dentro. Dice cada palabra como la ha aprendido, en el orden en que las ha preparado. La claridad de su declaración resulta ofensiva.

–Desearía saber, por favor... si es verdad... si fuese tan amable, señor... que el candidato liberal a diputado por la circunscripción de Gulworth North... ha cumplido una condena de prisión por estafa y desfalco. Muchísimas gracias por su atención.

Y Rick mira de frente a Pym mientras la flecha de la mujer se le clava en la espalda. Los ojos azules de Rick se abren de par en par al recibir el impacto, pero continúan fijos en Pym: exactamente igual que cinco días antes, cuando estaba tumbado en su baño de hielo, con los pies cruzados y los ojos abiertos, diciendo:

–Matarme no es suficiente, hijo.

Retrocede diez días conmigo, Tom. El excitado Pym ha llegado de Oxford con corazón alegre, resuelto, como protector de la nación, a arrojar

1. Miembro de las fuerzas armadas enviadas a Irlanda por el Gobierno inglés en 1921; se les denominaba así por el color de su uniforme. (N. del T.)

su peso cambiante sobre el proceso democrático y a divertirse un poco en la nieve. La campaña está en pleno apogeo, pero los trenes a Gulworth tienen por costumbre averiarse en Norwich. Es el fin de semana, y Dios ha decretado que las elecciones parciales inglesas se celebren en jueves, aun cuando hace mucho que él mismo ha olvidado por qué. Es de noche; el candidato y sus cohortes están en capilla. Pero cuando Pym se apea, bolsa en mano, en la imponente estación ferroviaria de Norwich, allí está el leal Syd Lemon en la barrera, con un automóvil de campaña que luce pegadas las insignas de Pym, a la espera de transportarle al mitin principal de la velada, anunciado para las nueve en el pueblo de Little Chedworth on the Water, donde, según Syd, el último misionero fue devorado a la hora del té. Letreros que rezan PYM, EL HOMBRE DEL PUEBLO ensombrecen las ventanillas del coche. La cabezota de Rick –la única, como ahora sé, que muy probablemente habría vendido– está pegada sobre el maletero. En el techo, atado con alambre, viaja un altavoz más grande que el cañón de un barco. Hay luna llena. La nieve cubre los campos y el paraíso se extiende alrededor.

–Vámonos a St. Moritz –dice Pym, cuando Syd le entrega una empanada de carne cocinada por Meg, y Syd se ríe y revuelve el pelo de Pym.

Syd no es un conductor atento, pero los caminos vecinales están desiertos y la nieve es benigna. Ha llevado una botella rellenada de whisky. Mientras serpentean por entre los setos cargados de nieve, engullen grandes bocados. Vigorizado por el refrigerio, Syd informa a Pym sobre el estado de la batalla.

–Estamos a favor de la libertad de cultos, Titch, y somos partidarios entusiastas de la propiedad de la vivienda para todos con menos papeleo.

–Siempre lo hemos sido –dice Pym, y Syd le dedica una mirada recelosa, por si acaso está siendo insolente.

–Tenemos un pobre concepto de todas las formas de conservadurismo ubicuo...

–Inicuo –le corrige Pym, dando otro trago de la botella.

–Nuestro candidato se enorgullece de su historial de patriota inglés y hombre de iglesia, y es un comerciante de Inglaterra que ha luchado por su país, y el liberalismo es la única vía correcta para Britania. Se ha educado en la universidad del mundo y nunca en su vida ha probado una gota de licor fuerte, ni tú tampoco, y no lo olvides.

Recuperó la botella de whisky y dio un largo sorbo de militante abstemio.

–¿Pero ganará? –preguntó Pym.

–Escucha. Si hubieras venido aquí con dinero en la mano el día en que tu padre anunció su intención, habrías podido tener una probabilidad de cincuenta a uno. Para cuando yo y Lord Muspole aparecimos, estaba ya en veinte a cinco, y cogimos un montón. A la mañana siguiente, después de haber hecho su adopción, no había ya dieces. Ahora está en nueve a dos y disminuyendo, y te haré una pequeña apuesta a que el día de la votación está a la par. Ahora pregúntame si va a ganar.

–¿Qué adversarios hay?

–Ninguno. El chico de los laboristas es un maestro de Glasgow. Tiene una barba pelirroja. Un tipo bajito. Parece un ratón asomando por el lomo de un oso rojo. El viejo Muspole envió la otra noche a un par de muchachos a animar uno de sus mítines. Les puso un *kilt* y les dio carracas de fútbol y les hizo armar bulla por las calles hasta el amanecer. Gulworth no es amante del barullo, Titch. No apreciaron mucho a los amigos borrachos del candidato laborista cantando «Pequeña Nellie del valle» a las tres de la mañana en los peldaños de la iglesia.

El coche se desliza airosamente hacia un molino de viento. Syd lo endereza y prosiguen.

–¿Y el conservador?

–El conservador es todo lo que debería ser un candidato conservador, pero en peor. Un *pukka sahib* repatriado que trabaja un día a la semana en la City, sale a cazar zorros, regala abalorios a los lugareños y quiere restablecer la tortura de las empulgueras para los detenidos sin antecedentes penales. Su mujer abre con los dientes las fiestas al aire libre.

–¿Pero quiénes son nuestro soporte tradicional? –pregunta Pym, recordando su historia social.

–Los meapilas le apoyan firmemente, igual que los masones e igual que las abuelas. Los de la antialcohólica son pan comido, lo mismo que los de la liga antiapuestas, con tal de que no lean los formularios, y te agradeceré que no menciones a los jamelgos, Titch; por el momento los hemos puesto a pacer. Los restantes no saben a qué carta quedarse. El parlamentario anterior era un rojo, pero ha muerto. En la última elección ganó por cinco mil votos en una carrera a solas contra el conservador, pero mira qué conservador. El número total de votos fue treinta y cinco mil, pero desde entonces han cumplido la mayoría de edad otros cinco mil delincuentes juveniles, y dos mil carcamales han pasado a mejor vida. Los granjeros son repulsivos, los pescadores no tienen un chavo y la chusma no sabe dónde tiene la mano derecha.

Syd enciende la luz interior y deja que el coche ruede solo mientras rebusca en el asiento trasero y pesca un impresionante panfleto amarillo y negro con una foto de Rick en la portada. Flanqueado por amorosos *spaniels* ajenos, aparece leyendo un libro delante de una chimenea desconocida, cosa que no ha hecho en su vida. «Carta al electorado de Gulworth North», reza el título. El papel, en desafío a la austeridad predominante, es satinado.

–También nos respalda el espectro de Sir Codpiece Makewater, Cruz de la victoria –añade Syd con particular deleite–. Lee con atención la última página.

Pym la leyó y descubrió un recuadro que se asemejaba a una esquela suiza:

NOTA FINAL

Vuestro candidato deriva a mucha honra su inspiración política del mentor y amigo de su infancia, Sir Makepeace Watermaster, miembro del Parlamento, el liberal y empresario cristiano más famoso del mundo, cuya mano severa pero justa, tras sufrir la muerte intempestiva de su padre, le guió a través de los muchos escollos de la juventud hasta su alta y consolidada posición presente, que le pone en contacto cotidiano con las máximas autoridades del país.

Sir Makepeace fue un hombre de familia temerosa de Dios, un abstemio y un orador sin igual, y se puede afirmar con certeza que sin su radiante magisterio vuestro candidato podría no haber osado nunca someterme al juicio histórico del pueblo de Gulworth North, que ya se ha convertido en un hogar del hogar para mí, y si resulto elegido adquiriré aquí una residencia principal en la primera oportunidad. Vuestro candidato tiene la intención de consagrarse a la defensa de vuestros intereses con la misma humildad que siempre manifestó Sir Makepeace, que se fue a la tumba predicando el derecho moral del hombre a la propiedad, el libre comercio y un buen latigazo para las mujeres.

Vuestro humilde y futuro servidor,
Richard T. Pym.

–Tú tienes instrucción, Titch. ¿Qué te parece? –pregunta Syd, con seriedad vulnerable.

–Precioso –responde Pym.

–Pues claro que lo es –dice Syd.

Un pueblo, y después la aguja de una iglesia, se deslizan hacia ellos. Al entrar en la calle principal, una pancarta amarilla proclama que nuestro candidato liberal hablará aquí esta noche. Hay unos «Land Rover» y «Austin Seven» viejos, aprisionados por la nieve y tristemente estacionados en el aparcamiento. Tras un último trago de la botella de whisky, Syd se separa cuidadosamente el pelo delante del espejo. Pym advierte que su vestimenta exhibe una sobriedad desacostumbrada. El aire impregnado de escarcha huele a mar y a boñiga de vaca. Ante ellos se alza la Sala Antialcohólica de Little Chedworth on the Water. Syd le pasa a Pym una pastilla de menta y los dos entran.

El presidente del distrito electoral está hablando desde hace un rato, pero sólo a la primera fila, y los que estamos más atrás no oímos nada. El resto de los presentes mira a las vigas o a las tarjetas de presentación del candidato del hombre común: Rick ante su escritorio Napoleón con los libros de leyes ordenados a su espalda. Rick en la planta de la fábrica por primera vez en su vida, compartiendo una taza de té con la sal de la tierra. Rick en el papel de Sir Francis Drake, mirando hacia la armada brumosa de la moribunda flota arenquera de Gulworth. Rick como agricultor, chupando una pipa y calibrando a una vaca con aires de entendido. A un lado del presidente, debajo de un festón de estameña amarilla, se sienta una funcionaria del comité electoral. Por el otro lado corre una fila de sillas vacías que esperan al candidato y a su séquito. Periódicamente, mientras el presidente continúa disertando, Pym capta una expresión suelta como «los males del servicio militar» o «la maldición de los grandes monopolios», o, peor aún, una coletilla de disculpa del tipo «como os he dicho hace un momento». Y por dos veces, conforme las nueve en punto pasan a ser las nueve y media y luego las diez y diez, un mensajero senil y shakespeariano trastabillea penosamente desde una sacristía y se agarra un lóbulo de la oreja para decirnos con voz temblorosa que el candidato está en camino, que ha tenido un horario apretado de mítines, que la nieve le está retrasando. Justo cuando hemos abandonado la esperanza, Muspole irrumpe acompañado del comandante Maxwell Cavendish, ambos pulcros como bedeles con su uniforme gris. Los dos hombres recorren juntos el pasillo y suben al estrado, y mientras Muspole estrecha la mano del presidente y de la señora, el comandante extrae un fajo de notas de una cartera y las deposita encima de la mesa. Y aunque Pym, hacia el final de la campaña, había oído hablar a Rick no menos de veinte veces entre esa noche el discurso en el ayuntamiento, la víspera de las votaciones, ni una sola vez le vio remitirse a las notas del comandante o tan siquiera advertir su presencia. De modo que poco a poco llegó a la conclusión de que no eran notas, sino un recurso escénico a fin de prepararnos para lo que viene.

–¿Qué ha hecho Maxie con su bigote? –susurra excitadamente Pym a Syd, que se ha incorporado bruscamente después de una siestecita– ¿Lo ha hipotecado?

Si Pym espera una réplica ingeniosa, se queda defraudado.

–No nos parece apropiado, eso es lo que ha pasado con su bigote –dice Syd escuetamente. En ese mismo momento Pym ve que la luz del amor puro inunda la cara de Syd cuando Rick hace su entrada.

El orden de aparición nunca cambiaba, como tampoco el reparto de tareas. Después de Muspole y el comandante entran Perce Loft y el pobre Morrie Washington, que ya está sufriendo molestias en el hígado. Perce mantiene la puerta abierta. Morrie la franquea y a veces, como esta noche, recibe unos pocos aplausos, porque los no iniciados le confunden con Rick, lo que no resulta sorprendente porque Morrie, aunque es la tercera parte del tamaño de Rick, dedica la mayor parte de su vida y todo su dinero al esfuerzo de lograr una identificación total con su ídolo. Si Rick se compra un abrigo nuevo de pelo de camello, Morrie se apresura a comprarse dos parecidos. Si Rick lleva zapatos de dos colores, lo mismo hace Morrie, y asimismo calcetines blancos. Pero esta noche Morrie se ha vestido como el resto de la corte, de un gris eclesial. Por amor a Rick incluso ha conseguido eliminar de su tez parte de los vestigios de la bebida. Entra, ocupa su puesto en la puerta, al otro lado de Perce, y toquetea su rosetón para cerciorarse de que está en el sitio debido. Luego Perce y Morrie estiran al unísono el cuello en la dirección por la que han venido y se afanan, al igual que el público, en atisbar una primera visión de su paladín. Y mira: ¡están aplaudiendo! Y mira: ¡también nosotros!, cuando Rick entra con paso vivo, porque nosotros, los estadistas, no tenemos tiempo que perder, e incluso mientras avanza por el pasillo está conferenciando seriamente con los mandamases del país. ¿No es sir Laurence Olivier el que va con él? A mí me parece más bien Bud Flanagan. No es ninguno de los dos, como en seguida sabemos. Es ni más ni menos que el gran Bertie Tregenza, el hombre pájaro de la radio, un liberal de toda la vida. Ya en el estrado, Muspole y el comandante presentan al presidente a los demás notables y les guían hasta sus asientos. Por fin ha llegado el momento que esperábamos con ansia, cuando el único hombre que queda de pie es el hombre retratado en las fotografías. Syd se inclina hacia adelante, escuchando con los ojos. Nuestro candidato empieza a hablar.

Una introducción deliberada, anodina. Buenas noches y gracias por haber acudido en tan gran número en esta fría noche de invierno. Lamento haberles hecho esperar. Un chiste para las damas: me han dicho que hice esperar a mi madre una semana entera. Risas de las señoras en cuanto captan la broma. «Pero os prometo lo siguiente, gentes de Gulworth North: ¡ninguno de los presentes tendrá que esperar por causa de vuestro próximo parlamentario!» Más risas y algunos aplausos de los fieles, a medida que el tono del candidato se endurece.

–Señoras y caballeros, habéis venido aquí esta noche desapacible por una sola razón. Porque os preocupa vuestro país. Pues bien, ya somos dos, porque a mí también me preocupa. Me preocupa el modo en que lo gobiernan y el modo en que no lo gobiernan. Me preocupa porque la política es el pueblo. Pueblo con corazón para decirles lo que quieren para sí y para el prójimo. Pueblo con cabeza para decirles cómo conseguirlo. Pueblo con fe y agallas para enviar a Adolfo Hitler al lugar de donde vino. Pueblo como nosotros. Reunidos aquí esta noche. La sal de la tierra, por decirlo sin rodeos. Pueblo inglés, raíz y rama, preocupado por su patria y en busca del hombre que se ocupe de su bienestar.

Pym mira en torno de la pequeña sala. Todas las caras están vueltas como flores hacia la luz de Rick. Excepto una, la de una mujercita con un sombrero sin ala y con un velo, sentada como su propia sombra, completamente aparte y con el rostro tapado por el velo negro. Está de luto, decide Pym, al instante movido a compasión. Ha venido aquí buscando una pizca de compañía, pobrecilla. Sobre el estrado, Rick está explicando el significado del liberalismo para quienes no están familiarizados con las diferencias entre los tres grandes partidos. El liberalismo no es un dogma, sino una forma de vida, dice. Es fe en la bondad esencial del hombre, con independencia del color, la raza o el credo, en un espíritu de todos unidos en pos de una meta. Despachados así los puntos sutiles de la filosofía liberal, puede abordar el centro sólido de su discurso, que es él mismo. Describe sus orígenes humildes y las lágrimas de su madre cuando le oyó jurar que seguiría los pasos del gran Sir Makepeace. Ojalá que mi padre pudiera estar esta noche aquí, sentado entre vosotros, buenas gentes. Un brazo se levanta y apunta hacia las vigas, como si señalara un aeroplano, pero es a Dios a quien Rick indica.

–Y permitidme que esta noche diga lo siguiente a los votantes de Little Chedworth. Sin cierta persona que está ahí arriba, actuando día y noche como mi socio más antiguo –reíros si queréis, porque preferiría ser objeto de vuestra burla que víctima de la ola de cinismo y descreimiento que barre todo el país–, sin la mano auxiliadora de cierta persona, y todos sabéis a quién me refiero, ¡claro que lo sabéis!, yo no estaría hoy donde estoy, ofreciendo mis servicios con la mayor humildad al pueblo de Gulworth North.

Habla de su conocimiento del mercado de exportación y de su orgullo por vender productos ingleses a esos extranjereos que nunca sabrán lo mucho que nos deben. Su brazo nos fustiga nuevamente y profiere un desafío. Él es inglés hasta la médula, y no tiene ningún empacho en decirlo. Puede aplicar el sentido común británico a cualquier problema que le planteen. «Sin excepción», murmura Syd, aprobando. Pero si conocemos para este cargo a un hombre mejor que Rickie Pym, más vale que lo digamos ahora. «Si preferimos los prejuicios de clase blandengues de los conservadores que se creen los propietarios del derecho al nacimiento, cuando en realidad están chupando la sangre del pueblo, entonces tenemos que levantarnos aquí y ahora y decirlo sin miedo ni parcialidad, y zanjemos esta cuestión de una vez por todas.» Nadie se levanta. «Por otra parte, si preferimos entregar el país a los marxistas y comunistas y a los sindicatos intimidadores que están empeñados en poner a la patria de rodillas –porque no nos engañemos, no otra cosa es el voto laborista–, entonces más vale que lo digamos a las claras ante la mirada pública de los votantes de Little Chedworth en lugar de escondernos en la oscuridad como miserables conspiradores.»

Tampoco esta vez se levanta nadie, aunque Rick y todos los del estrado escudriñan la sala en busca de una mano bellaca o una cara culpable.

–Ahora aprieta el botón H de Hermoso –susurra Syd soñadoramente, y cierra los ojos para intensificar el placer cuando Rick emprende su larga ascensión hacia las estrellas, que a semejanza de los ideales liberales no podemos alcanzar, pero de cuya presencia nos beneficiamos.

Pym mira de nuevo alrededor. Todas las caras destilan amor por Rick, salvo la de una mujer enlutada y con velo. Para esto he venido, piensa Pym, emocionado. La democracia es compartir a tu padre con el mundo. Los aplausos decaen, pero Pym sigue aplaudiendo hasta que se percata de que es el único. Le parece oír que han pronunciado su nombre, y sorprendido descubre que se ha puesto de pie. Los rostros se vuelven hacia él; son demasiados. Algunos sonríen. Hace ademán de sentarse, pero Syd le obliga a reincorporarse con una mano debajo de la axila. El presidente del distrito electoral está hablando y esta vez es temerariamente audible.

–Tengo entendido que el famoso hijo de nuestro candidato, Maggus, está con nosotros esta noche, tras haber interrumpido sus estudios de Derecho en Ocsford, para ayudar a su padre en la gran campaña –dice–. Estoy seguro de que todos agradeceríamos que digas algunas palabras, Maggus, si eres tan amable. ¿Maggus? ¿Dónde está?

–¡Aquí, gobernador! –grita Syd–. Yo no. Él.

Si Pym se resiste, no es consciente de ello. Me he desmayado. He sufrido un accidente. La botella de Syd me ha noqueado. La concurrencia se separa, manos fuertes le empujan hacia el estrado, votantes que flotan le contemplan desde arriba. Pym sube, Rick le estrecha en un abrazo férreo, el presidente prende en el cuello de Pym un rosetón amarillo. Pym está hablando, y miles de oyentes le miran fijamente –bueno, sesenta, por lo menos–, sonriendo a sus primeras palabras valientes.

–Supongo que todos os estáis preguntando –empieza Pym, mucho antes de que se le haya ocurrido nada–. Supongo que muchos de los que estáis aquí esta noche, incluso después de su hermoso discurso, os estáis preguntando qué clase de hombre es mi padre.

Así es. Puede verlo en las caras. Quieren la confirmación de su fe colectiva, y Maggus, el abogado de Ocsford, se la proporciona sin el menor rubor. Por Rick, por Inglaterra y por diversión. Mientras habla cree, como de costumbre, cada palabra que dice. Retrata a Rick como Rick se ha retratado, pero con la autoridad de un hijo amante y una mente jurídica que elige sus palabras pero no las separa. Pinta a Rick como el amigo sincero del hombre sencillo: «Y lo sé mejor que nadie, porque ha sido el mejor amigo que he tenido durante estos veinte o más años.» Le describe como la estrella asequible del firmamento de su infancia, que brillaba ante él como un ejemplo de humildad caballerosa. La imagen del cantante Wolfram von Eschenbach revolotea por su cabeza mareada, y sopesa la posibilidad de presentar a Rick como el soldado poeta de Little Chedworth, que recorre entre galanterías y torneos el camino a la victoria. La prudencia prevalece. Habla de la influencia de nuestro santo patrón TP, «que sigue desfilando mucho después de que el viejo soldado haya librado su último combate». Y cuenta que cada vez que tenían que mudarse de casa –un instante de nervios–, el retrato de TP era lo primero que colgaban. Habla de un padre que posee el sentido de la justicia de un hombre recto. Con un padre como Rick, pregunta, ¿cómo podría haber pensado en una vocación distinta que las leyes? Se vuelve hacia Sylvia, instalada al lado de Rick con su cuello de piel de conejo y su sonrisa fija. Con voz entrecortada le expresa su gratitud por haber asumido los desvelos de la maternidad cuando mi pobre madre se vio obligada a abandonarles. Luego, tan rápidamente como ha empezado, la función ha concluido, y Pym corre tras Rick por el pasillo en dirección a la puerta, enjugándose las lágrimas y apretando las manos en pos de su padre. Llega a la puerta y mira hacia atrás, con los ojos empañados. Ve otra vez a la mujer con el sombrero de velo, sentada aparte. Vislumbra el brillo de su mirada detrás de la máscara y le parece funesta y censuradora en un momento en que todo el mundo se muestra tan fervoroso. Una inquietud culpable suplanta su euforia. No es una viuda, es Lippsie rediviva. Es E. Wever. Es Dorothy, y he sido injusto con todas ellas. Es una emisaria del partido gomunista de Ocsford, que ha venido a presenciar mi pérfida gonversión. La han enviado los Michaels.

–¿Qué tal he estado, hijo?

–¡Fantástico!

–Y tú también, hijo. Dios, aunque viva cien años nunca llegaría a estar más orgulloso. ¿Quién te ha cortado el pelo?

Hace mucho tiempo que no se lo han cortado, pero Pym no se lo dice. Están cruzando el aparcamiento con dificultad, porque Rick sujeta el brazo de Pym con una férrea presión ambulante y avanzan escorados, como un par de abrigos torcidos en su percha. Cudlove mantiene abierta la puerta del «Bentley» y vierte lágrimas orgullosas de maestro de escuela.

–Precioso, señor Magnus –dice–. Ha sido Karl Marx resucitado, señor. No lo olvidaremos nunca.

Pym le da las gracias distraídamente. Como tan a menudo, cuando se halla en la cresta de un falso triunfo, le atenaza la sensación imprecisa del inminente castigo divino. ¿Qué mal le he hecho a esa mujer?, se pregunta repetidamente. Soy joven, elocuente y el hijo de Rick. Llevo un traje nuevo e impagado del sastre de «Hall Brothers». ¿Por qué ella no me quiere como los demás? Está pensando, como todos los artistas anteriores o posteriores a él, en la única persona del auditorio que no le ha aplaudido.

Es el sábado siguiente, cerca de la medianoche. La fiebre de la campaña crece de prisa. Dentro de unos minutos será la víspera del día de elecciones menos tres. Un nuevo cartel que reza «TE NECESITA EL SÁBADO» está pegado a la ventana de Pym, y una estameña amarilla con idéntico mensaje cuelga desde el marco, a través de la calle, hasta la ventana del prestamista. Pero Pym está tumbado en la cama, totalmente vestido y sonriente, y ni un solo pensamiento acerca de la campaña pasa por su mente. Está en el paraíso con una muchacha llamada Judy, la hija de un granjero liberal que nos la ha prestado para que conduzca a las abuelas a las cabinas de voto, y el paraíso es la parte delantera de su furgoneta aparcada en el camino a Little Kimble. El sabor de la piel de Judy perdura en sus labios, el olor de su cabello en las ventanillas nasales. Y cuando curva las manos sobre los ojos son las mismas manos que por primera vez en la historia han abarcado los pechos de una chica. El dormitorio se encuentra en el primer piso de una casa destartalada que hace esquina y se llama *Reposo abstemio de la señora Searle*, aunque descanso y abstinencia sean las últimas cosas que vende. Las tabernas han cerrado, los gritos y suspiros se han trasladado a otra parte de la localidad. Una voz de mujer chilla desde el callejón:

–¿Tienes una cama, Mattie? Soy Tessie. Vamos, viejo cabrón, nos estamos helando.

Una ventana superior se abre de golpe y la voz confusa del señor Searle aconseja a Tessie que lleve a su cliente detrás de la marquesina del autobús.

–¿Qué te has pensado que somos, Tessie? –protesta–. ¿Una pensión de mala muerte?

Por supuesto que no. Somos el cuartel general de la campaña del candidato liberal, y el bueno de Mattie Searle, nuestro casero, aunque no lo sabía hasta hace un mes, ha sido liberal toda su vida.

Cuidando de no despertar de su ensueño erótico, Pym va de puntillas a la ventana y mira de soslayo, a pico desde su altura, el patio del hotel. En un lado la cocina. En el otro, el comedor de los huéspedes, ahora la sede del comité de la campaña. En su ventana iluminada, Pym distingue las cabezas grises e inclinadas de la señora Alcock y la señora Catermole, nuestras ayudantes incansables, que resueltamente sellan los últimos sobres del día.

Vuelve a la cama. Espera, piensa. No pueden estar levantadas toda la noche. Nunca lo hacen. Su conquista en un campo le está inspirando otra conquista en otro. Como mañana es domingo, nuestro candidato licencia a sus tropas y se conforma con piadosas apariciones en las iglesias baptistas más concurridas, donde está dispuesto a predicar sobre la simplicidad y el servicio. Mañana, a las ocho en punto, Pym estará en la parada del autobús a Nether Wheatly y Judy se reunirá con él allí, en la furgoneta de su padre, y el maletero contendrá el tobogán que el guardabosque construyó para ella cuando tenía diez años. Ella conoce la colina, conoce el cobertizo que hay al lado, y han acordado sin ninguna reserva que alrededor de las diez y media, según el uso que hayan hecho del tobogán, Judy Barker llevará a Magnus Pym al cobertizo y le nombrará su amante pleno y consumado.

Pero Pym tiene una pendiente distinta que escalar o descender. Mas allá del comedor que ahora ocupa el comité hay una escalera que conduce al sótano, y en el sótano –Pym lo ha visto– se encuentra el fichero verde y mellado por el que ha suspirado durante las tres cuartas partes de su vida y que con tanta frecuencia ha tratado de explorar en vano. En la cartera de Pym, debajo de la almohada, descansa el compás azul de puntas de acero con que los Michaels le han enseñado a descerrajar candados baratos. En la cabeza de Pym, inflamada por voluptuosas ambiciones, late la convicción serena de que un hombre que puede acceder a los pechos de Judy puede forzar el baluarte de los secretos de Rick.

Tapándose de nuevo la cara con las manos revive cada momento delicioso del día. Le han despertado abruptamente, como de costumbre, Syd y Muspole, que han empezado a gritarle obscenidades a la Loca Pandilla a través de la puerta de la alcoba.

–Vamos, Magnus, dale un respiro. Te vas a quedar ciego, ya sabes.

–Se te caerá, Magnus querido, si no la dejas crecer. El médico tendrá que atártela con el palo de una cerilla. ¿Qué dirá Judy entonces?

Durante el temprano desayuno, el comandante Maxwell Cavendish vocea las órdenes del sábado a la corte. Los panfletos son obsoletos, anuncia. La única cosa con que podemos asaltarles ahora son altavoces y más altavoces, apoyados por ataques frontales a domicilio.

–Saben que estamos aquí. Saben que vamos en serio. Saben que tenemos el mejor candidato y la mejor política para Gulworth. Lo que buscamos ahora es cada voto individual. Vamos a recogerlos uno por uno y a llevarlos a rastras a las urnas por pura fuerza de voluntad. Gracias.

Ahora los detalles. Syd llevará el altavoz número uno y a dos mujeres –risas– a esa zona de monte bajo que hay al lado del hipódromo, donde viven los gitanos; los gitanos tienen voto, como cualquier cristiano. Gritos de «Apuéstanos de paso uno de cinco pavos por *Príncipe Magnus*.» Muspole y otra de las mujeres se llevarán el altavoz número dos y recogerán a las nueve en el ayuntamiento al comandante Blenkinsop y a nuestro miserable agente. Magnus irá otra vez con Judy Barker y cubrirá Little Kimble y los cinco pueblos aislados.

–De paso puedes cubrir también a Judy –dice Morrie Washington.

El chiste, aunque brillante, merece tan sólo una risa simbólica. La corte está intranquila con respecto a Judy. Desconfían de su calma, y les ofende su pretensión de ser su mascota. Barker te mira por encima del hombro, se quejan a sus espaldas. Barker no es la buena *scout* que creíamos que era. Pero en esos tiempos Pym concede menos importancia de lo que solía a la opinión de la corte. Sus pullas le resbalan y, cuando la sede del comité está sin vigilancia, baja a hurtadillas la escalera del sótano e inserta el compás de Michael en la cerradura del fichero verde. Un diente para sujetar el muelle, el otro para girar la recámara. El cerrojo salta. Estoy en presencia de un milagro y el milagro soy yo. Volveré. Vuelve a cerrar aprisa el fichero, regresa corriendo arriba y un minuto después de haber establecido su dominio sobre los secretos de la vida está inocentemente en el umbral del hotel, a tiempo de ver la furgoneta de Judy que aparca a su lado, con el altavoz amarrado al techo por hilos de bramante. Ella sonríe, pero no habla. Es la tercera mañana que pasan juntos, pero en la primera les acompañaba una de las ayudantes. Sin embargo, Pym se las ingenió en varias ocasiones para rozar la mano de Judy cuando ella cambiaba de marcha o le pasaba el micrófono, y cuando se separaron a la hora del almuerzo y él hizo ademán de besarle la mejilla, ella osadamente dirigió la boca hacia sus labios, colocándole en la nuca una mano larga. Es una chica alta y risueña, de piel blanca y voz agreste. Tiene una boca alargada y ojos juguetones detrás de sus gafas serias.

«Vota a Pym, el hombre del pueblo», ruge Pym por el altavoz mientras atraviesan los arrabales de Gulworth rumbo al campo abierto. Tiene asida la mano de Judy con bastante soltura, primero sobre el regazo de ella y ahora, a instigación de Judy, sobre el suyo. «Salva a Gulworth del azote de los partidos políticos.» Después recita una quintilla sobre Lakin, el candidato conservador, compuesta por el gran poeta Morrie Washington, y que el comandante jura que está ganando votos por doquier.

Hay un tal Lakin, mandón y majadero,
que utiliza su talante zalamero.
Si piensa que a Pym, empero,
le barrerá del tablero,
en llevarse un chasco va a ser el primero.

Judy extiende la mano por delante de él y desconecta el artefacto.

–Creo que tu padre es un caradura –dice alegremente, cuando la ciudad queda felizmente atrás–. ¿Qué se habrá creído? ¿Que somos idiotas?

Dirigiendo el vehículo hacia una vereda desierta, Judy para el motor y se desabrocha la chaqueta y después la blusa. Y en donde Pym había esperado más impedimentos descubre sus senos menudos y perfectos, con pezones tiesos por el frío. Ella le observa con orgullo cuando él posa las manos sobre ellos.

Durante el resto del día, Pym caminó sobre nubes de luz. Judy tuvo que regresar a la granja para ayudar a su padre a ordeñar al ganado, y le dejó en una posada de la carretera a Norwich, donde Pym había acordado reunirse con Syd, Morrie y Muspole para un trago discreto en territorio neutral, fuera de la circunscripción electoral. Estando tan cerca el día de elecciones, una hilaridad de fin de curso ha contagiado al grupo y, tras haber logrado mantenerse erguidos hasta la hora del cierre, los cuatro se hacinan en el coche de Syd y cantan «Debajo de los arcos» por el altavoz durante todo el trayecto hasta el lindero, donde nuevamente se ponen la chaqueta y adoptan expresión devota. A primera hora de la noche del sábado, Pym asistió a la arenga final que Rick lanzó a sus auxiliares. Enrique V no hubiera estado mejor la víspera de Azincourt. No debían arredrarse ante el asalto postrero. Acordaos de Hitler. Tenían que llevar un bate recto hasta la victoria, mantener el codo izquierdo levantado a lo largo de la vida, alabar a Dios y asestar el latigazo en la última recta. Con estas exhortaciones resonando en sus oídos, el equipo corrió a la desbandada hacia los coches. El discurso de Magnus constituye ya un número totalmente incorporado al programa. Los votantes le aman, y en el seno de la corte posee el prestigio de una estrella. En el «Bentley», los dos adalides se estrujan la mano y cambian impresiones tomando una copa de champán caliente para ir tirando entre triunfo y triunfo.

–Esa mujer tétrica estaba allí otra vez –dijo Pym–. Creo que nos está siguiendo.

–¿Qué mujer es ésa, hijo? –preguntó Rick.

–No lo sé. Lleva un velo.

Y en algún momento, en medio de estas presiones y actividades, Pym consiguió realizar la expedición más peligrosa de su carrera sexual hasta entonces. Habiendo localizado en Ribsdale, al otro lado de la ciudad, una farmacia que permanecía abierta toda la noche, fue allí en tranvía y efectuó una serie de pases para vigilar la retaguardia antes de plantarse intrépidamente ante el mostrador y comprar un paquete de tres preservativos a un viejo réprobo que no le arrestó ni le preguntó si estaba casado. Y ahí tiene ahora su premio, que le lanza guiños en su envoltura blanca y malva desde su escondrijo en el centro de un rimero de octavillas «Vota a Pym», cuando una vez más se acerca de puntillas a la ventana de su dormitorio y mira abajo.

El comedor requisado por el comité está a oscuras. Vamos.

No hay moros en la costa, pero Pym es ya perro viejo para dirigirse derecho hacia su objetivo. El tiempo dedicado a reconocimiento no es nunca tiempo perdido, solía decir Jack Brotherhood. Lograré abrirme camino hasta el corazón del enemigo y lo conquistaré. Empieza en el recibidor, fingiendo que lee los avisos del día. La planta baja está ahora desierta. El despacho sucio de Mattie está vacío, la puerta de la calle cerrada con cadena. Inicia su ascensión lenta. Dos puertas más allá de la suya, en el primer piso, se encuentra la sala de estar de los residentes. Pym abre la puerta y esboza una sonrisa. Syd Lemon y Morrie Washington están jugando una partida de *snooker* contra una pareja de queridos amigos de Mattie Searle que tienen aspecto de cuatreros, pero que también podrían ser ladrones de ovejas. Syd lleva su sombrero. Dos beldades reclutadas en el pueblo ponen tiza en los tacos y procuran confort. Los ánimos están caldeados.

–¿A qué estáis jugando? –dice Pym, como si quisiera participar.

–Al polo –dice Syd–. Ahueca el ala, Titch, y no te hagas el gracioso.

–Quería decir a cuántos triángulos.

–Al mejor de nueve –dice Morrie Washington.

Syd falla su tacada y lanza un juramento. Pym cierra la puerta. Están entretenidos. No hay peligro durante por lo menos una hora. Prosigue su ronda. Otro tramo de escalera más arriba la atmósfera se tensa, como sucederá en cualquier edificio secreto. Aquí está la habitación tranquila donde los huéspedes invitados pueden descalzarse y participar de una relajadora mano de póquer con nuestro candidato y su círculo. Pym entra sin llamar. Ante una mesa repleta de dinero y copas de brandy, Rick y Perce Loft están enzarzados en una fuerte puja con Mattie Searle. Hay en juego una pila de cupones de gasolina, que la corte prefiere como moneda dura. Mattie sube la apuesta y Rick quiere. Rick hace gala de dominio de sí mismo cuando Mattie recoge todo el plato.

–Me han dicho que tú y la coronela Barker habéis recorrido Little Kimble esta mañana, hijo.

No recuerdo exactamente por qué Rick llamaba coronela a Judy. Tengo idea de que era una referencia a una famosa lesbiana que había estado involucrada en un caso judicial. Fuera cual fuese el motivo, a Pym le tenía sin cuidado.

–El chico les ha hecho besar el suelo, Rickie –confirma Perce Loft.

–Parece ser que no es lo único que ha besado –dice Rick, y todos se ríen porque es un chiste suyo.

Pym se inclina para el abrazo de las buenas noches y oye que Rick le olfatea la mejilla, sobre la cual perdura el olor de Judy.

–Pero concentra esa cabeza tuya en las elecciones, hijo –dice, dando unas palmaditas en esa misma mejilla a manera de advertencia.

Al fondo del pasillo está el departamento de publicidad de Morrie Washington, que asimismo dispone de un apartado de desinformación. Cajas de whisky y de medias de nilón están amontonadas contra la pared, a la espera de preparar el terreno para los últimos favores electorales. Fue de la mesa de Morrie de donde salieron los rumores infundados respecto al respaldo que Sir Oswald Mosley prestaba al candidato conservador, y respecto al excesivo cariño que el laborista siente por sus alumnos. En cuanto el compás hace saltar los cerrojos, Pym rebusca rápidamente en los cajones. Un estado de cuenta bancaria, una baraja de naipes indecentes. El estado de cuenta figura a nombre del señor Morris Wurzheimer y arroja un saldo deudor de ciento veinte libras. El efecto de los naipes sería demoledor si la realidad de Judy no los eclipsara. Después de cerrar todo meticulosamente, Pym sube hasta la mitad del último tramo de escalera y acecha los murmullos de Muspole por teléfono. La planta superior es el santuario. Es la caja fuerte, la sala de claves y el centro de operaciones en una pieza. Al final del pasillo están las habitaciones lujosas de nuestro candidato, que hasta el momento ni siquiera Pym ha pisado, porque Sylvia pasa horas irregulares en la cama, aquejada de jaquecas o intentando broncearse con una misteriosa lámpara de mano que le ha comprado a Muspole. No puede contar, por tanto, con una huida segura. En la puerta siguiente se encuentra la sede del denominado comité de acción, donde se reúne gran dinero y apoyo y se negocian promesas. El género de estas promesas sigue siendo en parte un misterio para mí, aunque Syd habló en una ocasión de un plan para rellenar de cemento el antiguo puerto e instalar allí un aparcamiento para contentar a muchos contratistas influyentes.

Muspole cuelga de improviso. Sin hacer ningún ruido, Pym gira sobre sus talones y se dispone a emprender una retirada por la escalera. Le salva el zumbido que produce Muspole al marcar otro número. Está hablando con una mujer, a la que hace preguntas tiernas, y ronronea al oír las respuestas. Muspole puede prolongar estas charlas durante horas. Es su pequeño placer.

Tras esperar hasta que la voz adquiere una cadencia tranquilizadora, Pym regresa a la planta baja. La oscuridad de la sala del comité huele a té y a desodorante. La puerta que da al patio está cerrada por dentro. Pym gira la llave silenciosamente y se la mete al bolsillo. La escalera del sótano apesta a gato. Hay cajas amontonadas en los peldaños. Tanteando el camino, reacio a encender la luz por miedo a que le vean desde el patio, Pym revive mentalmente el día en que, en Berna, bajaba su colada húmeda por los escalones de piedra a otro sótano distinto y se asustó al tropezar con *Herr Bastl*. Y cuando alcanza el último escalón pierde pie, en efecto. Se tambalea y cae pesadamente contra la puerta del sótano, que empuja con las dos manos al tratar de recuperar el equilibrio. La puerta chirría en la mugre. El ímpetu de su cuerpo es suficiente para introducirle en el sótano, que para su sorpresa está iluminado por una luz pálida. A su resplandor, Pym vislumbra el fichero verde y, delante de él, a una mujer que, armada con lo que parece ser un cincel, examina los cerrojos alumbrada por el destello mortecino de un farol de bicicleta. Sus ojos, que se han vuelto hacia él, son oscuros y belicosos. No hay la menor señal de contrición en ella. Y es algo que todavía me sorprende que a él no se le ocurriese dudar seriamente de que ella fuera la misma mujer, con la misma mirada y el mismo sosiego intenso y reprobador, cuya cara velada se había concentrado en Pym después de su triunfo en el acto electoral de Little Chedworth, y que le había acechado desde entonces en el curso de una docena de mítines. Incluso en el momento de preguntarle su nombre, Pym comprende que ya lo conoce, a pesar de que no posee una facultad premonitoria. La mujer lleva una falda larga que podría haber pertenecido a su madre. Tiene un rostro duro y constelado de marcas, y su pelo joven se ha vuelto grisáceo. Sus ojos, son desconcertantemente francos y brillantes, incluso en la penumbra.

–Me llamo Peggy Wentworth –contesta, desafiante, con un fuerte acento irlandés–. ¿Quieres que te lo deletree, Magnus? Peggy es un diminutivo de Margaret, ¿me has oído? Tu padre, Richard Thomas Pym, mató a mi marido John, y fue como si me hubiera matado a mí también. Y aunque necesite el resto de mi muerte en vida hasta que me entierren al lado de John, encontraré la prueba del asesinato y llevaré a esa bestia ante la justicia.

Al ver el parpadeo de una luz móvil, Pym mira bruscamente detrás de él. Mattie Searle está en la puerta, con una manta sobre los hombros. Tiene la cabeza inclinada hacia un costado, en beneficio de su oído bueno, y mira de reojo a Pym y luego a Peggy por encima de sus gafas. ¿Qué parte de la conversación habrá oído? Pym lo ignora. Pero la alarma torna fértil su cerebro.

–Ésta es Emma, de Oxford, Mattie –dice, osadamente–. Emma, te presento al señor Searle, el dueño de este hotel.

–Encantada de conocerle –dice Peggy, con calma.

–Emma y yo trabajamos en una obra de teatro de la universidad el mes que viene, Mattie. Ha venido a Gulworth para que podamos ensayar juntos. Pensamos que aquí no estorbaríamos.

–Ah, ya –dice Mattie.

Sus ojos pasan de Peggy a Pym y viceversa, con una sagacidad que convierte en disparates las mentiras de Pym. Peggy y él oyen a Mattie subir la escalera con un perezoso arrastrar de pies.

No puedo decirte con gran exactitud, Tom, en qué lugares concretos ella le hizo a Pym cada una de sus confidencias. Su primer pensamiento al huir del hotel fue seguir huyendo, de modo que subieron a un autobús y fueron hasta el final del trayecto, que resultó ser la zona portuaria más desolada y vieja que puedas imaginarte: almacenes desventrados, con ventanas por las que se podía ver la luna, grúas inactivas que se elevaban como horcas desde la misma superficie del mar. Un grupo itinerante de afiladores de cuchillos había plantado allí su campamento, y debían de trabajar de noche y dormir de día, pues recuerdo sus rostros gitanos balanceándose por encima de sus ruedas, a la par que pisaban los pedales y las chispas saltaban sobre el corro de niños. Recuerdo a muchachas con músculos de hombre arrojando canastas de pescado mientras se gritaban obscenidades mutuamente, y a pescadores pavoneándose entre ellas con sus chubasqueros, demasiado grandiosos para interesarse por nadie más que ellos mismos. Recuerdo con un impulso de gratitud el fogonazo de cada cara o voz por fuera de las ventanas de la prisión en que Peggy me había encarcelado con su incesante monólogo.

En un puesto de té emplazado en el muelle, mientras tiritaban entre una muchedumbre de paupérrimos, Peggy refirió a Pym la historia de cómo Rick le había robado la granja. La había empezado en el momento en que subieron al autobús, para provecho de cualquiera que se molestara en oírla, y la había continuado sin una coma ni un punto y aparte, y Pym sabía que todo era verdad, todo era terrible, aun cuando muchas veces el puro veneno que ella destilaba le hacía sentirse a él secretamente protector con Rick. Caminaron para entrar en calor, pero ella no paró de hablar ni un solo segundo. Cuando él le pagó unas judías y un huevo en un Hogar del Marino que se llamaba «El pirata», ella siguió hablando al mismo tiempo que extendía los codos, aserraba la tostada y utilizaba la cucharilla del té para aprovechar la salsa. Fue en «El pirata» donde le habló a Pym de la gran financiera de Rick que tomó posesión de las nueve mil libras que el seguro abonó a su marido John después de haberse caído en la trilladora y haber perdido las dos piernas a partir de la rodilla y todos los dedos de una mano. Mientras contaba esta parte, trazaba las líneas de la amputación sobre sus propias extremidades escuálidas, sin siquiera mirarlas, y Pym se sintió asustado al percibir de nuevo la fuerza de su obsesión. La única voz que nunca te imité, Tom, es la del acento irlandés de Peggy remedando las cadencias eclesiales de Rick cuando formulaba sus venturosas promesas: «Doce y medio por ciento más beneficios, querida, año tras año, suficiente para que el bueno de John viva de las rentas lo que le quede de vida, y suficiente para ti cuando se muera, y aún te sobrará después, querida, una parte reservada para que ese chico estupendo que tienes vaya a la universidad y estudie leyes como hará mi hijo, porque son lobos de la misma camada.» Era un relato de Thomas Hardy lo que Peggy contaba, una historia llena de desastres fortuitos que parecían haber sido sincronizados por un dios colérico para obtener el máximo de infortunio. Y ella era una heroína de Hardy, para completarlo: impelida por su obsesión y a solas frente a su destino.

John Wentworth, además de ser una víctima, era igualmente un asno, explicó ella, y estaba dispuesto a dejarse influir por el primer embaucador que apareciese. Fue a la tumba convencido de que Rick era un bienhechor y un camarada. Su granja era una finca de Cornualles llamada «Tamar Rose», donde cada grano de trigo había que disputárselo al viento marino. La había heredado de un padre más juicioso, y el hijo de ambos, Alistair, era su único heredero. Cuando John murió no quedaba un penique para nadie. Todo había sido cedido, cada maldita propiedad hipotecada hasta el cuello, Magnus: al decir esto, Peggy se pasó por el cuello el cuchillo manchado de judías. Le habló de las visitas que Rick le hacía a John en el hospital, poco después de su accidente, y de las flores, los bombones y el champán; y Pym, en su memoria, vio el cesto de fruta del mercado negro al lado de su propia cama de hospital cuando despertó de la operación. Recordó los nobles desvelos de Rick por las personas ancianas y decrépitas, caridades en las que él le había ayudado durante los años bélicos de la gran Cruzada. Recordó la voz sollozante de Lippsie llamando a Rick *larrón*, y las cartas de Rick prometiéndole ayuda económica.

–Y un billete de tren gratis para mí, Magnus –está diciendo Peggy–, para que vaya a visitar a John al hospital Truro. Y tu padre que me lleva después a casa en coche, Magnus, y no escatima atenciones hasta que tiene en el bolsillo el dinero de nuestro hombre.

–¡Los documentos que le hizo firmar a John, Magnus, siempre escogiendo como testigos a las enfermeras más bonitas! Qué paciencia tuvo siempre tu padre con John, siempre explicándole una y otra vez, si era necesario, cualquier cosa que no comprendiese, pero John no quería escucharle, un incauto es demasiado confiado y tiene mente holgazana.

Un arranque de ira se apodera de Peggy:

–¡Y yo levantándome a las cuatro de la mañana para ordeñar y quedándome dormida encima de las cuentas a medianoche! –grita, mientras cabezas somnolientas giran hacia ella desde otras mesas–. Y aquel estúpido marido mío bien calentito en su cama de Truro, regalándolo todo a mis espaldas, y tu padre sentado a su cabecera y haciéndose el santurrón, Magnus. ¡Y mi Alistair necesitado de un par de zapatos para ir a la escuela mientras tú vivías de las rentas e ibas a colegios excelentes con magníficas ropas, Magnus, Dios te salve!

Porque resulta, naturalmente, que a la muerte de John, por razones que escapan al control de todo el mundo, la gran financiera ha tenido un problema de liquidez meramente transitorio, y en definitiva no puede pagar el doce y medio por ciento más beneficios. Tampoco puede restituir el capital. Y para ayudar a todo el mundo a franquear este terreno viscoso, John Wentworth tomó la sabia precaución, justo antes de morir, de hipotecar la granja y la tierra y el ganado, y a punto estuvo de hipotecar también a su mujer y a su hijo, para que a nadie volviera a faltarle nunca de nada. Y había entregado las ganancias a su querido camarada Rick. Y Rick ha traído, nada menos que de Londres, a un eminente abogado, apellidado Loft, simplemente para explicar a John, en su lecho de muerte, las consecuencias de esa medida tan inteligente. Y John, para complacer a todos, como de costumbre, había escrito de su puño y letra una carta larga y especial, asegurando a quien pueda interesar que su decisión había sido tomada mientras se hallaba en su sano juicio y en posesión plena de sus facultades, y que no se encontraba de ninguna manera sometido a la perniciosa influencia de un santo y de su abogado cuando ya estaba en las últimas. Todo lo cual por si acaso Peggy o, en su defecto, Alistair, mostraban posteriormente la mala educación de impugnar el documento ante los tribunales o intentaban recuperar las nueve mil libras de John, o bien daban muestras de carecer de fe en la desinteresada administración que Rick hizo para ruina de John.

–¿Cuándo sucedió todo esto? –pregunta Pym.

Ella le dice las fechas, le precisa el día de la semana y la hora del día. Saca del bolso un fajo de cartas firmadas por Perce y en las que el abogado lamenta que «nuestro presidente, el señor R. T. Pym, no esté disponible por hallarse ausente indefinidamente en una misión de importancia nacional», y asegurándole que «los documentos relativos a la propiedad de "Tamar Rose" están siendo tramitados en la actualidad con vistas a obtener una suma mayor en interés suyo». Y ella le mira con sus fríos ojos locos mientras él las lee a la luz de una farola, sobre el banco roto en el que se han sentado. Ella recobra las cartas y vuelve a guardarlas amorosamente dentro de sus sobres, cuidadosa con los bordes y los pliegues. Y continúa hablando, y Pym siente ganas de taparse los oídos o plantarle una mano en la boca. Quiere levantarse, correr hasta el pretil y arrojarla al mar. Quiere gritarle que se calle. Pero lo único que hace es pedirle que, por favor, se lo suplico, tenga la amabilidad de no seguir contándome su historia.

–¿Por qué no, vamos a ver?

–No quiero oírla. Esa parte no me concierne. Le robó a usted. Lo demás no añade nada –dice Pym.

Peggy discrepa. Se está azotando su espalda irlandesa con su culpa irlandesa y utilizando la presencia de Pym para hacerlo. Está hablando a borbotones. Es lo que ha estado esperando para contarle lo mejor.

–¿Y por qué no, si ves que ese maldito te posee? ¿Si ya te ha rodeado con sus sucias manos, claro, como si te hubiese tenido en su cama de fantasía, con los encajes y los espejos –es el dormitorio de Rick en Chester Street lo que ella está describiendo–, si ves que ya dispone del poder de vida y muerte sobre ti y tú eres una idiota, una mujer, sola en el mundo, con un hijo enfermo a quien cuidar y una granja en bancarrota que atender, y ni un alma que te diga buenos días durante una semana, aparte del estúpido alguacil?

–Es bastante saber que le ha hecho daño –insiste Pym–. Por favor, Peggy. Lo demás es personal.

–¿Cuando ves que te puede llamar a Londres con un simple chasquido de los dedos y mandarte los billetes de primera clase, en cuanto vuelve de su misión nacional, porque piensa que le vas a azuzar a los abogados contra él? Bueno, pues vas, ¿no? Si no has tenido un hombre durante dos años y más, y sólo tu propio cuerpo para ver todos los días en el espejo cómo se marchita, ¡vas!

–Seguro que sí. Estoy seguro de que eran buenas razones –dice Pym–. Por favor, no me cuente nada más.

Ella está imitando otra vez la voz de Rick:

–«Vamos a resolver esta cuestión de una vez por todas, mi querida Peggy. No voy a permitir que un asunto amargo se interponga entre nosotros cuando lo único que siempre he querido ha sido tu bien.» Pues vas, ¿no? –Sus palabras resuenan en la plaza desierta y más allá, sobre el agua–. Dios santo, claro que vas. Haces la maleta, coges a tu chico y cierras la puerta con llave porque vas a recuperar tu dinero y a que te hagan justicia. Vas a todo prisa, reventando de ganas de librar la batalla de tu vida en cuanto le pongas los ojos encima. Dejas la colada y los platos y las vacas y la vida roñosa que llevas por su culpa. Y le dices al estúpido alguacil que te cuide la casa porque yo y Alistair nos vamos a Londres. Y cuando llegas, en vez de una reunión de negocios con el señor Percy Loft y el puñetero Muspole y toda la pandilla, el hombre te compra ropas finas en Bond Street y te trata como a una princesa, con las limusinas y los restaurantes, las combinaciones y las sedas de fantasía... Bueno, siempre se puede dejar para más tarde la pelea con él, ¿no?

–No –dice Pym–. No se puede. Tenía que haberla tenido entonces o nunca.

–Si te ha pisoteado en el fango todos esos años, lo menos que puedes hacer es sacarle algo a cambio de toda la miseria, quitarle cada penique que te haya robado.

Imita de nuevo la voz de Rick:

–«Siempre me has gustado, Peggy, y tú lo sabes. Eres una buena compañera, la mejor de todas. Siempre he tenido el ojo puesto en esa preciosa sonrisa irlandesa, y no sólo en la sonrisa.» Pues muy bien, también tiene un regalo preparado para el chico. Le lleva al Arsenal y allí nos sentamos como dioses en el palco de gala, en medio de los *lords* y los grandes personajes, y luego una cena en «Quaglino», con él, el hombre del pueblo, y hay una tarta de medio metro con el nombre del chico escrito encima, tenías que haber visto la cara de Alistair. Y al día siguiente un especialista de Harley Street listo para escuchar la tos del chico y un reloj de oro para él después, por haber sido tan valiente, con sus iniciales y una inscripción: «De RTP a un muchacho estupendo.» Ahora que lo pienso, no es muy distinto del que tú llevas puesto... ¿es de oro también? Así que cuando un hombre te ha hecho todo eso y ha sido un bastardo, pues tienes que admitir, al cabo de unos días, que hay muchos bastardos peores que él en el mundo. La mayoría no hubiera compartido ni una ensaimada contigo, y mucho menos una tarta de medio metro en «Quaglino» y alguien que le llevara a la cama al chico luego, para que los mayores puedan irse a un club nocturno y divertirse un poco... ¿Por qué no, si él siempre me gustó? No hay muchas mujeres que no hubieran aplazado una pelea un par de días para algo así, supongo, así que ¿por qué no?

Está hablando como si Pym no estuviera ya con ella, y tiene razón. Le ha ensordecido, pero Pym aún puede oírla. Y la oigo todavía, un interminable y rabioso parloteo de destrucción. Está hablando al mercado de ganado derruido, con sus corrales rotos y su reloj parado, pero Pym es insensible y está muerto, y se encuentra en cualquier parte menos allí. Está en la Overflow House, en la escuela primaria, y las voces de Rick y el llanto de Lippsie le despiertan continuamente. Está en la cama de Dorothy en *The Glades*, mortalmente aburrido, con la cabeza recostada en el hombro de ella, contemplando por la ventana el cielo blanco durante todo el día. Está en un ático en algún lugar de Suiza, preguntándose por qué ha matado a su amigo para complacer a un enemigo.

Ella describe la locura de Rick con la suya propia. Su voz es un torrente quejumbroso e importuno, y él lo odia lo indecible. El modo en que el hombre se vanagloriaba. No tenía los pies en el suelo cuando empezaba su sarta de mentiras. Que si había sido amante de Lady Mountbatten, y que ella le había asegurado que era mejor que Noël Coward. Que le habían propuesto el cargo de embajador en París, pero que él lo había rechazado porque no tenía paciencia con los blandengues. Y cosas sobre el estúpido fichero verde con sus asquerosos secretos dentro, ¡imagínate la locura de un tipo que se pasa las horas hilando la soga con la que deberían colgarle! Que le había llevado a verlo descalza y en camisón, mira esto, chiquilla. El registro, lo llamaba. Todo lo bueno y lo malo que había hecho. Todas las pruebas de su inocencia: su puñetera rectitud. Que, cuando le juzgaran, como sin duda sería juzgado, todo lo que había en aquel estúpido fichero sería colocado en la balanza, lo bueno y lo malo junto, y que le veríamos tal como era, allí arriba, al lado de los ángeles, mientras que nosotros, aquí abajo, pobres pecadores, sangrábamos y pasábamos hambre para mayor gloria suya. Es lo que ha reunido para timar al Todopoderoso, y se ha quedado corto... ¡figúrate qué impertinencia, y para colmo es baptista!

Pym le pregunta cómo ha averiguado dónde encontrar el fichero.

–Vi cómo traían el estúpido trasto –responde ella–. Estuve montando guardia en el hotel «Searle» el primer día de la campaña. El maricón de Cudlove lo trajo especialmente en su limusina. El bastardo de Loft le ayudó a transportarlo al sótano, la primera vez que se ha manchado las manos. Rick no se atrevió a dejarlo en Londres mientras todos estaban aquí. Tengo que utilizar la prueba contra él, Magnus –repite mientras le conduce en el alba a su pensión mísera, con una voz que gime y machaca el oído de Pym como una máquina que nadie puede detener–. Si tiene la prueba ahí, como él dice, se la voy a quitar y a volverla contra él, lo juro. De acuerdo, le he sacado un poco de dinero, es cierto. ¿Pero qué es el dinero cuando me ha estafado en el amor? ¿Qué es el dinero cuando él puede pasear por la calle como un señorón y mi John se pudre en la tumba? ¿Y cuando la gente en la calle aplaude a Rickie, el muchacho? ¿Y cuando encima hace trampas para ganar el cielo? ¿Para qué sirve una pobre víctima engañada como yo, que le ha dejado hacer su voluntad con ella y que arderá en el infierno por eso, si no cumple con su deber ante el mundo y le denuncia como el demonio que es? ¿Dónde está la prueba?, pregunto.

–Por favor, cállese –dijo Pym–. Sé lo que quiere.

–¿Dónde está la justicia? Si la tiene allí dentro se la quitaré, gracias. No tengo más cartas que ese par de dilaciones de Perce Loft, y ¿qué dicen? Es como querer clavar una gota de lluvia en la pared, te aseguro.

–Intente calmarse –dijo Pym–. Por favor.

–Fui a ver a ese estúpido Lakin, el conservador. Tuve que esperar la mitad de un día, pero conseguí verle. «Rick Pym es un estafador», le digo. ¿De qué sirve decirle eso a un conservador si todos lo son, a fin de cuentas? Se lo dije al laborista, pero preguntaban: «¿Qué ha hecho?» Me dijeron que investigarían y que gracias, ¿pero qué van a descubrir, los pobres inocentes?

Mattie Searle está barriendo el patio. Pym es indiferente a su escrutinio. Pym se conduce con autoridad, emplea los mismos andares que le llevaron hasta la bicicleta de Lippsie y, por delante del policía, a la Overflow House. Soy una autoridad. Soy inglés. ¿Quiere apartarse, me hace el favor?

–He dejado algo en el sótano –dice, despreocupadamente.

–Ah, ya –dice Mattie.

La voz cortante de Peggy Wentworth le está aserrando el alma. ¿Qué terribles ecos ha despertado en él? ¿En qué casa vacía de su niñez esa voz gimotea y le machaca los oídos? ¿Por qué es tan abyecto ante su insistencia corrosiva? Peggy es Lippsie resucitada, que habla por fin desde la tumba. Es el mundo que hay dentro de mi cabeza y que se ha vuelto estridente. Es el pecado que nunca podré expiar. Mete la cabeza en el lavabo, Pym. Agarra esos grifos y escúchame mientras te explico por qué ningún castigo sería suficiente para ti. Ponle a pan y agua, al hijo de su padre. ¿Por qué mojas la cama, hijo mío? ¿No sabes que te esperan mil billetes verdes de una libra al fin del primer año seco? Enciende las luces del comedor que utiliza el comité, abre de golpe la puerta que conduce al sótano y empieza a bajar, pisando muy fuerte. Cajas de cartón. Mercancías. Sobreabundancia para suplir las carestías. El compás de Michael otra vez en acción, mejor que una navaja suiza. Descerraja el fichero y abre el primer cajón mientras un vivo placer comienza a invadirle.

Lippschitz, nombre de pila Anne, dos volúmenes sólo. «Vaya, Lippsie, por fin apareces –piensa con calma–. Bueno, fue una vida corta, ¿no? No hay tiempo ahora, pero descansa donde estás y yo volveré a reclamarte más tarde.» Watermaster Dorothy, matrimonial, sólo un volumen. «Bueno, fue un matrimonio también breve, pero espérame, Dot, porque tengo otros fantasmas que atender primero. –Cierra el primer cajón y abre el segundo–. Rick, bastardo, ¿dónde estás tú? –Bancarrota, el cajón entero lleno sobre el tema. Abre el tercero. La inminencia del descubrimiento le está incendiando el cuerpo: los párpados, las superficies de la espalda y la cintura. Pero sus dedos son ágiles, livianos y rápidos–. Para esto he nacido, si es que nací para algo. Soy el detective de Dios, procurando el bienestar de todo el mundo.» Wentworth, una docena con ese apellido, etiquetados con la letra de Rick. Ante todo, Pym tiene presentes mentalmente las fechas de la carta de Muspole lamentando la ausencia de Rick por su misión de trascendencia nacional. Recuerda la caída y las largas y saludables vacaciones de Rick mientras él y Dorothy padecían su encierro en *The Glades*. «Rick, bastardo, ¿dónde estabas tú? Vamos, hijo, somos camaradas, ¿no? Dentro de un minuto oiré ladrar a *Herr Bastl*.»

Abre el último cajón y ve *Rex*[1] contra Pym, 1938, tres gruesas carpetas, y junto a ellas *Rex* contra Pym, 1944, sólo una. Saca la primera del lote de 1938, vuelve a dejarla en su sitio y elige la última. Consulta primero la última página y lee el resumen del juez, el veredicto, la sentencia y la prisión inmediata del reo. Con extática calma vuelve al principio y comienza otra vez. No había cámara en aquellos tiempos, no había copista ni magnetófonos. Sólo lo que ves, oyes, memorizas y retienes. Lee durante una hora. Un reloj da las ocho, pero ello no significa nada para él. «Estoy siguiendo mi vocación. Se está celebrando el oficio divino. Las mujeres no queréis nada más que hundirnos.»

Mattie sigue barriendo el patio, pero sus contornos son borrosos.

1. *Rey*. En este caso, designa a la acusación pública que, en nombre de la monarquía, incoa un proceso contra un particular.

–¿Lo has encontrado? –pregunta.
–Al final sí, gracias.
–Así está bien –dice Mattie.

Llega a su dormitorio, cierra con llave, acerca una silla al lavabo, empieza a escribir: de la memoria directamente al papel, sin cuidar para nada el estilo. Oye un golpecito, primero tímido y después más fuerte. Luego un suave y pesimista «¿Magnus?», antes de que los pies desciendan despacio por la escalera. Pero Pym está en el corazón de las cosas, las mujeres le parecen abominables, hasta Judy es inoportuna para su destino. Oye sus pisadas repicando en el antepatio y el sonido de su furgoneta que se aleja, al principio lentamente y después, de repente, mucho más rápido. Adiós muy buenas.

Querida Peggy –está escribiendo–: *Espero que lo adjunto le sea de utilidad.*

Querida Belinda –está escribiendo–: *Realmente debo confesar que estoy fascinado por esta visión del proceso democrático en marcha. Lo que al principio parece un instrumento tosco resulta que está dotado de toda clase de controles y balanzas. Veámonos en cuanto vuelva a Londres.*

Queridísimo padre –está escribiendo–: *Hoy es domingo y dentro de cuatro días conoceremos nuestro destino y el tuyo. Pero quiero que sepas que he aprendido a admirar mucho el coraje y la convicción con que has librado tu ardua campaña.*

En el estrado, Rick no se había movido. Su mirada de navaja automática seguía clavada en Pym. Sin embargo, parecía tranquilo. En la sala, a su espalda, no había ocurrido nada irreparable, aparentemente. Su preocupación era su hijo, a quien estaba mirando con una peligrosa intensidad. Esa noche llevaba su corbata plateada de estadista y una camisa de seda confeccionada a mano, con puños dobles y los grandes gemelos de «Asprey's» del gran RTP. Se había cortado el pelo a primera hora del día, y Pym percibía el olor de la loción del barbero mientras padre e hijo continuaban mirándose. Por un momento, la mirada de Rick se desplazó hacia Muspole, y Pym tuvo más tarde la impresión de que Muspole le hacía con la cabeza alguna señal de asentimiento. El silencio en la sala era absoluto. Pym no oía toses o crujidos, ni siquiera de las abuelas a las que Rick, como siempre, había colocado en la primera fila para que le recordasen a su querida madre y a su amado padre, que había muerto las muertes de tantos héroes.

Rick se volvió finalmente y avanzó hacia el auditorio con el andar sumiso del Pym Buenhombre que tan a menudo precedía a algún acto de particular hipocresía. Llegó hasta la mesa, pero no se detuvo. Cogió el micrófono y lo desconectó: que entre nosotros no se interponga ahora ningún mecanismo. Siguió caminando hasta que alcanzó el borde del estrado, en el punto desde donde arrancaba la hermosa escalera curva. Apretó la mandíbula, paseó la mirada por los rostros del público, consintió que sus facciones delataran un instante de búsqueda del alma antes de empezar a hablar. En algún lugar del trayecto entre Pym y la audiencia se había desabrochado la chaqueta. Golpeadme aquí, estaba diciendo. Aquí está mi corazón. Habló, por fin. Con voz más alta que la habitual. Escucha la emoción que la embarga.

–¿Te importaría repetir la pregunta, Peggy? ¿Con voz muy fuerte, querida, para que la oiga todo el mundo?

Peggy Wentworth hizo lo que le ordenaban. Pero ahora como invitada de Rick, así como su acusadora.

–Gracias, Peggy.

A continuación pidió que le trajeran a Peggy una silla, para que pudiera sentarse como todos los demás. Se la llevó el mismo comandante Blenkinsop. Peggy se sentó sobre ella en el pasillo, obedientemente, como una niña desacreditada, a la espera de oír ciertas verdades domésticas. Eso, al menos, le pareció a Pym, y todavía le parece, porque hace mucho que creo que todo lo que hizo Rick aquella noche estaba preparado de antemano. Si le hubieran puesto a Peggy unas orejas de burro en la cabeza, Pym no se habría sorprendido. Creo que se habían dado cuenta de que Peggy les acosaba, y que Rick se le había adelantado desplegando sus defensas mentales, como tantas veces había hecho antes. Muspole y su gente podrían haberle secuestrado por el tiempo que durase la velada. El comandante Blenkinsop podría haberle informado de que no se le permitía el acceso a la sala. En el catálogo de la corte había una docena de maneras de mantener a raya a una pequeña chantajista como Peggy, enloquecida y sin un céntimo, durante una noche crucial. Rick no utilizó ninguna. Quería el juicio, como siempre. Quería que le juzgasen y le declarasen intachable.

–Señoras y caballeros. Esta mujer es la señora Peggy Wentworth. Es una viuda a la que conozco y he tratado de ayudar durante muchos años, que ha sufrido crueles agravios en la vida y que me culpa a mí de su infortunio. Espero que después de este mitin todos vosotros oigáis lo que Peggy tiene que deciros, le dispenséis toda la indulgencia a vuestro alcance y le demostréis la mayor paciencia. Y que en vuestra sabiduría juzguéis por vosotros mismos dónde puede residir la verdad. Confío que seáis caritativos con Peggy y también conmigo, y recordad lo difícil que es aceptar el infortunio sin levantar un dedo acusador.

Colocó las manos detrás de la espalda. Tenía los pies muy juntos.

–Señoras y caballeros, mi antigua amiga Peggy Wentworth tiene toda la razón.

Ni siquiera Pym, que creía conocer todos los instrumentos de la orquesta de Rick, le había oído hablar de un modo tan simple y directo, desprovisto de retórica.

–Hace muchos años, señoras y señores, cuando yo era muy joven y luchaba por abrirme camino en la vida, como todos nosotros hemos hecho, sumamente impacientes y dispuestos a optar por ciertos atajos, me encontré en la situación del chico de una oficina que ha tomado prestados unos cuantos papeles de la caja y ha sido descubierto antes de haber tenido oportunidad de devolverlos. Delinquí, es cierto. Mi madre, al igual que Peggy Wentworth, aquí presente, era viuda. Yo tenía un padre insigne, a cuya altura tenía que elevarme, y sólo hermanas en la familia. Las responsabilidades que pesaban sobre mí, lo reconozco, me hicieron traspasar los límites de lo que la justicia, en su sabiduría ciega, estimaba lícito. La justicia me impuso su pena. La cumplí enteramente. Como la seguiré cumpliendo durante toda mi vida.

Entonces irguió la barbilla y separó sus manazas, y uno de sus brazos se extendió hacia las abuelas de la primera fila, al tiempo que sus ojos y su voz se sumían en la oscuridad del fondo.

–Amigos míos (Peggy, querida, todavía te cuento entre ellos), mis amigos leales de Gulworth North, veo entre vosotros esta noche a hombres y mujeres lo bastante jóvenes para ser impulsivos. Veo a otras personas que poseen la experiencia de la vida, cuyos hijos y nietos se han lanzado al mundo, a instancias de sus impulsos, para prosperar, cometer errores y rectificarlos. A esas personas mayores quiero preguntarles lo siguiente. Si uno de esos jóvenes (hijos, nietos, o este hijo mío que se sienta aquí detrás, presto a recibir algunos de los más altos premios que la ley de este país puede ofrecer), si uno de ellos cometiera alguna vez un error y pagara el precio que la sociedad exige y volviera al hogar diciendo: «Papá, mamá, soy yo», ¿quién de vosotros, presentes aquí esta noche, le cerraría la puerta en las narices?

Se habían puesto de pie. Estaban gritando su nombre. «Rickie, amigo Rickie... Tienes nuestro voto, Rickie, muchacho.» En el estrado, a su espalda, también nosotros estábamos de pie, y Pym vio a través de sus lágrimas que Syd y Morrie se estaban abrazando. Por una vez Rick no agradeció el aplauso. Estaba paseando la mirada alrededor, buscando a Pym teatralmente y llamándole: «Magnus, ¿dónde estás, hijo mío?», aunque sabía perfectamente dónde estaba. Fingiendo que le encontraba le agarró del brazo, se lo alzó y le empujó hacia adelante, levantándole casi del suelo al mismo tiempo que le presentaba como un adalid ante la multitud alborozada, y que gritaba: «Aquí hay uno, aquí hay uno.» Supongo que se refería a un penitente que había pagado el precio y regresado a casa, aunque nunca lo sabré seguro debido al alboroto, y quizá Rick dijo: «Aquí está mi hijo.» En cuanto a Pym, ya no pudo contenerse. Jamás había adorado tanto a Rick. Aplaudía, entre ahogos, estrechaba la mano de Rick con las dos suyas en representación del público, le abrazaba en su nombre con todas sus fuerzas, le daba palmadas en su hombro enorme y le decía que era fabuloso.

Mientras hacía todo esto, creyó ver la cara pálida de Judy y sus grandes ojos claros detrás de sus gafas serias, observándole desde el centro de la concurrencia. Mi padre me necesitaba, quería explicarle. Olvidé dónde estaba la parada de autobús. He perdido tu número de teléfono. Lo he hecho por mi país. El «Bentley» esperaba ante la escalera de la calle, y Cudlove estaba plantado junto a la puerta. Al partir en el coche, al lado de Rick, Pym imaginó que oía a Judy gritando su nombre: «Pym, bastardo. ¿Dónde estás?»

Había amanecido. Sin afeitar, Pym estaba sentado ante el escritorio, sin querer la luz del día. Con la barbilla apoyada en la mano, miraba fijamente la última página que había escrito. No cambies nada. No mires atrás, no mires adelante. Lo haces una vez y después te mueres. Le asaltó una visión desdichada de las mujeres que en el curso de su vida le habían esperado en vano en cada parada de autobús que jalonaba su camino caótico. Se levantó rápidamente, preparó un «Nescafé» y se lo tomó cuando todavía estaba demasiado caliente para él. Luego cogió la grapadora y el rotulador y empezó a trabajar de firme –soy un mero oficinista, es lo único que soy–, grapando los recortes y marcando las referencias útiles.

Extractos del *Gulworth Mercury* y del *Evening Star* informando sobre la postura combativa del candidato liberal la noche anterior a las elecciones en el ayuntamiento. Para no incurrir en difamación, los cronistas omiten la referencia directa a las acusaciones de Peggy Wentworth y hablan únicamente de la fogosa defensa del candidato contra el ataque personal. Incluir en 21a. La maldita grapadora no funciona. Este aire de mar lo enmohece todo.

Recorte del *Times* de Londres dando los resultados de la elección parcial en Gulworth North:

McKechnie (Laborista) 17.970
Lakin (Conser.) 15.711
Pym (Liberal) 6.404

El dirigente semianalfabeto atribuye la victoria a «la intervención desacertada» de los liberales. Incluir en 22a.

Extracto de la *Gazette* de la universidad de Oxford, notificando al mundo interesado que Magnus Richard Pym ha obtenido una licenciatura *cum laude* en Lenguas Modernas, Clase I. Ninguna referencia a las horas nocturnas dedicadas a estudiar papeletas de exámenes previas o a la exploración informal de los cajones del escritorio del tutor con ayuda del compás de acero de Michael, siempre a mano. Incluido en 23a.

Pero en realidad no había sido incluido en absoluto, pues en el momento de marcar este recorte, Pym lo colocó delante de él y lo miró de hito en hito, con la cabeza entre las manos y una expresión de asco.

Rick lo sabía. El bastardo lo sabía. Con la cabeza todavía entre las manos, Pym se remonta a Gulworth, a un momento posterior de la misma noche. Padre e hijo viajan en el «Bentley», el lugar predilecto de ambos. El ayuntamiento queda detrás y el hotel de la señora Searle se aproxima. El tumulto de la multitud resuena todavía en los oídos de Pym. Transcurrirán otras veinticuatro horas antes de que el mundo conozca el nombre del candidato vencedor, pero Rick lo sabe ya. Ha sido juzgado y aplaudido por toda la vida que ha vivido hasta ahora.

–Déjame decirte algo, hijo –dice, con su voz más melosa y amable. Las farolas que desfilan iluminan a rachas sus juiciosas facciones, haciendo que su triunfo parezca intermitente–. Nunca mientas, hijo. Les he dicho la verdad. Dios me ha escuchado. Siempre lo hace.

–Ha sido fantástico –dice Pym–. ¿Podrías soltarme el brazo, por favor?

–Nunca hubo un Pym mentiroso, hijo.

–Lo sé –dice Pym, y retira el brazo, de todas maneras.

–¿Por qué no acudiste a mí, hijo? «Papá», podrías haberme dicho, o «Rickie», si quieres, ya tienes edad: «Ya no estoy estudiando Derecho. Estoy perfeccionando mis idiomas porque quiero tener don de lenguas. Quiero salir al mundo como mi mejor camarada, y ser escuchado donde los hombres se reúnan, con independencia de su color, raza o credo.» ¿Porque sabes lo que te habría respondido si hubieses venido a decirle eso a tu padre?

Pym está demasiado enloquecido, demasiado muerto para que le importe.

–Hubieras sido fabuloso –responde.

–Te hubiera dicho: «Hijo, ya eres un adulto. Tú tomas tus propias decisiones. Lo único que tu viejo puede hacer es jugar de portero mientras Magnus batea y Dios lanza los bolos.» –Aferra la mano de Pym, casi le rompe los dedos–. No me rehúyas así, hijo. No estoy enfadado contigo. Somos camaradas, ¿no te acuerdas? No tenemos que andar de puntillas el uno alrededor del otro, ni fisgar en los bolsillos, rebuscar en cajones y hablar con mujeres descarriadas en sótanos de hotel. Lo decimos a la cara. Lo ponemos encima de la mesa. Ahora sécate esos ojillos y dame un abrazo.

Con su pañuelo de seda, que luce un monograma, el gran estadista limpia magnánimo las lágrimas de rabia y de impotencia de su hijo Pym.

–¿Te apetece un buen filete inglés esta noche, hijo?

–No mucho.

–El bueno de Mattie nos está preparando uno con cebollas. Puedes invitar a Judy si quieres. Después vamos a jugar todos una partida de *chemin de fer*. A Judy le gustaría.

Levantando la cabeza, Pym volvió a empuñar el rotulador y reanudó su tarea.

Extracto de las actas del partido comunista de la universidad de Oxford, en poder de Special Branch, lamentando la marcha del camarada M. Pym, trabajador incansable en pro de la causa. Gracias fraternales por sus tremendos esfuerzos. Incluido en 24a.

Apenada carta del tesorero del colegio universitario de Pym, adjuntando su cheque para las batallas del último curso, con la anotación *Remítase al librador*. Carta y cheques similares de los señores «Blackwell, Parker» (Libreros) y «Hall Brothers» (Sastres) incluidas en 24c.

Pesarosa carta del director del banco de Pym, lamentando que, a causa de la devolución de un cheque girado a favor de Pym por la Compañía Magnus Dinámica y Astral, sociedad limitada (Bahamas), por importe de doscientas cincuenta libras, no tiene más remedio que remitir al librador los cheques, como figura en 24c.

Extracto de la *Gazette* de Londres 29 de marzo de 1951, nombrando síndico oficial para una nueva petición de quiebra de RTP y ochenta y tres empresas asociadas.

Carta del director de la fiscalía, invitando a Pym a comparecer para una entrevista en la fecha mencionada, a fin de explicar su relación con las empresas antedichas. Incluida en 36a.

Papeles de alistamiento militar ofreciendo a Pym un santuario. Asidos con las dos manos.

–Me gustaría sentarme con usted un rato, señorita D. –dijo Pym, abriendo con suavidad la puerta de la cocina.

Pero la silla estaba vacía y el fuego apagado. No era el atardecer, como había creído, sino el alba.

12

Era el mismo amanecer. Era la hora menos diez minutos. Era el momento que Brotherhood había aguardado, insomne y solo, en la cama de su apartamento cochambroso, que se le estaba convirtiendo en una celda solitaria, mirando las imágenes de su pasado en el inquieto cielo londinense. Era un juego al aire libre, jugado entre cuatro paredes por personas que no sabían que estaban despiertas. ¿Cuántas veces había estado sentado de ese modo, con botas de goma, en laderas árticas, apretando los auriculares contra los oídos y con los dedos enfundados en mitones de miraguano, para captar el susurro que significaba que la vida no se había extinguido? Aquí, en la sala de comunicaciones de la planta superior de la Oficina Central, no había auriculares ni vientos bajo cero que penetraban en las ropas empapadas y congelaban los dedos del operador, ni la dinamo de bicicleta que un pobre bastardo tenía que accionar hasta que le flaqueaban las piernas. No había antenas que se te desplomaban encima cuando más las necesitabas. Ni maletas de dos toneladas que había que esconder en un suelo duro como el hierro mientras los hunos te estaban pisando los talones. Aquí arriba tenemos cajas verdigrises con agujeros, a las que acaban de pasarles el plumero, con bonitas luces de clavija o interruptores relucientes. Y sintonizadores y amplificadores. Y diales para eliminar interferencias. Y sillas confortables para que los barones que se reúnen aquí aposenten su dulce culo. Y una misteriosa compresión del aire que te oprime el cuero cabelludo mientras observas los numerales verdes que se deslizan por la pantalla de su prisión tan rápido como los años postreros de la vida: ahora tengo cuarenta y cinco, ahora setenta, ahora me quedan diez minutos antes de morir.

Sobre la tarima elevada dos chicos con auriculares estaban controlando los diales. «Nunca sabrán cómo era –pensó Brotherhood–. Se irán a la tumba pensando que la vida salía de un paquete.» Brammel y Nigel estaban sentados debajo de ellos como empresarios en un preestreno. Detrás, una docena de sombras a cuya presencia Brotherhood apenas había prestado atención. Advirtió la de Lorimer, jefe de operaciones. Vio a Kate y pensó: «Gracias al cielo que sigue viva.» En el borde de la tarima, Frankel estaba informando lúgubremente de un rosario de fracasos. Su acento centro-europeo se había intensificado.

–A las nueve y veinte de ayer por la mañana, hora local, la sede de Praga ordena a su operador principal que telefonee a la casa del vigilante desde una cabina, Bo –dijo–. Comunicaba. Hace cinco llamadas en dos horas desde la ciudad. Seguía comunicando. Intenta llamar a Conger. Teléfono cortado. Todo el mundo ha desaparecido, todos ilocalizables. Al mediodía la sede envía a una jovencita de su equipo a la cantina donde almuerza la hija de Conger. La hija de Conger está al corriente, así que quizá sepa dónde está su padre. Nuestra jovencita es una chavala de dieciséis años, muy menuda, muy correosa. Merodea por allí dos horas, inspecciona las dos salas, comprueba la cola. Examina las fichas de asistencia en la puerta de la fábrica, dice a los guardas que es la compañera de cuarto de la hija. Es tan inocente que le dejan hacer. La hija de Conger no ha acudido al trabajo, tampoco figura en la lista de bajas por enfermedad. Desaparecida.

En la tensión, nadie habla con nadie. Todo el mundo habla para sí. La sala sigue llenándose. «¿Cuántas personas hacen falta para dar a una red un entierro decente?», pensó Brotherhood. Faltaban ocho minutos.

Frankel continuó su endecha.

–A las siete de la mañana de ayer, hora local, la sede de Gdansk destaca a dos de sus muchachos para reparar un poste telegráfico al fondo de la calle donde vive Merryman. Su casa está en un callejón sin salida. No puede salir por otro sitio. Todos los días, por lo general, va al trabajo en su coche, sale de casa a las siete y veinte. Pero ayer su coche no estaba delante de la casa. Todos los demás días está aparcado allí. Pero ayer no. Desde donde los muchachos trabajan pueden ver la puerta de la calle. Está cerrada. Ni Merryman ni nadie sale o entra de la casa por esa puerta. Abajo están corridas las cortinas, no hay luces ni huellas recientes en la calzada. El mejor amigo de Merryman es arquitecto. A Merryman le gusta a veces tomar un café con él cuando va al trabajo. Este arquitecto no es un agente, no está en la lista blanca.

–Wenzel –dijo Brotherhood.

–Wenzel se llama el arquitecto, Jack. Uno de los muchachos le llama por teléfono y le dice que la madre de Merryman está enferma. «¿Dónde puedo localizarle para darle la mala noticia?», dice. Wenzel responde que pruebe en el laboratorio, ¿está muy enferma? El chico contesta que quizá moribunda, Merryman tendría que ir a verla en seguida. «Dele este recado –dice el chico–. Dígale, por favor, que Maximilian dice que más vale que vaya a ver a su madre cuanto antes.» Maximilian es la palabra cifrada para comunicar que todo ha terminado. Maximilian quiere decir fracaso, quiere decir corre, quiere decir sal pitando por cualquier medio conocido, no te preocupes por los métodos habituales, huye. El chico tiene recursos. Cuando termina de hablar con Wenzel telefonea al laboratorio donde Merryman trabaja. «Soy el señor Maximilian. ¿Dónde está Merryman? Es urgente. Dígale que Maximilian tiene que comunicarle algo respecto a su madre.» «Merryman no viene hoy –le responden–. Tiene una conferencia en Varsovia.»

Brotherhood estaba ya protestando.

–No le dirían eso –refunfuñó–. Los laboratorios no facilitan detalles sobre los movimientos del personal. Son una instalación ultrasecreta, Cristo bendito. Alguien está jugando con nosotros.

–Claro, Jack. Es la misma reacción que he tenido yo. ¿Quieres que siga?

Un par de cabezas se volvieron para localizar a Brotherhood en el fondo de la sala.

–Cuando la línea con Merryman quedó cortada, ordenamos a Varsovia que intentara ponerse en contacto con Voltaire directamente –continuó Frankel. Hizo una pausa–. Voltaire está enfermo.

Brotherhood emitió una risa furiosa.

–¿Voltaire? No ha estado enfermo ni un día en toda su vida.

–Su ministerio dice que está enfermo, su mujer dice que está enfermo, su amante lo dice también. Comió unas setas en malas condiciones, ingresó en el hospital. Está enfermo. Es oficial. Todos dicen lo mismo.

–Oficial, sí.

–¿Qué quieres que haga, Jack? Dime algo que tú hubieras hecho y que no haya hecho, ¿vale? Es un apagón, Jack. Como un silencio en todas partes. Como si hubiera caído una bomba.

–Has dicho que seguiríais llenando los buzones –dijo Brotherhood.

–Llenamos el de Merryman ayer. Dinero e instrucciones. Lo llenamos.

–¿Y qué ocurrió?

–Allí siguen. Dinero e instrucciones, todo. Papeles nuevos, mapas, lo que tú quieras. A Conger le pusimos dos señales de aviso, una para llamarnos, la otra para evacuar. Una cortina en un primer piso, una luz en la ventana de un sótano. ¿Es correcto eso, Jack? ¿Concuerda con los procedimientos convenidos?

–Concuerda.

–Muy bien. Pues no contesta. No llama, no escribe, no huye.

Durante cinco minutos no hubo más sonidos que los de la espera: el suspiro de asientos blandos, el chasquido de luces y cerillas que se encienden, y el crujido de las suelas de zapato de los muchachos. Kate miró de soslayo a Brotherhood y él le correspondió con una sonrisa de confianza. Bo dijo:

–Estamos pensando en ti, Jack.

Brotherhood, no obstante, no respondió, e indudablemente no estaba pensando en Bo. Sonó un timbre. Desde la tarima uno de los muchachos dijo:

–Conger, señor, a la hora.

Y manipuló unos diales. Una luz blanca parpadeó encima de su cabeza. El segundo operador bajó un interruptor. Nadie aplaudió, nadie se puso de pie ni exclamó: «¡Están vivos!»

–El operador de Conger anuncia que está listo para transmitir, Bo –dijo Frankel, gratuitamente. Detrás de él, los muchachos se movían automáticamente, sordos a todo menos a sus auriculares–. Ahora efectuamos nuestra primera transmisión. Todos usamos cinta, nada escrito, y Conger hace lo mismo. Morse acelerado, lo desenrollamos en ambos extremos. La transmisión dura quizás un minuto y medio o dos. Desenrollar y descifrar lleva quizá cinco... ¿Ves eso? «Listo para recibir. Hable.» Eso es lo que le decimos. Ahora Conger habla otra vez. Mirad la luz roja de la izquierda, por favor. Se enciende, está hablando... ya ha acabado.

–No ha sido muy largo, ¿no? –dijo Lorimer, con voz lenta y pesada, sin dirigirse a nadie en particular.

Lorimer ya había enterrado a agentes.

–Ahora esperamos el descifrado –dijo Frankel a su auditorio, con una vivacidad un poco excesiva–. Tres minutos, quizá cinco. Tiempo para fumar un cigarro, ¿de acuerdo? Que todo el mundo se relaje. Conger está vivo y bien.

Los muchachos estaban rebobinando carretes, reordenando instrumentos.

–Agradezcamos que por lo menos esté vivo –dijo Kate, y varias cabezas giraron bruscamente, advirtiendo esta insólita manifestación de sentimientos de una mujer del quinto piso.

Los carretes grises pasaban de un lado al otro. Durante un momento oyeron el pitido discordante del código Morse. Cesó el pitido.

–Eh –dijo Lorimer en voz baja.

–Pasadlo otra vez –dijo Brotherhood.

–¿Qué ha ocurrido? –preguntó Kate.

Los muchachos rebobinaron los carretes y pulsaron de nuevo la tecla de giro normal. El Morse sonó y cesó, como antes.

–¿Podría ser un fallo del otro lado? –preguntó Lorimer.

–Claro –dijo Frankel–. Es posible que tenga la bobina averiada, o que haya encontrado una mala ionosfera. Dentro de un minuto volverá a transmitir. No hay problema.

El más alto de los dos operadores se estaba quitando los auriculares.

–¿Le parece que descifremos, señor Frankel? –dijo–. A veces, cuando tienen alguna dificultad, nos lo dicen en el mensaje.

A una señal de Frankel trasladó un carrete a una máquina situada en el extremo más alejado de la instalación. El impresor empezó a parlotear de inmediato. Nigel y Lorimer se acercaron rápidamente a la tarima. El impresor se detuvo. Nigel arrancó la hoja didácticamente y la sostuvo de forma que Lorimer y él mismo pudieran leerla. Brotherhood se acercaba a zancadas por el pasillo. Subió a la tarima y les arrebató el papel de las manos, sin que ellos opusieran resistencia.

–Jack, no –dijo Kate, en voz baja.

–¿No qué? –contestó Brotherhood, perdiendo de repente la paciencia con ella–. ¿Que no me preocupe por mis agentes? ¿Que no haga qué exactamente?

–Diles que saquen otra copia, ¿quieres, Frankel? –dijo Nigel, con suavidad–. Así podremos verla todos juntos sin empujarnos.

Brotherhood sostenía la hoja ante él. Nigel y Lorimer se habían colocado dócilmente a ambos lados de él y la leían por encima de su hombro.

–Un informe de espionaje rutinario, Bo –anunció Nigel, leyendo en voz alta–. La longitud prometida, trescientos siete grupos. La longitud real hasta ahora, cuarenta y uno. Tema, la reinstalación de bases de misiles soviéticos en los montes al norte de Pilsen. La subfuente Mirabeau informando hace diez días. Mirabeau informando a su vez a su novio del ejército soviético, cuyo nombre en clave es Leo. Leo nos prestó buenos servicios antiguamente, me parece recordar. El mensaje dice lo siguiente: «La subfuente Talleyrand confirma que los cargadores vacíos que abandonan la zona...» El mensaje termina en la mitad de la frase. La bobina, evidentemente. A menos, como tú dices, que su señal haya tropezado con malas condiciones.

Frankel estaba ya impartiendo órdenes al más alto de sus subordinados.

–Transmíteles: «Su mensaje mutilado.» Inmediatamente. Diles que queremos que lo repitan. Diles que si no pueden trasmitir ahora permaneceremos a la espera hasta que puedan. Diles que queremos una lista de todos los miembros de la red. ¿Tienes expresiones fijas para esto o quieres que te escriba algunas?

–Diles que les zurzan –ordenó Brotherhood en voz muy alta–. Y basta de llorar todo el mundo. No se ha muerto nadie.

Había metido las manos en los bolsillos de la gabardina. Estaba ahora en la mitad del pasillo. Nigel y Lorimer seguían en el estrado, como un par de niños de coro que sostienen entre los dos la página del himno. Brammel, estoicamente, permanecía muy erguido en su silla del auditorio. Kate le miraba sin el menor estoicismo.

–Puedes decirles que quieres una lista o una repetición, puedes decirles que todo se ha frustrado y que se tiren al Vístula. Eso no cambia absolutamente nada –dijo Brotherhood.

–Pobre hombre –dijo Nigel a Lorimer–. Son sus agentes, ya ves. Es la tensión.

–No son mis agentes y nunca lo han sido. Te los regalo con mi bendición. –Miró alrededor, buscando hombres con sentido común–. Frankel. Por lo más sagrado, Lorimer. Cuando este servicio captura a un agente de algún otro servicio, si es que alguna vez lo hace en estos tiempos, ¿qué pasa? Si accede a que le utilicemos, se vuelve agente doble. Si no, le mandamos a la Torre. ¿Es distinto ahora? No sabría decirlo.

–¿Y bien? –dijo Nigel, siguiéndole el humor.

–Si decidimos que juegue doble, lo hacemos lo más natural y rápidamente posible. ¿Por qué? Porque queremos mostrar al adversario que nada ha cambiado. No queremos parches. No escondemos su coche ni cerramos su casa. No dejamos que él o su hija o quien sea desaparezca como por ensalmo. No abandonamos los buzones ni inventamos historias idiotas sobre alguien que se ha comido setas malas. No noqueamos a operadores de radio en mitad de sus transmisiones de alta velocidad. Eso es lo último, la última cosa que hacemos. A no ser que...

–No te sigo, Jack, compadre –dijo Nigel, a quien Brotherhood, adrede, no había prestado la menor atención–. Y creo que los demás tampoco, para ser sincero. Creo que estás lógicamente disgustado y te estás poniendo un poco metafísico, si me permites decírtelo.

–¿A no ser qué, Jack? –preguntó Frankel.

–A no ser que *queramos* que el enemigo sepa que estamos desmantelando su red.

–¿Pero por qué iba a querer alguien hacer eso, Jack? –preguntó seriamente Frankel–. Explícanoslo. Por favor.

–¿Por qué no explicarlo en otro momento? –dijo Nigel.

–Nunca hubo una maldita red. Controlaron esas redes desde el primer día. Pagaron a los actores, escribieron el guión. Controlaron a Pym y estuvieron muy cerca de controlarme a mí. Nos controlan a todos. Sólo que todavía no os habéis dado cuenta.

–¿Entonces por qué molestarse en decirnos nada? –objetó Frankel–. ¿Por qué enviarnos una falsa señal interrumpida? ¿Por qué amañar la desaparición de los agentes?

Brotherhood sonrió. Sin diferencia, sin humor. Pero se volvió hacia Frankel y le sonrió.

–Porque, compadre, quieren hacernos creer que tienen a Pym cuando no lo tienen –dijo–. Es la última mentira que pueden endilgarnos. Quieren que cancelemos la caza y que volvamos a casa a cenar. Quieren buscarle ellos mismos. Ésa es la buena noticia del día. Pym sigue huido y quieren atraparle tanto como nosotros.

Le vieron dar media vuelta, recorrer el pasillo y mover los cerrojos de la puerta acolchada. Pobre Jack, se dijeron unos a otros con los ojos mientras las luces se encendían: la obra de su vida. Ha perdido a todos sus agentes y no puede encararlo. Es terrible verle tan deshecho. Sólo Frankel parecía desear que no se hubiese marchado.

–¿Todavía no has ordenado la repetición? –dijo Nigel–. He dicho si has ordenado ya la repetición.

–Ahora mismo lo hago –dijo Frankel.

–Buen chico –dijo Bo, apreciativamente, desde las butacas.

Brotherhood hizo un alto en el corredor para encender un cigarrillo. La puerta se abrió y volvió a cerrarse. Era Kate.

–No puedo más –dijo–. Es una locura.

–Pues la locura se va a volver mucho más loca –replicó Brotherhood, todavía enfadado–. Esto sólo ha sido un anticipo.

Era de noche otra vez y Mary había sobrellevado un día más sin arrojarse educadamente desde una ventana del piso más alto ni pintarrajear palabras sucias en las paredes del comedor. Sentada en la cama, todavía moderadamente sobria, miró primero al libro y después al teléfono. El teléfono tenía un segundo cable introducido en él. El cable llegaba hasta una caja gris y parecía acabarse. «Desde mis tiempos –pensó–. No me arreglo con esos artilugios modernos.» Se sirvió otra copita generosa de whisky y dejó el vaso encima de la mesa, junto a su codo, para concluir la discusión que estaba sosteniendo consigo misma durante los diez últimos minutos. «Aquí la tienes, maldita sea. Si quieres una, tómatela. Si no, deja a la puñetera donde está.» Estaba totalmente vestida. Se suponía que le dolía la cabeza, pero el dolor era una mentira para escapar a la compañía intolerable de Fergus y de Georgie, que habían empezado a tratarla con la amabilidad de unos carceleros antes de ahorcarla. «¿Qué tal una partida de *Scrabble*, Mary? No está de humor, ¿eh? Da igual. Oye, ese pastel de carne me ha sabido a gloria, ¿y a ti, Georgie? No lo había comido desde que murió mi abuela. ¿Usted cree que es la congelación la que le da ese sabor? Parece que lo madura, el congelador, ¿verdad?» A las once, histérica por dentro, les ha dejado fregando y ha subido aquí con el libro y la nota que lo había acompañado. Una tarjeta dentada. Con bordes plateados, el aniversario de mi boda. En un sobre dentado. Un querubín infame tocando una trompeta en el ángulo superior izquierdo.

> *Querida Mary:*
> *Desolada al enterarme de la calamidad de Pym. He comprado esto por cuatro perras esta mañana y me gustaría saber si acaso te apetecería encuadernármelo, igual que todos los demás, en piel entera, bucarán, y el título impreso con mayúsculas doradas entre la primera y la segunda tira del lomo. Tengo la impresión de que las guardas son nuevas, ¿no sería mejor arrancarlas? Grant está fuera también, o sea que me imagino cómo te sientes. ¿Podrías hacerlo rápidamente, para darle una sorpresa? ¡Al precio habitual, claro!*
>
> *Con amor, mi cielo,*
> *Bee.*

Manteniendo la mano alejada del whisky y la mente libre de pensamientos acerca de cierto fantasma con bigote, Mary aplicó sus conocimientos a la nota. La letra no era de Bee Lederer. Era una falsificación, y para cualquiera que conociera el oficio, un trabajo pésimo. El redactor había imitado la caligrafía típicamente americana de Bee, pero la influencia alemana era clara en las *úes* y las *enes* puntiagudas y en las *tes* sin rabillo. *Si acaso*, pensó: ¿desde cuándo un americano empleaba *si acaso*? La ortografía tampoco era de Bee: ni una palabra como *calamidad*. Bee no sabía hacer la o con un canuto. Duplicaba todas las consonantes que veía. Sus cartas a Mary en Grecia, escritas con material de escritorio parecido, habían contenido perlas de familia como m*e*nipu*ll*ar y f*e*lacia. En cuanto a «piel entera»: Mary sólo había encuadernado tres libros para Bee, y Bee no había tenido la más remota idea de cómo los quería, salvo que pensaba que fardaban mucho en la estantería de Grant, exactamente igual que las bibliotecas antiguas que hay en Inglaterra. Piel entera, bucarán, el orden de las palabras: era la manera de hablar del redactor, no de Bee. Y si Bee sospechaba que las guardas podían no ser las originales, pues bien, bravo por Bee, porque un mes antes le había preguntado a Mary dónde había comprado aquella monada de papel de pared que pegaba en el interior de las cubiertas.

Mary llegó a la conclusión de que la nota era tan mala –y tan impropia de Bee– que casi lo era deliberadamente: lo bastante buena para engañar a Fergus cuando la entregaron en la puerta esa mañana, y lo bastante mala para que Mary comprendiera que significaba algo distinto.

Algo de lo que le habían advertido, por ejemplo.

Había captado las pistas desde el momento en que abrió la puerta al recadero, mientras el idiota de Fergus acechaba escondido en el ropero con una

«Howitzer» enorme en la mano, por si el recadero resultaba ser un ruso disfrazado, cosa que, pensándolo bien, quizá fuese, porque Bee no había utilizado en su vida un servicio privado de entregas a domicilio. Bee hubiera llevado el libro personalmente al volver de recoger a Becky del colegio, y hubiera lanzado sus arrullos a través del buzón. Bee hubiera abordado a Mary en la reunión de Mujeres Internacionales del jueves, y la hubiera dejado que se las apañara en casa con el libraco lo mejor que pudiera.

–¿Le importa que lea la tarjeta, Mary? –había dicho Fergus–. Es pura rutina, sólo que ya sabe cómo son en Londres. Bee. ¿Será la señora Lederer, la mujer del diplomático americano?

–Será ella –había confirmado Mary.

–Pues es un libro bonito, en mi opinión. Y en inglés, además. Parece viejísimo.

Estaba pasando páginas con dedos ejercitados, deteniéndose al ver marcas de lápiz, examinando hojas al trasluz de vez en cuando.

–Es de 1698 –había dicho Mary, señalando los numerales romanos.

–Madre mía, leerse este mamotreto.

–¿Me lo devuelve, por favor?

El reloj de pared del vestíbulo estaba dando las doce. Fergus y Georgie estarían ahora sin duda deliciosamente tendidos el uno en brazos del otro. A lo largo de los días interminables de su encierro, Mary había observado madurar su idilio. Esa noche, cuando ella había bajado a cenar, Georgie despedía el resplandor inocultable de quien ha estado follando unos minutos antes. Dentro de un año los dos se convertirían en otra pareja más de la sección de recursos, donde dominaba el personal subalterno: vigilancia, instalación de micrófonos, registros, correo abierto al vapor. Un año más tarde, cuando hubieran juntado sus horas extraordinarias fraudulentas y sus gastos de viaje inventados, e inflado las dietas por extrañamiento, pagarían la entrada de una casa en East Sheen, tendrían dos hijos y cumplirían los requisitos para beneficiarse del programa de subvenciones educativas de la Casa. «Estoy siendo una perra celosa –pensó Mary, sin arrepentirse–. Ahora mismo no me importaría pasar una hora con Fergus.» Descolgó el auricular y esperó.

–¿A quién va a llamar, Mary? –dijo la voz de Fergus inmediatamente.

Estuviera en el punto que estuviese de su vida amorosa, Fergus no descuidaba ni por un instante la tarea de supervisar las llamadas al exterior de Mary.

–Estoy sola –contestó Mary–. Quiero charlar un rato con Bee Lederer. ¿Hay algo malo en eso?

–Magnus está todavía en Londres, Mary. Le han retrasado.

–Sé dónde está. Conozco la historia. Ya soy mayorcita.

–Está en contacto telefónico frecuente con usted, ha mantenido buenas charlas con él, volverá dentro de un par de días. La Oficina Central le ha pescado para una investigación mientras está allí. Es todo lo que ha ocurrido.

–Estoy bien, Fergus. Estoy perfectamente.

–¿Normalmente llamaría a Bee tan tarde?

–Si Magnus y Grant están fuera, sí, la llamaría.

Mary oyó un clic y luego la señal de marcar. Marcó el número y Bee empezó a gemir en el acto. Tenía la maldita menstruación, dijo, retortijones, mareos, de todo. Siempre le afectaba de ese modo en invierno, sobre todo cuando Grant no estaba allí para atenderla. Una risita.

–Mierda, Mary, de verdad que lo echo en falta. ¿No parezco una puta?

–He recibido una carta larga y encantadora de Tom –dijo Mary.

Era mentira. Era una carta y era también larga, pero no era encantadora. Era una crónica de lo bien que se lo había pasado Tom con tío Jack el domingo anterior, y a Mary se le había puesto la carne de gallina.

Bee declaró que Becky adoraba a Tom hasta un punto que resultaba indecente.

–¿Te imaginas lo que va a ocurrir el día en que a esos críos se les abran los ojos y descubran la *différence*?

Sí, me imagino, pensó Mary. Van a odiarse a muerte. Hizo repasar a Bee su jornada. «Jo, haciendo la gilipollas por ahí», dijo Bee. Tenía una cita para jugar a *squash* con Cathie Krane, de la embajada canadiense, pero habían optado por tomar un café en vista del estado de Bee. Una ensalada en el club, y, por Cristo, alguien tendría que enseñarles *de verdad* a esos malditos austríacos cómo se hace una ensalada decente. Por la tarde un aburridísimo bazar en la embajada para ayudar a los contras de Nicaragua, ¿y a quién no le importan un rábano los contras de Nicaragua?

–Deberías salir a comprar algo –sugirió Mary–. Un vestido, una antigüedad, algo.

–Escucha, ni siquiera puedo *moverme*. ¿Sabes lo que ha hecho, ese canallita? Entregó el «Audi» para que lo revisaran en el camino al aeropuerto. No tengo coche, me hace falta un polvo.

–Es mejor que cuelgue –dijo Mary–. Tengo la corazonada de que Magnus va a hacer una de sus llamadas en mitad de la noche y se pondrá hecho una fiera si el número comunica.

–Sí, ¿cómo se lo ha tomado? –preguntó vagamente Bee–. ¿Está todo lloroso o más o menos resignado? Creo que algunos hombres se pasan la vida queriendo castrar a su padre. Tendrías que oírle a Grant algunas veces.

–Lo sabré cuando vuelva –dijo Mary–. Apenas habló palabra antes de marcharse.

–Deshecho, ¿eh? Grant nunca se inmuta por nada, el descastado.

–Al principio le afectó mucho –confesó Mary–. Ahora parece mucho mejor.

Apenas había colgado cuando el teléfono emitió el zumbido interior.

–¿Por qué no le ha dicho nada del libro precioso que ella le ha enviado, Mary? –se quejó Fergus–. Creí que por eso la llamaba.

–Le he dicho por qué llamaba. La llamaba porque me sentía sola. Bee Lederer me manda unos quince libros por semana. ¿Por qué tengo que hablarle de un maldito libro para complacerle a usted?

–No pretendía ofenderla, Mary.

–Ella no ha mencionado el libro. ¿Por qué iba a hacerlo yo? Me ha dado todas las instrucciones en su puñetera nota.

«Estoy protestando demasiado –pensó, maldiciéndose–. Estoy metiéndole preguntas en la cabeza.»

–Escuche, Fergus. Estoy cansada y podría morder, ¿de acuerdo? Déjeme en paz y sigan haciendo lo que mejor saben hacer.

Cogió el libro. Nada, ningún libro del mundo podría haber delatado tan perfectamente al remitente. *De Arte Graphica. The Art of Painting*, de C. A. du Fresnoy, con comentarios. Traducido al inglés junto con el prefacio original, donde se traza un paralelo entre la pintura y la poesía. Por Dryden. Apuró el vaso del whisky. Era el mismo libro. No le cabía duda. El mismo libro que Magnus me trajo en Berlín cuando yo pertenecía todavía a Jack. Subió brincando por la escalera con él. Llamó a la puerta de acero de Rito Especial, que era nuestra cobertura, con el libro en la mano. «Eh, Mary, ¡ábrame!» Fue antes de que nos hiciéramos amantes. Antes de que hubiera empezado a llamarme Mabs.

–Escuche, quiero que me haga un trabajo urgente. ¿Puede ponerme un CD en la encuadernación de esto? Es para tener una lámina normal de tela cifrada. ¿Puede hacerlo para esta noche?

Entonces yo fingí un malentendido porque ya estábamos coqueteando. Simulé que no sabía lo que era un CD, salvo en los coches diplomáticos, lo que le permitió a Magnus explicarme con su seriedad habitual que CD significaba críptica divisa, y que Jack Brotherhood le había dicho que Mary era la persona más idónea para la tarea.

–Estamos utilizando una librería como buzón –explicó Magnus–. Tengo un agente que es un fanático de los libros antiguos.

Los jefes de agentes no solían ser tan generosos en sus operaciones.

«Y arranqué la guarda –recordó, mientras empezaba a pinchar suavemente las tapas–. Raspé un pedazo del cartón de la tapa hasta llegar casi a la piel.» Otras personas hubieran arrancado la piel y trabajado a partir de la cubierta. No nuestra Mary. Porque Magnus sólo aceptaba la perfección. «La noche siguiente me invitó a cenar. La noche de después nos acostamos juntos. A la mañana siguiente le conté a Jack lo que había ocurrido y él se mostró caballeroso y delicado y dijo que los dos teníamos mucha suerte y que se quitaría de en medio y nos dejaría seguir adelante si eso era lo que yo quería. Le dije que eso quería. Y en mi felicidad le dije a Jack que lo que nos había unido a mí y a Magnus había sido *De Arte Graphica, un paralelo entre pintura y poesía*, hecho bastante extraordinario si recordabas que yo estaba loca por la pintura y Magnus obcecado en escribir una gran novela sobre su vida.»

–¿Dónde va, Mary? –preguntó Fergus, surgiendo ante Mary en el pasillo.

Ella tenía el libro en la mano. Lo extendió hacia él.

–No puedo dormir. Voy al sótano, a entretenerme con esto. Ahora vuelva con su mujercita y déjeme en paz.

Al cerrar la puerta del sótano fue rápidamente al taburete. En cuestión de unos minutos Georgie irrumpiría con una taza de té para mí, a fin de asegurarse de que no había huido ni me había cortado las venas. Llenó un cuenco de agua caliente, empapó un trapo y empezó a trabajar remojando la guarda. El autor de la nota sabía de lo que hablaba. En un libro tan antiguo la cola original era un producto animal y habría cristalizado. Al arreglar el libro para Magnus, Mary había utilizado también cola animal. Pero el papel nuevo había sido pegado con una pasta de harina que respondía rápidamente al agua. Estaba usando un paño y un cepillo de fregar. Normalmente habría utilizado el papel secante y un molde de prensado. La guarda se despegó. El cartón siguió en su sitio. Empezó a rasparlo con la hoja de un escalpelo. «Si han usado cartón de soga, estoy aviada.» Este cartón se confeccionaba con maromas auténticas de un buque de guerra. Se embreaba, se retorcía y se solidificaba. Rasparlo hubiera llevado horas. Se había preocupado inútilmente. Era cartón piedra y se desintegraba como tierra seca. Siguió restregando y de repente apareció la tela en clave, aplanada contra la cara interna de la piel, exactamente donde ella la había colocado para Magnus. Salvo que ésta tenía mayúsculas en lugar de grupos de figuras. Ésta empezaba: «Querida Mary.» Se la metió rápidamente en el escote, recuperó el escalpelo y comenzó a eliminar el resto de la guarda, como si fuese a reencuadernar desde el principio en piel entera, tal como Bee había solicitado.

–Se me ha ocurrido que *tenía* que venir a ver cómo lo hace –explicó Georgie, sentándose a su lado–. Realmente *necesito* una afición como ésta, Mary. Por lo visto no puedo relajarme.

–Pobrecilla –dijo Mary.

Era de noche y Brotherhood estaba furioso. Aunque estaba en la calle y lejos de la Casa y de su alcance, aunque tenía trabajo que hacer y acción para sosegarse, estaba furioso. Su furia llevaba dos días creciendo. El estallido de aquella mañana por causa de los agentes no era el origen de la misma. Había prendido el día anterior, como una mecha de ignición lenta, cuando salía de la sala de conferencias de St. John Wood después de haber perjurado para salvar el cuello de Brammel. Le había acompañado como un amigo fiel durante su encuentro con Tom y su expedición a la estación de Reading: «Pym ha infringido las leyes morales. Se ha proscrito él mismo por voluntad propia.» Había alcanzado su punto culminante en la sala de señales, esa mañana, y ganado más brío con cada reunión sin objeto y cada hora desperdiciada desde entonces. Desde su posición de hombre acabado, casi compadecido y totalmente culpable, Brotherhood había escuchado cómo utilizaban sus propios argumentos contra él y lo había considerado como si, ante sus mismos ojos, su antigua defensa de Pym hubiese sido adoptada y actualizada en una política de inercia institucionalizada.

–Pero, Jack, es todo tan circunstancial, lo dijiste tú mismo –rebuznó Brammel, más fuerte que nunca cuando demostraba que dos positivos formaban un negativo–. «Si pasas por un ordenador cualquier serie de coincidencias, descubrirás que todo parece posible y que la mayoría de las cosas parecen muy probables»: ¿quién dijo eso, dime? Te estoy citando a propósito, Jack. Estábamos sentados a tus pies, ¿recuerdas? Santo cielo, ¡nunca creí que tendría que defender a Pym contra *ti*!

–Estaba equivocado –dijo Brotherhood.

–¿Pero quién dice que lo estabas? Sólo tú, creo. O sea que Pym tiene un cuaderno de claves checo en su chimenea –concedió Brammel–. Tiene una cámara de la que no sabíamos nada, con un accesorio o lo que sea para copiar documentos. Santo cielo, Jack, piensa en todos los artilugios que has coleccionado tú en tus tiempos, ¡simplemente en el procedimiento ordinario de mandar agentes de acá para allá! Lingotes de oro, cámaras, lentes micropunto, crípticas divisas, no sé qué más. Podrías haber montado directamente una prendería. Muy bien, estoy de acuerdo contigo en que debería haber entregado ese material. Yo veo más bien a Pym en la situación de un detective de la policía al que uno de sus informantes le confía un gran botín. Lo guarda en un cajón –o en la chimenea–, lo esconde de su familia y un buen día descubren el pastel. Pero eso no le convierte en un ladrón. Es un policía eficiente que se ha comportado como un caballero o, en el peor de los casos, de un modo negligente.

–Él no es negligente –dijo Brotherhood–. No le gusta correr riesgos.

–Muy bien, pues ahora lo hace. El tipo ha sufrido una crisis nerviosa, su conducta es totalmente atípica, se ha escondido en algún sitio y está lanzando las llamadas usuales de socorro –razonó Brammel, con un acento de virtuosa tolerancia–. Probablemente a una amiguita, conociendo a Pym. Lo sabremos pronto. Pero fíjate en los datos, Jack. Su padre muere. Él es un hombre de temperamento artístico, siempre pensando en escribir la gran novela, en pintar, en esculpir, en pedir excedencias, qué sé yo. Ha llegado a una edad menopáusica. Ha vivido demasiado tiempo bajo una nube de sospecha. ¿Te extraña que haya tenido un bache? Lo extraño es que no lo hubiera tenido, créeme. Muy bien, no le absuelvo. Y quisiera saber por qué se llevó aquella caja combustiva, aunque me dices que él sabía lo que había dentro y que casi todo lo había escrito él mismo, y entonces ¿qué más da? Y cuando le encontremos, puede ser que le retire del servicio durante una temporada. Sigue sin haber justificación para que yo organice un escándalo público. Para que vaya a mi ministerio y les diga: «Hemos descubierto a otro.» Y menos que nada a los americanos. Se van al traste los tratados de trueque. Se va al traste la cooperación entre servicios y la línea privada con Langley, que muchas veces significa mucho más que los lazos diplomáticos normales. ¿Quieres que ponga en peligro todo esto antes de que *sepamos*?

–Bo opina que deberías abstenerte de actuar por tu cuenta –dijo Nigel cuando estuvieron de nuevo al otro lado de la puerta de Brammel, en la parte de los criados–. Me temo que coincido con esa opinión. De ahora en adelante no harás investigaciones sin mi autorización personal. Tienes que mantenerte disponible y no emprender nada. ¿Está claro?

«Está claro –pensó Brotherhood, examinando la casa desde el otro lado de la calle–. Está claro que las recompensas de mi vejez están peligrosamente amenazadas.» Intentó recordar quién era el personaje de la mitología que fue condenado a vivir lo bastante para presenciar las consecuencias de su mal consejo. La casa estaba en el mejor de los muchos y hermosos remansos de Chelsea, y se alzaba al fondo de un largo jardín sólo en parte visible por encima de la verja. Un aura de decadencia impregnaba su distinguida incuria, una languidez espiritual habitaba su estuco desflecado. Brotherhood pasó por delante varias veces, inspeccionando las ventanas superiores, contemplando la línea del horizonte en busca de una iglesia, porque las sustituciones mentales de Pym estaban empezando a arraigar en su mente como la jerga de espías. En el cuarto piso había luz en una buhardilla con cortinas. Mientras la observaba cruzó por la ventana una figura, demasiado aprisa y demasiado lejana para que distinguiese si era la de un hombre o la de una mujer.

Lanzó una última mirada a ambos lados de la calle. En el poste de la entrada había un timbre. Lo pulsó y esperó, aunque no mucho. Empujó la verja, que chirrió al abrirse; entró y la cerró tras él. El jardín era una parcela secreta de campo inglés, tapiada por tres lados. No se divisaba desde ninguna atalaya. El rumor del tráfico cesó milagrosamente. El pavimento de losa era resbaladizo y estaba tapizado de hojas sin barrer. El hogar, enumeró de nuevo. El hogar en Escocia, el hogar en Gales. El hogar como una madre aristocrática que le llevara a visitar grandes mansiones. Sobrepasó la estatua de una mujer envuelta en ropajes, con un seno de piedra expuesto a la noche otoñal. El hogar como una serie de fantasías concéntricas, todas con la misma verdad en el centro. ¿Quién había dicho eso: Pym o él mismo? El hogar como promesas a mujeres que no amaba. La puerta principal estaba abierta cuando llegó a ella. Un joven criado le observaba acercarse. Su chaqueta corta era de corte castrense. A su espalda, una araña y espejos de marco dorado, sin restaurar, brillaban contra el empapelado oscuro. «Tiene a un chico llamado Stegwold viviendo allí –le había informado el superintendente de policía, Bellows–. Si usted fuera ya mayorcito, le leería su historial de condenas.»

–¿Está Sir Kenneth, hijo? –preguntó agradablemente Brotherhood, mientras se restregaba los zapatos en el felpudo y se despojaba de la gabardina.

–No lo sé. ¿A quién anuncio?

–Al señor Marlow, hijo, y me gustaría hablar a solas con él diez minutos sobre un asunto de interés mutuo.

–¿De parte de...? –dijo el chico.

–Su distrito electoral, hijo –contestó Brotherhood, con la misma afabilidad.

El chico subió rápidamente. La mirada de Brotherhood recorrió el vestíbulo. Sombreros; característico. Un abrigo de tutor, verde con el tiempo. Un bombín de los *Guards*; ídem. Una gorra del ejército con insignia Coldstream. Un paragüero de porcelana azul repleto de palos de golf viejos, bastones y raquetas de tenis deformadas. El chico bajó la escalera con pasos medidos, arrastrando una mano por la barandilla, incapaz de resistir la tentación de ensayar una salida a escena.

–Ahora le recibirá, señor Marlow –dijo.

La escalera estaba flanqueada de retratos de hombres rudos. En un comedor, una mesa puesta para dos comensales exhibía plata suficiente para un banquete. Había una jarra, fiambres y quesos dispuestos sobre el aparador. Hasta que Brotherhood no advirtió un par de bandejas sucias no comprendió que la carne estaba ya terminada. La biblioteca olía a moho y al humo de una estufa de petróleo. Una galería corría a lo largo de tres paredes. Faltaba la mitad de la balaustrada. La estufa había sido introducida en la chimenea y delante de ella había un tendedero con calcetines y ropa interior colgados. Delante del tendedero se encontraba Sir Kenneth Sefton Boyd. Vestía un batín de terciopelo, una camisa de cuello abierto y zapatillas viejas de raso, con monogramas bordados en oro y ya desgastados. Era corpulento y de cuello grueso, y tenía bolsas desiguales alrededor de la mandíbula y los ojos. La boca estaba torcida hacia un lado, como un puño cerrado. Hablaba por la comisura torcida, mientras la otra permanecía inmóvil.

–¿Marlow?

–Encantado de conocerle, señor –dijo Brotherhood.

–¿Qué desea?

–Me gustaría poder hablar con usted a solas, señor.

–¿Policía?

–No exactamente, señor. Algo parecido.

Entregó una tarjeta a Sir Kenneth. «Este documento certifica que su titular realiza investigaciones que afectan a la seguridad nacional. Para confirmación telefonee, por favor, a Scotland Yard, extensión tal y cual.» La extensión pertenecía al departamento del superintendente Bellows, que conocía todos los nombres de Brotherhood. Sin inmutarse, Sir Kenneth le devolvió la tarjeta.

–Así que usted es un espía.

–En cierto modo, supongo. Sí.

–¿Quiere beber algo? ¿Cerveza? ¿Un *scotch*? ¿Qué quiere beber?

–Le aceptaría un *scotch*, señor, ya que lo dice.

–*Scotch*, Steggie –dijo Sir Kenneth–. Tráele un *scotch*, ¿quieres? ¿Hielo? ¿Soda? ¿Cómo lo quiere?

–Con un poco de agua.

–Muy bien. Dale agua. Tráele una jarra. Ponla en la mesa. Ahí, junto a la bandeja. Para que pueda servirse y tú puedas retirarte. Y aprovecha para llenarme el vaso. ¿Quiere sentarse, Marlow? ¿Le parece bien ahí?

–Creí que íbamos al «Albion» –dijo Steggie desde la puerta.

–No puedo ahora. Tengo que hablar con este señor.

Brotherhood se sentó. Sir Kenneth se sentó enfrente; su mirada era amarilla e insensible. Brotherhood había visto hombres muertos con una mirada más viva. Sus manos habían caído sobre sus rodillas y una de ellas daba coletazos, como un pez varado en una playa. En la mesa, entre ellos, había un tablero de backgammon con las piezas en mitad de una partida. «¿Con quién la estará jugando?», pensó Brotherhood. ¿Quién cenaba con él? ¿Quién compartía la música con él? ¿Quién ha calentado mi asiento antes de ocuparlo yo?

–¿Sorprendido de verme, señor? –preguntó Brotherhood.

–Hace falta un poco más para sorprenderme, amigo.

–¿No ha venido nadie más por aquí últimamente, haciendo preguntas raras? ¿Extranjeros? ¿Americanos?

–No, que yo sepa. ¿Por qué?

–Me han dicho que hay otro grupo de nuestro propio equipo investigando. Me preguntaba si habrían venido por aquí. He querido averiguarlo antes de salir de la oficina, pero hay falta de coordinación, todo marcha muy aprisa.

–¿Qué?

–Bueno, señor, parece ser que su antiguo condiscípulo, el señor Magnus Pym, ha desaparecido. Están interrogando a todas las personas que pudieran saber algo de su paradero. Entre ellas figura usted, naturalmente.

Sir Kenneth alzó la mirada hacia la puerta.

–¿Hay algo que le molesta ahí fuera, señor? –preguntó Brotherhood.

Sir Kenneth se levantó, fue a la puerta y la abrió de golpe. Brotherhood oyó pasos presurosos en la escalera, pero no llegó a tiempo para ver quién era, no obstante haber empujado a Sir Kenneth hacia un lado en su urgencia por mirar.

–Steggie, quiero que te vayas al «Albion» antes que yo –gritó Sir Kenneth hacia la caja de la escalera–. Vete ya. Yo iré más tarde. No quiero que oiga estas cosas –le dijo a Brotherhood–. Lo que no sabe puede hacerle daño.

–No se lo reprocho, con su historial –dijo Brotherhood–. ¿Le importa que eche una ojeada arriba, ya que estamos de pie?

–Pues claro que me importa. Y no me vuelva a tocar. Usted no me gusta. ¿Trae una orden?

–No.

De nuevo en su asiento, Sir Kenneth sacó una cerilla consumida del bolsillo de su batín y empezó a escarbarse las uñas con la punta quemada.

–Consígala –le aconsejó–. Consiga una orden y quizá le dejaré mirar. De lo contrario no se lo permito.

–¿Está él aquí? –dijo Brotherhood.

–¿Quién?

–Pym.

–No lo sé. No lo he oído. ¿Quién es Pym?

Brotherhood permanecía aún de pie. Estaba inusualmente pálido, y necesitó un momento para serenar la voz antes de volver a hablar.

–Tengo un trato que proponerle –dijo.

Sir Kenneth tampoco oyó esta vez.

–Entréguemelo. Suba usted. O llámele por teléfono. Haga lo que han convenido hacer entre los dos. Y entréguemelo. A cambio yo mantendré su nombre fuera de este asunto, y también el de Steggie. La otra opción es:

«Baronet parlamentario oculta a un antiguo amigo huido.» Cabe asimismo la seria posibilidad de que le acusen a usted de complicidad. ¿Qué edad tiene Steggie?

–La suficiente.

–¿Qué edad tenía cuando vino aquí?

–No se lo pregunté. No lo sé.

–Yo también soy amigo de Pym. Hay gente peor que yo buscándole. Pregúnteselo. Si él está de acuerdo, yo también. Mantendré su nombre al margen de esto. Simplemente entréguemelo y usted y Steggie no volverán a saber nada de él ni de mí.

–Me da la impresión de que usted tiene más que perder que nosotros –dijo Sir Kenneth, examinando el resultado de su manicura.

–Lo dudo.

–Supongo que es cuestión de saber lo que nos queda. No se puede perder lo que no se tiene. No se puede añorar lo que no se aprecia. No se puede vender lo que no se tiene.

–Pym puede, al parecer –dijo Brotherhood–. Según parece, ha estado vendiendo los secretos de su país.

Sir Kenneth siguió admirando sus uñas.

–¿Por dinero?

–Probablemente.

Sir Kenneth movió la cabeza.

–No le importaba el dinero. El amor era lo único que le interesaba. No sabía dónde encontrarlo. Puso demasiado empeño.

–Entretanto vagabundea por Inglaterra con un montón de papeles en venta que no son suyos, y se supone que usted y yo somos patriotas.

–Cantidad de gente hace cosas que no debería. Entonces es cuando necesitan a sus amigos.

–Le escribió a su hijo hablando de usted. ¿Lo sabe? Una tontería respecto a una navaja. ¿Le dice eso algo?

–En realidad sí.

–¿Quién es Poppy?

–No sé nada de ella.

–¿O quizá sea «él»?

–Bonita idea, pero no.

–¿Wentworth?

–Nunca he estado allí. Odio ese sitio. ¿Qué pasa con Wentworth?

–Había una chica, una tal Sabina, con quien parece ser que Pym se enredó en Austria. ¿La mencionó él alguna vez?

–No, que yo recuerde. Pym se enredaba con cantidad de chicas. Aunque no le resultaba muy beneficioso.

–Le ha telefoneado, ¿verdad? El lunes por la noche, desde una cabina.

Con asombrosa brusquedad, Sir Kenneth levantó un brazo, en un gesto de placer, y lanzó un grito de alegría.

–Tenía una trompa de campeonato –declaró, muy alto–. Estaba osificado. No le había visto tan pedo desde Oxford, cuando seis amigos nos tumbamos una caja de oporto de su padre. No sé por qué, pretendía que se la había dado un marica de Merton. No había maricas en Merton en aquellos tiempos. No maricas ricos. Todos estábamos en el Trinity.

Era después de medianoche. De vuelta en el confinamiento de su piso de Shepherd Market, con las palomas en el antepecho, Brotherhood se sirvió otro vodka y agregó zumo de naranja de un envase de cartón. Había arrojado la chaqueta sobre la cama, y tenía la grabadora de bolsillo ante él, sobre la mesa. Tomaba apuntes mientras escuchaba.

«...no suelo ir mucho a Wiltshire, por lo general, mientras el parlamento está en período de sesiones, pero el domingo era el cumpleaños de mi segunda mujer y nuestro chico había terminado el curso, así que fui a cumplir el compromiso y pensé que me quedaría un par de días para ver lo que pasaba en la circunscripción...»

Más adelante otra vez.

«...no suelo contestar el teléfono en Wiltshire, pero el lunes es el día de bridge de mi mujer y yo estaba en la biblioteca jugando una partida de backgammon, y cuando sonó el teléfono decidí contestar en vez de estropearle la partida. Debían de ser las once y media, pero las noches de bridge de Jean duran una eternidad. Voz de hombre. Sería su novio, pensé. Vaya jeta, también, llamar a esta hora. "¿Sí? ¿Sef? ¿Ese Sef?" "¿Quién coño llama?", dije. "Soy yo. Magnus. Mi padre ha muerto. He venido a su entierro." Pensé: pobre chico. A nadie le gusta tener en la conciencia la muerte de su padre. ¿Está bien así? ¿Más agua? Sírvase.»

Brotherhood se oye a sí mismo gritando gracias mientras se inclina hacia la jarra de agua. Hay un sonido de flujo cuando se sirve.

«¿Cómo está Jem?, dice. Jemima es mi hermana. Tuvieron un romance antiguamente, que no quedó en nada. Ella se casó con un florista. Algo increíble. El tipo cultiva flores por toda la carretera hasta Basingtoke. Tiene el nombre escrito en un letrero. Parece que él no le da mucha guerra. Tampoco se ven mucho. Tiene problemas de rumbo, nuestra Jem. Lo mismo que yo.»

Más adelante.

«...borracho. No sabía si estaba llorando o riéndose. Pobre muchacho, pensé. Ahogando sus penas. Yo haría lo mismo. Lo siguiente que sé es que estaba disertando sobre nuestro colegio. Cristo, habíamos estado en dos o tres colegios juntos y luego en Oxford, por no mencionar un par de vacaciones, y de lo único que quiere hablar, casi cuarenta años más tarde, por teléfono, en mitad de la noche, en medio de la fiesta, es de cuando grabó mis iniciales en los lavabos de los profesores y me azotaron por eso. "Perdona que pusiera tus iniciales, Sef." Muy bien. Él fue. Las grabó. Nunca dudé que hubiese sido él. Y que había metido la pata. Se equivocó. ¿Sabe lo que hizo? El muy idiota puso entre la S y la B un guión que no existe. Se lo dije a Grimble, el director. "¿Por qué iba a poner un guión yo? Mire en la lista del colegio." No sirvió absolutamente de nada, me azotó igual. Así funciona, ya ve. No hay justicia. No sé si me importó mucho. Todo el mundo azotaba a todo el mundo en aquellos tiempos. Además, yo tampoco me portaba muy bien con él. Siempre tomándole el pelo por su familia. El padre era un estafador, ¿sabe? Casi arruinó a mi tía. También lo intentó con mi madre. Trató de acostarse con ella, pero era demasiado lista. El proyecto consistía en construir un nuevo aeropuerto en algún lugar de Escocia. Había convencido a la gente de allí, y lo único que necesitaba era comprar la tierra, conseguir el permiso formal, ganar una fortuna. Un primo mío es dueño de la mitad de Argyll. Le pregunté al respecto. Un patraña, toda la historia. Extraordinario. Estuve una vez en la casa de la banda. Un salón de furcias en Ascot. Con todos aquellos maleantes rondando por allí y Magnus llamándoles "señor". El padre intentó una vez ser diputado. Lástima que fracasase. Hubiera sido una buena compañía...»

Más adelante.

«...llamando con monedas. Le pregunté dónde estaba y me dijo que en Londres, pero que tenía que utilizar cabinas porque le estaban siguiendo. Le dije: "¿Qué iniciales has grabado ahora?" Era una broma, pero no la entendió. Yo sentía lo de su padre, en serio. No quería verle abatido. Magnus es un tipo dramático, siempre lo ha sido. No está contento hasta que tiene un problema terrible en las manos. Le podías haber vendido las pirámides de Egipto con tal de que le dijeras que se estaban derrumbando. Le dije que me diera el número de su teléfono para llamarle yo. Dijo que alguien debía de haberme pedido que dijera eso. Yo dije: "Qué estupidez, ¿qué bobada estás diciendo? La mitad de mis amigos están en tu situación." Dijo que su padre había muerto y que estaba haciendo el recuento de su vida por primera vez. Profundo. Siempre lo ha sido. Luego volvió a lo de las iniciales que había grabado. "Lo siento de verdad, Sef." Yo le dije: "Escucha, hombre, siempre supe que habías sido tú y no creo que tengamos que ir por la vida con un cilicio para expiar lo que hicimos en el colegio. ¿Necesitas dinero? ¿Quieres una cama? Instálate en un pabellón de la finca." "Lo siento de verdad, Sef. Lo siento." Yo dije: "Dime lo que quieras que haga y lo haré. Estoy en el listín de Londres, llámame si puedo ayudarte." Quiero decir que, coño, llevaba veinte minutos hablando. Colgué y media hora después volvió a llamar. "Hola, Sef. Soy yo otra vez." Jean se enfadó bastante esta vez. Creyó que era Steggie con una de sus rabietas. "Tengo que hablar contigo, Sef. Escúchame." Bueno, no le puedes colgar a un viejo camarada cuando está en apuros, ¿no?»

Brotherhood oyó el reloj de Sir Kenneth dando las doce. Tomaba notas veloces. Fantasías concéntricas, se repitió, definiendo la verdad en el centro. Había llegado al pasaje que estaba esperando.

«...dijo que trabajaba en los servicios secretos. No me sorprendió, ¿quién se sorprende hoy día...? Dijo que había ese inglés para quien trabajaba, dijo que se llamaba Brotherhood. Para ser sincero, creo que no escuché bien esta parte. Estaba el tal Brotherhood y había otro fulano. Dijo que trabajaba para los dos. Eran como dos padres para él. Gracias a ellos iba tirando. Le dije que bravo, si vas tirando gracias a ellos, no les abandones. Dijo que tenía que escribir ese libro sobre ellos, dejar las cosas claras. ¿Qué cosas? Dios sabe. Escribiría a Brotherhood, escribiría al otro fulano y luego se recluiría en un lugar secreto y haría su número».

Brotherhood oyó su propio murmullo paciente en segundo plano.

«...bueno, quizá tampoco entendí muy bien esto último. Quizá primero iba a recluirse en ese sitio secreto y luego escribirles desde allí. No le estaba escuchando todo. Los borrachos me aburren. Yo también lo soy».

Réplica de Brotherhood.

Larga pausa.

Nueva réplica de Brotherhood.

Sir Kenneth, poco claro:

–Dijo que era su enlace.

–¿El enlace de quién?

–Pym era el enlace del otro fulano. No de Brotherhood. Del otro tipo. Dijo que se había lisiado de algún modo. Borracho, ya le digo.

Brotherhood de nuevo, apremiándole un poco más.

¿...el nombre de esa persona?

–Creo que no. No se me quedó. Lo siento. No, no recuerdo.

–¿Y el lugar secreto? ¿Dónde era?

–No lo dijo. Cosa suya.

Brotherhood dejó que siguiera la cinta. Una avalancha cuando Sefton Boyd enciende un cigarro. Un cañonazo cuando la puerta de la calle se abre ruidosamente y vuelve a cerrarse, anunciando el airado regreso de Steggie.

Brotherhood y Sir Kenneth están en el rellano.

–¿Cómo dice, amigo? –Sir Kenneth, muy fuerte.

–He dicho que dónde cree usted que podría estar –dice Brotherhood.

–Arriba, amigo. Es lo que ha dicho usted.

En su memoria, Brotherhood ve la cara abolsada de Sir Kenneth acercarse a la suya, sonriendo con la comisura de la boca torcida hacia abajo.

–Traiga una orden judicial y quizá pueda echar un vistazo. Quizá no. No lo sé. Tengo que pensarlo.

Brotherhood oyó sus propios talones resonando en la escalera de Sir Kenneth. Se oyó llegando al vestíbulo y oyó los pasos más ligeros de Steggie mezclados con los suyos. Oyó el agudo «buenas noches» de Steggie y el estrépito de cerrojos cuando le abre la puerta para que salga. Siguió el grito sofocado de Steggie cuando Brotherhood le empuja fuera de la casa, tapándole con una mano la boca y sujetándole la nuca con la otra. Luego el ruido sordo cuando golpea la cabeza de Steggie contra la columna de yeso del elegante pórtico de Sir Kenneth, y su propia voz, muy cerca del oído de Steggie.

–¿Te han hecho esto antes, te lo han hecho, ponerte contra una pared?

Un quejido por toda respuesta.

–¿Quién más vive en la casa, hijo?

–Nadie.

–¿Quién estaba paseándose esta noche ante la ventana del piso de arriba?

–Yo.

–¿Por qué?
–¡Es mi habitación!
–Creí que los dos compartíais la alcoba nupcial.
–Pero todavía tengo mi propia habitación. Tengo derecho a mi intimidad, igual que él.
–¿No hay nadie más en la casa?
–No.
–¿Tampoco durante la semana?
–No. Ya le he dicho. Eh, ¡espere!
–¿Qué quieres? –dice Brotherhood, que ya ha recorrido la mitad del sendero.
–No tengo mi llave. ¿Cómo entro yo ahora?
Un sonido metálico cuando Brotherhood cierra la verja.

Telefoneó a Kate. No hubo respuesta.
Telefoneó a su mujer. No contestó.
Telefoneó a Paddington y anotó los horarios y las estaciones del itinerario del tren nocturno de Paddington a Penzance, vía Reading.
Durante una hora trató de dormir, luego volvió a su escritorio, empujó hacia sí la carpeta de Langley y estudió nuevamente las facciones borrosas de Herr Petz-Hampel-Zaworski, presunto controlador de Pym, recientemente en Corfú. «...nombre real desconocido... miembro del equipo arqueológico checo que visitó Egipto en 1961 (Petz)... destinado en 1966 a la misión militar checa en Berlín este (Hampel)?... estatura, 1,80, cargado de espaldas, cojea ligeramente de la pierna izquierda...»
«Estaba Brotherhood y había ese otro fulano –Sefton Boyd había dicho–. Eran como padres para él. Dijo que era su enlace.»
«Vosotros sois los responsables –oyó decir a Belinda–. Tú le inventaste.»
Siguió mirando la fotografía. Los párpados caídos. El bigote caído. Los ojos parpadeantes. La oculta sonrisa eslava. «¿Quién demonios eres? ¿Por qué te reconozco cuando no te he visto nunca?»

Grant Lederer no había estado nunca tan arriba en el mundo ni se había sentido tan pleno como ser humano. ¡La justicia existe!, se había dicho, en la paz perfecta de su triunfo. Mis jefes son dignos de la autoridad que ostentan. Un servicio noble me ha probado hasta el límite y me ha encontrado digno de mi cargo. Alrededor de él, la sala hermética de operaciones del sexto piso de la embajada americana en Grosvenor Square se estaba llenando de gente que él no había sabido que existía. Llegaban de los rincones remotos de la oficina de la Agencia en Londres, y sin embargo, al entrar, parecían dirigirle una mirada de afinidad. «Un grupo de americanos tan selecto como desearías conocer», pensó. La Agencia sabe realmente cómo reclutarnos en la actualidad. Apenas se habían acomodado cuando Wexler empezó a hablar.

–Ya es hora de resolver este asunto –dijo sombríamente en cuanto la puerta estuvo cerrada–. Os presento a Gary. Gary es el jefe del SEVEO. Está aquí para informarnos de un adelanto importante en el caso Pym y comentar la acción.

Lederer había aprendido hacía poco que SEVEO eran las siglas del Servicio de Vigilancia de Europa Oriental. Gary era el típico oriundo de Kentucky: alto, delgado y divertido. Lederer ya le admiraba intensamente. Un ayudante sentado a su lado tenía una pila de papeles, pero Gary no los consultó. Nuestra presa, dijo audazmente, «era Petz-Hampel-Zaworski, ahora conocido familiarmente por los iniciados como PHZ». Un equipo del SEVEO le detectó a las diez y doce de la mañana del martes saliendo de la embajada checoslovaca en Viena. Lederer escuchaba embelesado mientras Gary explicaba cada detalle minúsculo de la jornada de PHZ. Dónde tomaba café. Dónde obtenía sus informaciones. Las librerías que frecuentaba. Con quién almorzaba. Dónde. Qué comía. Su cojera. Su sonrisa fácil. Su encanto, en particular con las mujeres. Sus puros, dónde los fumaba, dónde los compraba. Su desenvoltura, su aparente ignorancia de que le estaba observando un contingente de dieciocho hombres. Las dos ocasiones en que, «a sabiendas o no», se había situado en la proximidad de la señora Mary Pym. En una de esas ocasiones, dijo Gary, el contacto visual estaba confirmado. En la otra, la vigilancia fue imposibilitada por la presencia de una pareja de ingleses de quienes se creía que eran la escolta de la señora Pym. Y a continuación, por fin, llegaba el momento culminante de la operación y el punto alto del matrimonio brillante y la carrera deslumbrante de Grant Lederer hasta entonces, cuando a las ocho de la mañana de hoy, hora local, tres miembros del equipo de Gary se han visto bloqueados en los bancos traseros de la iglesia inglesa de Viena, mientras doce más estaban apostados alrededor de la entrada –unidades móviles, necesariamente, porque era un terreno diplomático donde los transeúntes ociosos no estaban bien vistos– y PHZ y Mary Pym estaban situados uno a cada lado del pasillo. Era el momento de la intervención Lederer. Gary le dirigió una mirada expectante.

–Grant, creo que debería proseguir usted. Nos hemos salido un poco de nuestro terreno –dijo, con brusquedad agradable.

Cuando las cabezas en torno de la mesa se movieron con curiosidad, Lederer sintió que el calor de su interés le transportaba a nuevas cimas. Empezó a hablar de inmediato. Con modestia.

–Pues, demonios, yo veo todo este asunto como un logro de Bee más que mío. Bee es la señora Lederer –explicó a un hombre de más edad sentado frente a él, en el otro lado de la mesa, y comprendió demasiado tarde que era Carver, el jefe de la oficina londinense, que nunca había sido un entusiasta de Lederer–. Es presbiteriana. Sus padres también lo eran. La señora Lederer ha podido reconciliar últimamente su espiritualidad con la religión organizada, y ha estado asistiendo regularmente a la iglesia anglicana de Viena, conocida como la iglesia inglesa, y francamente la capillita más mona del mundo. ¿No, Gary? Querubines, ángeles... Parece más un *boudoir* religioso que una iglesia normal. Te aseguro, Mick, que si el nombre de alguien se menciona en Langley respecto a este asunto, creo que debería ser el de Bee –añadió, todavía incapaz, entre una cosa y otra, de referir su historia.

Contó el resto en seguida. Fue Bee, después de todo, y no el servicio de vigilancia, quien había conseguido salir al pasillo en pos de PHZ y colocarse inmediatamente detrás de él cuando PHZ y Mary hacían cola para recibir el sacramento. Fue Bee quien, desde una distancia de quizá metro y medio, había observado el modo en que PHZ se inclinaba hacia adelante y susurraba palabras al oído de Mary, y había visto también cómo Mary se echaba hacia atrás primero para captarlas y luego proseguía con sus devociones como si no hubiera ocurrido absolutamente nada.

–Por eso digo que en realidad fue mi mujer, mi compañera a lo largo de toda esta larga operación, la que presenció el contacto verbal –movió la cabeza, en señal de admiración–. Y fue Bee de nuevo quien, en cuanto terminó la ceremonia, volvió corriendo a nuestro apartamento para telefonearme directamente aquí, a la embajada, y contarme el increíble suceso, empleando las claves domésticas que hemos preparado juntos para una contingencia de esta clase. Y quiero señalar que Bee ni siquiera *sabía* que ese día estaba presente en la iglesia un equipo de vigilancia de la Agencia. Había ido más que nada porque Mary iba a ir. Y, sin embargo, ella sola se adelantó al SEVEO en unas seis *horas* o más. Harry –dijo Lederer, un poco corto de aliento, buscando a Wexler en el instante de dar el toque final a su relato–, lo único que lamento es que la señora Lederer no haya aprendido nunca a leer el movimiento de los labios.

Lederer no había esperado aplausos. Formaba parte del carácter de la comunidad en la que había ingresado que no hubiese ninguno. El silencio cargado le pareció un tributo más idóneo.

El criptógrafo Artelli fue el primero en romperlo.

–Aquí, a la embajada –repitió, no del todo como una pregunta.

–¿Cómo dice? –dijo Lederer.

–¿Su mujer le llamó aquí, a la embajada? ¿Desde Viena? ¿Inmediatamente después de lo ocurrido en la iglesia? ¿Por el teléfono directo de su apartamento?

–Sí, señor, y comuniqué la noticia directamente al señor Wexler, arriba. La tuvo en su mesa a las nueve de la mañana.

–Nueve y media –le corrigió Wexler.

–¿Y en qué consistía ese lenguaje en clave que utilizó ella, por favor? –preguntó Artelli, al mismo tiempo que escribía.

Lederer se lo explicó, muy complacido:

–Pues lo que hicimos, en realidad, fue usar los nombres de tías y tíos de Bee. Siempre hemos pensado que había una similitud entre los rasgos sicológicos de Mary Pym y la tía Edie de Bee. Así que ése fue el punto de partida. «¿Sabes lo que ha hecho hoy la tía Edie en la iglesia...?» Bee es muy sutil.

–Gracias –dijo Artelli.

Carver habló a continuación, y su pregunta no pareció totalmente amistosa.

–¿Quieres decir que tu mujer está *al corriente* de esta operación, Grant? Pensé que el caso Pym no era en absoluto incumbencia de esposas. Harry, ¿no establecimos una regla al respecto hace algún tiempo?

–No es, en efecto, incumbencia de esposas –asintió elegantemente Lederer–. Pero puesto que la señora Lederer ha estado prácticamente todo el tiempo conmigo en este caso, sería algo ilusorio suponer que no estuviera al tanto del nivel general de sospecha en relación con los Pym. Bueno, con Magnus, al menos. Y puedo añadir que Bee ha sido siempre de la opinión de que en el fondo de esta intriga íbamos a descubrir que Mary estaba desempeñando un papel muy profundo y encubierto. Mary interpreta papeles.

Carver de nuevo.

–¿Conoce también la señora Lederer la existencia de PHZ? Es una adición importante al reparto, Grant. Podría ser un pez gordo. Pero ella lo sabe, ¿eh?

Nada pudo hacer Lederer para evitar que el rubor afluyera a su cara o que su voz cobrara un filo estridente:

–La señora Lederer intuyó algo respecto a ese encuentro y actuó en consecuencia. Si quieres censurarla por eso, Carver, censúrame a mí primero, ¿de acuerdo?

Artelli nuevamente, con su maldito tonillo francés.

–¿Cuál era la clave doméstica para PHZ?

–Tío Bobby –contestó Lederer.

–Pero entonces Bobby es algo más que una intuición, Grant –objetó Carver–. Bobby es un nombre convenido entre vosotros. ¿Cómo podríais haberlo convenido si no le contaste la historia de Petz-Hampel-Zaworski?

Wexler había recuperado las riendas de la reunión.

–Vale, vale, vale –refunfuñó, descontento–. Más tarde arreglaremos eso. Entretanto, ¿qué hacemos? El SEVEO se separa y les sigue a los dos. A PHZ y a Mary. ¿Es así, Gary? Les siguen a todas partes.

–Estoy pidiendo ahora mismo caballos de refresco –dijo Gary–. Para mañana a esta hora debería tener dos equipos completos.

–La pregunta siguiente: ¿qué diablos les decimos a los ingleses y cuándo y cómo? –dijo Wexler.

–Me da la impresión de que ya se lo hemos dicho –dijo Artelli, lanzando una mirada perezosa a Lederer–. A menos que los ingleses hayan dejado de intervenir estos días las líneas telefónicas de la embajada americana, cosa que dudo bastante.

La justicia existe, pero la justicia, como Grant Lederer descubrió antes de la mañana, también muere. Averiguaron que la salud de Lederer había sufrido una recaída repentina, y su nombramiento en Viena le fue anulado en su ausencia. Lejos de recibir las alabanzas que Grant había soñado para ella, su mujer recibió la orden de seguir a su marido a Langley, en el estado de Virginia, de inmediato.

«Lederer se acalora y exagera –escribió uno de los equipos siempre en expansión de los siquiatras al servicio de la Agencia–. Necesita un entorno menos histérico.»

Le encontraron finalmente la calma que le convenía en el departamento de estadística, y ese traslado estuvo a punto de volverle loco.

13

El fichero verde estaba en el centro de la habitación de Pym, como un recuerdo de campaña desechado que hubiese sido en un tiempo el orgullo del regimiento. El cromo se había desprendido de las asas, una caída o una bota pesada habían desfondado una esquina, y en consecuencia el toque más ligero podía volverlo trémulo e inquietante. Las astillas, al enmohecer, se habían transformado en llagas, la herrumbre se había extendido hasta los orificios de los tornillos y por debajo de la pintura, haciendo que se hinchara en granos humillantes. Pym daba vueltas alrededor del fichero con el espanto y la aversión de un hombre primitivo. Ha llegado del cielo. Su destino es regresar allí. Debería haberlo metido en el incinerador con él, para que hubiera podido enseñárselo a su Creador, como quería. Cuatro cajones rebosantes de inocencia, el Evangelio según San Rick. Eres mío. Estás derrotado. El registro ha pasado a mis manos. Tengo en mi llavero la llave que lo demuestra.

Dio un empujón al fichero y oyó el sonido de un derrumbamiento en su interior, a medida que las carpetas se deslizaban obedientemente por orden suya.

Debería escribirte de brujas a lo largo de su camino, Tom. La luna llena debería estar tornándose roja y el búho haciendo lo que el búho hacía, algo realmente insólito, cuando se estaba tramando un asesinato odioso. Pero Pym es ciego y sordo ante ellos. Es el subteniente Magnus Pym, que viaja en su tren privado por la Austria ocupada, en la que ha entrado por aquella misma ciudad fronteriza donde, hace mucho tiempo, en la vida más inmadura de un Pym distinto, la ficticia vasija de oro de E. Weber había esperado supuestamente a que la recogiese el señor Lapadi. Es un conquistador romano que se dirige a tomar posesión de su primer cargo. Está enardecido contra la fragilidad humana y su propio destino, como puede colegirse de las miradas ceñudas de abstinencia militar que dedica a los pechos desnudos de las campesinas bárbaras que recolectan maíz en los campos soleados. Su instrucción ha pasado con la tranquilidad de un domingo inglés, a pesar de que Pym no pidió en ningún momento tanta placidez. Los privilegiados valores británicos de buenos modales y escasa cultura nunca han pesado tanto en su favor. Hasta sus turbias actividades políticas en Oxford han resultado ser una bendición.

–Si los quintos te preguntan si eres ahora o has sido alguna vez miembro del clan, mírales directamente a los ojos y diles que *nunca* –le aconsejó el último de los Michaels, tomando un almuerzo deportivo junto a la piscina del «Lansdowne», mientras contemplaban los cuerpos puros de muchachas de extrarradio culebreando en el agua desinfectada.

–¿Quintos? –dijo Pym, perplejo.

–La soldadesca indisciplinada, hombre. La Oficina de Guerra. Bosque de aquí en adelante. La Casa te está consiguiendo luz verde. Diles que se ocupen de sus malditos asuntos.

–Muchísimas gracias –dijo Pym.

Esa misma noche, restallante tras el mejor de nueve partidos de *squash*, Pym fue conducido a la presencia de un miembro muy importante del servicio, en un despacho vulgar y olvidable, no muy lejos del último *Reichskanzlei* de Rick. ¿Era aquel hombre el coronel Gaunt que había sido el primero en contactarle? A Pym le dijeron que era de mayor categoría. No preguntes.

–Queremos darte las gracias –dijo el miembro importante.

–Lo he pasado muy bien –dijo Pym.

–Es un trabajo sucio mezclarse con esa gente. Alguien tiene que hacerlo.

–Oh, no es tan malo, señor.

–Escucha. Vamos a dejar tu nombre en los libros. No puedo prometerte nada, tenemos una junta de selección estos días. Además, tú perteneces a los muchachos del otro lado del parque, y tenemos por norma no cazar en los cotos ajenos. No obstante, si alguna vez decides que proteger a tu país en casa es más de tu gusto que jugar a Mata Hari en el extranjero, avísanos.

–Lo haré, señor. Gracias –dijo Pym.

El miembro importante era enérgico y moreno, y ostentosamente inclasificable, como uno de sus sobres. Tenía las maneras irritables de un abogado rural, que era lo que había sido antes de seguir la gran Vocación. Avanzando el cuerpo por encima de la mesa, esbozó una sonrisa desconcertada.

–No me lo digas si no quieres. ¿Cómo llegaste a mezclarte con esa gente?

–¿Los comunistas?

–No, no, no. Nuestro servicio gemelo.

–En Berna, señor. Yo estudiaba allí.

–En Suiza –dijo el gran hombre, consultando un mapa mental.

–Sí, señor.

–Mi mujer y yo fuimos una vez a esquiar cerca de Berna. A un pueblecito llamado Mürren. Los ingleses lo controlan, así que no hay ningún coche. Nos gustó bastante. ¿Qué hiciste para ellos?

–Más o menos lo mismo que para ustedes, señor. Era un poco más peligroso.

–¿En qué sentido?

–Allí no te sientes protegido. Todo es cara a cara, supongo.

–A mí me pareció un sitio muy apacible. Bien, buena suerte. Ten cuidado con esa gente. Son buenos, pero cometen deslices. Nosotros somos buenos pero nos queda un poco de honor. Ésa es la diferencia.

–Es un tipo brillante –dijo Pym a su guía–. Finge ser totalmente ordinario, pero te lee el pensamiento.

Su euforia no le había abandonado cuando unos días más tarde se presentó, maleta en mano, en el cuerpo de guardia de su regimiento de instrucción básica, donde cosechó durante dos meses las abundantes recompensas de su educación. Mientras los mineros galeses y los matarifes de Glasgow lloraban sin avergonzarse recordando a sus madres, se ausentaban sin permiso y eran enviados a un lugar de castigo, Pym dormía como un tronco y no lloraba por nadie. Mucho antes del toque de diana había sacado de la cama a sus compañeros malhumorados y que maldecían, había lustrado sus botas y abrillantado las placas del cinturón y la insignia de la gorra, había hecho la cama y ordenado su taquilla y estaba totalmente dispuesto, si alguien se lo hubiera pedido, a darse una ducha fría, vestirse de nuevo y leer la primera de las horas canónicas con el señor Willow antes de un nauseabundo desayuno. Sobresalía en la plaza de armas y en el campo de deportes. No le arredraba que le gritasen ni tampoco temía la esperada lógica de la autoridad.

–¿Dónde está el artillero Pym? –bramó el coronel un día, en mitad de una conferencia sobre la batalla de Corunna, y alzó unos ojos furiosos como si alguna otra persona hubiera hablado.

Todos los sargentos instructores habían gritado el nombre de Pym hasta que él se levantó.

–¿Usted es Pym?

–¡Sí, señor!

–Venga a verme después de la conferencia.

–¡Sí, señor!

El cuartel general de la compañía estaba al otro lado de la plaza de armas. Pym fue hasta allí desfilando y saludó. El edecán del coronel abandonó la habitación.

–Descanso, Pym. Siéntese.

El coronel habló con cuidado, con el recelo de un soldado ante las palabras. Tenía un bigote lacio de color miel y la mirada límpida de un hombre totalmente estúpido.

–Ciertas personas me han indicado que, en el supuesto de que llegue a oficial, haría usted bien en asistir a un determinado cursillo de instrucción en cierto establecimiento, Pym.

–Sí, señor.

–Debo, por tanto, presentar un informe sobre usted.

–Sí, señor.

–Cosa que haré. Favorable, de hecho.

–Gracias, señor.

–Es usted diligente. No es cínico. No está corrompido, Pym, por los lujos de la paz. Es usted una persona que este país necesita.

–Gracias, señor.

–Pym.

–Sí, señor.

–Si alguna vez esas personas con las que usted trata están buscando por casualidad un coronel del ejército retirado con un cierto grado de *je ne sais quoi*, confío en que se acuerde de mí. Hablo un poco de francés. Monto a caballo decentemente. Conozco mi oficio. Dígaselo.

–Lo haré, señor. Gracias, señor.

Como poseía poca memoria, el coronel tenía por costumbre volver a conversaciones como si fueran nuevas para él.

–Pym.

–Sí, señor.

–Espere su oportunidad. No se precipite. No les gusta. Sea sutil. Es una orden.

–La cumpliré, señor.

–¿Sabe mi nombre?

–Sí, señor.

–Deletréelo.

Pym lo hizo.

–Lo cambiaré si ellos quieren. No tienen más que avisarme. He oído que es usted el primero de la promoción.

–Sí, señor.

–Siga así.

Por la noche, sentado junto a hombres solitarios, el siempre complaciente Pym les dictaba cartas de amor a sus novias. Cuando el hecho físico de escribir les resultaba una facultad inasequible, actuaba como su amanuense y añadía a las directrices que le daban expresiones de cariño personalizadas. A veces, inflamado por su propia retórica, rompía a cantar por su cuenta, al estilo lírico de un Blunden o un Sassoon:

> *Queridísima Belinda:*
> *No puedo expresarte cuánta alegría y simple bondad humana encuentra uno en los camaradas de la clase obrera. Ayer –gran emoción– trasladamos nuestros cañones del veinticinco a un campo de tiro en algún lugar de Inglaterra para nuestra primera práctica, subiendo a los vehículos blindados antes del amanecer y no llegando a destino hasta las once. Los asientos de listones están concebidos para romperte la columna vertebral por varias partes. No teníamos almohadones y sólo raciones de hierro que mascar. Sin embargo, los muchachos silbaron y cantaron con un ánimo fantástico durante todo el trayecto, se comportaron maravillosamente y soportaron el viaje de regreso con quejas de lo más alegres. Me sentí privilegiado por ser uno de ellos y estoy pensando seriamente en rechazar el despacho de oficial.*

Cuando llegó el nombramiento, empero, Pym se las ingenió sin excesiva dificultad para aceptarlo, como testimonian los erógenos altozanos de hilo caqui cosidos sobre tela verde, uno en cada hombrera de su uniforme de campaña, y cuya existencia él confirma solapadamente cada vez que el tren entra en un túnel. Los pechos desnudos de las campesinas son los primeros que ve desde la elección. En cada nuevo valle esfuerza su mirada censuradora para verlos mejor, y rara vez sufre una decepción.

–Te enviaremos primero a Viena –le había dicho el oficial al mando en el Depósito de Espionaje–. Procura familiarizarte con la ciudad antes de pasar al servicio activo.

–Me parece magnífico, señor –dijo Pym.

En aquella época, Austria era un país diferente del que hemos llegado a amar, Tom, y Viena era una ciudad dividida, como Berlín y tu padre. Unos cuantos años más tarde, para perdurable asombro de todo el mundo, los diplomáticos acordaron que no tenía sentido empecinarse en una maniobra de diversión mientras hubiese una Alemania por la que pelearse, y entonces las potencias ocupantes firmaron un tratado y se marcharon a casa, apuntándose así el ministerio de Asuntos Exteriores inglés el único tanto que se ha apuntado en lo que llevo de vida. Pero en los tiempos de Pym la partición estaba en su apogeo. Los americanos tenían Salzburgo y Linz como capitales, los franceses Innsbruck y los ingleses Graz y Klagenfurt, y todo el mundo tenía un pedazo de Viena para juguetear, con la ciudad interior bajo un control cuatripartito conjunto. En Navidad los rusos nos regalaron cubos de madera llenos de caviar y nosotros les dimos tartas de ciruela y, cuando Pym llegó, circulaba la historia de que en el momento de servir el caviar a los hombres, como un preludio de la cena, un cabo de Argylls se quejó al oficial de guardia de que la mermelada sabía a pescado. El cerebro de la Viena británica era una amplia casona denominada Div Int, y allí fue donde el subteniente Pym fue abandonado a sus quehaceres, que consistían en leer informes sobre los movimientos de todas las tropas, desde las unidades móviles de lavandería soviéticas hasta la caballería húngara, y en clavar alfileres de colores en mapas. El mapa más emocionante mostraba la zona soviética de Austria, que comenzaba a tan sólo veinte minutos de trayecto en coche desde donde él trabajaba. Pym sólo tenía que mirar sus fronteras para sentir en la piel el cosquilleo del peligro y de la intriga. Otras veces, cuando estaba cansado o se olvidaba de sí mismo, su mirada se alzaba hasta la punta occidental de Checoslovaquia, hasta Karlovy Vary, en otro tiempo Carlsbad, el encantador balneario del siglo XVIII que había sido visitado por Brahms y Beethoven. Pero no disponía de ninguna conexión personal con la ciudad y su interés era puramente histórico.

Esos primeros meses vivió una vida extraña, porque su destino no radicaba en Viena, y ahora me parece, en momentos fantasiosos, que la capital estaba a la espera de entregarle a las leyes más severas de la naturaleza. Demasiado inferior para que sus compañeros oficiales le tomasen en serio, teniendo prohibido por el protocolo mezclarse con los soldados rasos, y demasiado pobre para divertirse en los restaurantes y clubs nocturnos del trabajador itinerante, Pym flotaba entre su pequeña habitación de hotel y sus mapas, de un modo similar a como había flotado alrededor de Berna en la época de su estancia ilegal. Y confesaré ahora, aunque nunca lo habría hecho entonces, que, en más de una ocasión, escuchando charlar a los vieneses en su alemán estrafalario por las aceras, o cuando iba a uno de los pequeños teatros combativos que estaban surgiendo en sótanos y casas bombardeadas, sentía una punzada del deseo nostálgico de volver la cabeza y descubrir a un buen amigo cojeando a su lado. Pero no conocía a ninguno: es simplemente mi alma alemana que revive, se decía a sí mismo; forma parte del carácter alemán sentirse incompleto. Otras noches, el gran agente secreto salía de reconocimiento por el sector soviético disfrazado con un sombrero tirolés verde que había comprado ex profeso para este propósito, y observaba desde debajo del ala a los rechonchos centinelas rusos apostados con sus metralletas delante del cuartel general soviético, a intervalos de veinte metros cada uno a lo largo de la calle. Si daban el alto a Pym, le bastaba con mostrar su pase militar para que sus caras tártaras irradiasen un reconocimiento amistoso, al tiempo que retrocedían un paso con sus botas de cuero flexible y alzaban en posición de saludo una mano enfundada en un guante gris.

–Inglés bueno.

–Pero ruso bueno también –insistía Pym, riéndose–. Ruso muy bueno, de verdad.

–*Kamarad!*

–*Tovarich. Kamarad* –respondía el gran internacionalista.

Ofrecía un cigarrillo y se servía uno. Los encendía con su mechero *Zippo* americano de gran llama, que había comprado a uno de los muchos comerciantes clandestinos que operaban dentro de la Div Int. Dejaba que el resplandor del cigarro iluminase las facciones del centinela y las suyas. Entonces Pym, con su buen corazón, sentía a medias el apremio, aunque afortunadamente no poseía el lenguaje, de explicar que aunque había espiado a los comunistas en Oxford y les espiaba nuevamente en Viena, seguía siendo un comunista en el fondo, y sentía más afecto por las nieves y campos de maíz de Rusia que el que había sentido por los bares musicales y las ruletas de Ascot.

Y algunas veces, muy tarde, al volver por las plazas vacías a su dormitorio monacal, con el extintor del ejército y la foto de Rick, se detenía, bebía a ráfagas el aire limpio de la noche hasta que experimentaba regocijo, contemplaba las calles empedradas y brumosas y se imaginaba que veía a Lippsie caminando hacia él a través de la farola con su bufanda de refugiada y su maleta de cartón en una mano. Y sonreía a Lippsie y se felicitaba porque, a pesar de sus añoranzas exteriores, seguía viviendo en el mundo que había dentro de su cabeza. Llevaba tres meses en Viena cuando Marlene le pidió protección. Marlene era una intérprete checa y una beldad famosa.

–¿Usted es el señor Pym? –le preguntó una noche, con una deliciosa timidez civil, cuando descendía por la gran escalera detrás de una bandada de oficiales de alta graduación.

Llevaba una amplia gabardina ceñida en la cintura y un sombrero con pequeños cuernos.

Pym confesó que lo era.

–¿Se dirige al hotel «Wiechsel»?

Pym dijo que lo hacía todas las noches.

–¿Me permite que vaya con usted, por favor, una vez? Ayer un hombre intentó violarme. ¿Me acompañará hasta mi puerta? ¿No le estorbo?

Pronto el intrépido Pym acompañaba a Marlene hasta su puerta todas las noches y la recogía en ella todas las mañanas. Su jornada transcurría entre estos dos radiantes interludios. Pero cuando la invitó a cenar con él, después de cobrar la paga, fue convocado por un enfurecido capitán de fusileros que tenía a su cargo a los recién llegados.

–Es usted un puerco lujurioso, ¿me oye?

–Sí, señor.

–Los subalternos de la Div Int no, repita, no, fraternizan en público con el personal civil. No hasta que lleve un poco más de tiempo del que lleva en el servicio. ¿Me ha oído?

–Sí, señor.

–¿Sabe lo que es un mierda?

–Sí, señor.

–No, no lo sabe. Un mierda, Pym, es un oficial cuya corbata es de un tono caqui más claro que su camisa. ¿Ha visto su corbata últimamente?

–Sí, señor.

–Compárelas, Pym. Y pregúntese qué clase de joven oficial es usted. Esa mujer no está siquiera autorizada a traspasar zona prohibida.

Forma parte del aprendizaje, pensó Pym, mientras se cambiaba la corbata. Me están endureciendo para el servicio. Le preocupaba, no obstante, que Marlene le hubiese hecho tantas preguntas acerca de sí mismo y deseaba no haber sido tan franco en sus respuestas.

No mucho después, los superiores juzgaron benignamente que Pym se había familiarizado con la ciudad. Antes de partir, el capitán le llamó nuevamente y le enseñó dos fotografías. Una de ellas mostraba a un hombre bastante joven y de labios blandos, y la otra a un borracho mofletudo que exhibía una sonrisa burlona.

–Si ve a cualquiera de estos dos hombres, informe inmediatamente a un oficial superior, ¿entendido?

–¿Quiénes son?

–¿No le ha enseñado nadie a no hacer preguntas? Si no puede encontrar a un oficial superior, arréstelos usted mismo.

–¿Cómo?

–Utilice su autoridad. Sea cortés pero firme. «Ustedes dos quedan detenidos.» Luego preséntese con ellos ante el oficial superior más próximo.

Pym se enteró unos días más tarde por el *Daily Express* de que aquellos dos hombres se llamaban Guy Burgess y Donald Maclean, y de que eran miembros del servicio de espionaje británico. Durante varias semanas continuó buscándoles por todas partes, pero no los encontró porque ya habían huido a Moscú.

¿Quién de los dos, pues, es responsable, Tom? ¿Es el alma soñadora de Pym o el humor retorcido de Dios, que se las ingenia para depararle un plazo de paraíso antes de cada caída? Te dije, a propósito de los Ollinger de Berna, que sólo una vez en la vida nos es dado conocer a una familia realmente feliz, pero me había olvidado del comandante Harrison Membury, ex bibliotecario de la Biblioteca Inglesa de Nairobi y en un tiempo oficial del Cuerpo Educativo, que por un delicioso capricho de la lógica militar había ido a parar entre la chusma del Cuerpo de Seguridad. Me había olvidado de su bella esposa y de sus numerosas hijas repulsivas, que eran Fräulein Ollingers en ciernes, salvo que, en vez de hacer música, preferían criar cabras y un cochinillo revoltoso que causaban estragos en el domicilio castrense, para indignación del oficial que administraba la guarnición, que era impotente para impedirlos porque los Membury gozaban de la inmunidad de pertenecer al servicio de inteligencia. Me había olvidado de la Unidad de Interrogatorio número 6 de Graz, una mansión barroca, de color rosa, asentada en una hendidura boscosa entre colinas, a una milla de las afueras de la ciudad. Racimos de cable telefónico entraban en la propiedad, antenas profanaban su tejado en punta. Había una verja y la casa del guarda, y un camarero rubio y de mirada loca que se llamaba Wolfgang y que bajaba corriendo las escaleras con una chaquetilla blanca y apretada para ayudarte a descender del jeep.

Pero lo mejor de todo, por lo que respectaba a Membury, era el lago, que él se pasaba la vida repoblando, porque los peces le gustaban con locura y dilapidaba una parte considerable de nuestra cuenta de gastos secreta en fomentar especies raras de trucha. Tienes que imaginarte un hombre grande y cordial, bastante débil, con los ademanes elegantes de un inválido. Y de temperamento y mirada soñadoramente religiosos. Un civil hasta la punta de sus dedos blandos y, sin embargo, siempre le veo con su uniforme de campaña, con sus botas de ante desgastadas y un cinturón de lona por encima o por debajo de la panza, rodeado de libélulas en la orilla de su lago dorado, en el calor de una tarde abrasadora, exactamente como Pym le encontró el día en que se presentó ante él: introduciendo en el agua algo parecido a una red para camarones y murmurando juramentos tímidos contra un lucio merodeador.

–Oh, Dios mío. Usted es Pym. Sí, bueno, me alegra que haya venido. Escuche, voy a eliminar las algas y a dragar todo el fondo para ver exactamente lo que hay. ¿Qué le parece?

–Me parece estupendo, señor –respondió Pym.

–Me alegro mucho. ¿Está casado?

–No, señor.

–Maravilloso. Entonces estará libre los fines de semana.

Y por alguna razón pienso en él como en uno de dos hermanos, aunque no recuerdo haber sabido nunca que tuviese un hermano. Su estado mayor, instalado en la casa, se componía de un sargento a quien apenas recuerdo y un chófer *cockney* llamado Kaufmann que era licenciado en económicas por Cambridge. El segundo de a bordo era un joven banquero de mejillas rosadas, el teniente McLaird, que iba a volver a la City. En los sótanos, dóciles empleados austríacos intervenían teléfonos, abrían cartas al vapor y tiraban los papeles sin leer a una hilera de papeleras del ejército que las autoridades de Graz vaciaban puntualmente una vez por semana, porque para Membury constituía una pesadilla la idea de que algún vándalo enemigo de los peces las volcase en el lago. En la planta baja mantenía a su escudería de intérpretes nativas, un plantel que comprendía desde la mujer maternal a la núbil, y Membury, cuando se acordaba de su existencia, las admiraba a todas. Y por último tenía a su mujer, Hanna, una pintora de árboles que, como tan a menudo sucede con las esposas de hombres muy grandes, era frágil como una avispa. Hanna consiguió que la pintura me resultase atractiva, y como mejor la recuerdo es sentada ante su caballete, con un vestido blanco escotado, mientras sus hijas rodaban chillando por un talud de hierba y Membury y yo, en traje de baño, faenábamos en el agua marrón. Incluso hoy me resulta imposible imaginarla como la madre de toda aquella prole.

El resto de la vida de Pym difícilmente podría haber sido más concorde con sus gustos. En cuanto a provisiones disponía de whisky del economato militar, a siete chelines la botella, y de cigarros a doce chelines los cien. Podía trocarlos o, si prefería, convertirlos sin problema en moneda local, aunque era más seguro recurrir a los servicios de un *Rittmeister* húngaro entrado en años que se dedicaba a leer expedientes secretos del registro y a mirar amorosamente a Wolfgang, de un modo semejante a como Cudlove se complacía en mirar a Ollie. Todo esto era familiar, todo esto era necesario para Pym como continuación de la infancia ortodoxa que no había vivido. Los domingos acompañaba a los Membury a misa y a la hora del almuerzo fisgaba el escote del vestido de Hanna. «Membury es un genio –exultaba Pym, cuando trasladó su escritorio a la antesala del gran hombre–. Membury es un renacentista convertido en espía.» Al cabo de unas semanas recibió su propia cuenta de gastos. Varias semanas después recibió una segunda estrella que Wolfgang le cosió en la hombrera, pues Membury decía que parecía tonto que sólo tuviese una.

Y tenía a sus agentes.

–Éste es Pepi –explicó McLaird con una sonrisa divertida, en el curso de una cena discreta en la ciudad–. Pepi combatió a los rojos con los alemanes y ahora milita en nuestro bando. Eres un fanático anticomunista, ¿verdad, Pepi? Por eso va en su moto a la zona y vende fotos pornográficas a la soldadesca rusa. Cuatrocientos *Players Medium* al mes. En atrasos.

–Ésta es Elsa –dijo McLaird, presentando a un ama de casa regordeta de Carintia, madre de cuatro hijos, en el *grill* del «Blue Rose»–. Su amiguito regenta un café en St. Pölten. Le manda los números de matrícula y las insignias de los camiones rusos que pasan por delante de su ventana, ¿no es así, Elsa? Todo en escritura secreta, en el dorso de sus cartas de amor. Tres kilos de café semitostado al mes. En atrasos.

Eran media docena, y Pym puso manos a la obra de inmediato para explotarles y recompensarles de todas las maneras que sabía. Hoy, cuando les repaso mentalmente, constituyen un puñado de pura sangre tan buenos como jamás encontró en su camino un aspirante a maestro de espías. Pero para Pym eran simplemente los mejores *scouts* del mundo, y se hubiera dejado la vida en el empeño de atender a sus necesidades.

Y he dejado para el final a Sabina, Jack, que era una intérprete, al igual que su amiga Marlene en Viena, y que como Marlene era la chica más hermosa del mundo, directamente sacada de las páginas de *Amor y mujer rococó*. Era baja, como E. Weber, de caderas anchas y flexibles y ojos intensos y exigentes. Sus pechos, en invierno o en verano, eran altos y muy fuertes y, como sus nalgas, encontraban el modo de resaltar a través de su ropa de los días laborables, reclamando insistentemente la atención de Pym. Tenía las facciones melancólicas de un duende eslavo atormentado por la tristeza y la superstición, pero capaz de asombrosos arranques de dulzura, y si Lippsie se hubiera reencarnado y hubiera vuelto a tener veintitrés años, podría haber elegido algo mucho peor que adoptar la figura de Sabina.

–Marlene dice que eres respetable –informó a Pym con desprecio cuando embarcaba en el jeep del cabo Kaufmann, sin molestarse en ocultar sus piernas rococó.

–¿Es eso un crimen? –preguntó Pym.

–No te preocupes –respondió ella, no augurando nada bueno, y arrancaron rumbo a los campamentos.

Sabina hablaba checo y servocroata, así como alemán. En su tiempo libre estudiaba económicas en la universidad de Graz, lo que le proporcionó una excusa para hablar con el cabo Kaufmann.

–¿Tú crees en la economía agrícola mixta, Kaufmann?

–No creo en nada de eso.

–¿Eres keynesiano?

–No lo sería con mi propio dinero, te lo aseguro –contestó Kaufmann.

De este modo la conversación iba de un lado a otro mientras Pym buscaba la forma de frotarse descuidadamente contra el hombro blanco de Sabina o de provocar que su falda se abriera un poquito más hacia el norte.

El destino de aquellos viajes eran los campamentos. Durante cinco años, los refugiados de la Europa del Este habían estado afluyendo a Austria por cada boquete rápidamente cerrado en el alambre de espino: cruzando fronteras a la desesperada en automóviles y camiones robados, atravesando campos de minas, agarrándose al vientre de los trenes. Llegaban con sus caras hundidas, sus niños rapados, sus ancianos perplejos, sus perros juguetones y sus Lippsies en potencia, para ser encorralados e interrogados, y para que su suerte fuese decidida por millares, mientras jugaban al ajedrez sobre cajones de madera y se enseñaban unos a otros fotografías de personas a las que no volverían a ver nunca. Procedían de Hungría, Rumania, Polonia, Checoslovaquia, Yugoslavia y a veces de Rusia, y confiaban en hallarse en ruta hacia Canadá, Australia y Palestina. Habían viajado por itinerarios tortuosos y a menudo por motivos igualmente tortuosos. Eran médicos, científicos y albañiles. Eran conductores de camión, ladrones, acróbatas, editores, violadores y arquitectos. Todos desfilaban ante la vista de Pym mientras visitaba en el jeep un campamento tras otro en compañía de Kaufmann y de Sabina, interrogando, calificando y consignando, para luego regresar velozmente a casa de Membury con su botín.

Al principio ofendió a su sensibilidad tanta desgracia y le costó un gran esfuerzo disimular su preocupación por todos aquellos con quienes hablaba: sí, me ocuparé de que usted llegue a Montreal, aunque sea lo último que haga; sí, notificaré a su madre en Canberra que usted se encuentra sano y salvo aquí. Al principio le avergonzaba asimismo el hecho de no haber sufrido. Todas las personas a quienes interrogaba habían vivido más experiencias en un día que él en toda su vida, y eso le fastidiaba. Algunos habían estado cruzando fronteras desde que eran niños. Otros hablaban de la muerte y la tortura con tal indiferencia que a él le indignaba su despreocupación, hasta que su censura despertaba la furia de sus interlocutores y le replicaban con frases de burla. Pero Pym, el laborioso, tenía una tarea que cumplir y un superior a quien complacer, y, cuando se armaba, tenía una mente rápida y encubierta para conseguirlo. Le bastaba con consultar a su propio carácter para saber cuándo alguien estaba escribiendo en el margen de su memoria y excluyendo el texto principal. Sabía dar palique mientras estaba observando, y sabía leer las señales que le transmitían. Si le narraban un cruce de frontera nocturno, franqueando montes, Pym cruzaba con ellos, arrastrando sus maletas a lo Lippsie y sintiendo el aire glacial de la montaña que traspasaba sus abrigos viejos. Cuando alguno le decía una mentira flagrante, Pym se orientaba hacia versiones más verosímiles de la verdad con ayuda de su brújula mental. Las preguntas hormigueaban en su cabeza y, siendo como era un abogado en ciernes, aprendió en seguida a formularlas conforme a una pauta de acusación. «¿De dónde es usted? ¿Qué tropas ha visto allí? ¿De qué color llevan los galones? ¿Cuándo entraron, qué armas tenían? ¿Qué ruta ha seguido, qué guardas, obstáculos, perros, alambradas, campos de minas ha encontrado en el camino? ¿Qué calzado llevaba? ¿Cómo se las arregló su madre, su abuela, si el paso de montaña era tan escarpado? ¿Cómo se las apañó con dos maletas y dos niños pequeños estando su mujer en un estado de gestación tan avanzado? ¿No es más probable que sus patrones de la policía secreta húngara le llevaran en coche hasta la frontera y le desearan buena suerte después de indicarle por dónde cruzar? ¿Es usted un espía y, si es así, no preferiría trabajar para nosotros? ¿O es simplemente un criminal, en cuyo caso sin duda le gustaría hacerse espía en lugar de que la policía austríaca le devuelva al otro lado de la frontera?» De esta manera Pym se inspiraba en su propia vida enmarañada para desentrañar la de ellos, y Sabina, con sus humores, sus muecas ceñudas y sus magníficas sonrisas ocasionales, se convirtió en la voz seductora que él utilizaba para hacerlo. A veces le dejaba traducir para él en alemán, a fin de proporcionarse la ventaja furtiva de oírlo todo dos veces.

–¿Dónde aprendiste a jugar esos juegos estúpidos? –le preguntó ella severamente una noche en que bailaban juntos en el hotel «Wiesler», ante la reprobación de las esposas de oficiales.

Pym se rió. En el umbral de la madurez, con el muslo de Sabina rozando el suyo, ¿por qué iba él a estar en deuda con alguien? De modo que inventó una historia sobre aquel alemán astuto que había conocido en Oxford y que había resultado ser un espía.

–Sostuvimos una batalla de ingenio bastante rara –confesó, evocando recuerdos apresuradamente imaginados–. Él usaba todas las tretas del repertorio y, para empezar, era más inocente que un bebé y creía todo lo que me contaba. Poco a poco el torneo se volvió más igualado.

–¿Era comunista?

–Luego se supo que sí. Fingía ocultarlo, pero salía a relucir cuando ibas a cazarle en serio.

–¿Era homosexual? –preguntó Sabina, haciéndose eco de una sospecha sempiterna, al mismo tiempo que se arrimaba más a Pym.

–No, hasta donde pude ver. Tenía regimientos de mujeres.

–¿Se acostaba sólo con mujeres militares?

–Quería decir que tenía montones de mujeres. Estaba empleando una metáfora.

–Creo que estaría deseando ocultar su homosexualidad. Es lo normal.

Sabina hablaba de su propia vida como si fuera la de alguien a quien odiase. Su estúpido padre húngaro había sido abatido a tiros en la frontera. Su insensata madre había muerto en Praga cuando intentaba alumbrar un hijo para un amante que no valía nada. Su hermano mayor era un idiota que estudiaba medicina en Stuttgart. Sus tíos eran unos borrachines que se habían hecho fusilar por los nazis y los comunistas.

–¿Quieres que te dé clase de checo el sábado? –preguntó a Pym, con un tono aún más estricto que el habitual, una noche en que volvían los tres sentados juntos en el asiento del jeep.

–Me gustaría muchísimo –contestó Pym, cogiéndole la mano que quedaba a su lado–. El checo empieza a interesarme de verdad.

–Creo que esta vez haremos el amor. Ya veremos –dijo severamente ella, al oír lo cual Kaufmann estuvo a punto de despeñar el jeep en una zanja.

Llegó el sábado y ni la sombra de Rick ni los terrores de Pym pudieron impedirle que llamara al timbre de Sabina. Oyó pisadas más suaves que el acostumbrado paso firme de Sabina. Vio los puntos luminosos de sus ojos observándole por la mirilla de la puerta, e hizo lo posible por esbozar una sonrisa tosca y tranquilizadora. Había llevado suficiente whisky para desterrar la culpa de siglos, pero Sabina ignoraba la culpa y cuando le abrió la puerta estaba desnuda. Él perdió la facultad del habla, parado ante ella con la bolsa en la mano. Aturdido, observó cómo ella pasaba de nuevo las cadenas de seguridad, le arrebataba la bolsa de sus manos exánimes, caminaba majestuosamente hasta el aparador y extraía el contenido de la bolsa. Era un día caluroso, pero ella había encendido una estufa y corrido las colchas hacia los pies de la cama.

–¿Has tenido muchas mujeres, Magnus? –inquirió–. ¿Regimientos de mujeres como tu amigo malo?

–Creo que no –respondió Pym.

–¿Eres homosexual, como todos los ingleses?

–No, realmente.

Ella le llevó a la cama. Le sentó y le soltó los botones de la camisa. Severamente, como hacía Lippsie cuando necesitaba algo para la camioneta de la lavandería que esperaba fuera. Le desabrochó todo lo demás y ordenó su ropa encima de una silla. Le tumbó de espaldas y se extendió encima.

–No lo sabía –dijo Pym en voz alta.

–¿Decías?

Él empezó a decir algo, pero había demasiadas cosas que explicar y su intérprete estaba ya ocupada. Quería decir: «A pesar de toda mi ansiedad, hasta ahora no sabía lo que estaba ansiando.» Quería decir: «Puedo volar, puedo nadar de frente, de espaldas, de costado y de cabeza.» Quería decir: «Soy un hombre completo y por fin he ingresado en el mundo de los hombres.»

Era una tarde balsámica de viernes en la mansión, seis días más tarde. En los jardines, debajo de las ventanas del enorme despacho de Membury, el *Rittmeister*, con sus *lederhosen*, estaba pelando guisantes para Wolfgang. Membury estaba sentado ante su escritorio, con su uniforme de campaña desabrochado hasta la cintura, y redactaba un cuestionario para patrones de pesca que tenía intención de enviar a centenares a las principales flotas pesqueras. Llevaba semanas enfrascado en rastrear las rutas invernales de la trucha de mar, y los recursos de la unidad habían sido exprimidos para satisfacerle.

–Me han hecho una proposición bastante extraña, señor –empezó Pym delicadamente–. Alguien que afirma representar a un desertor en potencia.

–Oh, pero qué interesante para usted, Pym –dijo cortésmente Membury, arrancándose con dificultad de sus preocupaciones–. Espero que no se trate de otro aduanero húngaro. Han colmado mi medida. Y estoy seguro de que también la de Viena.

Viena era una inquietud creciente para Membury, del mismo modo que éste lo era para Viena. Pym había leído la penosa correspondencia entre ambos, que Membury guardaba en todo momento bajo llave en el cajón superior izquierdo de su endeble escritorio. Podía producirse en cuestión de días la llegada del capitán de fusileros para asumir el mando.

–No es húngaro, señor –dijo Pym–. Es checo. Está destinado en el cuartel general del mando oriental con base en las afueras de Praga.

Membury ladeó hacia un costado su cabezota, como si intentara expulsar agua alojada en su oído.

–Bueno, eso es alentador –comentó, dudosamente–. Div Int daría un brazo por un buen informe sobre el mando oriental. O por cualquier otra información checa, si es por eso. Los americanos parecen pensar que tienen el monopolio de esa zona. Alguien, no sé quién, me dijo el otro día por teléfono algo parecido.

La línea telefónica hasta Graz atravesaba la zona soviética. Por ella, al atardecer, podía oírse a los técnicos rusos cantando ebrios música cosaca.

–Según mi informador, se trata de un sargento contrariado que trabaja en la cámara acorazada –insistió Pym–. Se supone que va a desertar mañana por la noche a través de la zona soviética. Si no estamos allí para recibirle, tomará un atajo e irá directamente a ver a los americanos.

–Esa fuente de información no será el *Rittmeister*, ¿verdad? –dijo Membury, nerviosamente.

Con la pericia de la larga costumbre, Pym penetró en el terreno arriesgado. No, no había sido el *Rittmeister*, aseguró a Membury. Por lo menos no *parecía* él. Era una voz más joven y más tajante. Membury se mostró confundido.

–¿Podría explicarse usted? –dijo.

Pym lo hizo.

Era una noche de jueves ordinaria, dijo. Había ido al cine para ver *Liebe 47*, y al volver se le había ocurrido pasar por el «Weisses Ross» para tomar una cerveza.

–Me parece que no conozco ese sitio.

–Es una taberna corriente, señor, pero los emigrados la frecuentan mucho y todo el mundo se sienta ante largas mesas. Llevaba allí dos minutos justos cuando el camarero me llamó al teléfono. «*Herr Leutnant, für Sie.*» Me conocen un poco allí, y no me sorprendió demasiado.

–Bueno para usted –dijo Membury, impresionado.

–Era una voz de hombre, que hablaba alto alemán: «¿Herr Pym? Tengo un recado importante para usted. Si hace exactamente lo que yo le diga, no se arrepentirá. ¿Tiene papel y pluma?» Yo tenía, y él empezó a leer a una velocidad de dictado. Repitió el mensaje y colgó antes de que pudiera preguntarle quién era.

Pym sacó del bolsillo la hoja de papel, arrancada del dorso de un diario.

–Pero si eso fue anoche, ¿por qué demonios no me lo ha dicho antes? –objetó Membury, cogiendo la hoja.

–Estaba en la reunión del comité de espionaje conjunto.

–Cáscaras, es cierto. Preguntó por usted por su nombre –comentó Membury con orgullo, mirando el papel todavía–. Sólo quería hablar con el teniente Pym. Es bastante halagador, francamente. –Dio un tirón a una de sus orejas, que asomaba–. Bueno, escuche, ande usted con pies de plomo –le advirtió, con la seriedad de un hombre que no pudiese negar nada a Pym–. Y no se acerque mucho a la frontera, no vaya ser que intenten raptarle.

No fue de ningún modo el primer chivatazo de la llegada de un desertor que Pym había recibido en los últimos meses, y ni siquiera era el sexto, aunque sí el primero que le había susurrado una intérprete checa desnuda en un huerto iluminado por la luna. Tan sólo una semana antes, Pym y Membury habían estado sentados una noche en las tierras bajas de Carintia, esperando para recibir a un capitán de la inteligencia rumana y a su amante, que teóricamente se aproximaban en un aeroplano robado y repleto de secretos sin precio. Membury había hecho que la policía austríaca acordonase la zona, y Pym había disparado bengalas de colores al aire desierto, como les habían ordenado en mensajes secretos. Pero al despuntar el alba no había llegado ningún aeroplano.

–¿Qué se supone que debemos hacer ahora? –se había quejado Membury, con disculpable irritación, cuando se sentaron tiritando en el jeep–. ¿Sacrificar un maldito chivo? Ojalá el *Rittmeister* fuera más preciso. Le hace quedar a uno en ridículo.

Una semana antes de eso, disfrazados con abrigos *loden* verdes, se habían desplazado a un hostal lejano en la frontera de la zona para recibir a un *Heimkehrer* de una mina de uranio soviética a quien se le esperaba de un momento a otro. En cuanto abrieron la puerta, la conversación se detuvo en seco y una veintena de campesinos les miraron boquiabiertos.

–Billares –ordenó Membury con una rara determinación–. Allí hay una mesa. Vamos a jugar una partida. Prepárenla.

Sin haberse quitado su *loden* verde, Membury se encorvó para jugar su bola y fue interrumpido por el sonido retumbante de un metal pesado que se estrellaba contra el suelo de baldosas. Al mirar hacia abajo, Pym vio el revólver 38 de su superior yaciendo al lado de sus grandes pies. Lo había recogido al instante, con toda celeridad. Pero no lo suficientemente rápido para impedir la estampida hacia la puerta que se había producido cuando los campesinos aterrados se dispersaron en la oscuridad y el propietario del local se encerró en el sótano.

–¿Puedo volver ahora, señor? –dijo Kaufmann–. No soy un soldado en absoluto, ya ve. Soy un cobarde.

–No, no puede –dijo Pym–. Y estése callado.

El cobertizo se alzaba señero, como Sabina había dicho, en el centro de un prado orillado de alerces. Un sendero amarillo conducía hasta él, y detrás había un lago. Detrás del lago había una colina y, sobre ella, a medida que iba oscureciendo, una atalaya sencilla dominaba el valle.

–Tienes que ir vestido de paisano y aparcar el coche en el cruce para Klein Brandorf. Sabina le había susurrado cerca de sus muslos mientras ella le besaba, le acariciaba y le revivía. El huerto tenía una tapia de ladrillo y estaba habitado por una familia de grandes liebres marrones–. Dejarás las luces de posición encendidas. Si haces trampas y llevas protección no aparecerá. Se quedará en el bosque, enfadado.

–Te quiero.

–Hay una piedra pintada de blanco. Es donde tiene que quedarse Kaufmann. Si Kaufmann rebasa la piedra blanca, no aparecerá, se quedará en el bosque.

–¿Por qué no vienes tú también?

–Porque él no quiere. Sólo quiere a Pym. Tal vez es homosexual.

–Gracias –dijo Pym.

La piedra blanca brillaba delante de ellos.

–Quédese aquí –ordenó Pym.

–¿Por qué?

La niebla del anochecer se extendía en jirones sobre el campo. Al emerger, los peces picoteaban la superficie del lago. Al ponerse el sol, los alerces proyectaban sombras de una milla a través de la pradera dorada. Leños aserrados descansaban junto a la puerta del cobertizo, jardineras de geranios adornaban las ventanas. Pym pensó de nuevo en Sabina. Sus flancos envolventes, los espacios amplios de su espalda.

–Lo que voy a decirte no se lo he dicho a ningún inglés. Tengo en Praga a un hermano pequeño que se llama Jan. Si se lo dices a Membury me despedirá inmediatamente. Los ingleses no nos permiten tener familiares próximos dentro de un país comunista. ¿Comprendes?

Sí, Sabina, comprendo. He visto la luz de la luna sobre tus pechos, tu humedad está en mis labios, se me adhiere a los párpados. Comprendo.

–Escucha. Mi hermano me ha enviado un mensaje para ti. Sólo para Pym. Confía en ti gracias a mí y porque le he dicho solamente cosas buenas sobre ti. Tiene un amigo que quiere marcharse. Este amigo es un hombre muy dotado, muy brillante, con acceso a altas esferas. Te traerá muchos secretos de los rusos. Pero antes tienes que inventar una historia para explicarle a Membury cómo has obtenido esta información. Eres inteligente. Sabes inventar muchas historias. Ahora tienes que inventar una para mi hermano y su amigo.

Sí, Sabina. Puedo inventar. Por ti y tu querido hermano puedo inventar un millón de historias. Dame mi pluma, Sabina. ¿Dónde has dejado mi ropa? Ahora arranca una hoja de papel de tu diario e inventaré una historia sobre un desconocido que me telefoneó al «Weisses Ross» y me hizo una proposición irresistible.

Pym desabotonó el *loden*. «Desenfunda siempre de través –le había aconsejado el instructor de armas en el pequeño y triste depósito de Sussex donde le habían enseñado a combatir el comunismo–. Te proporciona una mayor protección si el otro dispara primero.» Pym no estaba seguro de que fuese un buen consejo. Probó la puerta y estaba cerrada. Dio la vuelta al cobertizo, intentando encontrar un sitio por donde mirar dentro.

–Su información será valiosa para ti –había dicho Sabina–. Te hará muy famoso en Viena, y a Membury también. La buena información sobre Checoslovaquia es extremadamente rara en la Div Int. Casi siempre procede de los americanos, y por lo tanto llega corrompida.

El sol se había puesto y oscurecía aprisa. Pym oyó el aullido de un zorro al otro lado del lago. En la trasera del cobertizo había hileras de gallineros, y la paja de dentro estaba limpia. Gallinas en tierra de nadie, pensó frívolamente. Huevos sin nacionalidad. Las gallinas estiraron el cuello hacia él y desplegaron las plumas. Una garza gris alzó el vuelo desde el lago y voló hacia las colinas. Pym regresó a la fachada frontera del cobertizo.

–¡Kaufmann!

–¿Señor?

Les separaba una distancia de cien metros, pero su voz estaba tan próxima como unos amantes en la quietud crepuscular.

–¿Ha tosido?

–No, señor.

–Pues no lo haga.

–Supongo que estaba sollozando, señor.

–Vigile, pero vea lo que vea, no se acerque si no se lo ordeno.

–Me gustaría desertar, si puedo, señor. Preferiría ser un desertor que esto, sinceramente. Soy un blanco fácil. No soy un ser humano.

–Haga sumas mentales o algo parecido.

–No puedo. Lo he intentado. No me sale.

Pym levantó el pestillo, entró y percibió un olor a humo de puro y a caballo. St. Moritz, pensó, casquivano en su aprensión. El cobertizo era cavernoso y bello, y uno de sus extremos ascendía como un barco viejo. Sobre la tarima había una mesa y sobre la mesa, para su sorpresa, un quinqué encendido. A su resplandor admiró las vigas y el techo antiguos. «Espera dentro y vendrá –había dicho Sabina–. Querrá verte entrar primero. El amigo de mi hermano es muy precavido. Como muchos checos, tiene una mente lúcida y cautelosa.» Había dos sillas de madera, de respaldo alto, arrimadas a la mesa, y encima de ésta había revistas desperdigadas, como en la sala de espera de un dentista. Debía de ser donde el granjero hacía su papeleo. En un extremo del cobertizo, advirtió una rústica escalera que conducía a un pajar. Te traeré aquí el fin de semana. Traeré vino, pan y queso, y mantas por si el suelo pica, y podrás ponerte tu falda de vuelo sin nada debajo. Trepó hasta la mitad de la escalera y atisbó desde allí. Suelo sólido, heno seco, no hay señal de ratas. Un emplazamiento admirable para un rococó campestre. Volvió a la planta baja y se encaminó hacia la tarima donde estaba la luz, con intención de instalarse en una de las sillas. «Tienes que tener paciencia, esperar toda la noche si es preciso –había dicho Sabina–. Cruzar la frontera es sumamente peligroso ahora. Es final de verano y los indecisos cruzan antes de que los pasos cierren. En consecuencia tiene muchos guardias y espías.» Un pavimento de piedra discurría entre dos desagües para el ganado. Sus pasos resonaban intensamente en el techo. El eco cesó, y con él sus pasos. Una figura delgada estaba sentada a la cabecera de la mesa. Estaba inclinada hacia adelante, en postura de alerta, a la espera de algo. Tenía un puro en una mano y una pistola automática en la otra. Su mirada, como el cañón de la pistola, estaba enfocando a Pym.

–Sigue andando hacia mí, Sir Magnus –le instó Axel, con un tono de inquietud considerable–. Arriba las manos, y, por lo que más quieras, no te imagines que eres un vaquero de película o un héroe de guerra. Ninguno de los dos pertenecemos al gremio de los pistoleros. Depongamos nuestras armas y mantengamos una agradable charla. Sé razonable, por favor.

Haría falta la intervención del Creador, Tom, con ayuda de todos nosotros, para describir la gama de pensamientos y emociones que asaltaron en aquel momento la pobre cabeza de Pym. Su primera reacción, estoy seguro, fue la incredulidad. Había encontrado a Axel muy a menudo en el curso de los últimos años y aquél era simplemente un nuevo ejemplo del fenómeno. Axel observándole en sueños, Axel de pie a la cabecera de su cama, con la boina puesta: «Echemos otra ojeada a Thomas Mann.» Axel riéndose de él por su adicción al alto alemán antiguo, y reconviniéndole por su mala costumbre de afirmar su lealtad a todas las personas que iba conociendo: a los comunistas de Oxford, a todas las mujeres, a los Jacks y a los Michaels, a Rick. «Eres un idiota de cuidado, Sir Magnus –le había advertido en una ocasión, cuando Pym volvía al colegio universitario después de una noche particularmente hábil en los malabarismos de conciliar chicas y oposiciones sociales–. Crees que dividiendo todo puedes pasar por en medio.» Axel había cojeado a su lado por el camino de sirga del Isis, y le había visto estrellar los nudillos contra una pared con el propósito de impresionar a Jemima. En las elecciones de Gulworth North, Pym no habría sabido decir cuántas veces había surgido entre el auditorio la reluciente cúpula blanca de Axel, o cuántas sus manos largas y nerviosas habían aleteado en sarcástico aplauso. A pesar de lo mucho que pesaba sobre su conciencia, Pym tenía la certeza de que Axel no existía. Y con esta certidumbre en la cabeza era perfectamente razonable que su reacción siguiente al ver a Axel fuese la de una rotunda indignación por el hecho de que alguien tan absolutamente proscrito, alguien que había sido, por los motivos que fueran, literalmente expulsado, no sólo como imagen, sino aun como mención, de las fronteras del reino de Pym, tuviera el atrevimiento de estar sentado allí, fumando, sonriendo y apuntándole con una pistola, a mí, a Pym, un miembro fornicador, un oficial a prueba de balas de las tropas de ocupación inglesas, dotadas de poderes sobrenaturales. Y luego, por supuesto, paradójico como siempre, Pym estaba más exultante, más emocionado y más feliz por ver a Axel de lo que había estado al ver a nadie desde el día en que Rick apareció en la curva montado en bicicleta y cantando «Debajo de los arcos».

Pym caminó y luego corrió hacia Axel. Mantuvo los brazos levantados por encima de la cabeza, como Axel le había ordenado. Esperó con impaciencia a que Axel le extrajera del cinto el revólver del ejército y a que lo colocara respetuosamente, junto con su propia arma, en el extremo más alejado de la mesa. Después bajó por fin los brazos suficientemente para echárselos al cuello de Axel. No recuerdo que se hubieran abrazado antes ni que lo hicieran otra vez posteriormente. Pero recuerdo aquella noche como la última de sentimiento pueril entre ambos, el último día de Berna, porque les veo abrazarse y reír pecho con pecho, al estilo eslavo, antes de separarse un poco para ver el daño que los años transcurridos les habían deparado a cada uno. Y podemos presumir, a juzgar por fotos contemporáneas y por mis propios recuerdos del espejo en esa época en que todavía éste representaba un gran papel en las contemplaciones del joven oficial, que Axel vio las típicas facciones anglosajonas, aún sin tallar, de un joven rubio y bien parecido que todavía se esforzaba mucho por adquirir el manto de la experiencia, mientras que Pym presenció de inmediato en la cara de Axel una dureza de rasgos, un ahuecamiento, un molde facial definitivo. Axel tendría aquel rostro durante el resto de sus días. La vida había emitido su dictamen. Tenía la cara varonil y humana que merecía. Los contornos más blandos habían desaparecido, dejando una vivacidad y un aplomo grabados al aguafuerte. El nacimiento del pelo comenzaba más atrás, pero se había consolidado. Vetas grises se habían incorporado a los mechones negros, confiriendo al pelo una apariencia militar y pulcra. El bigote de payaso, las cejas arqueadas de *clown* habían cobrado un humor más triste. Pero los ojos oscuros y centelleantes, que miraban por debajo de sus párpados lánguidos, eran tan alegres como siempre, mientras que todo lo que los rodeaba parecía prestar profundidad a su percepción visual.

–¡Tienes buen aspecto, Sir Magnus! –declaró Axel, exuberante, sin soltarle–. Eres un tipo apuesto, por Dios. Deberíamos comprarte un caballo blanco y regalarte la India.

–¿Pero quién eres tú? –exclamó Pym, con igual excitación–. ¿Dónde estás? ¿Qué haces aquí? ¿Tengo que arrestarte?

–A lo mejor te arresto yo. Quizá ya lo he hecho. Has levantado los brazos, ¿no te acuerdas? Escucha. Estamos en tierra de nadie. Podemos arrestarnos los dos.

–Quedas detenido –dijo Pym.

–Tú también –dijo Axel–. ¿Cómo está Sabina?

–Muy bien –dijo Pym, con una mueca.

–Ella no sabe nada, ¿entiendes? Sólo lo que le dijo su hermano. ¿La protegerás?

–Te lo prometo –dijo Pym.

Siguió una breve pausa en la que Axel fingió taparse los oídos con las manos.

–No prometas, Sir Magnus. No prometas nada.

Pym advirtió que, para ser un transgresor de fronteras, Axel estaba bien pertrechado. No había una sola huella de barro en sus botas, llevaba la ropa planchada y tenía aspecto de funcionario. Soltó a Pym, agarró una cartera, la depositó pesadamente sobre la mesa y sacó un par de vasos y una botella de vodka. Luego sacó pepinillos, salchichas y una hogaza de pan negro que solía pedirle a Pym que le comprase en Berna. Brindaron gravemente a la salud respectiva, tal como Axel había enseñado a Pym. Volvieron a llenar los vasos y bebieron de nuevo, un trago para cada uno. Y consta en mi evocación que cuando se separaron habían terminado la botella, pues recuerdo que Axel la tiró al lago, para indignación de alrededor de un millar de pollas de agua. Pero aunque Pym se hubiese bebido una caja entera, el licor no le habría afectado, tanta intensidad tenía su sentimiento. Incluso mientras empezaban a hablar, Pym dirigía secretas miradas a los rincones para asegurarse de que todo estaba como la última vez que había mirado, tan misteriosamente similar era el cobertizo, en ocasiones, al ático de Berna, hasta en el mismo viento suave que solía zumbar en las claraboyas. Y cuando oyó de nuevo el aullido del zorro a lo lejos, tuvo la sensación de que era *Herr Bastl* ladrando en la escalera de madera después de haberse marchado todo el mundo. Sólo que, como digo, esos días sentimentales habían fenecido. Magnus los había aniquilado; principiaba la madurez de su amistad.

Ahora bien, es proverbial entre los viejos amigos, Tom, cuando por azar vuelven a encontrarse, dejar para el final la causa inmediata de su encuentro. A modo de preámbulo, prefieren conversar de los años transcurridos, lo que confiere una especie de rectitud al asunto por el que se han reunido. Y esto es lo que Pym y Axel hicieron, aunque comprenderás, ahora que estás habituado al funcionamiento de la mente de Pym, que fue él y no Axel quien dirigió este pasaje de la conversación, aun cuando sólo fuera para mostrarse a sí mismo y también a Axel que no tenía la menor culpa de la cuestión espinosa de la desaparición de Axel. Lo hizo bien. Por entonces era un actor consumado.

–En serio, Axel, nadie ha desaparecido nunca de mi vida tan bruscamente –se quejó, en un tono de reproche jocoso mientras cortaba una salchicha en rodajas, untaba el pan de mantequilla y se ocupaba, mayormente, de lo que los actores llaman el «oficio»–. Allí estabas, perfectamente arropado por la noche; nos achispamos un poco, nos despedimos. Al día siguiente llamé a tu puerta; no contestaste. Bajo y me encuentro con la pobre Frau O llorando a mares. «¿Dónde está Axel? ¡Se han llevado a nuestro Axel! La *Fremdenpolizei* le ha bajado por la escalera y uno de ellos le ha dado una patada a *Bastl*.» Por todo lo que me dijeron, yo debía de estar dormido como un muerto.

Axel esbozó su antigua sonrisa cálida.

–Ojalá supiéramos cómo duermen los muertos –dijo.

–Montamos una especie de velatorio, dimos vueltas por la casa, confiando a medias en que volverías. Herr Ollinger hizo algunas llamadas telefónicas inútiles y no sacó absolutamente nada en claro, desde luego. Frau O recordó que tenía un hermano en un ministerio, y *él* no pudo hacer nada. Al final yo pensé: «Al diablo todo, ¿qué tenemos que perder? –y me presenté en la comisaria con el pasaporte en la mano–. Mi amigo ha desaparecido. Unos hombres le han sacado de casa esta mañana temprano, y han dicho que venían por orden de ustedes. ¿Dónde está?» Di unos cuantos golpes en la mesa y no conseguí nada. Luego dos señores de gabardina, más bien espeluznantes, me llevaron a otra habitación y me dijeron que si causaba problemas me ocurriría lo mismo que a ti.

–Fuiste valiente, Sir Magnus –dijo Axel.

Extendió un puño pálido y dio unas palmadas ligeras en el hombro de Pym para agradecérselo.

–No, no lo fui. No realmente. Quiero decir que por lo menos podía ir a algún sitio. Yo era inglés y tenía derechos.

–Claro. Y conocías a gente en la embajada. Eso también es verdad.

–Y además me hubieran ayudado. Es decir, lo intentaron. Cuando fui a verles.

–¿Fuiste?

–Naturalmente. Más tarde, por supuesto. No de inmediato. Más bien como un último recurso. Pero lo intentaron. En fin, de todos modos, volví al Länggasse y... para ser sincero, te enterramos. Fue horrible. Frau O estaba arriba, en tu cuarto, llorando todavía, y trataba de ordenar lo que habías dejado, sin mirarlo. No quedaba gran cosa. La *Fremdenpolizei* parecía haber requisado casi todos tus papeles. Tus libros, que devolví a la biblioteca. Tus discos de gramófono. Colgamos tus ropas en el sótano. Y luego andábamos por la casa como si la hubieran bombardeado. «Pensar que estas cosas pueden suceder en Suiza», repetíamos. Fue como una muerte, de verdad.

Axel se rió.

–Menos mal que por lo menos me guardaste luto. Gracias, Sir Magnus. ¿Celebrasteis también un funeral?

–¿Sin el cuerpo y sin señas adonde expedirlo? Lo único que Frau O quería era encontrar un culpable. Estaba convencida de que te habían denunciado.

–¿Quién creía que lo había hecho?

–En realidad, todos por turno. Los vecinos. Los tenderos. Quizás alguien del «Cosmo». Una de las Marthas.

–¿Cuál de las dos eligió?

Pym optó por la más bonita y frunció el ceño.

–Creo recordar que fue una rubia y patilarga que estudiaba inglés.

–¿*Isabella*? ¿Me denunció Isabella? –dijo Axel, incrédulo–. Pero si estaba enamorada de mí, Sir Magnus. ¿Por qué iba a hacer eso?

–Quizá por esa razón –dijo Pym, osadamente–. Vino unos días después de haberte ido. Preguntó por ti. Le conté lo que había ocurrido. Gritó y lloró y dijo que iba a suicidarse. Pero cuando le comenté a Frau O que Isabella había venido, ella dijo en seguida: «Ha sido ella. Estaba celosa de sus otras mujeres y por eso le ha denunciado.»

–¿Tú que opinas?

–Me pareció un poco inverosímil, pero bueno, todo lo demás también lo era. O sea que sí, quizá fue ella. A decir verdad, a veces parecía un poco chiflada. Podría imaginármela haciendo algo así por celos, en un arranque, ya sabes, y luego convenciéndose de que no lo había hecho. Es una especie de síndrome en las personas celosas, ¿no?

Axel se tomó su tiempo para responder. Para un desertor en trance de negociar sus condiciones, estaba notablemente relajado, pensó Pym.

–No lo sé, Sir Magnus. Yo no tengo esas dotes imaginativas que tú tienes a veces. ¿Tienes alguna otra teoría?

–Pues no. Pudo haber ocurrido de muchas maneras.

Axel volvió a llenar los vasos en el silencio de la noche, con una amplia sonrisa.

–Parece ser que todos habéis pensado en ello mucho más que yo –confesó–. Estoy muy conmovido. –Levantó las palmas de las manos, al estilo eslavo, lánguidamente–. Escucha. Yo era un emigrante ilegal. Un vagabundo. Sin dinero, sin papeles. Fugitivo. Así que me pescaron y me expulsaron. Es lo que hacen con los ilegales. A un pez le meten un anzuelo en la boca. A un traidor, una bala en la cabeza. A un ilegal le ponen de patitas en la frontera. No te pongas tan ceñudo. Aquello pasó. ¿A quién le importa un bledo si fue uno u otro? ¡Por el mañana!

–Por el mañana –dijo Pym, y bebieron–. Eh, ¿cómo marchó el gran libro, a todo esto? –preguntó, en la secreta euforia de su absolución.

Axel rió más fuerte.

–¿Marchar? ¡Dios, que si marchó! Cuatrocientas páginas de filosofar inmortal, Sir Magnus. ¡Imagínate a la *Fremdenpolizei* revisándolas!

–¿Quieres decir que se lo quedaron? ¿Que lo robaron? ¡Es una vergüenza!

–Quizá no fui demasiado cortés con los buenos burgueses suizos.

–¿Pero no lo has vuelto a escribir después?

Nada lograba acallar la risa de Axel:

–¿Volver a escribirlo? La vez siguiente habría sido doblemente malo. Más vale que lo enterremos con Axel H. ¿Todavía tienes el *Simplicissimus*? ¿No lo has vendido?

–Por supuesto que no.

Siguió una pausa. Axel sonrió a Pym. Pym sonrió mirándose las manos y levantó los ojos hacia Axel.

–O sea que aquí estamos –dijo Pym.

–Así es.

–Yo soy el teniente Pym y tú el amigo inteligente de Jan.

–Así es –asintió Axel, sin dejar de sonreír.

Habiendo así, a su juicio, sorteado hábilmente el único escollo que habría podido interponerse entre ellos, el espía depredador que había en Pym abordó astutamente la cuestión oportuna de lo que había sido de Axel después de su expulsión, y de las esferas a las que tenía acceso y consecuentemente, por extensión –como Pym esperaba–, con qué bazas contaba y qué precio se proponía ponerles a modo de recompensa por favorecer a los ingleses antes que a los americanos o incluso –horrible pensamiento– a los franceses. En esto no encontró al principio ninguna inhibición desagradable por parte de Axel, ya que, sin duda por deferencia a la posición de autoridad de Pym, parecía resignado a asumir el papel pasivo. Pym tampoco pudo menos de advertir que su viejo amigo, al referir las vicisitudes que había vivido, adoptaba la mansedumbre familiar de la persona desplazada en presencia de los mejor situados. Dijo que los suizos le habían conducido a la frontera alemana, y, para facilitar la referencia, mencionó el punto fronterizo por si Pym deseaba comprobarlo. Le habían entregado a la policía de Alemania Federal, la cual, tras haberle propinado una paliza ritual, le entregó a los americanos, quienes volvieron a pegarle, primero por haberse fugado y luego por haber vuelto, y finalmente, desde luego, por ser el infame criminal de guerra que no era, pero cuya identidad había neciamente usurpado. Los americanos le encarcelaron mientras preparaban un nuevo juicio contra él, aportaron nuevos testigos, que estaban demasiado asustados para no identificarle, fijaron una fecha para juzgarle, y Axel no pudo ponerse en contacto con nadie que testimoniase en su favor o dijera simplemente que él era Axel, de Carlsbad, y no un monstruo nazi. Peor aún, como el resto de las pruebas empezó a parecer cada vez más inconsistente -dijo Axel con una sonrisa de disculpa-, su propia confesión se volvió cada vez más importante, y naturalmente le zurraron más fuerte a fin de obtenerla. No hubo juicio, sin embargo. Los crímenes de guerra, incluso los ficticios, empezaban a pasar de moda, de modo que un día los americanos le habían embarcado en un nuevo tren y le habían entregado a los checos, que, para no ser menos, le habían golpeado por el doble delito de haber sido soldado alemán durante la guerra y prisionero de los americanos después de la misma.

-Hasta que un día dejaron de pegarme y me soltaron -dijo Axel, sonriendo y abriendo las manos una vez más-. Parece ser que debo agradecérselo a mi querido difunto padre. ¿Te acuerdas del gran socialista que había luchado con la brigada Thälmann en España?

-Claro que me acuerdo -contestó Pym, y se le ocurrió pensar, mientras observaba la rapidez con que las manos de Axel gesticulaban y el modo en que sus ojos centelleaban, que se había desprendido de su barniz alemán para recobrar su definitiva identidad eslava.

-Me había convertido en un aristócrata -dijo Axel-. En la nueva Checoslovaquia yo era de repente Sir Axel. Los viejos socialistas adoraban a mi padre. Los nuevos habían sido amigos míos en la escuela y formaban parte ya del aparato del partido. «¿Por qué le zurran a Sir Axel? -preguntaron a mis carceleros-. Tiene un buen cerebro, dejen de pegarle y suéltenle. De acuerdo, ha luchado con Hitler. Se arrepiente. Ahora luchará con nosotros, ¿verdad, Axel?» «Claro -les contesté-. ¿Por qué no?» Y me mandaron a la universidad.

-¿Pero qué estudiaste? -preguntó Pym, asombrado-. ¿Thomas Mann? ¿Nietzsche?

-Algo mejor. Cómo utilizar el partido para prosperar. Cómo escalar en el Sindicato de la Juventud. Cómo brillar en los comités. Cómo purgar facultades y estudiantes, trepar sobre la espalda de amigos y la reputación de tu padre. A qué culos dar un puntapié y a cuáles besar. Dónde hablar por los codos y dónde cerrar el pico. Quizá debería haber aprendido antes todo esto.

Presintiendo que estaba cerca del fondo de las cosas, Pym se preguntó si no era el momento de tomar notas, pero decidió no entorpecer la locuacidad de Axel.

-Alguien tuvo agallas para llamarme titoísta el otro día -dijo Axel-. Desde el 49 es el último insulto.

Pym se preguntó calladamente si eso sería el motivo de que Axel hubiera venido.

–¿Sabes lo que hice?

–¿Qué?

–Le denuncié.

–¡No! ¿Por qué?

–No lo sé. Por algo malo. No importa lo que digas, importa quién lo diga. Tú deberías saberlo. Dicen que eres un gran espía. Sir Magnus, del servicio secreto británico. Enhorabuena. ¿Estará bien ahí fuera el cabo Kaufmann? ¿No crees que deberías llevarle algo?

–Me ocuparé de él más tarde, gracias.

Hubo una interrupción mientras cada uno saboreaba a su modo el efecto de aquella nota disciplinaria. Brindaron otra vez, moviendo la cabeza ambos para desearse suerte. Pero en su fuero interno Pym no estaba tan a gusto como manifestaba. Entreveía criterios huidizos y trasfondos complicados.

–¿Pero qué tarea has estado realizando hasta estos últimos días? –preguntó Pym, esforzándose por reclamar su primacía–. ¿Cómo es posible que un sargento del cuartel general del mando oriental venga a pasearse por la zona soviética de Austria, cuando planea su deserción?

Axel estaba encendiendo otro puro, por lo que Pym tuvo que esperar un momento su respuesta.

–Un sargento no lo sé. En mi unidad sólo tenemos *aristos.* Yo también soy un gran espía como tú, Sir Magnus. Es una industria en auge en los tiempos que corren. Hicimos bien en elegirla.

Obedeciendo a un impulso repentino de cuidar su apariencia exterior, Pym se alisó el pelo hacia atrás, en un gesto reflexivo que estaba ejercitando.

–Pero en definitiva te propones pasarte a nosotros, en el supuesto de que podamos ofrecerte las condiciones adecuadas, ¿no? –preguntó, con una cortesía de tono duro.

Axel desechó con un ademán una idea tan estúpida.

–He pagado mi factura, lo mismo que tú. No es perfecto, pero es mi país. Tienen que aguantarme.

Pym tuvo una sensación de peligrosa desconexión.

–Entonces, si quieres desertar, ¿puedo preguntarte por qué estás aquí?

–Oí hablar de ti. El gran teniente Pym del Div Int, más recientemente de Graz. Lingüista. Héroe. Amante. Me excitaba tanto pensar en ti espiándome. Y yo espiándote a ti. Era tan hermoso pensar que habíamos vuelto los dos a nuestro ático, con sólo aquella pared delgada entre nosotros: ¡toc, toc! «Tengo que ponerme en contacto con ese chico –pensé–. Estrecharle la mano. Invitarle a un trago. Quizá podamos arreglar el mundo, como hacíamos en los viejos tiempos.»

–Entiendo –dijo Pym–. Estupendo.

–«Quizá podamos unir nuestras cabezas. Somos hombres razonables. Quizás él no quiera luchar en más guerras. Quizá yo tampoco. Tal vez estemos cansados de ser héroes. Los hombres buenos escasean –pensé–. ¿Cuántas personas hay en el mundo que hayan estrechado la mano de Thomas Mann?»

–Solamente yo –dijo Pym, con una franca carcajada, y volvieron a beber.

–Te debo tanto, Sir Magnus. Fuiste muy generoso. No he conocido nunca un corazón mejor. Te gritaba, te maldecía. ¿Y tú qué hacías? Me sujetabas la cabeza cuando yo vomitaba. Me preparabas el té, me limpiabas el vómito y la mierda, me traías libros, ibas y venías de la biblioteca, me leías toda la noche. «Debo a este hombre –pensé–. Le debo un par de pasos adelante en mi carrera. Debería hacer por él un gesto doloroso. Si puedo ayudarle a conseguir una posición influyente en el mundo, sería magnífico, ya es algo bueno. Para el mundo y para él. No muchos hombres buenos logran hoy una posición de influencia. Así que utilizaré una pequeña estratagema e iré a verle. Y a estrecharle la mano. Y a decirle gracias, Sir Magnus. Y a llevarle un regalo para pagar mi deuda y ayudarle en su carrera», pensé. Porque amo a ese hombre, ¿me oyes?

No había llevado un sombrero de paja lleno de paquetes de colores, pero sacó de la cartera una carpeta y se la entregó a Pym a través de la mesa.

–Has dado un gran golpe, Sir Magnus –declaró orgullosamente, mientras Pym levantaba la tapa–. He tenido que espiar mucho para agenciártelo. He corrido muchos riesgos. No importa. Es mejor que Grimmelshausen, creo. Si llegan a descubrir lo que he hecho, podré traerte mis pelotas también.

Pym cierra los ojos y los vuelve a abrir, pero es la misma noche en el mismo cobertizo.

–Soy un sargentillo gordo y checo que ama su vodka –está explicando Axel, mientras Pym, como en un sueño, pasa las páginas de su regalo–. Soy un buen soldado Schweik. ¿Leímos ese libro? Me llamo Pavel. ¿Me has oído? Pavel.

–Claro que lo leímos. Era fantástico. ¿Esto es auténtico, Axel? ¿No es una broma, ni nada por el estilo?

–¿Tú crees que el gordo Pavel corre un riesgo así para gastarte una broma? Tiene una mujer que le pega, críos que le odian, jefes rusos que le tratan peor que a un perro. ¿Me estás escuchando?

Con la mitad de su atención, sí, Pym le está escuchando. También está leyendo.

–Tu buen amigo Axel H. no existe. No le has visto esta noche. En Berna, hace mucho tiempo, desde luego, conociste a un soldado alemán enfermizo que estaba escribiendo un gran libro y que quizá se llamase Axel; ¿qué es un nombre? Pero Axel desapareció. Algún mal bicho le denunció, tú nunca supiste lo que había ocurrido. Esta noche te estás entrevistando con el gordo sargento Pavel, del servicio de espionaje checo, a quien le gusta el ajo, follar y traicionar a sus superiores. Habla checo y alemán, y los rusos le utilizan como burro de carga porque no se fían de los austríacos. Un día zascandilea por su cuartel general en Wiener Neustadt, haciendo de recadero e intérprete, y al día siguiente se le pela el culo de frío en la frontera de la zona, buscando a pequeños espías. La semana siguiente está otra vez en su guarnición del mando oriental, recibiendo patadas de más rusos –Axel da golpecitos en el brazo de Pym–. ¿Ves esto? Presta atención. Esto es una copia de su libro de salarios. Mírela, Sir Magnus. Concéntrate. Te lo ha traído porque no espera que nadie le crea nada de lo que dice si no le acompañan *Unterlagen*. ¿*Unterlagen*, te acuerdas? ¿Papeles? Lo que tenía en Berna. Llévatelo. Enséñaselo a Membury.

A regañadientes, Pym alza los ojos de su lectura el tiempo suficiente para advertir el fajo de papel glaseado que Axel sostiene en alto para que lo admire. Una fotocopia es una gran cosa en esos tiempos: placas fotográficas guardadas en un libro de hojas sueltas, con cordones a través de los agujeros. Axel lo aprieta contra Pym y de nuevo le obliga a distraerse del material de la carpeta para que examine la foto del titular: un hombrecillo porcino, a medio afeitar, de ojos abultados y una expresión acre.

–Ése soy *yo*, Sir Magnus –dice Axel, y asesta en el hombro de Pym un golpe bastante fuerte para asegurarse su atención exactamente como solía hacer en Berna–. Mírale, haz el favor. Es un tipo avaro y desgreñado. Se echa muchos pedos, se rasca la cabeza, roba las gallinas de su comandante. Pero no le gusta ver su país ocupado por un hatajo de Ivanes sudorosos que se pavonean por las calles de Praga y te dicen que eres un checo apestoso, y no le gusta que, porque a alguien se le antoja, le despachen a Austria para hacer la pelotilla a una banda de cosacos borrachos. Él también es valiente, ¿comprendes? Es un cobarde pelotillero y valiente.

Pym hace una nueva pausa en la lectura, esta vez para formular una queja burocrática que luego le produce cierta vergüenza.

–Está muy bien todo eso de inventar ese personaje delicioso, Axel, pero ¿qué voy a hacer con él? –razona, con tono quejumbroso–. Se supone que tengo que presentar a un desertor, no un libro de salario. En Graz quieren un cuerpo caliente. No tengo ninguno, ¿no?

–¡Idiota! –grita Axel, fingiendo exasperarse por la estulticia de Pym–. ¡Eres un inocente bebé inglés! ¿Nunca has oído hablar de un desertor en su puesto? ¡Pavel *es* un desertor! Deserta, pero se queda donde está. Dentro de tres semanas vendrá aquí otra vez y te traerá más material. Desertará no sólo una vez, sino veinte, cien veces, si tú eres sensato. Es un empleado del espionaje, un correo, un militar de baja graduación, un factótum, un sargento de códigos y un alcahuete. ¿No te das cuenta de lo que eso significa en términos de acceso? Te traerá una y otra vez información maravillosa. Sus amigos en la unidad de frontera le ayudarán a cruzar. En nuestro próximo encuentro tendrás las preguntas que le va a hacer Viena. Estarás en el centro de una industria fantástica. «¿Puedes conseguirnos esto, Pavel? ¿Qué quiere decir esto otro, Pavel?» Si te portas bien con él, si vienes solo, si le traes un pequeño obsequio, puede que él conteste a esas preguntas.

–¿Y él serás tú? ¿Te veré a ti?

–Verás a Pavel.

–¿Y tú serás Pavel?

–Sir Magnus. Escucha.

Apartando la cartera situada entre ellos, Axel pone su vaso al lado del de Pym y acerca tanto su silla que su hombro empuja el de Pym y su boca casi toca el oído de Pym.

–¿Estás atento, muy atento?

–Por supuesto.

–Porque creo que eres tan increíblemente estúpido que más vale que no juegues a este juego en absoluto. Escucha.

Pym exhibe exactamente la sonrisita que solía esbozar cuando Axel le estaba explicando por qué era un *Trottel* por no comprender a Kant.

–Lo que Axel está haciendo por ti esta noche, no lo podrá deshacer durante toda su vida. Me estoy jugando el pescuezo por ti. Igual que Sabina te dio a su hermano, Axel te entrega a Axel. ¿Comprendes? ¿O eres demasiado cretino para comprender que estoy poniendo mi futuro en tus manos?

–No lo quiero, Axel. Prefiero devolvértelo.

–Es demasiado tarde. He robado los papeles, he cruzado la frontera, los has visto, sabes lo que contienen. La caja de Pandora no puede volver a cerrarse. Tu simpático comandante Membury... todos esos *aristos* inteligentes de Div Int, ninguno de ellos ha visto jamás semejante información. ¿Me entiendes?

Pym asiente, Pym mueve la cabeza. Pym frunce el entrecejo, sonríe y trata de aparentar por todos los medios que puede ser el custodio digno y adulto del destino de Axel.

–A cambio, tienes que jurarme una cosa. Te he dicho antes que no debías prometer. Ahora te digo que tienes que hacerlo. Tienes que prometerme lealtad a mí, Axel. El sargento Pavel es otra historia. Al sargento Pavel le puedes traicionar e inventar todo lo que quieras, pues al fin y al cabo es una invención. Pero yo, Axel, el Axel que ves aquí... mírame: *yo* no existo. No existo para Membury ni para Sabina ni siquiera para ti. Ni siquiera cuando estés solo y aburrido y necesites impresionar a alguien o comprar o vender a alguien, ni siquiera entonces soy una pieza en tu juego. Si tu propia gente te amenaza, si te tortura, tienes que seguir negando mi existencia. Si te crucifican dentro de cincuenta años, ¿mentirás por mí? Contesta.

Pym encuentra tiempo para maravillarse de que después de haber negado enérgicamente la existencia de Axel durante tanto tiempo, tenga que prometerle ahora que la negará durante más tiempo aún. Y de que debe ser algo rarísimo, en efecto, que se te presente una segunda oportunidad de demostrar lealtad después de haber fracasado tan miserablemente en la primera.

–Sí –responde Pym.

–¿Sí qué?

–Guardaré el secreto. Te encerraré en mi memoria y te daré la llave.

–Para siempre. Y también a Jan, el hermano de Sabina.

–Para siempre. Y también a Jan. Me has dado el orden de batalla completo de los rusos en Checoslovaquia –dice Pym, en trance–. Si es auténtico.

–Es un poco viejo, pero vosotros los ingleses sabéis valorar la antigüedad. Vuestros mapas de Viena y de Graz son más viejos. Y no son tan veraces. ¿Te gusta Membury?

–Creo que sí. ¿Por qué?

–A mí también. ¿Te interesan los peces? ¿Le estás ayudando a repoblar el lago?

–A veces. Sí.

–Es un trabajo importante. Hazlo con él. Ayúdale. El mundo es asqueroso, Sir Magnus. Unos cuantos peces felices lo mejorarán.

Eran las seis de la mañana cuando Pym se marchó. Hacía mucho que Kaufmann se había acostado en el jeep. Pym vio sus botas que sobresalían del tablero posterior. Pym y Axel caminaron juntos hasta la piedra blanca, Axel apoyado en el brazo del otro, como solían caminar cuando paseaban por la orilla del Aare. Al llegar a la piedra, Axel se agachó, recogió una amapola y se la tendió a Pym. Luego recogió otra para él y, pensándolo mejor, se la dio también a Pym.

–Hay una mía y otra tuya, Sir Magnus. Nunca habrá ninguna otra de cada uno de los dos. Eres el guardián de nuestra amistad. Dale mis recuerdos cariñosos a Sabina. Dile que el sargento Pavel le manda un beso especial de gratitud por su ayuda.

Un hombre con una fuente de información muy apreciada es un hombre admirado y bien alimentado, Tom, como Pym no tardaría en descubrir en las semanas siguientes. Oficiales de alta graduación que llegan de Viena le invitan a cenar simplemente para establecer contacto y para gozar vicariamente de su hazaña. Membury también les acompaña, un César de mueca burlona y andar ligero que empequeñece a su Antonio, se manosea la oreja, sueña con peces y sonríe a quien no debe. Otros oficiales de rango inferior, pero aun así destacado, cambian su opinión de Pym de la noche a la mañana y le envían notas zalameras por correo interzonas. «Marlene te manda su amor y está muy triste porque hayas tenido que marcharte de Viena sin despedirte de ella. Por un momento pareció que yo podría convertirme en tu jefe directo, pero la fortuna decretó otra cosa. M. y yo confiamos en que nos contraten en cuanto obtengamos el plácet de la Oficina de Guerra.» Pym es muy suyo, y conocerle es ser un iniciado: «La fantástica labor que el joven Pym está haciendo... Si de mí dependiera, le concedería una tercera estrella, sea o no sea militar de carrera.» «Tendrías que haber oído a Londres por teléfono, van a mandar el informe a la cumbre.» Por orden de Londres, nada menos, el sargento Pavel recibe el nombre cifrado de Mangasverdes, y Pym una felicitación. Voluptuosas intérpretes checas se enorgullecen de él, y le demuestran su satisfacción de formas refinadas.

–No me cuentes nunca lo que sucedió. Es una regla –le ordenó Sabina asestándole un mordisco mortal con sus gruesos labios tristes.

–No lo haré.

–¿Es guapo, el amigo de Jan? ¿Es hermoso? ¿Como tú? Le amaría inmediatamente, ¿sí?

–Es alto, guapo y muy inteligente.

–¿Es sexy también?

–Muy sexy.

–¿Homosexual, como tú?

–Totalmente.

La descripción complació a Sabina de algún modo profundo y satisfactorio.

–Eres un hombre bueno, Magnus –le aseguró ella–. Tienes buen gusto en proteger a ese hombre como si fuera mi hermano.

Llegó el día en que el sargento Pavel iba a efectuar su segunda aparición. Tal como Axel había previsto, Viena había preparado para él un denso cuestionario de preguntas complementarias respecto a su primer ofrecimiento. Pym las llevó escritas en un cuaderno de taquigrafía. Llevó asimismo emparedados de salmón ahumado y un *Sancerre* excelente de Membury. Llevó cigarrillos y café, chocolates de menta del economato y todo lo que se les había ocurrido a los expertos gastronómicos de Div Int para llenar la barriga de un valiente desertor *in situ*. Mientras comían el salmón ahumado y bebían vodka, aclararon los puntos principales.

–¿Qué me has traído esta vez? –preguntó Pym alegremente cuando llegaron a una pausa natural en sus deliberaciones.

–Nada –respondió tranquilamente Axel, sirviéndose más vodka–. Que pasen un poco de hambre. Así tendrán más apetito la próxima vez.

–Pavel está sufriendo una crisis de conciencia –informó Pym a Membury al día siguiente, siguiendo al pie de la letra las instrucciones de Axel–. Tiene problemas con su mujer, y su hija se acuesta con un oficial ruso indeseable cada vez que a Pavel le envían a Austria. No le presioné. Le dije que aquí nos tenía, que podía confiar en nosotros y que no vamos a agravar sus problemas. Creo que a la larga nos lo va a agradecer. Pero le formulé nuestras preguntas sobre las fuerzas blindadas concentradas al este de Praga, y respondió cosas muy interesantes.

Un coronel llegado de Viena asistía a la entrevista.

–¿Qué dijo? –preguntó, escuchando atentamente a Pym.

–Dijo que cree que están protegiendo algo.

–¿Tiene idea de qué?

–Armamento de algún tipo. Podrían ser cohetes.

–No pierda el contacto con él –aconsejó el coronel, y Membury desinfló las mejillas y puso la expresión de padre orgulloso que había llegado a ser.

En su tercer encuentro, Mangasverdes resolvió el misterio de las fuerzas blindadas y facilitó, por añadidura, un desglose de los efectivos aéreos totales con que los soviéticos contaban en Checoslovaquia el mes de noviembre anterior. O casi totales. Viena, en todo caso, estaba asombrada, y Londres autorizó el pago de dos pequeños lingotes de oro, siempre que los ingleses borraran primero las muestras de ensaye para, si se terciaba, poder desmentir la entrega de los lingotes. El sargento Pavel quedó, de este modo, caracterizado como un hombre avaro, lo que simplificó las cosas para todo el mundo. Después, durante varios meses, Pym anduvo yendo y viniendo entre Axel y Membury, como un mayordomo al servicio de dos amos. Membury consideró la conveniencia de conocer personalmente a Mangasverdes: Viena, al parecer, pensaba que sería una buena idea. Pym actuó de intermediario, pero regresó con la triste noticia de que Pavel quería tratar únicamente con Pym. Membury se resignó. Era la época de reproducción de las truchas. Viena convocó a Pym y le invitó a cenar. Coroneles, comodoros del aire y oficiales de la armada rivalizaron en reclamarle como suyo. Pero fue Axel, como se vio después, quien se reveló como su casa matriz y su verdadero propietario.

–Sir Magnus –susurró Axel–. Ha sucedido algo muy terrible.

Su sonrisa había perdido jactancia. Tenía los ojos obsesionados, y sombras intensas alrededor del párpado inferior. Pym le había llevado una infinidad de exquisiteces, pero Axel las rechazó todas.

–Tienes que ayudarme, Sir Magnus –dijo, lanzando miradas asustadas hacia la puerta del cobertizo–. Eres mi única esperanza. Ayúdame, por el amor de Dios. ¿Sabes lo que hacen con la gente como yo? ¡No me mires así! ¡Piensa algo, para variar! ¡Te toca a ti!

Estoy en el cobertizo en este momento, Tom. He vivido allí desde hace ya más de treinta años. El techo moteado de la señorita Dubber se ha desprendido, exponiendo las viejas vigas y a los murciélagos colgados boca abajo. Puedo oler el humo de su puro desde donde estoy sentado y puedo ver las cuencas de sus ojos oscuros a la luz de la lámpara mientras Axel susurra el nombre de Pym como el inválido que antaño había sido: tráeme música, tráeme pintura, tráeme pan, tráeme secretos. Pero en su voz no hay autocompasión, no hay súplica ni remordimiento. Nunca fue ése el estilo de Axel. Axel exige. Su voz es a veces suave, ciertamente. Pero nunca deja de ser poderosa. Es él mismo, como siempre. Es Axel, está endeudado. Ha cruzado fronteras y recibido palizas. No estoy pensando para nada en mí. Ni ahora ni entonces.

–Están deteniendo a mis amigos allí, ¿has oído? A dos de nuestro grupo les sacaron a rastras de la cama ayer en Praga. Otro desapareció cuando iba al trabajo. Tuve que hablarles de nosotros. Fue la única salida.

El alcance de esta revelación tarda un momento en penetrar en el entendimiento preocupado de Pym. Incluso cuando ha penetrado, su voz sigue expresando desconcierto:

–¿De nosotros? ¿De mí? ¿Qué dijiste? ¿A quién, Axel?

–No con detalle. En principio. Nada malo. No dije tu nombre. Está bien, sólo que es más complicado, requiere más tacto. He sido más astuto que los otros. A la larga puede ser mejor.

–¿Pero qué les dijiste de *nosotros*?

–Nada. Escucha. Para mí es distinto. Los demás trabajan en fábricas, en universidades, no tienen escapatoria. Cuando les torturan dicen la verdad, y la verdad les mata. Yo, en cambio, soy un gran espía, mi posición es sólida, lo mismo que la tuya. «Claro –les digo–. Cruzo la frontera. Es mi cometido. Reúno información, ¿se acuerdan...?» Finjo indignarme, exijo ver a mi oficial superior. No es mal hombre, ese oficial. No cien por cien, tal vez sólo un sesenta por ciento. Pero también odia a los Ivanes. «Estoy encandilando a un traidor inglés –le digo–. Es un pez gordo. Un oficial del ejército. No se lo he comunicado a usted a causa de los muchos titistas que hay dentro de nuestra organización. Quíteme de encima a la policía secreta y compartiremos el fruto cuando le apriete las clavijas a mi hombre.»

Pym ha enmudecido. No se molesta en preguntar lo que el oficial ha respondido o hasta qué punto la vida real de Axel puede compararse con la vida ficticia del sargento Pavel. Las células se mueren todo alrededor, en su cabeza, en la ingle, en la médula del hueso. Sus pensamientos amorosos acerca de Sabina son tan viejos para él como los recuerdos de la infancia. Sólo existen Pym, Axel y el desastre en el mundo. Se está transformando en un hombre viejo al mismo tiempo que escucha. La ignorancia de siglos desciende sobre él.

–Me dice que tengo que llevarle una prueba –dice Axel por segunda vez.

–¿Una prueba? –musita Pym–. ¿Qué clase de prueba? ¿Prueba? No te entiendo.

–Información. –Axel frota el dedo íncide contra el pulgar, exactamente como en una ocasión había hecho E. Weber–. Mercancía. Material. Dinero. Algo que un traidor inglés como tú pudiese proporcionarme si le chantajeo. No tienen que ser los secretos de la bomba atómica, pero tiene que ser algo bueno. Lo bastante bueno para taparle la boca. Que no sea basura, ¿comprendes? Él también tiene jefes.

Axel sonríe, aunque no es una sonrisa que me guste recordar, tampoco ahora.

–Siempre hay un fulano que está más arriba en la escalera, ¿verdad, Sir Magnus? Hasta cuando crees que estás arriba del todo. Cuando alcanzas la cima los tienes debajo, se columpian de tus botas. Así son las cosas en nuestro sistema. «Nada de embustes –me dice–. Sea lo que sea, tiene que ser valioso. Entonces podremos arreglar esto.» Roba algo, Sir Magnus. Si amas mi libertad, agénciame algo grande.

–Da la impresión de que ha visto visiones –dice el cabo Kaufmann cuando Pym regresa al jeep.

–Es el estómago –dice Pym.

Pero en el viaje de vuelta a Graz empezó a sentirse mejor. La vida es servicio, meditó. Es simplemente cuestión de determinar qué acreedor reclama más fuerte. La vida es pago. La vida es velar por los demás, cueste lo que cueste.

Esa noche, Tom, hubo media docena de Pyms reconstruidos vagando por las calles de Graz, y de ninguno de ellos tengo que avergonzarme ahora, no hay ninguno al que no abrazaría dichoso, como a un hijo perdido hace mucho que hubiera pagado su deuda con la sociedad y hubiera retornado a casa, si llamara ahora mismo a la puerta de la señorita Dubber y dijera: «Padre, soy yo.» Creo que en toda su vida no hubo una sola noche en que pensara menos en sí mismo y más en sus obligaciones para con el prójimo que aquella en que estuvo rondando por el reino de su ciudad bajo las sombras de esplendores Habsburgo derruidos, deteniéndose ya ante las verjas frondosas del espacioso alojamiento conyugal de Membury, ya en la entrada de la tétrica casa de apartamentos de Sabina, mientras elaboraba su plan y les dirigía promesas tranquilizadoras. «No se preocupe lo más mínimo –dijo a Membury en su corazón–. No sufrirá humillación, su lago seguirá repoblándose y su puesto estará seguro durante tanto tiempo como desee ocuparlo. Las máximas autoridades del país continuarán respetándole como al genio que preside la operación Mangasverdes.» «Tus secretos están en mis manos –susurró a la ventana apagada de Sabina–. Tu empleo con los ingleses, tu heroico hermano Jan, tu opinión exaltada de tu amante Pym, todo está a salvo. Mimaré todo eso igual que mimo tu cuerpo suave y cálido que duerme su sueño inquieto.»

No tomó decisiones porque no abrigaba dudas. El cruzado solitario había reconocido su misión, el espía curtido cuidaría los detalles, el enlace leal no volvería a traicionar a su amigo a cambio de la ilusión de ser un servidor del bien nacional. Nunca había visto más claramente sus amores, sus deberes y sus alianzas. «Axel, estoy en deuda contigo. Juntos podemos cambiar el mundo. Te llevaré regalos como tú me trajiste regalos a mí. No volveré a enviarte a los campamentos.» Si sopesó alternativas, fue tan sólo para rechazarlas como desastrosas. En los últimos meses, el fantasioso Pym había transformado al sargento Pavel en una figura que era objeto de gozo y admiración en los pasillos secretos de Graz, Viena y Whitehall. Bajo su habilidosa dirección, las borracheras, las aventuras galantes y los arranques de valentía quijotescos del héroe colérico se habían convertido en una leyenda. Aun en el caso de que Pym estuviese dispuesto a defraudar por segunda vez la confianza de Axel, ¿cómo podría presentarse ante Membury y decirle: «Señor. El sargento Pavel no existe. Mangasverdes es mi amigo Axel, que solicita que le entreguemos secretos ingleses auténticos»? Los ojos bondadosos de Membury se abrirían como platos, su cara inocente se desharía en arrugas de tristeza y desesperación. Su fe en Pym se marchitaría, y con ella su reputación: Membury a la picota, despedid a Membury; que se vuelvan a casa. Membury, su mujer y sus hijas. Peor aún sería el desastre si Pym optaba por el término medio de resolver el dilema de Axel por mediación del ficticio sargento Pavel. Había interpretado también esa escena imaginariamente: «Señor. Han sido descubiertos los pasos de fronteras del sargento Pavel. Ha confesado a la policía política checa que tiene a un agente inglés en juego. Por consiguiente, tenemos que darle bisutería para respaldar su historia.» Div Int no estaba autorizado a controlar agentes dobles. Graz mucho menos. Hasta un desertor en su propio terreno representaba un exceso. Sólo la insistencia de Mangasverdes en tratar personalmente con Pym había impedido que Londres tomara las riendas del asunto mucho antes, y ya se celebraban negociaciones serias acerca de quién controlaría a Pavel cuando Pym concluyese su servicio militar. Colocar a Axel o al sargento Pavel en la situación de agente doble desencadenaría un rosario de consecuencias inmediatas, todas ellas temibles: Membury perdería a Mangasverdes en beneficio de Londres; el sucesor de Pym descubriría el engaño en cinco minutos; Axel sería nuevamente traicionado y sus probabilidades de supervivencia serían nulas; enviarían a los Membury a Siberia.

No, Tom. En tanto Pym consumía la noche trascendental bajo un dosel de ideales inasequibles, absteniéndose del lecho de Sabina por la pureza de su alma, no se estaba atormentando con grandes decisiones. No estaba examinando su espíritu inmortal en previsión de lo que los puristas podrían denominar una acción pérfida. No reflexionó que la mañana siguiente era el día fijado para su ejecución irrevocable: el día en que moriría para Pym toda esperanza y el día en que habría de nacer tu padre. Estaba contemplando el amanecer de una jornada bella y armoniosa. Una jornada en que iba a enmendarse un historial aciago, en que la suerte de todos aquellos de quienes era responsable descansaría en sus manos, en que los electores de su circunscripción oculta se postrarían de rodillas para agradecer a Pym y a su Hacedor que hubiese nacido para ocuparse de ellos. Estaba radiante; exultaba. Estaba dejando que su buena voluntad y su fe en sí mismo le armaran de valor. El cruzado secreto había depositado su espada sobre el altar y estaba transmitiendo mensajes fraternales al dios de las batallas.

–¡Axel, pásate a nosotros! –le había suplicado Pym–. Olvídate del sargento Pavel. Puedes ser un desertor corriente. Yo te protegeré. Te daré todo lo que necesites. Lo prometo.

Pero Axel era tan intrépido como resuelto.

–No me aconsejes que traicione a mis amigos, Sir Magnus. Soy el único que puede salvarles. ¿No te he dicho que he cruzado mi última frontera? Si me ayudas podemos obtener una gran victoria. Estáte aquí el miércoles a la misma hora.

Cartera en mano, Pym se dirige con paso veloz al piso más alto de la casona y abre con llave la puerta de su despacho. «Soy hombre madrugador, todo el mundo lo sabe.» Pym se levanta temprano, es diligente, Pym ha concluido una jornada laborable cuando la mayor parte de sus colegas está todavía afeitándose. El despacho de Membury comunica con el suyo por un par de puertas grandes. Pym empuja las jambas y entra. Cuando lo hace, su sensación de bienestar se vuelve intolerable: una mezcla vertiginosa de determinación, honradez y liberación. Soy afortunado. El escritorio de estaño de Membury no es el escritorio *Reichskanzlei*. Su parte frontal es de hojalata vieja y la navaja del ejército suizo que maneja Pym conoce bien los cuatro tornillos. En el tercer cajón inferior de la mano izquierda, Membury guarda las obras de consulta básicas: las ordenanzas de la unidad, *Peces cobrizos del mundo*, un listín telefónico reservado, *Lagos y vías fluviales de Austria*, Orden de Batalla de la inteligencia militar en Londres, una lista de los acuarios principales y un mapa para Div Int, Viena, mostrando las unidades y sus funciones, pero sin nombres. Pym introduce una mano. No es una invasión. No es un castigo justo. No va a grabar iniciales en el panel. «Estoy aquí para administrar una caricia.» Carpetas, manuales de hojas sueltas. Instrucciones de señales con la rúbrica «Ultrasecreto», que Pym nunca ha visto. «Esto es un préstamo, no un robo.» Abriendo la cartera, saca una cámara Agfa, fabricada en exclusiva para el ejército, con una cadena de agrimensor de treinta centímetros atada a los objetivos. Es la misma cámara que usa cuando Axel le lleva materia prima y Pym tiene que fotografiarla allí mismo. La prepara y la coloca encima del escritorio. «He nacido para esto», piensa, no por primera vez. En el principio fue el espía.

De un expediente con la leyenda «Vertebrados» tachada en la cubierta, elige el Orden de Batalla de Div Int. «Axel lo conoce, a fin de cuentas», razona. Sin embargo, hay impresionantes sellos de «Ultrasecreto» arriba y abajo, y un sello de distribución para garantizar la autenticidad. Si amas mi libertad, agénciame algo grande. Lo fotografía una vez y después otra, y le invade un sentimiento de desilusión. Hay treinta y seis temas en este rollo. «¿Por qué ser tan tacaño de darle sólo dos? Podría hacer algo en pro de nuestro entendimiento mutuo. Axel, tú mereces algo mejor.» Recuerda una valoración reciente de la Oficina de Guerra sobre la amenaza rusa. Si se leen esto, leerán cualquier cosa. Está en el cajón superior, junto a un *Manual de mamíferos acuáticos*, y empieza por un resumen de conclusiones. Fotografía todas las páginas y termina el rollo. «¡Lo he hecho, Axel! Somos libres. ¡Hemos arreglado el mundo, exactamente como tú dijiste! Somos hombres del medio campo: ¡hemos fundado nuestro país con la población de dos!»

–Prométeme que no volverás a traerme nada tan bueno, Sir Magnus –dijo Axel en su siguiente encuentro–. Si lo haces, me nombrarán general y no podremos volver a vernos.

Querido padre (escribió Pym al hotel «Majestic» de Karachi, donde al parecer vivía Rick por motivos de salud):

Gracias por tus dos cartas. Me alegro mucho de saber que haces buenas migas con el Aga Khan. Creo que estoy haciendo un buen trabajo aquí y que estarías orgulloso de mí.

14

Cuando Mary Pym, a la edad de dieciséis años, decidió que había llegado el momento de perder la virginidad, simuló una fuerte dosis de vapores adolescentes y el ama de llaves la metió en la cama en lugar de permitirle que jugara al hockey. Mary estuvo en la enfermería, mirando a la pared, hasta que sonó la campana de las tres, y se dijo que el ama de llaves libraba hasta las cinco. Esperó exactamente cinco minutos más, según su reloj de pulsera, contuvo la respiración durante treinta segundos, lo que siempre le ayudaba a armarse de valor, y luego bajó de puntillas por la escalera trasera de piedra, pasó por delante de las cocinas y la lavandería y atravesó un trecho de hierba ajada rumbo a un viejo invernadero de ladrillo donde el ayudante del jardinero había instalado una cama provisional de mantas y arpillera vieja. El resultado fue más espectacular de lo que razonablemente ella podía esperar, pero lo que más saboreó después no fue tanto el acontecimiento como la anticipación del mismo: el tumbarse audazmente en la cama, con la falda arrugada en torno a la cintura, sabiendo que nada iba a detenerla ahora que había tomado la decisión; la sensación de libertad que experimentó cuando franqueaba el límite prohibido en estado de pecado.

Y era la misma sensación que experimentaba ahora, recatadamente sentada en la fila central del salón recargado de Caroline Lumsden, con sus espantosas mesas Thai y sus chillones cuadros chinos y su estantería llena de budas fabricados en serie, mientras escuchaba a Caroline, que pretendía parecer la reina al gimotear, con su pastoso canto del cisne, las actas de la última reunión de la filial vienesa de la Asociación de Esposas de Diplomáticos. «Lo voy a hacer –se dijo Mary, con absoluta calma–. Si no resulta de una manera, haré que resulte de otra.» Miró a la ventana. Al otro lado de la calle, Georgie y Fergus estaban sentados con las cabezas juntas en su «Mercedes» alquilado, dos amantes fingiendo que estudiaban un mapa de la calle al tiempo que vigilaban la puerta principal y el «Rover» de Mary aparcado en el sendero de Caroline. «Usaré la puerta de atrás. Funcionó entonces y funcionará ahora.»

–Se acordó, por tanto, *unánimemente* –se estaba lamentando Caroline– que el *informe* de los inspectores del ministerio de Asuntos Exteriores sobre el coste local de la vida era a la vez tendencioso *e* inexacto, y que se formaría *inmediatamente* un subcomité económico, encabezado, me complace decirlo, por la *señora* McCormick.

Un silencio respetuoso. Ruth McCormick era la esposa del ministro de

Economía y, por lo tanto, un genio de las finanzas. Nadie mencionó que se dedicaba a follar con el agregado militar holandés.

–El subcomité especificará *todos* nuestros criterios y, una vez hecho esto, presentará una objeción *escrita* a nuestra asociación en Londres para que se entregue, por los *cauces* preceptivos, al jefe de inspectores *en persona*.

Aplausos de timbre soprano de catorce pares de manos femeninas, las de Mary inclusive. «Bravo, Caroline, bravo. En otra vida te tocará a ti ser el joven diplomático en ascenso y a tu marido le tocará quedarse en casa e imitarte.»

Caroline había pasado a todos los demás asuntos.

–El *lunes* próximo, nuestro semanal almuerzo trasatlántico en el «Manzi». A las doce y media *en punto* y cuatrocientos *schillings* por cabeza, al contado, por favor, lo que incluye dos vasos de vino, y por favor *no* llegar tarde, porque ha costado un trabajo *terrible* convencer a Herr Manzi de que nos reserve un comedor *privado*.

Pausa. «Dilo, estúpida», le instó Mary. Caroline no lo dijo. Aún no.

–De aquí a una semana, el viernes, por favor, Marjory de Weever pronunciará *aquí* su *fascinante* conferencia con diapositivas sobre aerobia, materia que enseñó con *mucho* éxito a la clase de tropa en el Sudán, donde su marido era el *segundo* en el mando. ¿No es así, Marjory?

–Bueno, en realidad era el encargado de negocios –bramó Marjory desde la primera fila–. El embajador sólo estaba allí tres meses de cada catorce. Sólo que Brian no cobraba ese trabajo, aunque eso no viene a cuento.

«¡Por todos los diablos! –pensó Mary–. *¡Ahora!*» Pero se había olvidado de que al maldito marido de Penny Sharlow le habían concedido una medalla.

–Y estoy segura de que a *todas* nos gustaría felicitar a Penny por el fantástico apoyo que ha prestado a James a lo largo de los años, y sin el cual apuesto a que no le hubieran dado *absolutamente* nada.

Esto último, aparentemente, fue una broma, ya que hubo una carcajada histérica de muy pocas voces, que Caroline acalló con una mirada melancólica al vacío. Adoptó su tono de duelo oficial.

–Y Mary, querida... Me has dicho que no te importaba que lo mencionase. –Mary agachó rápidamente la cabeza y se contempló el regazo–. Estoy segura de que a todo el mundo le gustaría que dijera *cuánto* sentimos la muerte de tu suegro. Sabemos que Magnus está *muy* afectado y esperamos que se recupere *pronto* y vuelva a desplegar entre nosotros su *alegría* de siempre, que a *todas* nos parece tan refrescante.

Murmullos de condolencia. Mary susurró «gracias» y zozobró un poco hacia adelante, pero no demasiado. Percibía la ansiosa pausa mientras todas esperaban a que levantase la cabeza, pero no lo hizo. Empezó a estremecerse y vio, impresionada, las lágrimas de verdad que caían sobre sus manos unidas. Emitió un sollozo estrangulado, y desde su oscuridad voluntaria oyó decir a la alegre señora Simpson, esposa del guarda de la cancillería, «Ven aquí, cielo», al mismo tiempo que rodeaba con un brazo enorme la espalda de Mary. Ella sollozó otra vez, rechazó sin mucho vigor a la señora Simpson y se puso de pie con esfuerzo y bañada en lágrimas: lágrimas por Tom, por Magnus, lágrimas por haber sido desflorada en el cobertizo y seguro que estoy embarazada. Dejó que la señora Simpson la agarrara del brazo, movió la cabeza y tartamudeó: «Estoy bien.» Al llegar al vestíbulo descubrió que Caroline Lumsden la había seguido.

–No, gracias... de verdad que no quiero tumbarme... mucho mejor dar un paseo... ¿Me traes el abrigo, por favor...? Azul, con un cuello de piel sucio... prefiero estar sola, si no te importa... has sido tan amable... Oh, Señor, creo que voy a llorar otra vez...

En cuanto estuvo en el largo jardín trasero de los Lumsden, recorrió el sendero, todavía encorvada, hasta perderse de vista detrás de los árboles. Entonces se movió de prisa. «Entrenamiento –pensó, con gratitud, mientras levantaba el picaporte de la cancela–: No hay nada mejor para enfriar la sangre.» Se encaminó velozmente hacia la parada de autobús. Pasaba uno cada catorce minutos. Lo había consultado.

–Oh, qué buenísima idea han tenido –exclamó la señora Membury, con la mayor satisfacción, mientras llenaba hasta los bordes el vaso de Brotherhood de vino confeccionado con bayas de saúco–. Oh, francamente me parece previsor y sensato. Nunca hubiera creído que la Oficina de Guerra tuviera ni la *mitad* de juicio. ¿Y *tú*, Harrison? No es sordo –explicó a Brotherhood, en tanto aguardaban–. Es sólo que piensa despacio. ¿Y tú, Harrison?

Harrison Membury había salido del arroyo al fondo del jardín, donde había estado cortando juncos, y llevaba todavía las botas altas. Era un hombre voluminoso y, a los setenta años, todavía juvenil, con mejillas rosadas e inmaduras y pelo blanco plateado. Se sentó en el extremo más lejano de la mesa y empezó a engullir tarta casera con té de una jarra enorme de cerámica que lucía escrita la palabra *Gramps*. Brotherhood advirtió que se desplazaba exactamente la mitad de rápido que su mujer y hablaba a la mitad de volumen.

–Pues no lo sé –dijo, cuando todos los demás habían olvidado la pregunta–. Había algunos chicos listos desperdigados por allí, en un lado u otro.

–Pregúntele algo sobre peces y le responderá *mucho* más aprisa –dijo la señora Membury, precipitándose hacia el rincón de la sala y sacando unos álbumes de entre las obras completas de Evelyn Waugh–. ¿Cómo están las truchas?

–Oh, muy bien –respondió Membury con una mueca.

–No estamos autorizados a comerlas, ¿sabe? Sólo el lucio puede zampárselas. Bueno, ¿no le parecería divertido ver las fotos? Es decir, ¿va a ser una historia *ilustrada*? No me lo diga. Eso duplica el precio. Lo decía el *Observer*. Las fotos duplican el coste de un libro. Pero yo creo que también duplican su atractivo. Sobre todo en las biografías. No aguanto una biografía si no puedo *mirar* a la persona de quien cuentan la vida. Harrison sí. Es cerebral. Yo soy visual. ¿Y usted?

–Creo que debo de ser más parecido a usted –dijo Brotherhood con una sonrisa, interpretando su pesado papel.

El pueblo era una de esas colonias georgianas semiurbanizadas a las afueras de Bath, donde católicos ingleses de cierto nivel social han decidido congregarse en el exilio. La casa se encontraba en la extremidad del pueblo que se abría al campo, y era una casona con un jardín angosto y en pendiente que descendía hasta un tramo de río, y ellos estaban sentados en sillones de ruedas en la cocina atiborrada de objetos, rodeados de platos sin fregar y chucherías vagamente votivas: una placa de cerámica rajada de la Virgen María, procedente de Lourdes; una cruz de junco deshilada y embutida detrás de la cocina; un móvil infantil de papel, con figuras de ángeles girando en la corriente de aire; una fotografía de Ronald Knox. Mientras hablaban, nietos mugrientos entraban a mirarles hasta que madres de elevada estatura les echaban fuera. Era un hogar en permanente y benévolo desorden, impregnado por el tenue escalofrío de la persecución religiosa. Un blanco sol matutino se colaba por la niebla de Bath. Se oía el rumor de agua lenta cayendo en los canalones.

–¿Usted es de la universidad? –inquirió Membury de pronto, desde el fondo de la mesa.

–Cariño, ya te lo he *dicho*. Es *historiador*.

–Bueno, a decir verdad soy más bien un soldado retirado, señor –contestó Brotherhood–. Tuve suerte en encontrar este empleo. A estas alturas estaría en el paro si no me hubiera surgido esto.

–¿Y cuándo va a salir? –gritó la señora Membury, como si todos estuviesen sordos–. Tengo que saberlo con *meses* de adelanto para poder inscribirme donde la señora Lanyon. Tristam, no des esos tirones. Aquí tenemos una biblioteca ambulante, ¿sabe usted? Magda, querida, haz algo con Tristam, que está intentando arrancar una página de historia. Viene una vez por semana, y es un auténtico regalo del cielo siempre que a una no le importe esperar. Mire, ésta es la mansión de Harrison, donde tenía su despacho y todo el mundo estaba a sus órdenes. El cuerpo principal es de 1680. El anexo es nuevo. Bueno, del XIX. Éste es el estanque. Lo repobló desde cero. La Gestapo había lanzado granadas y reventado a todos los peces. Sí. Cerdos.

–Por lo que dicen mis jefes, por lo pronto va a ser una obra de referencia interna –dijo Brotherhood–. Más tarde publicarán una versión expurgada para el mercado normal.

–Usted no es M.R.D. Foot, ¿verdad? –dijo la señora Membury–. No, no puede ser. Usted es Marlow. Pues creo que es un acierto, de todos modos. Es lo más sensato localizar a la gente antes de que la palme.

–¿Con quién estuvo de soldado? –preguntó Membury.

–Bueno, digamos que anduve un poco de un lado para otro –contestó Brotherhood con deliberada timidez, mientras se ponía sus gafas de lectura.

–Aquí está –dijo la señora Membury, tocando con un dedo minúsculo una foto de grupo–. Aquí. Ése es el joven por el que preguntaba. Magnus.

Él hizo el trabajo realmente brillante. Éste es el viejo *Rittmeister*. Era un verdadero encanto. Harrison, ¿cómo se llamaba el camarero, aquel que tenía que haber entrado en el seminario pero no tuvo valor?

–No me acuerdo –dijo Membury.

–¿Y quiénes son las chicas? –preguntó Brotherhood, sonriendo.

–Oh, Dios mío, no daban más que quebraderos de cabeza. Cada una estaba más chalada que la anterior, y si no estaban embarazadas se fugaban con amantes indeseables o se cortaban las venas. Podría haber abierto para ellas una clínica de horario continuo si en aquella época hubiéramos creído en el control de natalidad. Ahora somos híbridos. Nuestras hijas toman la píldora, pero todavía se quedan embarazadas por error.

–Nos servían de intérpretes –dijo Membury, cargando una pipa.

–¿No había un intérprete para la operación Mangasverdes? –preguntó Brotherhood.

–No hacía falta –respondió Membury–. El fulano hablaba alemán. Pym le controlaba solo.

–¿Completamente solo?

–Completamente. Mangasverdes insistía en que fuera así. ¿Por qué no habla usted con Pym?

–¿Pero quién le sustituyó cuando Pym se fue?

–Yo –dijo Membury orgullosamente, cepillando tabaco mojado de la pechera de su jersey astroso.

No hay nada como una libreta de lomo rojo para poner orden en una conversación incoherente. Tras haber extendido una, muy pausadamente, entre las sobras de varias comidas, y haber sacudido su gran brazo derecho a guisa de preámbulo antes de adoptar lo que él llamaba una actitud un poquito oficial, Brotherhood sacó una pluma del bolsillo con tanta ceremonia como un policía de pueblo en el lugar de autos. Habían desalojado a los nietos. Desde una habitación del piso superior llegaban los sonidos de alguien que intentaba arrancar música sacra a un xilófono.

–Si primero apuntamos todo esto, más tarde puedo volver a los datos individuales –dijo Brotherhood.

–Excelente idea –dijo severamente la señora Membury–. Harrison, querido, escucha.

–Por desgracia, como ya les he dicho, casi toda la materia prima sobre el caso Mangasverdes se ha destruido, perdido o extraviado, por lo que recae una responsabilidad mayor sobre los hombros de los testigos supervivientes: ustedes. Empecemos.

Durante un rato, después de esta solemne advertencia, reinó una cordura relativa en tanto Membury, con sorprendente exactitud, recordaba las fechas y el contenido de los triunfos principales de Mangasverdes y el papel desempeñado por el teniente Magnus Pym, del cuerpo de espionaje. Brotherhood escribía diligentemente e intervenía poco, haciendo una pausa únicamente para humedecerse el pulgar y pasar las hojas de la libreta.

–Harrison, cariño, otra vez vas lento –le interrumpía de vez en cuando su mujer–. Marlow no dispone de todo el día.

Y en una ocasión:

–Marlow tiene que volver a *Londres*, querido. Marlow no es un pez.

Pero Membury continuó nadando a su propio ritmo, ora describiendo los asentamientos militares soviéticos en el sur de Checoslovaquia, ora el laborioso método para abrir con una palanca los cofres de guerra de Whitehall, llenos de los lingotitos de oro que Mangasverdes insistía en recibir como pago, ora las luchas que había mantenido con Div Int para impedir que se excedieran en el uso de su agente favorito. Y Brotherhood, a pesar de la pequeña grabadora que anidaba una vez más en el bolsillo del pecho, lo expuso todo a la vista, las fechas a la izquierda, el material en el centro.

–¿Mangasverdes no tuvo en ningún momento otro nombre en clave? –preguntó como de paso, al tiempo que anotaba–. Algunas veces se rebautiza a un informante por razones de seguridad o porque han descubierto el nombre.

–Piensa, Harrison –le exhortó su mujer.

Membury se sacó la pipa de la boca.

–¿Fuente Wentworth? –sugirió Brotherhood, pasando una hoja.

Membury negó con la cabeza.

–Había también una informante. –Brotherhood titubeó ligeramente, como si el hombre casi le eludiera–. Serena, ¿no es eso? No, no era Serena. Sabina. La informante Sabina, que operaba en Viena. ¿O era en Graz? Quizás en Graz, antes de que usted llegara. Era una práctica corriente, al fin y al cabo, mezclar los sexos con los nombres cifrados. Una estratagema bastante común de desinformación, me han dicho.

–¿Sabina? –exclamó la señora Membury–. ¿No será *nuestra* Sabina?

–Está hablando de una informante, querida –dijo firmemente Membury, reaccionando con mucha más rapidez que de ordinario–. Nuestra Sabina era una intérprete, no un agente. Es totalmente distinto.

–Pues *nuestra* Sabina era una auténtica...

–No era una informante –dijo Membury con firmeza–. Vamos, no chismorrees. Poppy.

–¿Cómo ha dicho? –dijo Brotherhood.

–Magnus quería llamarle Poppy. Le llamamos así por un tiempo. Fuente Poppy. No me desagradaba. Luego llegó el Día del Armisticio y algún asno de Londres decidió que Poppy era insultante para los caídos...[1] Las amapolas son para los héroes, no para los traidores. Absolutamente típico de esa gente. Probablemente le ascendieron por eso. Un verdadero bufón. Yo estaba furioso, y Magnus también. «Poppy es un héroe», dijo. Me gustó aquello. Majo chico.

–Ya hemos hecho el esqueleto –dijo Brotherhood, inspeccionando sus notas–. Ahora vamos a ponerle carne, ¿de acuerdo?

Estaba leyendo los epígrafes que había escrito en el principio de la libreta antes de visitar a los Membury.

–Personalidades; bien, ya estamos tocando eso. Valía o inutilidad de los

1. *Poppy* significa amapola.

militares no profesionales en la actividad de espionaje durante el tiempo de paz: ¿eran una ayuda o un estorbo? En seguida lo hablaremos. Qué fue de ellos posteriormente: ¿triunfaron en la profesión que habían elegido? Bueno, puede ser que usted se haya mantenido en contacto con ellos, o puede ser que no. Esto es más bien problema nuestro que suyo.

–Sí, veamos, ¿qué *fue* de Magnus? –exigió la señora Membury–. Harrison estaba muy disgustado porque nunca escribió. Y yo también lo estaba. Ni siquiera nos comunicó si se había convertido. Nos pareció que estaba en un *tris* de hacerlo. Lo único que necesitaba era un empujón más. Harrison estuvo exactamente igual durante años. El padre D'Arcy tuvo que hablar por los codos hasta que Harrison vio la luz, ¿verdad, querido?

La pipa de Membury se había apagado y estaba examinando la cazoleta con expresión de desencanto.

–Nunca me gustó aquel tipo –explicó, con una espcie de remordimiento avergonzado–. Nunca le tuve mucho aprecio.

–Querido, no seas tonto. Tú adorabas a Magnus. Prácticamente le adoptaste. Tú sabes que es cierto.

–Oh, Magnus era un muchacho espléndido. Me refiero al otro. Al informante. A Mangasverdes. A decir verdad, me parecía un pequeño fraude. No dije nada; no parecía oportuno. Si Div Int y Londres estaban echando las campanas al vuelo, ¿para qué quejarnos?

–Tonterías –dijo la señora Membury, con mucha firmeza–. No le haga caso, Marlow. Estás siendo demasiado modesto, querido, como de costumbre. Tú eras el eje de la operación, y tú lo sabes. Marlow está escribiendo una *historia*, querido. Va a escribir sobre *ti*. No se lo estropees todo, ¿verdad, Marlow? Es la moda, hoy día. Apuntar, apuntar. Me pone realmente enferma. Mira lo que hicieron con el pobre capitán Scott en la televisión. Papá conocía a Scott. Era un hombre maravilloso.

Membury prosiguió como si ella no hubiese hablado.

–Todos los brigadieres de Viena estaban ilusionados como críos. Aplausos atronadores desde la Oficina de Guerra. Si todos estaban contentos, no tenía sentido que yo matase a la gallina de los huevos de oro. El joven Magnus estaba en la gloria. Bueno, no quise aguarle *su* fiesta.

–*Y* le estaban catequizando –dijo la señora Membury, enfáticamente–. Harrison lo había arreglado para que fuese a ver al padre Moynihan dos veces por semana. *Y* organizaba el cricket de la guarnición. *Y* estaba aprendiendo checo. No se puede hacer eso en un día.

–Ah, eso es interesante. Lo de aprender checo, digo. ¿Era porque tenía entonces un informante checo?

–Era porque Sabina le había echado el ojo, la muy lagarta –dijo la señora Membury, pero esta vez su marido le quitó la palabra de la boca.

–Su información era muy aparente –estaba diciendo, impávido–. Siempre tenía buena pinta en el plato, pero cuando empezabas a masticarla no sabía a nada. Esa impresión me daba. –Lanzó una risita de perplejidad–. Igual que cuando intentas comer un lucio. Todo espinas. Llegaba un informe, lo mirabas. Caray, esto es una joya, pensabas. Pero cuando lo mirabas más de cerca era aburrido. Sí, esto es cierto porque ya lo sabíamos... Sí, esto es posible pero no podemos verificarlo porque no tenemos nada sobre esa región. No quise decir nada, pero creo que los checos podían haber estado en misa y repicando las campanas al mismo tiempo. Siempre pensé que fue por eso por lo que Mangasverdes no apareció después de haber vuelto Magnus a Inglaterra. No estaba tan seguro de poder embaucar a un hombre más viejo. A mí, por ejemplo. Yo sólo soy un pez monstruo frustrado, ¿verdad, Hanna? Ella me llama así. Un pez monstruo frustrado.

La descripción les gustó tanto que se echaron a reír durante un rato y Brotherhood no tuvo más remedio que reír con ellos y posponer su pregunta hasta que Membury pudo oírla claramente.

–¿Quiere decir que nunca vio a Mangasverdes? ¿Él nunca acudió a la cita? Discúlpeme, señor –dijo, volviendo a su libreta–, pero, ¿no acaba de decir que usted se hizo cargo del informante Mangasverdes cuando Pym se marchó de Graz?

–Sí.

–Y ahora dice que nunca le vio.

–Totalmente cierto. No le vi nunca. Me dejó plantado en el altar, ¿verdad, Hanna? Me hizo ponerme mi mejor traje, envolver todas aquellas exquisiteces estúpidas que se suponía que le gustaban (Dios sabe cómo empezó aquello) y no apareció.

–Posiblemente Harrison se equivocó de noche –dijo la señora Harrison, con un nuevo acceso de risa–. Harrison es terrible para las fechas, ¿no, querido? No recibió *instrucción* en espionaje, ya ve. En Nairobi fue bibliotecario. Buenísimo, por cierto. Luego conoció a alguien en el barco y le liaron.

–Y allí me fui –dijo Membury, alegremente–. Me acompañó Kaufmann. Era el chófer. Un chico encantador. Bueno, conocía el lugar de los encuentros como la palma de su mano. No me equivoqué de noche, querida. Fui la noche que era, estoy seguro. La pasé sentado en un cobertizo vacío. Ni rastro de él, nada. No había medio de comunicar con él, todo era unilateral. Comí un poco de su estúpida comida. Bebí algo de lo suyo; eso sí lo disfruté. Volví a casa. Hice lo mismo a la noche siguiente y a la siguiente. Esperé alguna clase de mensaje, una llamada telefónica como la primera vez. Silencio absoluto. No se volvió a saber nada del tipo. Deberíamos haber hecho una cesión formal con Pym presente, pero Mangasverdes se negó a eso. Iba de *prima donna*, como todos los agentes. Uno solo a la vez. Norma inviolable.

Membury, distraídamente, dio un sorbo del vaso de Brotherhood.

–En Viena estaban furiosos. Me echaron la culpa de todo. Entonces les dije que de todos modos la información no era buena, pero de nada sirvió. –Lanzó otra carcajada–. Yo diría que por eso me echaron, para qué engañarnos. Ellos no me lo dijeron, ¡pero vaya que sí contribuyó!

La señora Membury había cocinado un *risotto* de atún porque era viernes, y un bizcocho de cerezas que se negó a permitir que su marido probara. Cuando terminó el almuerzo, ella y Brotherhood se sentaron en la orilla a observar el júbilo con que Membury cortaba los juncos. Había en el agua redes y tela metálica tendidas de una orilla a otra. Una vieja batea se hundía en su amarre, entre los cajones para la cría. Disipada la niebla, el sol brillaba radiante.

–Hablemos, pues, de la perversa Sabina –propuso taimadamente Brotherhood, lejos del alcance del oído de Membury.

La señora Membury no se hizo de rogar. Una auténtica lagarta, repitió:

–Una mirada a Magnus y se vio con un pasaporte británico, un flamante maridito inglés y nada de qué preocuparse para el resto de su vida. Pero me alegra decir que Magnus era demasiado astuto para ella. Debió de dejarla plantada. Él nunca lo dijo, pero nosotros lo entendimos así. Un día en Graz y al siguiente ya se había ido.

–¿Dónde fue ella entonces? –preguntó Brotherhood.

–Volvió a su casa en Checoslovaquia, según contó ella. Con el rabo entre las piernas, pensamos nosotros. Dejó una nota a Harrison diciendo que tenía morriña y que se volvía con su antiguo novio, a pesar del régimen brutal. Y *eso*, como usted se puede figurar, no le gustó nada a Londres. No mejoró la situación de Harrison. Le dijeron que tenía que haberlo visto venir y haber hecho algo.

–Me pregunto qué habrá sido de ella –caviló Brotherhood, en una ensoñación de historiador–. Usted no se acuerda de su apellido, ¿no?

–Harrison: ¿cuál era el apellido de Sabina?

La respuesta llegó a través del agua con sorprendente rapidez.

–Kordt. K–O–R–D–T. Sabina Kordt. Una chica muy guapa. Encantadora.

–Marlow pregunta qué fue de ella.

–Dios sabe. Lo último que supimos es que se había cambiado de nombre y conseguido un empleo en un ministerio checo. Uno de los desertores dijo que había estado trabajando para ellos en todo momento.

La señora Membury no pareció tan atónita como en seguida reveló que estaba.

–¡Ahora me sale con ésas! Cincuenta años de casados, treinta años y pico después de Austria, ¡y ni siquiera me dice que Sabina apareció en Checoslovaquia trabajando en un ministerio! Supongo que hasta Harrison tuvo un lío con ella, para qué engañarnos. Prácticamente todo el mundo lo tuvo. Bueno, querido, debió de ser una espía, ¿no? Se ve a la legua. No la habrían readmitido si no la hubieran tenido controlada todo el tiempo. Son demasiado vengativos. Así que Magnus hizo bien en quitársela de encima, ¿no? ¿Seguro que no quiere quedarse a tomar el té?

–Si me dejase algunas de esas fotos, se lo agradecería –dijo Brotherhood–. Haremos constar su ayuda en el libro, naturalmente.

Mary conocía la técnica al dedillo. En Berlín había visto a Jack Brotherhood utilizarla una docena de veces, y con frecuencia le había ayudado. En el campamento de instrucción lo denominaban juego de persecución: cómo realizar un encuentro con alguien de quien no te fías. La única diferencia consistía en que Mary era hoy el objeto de la operación y el autor de la nota anónima era quien no confiaba en ella:

> *Poseo información que podría conducirnos a ambos hasta Magnus. Tenga la bondad de hacer lo siguiente. Cualquier mañana, entre las diez y las doce, esté sentada en el vestíbulo del hotel «Ambassador». Cualquier tarde, entre las dos y las seis, tome un café en el café «Mozart». Cualquier noche, entre las nueve y las doce, esté en el salón del hotel «Sacher». El señor König la recogerá.*

El «Mozart», estaba semivacío. Mary se sentó a la mesa del centro, donde pudiesen verla, y pidió un café y un brandy. «Me han visto llegar y ahora están comprobando si me sigue alguien.» Fingiendo que consultaba su diario, tomó nota encubierta de las personas que la rodeaban y de los simones y autocares aparcados en la plaza, delante de los ventanales, buscando con la mirada cualquier cosa que pudiese asemejarse a una vigilancia. «Cuando tienes una conciencia como la mía, todo hiede, en definitiva», pensó: desde las dos monjas que fruncían el ceño ante las cotizaciones de la bolsa en la ventana del banco hasta el corro de jóvenes cocheros con bombín, que dan patadas contra el suelo y miran pasar a las chicas. En un rincón del café, un obeso caballero vienés estaba manifestando interés por ella. «Debería haberme puesto un sombrero –pensó–. No soy una respetable mujer sola.» Se levantó, fue al revistero y sin pensarlo escogió *Die Presse*. «Ahora supongamos que lo enrollo y salgo a dar un paseo con estos pies envueltos en medias», pensó estúpidamente, mientras lo abría por la página de cine.

–¿Frau Pym?

Una voz de mujer, un busto de mujer. Una cara risueña y afable de mujer. Era la chica de la caja.

–Así es –dijo Mary, devolviendo la sonrisa.

De detrás de la espalda, la chica sacó un sobre en el que estaba escrito, a lápiz, «Frau Pym».

–Herr König ha dejado este mensaje para usted. Lo lamenta mucho.

Mary le dio cincuenta *schillings* y abrió el sobre.

«Pague la cuenta, por favor, y salga del café al momento. Gire a la derecha, entre en la Meysedergasse y siga por la acera de la derecha. Cuando llegue a la zona peatonal gire a la izquierda y manténgase en el lado izquierdo, caminando despacio y admirando los escaparates.»

Tenía ganas de ir al excusado, pero no quería ir por si él pensaba que estaba dando el soplo a alguien. Guardó la nota en el bolso, terminó el café y llevó la cuenta a la caja, donde la joven le dedicó otra sonrisa.

–Estos hombres son todos iguales –dijo la chica, mientras el cambio caía por la rampa con estrépito metálico.

–A mí me lo va a decir... –dijo Mary.

Las dos se rieron.

Cuando ella salía del café entró una pareja joven, y tuvo el presentimiento de que eran americanos disfrazados. Pero un montón de austríacos lo era. Giró a la derecha y entró inmediatamente en la Meysedergasse. Las dos monjas seguían mirando las cotizaciones. Se mantuvo en la acera derecha. Eran las tres y veinte y la reunión de Esposas tenía que terminar para las cinco, a fin de que todas pudieran ir a casa a ponerse sus vestidos escotados y coger sus bolsos de lentejuelas para el mercado de ganado de la noche. Pero aunque todo el mundo se hubiera marchado y sólo el coche de Mary quedase en la entrada de los Lumsden, Fergus y Georgie podrían suponer perfectamente que se había quedado a tomar una copa tranquila a solas con Caroline. «Si vuelvo para las seis menos cuarto tengo posibilidades», calculó. Se detuvo frente a una corsetería y se sorprendió admirando un par de bragas negras de furcia en el escaparate. «¿Pero quién compra estas cosas? Bee Lederer, apuesto una libra contra un penique.» Confió en que no tardara en suceder algo, antes de que la embajadora en persona saliese del comercio cargada con una remesa de aquella lencería, o de que uno de los muchos hombres sin compromiso intentase ligarla.

–¿Frau Pym? Vengo de parte de Herr König. Sígame, por favor, aprisa.

Era una chica bonita, mal vestida y nerviosa. Al seguirla, asaltó a Mary el recuerdo abrumador de cuando estuvo en Praga visitando a un pintor que las autoridades no aprobaban. La calleja era diminuta y estaba atestada de compradores. La siguiente estaba desierta. Mary tenía todos los sentidos alerta. Olió a *delicatessen*, a escarcha y a tabaco. Miró por la puerta de una tienda y reconoció al hombre del café «Mozart». La chica giró a la izquierda, luego a la derecha y de nuevo a la izquierda. «¿Dónde estoy?» Llegaron a una plaza pavimentada. «Estamos en la Kärntnerstrasse. No, no estamos.» Un *hippie* sacó una foto a Mary e intentó entregarle una tarjeta. Ella le esquivó. Un oso rojo de plástico tenía la boca abierta a la espera de donativos para alguna obra de caridad. Un grupo de *pop* asiático cantaba música de los Beatles. Al otro lado de la plaza había una calzada de dos direcciones, y en el lado más próximo aguardaba un «Peugeot» marrón con un hombre al volante. En cuanto se acercaron, abrió rápidamente la portezuela de atrás. La chica agarró la puerta y dijo: «Suba, por favor.» Mary subió, y la chica tras ella. «Debe de ser el Ring», pensó. En tal caso, era una parte del Ring que no reconocía. Vio un «Mercedes» negro que les seguía despacio. «Fergus y Georgie», pensó, sabiendo que no eran. El conductor miró a ambos lados y dirigió el automóvil directamente hacia la vía central entre las dos calzadas: «*pum*, los neumáticos delanteros; *pum*, acabas de romperme el trasero». Todo el mundo tocaba la bocina y la chica miró inquieta por la ventanilla de atrás. Dejaron la calzada y circularon por una callejuela, atravesaron una plaza y pararon a la altura de la Ópera. La puerta del lado de Mary se abrió. La chica le ordenó apearse. Apenas Mary había pisado la acera cuando una segunda mujer pasó apretadamente junto a ella y ocupó su asiento. El coche partió velozmente, una sustitución tan impecable como Mary nunca había visto. Siguió al automóvil un «Mercedes» negro, aunque ella no pensó que fuese el mismo. Un joven apuesto y azorado la estaba guiando a un patio a través de una amplia entrada.

–Coja el ascensor, por favor, Mary –dijo el joven, en euroamericano, tendiéndole una hoja de papel–. Apartamento seis, por favor. Seis. Suba sola. ¿Entendido?

–Seis –dijo Mary.

Él sonrió.

–Hay veces en que estamos asustados y lo olvidamos todo.

–Claro –dijo ella.

Se dirigió hacia la entrada y él sonrió y le dijo adiós con la mano. Ella abrió la puerta y vio un ascensor viejo que esperaba con las puertas abiertas, y a un anciano portero que también sonreía. «Todos han estudiado en la misma escuela encantadora», pensó. Entró en el ascensor y dijo al portero: «El seis, por favor», y el portero pulsó el botón del ascensor. Cuando la puerta se hundía a sus pies vislumbró por última vez al joven que permanecía en el patio, todavía sonriente, y a un par de chicas bien vestidas que estaban a su espalda, consultando un pedazo de papel. El que ella tenía en la mano decía: «Seis Herr König.» «Qué raro –pensó, mientras lo deslizaba dentro del bolso–. A mí me pasa lo contrario. Cuando estoy asustada no olvido una cochina cosa. Como la matrícula del coche. Como la del "Mercedes" que nos ha seguido. Como la franja de pelo negro teñido en el cuello del chófer. Como el perfume "Opium" que llevaba la chica, y Magnus siempre insiste en que vaya con él cuando hace viajes en avión. Como la sortija gorda de oro con el sello rojo que el chico lleva en la mano izquierda.»

La puerta del número 6 estaba abierta. Junto a ella, una placa de cobre amarillo rezaba: «Interhansa Austria AG.» Entró y la puerta se cerró tras ella. Una chica de nuevo, pero no bonita. Una muchacha hosca y fuerte, de cara vulgar eslava y expresión rencorosa y antipartido. Con un mal gesto, indicó a Mary que avanzase. Entró en una sala oscura y no vio a nadie. Al fondo había otro par de puertas, también abiertas. El mobiliario era de falso estilo antigua Viena. Falsas cómodas y falsos cuadros antiguos desfilaron ante ella conforme avanzaba. Falsas lámparas alargaban sus brazos hacia ella desde el falso empapelado imperial. Mientras seguía avanzando reincidió en la expectación erótica que había experimentado en la reunión de Esposas. «Va a ordenarme que me desvista y le voy a obedecer. Va a llevarme a una cama roja de cuatro columnas y me van a violar cuatro lacayos para placer suyo.» Pero la segunda habitación no albergaba una cama con dosel: era una sala como la primera, con una mesa, dos butacas y una pila de *Vogue* atrasados sobre la mesita del café. Por lo demás estaba vacía. Furiosa, Mary se volvió en redondo con la intención de decir una grosería a la eslava de cara vulgar. Se encontró, por el contrario, cara a cara con él. Estaba de pie en la puerta, fumando un puro, y por un segundo a ella le desconcertó no haberlo olido, pero de un modo misterioso sabía que nada de él habría de sorprenderle. Al momento siguiente el aroma la había alcanzado y movió una mano perezosa, como si fuese la forma en que se saludaban siempre cuando se encontraban totalmente vestidos en apartamentos vieneses.

–Es una mujer valiente –comentó él–. ¿Esperan que vuelva pronto, o qué es lo convenido? ¿Qué podemos hacer para hacerle la vida más sencilla?

«Es completamente cierto –pensó ella, con absurdo alivio–. Lo primero que se le pregunta a un agente es de cuánto tiempo dispone. Lo segundo es si necesita ayuda inmediata. Magnus está en buenas manos.» Pero ella ya lo sabía.

–¿Dónde está? –preguntó.

Él poseía la autoridad que le facultaba para confesar su fracaso.

–Si lo supiéramos, ¡qué felices estaríamos los dos! –asintió él, como si la pregunta de Mary hubiese sido una declaración de angustia, y con su larga mano le indicó la silla en que le pedía que se sentara. «Estaría*mos* –pensó–. Somos iguales y sin embargo tú mandas. No me extraña que Tom se enamorara de ti a primera vista.»

Estaban sentados uno enfrente del otro, él en el sofá dorado y ella en la silla dorada. La joven eslava había llevado una bandeja con vodka, pepinillos y pan negro, y la devoción que profesaba a su amo era obscena, de tantos remilgos y sonrisitas. «Es una de sus Marthas», pensó Mary, que era el nombre con que Magnus designaba a sus secretarias de las distintas sedes. Él sirvió dos vasos cargados, y al hacerlo los sostuvo en alto, meticulosamente, por turnos. Bebió a la salud de Mary, mirando por encima del borde. «Es lo que hace Magnus –pensó ella–. Y lo aprendió de ti.»

–¿Ha telefoneado? –preguntó él.

–No. No puede.

–Por supuesto que no –asintió él, comprensivamente–. El teléfono está intervenido y él lo sabe. ¿Ha escrito?

Mary negó con la cabeza.

–Es prudente. Le están buscando por todas partes. Están inmoderadamente furiosos con él.

–¿Y usted?

–¿Cómo puedo estarlo cuando le debo tanto? El último mensaje que me mandó fue que no quería volver a verme. Decía que era libre y adiós. Sentí una auténtica punzada de envidia. ¿Qué libertad ha encontrado tan de repente que no puede compartirla con nosotros?

–A mí me dijo lo mismo. Me refiero a lo de que era libre. Creo que se lo dijo a varias personas. A Tom también.

«¿Por qué te hablo como si fueras un antiguo amante? ¿Qué clase de puta soy que puedo despojarme de mis lealtades al mismo tiempo que de mi ropa?» Si él hubiera extendido la mano y tomado la suya, ella le habría dejado. Si él la hubiera atraído hacia él...

–Debería haber acudido a mí cuando se lo dije –dijo él, con el mismo tono de reproche filosófico–. «Se acabó, Sir Magnus», le dije... Yo le llamo así. Perdone.

–En Corfú –dijo ella.

–En Corfú, en Atenas, en todas partes donde pude hablar con él. «Ven conmigo. Estamos acabados, tú y yo. Es hora de que los viejales como nosotros hagamos sitio a la siguiente generación angustiada.» Él no lo veía así. «¿Quieres ser como uno de esos pobres actores a los que literalmente hay que sacar a rastras del escenario?», le dije. No quiso escucharme. Estaba tan empeñado en que le absolverían...

–Casi lo hicieron. Quizá lo hayan hecho. Él lo creía.

–Brotherhood ganó un poco de tiempo, eso es todo. Ni siquiera Jack podía frenar la marea indefinidamente. Además... Jack se ha unido ahora a los malos chicos. El infierno no tiene la cólera de un protector burlado.

«Él le enseñó a Magnus su estilo –pensó Mary, en un nuevo atisbo de reconocimiento–. El estilo que siempre deseaba para su novela. Le enseñó la manera de sobreponerse a las flaquezas humanas y el modo de reírse igual que un dios de sí mismo como un método de rechazar el pesimismo. Hizo por él todas las cosas que una mujer agradece, salvo que Magnus es un hombre.»

–Parece ser que su padre fue un hombre bastante misterioso –dijo él, encendiendo otro puro–. ¿Qué cree usted que hay de cierto en eso?

–No lo sé. No le conocí. ¿Y usted?

–Yo le vi muchas veces. En Suiza, cuando Magnus era estudiante, su padre era un gran capitán de la marina inglesa que se había hundido con su barco.

Ella se rió. «Que el cielo me ayude, me estoy riendo. Ahora soy yo la que ha encontrado el estilo.»

–Ah, sí. Después, lo siguiente que supimos de él fue que era un gran barón de las finanzas. Sus tentáculos se extendían por todos los bancos de Europa. Se había salvado milagrosamente de morir ahogado.

–Oh, Cristo –dijo ella.

Y rompió de nuevo en una carcajada catártica e incontrolable.

–Puesto que yo era alemán en aquella época sentí, naturalmente, un gran alivio. Hasta entonces había tenido muy mala conciencia por haber hundido a su padre. ¿Qué le pasa a su marido, dígame, que nos produce tan mala, tan mala conciencia?

–Su voltaje –dijo ella, sin pensar, y dio un largo trago de vodka.

Estaba temblando y le ardían las mejillas. Él la observó en calma, ayudándola a serenarse.

–Usted es su otra vida –dijo Mary.

–Siempre me decía que yo era su amigo más antiguo. Si usted sabe otra cosa, por favor, no destruya mis ilusiones.

Ella la estaba recuperando. La cabeza. La habitación se estaba despejando y su cabeza con ella.

–Tenía entendido que ese puesto estaba reservado para una persona llamada Poppy –dijo ella.

–¿Dónde ha oído ese nombre?

–Aparece en el gran libro que está escribiendo. «Poppy, mi más querida, mi más antigua amistad.»

–¿Eso es todo?

–Oh, no. Hay mucho más. Poppy llena mucho espacio cada cinco páginas. Poppy esto, Poppy lo otro. Cuando encontraron la cámara y el libro de claves encontraron también amapolas secas[1], como recuerdo.

Ella había esperado desconcertarle, pero lo único que consiguió sacarle fue una sonrisa de gratificación.

–Me halaga. Poppy es el fantasioso nombre en clave que él me asignó hace muchos años. He sido Poppy durante la mayor parte de la vida de ambos.

Por alguna razón, ella se quedaba allí, combativa.

–¿Entonces qué es él? –exigió–. ¿Es comunista? No puede serlo. Es demasiado ridículo.

Él abrió sus largas manos. Sonrió de nuevo, contagiosamente, ofreciendo un bono inmediato de su desconcierto. Era invulnerable.

–Me he preguntado eso mismo muchas veces. Y entonces pienso... ¿quién cree en el matrimonio en estos tiempos? Es un buscador. ¿Le parece poco? Estoy seguro de que en nuestra profesión no deberíamos pedir nada más. ¿Se imagina estar casada con un ideólogo sedentario? Tuve un tío que era pastor luterano. Nos aburría a todos mortalmente.

Ella se sentía más fuerte. Menos enloquecida. Más indignada.

–¿Qué hacía Magnus para usted? –preguntó.

–Espiaba. Selectivamente, es cierto. Pero traidoramente, lo cual también es cierto. Y a menudo muy enérgicamente... algo que usted comprenderá en él. Cuando vive feliz cree en Dios y quiere que todo el mundo reciba un regalo. Cuando está decaído tiene mal genio y se niega a ir a la iglesia. Los que le controlamos tenemos que transigir con eso.

Nada le había sucedido a Mary. Estaba erguida y bebiendo vodka en el apartamento de un desconocido. «Ha pronunciado la sentencia», pensó, calmosamente, como si estuviera asistiendo al juicio de otra persona. Magnus ha muerto. Mary ha muerto. Su matrimonio ha muerto. Tom es un huérfano cuyo padre es un traidor. Todo el mundo está perfectamente.

–Pero yo no le controlo –objetó ella, respondiendo a su frase con bastante calma.

Él no pareció notar la nueva frialdad de su voz.

–Permítame explicarme un poco. Quiero a su marido.

«Tienes que quererle –pensó ella–. Al fin y al cabo, nos ha sacrificado a todos por ti.»

–Yo también le debo mucho –continuó él–. Puedo darle lo que quiera para el resto de sus días. Le estoy sumamente agradecido de que me prefiera a Jack Brotherhood y a su servicio.

«No te prefiere –pensó–. En absoluto.»

–¿Ha dicho algo? –preguntó él.

Ella sonrió, entristecida por él, y negó con la cabeza.

–Brotherhood quiere atrapar a su marido y castigarle. Yo, lo contrario. Yo quiero encontrarle para recompensarle. Le daremos todo lo que nos permita darle.

1. *Poppy* significa amapola.

Dio una chupada a su puro.

«Eres un impostor –pensó ella–. Seduces a mi marido y te llamas amigo suyo y mío.»

–Usted conoce este oficio, Mary. No necesito decirle que un hombre en su situación es una mercancía muy deseable. Dicho con mayor franqueza, no podemos permitirnos el lujo de perderle. Lo último que queremos es que pase lo que le quede de vida útil en una cárcel inglesa, contando a las autoridades lo que ha estado haciendo durante estos treinta y pico años. Tampoco queremos particularmente que escriba un libro.

«Queréis –pensó ella–. ¿Y qué pasa con nosotros?»

–Preferiríamos con mucho que disfrutase de un retiro bien ganado con nosotros... Con distinción, medallas y su familia alrededor si lo desea: donde todavía podamos consultarle si fuera necesario. No puedo garantizarle que le consintamos llevar la doble vida a la que está acostumbrado, pero en todo lo demás haremos lo posible por satisfacer sus necesidades.

–Pero él no quiere volver a verle, ¿no? Por eso se ha escondido.

Él lanzó una bocanada y agitó una mano entre ellos dos para impedir que el humo molestara a Mary. Le molestó, sin embargo. Aquello le avergonzaría, le repugnaría y le acusaría durante el resto de su vida. Él hablaba de nuevo. Razonablemente.

–No sé lo que hacer, para ser franco. He hecho todo lo que he podido para desorientar a Brotherhood y a todos los demás y para encontrar a su marido antes que ellos. Sigo sin tener la menor idea de dónde está y me siento completamente estúpido.

–¿Qué ocurrió con las personas a quienes ha traicionado?

–¿Magnus? Oh, él odia la efusión de sangre. Siempre lo dejó bien claro.

–Eso todavía no ha impedido a nadie derramar sangre.

Una vez más, él hizo una pausa para recobrar su gravedad personal.

–Tiene razón –asintió–. Y eligió una profesión dura. Me temo que es un poco tarde para meditar sobre nuestra ética.

–Para algunos la ética es casi una novedad –dijo ella. Pero no pudo conmoverle–. ¿Por qué me ha pedido que venga aquí?

Ella encontró la mirada de él y vio que, aunque nada había cambiado en su expresión, su cara era distinta, cosa que le acontecía a veces cuando miraba a Magnus.

–Antes de que viniese, acaricié la idea de que a usted y a su hijo pudiera apetecerles empezar una nueva vida en Checoslovaquia, y de que Magnus, por consiguiente, se viera fuertemente tentado de reunirse con ustedes. –Señaló una cartera que tenía a su lado–. Traje pasaportes para usted y todas esas bobadas. Absurdo. Después de conocerle comprendo que no tiene pasta de desertora. No obstante, todavía barajo la posibilidad de que usted sepa dónde está y, de que haya conseguido, puesto que es una mujer capaz, no decírselo a nadie. No puede usted suponer que él está mejor con sus perseguidores de lo que estaría conmigo. Así que si lo sabe, creo que debería decírmelo ahora.

–No sé dónde está –respondió Mary.

Y cerró la boca para no añadir: «Y si lo supiera, serías la última persona del mundo a quien se lo dijera.»

–Pero tiene teorías. Tiene ideas. Seguramente no ha pensado en otra cosa noche y día desde que él se marchó. «Magnus, ¿dónde estás?» Es su único pensamiento, ¿verdad?

–No lo sé. Usted sabe más cosas de él que yo.

Mary empezaba a odiar su beatería. Su manera de meditar antes de hablarle, como peguntándose si ella entendería su pregunta siguiente.

–¿Alguna vez le habló de una mujer llamada Lippsie? –preguntó él.

–No.

–Ella murió cuando él era joven. Era judía. Todos sus amigos y familiares habían muerto a manos de los alemanes. Parece ser que adoptó a Magnus como una especie de apoyo. Luego cambió de opinión y optó por suicidarse. Los motivos, como de costumbre en el caso de Magnus, son oscuros. Fue un ejemplo curioso para un niño, sin embargo. Magnus es un gran imitador, aunque él no lo sepa. Realmente pienso a veces que está compuesto totalmente de piezas de otras personas, pobrecillo.

–Nunca me habló de ella –repitió Mary, obstinadamente.

Él se iluminó. Exactamente igual que haría Magnus.

–Vamos, Mary. ¿No tiene la sensación consoladora de que hay alguien que le cuida? Estoy seguro. Mi conocimiento de él ha sido siempre que le atraen sólo los seres humanos, no las ideas. Odia estar solo porque entonces su mundo está vacío. Así pues, ¿quién le está cuidando? Vamos a intentar pensar quién le gustaría a él que le cuidara... No estoy hablando de mujeres. Sólo de amigos.

Mary estaba alisándose la falda, buscando su abrigo.

–Cogeré un taxi –dijo–. No hace falta que lo llame por teléfono. Hay una parada en la misma esquina. La he visto al venir.

–¿Por qué no su madre? Sería una buena persona.

Ella le mira fijamente, incapaz por un momento de dar crédito a sus oídos.

–No hace mucho me habló de su madre por primera vez –explicó él–. Dijo que había empezado a visitarla otra vez. Me sentí sorprendido. Halagado también, lo confieso. La localizó en algún sitio y la instaló en una casa. ¿La ve a menudo?

Ella se serenó. En un momento todavía oportuno sintió que su astucia volvía arrolladoramente a tomar posesión de ella. «Magnus no tiene madre, idiota. Ha muerto, apenas la conoció y le importa un bledo. La única cosa que sé con certeza, y que juraré sobre él hasta el día del juicio, es que Magnus Pym no es ahora ni ha sido nunca el hijo adulto de ninguna mujer.» Pero Mary no perdió la cabeza. No le cubrió de insultos ni se burló de él ni lanzó carcajadas de alivio porque Magnus había mentido a su amigo más antiguo y más querido con la misma precisión con que había mentido a su mujer, a su hijo y a su país. Habló razonable y juiciosamente, como hace siempre una buena espía.

–Le gusta charlar con ella de vez en cuando, sin duda –admitió.

Recogió su bolso y miró en su interior, como para asegurarse de que tenía dinero para el taxi.

-¿Entonces no podría haberse ido él también a Devon para estar con ella? Ella agradeció mucho poder respirar por fin un poco de aire de mar. Y Magnus estaba muy orgulloso de haber podido obrar un milagro para ella. Habló interminablemente de los paseos maravillosos que daban juntos por la playa. Dijo que la llevaba a la iglesia los domingos y que le cuidaba el jardín. ¿Estará haciendo quizás algo tan inocente como eso?

-La casa de ella fue el primer lugar donde miraron -mintió Mary, cerrando su bolso-. Le dieron un susto de muerte a la pobre anciana. ¿Cómo me pongo en contacto con usted si le necesito? ¿Tiro un periódico por encima de la tapia?

Mary se levantó. Él también lo hizo, aunque no con tanta facilidad. Conservaba la sonrisa en los labios y sus ojos destilaban todavía la expresión tan sabia, tan triste y tan alegre que Magnus envidiaba tanto.

-No creo que me necesite, Mary. Y quizá tenga razón en lo de que Magnus no quiera volver a verme. Con tal que al menos quiera ver a alguien. Es lo que más nos preocupa a quienes le queremos. Hay muchas maneras de vengarse del mundo. A veces no basta con la literatura.

La alteración que había sufrido su tono frenó momentáneamente la prisa de Mary por marcharse.

-Encontrará una respuesta -dijo, despreocupadamente-. Siempre la encuentra.

-Eso es lo que temo.

Caminaron hacia la puerta despacio, debido a su cojera. Él llamó al ascensor para Mary y abrió la rejilla. Ella entró. Le vio por última vez a través de los barrotes: mirándola todavía. En ese momento él volvió a gustarle, y sintió un miedo cerval.

Mary había planeado lo que pensaba hacer. Tenía su pasaporte y su tarjeta de crédito. Lo había comprobado al examinar el interior de su bolso. Había concebido el plan porque era el único que había utilizado en los ejercicios prácticos en pequeñas ciudades inglesas, y más tarde, con modificaciones, en Berlín. En el mundo de los mortales ordinarios había oscurecido. En el patio, dos curas estaban hablando en voz baja, con las cabezas juntas, balanceando sus rosarios a la espalda. La calle estaba atestada de compradores. Cien personas podrían haber estado observándola, y cuando ella empezó a calcular mentalmente sus posibilidades, cien le pareció la cifra probable. Imaginó una especie de *Quorn* vienés, con Nigel como jefe y Georgie y Fergus como cocheros y el pequeño y barbudo Lederer dirigiendo al grupo, y equipos de matones checos en loca persecución. Y el pobre Jack, sin caballo, avanzando lentamente por el horizonte en pos de ellos.

Escogió el «Imperial», que a Magnus le encantaba por su pompa.

-No tengo equipaje, me temo, pero quisiera una habitación por una noche –dijo al recepcionista de pelo plateado, tendiéndole la tarjeta de crédito, y el hombre, que la reconoció al instante, le preguntó:

–¿Cómo está su marido, señora?

Un botones la condujo a un dormitorio suntuoso del primer piso. «La 121, la habitación que todo el mundo pide –pensó–; la misma a la que le traje el día de su cumpleaños para una cena y una noche de amor.» El recuerdo no le conmovió lo más mínimo. Telefoneó al mismo recepcionista y le pidió que le reservara un pasaje para el vuelo a Londres de la mañana siguiente: «Desde luego, Frau Pym.» «Humo –recordó–. Al engaño le llamábamos humo.» Se sentó en la cama, escuchando las pisadas que se iban acallando en el pasillo a medida que se acercaba la hora de cenar. Puertas de doble jamba, de tres metros y medio de altura. Un cuadro titulado *Atardecer en el Bósforo* de Eckenbrecher. «Te amaré hasta que seamos demasiado viejos –había dicho él, con la cabeza sobre aquella misma almohada–. Y entonces seguiré queriéndote.» Sonó el teléfono. Era el conserje, para informarle de que sólo quedaban billetes de clase turista. «Pues coja turista», dijo Mary. Se quitó los zapatos y los sostuvo en la mano mientras abría la puerta suavemente y se asomaba al pasillo. «Si creo que me observan, dejaré los zapatos fuera para que los limpien.» Parloteo y música grabada desde el bar. Una vaharada de salsa de eneldo desde el Comedor. Pescado. «Tienen un pescado buenísimo.» Salió al rellano y aguardó, pero tampoco apareció nadie. Estatuas de mármol. Retrato de un noble patilludo. Se puso los zapatos, subió una escalera, llamó al ascensor y bajó a la planta baja, saliendo a un pasillo lateral que no se veía desde la recepción. Un pasaje en penumbras conducía hacia la parte trasera del hotel. Lo recorrió, rumbo a una puerta de servicio que había en el fondo. La puerta estaba entornada. La empujó, sonriendo casi a modo de disculpa. Un camarero de edad estaba dando los toques finales a una mesa privada. A su espalda había otra puerta abierta que daba a una callejuela. Con un jovial *«guten Abend»* dirigido al camarero, Mary salió rápidamente al aire libre y llamó a un taxi. «Wienerwald», indicó al taxista, «Wienerwald», y le oyó anunciar al conductor por el interfono: «Wienerwald.» Nadie les seguía. Al acercarse al Ring dio al taxista cien *schillings*, se apeó en un cruce peatonal y cogió un segundo taxi al aeropuerto, donde estuvo leyendo una hora sentada en los lavabos de señoras a la espera del último vuelo a Frankfurt.

Era la misma noche, más temprano.

La casa formaba parte de una hilera de viviendas individuales y la fachada trasera daba a un terraplén ferroviario, tal como Tom la había descrito. Una vez más, Brotherhood hizo un reconocimiento antes de acercarse. La calle era tan recta como la línea férrea, y aparentemente igual de larga. Nada, salvo la puesta de sol otoñal perturbaba el firmamento. Había la calle, había el terraplén con sus postes de telégrafos y su agua estancada, y había el cielo inmenso de la infancia andrajosa de Brotherhood, un cielo siempre poblado por la nube blanca que dejaban los trenes de vapor fluctuantes en su traqueteo por los pantanos hacia Norwich. Todas las casas eran del mismo diseño y, cuando las examinó, su simetría le pareció hermosa, sin que entendiese el porqué. Aquél era el orden de la vida, pensó. «Esta hilera de pequeños ataúdes ingleses es lo que creí que estaba preservando.» Hombres blancos decentes en filas ordenadas. La número 75 había sustituido la cancela de madera por otra de hierro forjado, con «Eldorado» inscrito en escritura curva. La número 77 presentaba un camino de cemento con conchas incrustadas. La 88 tenía una fachada de madera rústica de teca. Y la número 79, hacia la cual avanzaba Brotherhood ahora, resplandecía con una bandera inglesa que ondeaba en una hermosa asta blanca, plantada justo dentro de su territorio. En el pequeño sendero de grava se hundían las marcas de neumáticos de un vehículo pesado. Había un altavoz eléctrico empotrado junto al timbre abrillantado de la puerta. Brotherhood lo pulsó y esperó. Le contestó un chisporroteo de interferencias acústicas, seguido de una voz resollante de hombre.

–¿Quién puñetas llama?

–¿Es usted el señor Lemon? –dijo Brotherhood por el micrófono.

–¿Y qué si soy? –dijo la voz.

–Me llamo Marlow. Quisiera saber si podría tener unas palabras con usted sobre un asunto privado.

–Voy a decirle una sola, y la va a entender. Lárguese.

En la ventana saledіza, la cortina de tul se abrió lo suficiente para que Brotherhood vislumbrase una carita tostada y reluciente, muy arrugada, que le observaba desde la oscuridad.

–Se lo diré de otro modo –dijo Brotherhood, en voz más baja, hablando todavía por el micrófono–. Soy un amigo de Magnus Pym.

Un nuevo chisporroteo mientras la voz del otro lado parecía recobrar fuerzas.

–¿Por qué demonios no lo ha dicho antes? Entre a tomar un trago.

Syd Lemon era por entonces un viejecillo minúsculo y rechoncho, vestido totalmente de marrón, como un conejo. Una raya en el centro del cráneo partía su pelo castaño, sin una mota de gris. Su corbata marrón lucía cabezas de caballo que miraban con recelo a su corazón. Llevaba un pulcro chaleco de punto marrón y pantalones planchados del mismo color, y las punteras de sus zapatos brillaban como castaños de Indias. Sepultados entre un laberinto de arrugas tostadas por el sol, dos luminosos ojos animales despedían un fulgor alegre, aunque la respiración fluía con esfuerzo. Llevaba un bastón de endrino con contera de goma, y al caminar cimbreaba sus menudas caderas como si llevara falda.

–La próxima vez que toque a ese timbre, diga simplemente que es usted inglés –le aconsejó mientras le precedía por un recibidor inmaculado y mínimo.

Brotherhood vio en las paredes fotografías de carreras de caballos y a un Syd Lemon más joven con la indumentaria de Ascot.

–A continuación explique claramente lo que quiere y yo vuelvo a mandarle a tomar por el saco –concluyó, con un acceso de risa, y giró torpemente sobre su bastón para guiñar un ojo a Brotherhood e indicarle que era sólo una broma.

–¿Cómo está ese bribón? –preguntó Syd.

–En excelente forma, gracias –respondió Brotherhood.

Sin previo aviso, Syd se sentó bruscamente en una silla de respaldo alto y luego, con ayuda del bastón, se inclinó cautelosamente hacia adelante, como una viuda diminuta, hasta encontrar el ángulo que le reportaba menos malestar. Brotherhood vio sombras oscuras debajo de sus ojos y una película de sudor en su frente.

–Tendrá que hacer de anfitrión hoy, señor. Yo no estoy en condiciones –dijo–. Está en el rincón. Levante la tapa. Tomaré una gota de *scotch* por mi salud y usted sírvase cuanto guste.

Una gruesa alfombra marrón corría hasta la pared. Un cuadro chillón de una escena suiza colgaba sobre los azulejos de la repisa de la chimenea, a uno de cuyos lados se encontraba un elegante mueble bar de nogal crudo. Cuando Brotherhood levantó la tapa, una caja de música empezó a reproducir una canción, que era lo que Syd había estado esperando.

–La conoce, ¿verdad? –dijo Syd–. Escúchela. Baje la tapa. Así. Ahora levántela. Ya empieza.

–Es «Debajo de los arcos» –dijo Brotherhood, con una sonrisa.

–Pues claro. Me la regaló su padre. «Syd –me dice–. No puedo comprarte un reloj de oro ahora mismo, y me temo que hay un problema temporal de liquidez respecto a tu pensión. Pero hay un mueble de mi propiedad que nos ha amenizado la vida a lo largo de los años y que vale unos cuantos chelines, y me gustaría que lo tengas tú como un pequeño recuerdo.» Así que fuimos corriendo con la furgoneta, Meg y yo, antes de que los artistas de la recuperación nos lo birlaran. Hace cinco años de esto. Él había comprado seis en «Harrod's» para obsequiar a sus contactos. Sólo quedaba éste. Nunca me pidió que se lo devolviera, ni una sola vez. «Todavía funciona, ¿eh, Syd? –me decía–. Muchas canciones bonitas tocadas con un violín viejo. Todavía puedo sorprenderles.» Y podía. Ni el ojo de las cerraduras estaba a salvo cuando él andaba cerca. Hasta el mismo final. No pude ir al funeral. Estaba indispuesto. ¿Cómo fue?

–Me han dicho que precioso –dijo Brotherhood.

–No me extraña. Había dejado huella. No estaban enterrando a un don nadie, ¿sabe? Aquel hombre había estrechado la mano de algunos de los mandamases del país. Al duque de Edimburgo le llamaba «Philip». ¿Escribieron sobre él cuando murió? Miré unos cuantos periódicos pero no vi gran cosa. Luego pensé que probablemente lo estarían reservando para los dominicales. Claro que nunca se sabe con Fleet Street. Me hubiera dejado caer por allí si llego a estar bien y les hubiera ofrecido un puñado de chelines para asegurarme. Es usted pasma, ¿señor?

Brotherhood se rió.

–Tiene pinta de poli. Yo cumplí tiempo por él, ¿sabe? Muchos de nosotros, en realidad. «Lemon», me dice. Siempre me llamaba por el apellido cuando quería realmente algo, nunca supe por qué. «Lemon, van a pescarme por mi firma en esos documentos. Pero si yo negase que la firma es mía y tú dijeses que la falsificaste, nadie se enteraría, ¿no crees?» «Bueno», le dije. *Yo* sí. Me caería algún tiempo –le dije–. Si encerrado un tiempo todavía no me entero, no me voy a enterar hasta que tenga más años que Matusalén. Pero aun así lo hice, fíjese. No sé por qué. Me dijo que me daría cincuenta de los grandes cuando me soltaran. Yo sabía que no. Supongo que a eso se le puede llamar amistad. Un mueble bar como ése no te salva la vida en estos tiempos. A su salud. Ojo al parche.

–Salud –dijo Brotherhood, y bebió mientras Syd le miraba con aprobación.

–¿Qué es usted, entonces, si no es pasma? ¿Es uno de esos amigos blandengues de Exteriores? No parece blando. Parece más un boxeador, si es que no es pasma. Yo no lo he hecho nunca, boxear, ¿y usted? Teníamos cada vez asientos en primera fila. Allí estuvimos la noche en que Joe Baksi le dio una buena tunda al pobre Bruce Woodcock. Tuvimos que darnos un baño después, para quitarnos la sangre. Luego fuimos al club «Albany» y allí estaba Joe en el mostrador, sin una marca en la cara y con un par de beldades al lado, y Rickie le dice: «¿Por qué no le has tumbado, Joe? ¿Por qué lo has alargado tanto, asalto tras asalto?» Tenía una facilidad de palabra increíble. «Rickie –le contesta Joe–. No he podido. No tengo corazón para eso, y punto. Cada vez que le doy, él suelta: *oooh... oooh...* No he podido empalmarle el remate, eso es todo.»

Mientras seguía escuchando, Brotherhood dejó que su mirada ociosa recayera sobre la huella de un mueble ausente en un rincón del cuarto. Era de forma cuadrada, quizá de sesenta centímetros de alto por otros sesenta de ancho, y había traspasado el pelo de la alfombra hasta el refuerzo de lona de debajo.

–¿Estuvo Magnus esa noche también? –preguntó jovialmente, orientando de nuevo, con delicadeza, la conversación hacia el propósito de su visita.

–Era demasiado joven, señor –contestó Syd, resueltamente–. Demasiado crío. Rickie le hubiera llevado, pero Meg dijo que no. «Déjale conmigo –dijo–. Vosotros podéis salir a divertiros. Pero Titch se queda aquí conmigo, y nos iremos al cine y vamos a pasarlo bien.» Bueno, más valía no discutir con Meg cuando decía algo así. No lo hacías dos veces. Yo estaría hoy arruinado sin ella. Le hubiera dado a Rick hasta el último penique. Pero Meg ahorraba. Conocía a Syd. Conocía a Rick también... un poco demasiado bien, pensaba yo a veces. Pero no se le puede reprochar. Él estaba chalado, ¿sabe? Todos lo estábamos, pero el padre de Titch estaba muy chalado. Me costó mucho tiempo darme cuenta. Aunque, si volviera, supongo que haríamos lo mismo. –Se rió, a pesar de que su reír le producía dolor–. Haríamos lo mismo y más, seguro que sí. ¿Así que Titch está en apuros?

–¿Por qué iba a estar en apuros? –preguntó Brotherhood, apartando la mirada del rincón.

–Dígamelo usted. Usted es el pasma, no yo. Con una jeta así podría dirigir una cárcel. No debería estar hablando con usted. Lo huelo. Yo entraba en la oficina un día. Audley Street. Mount Street. Chester Street. Old Burlington. Conduit. Park Lane. Siempre las calles mejores. Todo en orden. Todo limpio y bonito. La recepcionista allí, sentada ante su mesa como la Mona Lisa. «Buenos días, señor Lemon.» «Buenos días, preciosa.» Pero lo sabía. Lo veía en su cara. Notaba el silencio. Hola, me decía. La pasma. Han estado charlando con Rickie. Ahueca el ala, Syd, sal pitando por la puerta de atrás. No me equivocaba nunca. Ni una sola vez. Aunque fueron doce meses cuando me engancharon, siempre me olfateaba antes el jaleo.

–¿Cuándo le vio por última vez?

–Hace un par de años. Quizá más. Se distanció después de la muerte de Meg, no sé por qué. Yo habría creído que vendría pero a él no le gustaba eso. No le gustaba ver morir a la gente, supongo. No le gustaba la gente pobre o sin esperanza. Una vez se presentó candidato al parlamento. Lo habría logrado si hubiésemos empezado una semana antes. Era igual que sus caballos. Siempre lo dejaban para última hora, en la llegada. Llamaba por teléfono, eso sí. Le encantaba el teléfono, siempre le encantó. No era feliz si no estaba sonando.

–Me refería a Magnus –dijo Brotherhood, pacientemente–. Titch.

–Pensé que quizá se refería a él –dijo Syd.

Empezó a toser. Tenía su whisky delante, encima de la mesa, pero aunque estaba a su alcance no lo había tocado. «Ya no bebe –pensó Brotherhood–. Lo ha puesto ahí por decoro.» La tos terminó y le dejó sin resuello.

–Magnus vino a verle.

–¿Ah, sí? No me enteré. ¿Cuándo?

–Cuando iba a ver a Tom. Después del funeral.

–¿Cómo hizo eso?

–Vino en coche. Se sentaron los dos a charlar sobre los viejos tiempos. A usted le agradó la visita. Se lo dijo a Tom después. «He tenido una conversación deliciosa con Syd –le dijo–. Ha sido igual que en los viejos tiempos.» Quería que lo supiese todo el mundo.

–¿Le dijo a usted eso?

–Se lo dijo a Tom.

–Pero no se lo dijo a usted. O no necesitaría haber venido. Lo razoné siempre. Nunca me equivoqué. «Si los polis preguntan es porque no saben. Entonces no se lo digas. Si preguntan y saben, están intentando cazarte. Así que tampoco se lo digas.» Solía decirle esto mismo a Rickie, pero él no me hacía caso. En parte porque era masón. Le hacía sentirse inmune si se iba de la lengua. Así le cogieron nueve de cada diez veces. Hablaba más de la cuenta. –Apenas hacía pausas–. Escuche, señor. Haré un trato con usted. Usted me dice lo que quiere y yo le digo que se vaya a tomar por el saco. ¿Qué le parece?

Siguió un largo silencio, pero la sonrisa paciente de Brotherhood no desmayó.

–Dígame una cosa. ¿Qué hace ahí fuera esa bandera inglesa? ¿Significa algo o es simplemente una flor grande para el jardín?

–Es un espantapájaros para que no se acerquen extranjeros ni pasmas.

Como quien saca una fotografía de la familia, Brotherhood sacó la tarjeta verde, la que le había enseñado a Sefton Boyd. Syd extrajo un par de gafas del bolsillo y la leyó por delante y por detrás. Pasó un tren, atronador, pero no pareció oírlo.

–¿Es un timo? –preguntó.

–Estoy en el mismo negocio que esa bandera –dijo Brotherhood–. Si eso es un timo...

–Podría ser. Todo podría ser.

–Estuvo en el octavo ejército, ¿verdad? Tengo entendido que ganó una pequeña medalla en El Alamein. ¿También eso fue un timo?

–Podría haber sido.

–Magnus Pym está en un pequeño apuro –dijo Brotherhood–. Para serle perfectamente franco, cosa que siempre soy con la gente, parece haber desaparecido temporalmente.

La carita de Syd se había puesto tirante. Su respiración se hizo áspera y rápida.

–¿Quién le ha hecho desaparecer? ¿Usted? No se habrá metido en líos con los chicos de Muspole, ¿verdad?

–¿Quién es Muspole?

–Un amigo de Rickie. Tenía amistades.

–Pueden haberle raptado, puede haberse escondido. Estaba jugando un juego peligroso con algunos extranjeros muy poco recomendables.

–Extranjeros, ¿eh? Bueno, él hablaba franchute, ¿no?

–Trabajaba en la clandestinidad. Por su país. Y para mí.

–Pues entonces el jodido es un pequeño cabrón –dijo Syd, enfurecido, y, sacando del bolsillo un pañuelo perfectamente planchado, se lo pasó por su cara reluciente –. No tengo paciencia con él. Meg lo vio. Se va a malear, decía. Hay un poli en ese chico, créeme. Es un soplón. Un soplón nato.

–No era soplar, era jugarse el pellejo –dijo Brotherhood.

–Eso es lo que dice usted. Y quizá lo piense. Pues está equivocado. Ese chico nunca estaba satisfecho. Dios no le parecía suficientemente bueno. Pregúntele a Meg. No puede. Ha muerto. Era sensata, Meg. Era una mujer, pero tenía más sentido común que usted y yo y medio mundo juntos. Él ha estado jugando con cartas trucadas, lo *sé.* Meg siempre decía que lo haría.

–¿Qué aspecto tenía cuando vino a visitarle?

–Saludable. Todo el mundo lo parece. Rosas en sus mejillas asquerosas. Siempre sé cuando quiere algo. Es encantador, como su padre. Le dije: «Un poco más de luto te vendría bien, a juzgar por tu aspecto.» No quiso ni oírlo. «Ha sido una ceremonia preciosa, Syd –me dice–. Te hubiera encantado.» Bueno, por lo pronto, eso era jabón para limpiarme el culo. «Estaban todos apretujados como sardinas, y aun así no cabían en la iglesia.» «Pamplinas», dije. «Estaban en la plaza, fuera, haciendo cola en la calle, Syd. Debía de haber unas mil personas. Si los irlandeses hubieran puesto una bomba, habrían privado al país de sus mejores cerebros.» «¿Estaba Philip?», le pregunté. «Por supuesto que estaba.» Bueno, pues no podía haber estado, porque habría salido en los periódicos y en la tele. Aunque supongo que podría haber ido de incógnito. Me han dicho que lo hacen mucho hoy en día, gracias a los irlandeses. En otro tiempo tuvo un amigo. Kennie Boyd. Su madre era una señora. Rick tuvo un problema con su tía. Quizá fue donde el joven Kennie. Podría ser.

Brotherhood negó con la cabeza.

–¿Belinda? Fue incondicional, siempre, a pesar de que él la engañó. Podría ir donde ella en cualquier momento.

Brotherhood movió otra vez la cabeza.

–O sea, mil personas –objetó Syd–. *Acreedores*, si quiere. No deudos. No se le llora a Rick. No, la verdad. Más bien lanzas un suspiro de alivio, para ser sincero. Y luego miras en la cartera y agradeces a la pobre Meg que todavía te queden algunos billetes. No le dije esto a Titch. No hubiera sido correcto. ¿Estaba Philip *realmente*? ¿*Usted* ha oído decir que estaba?

–Fue una mentira –dijo Brotherhood.

Syd se sobresaltó.

–Ah, vaya, eso es un poco duro. Eso es lengua de poli. Magnus me estaba timando, digámoslo así, lo mismo que su padre.

–¿Por qué? –preguntó Brotherhood.

Syd no le oyó.

–¿Qué quería? –insistió Brotherhood–. ¿Por qué se iba a tomar tantas molestias para timarle?

Syd estaba exagerando. Frunció el entrecejo. Apretó los labios. Se limpió la punta de su nariz marrón.

–Con que quería ocuparse de mí, ¿eh? –dijo, con vivacidad excesiva–. Darme coba, eso sí. «Voy a charlar con el viejo Syd. Para que se sienta bien.» Oh, siempre fuimos amigos. Grandes amigos. Muchas veces fui un padre para él. Y Meg fue una madre increíble, una auténtica madre. (Quizá con los años haya perdido el arte de mentir. O quizá no lo poseyó nunca del todo.) Lo único que quería era una tertulia. Consuelo, a eso se reduce todo. Yo te consuelo, tú me consuelas. Siempre quiso mucho a Meg, ya ve. Incluso cuando ella le veía las intenciones. Leal. Lo reconozco.

–¿Quién es Wentworth? –preguntó Brotherhood.

La cara de Syd se había cerrado de golpe, como la puerta de una cárcel.

–¿Quién es quién, amigo?

–Wentworth.

–No. No, creo que no. Creo que no conozco a ningún Wentworth. Me suena más a lugar. ¿Por qué? ¿Hay algún Wentworth que le está jorobando?

–Sabina. ¿Mencionó a Sabina?

–Es un caballo de carreras, ¿no? ¿No había una *Princesa Sabina* que decían que iba a ganar el *Gold Cup* del año pasado?

–¿Quién es Poppy?

–Vaya. ¿Ya está otra vez Magnus liado con nenas? Bueno, no sería el hijo de su padre si no lo hiciera.

–¿Para qué vino aquí?

–Ya se lo he dicho. Buscando consuelo.

Entonces, por una especie de cruel magnetismo, la mirada de Syd se desplazó al lugar donde había habido un mueble, antes de volver, con la mayor insolencia, a enfocar a Brotherhood.

–Pues bien –dijo Syd.

–Dígame una cosa, si no le importa –dijo Brotherhood– ¿Qué había en aquel rincón de allí?

–¿Dónde?

–Allí.

–Nada.

–¿Un mueble? ¿Recuerdos?

–Nada.

–¿Algo de su mujer que haya vendido?

–¿De Meg? No vendería una cosa de Meg aunque me estuviera muriendo de hambre.

–¿Qué ha hecho esas rayas, entonces?

–¿Qué rayas?

–Donde estoy apuntando. En la alfombra. ¿Qué las ha hecho?

–Las hadas. ¿Qué tiene que ver eso con usted?

–¿Qué tiene que ver con Magnus?

–Nada. Ya se lo he dicho. No repita las cosas. Me molesta.

–¿Dónde está?

–No está. No es una cosa. No es nada.

Dejando a Syd sentado en la silla, Brotherhood subió corriendo, de dos en dos escalones, la estrecha escalera. El cuarto de baño estaba en frente. Miró dentro y luego se dirigió al dormitorio principal, a la izquierda. Un diván rosa con volantes ocupaba casi toda la habitación. Miró debajo, palpó por debajo de las almohadas, las levantó. Abrió el armario ropero y apartó perchas de abrigos de pelo de camello y vestidos caros de mujer. Nada. Había un segundo dormitorio al otro lado del rellano, pero no albergaba ningún mueble de sesenta por sesenta centímetros, sino tan sólo pilas de maletas blancas de piel, muy hermosas. Al volver a la planta baja inspeccionó el comedor y la cocina y, desde la ventana trasera, el jardincillo que conducía al terraplén. No había cobertizo ni garaje. Volvió a la sala. Pasaba otro tren. Antes de hablar, esperó a que cesara el ruido de su paso. Syd estaba muy encorvado en la silla. Tenía las manos unidas sobre el pomo del bastón, y su barbilla descansaba pasivamente sobre ellas.

–¿Y las huellas de neumáticos que hay fuera también las han hecho las hadas? –preguntó Brotherhood.

Entonces Syd habló. Tenía los labios apretados y las palabras parecían causarle dolor.

–¿Me jura usted, poli, palabra de *scout*, que esto es en bien del país?

–Sí.

–Lo que él ha hecho, cosa que no creo y no quiero saber, ¿es antipatriótico o podría serlo?

–Podría serlo. Lo más importante para todos nosotros es encontrarle.

–¿Y que se pudra si me está mintiendo?

–Que me pudra.

–Se pudrirá, poli. Porque yo quiero a ese chico pero nunca he perjudicado a mi país. Vino aquí a timarme, es cierto. Quería el fichero. El viejo fichero verde que Rick me confió para que lo cuidara cuando se fue a hacer sus viajes. «Ahora que Rick ha muerto, puedes entregarme los papeles –me dice–. No te preocupes. Es legal. Son míos. Soy su heredero, ¿no?»

–¿Qué papeles?

–La vida de su padre. Todas sus deudas. Sus secretos, podríamos decir. Rickie los guardaba en ese fichero especial. Lo que nos debía. Un día iba a pagarnos a todos, nunca volvería a faltarnos de nada. Al principio le dije que no. Siempre dije que no cuando Rickie vivía, y no quería que nada hubiese cambiado. «Ha muerto –le dije–. Deja que descanse en paz. Nadie ha tenido un camarada mejor que tu padre y tú lo sabes, así que basta de hacerme preguntas y vive tu vida», le digo. Hay algunas cosas malas en ese fichero. Wentworth era una de ellas. No conozco los otros nombres que ha dicho. Quizás estén también en el fichero.

–Quizá.

–Empezó a discutir y al final le dije: «Llévatelo.» Si Meg hubiera vivido, nunca habría consentido que me lo quitaran, pero ha muerto. No pude negárselo, ésa es la verdad. Nunca pude negarle nada, como tampoco a su padre. Iba a escribir un libro. Eso tampoco me gustó. «Tu padre no fue muy amigo de los libros, Titch –le dije–. Tú lo sabes. Se educó en la universidad del mundo.» No me escuchó. Nunca me escuchaba cuando quería algo. «Muy bien –le dije–. Llévatelo. Y quizás así te quites a tu padre de encima. Mételo en el coche y lárgate –le dije–. Llamaré al vecino fortachón de al lado para que te ayude a cargarlo.» No quiso. «El coche no sirve –dice él–. No va al mismo sitio que el fichero.» «Muy bien –le digo–. Entonces déjalo aquí y cállate.»

–¿Dejó algo más aquí?

–No.

–¿Llevaba una cartera?

–Un maletín negro de tío blandengue, con el escudo de la reina y dos cerraduras.

–¿Cuánto tiempo se quedó?

–Lo suficiente para timarme. Una hora, media hora, ¿yo qué sé? Tampoco quiso sentarse. No podía. Iba continuamente de un lado para otro, con su corbata negra, sonriendo. Miraba todo el tiempo por la ventana. Le dije: «¿Qué banco has robado? Dímelo para que vaya a sacar mi dinero.» Solía reírse de chistes así. No le hizo gracia, pero sonreía constantemente. Bueno, los funerales impresionan de muchas maneras, ¿no? Pero yo habría podido prescindir de su sonrisa.

–Y entonces se marchó. ¿Con el fichero?

–Pues claro que no. ¿Acaso no mandó el camión?

–Por supuesto –dijo Brotherhood, maldiciéndose por su estupidez.

Estaba sentado cerca de Syd y había dejado su whisky al lado del de Syd, encima de la mesa india de cobre batido que Syd pulía hasta que brillaba como el sol oriental. Syd hablaba con mucha desgana, y su voz casi no se oía.

–¿Cuántos?

–Dos tipos.

–¿Les ofreció una taza de té?

–Naturalmente.

–¿Vio el camión?

–Pues claro. Estaba mirando por la ventana cuando llegaron, ¿no? Eso aquí es una gran distracción, un camión.

–¿De qué empresa?

–No lo sé. No había nada escrito. Era un camión normal. Parecía más bien uno alquilado.

–¿De qué color?

–Verde.

–¿Alquilado a quién?

–¿Cómo quiere que lo sepa?

–¿Firmó algún papel?

–¿Yo? Está loco. Tomaron el té, cargaron y se dieron el bote.

–¿Adónde lo llevaban?

–Al almacén, ¿no?

–¿Dónde está el almacén?

–En Canterbury.

–¿Está seguro?

–Pues claro que lo estoy. Canterbury. Facturado a Canterbury. Y además se quejaron del peso. Siempre se quejan, piensan que eso les vuelve más hidrópicos.

–¿Dijeron que era un envío para Pym?

–Envío a Canterbury. Se lo acabo de decir.

–¿Traían algún nombre?

–Lemon. Vayan a casa de Lemon y recojan un envío para Canterbury. Yo soy Lemon. La respuesta es Lemon.

–¿Vio el número del camión?

–Oh, sí. Lo apunté. Es mi *hobby*, apuntar números de camiones.

Brotherhood consiguió ensayar una sonrisa.

–¿Recuerda al menos qué clase de camión era? –preguntó–. Rasgos distintivos, lo que sea.

Era una pregunta inofensiva, planteada de un modo inofensivo. El mismo Brotherhood esperaba poco de ella. Era la clase de pregunta que, si no se hace, deja una laguna, pero si se hace no reporta beneficio; era parte del bagaje necesario del oficio de interrogar. Y sin embargo fue la última que Brotherhood hizo a Syd aquel atardecer de otoño, y de hecho fue la última que hizo en su breve pero desesperada búsqueda de Magnus Pym, porque posteriormente sólo tuvo respuestas de que preocuparse. Syd, no obstante, se negó en redondo a investigarlas. Empezó a hablar pero luego cambió de opinión y cerró firmemente la boca con un pequeño *pop*. Despegó la barbilla de las manos, levantó la cabeza y después, gradualmente, levantó también su cuerpecillo de la silla dolorosa pero estrictamente, como si un bugle lejano le hubiera llamado para un último desfile. Arqueó la espalda, puso el bastón a un costado.

–No quiero que encierren a ese chico –dijo, con voz descascarillada–. ¿Me ha oído? Y no voy a ayudarle a que le encierren. Su padre estuvo en la cárcel. Yo también. Y no quiero que metan al chico. Me molesta. No es nada personal, poli, pero váyase.

«Se acabó –pensó con calma Brotherhood, mirando en torno de la concurrida mesa de conferencias de la *suite* de Brammel en el quinto piso–. Es mi último banquete con vosotros. Al salir por esta puerta seré el hijo de sesenta años de un guardabosque.» Había una docena de manos desplegadas debajo de la luz, como cadáveres a la espera de ser identificados. A su izquierda languidecían las mangas de estambre, cortadas por un sastre, del representante de Asuntos Exteriores, un hombre llamado Dorney. Leones heráldicos en postura arrogante decoraban sus gemelos de oro. Más allá de Dorney reposaban las puntas inmaculadas de los dedos de su jefe Brammel, cuya herencia del medio Surrey no necesitaba proclamarse. Más allá de Bo se sentaba Mountjoy, ministro del Gobierno. Luego los demás. En su talante de desapego creciente, a Brotherhood le costaba trabajo emparejar las manos con las voces. Pero ya no importaba, porque esa noche todos ellos eran una sola voz y una mano muerta. «Forman la corporación que en un tiempo pensé que era mayor que la suma de sus partes –pensó–. He presenciado en mi vida el nacimiento del avión a reacción, de la bomba atómica y de la computadora, y también el fallecimiento de la institución inglesa. No tenemos nada que despachar, salvo a nosotros mismos.» El aire mohoso de la medianoche olía a decadencia. Nigel estaba leyendo el certificado de defunción.

–Esperaron delante de la casa de Lumsden hasta las seis y doce, y después telefonearon a la casa desde una cabina de la carretera. La señora Lumsden contestó que ella y su sirvienta estaban buscando a la señora Pym en ese momento. Mary había salido a dar un paseo por el jardín trasero y no había vuelto. Había estado fuera más de una hora. El jardín estaba desierto. Lumsden, por su parte, estaba en la Residencia. Al parecer, el embajador le convocó.

–Espero que nadie intente culpar a los Lumsden de esto –dijo Dorney.

–Seguro que no –dijo Bo.

–No dejó una nota ni una palabra a nadie –continuó Nigel–. Durante el día había estado preocupada, pero era natural. Investigamos en las compañías aéreas y descubrimos que había reservado un pasaje de clase turista en el vuelo a Londres de la «British Airways» de mañana por la mañana. Dio la dirección del hotel «Imperial» de Viena.

–De esta mañana –le corrigió alguien, y Brotherhood vio que el reloj de oro de Nigel se ladeaba bruscamente hacia él.

–El vuelo de esta mañana, pues –asintió Nigel, de mal humor–. Cuando indagamos en el «Imperial», ella no estaba en su habitación, y cuando investigamos en el aeropuerto por segunda vez supimos que había comprado un billete sin reserva para el último vuelo de la «Lufthansa» a Frankfurt ese mismo día. Por desgracia no obtuvimos esta información hasta después de que el vuelo de Frankfurt hubiese aterrizado en su destino.

«Te la ha dado con queso –pensó Brotherhood, con una satisfacción rayana en orgullo–. Es una buena chica y conoce el juego.»

–¿No es una lástima que no descubrierais lo de Frankfurt la *primera* vez que fuisteis al aeropuerto? –dijo audazmente un incrédulo desde la cabecera de la mesa.

–Naturalmente que es una lástima –replicó Nigel–. Pero si hubieras estado escuchando con más atención, creo que me habrías oído decir que ella compró un billete sin reserva. La lista oficial del vuelo en la que figuraba su nombre, por lo tanto, no quedó completa hasta el momento justo en que el avión despegó.

–Suena un poco a embrollo, de todas maneras –dijo Mountjoy–. ¿Y la lista no oficial del vuelo?

«No –pensó Brotherhood–. No es un embrollo. Para embrollarse hace falta primero tener orden. Esto es inercia, normalidad. Lo que antiguamente fue un gran servicio se ha convertido en un híbrido inamovible: mitad burócrata, mitad pirata, y usa los argumentos de una para refutar a los de la otra.»

–¿Entonces dónde está? –preguntó alguien.

–No lo sabemos –dijo Nigel, con satisfacción–. Y como no podemos pedir a los alemanes ni, dicho sea de paso, por supuesto, a los americanos, que registren todos los hoteles de Frankfurt, acción que parece lenta, por no decir otra cosa, no veo qué más podemos hacer. O haber hecho. Francamente.

–¿Jack? –dijo Brammel.

Brotherhood oyó una versión más antigua de su propia voz que se retiraba hacia la oscuridad.

–Dios sabe –dijo–. A estas horas, probablemente tiene el trasero sentado en Praga.

Nigel de nuevo.

–Ella no ha hecho nada *malo*, hasta donde se sabe. No podemos mantenerla prisionera contra su voluntad. Es una ciudadana libre. Si su hijo quiere reunirse con ella allí la semana que viene, tampoco podemos hacer gran cosa a *ese* respecto.

Mountjoy aireó una inquietud anterior.

–Creo de verdad que la intervención del teléfono de la embajada americana *es* bastante extraordinario. Esa mujer, Lederer, gritando desde Viena a su marido en Londres cosas sobre dos personas que intercambian mensajes en una iglesia. Era de nuestra iglesia de la que estaba hablando. Mary estaba *allí*. ¿No podíamos haber sacado unas pocas deducciones de eso?

Nigel tenía la respuesta adecuada:

–Me temo que sólo mucho después del suceso. Los transcriptores, y es perfectamente comprensible, no vieron nada anómalo en la conversación y nos la pasaron veinticuatro horas después de haber tenido lugar la llamada telefónica. La información que nos *hubiera* alertado –a saber, que Mary había sido vista *posiblemente* saliendo de un apartamento seguro checo donde ese hombre, Petz y demás, se había hospedado previamente– nos llegó, por consiguiente, *antes* de la intervención telefónica. No se nos puede reprochar que no hayamos puesto el carro antes que los bueyes, ¿no?

Nadie pareció saber si se les podía reprochar o no.

Mountjoy dijo que era hora de tomar postura. Dorney dijo que realmente tenían que decidir si informar a la policía y distribuir la foto de Pym. En esto Brammel revivió bruscamente.

–Hacer eso es como cerrar el caso –dijo–. Estamos ya muy cerca. *Muy*, ¿verdad, Brotherhood?

–Me temo que no –respondió Brotherhood.

–¡Pues claro que sí!

–Son sólo conjeturas. Por ahora. Necesitamos el camión de mudanzas. Eso tampoco será tarea fácil. Habrá utilizado señuelos, casas intermedias. La policía sabe hacer esas cosas. Nosotros no tenemos posibilidades. Usa el nombre de Canterbury. O creemos que lo usa. Es porque en el pasado todos sus nombres de trabajo han sido de lugares, y tiene un tic al respecto. Coronel Manchester, Hull, Gulworth. Por otra parte es posible que hayan llevado el fichero a Canterbury y que él esté allí. O que lo hayan llevado a Canterbury y él no esté allí. Necesitamos una plaza junto al mar y una casa con una mujer a la que por lo visto quiere mucho. Ella no vive en Escocia ni en Gales porque es donde él dice que vive. No disponemos de medios para peinar todas las ciudades costeras del Reino Unido. La policía sí.

–Está loco –dijo un fantasma.

–Sí, está loco. Ha estado traicionándonos durante más de treinta años y hasta ahora no lo hemos sabido. El error es nuestro. Así que igualmente podemos admitir que interpreta bastante bien al hombre cuerdo cuando le hace falta, y que tiene un estilo de lo más depurado. ¿Alguien está más cerca que yo?

La puerta se abrió y volvió a cerrarse. Kate apareció con los brazos llenos de carpetas rayadas en rojo. Estaba pálida y muy tiesa, como un sonámbulo. Depositó una carpeta delante de todos los reunidos.

–Éstas acaban de llegar de Señales –dijo, a Bo únicamente–. Han aplicado las claves del *Simplicissimus* a las transmisiones checas. Los resultados son positivos.

A las siete de la mañana las calles de Londres estaban desiertas, pero Brotherhood avanzaba por ellas como si estuviesen llenas, con la espalda erguida entre los vacilantes y los pusilánimes, como un hombre que conoce su camino entre la multitud. Brotherhood era el tipo de hombre a quien los policías saludaban. «Gracias, oficial –pensó, imprimiendo a su paso un aire aún más resuelto–. Acaba de sonreír al hombre que fue amigo del traidor más reciente del mañana, al hombre que rechazó las críticas hasta que el caso se volvió irresoluble y luego rechazó a sus defensores cuando se tornó inafrontable. ¿Por qué empiezo a entenderle? –se preguntó, maravillado de su propia tolerancia–. ¿Por qué en el corazón, ya que no en el intelecto, percibo una corriente de simpatía por el hombre que durante toda su vida ha transformado mis éxitos en un fracaso? Me ha hecho pagar lo que le hice hacer.»

«Tú mismo lo provocaste», había dicho Belinda. ¿Entonces por qué tenía que dolerle aún, como su brazo colgante en el momento en que se lo destrozaron?

«Está en Praga –pensó–. El juego de persecución de los últimos días ha sido una danza de los velos checa para distraer nuestra atención mientras ellos le ponían sigilosamente a salvo. Mary no hubiese ido allí nunca, a no ser que Magnus le hubiera precedido. Mary no hubiese ido allí nunca: punto.»

¿Habría? ¿No habría ido? Él lo ignoraba, y no hubiese dado crédito a nadie que le dijera que lo sabía. ¿Renunciar a Plush y a su identidad inglesa? ¿Por Magnus, ahora?

No lo haría nunca.

Lo haría por Magnus.

Tom es el primero para ella.

Se quedará.

Se llevará a Tom con ella.

Necesito una mujer.

En la esquina de Half Moon Street había una cafetería abierta toda la noche, y en otras madrugadas Brotherhood podría haber entrado y permitido que las putas cansadas se quejaran de su perro, y Brotherhood, a su vez, se habría quejado de las putas, les habría pagado un café y les habría dado palique, porque le gustaba su oficio y sus agallas y su mezcla de astucia y estupidez humanas. Pero su perro había muerto y, por el momento, también su sentido de la diversión. Abrió la puerta de casa y se dirigió hacia el aparador donde estaba el vodka. Se sirvió medio vaso sin hielo y lo apuró de un trago. Abrió el grifo de la bañera, encendió el transistor y lo llevó al cuarto de baño. El noticiario informaba de desastres en todas partes, pero no dijo nada de una pareja de diplomáticos ingleses que hubiesen aparecido en Praga. «Si los checos quieren dar el campanazo lo harán al mediodía, para que salga en la televisión de la noche y en los periódicos de mañana –pensó. Empezó a afeitarse. El teléfono estaba sonando–. Es Nigel para decirme que le hemos encontrado, ha estado en su club todo el tiempo. Es el oficial de guardia, para informarme de que el ministerio de Exteriores de Praga ha convocado una conferencia de prensa al mediodía para los corresponsales extranjeros. Es Steggie, diciendo que le gustan los hombres fuertes.»

Apagó la radio, fue desnudo a la sala, cogió el auricular, dijo «¿Sí?» y oyó un silbido, y a continuación nada. Apretó los labios como para advertirse de que no hablara. Estaba rezando. Indudablemente estaba rezando. «Habla –rezó–. Di algo.» Entonces lo oyó: tres golpes breves de una moneda o una lima de uñas sobre el tambor del micrófono: *procedimientos de Praga.* Miró alrededor en busca de algo metálico, vio su pluma estilográfica encima del escritorio y se las ingenió para atraparla sin soltar el teléfono. Dio un golpecito, a su vez: *Estoy a la escucha.* Dos golpecitos más, luego otros tres. *Quédate donde estás*, dijo el mensaje. *Tengo información para ti.* Dio dos golpes con su pluma en el micrófono y oyó dos en respuesta antes de que el comunicante colgara. Se pasó los dedos por el pelo crespo. Llevó el vodka a la mesa, se sentó y se tapó la cara con las manos. «Manténte vivo –rezó–. Son las redes. Es Pym, en una palabra. Sé inteligente. Estoy aquí, si es lo que estás preguntando. Estoy aquí, esperando tu próxima señal. No llames hasta que no estés listo.»

El teléfono aulló por segunda vez. Descolgó el auricular, pero sólo era Nigel. La descripción y la fotografía de Pym estaban en camino hacia todas las comisarías del país, dijo. La Casa estaba conectada únicamente con las líneas telefónicas operativas. Bo había ordenado que desconectasen las líneas de Whitehall. Los contactos de prensa estaban ya echando abajo las puertas. «¿Por qué me lo dice a mí? –se preguntó Brotherhood–. ¿Se siente solo o me está dando la oportunidad de decir: "Acabo de recibir una extraña llamada de un agente que ha usado los procedimientos de Praga"? Es por la llamada rara», decidió.

–Algún bromista acaba de llamarme con la clave telefónica checa –dijo–. Le he dado la señal de hablar, pero no ha hablado. Sólo Dios sabe de qué se trata.

–Bueno, si surge algo, avísanos inmediatamente. Usa la línea operativa.

–Lo que tú digas –respondió Brotherhood.

Una nueva espera. Pensando en todos los agentes que alguna vez habían atravesado un mal terreno. «Tómate tu tiempo. Muévete con cuidado y con confianza. No pierdas la cabeza. No corras. Elige la cabina. –Oyó una llamada a la puerta–. Es algún maldito vendedor. Kate ha tomado una sobredosis. Es el imbécil de ese chico árabe que vive debajo y que está convencido de que mi cuarto de baño gotea sobre el suyo.» Se puso una bata, abrió la puerta y vio a Mary. La arrastró dentro y cerró de un portazo. Ignoraba cuál había sido su reacción posterior. Si de alivio o de cólera, de remordimiento o de indignación. La abofeteó una vez, luego le asestó otra bofetada y en un día claro la hubiera llevado directamente a la cama.

–Hay un sitio que se llama Farleigh Abbott, cerca de Exeter –dijo ella.

–¿Y qué?

–Magnus le dijo a él que había instalado a su madre en una casa junto al mar, en Devon.

–¿Quién es él?

–Poppy. Su controlador checo. Estudiaron juntos en Berna. Cree que Magnus va a suicidarse. De repente comprendí. Eso es lo que hay en la maleta autodestructiva de los secretos. La pistola de la sede. ¿No es eso?

–¿Cómo sabes que es Farleigh Abbott?

–Habló de su madre en Devon. Él no tiene madre. El único sitio que conoce en Devon es Farleigh Abbott. «Cuando estuve en Devon –solía decir–.

Vámonos de vacaciones a Devon.» Era siempre Farleigh Abbott. Nunca fuimos, y dejó de hablar de ello. Rick solía llevarle allí al salir del colegio. Hacían un picnic y recorrían la playa en bicicleta. Es uno de sus lugares ideales. Está allí con una mujer. Lo sé.

15

Te imaginarás, Tom, con qué júbilo en su corazón juvenil el brillante oficial de espionaje y amante celebró la conclusión de sus dos años de abnegado servicio a la bandera en la lejana Austria y se dispuso a volver a la Inglaterra civil. Su despedida de Sabina no fue tan desgarradora como él había temido, porque a medida que el día se aproximaba ella fingía una indiferencia eslava ante su partida.

–Seré una mujer feliz, Magnus. Tus esposas inglesas no me pondrán caras agrias. Seré economista y una mujer libre, no la cortesana de un soldado frívolo.

Nadie hasta entonces había llamado frívolo a Pym. Ella incluso partió de permiso antes que él para prevenir la angustia de la separación. «Está siendo valiente», se dijo Pym. Su despedida de Axel, aunque atormentada por rumores de nuevas purgas, tuvo un carácter similarmente rotundo.

–Sir Magnus, me pase lo que me pase, hemos hecho un gran trabajo juntos –dijo, cuando, a la luz del atardecer, se miraron cara a cara fuera del cobertizo que se había convertido en el segundo hogar de Pym–. No olvides nunca que me debes doscientos dólares.

–No lo olvidaré –dijo Pym.

Inició el largo trayecto de regreso al jeep del sargento Kaufmann. Se volvió para decir adiós a Axel con la mano, pero había desaparecido en el bosque.

Los doscientos dólares eran un recordatorio de su intimidad creciente durante los meses finales de su relación.

–Mi padre me urge a que le mande dinero otra vez –Pym había dicho una noche mientras fotografiaban un libro de claves que había sustraído del casillero de cricket de Membury–. La policía birmana tiene intención de arrestarle.

–Entonces mándaselo –había contestado Axel, rebobinando el rollo de su cámara. Se lo guardó en el bolsillo y sacó otro–. ¿Cuánto quiere?

–Por poco que quiera, no lo tengo. Soy un suboficial de trece chelines al día, no un millonario.

Axel había aparentado no prestar más interés, y habían vuelto al tema del sargento Pavel. Axel dijo que era hora de inventar una nueva crisis en la vida de Pavel.

–Pero si ya tuvo una el mes pasado –había objetado Pym–. Su mujer le echó de su apartamento por sus borracheras y tuvimos que ayudarle a que pagara la posibilidad de volver.

–Necesitamos una crisis –había repetido con firmeza Axel–. Viena está empezando a considerarle como algo fijo y no me preocupa el tono de sus preguntas subsiguientes.

Pym encontró a Membury sentado ante su mesa. El sol de la tarde brillaba en un costado de su cabeza amistosa mientras leía un libro sobre peces.

–Me temo que Mangasverdes quiere una gratificación de doscientos dólares en metálico –dijo.

–Pero, querido muchacho, ¡ya le hemos pagado un montón de dinero este mes! ¿Para qué demonios puede querer doscientos dólares?

–Tiene que pagarle un aborto a su hija. El médico sólo acepta dólares americanos y empieza a ser urgente.

–Esa niña sólo tiene catorce años. ¿Quién es el hombre? Deberían meterle en la cárcel.

–Es aquel capitán ruso del cuartel general.

–Ese puerco. Ese maldito cerdo.

–Pavel también es católico, ya sabe –le recordó Pym–. No muy bueno, lo admito. Pero tampoco es fácil para él.

La noche siguiente Pym contó doscientos dólares encima de la mesa del cobertizo. Axel se los devolvió.

–Para tu padre –dijo–. Un préstamo que te hago.

–No puedo aceptarlo. Son fondos operativos.

–Ya no. Pertenecen al sargento Pavel. –Pym no recogió todavía el dinero–. Y el sargento Pavel te los presta como amigo –dijo Axel, arrancando una hoja de su cuaderno–. Hazme un recibo aquí. Fírmalo y algún día te lo cobraré.

Pym se alejó con ánimo contento, confiando en que Graz y todas sus responsabilidades, como Berna, dejarían de existir en el momento en que entrase en el primer túnel.

Al depositar las armas en el depósito del Cuerpo de Información de Sussex, Pym recibió del oficial de desmovilización la siguiente carta CONFIDENCIAL Y PRIVADA:

Grupo de Investigación Ultramarino del Gobierno.
Apartado de Correos 777, Ministerio de Asuntos Exteriores, Londres, S.W.1
Querido Pym:
Amigos comunes de Austria me han facilitado su nombre como el de una persona que podría estar interesada en un empleo de más larga duración. Si es así, ¿tendría inconveniente en almorzar conmigo en el «Traveller's Club» para una charla informal el viernes 19 a las doce cuarenta y cinco?
(Firmado) Sir Alwyn Leith, C.M.G.[1]

Una misteriosa aprensión impidió a Pym contestar durante varios días.

1. *Companion of St. Michael and St. George* (título honorífico inglés).

«Necesito nuevos horizontes –se dijo–. Son buena gente, pero limitada.» Una mañana en que se sintió más fuerte, escribió declinando el ofrecimiento porque estaba pensando emprender una carrera eclesiástica.

–Siempre queda Shell, Magnus –dijo la madre de Belinda, que se había tomado muy a pecho el futuro de Pym–. Belinda tiene un tío en Shell, ¿verdad, querida?

–Quiere hacer algo *notable*, mamá –dijo Belinda, pegando una patada contra el suelo y haciendo que se estremeciese la mesa del desayuno.

–Yo sé de alguien que cumplió condena –dijo el padre de Belinda desde detrás de su *Telegraph*, y por alguna razón le pareció muy chistoso, y siguió riéndose a través de los huecos que separaban sus dientes mientras Belinda salía al jardín enfurecida.

Un solicitador más interesante de los servicios de Pym era Kenneth Sefton Boyd, que había entrado en posesión de una herencia y le había propuesto que abrieran juntos un club nocturno. Ocultando esta proposición a Belinda, que tenía sus criterios sobre los clubs nocturnos y los Sefton Boyd, Pym pretextó un compromiso en su antiguo colegio y se desplazó a la finca familiar de Escocia, donde Jemima fue a recibirle a la estación. Estaba al volante del mismísimo «Land Rover» desde el que le había mirado airadamente cuando eran niños. Estaba más bonita que nunca.

–¿Qué tal en Austria? –preguntó, mientras brincaban alegremente por las tierras altas de color púrpura rumbo a un monstruoso castillo victoriano.

–Fabuloso –dijo Pym.

–¿Has boxeado y jugado al rugby todo el tiempo?

–Bueno, en realidad no todo el tiempo –confesó Pym.

Jemima le dirigió una mirada de prolongado interés.

Los Sefton Boyd vivían en un mundo sin padres. Un criado censurador les sirvió la cena. Después jugaron al *backgammon* hasta que Jemima se sintió cansada. El dormitorio de Pym era tan espacioso y tan frío como un campo de fútbol. Despertó, sin moverse, de su sueño ligero, a causa de un destello rojo y desmembrado que parpadeaba como una luciérnaga en la oscuridad. El destello menguó y desapareció. Una figura pálida avanzó hacia él. Pym olió a cigarrillo y a pasta de dientes, y sintió el cuerpo desnudo de Jemima que se acomodaba suavemente junto a él, y los labios de Jemima se encontraron con los de Pym.

–No te importará que te echemos el viernes, ¿verdad? –dijo Jemima, cuando los tres desayunaban en la cama de una bandeja que había llevado Sefton Boyd–. Es sólo que Mark viene a pasar el fin de semana.

–¿Quién es Mark? –preguntó Pym.

–Bueno, parece que voy a casarme con él –dijo Jemima–. Me casaría con Kenneth si pudiera, pero ya sabes lo convencional que es para estas cosas.

Renunciando a las mujeres, Pym escribió al *British Council* ofreciéndose a distribuir cultura entre primitivos, y a su antiguo profesor, Willow, pidiendo un empleo para enseñar alemán. «Echo mucho de menos la disciplina del colegio y he sentido una intensa lealtad por él desde que mi padre dejó de pagar las cuotas.» Escribió a Murgo inscribiéndose para un largo retiro, aunque tuvo la prudencia de ser vago respecto a las fechas. Escribió a los católicos de Farm Street pidiéndoles que le permitieran continuar la instrucción que había empezado en Graz. Escribió a una academia inglesa de Ginebra y a una escuela americana de Heidelberg, y a la BBC, todo con un espíritu de autonegación. Escribió al colegio de abogados para que le informaran sobre las oportunidades de estudiar Derecho. Rodeado así de una plétora de intentos, rellenó una instancia enorme detallando su vida brillante hasta la fecha, y lo envió a la bolsa de trabajo de Oxford en búsqueda de más caminos. La mañana era soleada y la vieja ciudad universitaria le deslumbró con recuerdos desenfadados de sus tiempos de informante comunista. Su interlocutor era un hombre singular, si es que no estaba claramente avenado. Se empujó las gafas hasta lo alto de la nariz. Las desplazó hacia sus mechones grisáceos, como un piloto afeminado. Ofreció jerez a Pym y le puso la mano en las posaderas con objeto de impulsarle hasta una ventana larga que daba a una hilera de casas municipales.

–¿Qué le parece un trabajo en la sucia industria? –sugirió.

–La industria estaría bien –dijo Pym.

–No, a menos que le guste comer con la plebe. ¿Le gusta comer con la plebe?

–Realmente, no tengo mucha conciencia de clase, señor.

–Qué encantador. ¿Y le gusta mancharse de grasa hasta los codos?

Pym contestó que no le importaba realmente ensuciarse de grasa, pero para entonces le estaban guiando a una segunda ventana desde la cual se divisaban agujas de campanarios y césped.

–Tengo una plaza de ayudante de bibliotecario en el Museo Británico y una especie de auxiliar administrativo de tercera para la Casa de los Comunes, que es la versión proletaria de la de los Lores. Tengo algunas cosillas en Kenia, Malaya y Sudán. No tengo nada en la India, me han quitado esa zona. ¿Le gusta el extranjero o lo detesta?

Pym dijo que el extranjero le parecía fabuloso, que había estudiado en la universidad de Berna. Su interlocutor se quedó perplejo.

–Pensé que había estudiado aquí.

–También aquí –dijo Pym.

–Ah. ¿O sea que le gusta el peligro?

–Me encanta, realmente.

–Pobrecillo. No repita «realmente» todo el tiempo. ¿Y ofrecerá una lealtad incondicional a cualquiera que cometa la imprudencia de emplearle?

–Sí.

–¿Adorará a su país con razón o sin ella para que Dios le ayude y el partido conservador?

–También –dijo Pym, riendo.

–¿Cree asimismo que haber nacido inglés es haber nacido con un boleto premiado en la lotería de la vida?

–Pues sí, para ser sincero, eso también.

–Entonces sea espía –sugirió su interlocutor, y sacó de su escritorio otro formulario y se lo entregó a Pym–. Jack Brotherhood le envía cariñosos recuerdos y dice que por qué *diablos* no se ha puesto en contacto con él y por qué no ha querido almorzar con el simpático reclutador.

Podría escribirte ensayos enteros, Tom, sobre los placeres voluptuosos de ser entrevistado. De todas las artes de afiliación que Pym dominaba y que mejoró a lo largo de su vida, la entrevista debe de figurar en primer término. En aquella época no teníamos falsos ciclistas, como tu tío Jack suele llamarlos. No teníamos a nadie que no fuese un ciudadano del mundo secreto, investido de la inocencia intachable del privilegio. Lo más cerca que habían estado de la experiencia de la vida era la guerra, y para ellos la paz era una continuación por otros medios. Sin embargo, en lo referente al mundo que existía fuera de sus cabezas, habían llevado una vida tan protegida, tan pueril y tierna en sus simplicidades, tan endógenas en sus relaciones, que necesitaban escalones para llegar a la sociedad a la que sinceramente creían que estaban protegiendo. Pym compareció ante ellos, tranquilo, reflexivo, resuelto, modesto. Pym adaptó sus facciones a un molde tras otro, ya de reverencia, ya de admiración, de ardor, de franqueza apasionada o de buen humor espiritual. Simuló una grata sorpresa cuando oyó que sus tutores tenían una opinión inmejorable de él, y manifestó un orgullo austero al conocer que el ejército también le amaba. Fue modesto al poner reparos y modesto al vanagloriarse. Clasificó aparte a los devotos y a los tibios, y no descansó hasta haber convertido a toda la banda en socios de pago vitalicios del club de hinchas de Pym.

–Ahora háblenos de su padre, Pym, haga el favor –dijo un hombre con un bigote caído que incómodamente recordaba al de Axel–. A mí me parece un individuo un tanto pintoresco.

Pym sonrió tristemente, intuyendo el clima. Titubeó con delicadeza antes de reanimarse.

–Me temo que a veces es quizá *demasiado* pintoresco, señor –dijo, entre un borboteo de risas masculinas–. A decir verdad, no le veo mucho. Seguimos siendo amigos, pero más bien le rehúyo. Tengo que hacerlo, realmente.

–Sí, bueno, creo que no podemos hacerle responsable de los pecados de su padre, ¿no? –dijo indulgentemente el mismo entrevistador–. Le estamos entrevistando a usted, no a su papá.

¿Cuánto sabían o querían saber de Rick? Incluso hoy sólo puedo aventurar conjeturas, porque la cuestión no volvió a plantearse y estoy seguro de que en su aspecto formal quedó totalmente olvidado al cabo de pocos días de pronunciarse la admisión de Pym. Después de todo, los caballeros ingleses no se discriminan entre sí por razones de linaje, sino de educación. De vez en cuando debían de haber leído algo sobre una de las quiebras más espectaculares de Rick, y quizá se habían permitido una sonrisa divertida.

Aquí y allá, posiblemente, les llegaban noticias del caso a través de sus contactos comerciales. Pero sospecho que Rick era una baza a mi favor. Una saludable veta de delincuencia en el historial de un joven espía no resultaba nada perjudicial, razonaban. «Se ha criado en un colegio duro –se decían unos a otros–. Podría ser útil.»

La última pregunta de la entrevista y la respuesta de Pym resuena para siempre en mi memoria. La formuló un militar vestido de *tweed*.

–Escuche, joven Pym –exigió, con una embestida de su bucólica cabeza–. Usted pasa por ser un entusiasta de lo checo. Habla su idioma un poco, conoce a nativos. ¿Qué me dice de esas purgas y detenciones que se están produciendo allí? ¿Le preocupan?

–Creo que son algo horrible, señor. Pero eran de esperar –dijo Pym, fijando su mirada seria en una estrella lejana e inaccesible.

–¿Por qué eran *de esperar*? –inquirió el militar, como si no hubiera nada previsible.

–Es un sistema podrido. Es una superposición del sistema tribal. Sólo puede sobrevivir mediante el ejercicio de la opresión.

–Sí, sí. Por descontado. Entonces, ¿qué haría usted al respecto? Digo *hacer*.

–¿En calidad de qué, señor?

–Como uno de nosotros, idiota. Funcionario de este servicio. Todo el mundo puede hablar. Nosotros *hacemos*.

Pym no necesitó pensar. Su sinceridad patente estaba ya hablando por él:

–Les haría el juego. Les dividiría contra ellos mismos. Divulgaría rumores, acusaciones falsas, sospechas. Dejaría que el perro devore al perro.

–¿Quiere decir que no le importaría hacer que su propia policía enchirone a tipos inocentes? ¿No le parece un poco duro? ¿Un poco inmoral?

–No, si abrevia la vida del régimen. No, señor, no creo que sea inmoral. Y me temo que tampoco estoy convencido de la inocencia de esos hombres que usted dice.

En la vida, dice Proust, terminamos haciendo lo segundo que mejor hacemos. Nunca sabré lo que Pym podría haber hecho mejor. Aceptó el ofrecimiento de la Casa. Abrió el *Times* y leyó con similar indiferencia la notificación de su compromiso con Belinda. «Así estoy plenamente cubierto –pensó–. Con la Casa que se apropia de la mitad de mí y Belinda que se lleva la otra mitad, nunca me volverá a faltar de nada.»

Vuelve la vista hacia la primera gran boda de Pym, Tom. Acontece en gran parte sin su participación, en sus últimos meses de adiestramiento, en un hueco entre las maneras silenciosas de matar y un seminario de tres días titulado *Conoce a tu enemigo* y dirigido por un tutor joven y vibrante de la Escuela de Economía de Londres. Imagina lo que disfrutó Pym de esta preparación inverosímil para su vida conyugal. Lo gracioso del caso. La irrealidad campando por sus respetos. Había perseguido al espectro de Buchan por los páramos de Argyll. Había ido de un sitio para otro con botas de goma y efectuado aterrizajes nocturnos en playas de arena, y al conquistar el cuartel general del enemigo le esperaba chocolate caliente. Se había lanzado desde aeroplanos, enfrascado en tintas secretas, aprendido morse y emitido escatológicas señales de radio al aire vigorizante de Escocia. Había observado a un avión mosquito que se desplazaba en la oscuridad a cien pies de altura, y que había arrojado una caja llena de cantos dorados en lugar de los suministros auténticos. Había jugado juegos clandestinos del zorro-y-los-gansos en las calles de Edimburgo, fotografiado sin que lo supieran a ciudadanos cándidos, disparado balas de verdad contra dianas que aparecían de repente en salas simuladas y hundido su daga en el diafragma de sacos terreros que se balanceaban, todo por Inglaterra y el rey Harry. En períodos de descanso le habían enviado al agradable Bath para mejorar su checo a los pies de una anciana llamada Frau Kohl, que vive en una casa de decrépito esplendor. Mientras toman el té y panecillos tostados, Frau Kohl le enseña álbumes de su infancia en Carlsbad, que ahora se llama Karlovy Vary.

–¡Pero si usted conoce muy bien Karlovy Vary, señor Sanderstead! –exclama, cuando Pym luce sus conocimientos–. Ha estado allí, ¿verdad?

–No –responde Pym–. Pero tengo un amigo que ha estado.

De regreso al campamento base, en algún lugar de Escocia, se reanuda la hebra roja de la violencia inoculada en cada cosa nueva que aprende. Esta violencia no es sólo física. Es la violación que debe hacerse a la verdad, la amistad y, si es necesario, al honor, en interés de la madre patria. Somos los tipos que hacemos el trabajo sucio para que las almas más puras puedan dormir en la cama de noche. Pym, por supuesto, ha oído antes estos argumentos en boca de los Michaels, pero ahora tiene que oírselos de nuevo a sus nuevos jefes, que hacen peregrinaciones desde Londres con el objetivo de poner en guardia a los jóvenes bisoños contra los extranjeros taimados con los que algún día habrán de lidiar. ¿Recuerdas tu visita, Jack? Era una noche de gala, cerca de Navidad: ¡viene el gran Brotherhood! Colgamos serpentinas de las vigas. Te sentaste a la mesa presidencial de la excelente cantina, y nosotros estirábamos el cuello para vislumbrar a una de las grandes estrellas del Juego. Después de cenar nos congregaron en un semicírculo alrededor de ti, con un oporto subvencionado en la mano, y tú nos contaste hazañas hasta que nos retiramos a dormir y soñamos con ser como tú, sólo que, ay, nunca llegaríamos a vivir tu hermosa guerra, aunque fuera para eso para lo que nos estaban instruyendo. ¿Te acuerdas de que por la mañana, antes de irte, visitaste a Pym mientras se estaba afeitando y le felicitaste por su actuación formidable hasta entonces?

–Y además vas a casarte con una chica guapa –dijiste.

–Oh, ¿la conoce usted, señor? –dijo Pym.

–Tengo buenas referencias –respondiste, complacientemente.

Y te marchaste, convencido de que habías sembrado una pizca más de polvo de estrellas en los ojos de Pym. Y así era, Jack. Lo habías hecho. Sólo que, en el caso de Pym, lo que sube conoce la manera de bajar, y le disgustó enterarse de que su matrimonio inminente había recibido la aprobación de la Casa cuando todavía aguardaba la suya.

–Entonces, ¿cómo te ganas *exactamente* la vida, muchacho? No lo entiendo muy bien –preguntó el padre de Belinda, no por primera vez, durante una conversación sobre las personas a quienes invitar.

–Es un laboratorio lingüístico patrocinado por el gobierno, señor –contestó Pym, de acuerdo con las vagas directrices de la Casa respecto a cobertura–. Planificamos intercambios de académicos de diversos países y organizamos cursos para ellos.

–A mí me suena al servicio secreto –dijo el padre de Belinda, con aquella extraña risa cascada que siempre parecía saber demasiado.

A su futura esposa, por otra parte, Pym le contó absolutamente todo lo que sabía de su trabajo. Le enseñó cómo podía partirle la tráquea con un solo golpe y sacarle los ojos fácilmente con dos dedos. Y le enseñó el modo en que ella podía romper los huesecitos del pie de alguien que le estuviese molestando por debajo de la mesa. Le contó todo aquello que le convertía en un héroe anónimo de Inglaterra que iba a enderezar el mundo sin ayuda.

–¿Pero cuántas personas has matado? –le preguntó Belinda con expresión lúgubre, sin contar a las que sólo hubiese mutilado.

–No estoy autorizado a decirlo –respondió Pym, y con un brusco tirón de la mandíbula desvió la mirada hacia los yermos desolados del deber.

–Pues no lo digas –dijo Belinda–. Y no le digas *nada* a papá, porque se lo contará a mamá.

Querida Jemima (escribió Pym por si acaso, una semana antes del gran día):
Se me hace muy raro que los dos vayamos a casarnos con un solo mes de diferencia. Me pregunto muchas veces si estamos haciendo lo correcto. Estoy harto del trabajo tedioso que estoy haciendo, y buscando un cambio. Te quiero.
Magnus

Pym aguardó ansiosamente el correo y escudriñó los páramos que rodeaban el campamento de instrucción para atisbar el «Land Rover» de Jemima volando por el horizonte para rescatarle. Pero nadie acudió, y la víspera de su boda estaba de nuevo solo, paseando de noche por las calles de Londres y fingiendo que le recordaban a Karlovy Vary.

¡Y qué recién casado fue, Tom! ¡Qué boda celebraron! Sacerdotes con la humildad de la clase alta, la gran iglesia afamada por su permanencia y sus éxitos previos, la recepción frugal en un hotel de Bayswater semejante a una tumba, y allí, en el centro de la muchedumbre, nuestro Príncipe Encantador en persona, charlando brillantemente con las testas coronadas de los barrios periféricos. Pym no olvidó el nombre de nadie, fue locuaz e informativo sobre el tema de los laboratorios de lingüística patrocinados por el gobierno, dedicó a Belinda largas y tiernas miradas. Todo lo cual, por lo menos, hasta que alguien desconectó la banda sonora, la de Pym inclusive, y las caras de sus oyentes se apartaron misteriosamente de él para buscar la causa de la avería. De pronto, las puertas que se comunicaban, al fondo de la habitación, hasta ahora cerradas, fueron abiertas por manos invisibles. Pym supo al instante, en los dedos de los pies, simplemente por el ritmo y la pausa, y por el modo en que la gente se separaba ante el espacio vacío, que alguien había frotado la lámpara maravillosa. Dos camareros entraron con la gracia de hombres que han recibido una buena propina, transportando bandejas de champán sin descorchar y salmón ahumado, aunque la madre de Belinda no lo había encargado y había decidido que el champán no iba a servirse hasta el brindis por los novios. Acto seguido se repitió entera la escena de la elección de Gulworth, pues primero apareció Muspole, seguido por un hombre flaco con un tajo de navaja en la cara, y cada uno sujetó una jamba mientras Rick irrumpía vistiendo la indumentaria completa de Ascot, con el cuerpo inclinado hacia atrás, extendiendo de par en par los brazos y sonriendo simultáneamente a todas partes.

–¡Hola, hijo! ¿No reconoces a tu viejo camarada? ¡Ésta corre de mi cuenta, muchachos! ¿Dónde está la novia? ¡Por Júpiter, hijo, es una belleza! Ven aquí, querida. ¡Dale un beso a tu viejo suegro! Dios mío, tienes buenas carnes. ¿Dónde la has escondido todos estos años, hijo?

Dando a cada uno un abrazo, Rick encaminó a la pareja de recién casados al patio del hotel, donde un «Jaguar» flamante, pintado de amarillo liberal, obstaculizaba el paso a todo el mundo, con cintas nupciales blancas atadas al capó y un racimo de gardenias de «Harrod's», de una milla de alto, atestando el asiento del copiloto, y Cudlove al volante con un clavel en el ojal violeta.

–¿Alguna vez habías visto uno igual, hijo? ¿Sabes lo que es? Es el regalo de tu padre a vosotros dos, y nadie os lo va a quitar mientras yo viva. Cuddie va a llevaros adonde queráis ir y os lo va a dejar luego, ¿verdad, Cuddie?

–Les deseo a los dos la mejor fortuna en la vida que han elegido, señor –dijo Cudlove, asomando las lágrimas a sus ojos leales.

Del largo discurso de Rick, recuerdo únicamente que fue hermoso, modesto y exento de toda hipérbole, y que versó sobre el tema de que cuando dos jóvenes se aman, nosotros, los viejos, que ya hemos vivido nuestro turno, tendríamos que hacernos a un lado, porque si alguien se lo ha merecido son ellos.

Pym nunca volvió a ver el automóvil, y transcurrió un largo tiempo antes de que volviese a ver a Rick, porque cuando salieron fuera, Cudlove y el «Jaguar» amarillo habían desaparecido, y dos hombres de paisano, que a todas luces eran detectives de la policía, estaban hablando en voz baja con el confundido director del hotel. Pero tengo que decirte, Tom, que fue el mejor de nuestros regalos de boda, descontando quizás el ramo de amapolas rojas que un hombre de aspecto polaco, con una gabardina «Burberry», arrojó a los brazos de Pym, sin una tarjeta o explicación, cuando él y Belinda partieron al crepúsculo para una semana de estancia en Eastbourne.

–Lánzale al ruedo ahora que está limpio –dice el jefe de personal, que tiene la manera de hablar de las personas como si no estuvieran sentadas al otro lado de la mesa.

Pym está adiestrado. Pym está completo. Pym está equipado y listo, y una sola cuestión queda pendiente. ¿Qué capa llevará? ¿Qué disfraz encubrirá la armazón secreta de su madurez? En una serie de entrevistas infructuosas que recuerdan la bolsa de trabajo de Oxford, el jefe de personal desgrana un rosario de posibilidades. Pym será un escritor independiente. ¿Pero sabe él escribir y Fleet Street le contratará? Con una claridad desarmadora, hacen desfilar a Pym por las oficinas de la mayor parte de nuestros grandes periódicos nacionales, cuyos directores fingen neciamente que desconocen de dónde procede o por qué se presenta, aunque a partir de ese momento conocerán a Pym para siempre como un producto de la Casa, y él a ellos. Se encuentra ya a mitad de camino hacia el estrellato con el *Telegraph* cuando un genio del quinto piso concibe un plan mejor:

–Escuche: ¿qué tal si vuelve a tratarse con los comunistas, aprovecha las antiguas amistades y se consigue una entrada en la función internacional de la izquierda? Siempre hemos querido tirar una piedra en ese estanque.

–Parece fascinante –dice Pym, que se ve vendiendo *Marxismo hoy* en esquinas de la calle durante el resto de su vida.

Un plan más ambicioso consite en introducirle en el parlamento para que no pierda de vista a algunos de esos compañeros de viaje con acta de diputados:

–¿Alguna preferencia particular por un partido, o no somos melindrosos? –pregunta el jefe de personal, todavía con el traje de *tweed* de su fin de semana en Wiltshire.

–Si a usted le da lo mismo, preferiría que no fuesen los liberales –contesta Pym.

Pero nada dura mucho en la política, y una semana más tarde Pym es destinado a uno de los bancos privados cuyos directores se pasan el día entrando y saliendo de la Oficina Central de la Casa, quejándose del oro ruso y de la necesidad de proteger nuestras rutas comerciales de los bolcheviques. Pym es invitado a almorzar en el Instituto Bancario por una sucesión de capitanes de las finanzas que creen que pueden disponer de una vacante.

–Conocí a un Pym –dice uno, al segundo o tercer brandy–. Llevaba a lo grande una sucia oficina en Mount Street o cercanías. El mejor hombre que he conocido en su oficio.

–¿Qué oficio era, señor? –pregunta cortésmente Pym.

–Estafador –dice su anfitrión con una risa caballuna–. ¿Algún parentesco?

–Debe de ser el sinvergüenza de mi tío lejano –dice Pym, riéndose también, y regresa apresuradamente al santuario de la Casa.

Prosigue el baile, aunque nunca sabré con cuánta seriedad, porque Pym no está todavía al tanto de estas deliberaciones entre bastidores, si bien no es por falta de registros en cajones de escritorios y armarios de acero cerrados con llave. Luego la atmósfera cambia de repente.

–Oiga –dice el jefe de personal, tratando de ocultar su irritación–. ¿Por qué demonios no nos recordó que hablaba checo?

Al cabo de un mes, Pym realiza prácticas de dirección en una empresa de ingeniería eléctrica de Gloucester, sin que le hayan exigido experiencia previa. El director de la empresa, para duradera lamentación suya, había sido condiscípulo del jefe supremo de la Casa, y ha cometido el error de aceptar una serie de valiosos contratos con el gobierno en una época en que los necesitaba. A Pym le asignan el mando del departamento de exportaciones, con la misión de conquistar el mercado del este de Europa. Su primer cometido es casi el último.

–Bueno, ¿por qué no se da un paseo por Checoslovaquia y sondea el mercado? –dice tristemente el especulativo empresario de Pym.

Y, para sus adentros: «Y acuérdate, *por favor*, de que tus andanzas por allí no tienen *nada* que ver con *nosotros*, ¿me comprendes?»

–Una ida y vuelta rápida –le dice alegremente el controlador de Pym, en el piso franco de Camberwell, donde los agentes cachorros reciben las órdenes operativas antes de perder sus dientes de leche. Entrega a Pym una máquina de escribir portátil con cavidades ocultas en el carro.

–Sé que parece tonto –dice Pym–, pero no sé escribir a máquina.

–Todo el mundo sabe escribir un *poco* –dice el controlador–. Practique durante el fin de semana.

Pym vuela a Viena. Recuerdos, recuerdos. Pym alquila un coche. Pym cruza la frontera sin el más mínimo problema, esperando encontrar a Axel al otro lado.

El campo era austríaco y hermoso. Había muchos cobertizos a la orilla de muchos lagos. Pym visitó en Plzeň una fábrica descorazonada en compañía de hombres de cara cuadrada. Por la noche se acogió a la seguridad del hotel, vigilado por un par de policías secretas que bebían sendos cafés hasta que él se fue a la cama. Sus visitas siguientes eran en el norte. En la carretera de Ústí vio camiones del ejército y memorizó la insignia de su unidad. Al este de Ústí se encontraba una fábrica de la que la Casa sospechaba que producía contenedores de isótopos. Pym no tenía muy claro lo que era un isótopo ni lo que había en los contenedores, pero dibujó un croquis de los edificios principales y lo escondió en la máquina de escribir. Al día siguiente continuó viaje a Praga y a la hora convenida se sentó en la famosa iglesia Tyn, que tiene una ventana desde donde se ve el viejo apartamento de Kafka. Turistas y funcionarios deambulaban por el recinto, serios.

«Entonces K empezó a andar despacio», leyó Pym, sentado en el tercer banco a partir del altar, en la nave lateral orientada al sur. *«K se sentía melancólico y aislado a medida que avanzaba entre las filas de bancos vacíos, con los ojos del sacerdote fijos en él, según presentía.»*

Necesitando un descanso, Pym se arrodilló y rezó. Con un gruñido y un resoplido, un hombre voluminoso arrastró los pies a su lado y tomó asiento. Pym olió a ajo y pensó en el sargento Pavel. A través de un resquicio entre sus dedos, Pym identificó las señales de reconocimiento: mancha de pintura blanca en la uña izquierda, otra de azul en el gemelo izquierdo, una mata de desaliñado pelo negro, un abrigo también negro. «Mi contacto es un artista –comprendió–. ¿Cómo no se me ha ocurrido antes?» Pero Pym no volvió a sentarse, no aflojó el paquetito que llevaba en el bolsillo como un movimiento previo antes de depositarlo entre ellos dos en el banco. Permaneció arrodillado y pronto descubrió por qué lo había hecho. Oyó el crujido de pies entrenados que se dirigían hacia él por el pasillo. Los pasos se detuvieron. Una voz de hombre dijo en checo: «Acompáñenos, por favor.» Con un suspiro de resignación, el vecino de Pym se puso de pie fatigosamente y les siguió afuera.

–Pura coincidencia –aseguró a Pym su controlador, muy divertido, cuando volvió a Inglaterra–. Ya nos ha seguido algunas veces. Le detuvieron para un interrogatorio de rutina. Le someten a uno cada seis semanas. Ni siquiera se les pasó por la cabeza que pudiese estar haciendo un encuentro clandestino. Y mucho menos con un chico de tu edad.

–¿No cree usted que... bueno, que haya hablado? –preguntó Pym.

–¿Kyril? ¿Denunciarte *a ti*? Bromeas. No te preocupes. Te daremos otra oportunidad dentro de unas semanas.

A Rick no le complació enterarse de la aportación de Pym a la campaña de exportaciones inglesa, y así se lo dijo en una de sus visitas furtivas desde Irlanda, donde había establecido sus cuarteles de invierno mientras despejaba ciertos malentendidos con Scotland Yard y se abría camino en la nueva profesión, muy competida, de los desahucios del West End.

–¿Trabajar de viajante... mi propio hijo? –exclamó, para alarma de las mesas contiguas–. ¿Vendiendo máquinas de afeitar eléctricas a un hatajo de comunistas extranjeros? Ya *hicimos* todo eso, hijo. Se acabó. ¿Para qué te pagué tu educación? ¿Dónde está tu patriotismo?

–No son máquinas de afeitar eléctricas, papá. Vendo alternadores, osciladores y bujías. ¿Qué tal está tu copa?

La hostilidad hacia Rick era un sentimiento nuevo y vertiginoso para Pym. Lo desahogó cautamente, pero con excitación creciente. Si comían juntos, insistía en pagar la cuenta para saborear la desaprobación de Rick al ver a su propio hijo pagando con dinero contante y sonante cuando una simple firma hubiera resuelto el expediente.

–No estarás metido en algún chanchullo allí, ¿eh, hijo? –dijo Rick–. Las puertas de la tolerancia sólo se abren un palmo, ya sabes. Incluso para ti. ¿Qué te traes entre manos? Dinos.

La presión sobre el brazo de Pym fue de pronto peligrosa. La transformó en una broma, con una amplia sonrisa.

–Eh, papá, que duele –dijo, divertidísimo. Lo que mejor percibía era la uña del pulgar de Rick penetrando en una arteria–. ¿Podrías soltarme, papá? Es realmente incómodo.

Rick estaba demasiado atareado en apretar los labios y menear la cabeza. Estaba diciendo que era una cochina vergüenza que un padre que lo había dado todo por su hijo fuese tratado como una «pobre aña». Quería decir «paria», pero el vocablo correcto no había llegado a formarse en su mente. Colocando el codo encima de la mesa, Pym relajó el brazo entero y lo abandonó a merced de la presión de Rick: *plop* hacia un lado, *plop* hacia el otro. Luego lo endureció bruscamente, tal como le habían enseñado, y golpeó la grasa de los nudillos de Rick contra el borde de la mesa, haciendo que los vasos saltaran y que los cubiertos emprendieran un baile pausado que concluyó en el suelo. Al recuperar su mano magullada, Rick desvió la mirada para dirigir una sonrisa resignada a sus súbditos reunidos alrededor de la mesa. Luego, con la mano buena, dio un golpecito en el borde de su vaso de Drambuie para indicar que necesitaba otro traguito. Del mismo modo que antaño se desataba los zapatos para indicar que alguien tenía que traerle las zapatillas. O que tumbándose de espaldas, después de un banquete copioso, y extendiendo las piernas, proclamaba un apetito carnal.

No obstante, como siempre, nada dura mucho tiempo tratándose de Pym, y pronto una extraña calma empieza a reemplazar su temprano nerviosismo conforme continúa sus misiones secretas. El país silencioso y oscuro que a primera vista le parecía tan amenazador se transforma en un útero donde puede ocultarse más que en un lugar que le inspira temor. Le basta con cruzar la frontera para que caigan los muros de su cárcel inglesa: sin Belinda, sin Rick, casi también sin la Casa. «Soy el ejecutivo viajero de una empresa de electrónica. Soy Sir Magnus, un vagabundo libre.» Sus noches solitarias en ciudades provincianas despobladas, donde al principio el ladrido de un perro había sido suficiente para que se acercara sudando a la ventana, ahora le producen un sentimiento de protección. El aura de opresión universal que se cierne sobre el país entero le envuelve en su misterioso abrazo. Ni siquiera los muros carcelarios de su antiguo colegio le han proporcionado tal sensación de seguridad. En coche y en tren atraviesa valles fluviales, franquea colinas coronadas por castillos bohemios y recorre dominios de contento tan íntimo que hasta el ganado vacuno parece amigo suyo. «Me afincaré aquí –decide–. Éste es mi verdadero hogar. ¡Qué estupidez por mi parte haber supuesto que Axel podía abandonarlo por otro!» Empieza a disfrutar de sus pomposas conversaciones con funcionarios. El corazón le da un vuelco cuando arranca una sonrisa de su cara. Se enorgullece de su libro de pedidos, que se llena poco a poco, siente una responsabilidad paternal por sus opresores. Incluso sus desvíos operativos, cuando no los expulsa de su pensamiento, caben apretujados bajo el amplio paraguas de su munificencia: «Soy un campeón del medio campo –se dice, empleando una antigua expresión de Axel, mientras levanta una piedra suelta de una tapia, extrae un paquete y lo sustituye por otro–. Estoy prestando auxilio a un país herido.»

Sin embargo, a pesar de todo ese condicionamiento preliminar que se impone, Pym necesita seis viajes más para lograr que Axel salga de las sombras de su peligrosa existencia.

–¡Señor Canterbury! ¿Está usted bien, señor Canterbury? ¡Conteste!

–Pues claro que estoy bien, señorita D. Yo siempre estoy bien. ¿Qué pasa?

Pym abrió la puerta. La señorita Dubber estaba en la oscuridad, con *Toby* en brazos como protección.

–Ha hecho tanto ruido, señor Canterbury. Ha rechinado los dientes. Hace una hora estaba tarareando. Estábamos preocupados creyendo que estaba enfermo.

–¿Preocupados? ¿Quiénes? –preguntó bruscamente Pym.

–*Toby* y yo, tonto. ¿Cree que tengo un amante?

Pym le cerró la puerta y fue rápidamente a la ventana. Una furgoneta estacionada, probablemente verde. Un coche aparcado, blanco o gris, con matrícula de Devon. Un lechero madrugador a quien no había visto nunca. Volvió a la puerta, aplicó el oído y escuchó atentamente. Un crujido. Pisadas de zapatillas. Abrió la puerta de golpe. Miss Dubber estaba en la mitad del pasillo.

–¿Señorita D?

–¿Sí, señor Canterbury?

–¿Alguien le ha estado haciendo preguntas sobre mí?

–¿Por qué iban a hacer eso, señor Canterbury?

–No lo sé. A veces la gente lo hace. ¿Lo han hecho?

–Es hora de que duerma, señor Canterbury. Por mucho que el país le necesite, puede esperar otro día.

La ciudad de Strakonice es más famosa por su manufactura de motocicletas y feces orientales que por cualquier gran joya cultural. Pym se desplazó a esa ciudad porque había llenado un buzón de enlace en Pisek, a diecinueve kilómetros al noreste, y las ordenanzas de la Casa exigían que no se detectase su presencia en una ciudad, objetivo donde un buzón esperaba a que lo vaciasen. De modo que viajó en coche a Strakonice, embargado de depresión y aburrimiento, que era lo que sentía siempre después de realizar algún encargo de la Casa, y alquiló una habitación en un hotel antiguo con una gran escalera, y luego dio un paseo por la ciudad, tratando de admirar las carnicerías viejas del lado sur de la plaza y la iglesia renacentista que, según su guía turística, había sido transformada en barroca; y la iglesia de St. Wenceslao, que, aunque originalmente gótica, había sido modificada en el siglo XIX. Extenuado por estas emociones, y agravado aún más su cansancio por el largo calor del día de verano, subió la escalera a su habitación pensando en lo agradable que sería que le condujese al apartamento de Sabina en Graz, en la época en que había sido un joven agente doble sin un céntimo y sin una sola preocupación en el mundo.

Metió la llave en la cerradura, pero la puerta no estaba cerrada. No se sorprendió excesivamente, porque era todavía la hora vespertina en que los criados replegaban la ropa de cama y la policía secreta hacía su última ronda. Pym entró en el dormitorio y distinguió, medio oculta detrás de un rayo de sol que entraba oblicuamente desde la ventana, la figura de Axel, que esperaba como antaño, con su cabeza en forma de cúpula recostada contra el respaldo de la silla, un poco ladeada hacia un costado para poder ver, entre las luces y las sombras, quién entraba en el cuarto. Y en todas las lecciones de combate sin armas de la Casa, y en las de manejo de una daga y en las de disparos a corta distancia, nadie le había enseñado a Pym la manera de acabar con la vida de un amigo demacrado, sentado detrás de un rayo de sol.

Axel tenía una palidez carcelaria y pesaba siete kilos menos. Pym no habría podido creer, a juzgar por sus recuerdos del día en que se despidieron, que Axel tuviera aún más carne que perder. Pero los purgadores, los interrogadores y los carceleros habían logrado encontrarla, como suelen hacer, y se la habían devorado a manos llenas. Se la habían arrebatado de la cara, las muñecas, los tobillos y las articulaciones de los dedos. Le habían succionado la última sangre de las mejillas. Le habían arrancado asimismo uno de los dientes, aunque Pym no lo descubrió inmediatamente, porque Axel tenía los labios firmemente cerrados y un dedo flaco como una ramita levantado hacia ellos a guisa de advertencia, mientras agitaba otro señalando la pared del dormitorio de hotel para indicar que había micrófonos en funcionamiento. Le habían aplastado también el párpado derecho, que caía sobre el ojo correspondiente como un sombrero inclinado y realzaba el aspecto piratesco de Axel. Pero su abrigo, a pesar de todo, colgaba todavía de sus hombros como una capa de mosquetero, su bigote había crecido, y había heredado de alguna parte un maravilloso par de botas sólidas como madera, con suelas como estribos de un coche antiguo.

–¿Magnus Richard Pym? –preguntó, con aspereza teatral.

–¿Sí? –dijo Pym, tras un par de infructuosas tentativas de hablar.

–Se le acusa de los delitos de espionaje, provocación del pueblo, incitación a la traición y al asesinato. También de sabotaje por cuenta de una potencia imperialista.

Repantigado lánguidamente en su silla, Axel juntó las manos con un vigor increíble y produjo un ruido que resonó por todo el dormitorio espacioso y que sin duda impresionó a los micrófonos. A continuación, interpretó el largo gruñido de un hombre que encaja un puñetazo pesado en el estómago. Excavando en el bolsillo de su chaqueta, desalojó del forro una pequeña pistola automática y, llevándose de nuevo el dedo a los labios, la movió de un lado a otro para que Pym la viese nítidamente.

–¡De cara a la pared! –bramó, poniéndose de pie con dificultad–. ¡Las manos en la cabeza, cerdo fascista! En marcha.

Poniendo una mano suavemente alrededor del hombro de Pym, Axel le encaminó hacia la puerta. Pym salió delante de él al pasillo tenebroso. Dos hombres fornidos con sombrero no le prestaron la menor atención.

–¡Registrad la habitación! –les ordenó Axel–. ¡Buscad lo que podáis, pero no toquéis nada! Mirad sobre todo la máquina de escribir, sus zapatos y el forro de la maleta. No abandonéis la habitación hasta no recibir personalmente órdenes mías. Baje despacio la escalera –le dijo a Pym, empujando la pistola contra la región lumbar.

–Esto es un atropello –dijo Pym, con voz entrecortada–. Exijo ver inmediatamente al cónsul inglés.

Sentada ante el mostrador de la recepción, la conserje hacía ganchillo como una bruja en la guillotina. Axel pasó por delante de ella empujando a Pym hasta un coche que esperaba fuera. Un gato amarillo se había cobijado debajo del coche. Axel abrió la puerta del pasajero e hizo una señal a Pym para que entrara, y, después de haber ahuyentado al gato hacia la cuneta, subió al automóvil y arrancó el motor.

–Si colabora completamente no sufrirá ningún daño –anunció Axel, con su voz oficial, indicando una serie de perforaciones toscas en el tablero de mandos–. Si intenta escapar disparo.

–Esto es un acto escandaloso y ridículo –murmuró Pym–. Mi gobierno insistirá en que se castigue a los responsables.

Pero esta vez sus palabras tampoco tuvieron el acento seguro que habían tenido en el confortable barracón de Argyll, donde él y sus colegas habían practicado las técnicas de resistencia al interrogatorio.

–Ha estado sometido a vigilancia desde el momento de su llegada –dijo Axel, en voz alta–. Todos sus movimientos y contactos han sido observados por los protectores del pueblo. No tiene más opción que confesar de inmediato que es culpable de todas las acusaciones.

–El mundo libre verá en este acto sin sentido la evidencia más reciente de la brutalidad del régimen checo –declaró Pym, con fuerza creciente.

Axel asintió, aprobatoriamente.

Las calles estaban desiertas, las casas viejas también. Entraron en lo que en otro tiempo había sido un barrio residencial de mansiones patricias. Setos crecidos ocultaban las ventanas inferiores. Las verjas de hierro, lo bastante anchas para que pasara un autocar, estaban cubiertas de hiedra y alambre de espino.

–Apéese –ordenó Axel.

El atardecer era joven y hermoso. La luna llena proyectaba una luz blanca y sobrenatural. Mientras miraba cómo Axel cerraba el coche, Pym olió a heno y olió el clamor de insectos. Axel le guió a través de un sendero estrecho entre dos jardines, hasta que llegaron a una abertura en el seto de tejo de la derecha. Axel agarró a Pym por la muñeca y le hizo franquear el agujero. Estaban en la terraza de lo que antiguamente había sido un gran jardín. Detrás de ellos, un castillo de muchas torres se elevaba hacia el cielo. Delante, casi perdida entre un matorral de rosas, había una glorieta decrépita. Axel forcejeó con la puerta, que se resistió a ceder.

–Tírala de una patada, Sir Magnus –dijo–. Esto es Checoslovaquia.

Pym impulsó el pie contra la madera. La puerta cedió y entraron. Sobre una mesa enmohecida había la botella de vodka familiar y una bandeja con pan y pepinillos. Un relleno gris manaba de las fundas desgarradas de las sillas de mimbre.

–Eres un amigo muy peligroso, Sir Magnus –se quejó Axel, mientras estiraba sus piernas delgadas e inspeccionaba sus excelentes botas–. Por todos los santos, ¿por qué no podrías haber usado un seudónimo? A veces pienso que has venido al mundo para ser mi ángel negro.

–Dijeron que sería mejor que conservase mi nombre –contestó Pym estúpidamente mientras Axel giraba el tapón de la botella de vodka–. A eso le llaman cobertura natural.

Después, durante un largo rato, Axel pareció incapaz de pensar en nada útil que decir, y Pym creyó inoportuno interrumpir la ensoñación de su raptor. Estaban sentados con las piernas paralelas y hombro con hombro, como una pareja de jubilados en la playa. A los pies de ambos, cuadrados de trigales se extendían hacia un bosque. Un amasijo de automóviles averiados, más que los que Pym había visto en las carreteras checas, ensuciaba el extremo inferior del jardín. Murciélagos revoloteaban decorosamente a la luz de la luna.

–¿Sabes que esta casa era de mi tía? –dijo Axel.

–Pues no, la verdad, no –respondió Pym.

–Pues era. Mi tía fue una mujer ingeniosa. Una vez me contó cómo había dado a su padre la noticia de que quería casarse con mi tío. «¿Pero por qué quieres casarte con él?», dijo su padre. «No tiene dinero. Es muy bajito y tú también eres baja. Tendríais hijos muy pequeños. Él es como las enciclopedias que me obligas a comprar todos los años. Parecen bonitas, pero en cuanto las has abierto y las has visto por dentro, ya no te molestas en volver a mirarlas.» Estaba equivocado. Tuvieron hijos grandes y ella fue feliz. –Apenas hizo una pausa–. Quieren que te chantajee, Sir Magnus. Es la única buena noticia que tengo para ti.

–¿Quién? –preguntó Pym.

–Los *aristos* para los que trabajo. Creen que debería enseñarte las fotografías de nosotros dos saliendo juntos del cobertizo de Austria, y hacerte oír las grabaciones de nuestras conversaciones. Dicen que debería pasarte por la cara el recibo que me firmaste de los doscientos dólares que le estafamos a Membury para tu padre.

–¿Qué les has contestado? –dijo Pym.

–Que sí. Esos tipos no leen a Thomas Mann. Son muy zafios. Éste es un país zafio, como sin duda has notado en tus viajes.

–En absoluto –dijo Pym–. Me encanta.

Axel bebió un trago de vodka y miró hacia los montes.

–Y vosotros no lo mejoráis. Tu odioso departamento ha estado interfiriendo seriamente en la dirección de mi país. ¿Qué sois vosotros? ¿Una especie de mayordomo americano? ¿Qué os proponéis incriminando a nuestros funcionarios, sembrando sospechas y seduciendo a nuestros intelectuales? ¿Por qué hacéis que golpeen a la gente innecesariamente, cuando serían suficientes unos años de cárcel? ¿No os enseñan allí ninguna realidad? ¿Tienes tú alguna realidad, Sir Magnus?

–No sabía que la Casa estuviese haciendo eso –dijo Pym.

–¿Haciendo qué?

–Interfiriendo. Haciendo que torturen a la gente. Debe de ser una sección distinta. La nuestra es sólo una especie de servicio postal para pequeños agentes.

Axel suspiró.

–Quizá no lo estén haciendo. Quizá me ha lavado el cerebro nuestra estúpida propaganda actual. Quizá te estoy haciendo reproches injustos. Salud.

–Salud –dijo Pym.

–¿Qué encontrarán en tu habitación, entonces? –preguntó Axel, después de haber encendido un puro y lanzado varias bocanadas.

–Prácticamente todo, supongo.

–¿Qué es todo?

–Tintas secretas. Un rollo.

–¿Un rollo de tus agentes?

–Sí.

–¿Revelado?

–Supongo que no.

–¿Del buzón de Pisek?

–Sí.

–Yo no me molestaría en revelarlo. Es mercancía barata de mercachifle. ¿Dinero?

–Un poco, sí.

–¿Cuánto?

–Cinco mil dólares.

–¿Libros de claves?

–Un par.

–¿Algo que yo haya podido olvidar? ¿Ninguna bomba atómica?

–Hay una cámara escondida.

–¿Es el bote de polvos de talco?

–Si quitas el papel de la tapa tienes un objetivo.

–¿Algo más?

–Un mapa de fuga, en seda. En una de mis corbatas.

Axel dio otra chupada del puro, con el pensamiento aparentemente lejos. De repente estampó el puño contra la mesa de hierro.

–¡Tenemos que salir de esto, Sir Magnus! –exclamó furioso–. Tenemos que *salir*. Tenemos que encumbrarnos. Tenemos que ayudarnos el uno al otro hasta convertirnos los dos en *aristos* para echar de un puntapié a esos bastardos. –Miró hacia la oscuridad que se adensaba–. Me lo pones muy difícil, ¿sabes? Pensé en ti en aquella cárcel. Me pones muy, pero que muy difícil ser tu amigo.

–No veo por qué.

–¡Oh, oh! ¡No ve por qué! No ve que cuando el intrépido Sir Magnus Pym solicita un visado de negocios, hasta los pobres checos pueden consultar sus ficheros y descubrir que hubo un caballero con el mismo nombre que era un espía fascista e imperialista y militarista en Austria, y que un cierto perro mensajero llamado Axel era su camarada de conspiración.

Su ira recordó a Pym los días en que tuvo fiebre en Berna. Su voz había adquirido el mismo filo desagradable.

–¿Eres de verdad tan ignorante sobre las costumbres del país donde estás espiando que no comprendes lo que significa en estos tiempos para un hombre como yo estar siquiera en el mismo continente que un hombre como tú, y no digamos ya su compañero de conspiración en un juego de espías? ¿No sabes realmente que en este mundo de soplones y acusadores puedo morir literalmente por tu culpa? Has leído a George Orwell, ¿no? ¡Ésas son las personas que pueden modificar el tiempo que hizo ayer!

–Lo sé –dijo Pym.

–¿Sabes también, entonces, que puedo estar fatalmente contaminado, como todos esos pobres agentes e informadores a los que estás cubriendo de dinero y de instrucciones? ¿Sabes que los estás enviando al patíbulo, a menos que ya estén en nuestras manos? ¿Sabes al menos lo que harán contigo, supongo, si no consigo que me escuchen esos *aristos* míos, si no podemos satisfacer sus apetitos por otros medios? Se proponen detenerte y exhibirte ante la prensa mundial con tus imbéciles agentes y cómplices. Planean celebrar otra farsa de juicio, ahorcar a algunas personas. Cuando empiecen a hacer esto, si no me ahorcan a mí también será por puro descuido. ¡Axel, el lacayo imperialista que espió para ti en Austria! ¡Axel, el mecanógrafo trotskista y titista que fue tu cómplice en Berna! Preferirían un americano, pero entretanto se habrán marcado un tanto y ahorcado a un inglés hasta que puedan apoderarse del verdadero enemigo. –Se desplomó en la silla, consumida su cólera–. Tenemos que *salir* de esto, Sir Magnus –repitió–. Tenemos que medrar, medrar, *medrar*. Estoy harto de malos superiores, mala comida, malas prisiones y malos torturadores. –Dio otra chupada furiosa a su puro–. Ya es hora de que cuide de tu carrera y tú cuides de la mía. Y esta vez como es debido. Nada de cobardía burguesa ante los grandes objetivos. Esta vez somos profesionales, vamos derecho hacia los diamantes más grandes, los mayores bancos. En serio.

De improviso, Axel giró su silla hasta colocarla enfrente de Pym, y luego se sentó de nuevo, se rió y dio una palmadita airosa en el hombro de Pym con el envés de la mano, para animarle.

–¿Recibiste las flores, Sir Magnus?

–Eran preciosas. Alguien me las entregó dentro del taxi cuando nos marchábamos de la recepción.

–¿Le gustaron a Belinda?

–Belinda no sabe que te conozco. Nunca se lo he dicho.

–¿De quién dijiste que eran las flores?

–Dije que no tenía idea. Que probablemente eran para otra boda.

–Buena respuesta. ¿Cómo es ella?

–Fabulosa. Éramos novios de infancia.

–Yo creía que la novia de tu infancia era Jemima.

–Bueno, Belinda también.

–¿Las dos al mismo tiempo? Vaya infancia que tuviste –dijo Axel, con una nueva carcajada, mientras volvía a llenar el vaso de Pym.

Pym logró secundarle la risa y bebieron juntos.

Luego Axel empezó a hablar en un tono amable y suave, desprovisto de ironía o amargura, y me parece que habló durante unos treinta años, porque sus palabras suenan tan alto en mi oído ahora como sonaron en los de Pym entonces, no obstante el estrépito de las cigarras y el gorjeo de los murciélagos.

–Sir Magnus, en el pasado me has traicionado a mí, pero lo más importante es que te has traicionado a ti mismo. Mientes incluso cuando estás diciendo la verdad. Posees lealtad y posees afecto. ¿Pero hacia qué? ¿Hacia quién? No conozco todos tus motivos. Tu gran padre. Tu madre aristocrática. Algún día quizá me lo digas. Y quizás hayas depositado tu amor de cuando en cuando en algunos lugares indignos.

Inclinó el cuerpo hacia adelante y había un afecto bondadoso y sincero en su cara y una cálida y sufrida sonrisa en sus ojos.

–Y sin embargo tienes también una ética. Buscas. Lo que te estoy diciendo es lo siguiente, Sir Magnus: por una vez la naturaleza ha producido una pareja perfecta. Eres un espía perfecto. Lo único que necesitas es una causa. Yo la tengo. Sé que nuestra revolución es joven y que algunas veces la dirigen personas inconvenientes. Para conquistar la paz estamos haciendo demasiada guerra. Para la conquista de la libertad estamos construyendo demasiadas cárceles. Pero a la larga no me importa. Porque sé esto. Toda la basura que te ha hecho ser lo que eres: los privilegios, el esnobismo, la hipocresía, las iglesias, las escuelas, los padres, los sistemas de clases, las mentiras históricas, los pequeños lores del medio rural, los pequeños señores de los grandes negocios y todas las guerras de rapiña que ellos provocan, todo eso lo estamos barriendo para siempre. Por vuestro bien. Porque estamos construyendo una sociedad que nunca producirá hombrecillos tan tristes como Sir Magnus.

Extendió una mano.

–Bien. Ya lo he dicho. Eres un buen hombre y te quiero.

Y siempre recuerdo aquel tacto. Lo veo en cualquier momento con sólo mirarme la palma de mi propia mano: seco, honrado y clemente. Y la risa: salida del corazón, como siempre, una vez que Axel abandonó la táctica y volvió a ser amigo mío.

16

¡Qué apropiado, Tom, que al evocar todos aquellos años que siguieron a nuestro encuentro en la glorieta checa, no vea nada más que América, América, con sus costas doradas brillando en el horizonte como la promesa de la libertad después de las represiones de nuestra afligida Europa, y luego brincando hacia nosotros en el gozo estival de nuestro logro! Pym tiene por delante todavía más de un cuarto de siglo en que servir a sus dos casas con arreglo a los mejores modelos de su lealtad omnívora. El adiestrado, casado, endurecido adolescente viejo todavía tiene que convertirse en un hombre, aunque ¿quién descubrirá alguna vez el código genético de cuándo termina una adolescencia inglesa de la clase media y comienza la madurez? Media docena de peligrosas ciudades europeas, desde Praga a Berlín, Estocolmo y la capital ocupada de su Inglaterra natal, se interpone entre los dos amigos y su meta. Pero ahora me parece que no eran más que escenarios donde podíamos aprovisionarnos, recuperar fuerzas y contemplar las estrellas en preparación de nuestro itinerario. Y piensa por un momento en la temible alternativa, Tom: el temor al fracaso que soplaba como un viento siberiano sobre nuestra espalda al descubierto. ¡Piensa en lo que hubiera representado, para dos hombres como nosotros, haber agotado nuestra vida como espías sin haber espiado nunca en Norteamérica!

Hay que decir en seguida, para que no te quede ninguna duda al respecto, que después de la entrevista en la glorieta el camino de Pym quedó fijado de por vida. Había renovado su voto y en la normativa por la que tu tío Jack y yo siempre nos hemos regido no hay escapatoria. Pym estaba poseído, atado y comprometido. Punto. Después del cobertizo de Austria, bueno, sí, hubo un poco de espacio aún, aunque ya ninguna perspectiva de redención. Y has visto cómo, aunque débilmente, intentó fugarse del mundo secreto y encarar los azares del real. Sin convicción, cierto. Pero hizo una intentona, aun cuando supiese que serviría de tan poco allí como a un pez que agoniza en una playa por exceso de oxígeno. Pero después de la glorieta la consigna que Dios impartió a Pym era clara: basta de titubeos; no te muevas de tu sitio, del elemento que te ha asignado la naturaleza. Pym no necesitó un tercer aviso.

«Confiésalo todo –te oigo gritar, Tom–. ¡Corre a Londres, preséntate al jefe de personal, cumple el castigo, empieza de nuevo!» Claro está que Pym pensó en esto, naturalmente que lo hizo. En el coche de regreso a Viena, en el aeroplano a casa, en el autobús a Londres desde Heathrow, Pym repasó con energía estas opciones dolorosas, porque fue una de las ocasiones en que toda su vida desfiló en vívidas imágenes por el interior de su cerebro. «¿Empezar por dónde?» se preguntó, no sin fundamento. ¿Por Lippsie, de cuya muerte, en las horas más sombrías, seguía aún empeñado en culparse? ¿Por las iniciales de Sefton Boyd? ¿Por la pobre Dorothy, a la que él había vuelto loca? ¿Por Peggy Wentworth, salpicándole su escoria, sin duda otra víctima? ¿O por el día en que por primera vez descerrajó el fichero verde de Rick o el escritorio de Membury? ¿Cuántos de los sistemas de su vida propones exactamente que expusiera a la mirada acusadora de sus admiradores?

«¡Entonces dimite! ¡Lárgate con Murgo! Acepta el puesto docente de Willow.» Pym también pensó en todo esto. Pensó en media docena de agujeros oscuros donde poder sepultar lo que le restase de vida y esconder su encanto culpable. Ninguno de ellos le atrajo más de cinco minutos.

¿Hubiera la gente de Axel delatado realmente a Pym si éste hubiese huido? Lo dudo, pero ésa no es la cuestión. La cuestión es que Pym, con bastante frecuencia, amaba a la Casa tanto como amaba a Axel. Adoraba su tosca e intransigente confianza en él, el abuso que de él hacía, sus cálidos abrazos asfixiantes, su romanticismo agrietado y su aviesa integridad. Sonreía para sus adentros cada vez que entraba en sus *Reichskanzleis* y palacios francos, aceptaba el saludo serio de sus porteros vigilantes. La Casa era para él el hogar, el colegio y la corte, aun cuando la estuviese traicionando. Pensaba sinceramente que tenía muchas cosas que darle, del mismo modo que tenía mucho que dar a Axel. En su imaginación, se veía con sótanos llenos de medias de nilón y chocolate de estraperlo, en cantidad suficiente para abastecer a todo el mundo en cada carestía, y el servicio de información no es otra cosa que un mercado negro institucionalizado de mercancías perecederas. Y esta vez Pym era el héroe de la fábula. Ningún Membury se interponía entre él y la hermandad.

–Supónte que en un viaje solo a Plzeň, Sir Magnus, parases el coche para llevar a una pareja de trabajadores que van al trabajo. ¿Lo harías? –había sugerido Axel en la glorieta, a primeras horas de la mañana, cuando ya había vuelto a reconfortarle.

Pym admitió que podría hacerlo.

–Y supónte, Sir Magnus, que te han confiado en el trayecto, como hombres simples que son, sus temores respecto a manipular material radiactivo sin una protección indumentaria suficiente. ¿Aguzarías los oídos?

Pym se rió y confesó que lo haría.

–Y supónte también que, en calidad de gran operador y espíritu generoso, Sir Magnus, has tomado nota de sus nombres y direcciones y les has prometido llevarles una libra o dos de buen café inglés la siguiente vez que visites la región.

Pym dijo que indudablemente haría eso.

–Y supónte –continuó Axel– que después de haber transportado a esos hombres hasta el perímetro exterior del área protegida donde trabajan, tuvieses el valor, la iniciativa y las cualidades de oficial –que seguramente tienes– para aparcar tu coche en un lugar discreto y subir a este monte.

Axel estaba indicando el monte mismo sobre un mapa militar que casualmente había llevado consigo y desplegado sobre la mesa de hierro.

–Y supongamos que desde su cima has fotografiado la fábrica, al amparo de un bosquecillo de limeros cuyas ramas más bajas se descubre más tarde que han desfigurado ligeramente las fotos. ¿Tus jefes admirarían tu iniciativa? ¿Aplaudirían al gran Sir Magnus? ¿Le ordenarían que reclutase a los dos obreros locuaces y obtuviese más detalles de la producción y el propósito de la fábrica?

–Seguramente –dijo Pym, con vigor.

–Enhorabuena, Sir Magnus.

Axel deja caer la película en la palma extendida de Pym. De la misma marca que utiliza la Casa. Envuelta en un papel verde anónimo. Pym la esconde en la máquina de escribir. Pym se la entrega a sus amos. El prodigio no se detiene ahí. Cuando el film es enviado rápidamente a los analistas de Whitehall, ¡resulta que la fábrica es la misma planta industrial fotografiada recientemente desde el aire por un avión americano! Aparentando desgana, Pym facilita los detalles personales de sus dos informadores inocentes y, hasta aquí, ficticios. Sus nombres son archivados, incluidos en fichas, verificados, procesados y pasados de mano en mano en el bar de los oficiales superiores. Por último, bajo las leyes divinas de la burocracia, se constituyen en tema de un comité especial.

–Escuche, joven Pym, ¿qué le hace pensar que esos fulanos no van a esquivarle la siguiente vez que se presente en su puerta?

Pero Pym está con ánimo de entrevista, dispone de un amplio auditorio y es invencible.

–Es una corazonada, señor, simplemente. –Cuenta hasta dos, despacio–. Creo que confiaron en mí. Creo que están manteniendo la boca cerrada y esperando a que yo aparezca, como dije que haría.

Y los acontecimientos demostraron que estaba en lo cierto, como debía ser, ¿verdad, Jack? Desafiando a todos, nuestro héroe regresa a Checoslovaquia, sin reparar en el riesgo, y se presenta ante la puerta misma de sus informantes: ¿cómo no iba a hacerlo si le acompaña Axel, que hace las presentaciones? Porque en esta ocasión no habrá sargentos Pavel. Ha nacido un elenco de actores fieles y despiertos: Axel es su empresario y ellos son los miembros fundadores. La red se organiza penosa y peligrosamente. Pym es su artífice, un hombre frío como se han visto pocos; Pym, el último héroe de los pasillos, el tipo que ha creado la red Conger.

Los sistemas de selección natural de la Casa, acelerados por las instigaciones de Jack Brotherhood, ya no admiten resistencia.

–¿Que ha entrado en el ministerio de Exteriores? –repite el padre de Belinda, con una perplejidad intensa y artificial–. ¿Le han destinado a *Praga*? ¿Cómo se consigue *eso* desde una empresa de electrónica en quiebra? Vaya, vaya, qué cosas.

–Es un contrato. Necesitan gente que hable checo –dice Pym.

–Está fomentando el comercio inglés, papá. No lo entenderías. Eres agente de bolsa –dice Belinda.

–Bueno, por lo menos deberían haberle dado una coartada decente, ¿no crees? –dice el padre de Belinda, con su risa exasperante.

En el piso franco más nuevo y más secreto de la Casa en Praga, Pym y Axel brindan por el nombramiento de Pym como segundo secretario de comercio y encargado de visados de la embajada inglesa. Pym observa con placer que Axel ha engordado. Las huellas del sufrimiento se están borrando de sus facciones macilentas.

–Por el país de la libertad, Sir Magnus.

–Por América –dice Pym.

Mi queridísimo padre:

Me alegra muchísimo que apruebes mi nombramiento. Por desgracia no estoy aún en situación de convencer a Pandit Nehru de que te conceda una audiencia para que puedas exponerle tu proyecto de construir un campo de fútbol, aunque imagino perfectamente la pujanza que podría dar a la combativa economía india.

«¿Entonces no había ningún agente auténtico?», te oigo preguntar, Tom, con un tono de desencanto. ¿Eran falsos *todos*? En realidad había agentes auténticos. ¡No temas! Y muy buenos, por cierto: los mejores. Y cada uno de ellos se beneficiaba de la habilidad perfeccionada de Pym, y le respetaban del mismo modo que Pym respetaba a Axel. Y Pym y Axel respetaban también, a su manera, a los auténticos agentes, y les consideraban los embajadores involuntarios de la operación, que atestiguaban su curso normal y su integridad. Y usaban sus buenos oficios para proteger y promover a los agentes, arguyendo que toda mejora en sus circunstancias aportaba gloria a las redes. Y les trasladaban de matute a Austria para su adiestramiento y reeducación clandestinas. Los agentes auténticos eran nuestras mascotas, Tom. Nuestras estrellas. Nos asegurábamos de que nunca volviera a faltarles de nada, siempre que Pym y Axel estuvieran allí para atenderles. Eso fue, en la práctica, lo que lo echó todo a rodar. Pero más tarde.

Ojalá pudiera expresarte acertadamente, Jack, el placer que produce ser realmente bien dirigido. Ni una pizca de celos ni de ideología. Axel estaba tan deseoso de que Pym amase a Inglaterra como de encaminarle a América, y fue un rasgo de su genio, a lo largo de nuestra colaboración, alabar las libertades de occidente a la par que insinuaba tácitamente que Pym tenía la posibilidad, cuando no el deber como hombre libre, de llevar parte de esta libertad al este. ¡Puedes reírte, Jack! ¡Y puedes agitar tus cabellos grises por la inocencia abismal de Pym! ¿Pero no puedes concebir lo fácil que para Pym fue tomar bajo su protección a un país minúsculo y empobrecido cuando el suyo era tan próspero, tan victorioso y de tanta alcurnia? ¿Y, desde su perspectiva, tan absurdo? ¿Amar a la pobre Checoslovaquia como un protector rico a través de sus terribles vicisitudes, por afecto a Axel? ¿Perdonar de antemano los errores de la patria adoptada? ¿E imputarlos a las muchas traiciones que su Inglaterra natal había perpetrado contra ella? ¿Te asombra sinceramente que Pym, al establecer vínculos con los proscritos, estuviera huyendo una vez más de lo que le retenía? ¿Te asombra que quien había amado buscar su camino a través de tantas fronteras amara ahora buscarlo franqueando otra, con Axel a su lado para indicarle cómo caminar y por dónde cruzarla?

–Lo siento, Bel –decía Pym a Belinda cuando la abandonaba una vez más ante el tablero de *scrabble* en su apartamento oscuro del gueto diplomático de Praga–. Tengo que ir al norte. Un día o dos, quizá. Vamos, Bel. Besitos. No hubieras preferido estar casada con un hombre que trabaja de nueve a cinco, ¿verdad?

–No encuentro el *Times* –dijo ella, apartándole–. Supongo que otra vez te lo has dejado en la maldita embajada.

Pero por muy crispados que estuvieran los nervios de Pym cuando llegaba a la cita, Axel le restauraba cada vez que se veían. Nunca tenía prisa, nunca era inoportuno. En todo momento se mostraba respetuoso con la susceptibilidad y las penas de su agente. No era parálisis por un lado y trepidación por otro, Tom: lejos de eso. Las ambiciones que Axel abrigaba eran también extensivas a Pym. ¿No era acaso Pym su cuenco de arroz, su fortuna en todos sus significados, su pasaporte para acceder a los privilegios y a la posición de una élite remunerada del partido? ¡Oh, cómo estudiaba a Pym! ¡Con qué delicadeza le engatusaba y mimaba! ¡Qué meticuloso era para ponerse el ropaje que Pym necesitaba que adoptase! Ahora era el manto del padre juicioso y estable que Pym nunca había tenido, ahora los harapos del padecimiento, que eran el uniforme de su autoridad, ahora la sotana del único confesor de Pym, su Murgo absoluto. Tenía que aprender los códigos y las evasivas de Pym. Tenía que interpretarle antes de que él mismo lo hiciera. Tenía que regañarle y perdonarle como los padres que nunca le cerrarían la puerta en las narices, ni se reirían cuando Pym estuviese melancólico ni mantendrían viva la llama de todas sus ilusiones cuando estuviera decaído y diciendo: «No puedo, estoy solo y tengo miedo.»

Ante todo, tenía que mantener las dotes de su agente constantemente alerta contra la tolerancia aparentemente ilimitada de la Casa, porque ¿cómo hubiéramos podido atrevernos a creer, cualquiera de los dos, que el querido, el muerto bosque de Inglaterra no era un camuflaje para algún juego magistral que se estaba jugando en su interior? ¡Imagínate los quebraderos de cabeza que Axel tuvo, a medida que Pym seguía produciendo sus montañas de material de espionaje, para persuadir a sus amos de que no eran víctimas de un grandioso engaño imperialista! Los checos te admiraban tanto, Jack... Los más viejos te conocían de la guerra. Conocían tus dotes y las respetaban. Conocían los peligros, todos los días, de subestimar a su astuto adversario. Axel tenía que luchar más de una vez con ellos, cuerpo a cuerpo. Tenía que discutir con los mismos esbirros que le habían torturado, a fin de impedir que retiraran de la circulación a Pym y le administraran un poco de la medicina que periódicamente hacían probar a algún otro, en la remota posibilidad de arrancarle una confesión cierta: «Sí, soy un hombre de Brotherhood –querían que gritara–. Sí, estoy aquí para desinformaros. Para distraer vuestra atención de nuestras operaciones antisocialistas. Sí, Axel es mi cómplice. Cogedme, colgadme, cualquier cosa menos esto.» Pero Axel prevalecía. Suplicaba, intimidaba, golpeaba la mesa, y cuando se planeaban todavía más purgas para explicar el caos provocado por las últimas, reducía a sus enemigos al silencio amenazándoles con denunciarles por su apreciación insuficiente de la históricamente inevitable decadencia imperialista. Y Pym le auxiliaba en cada palmo del itinerario. Se sentaba de nuevo a la cabecera de su cama –aunque sólo fuera metafóricamente– y le proporcionaba alimento y valor, le sostenía el ánimo. Saqueaba los archivos de la oficina. Armaba a Axel con muestras escandalosas de la incompetencia de la Casa en todo el mundo. Hasta que, combatiendo de este modo por su supervivencia mutua, Pym y Axel estrecharon aún más su lazo mutuo, y cada uno de ellos depositaba los elementos irracionales de su propio país a los pies del otro.

Y de vez en cuando, después de librada victoriosamente una batalla o después de haber obtenido, un bando u otro, una gran exclusiva, Axel se ponía las ropas lúdicas del libertino y organizaba una escapada en la medianoche a su frugal equivalente de St. Moritz, que era un pequeño castillo blanco en las montañas Gigantes, reservado por los suyos para las personas de las que tenían una opinión elogiosa. Fueron por primera vez allí para la celebración de un aniversario, en una limusina con las ventanas ennegrecidas. Pym llevaba dos años en Praga.

–He decidido obsequiarte un excelente agente nuevo, Sir Magnus –anunció Axel, cuando zigzagueaban alegremente por la carretera de grava–. La red Vigilante está lamentablemente escasa de espionaje industrial. Los americanos brindan por el colapso de nuestra economía, pero la Casa no les proporciona nada que justifique su optimismo. ¿Qué te parecería un ejecutivo medio de nuestro gran Banco Nacional de Checoslovaquia, con acceso a algunos de nuestros desbarajustes más graves?

–¿Dónde se supone que tengo que encontrarle? –contestó Pym cautamente, porque se trataba de decisiones delicadas que exigían una extensa correspondencia con la Oficina Central antes de que autorizasen la aproximación a una nueva fuente en potencia.

La mesa de la cena estaba puesta para tres, y los candelabros estaban encendidos. Los dos hombres habían dado un largo y pausado paseo por el bosque y ahora estaban tomando un aperitivo mientras aguardaban a su huésped.

–¿Cómo está Belinda? –preguntó Axel.

No era un tema que comentasen a menudo, porque Axel tenía poca paciencia con las relaciones insatisfactorias.

–Bien, como siempre, gracias.

–Nuestros micrófonos no nos dicen eso. Dicen que os peleáis día y noche como el gato y el perro. Estáis deprimiendo mortalmente a nuestros escuchas.

–Diles que ya zanjaremos nuestras divergencias –dijo Pym, en un insólito arranque de amargura.

Un coche ascendía por la cuesta. Oyeron las pisadas del viejo criado y el ruido metálico de cerrojos.

–Te presento a tu nuevo agente –dijo Axel.

La puerta se abrió ruidosamente y entró Sabina. Un poco más madura, quizás, en las caderas; una o dos líneas duras de la burocracia en torno a la mandíbula; pero su deliciosa Sabina, con todo. Llevaba un austero vestido negro con el cuello blanco y zapatos compactos del mismo color que debían de constituir su orgullo, porque tenían brillantes verdes en las tiras y el fulgor del ante de imitación. Al ver a Pym se detuvo en seco y le dirigió una adusta mirada de recelo. Por un momento, su expresión reflejó la más radical censura. Luego, para deleite de Pym, rompió a reír con su loca carcajada eslava y corrió a envolverle con su cuerpo, como había hecho en Graz cuando él recibió sus primeras y vacilantes lecciones de checo.

Y así fue, Jack. Sabina subió y subió hasta convertirse en el agente jefe de la red Vigilante y en la querida de sus sucesivos oficiales ingleses, aunque tú la conociste como Vigilante Uno o bien como la intrépida Olga Kravitsky, secretaria del Comité Interno de Praga para asuntos económicos. La retiramos, si te acuerdas, cuando estaba esperando su tercer hijo de su cuarto marido, en una cena especial celebrada en su honor en Berlín occidental, cuando estaba asistiendo a su última conferencia de banqueros del Comecon en Potsdam. Axel la retuvo un poco más de tiempo antes de decidirse a seguir tu ejemplo.

–Me han destinado a Berlín –dijo Pym a Belinda, en la seguridad de un parque público, al final de su segundo turno de servicio en Praga.

–¿Por qué me lo dices? –preguntó Belinda.

–No sabía si te gustaría acompañarme –contestó Pym, y Belinda empezó a toser otra vez, la tos larga e imparable que debía de haber contraído por causa del clima.

Belinda volvió a Londres y siguió un curso de periodismo de la universidad a distancia, aunque ninguno sobre las maneras silenciosas de matar. Finalmente, a los treinta y siete años, se lanzó al azaroso sendero de las causas liberales en boga y, tras haber conocido a varios Paul, se casó con uno y tuvo una hija díscola que le criticaba por todo lo que hacía, lo que ocasionó a Belinda la sensación de estar reconciliándose con sus propios padres. Y Pym y Axel emprendieron la última etapa de su peregrinación. En Berlín les aguardaba un futuro más radiante y una traición más madura.

A la atención del coronel Evelyn Tremaine, D.S.O.[1]
Pioneer Corps, retirado.
APARTADO DE CORREOS 9077

1. Abreviatura de *Distinguished Service Order*, condecoración inglesa.

MANILA

A Su Excelencia
Sir Magnus Richard Pym, Condecoraciones
The British High Mission,
BERLÍN

Queridísimo hijo:

Una simple nota que confío en que no entorpezca tu camino hacia la cumbre, puesto que nadie debe esperar gratitud hasta que le toque el turno de comparecer ante Nuestro Padre, cosa que espero hacer en breve. No obstante hallarse la ciencia médica aquí todavía en una fase primitiva, parece probable que este cruel verano sea el último del abajo firmante, a pesar del sacrificio del alcohol y otros consuelos. Si envías dinero para el tratamiento o el entierro, asegúrate de que extiendes el cheque y el sobre a nombre del coronel, no al mío, ya que el nombre de Pym es persona non grata para los nativos, y de todas maneras podría haber muerto.

Con la esperanza de alcanzar clemencia,

Rick T. Pym

Posdata: Me han informado de que en Berlín puede conseguirse oro 916 a precio de saldo, y la valija diplomática es accesible a los altos cargos que buscan una oportunidad de ganancia informal. Perce Loft es localizable en su antigua dirección y te asesorará por una tarifa del diez por ciento, pero ojo con él.

Berlín. ¡Qué nido de espías, Tom! ¡Qué bargueño lleno de secretos líquidos e inútiles, qué campo de recreo para todo alquimista, milagrero y flautista de Hamelín que hayan optado por ponerse una venda y apartar la mirada de las ingratas coacciones de la realidad política! Y, siempre en el centro, el bueno y grande corazón americano, gallardamente tamborileando sus canciones honorables en nombre de la libertad, la democracia y la liberación del pueblo.

En Berlín, la Casa tenía agentes de influencia, agentes de ruptura, subversión, sabotaje y desinformación. Incluso teníamos un par de ellos que nos suministraban material de espionaje, aunque eran un grupo desamparado al que se conservaba más por una consideración tradicional que por alguna intrínseca valía profesional. Teníamos cavadores de túneles y contrabandistas, radioescuchas y falsificadores, instructores y reclutadores, asesinos y aeronautas, gente que sabía leer los labios y artistas del disfraz. Pero por mucho que tuvieran los ingleses, los americanos tenían más, y por mucho que tuvieran los americanos, los alemanes del este tenían cinco veces y los rusos diez veces más. Pym reaccionaba ante esas maravillas como un niño suelto en una dulcería que no sabe de qué golosina apoderarse primero. Y Axel, que entraba y salía de la ciudad con incontables pasaportes falsos, le seguía sigilosamente con su cesto. En pisos francos y restaurantes oscuros, que nunca eran los mismos dos veces, comíamos en silencio, cambiábamos miradas y nos observábamos con la satisfacción incrédula que invade a los alpinistas cuando se encuentran en la cima de una montaña.

Pero incluso entonces no olvidábamos la cumbre más alta que había en lontananza, y al levantar nuestros vasos de vodka para brindar por el otro, susurrábamos a la luz de la vela: «¡El año próximo en América!»

¡Y no digamos los comités, Tom! Berlín no era lo bastante seguro para albergarlos. Nos reuníamos en Londres, en cámaras doradas e imperiales que eran las adecuadas para los protagonistas del juego del mundo. Y qué audaz, diversa e inventiva representación de dirigentes de la sociedad constituíamos, pues eran los años de cambio en Inglaterra, cuando el escondido talento nacional saldría de su concha y se pondría al servicio del país. «¡Los espías no se enteran!», corría el rumor. Demasiado incestuoso. Para Berlín teníamos que abrir las puertas al mundo real de catedráticos, abogados y periodistas. Necesitamos banqueros, sindicalistas e industriales, tipos que ponen el dinero donde tienen la boca y saben lo que hace funcionar el mundo. ¡Necesitamos parlamentarios que puedan proporcionar un soplo de las tribunas y palabras enteramente austeras sobre el dinero de los contribuyentes!

¿Y qué les ocurrió a aquellos sabios, Tom, a los intrusos sagaces y serios, a los perros guardianes de la guerra secreta? Irrumpieron en un terreno que hasta los espías podrían haber temido hollar. Frustrados durante demasiado tiempo por las limitaciones del mundo visible, aquellas mentes brillantes y sin trabas se prendaron de repente de toda conspiración, trampa y atajo que puedas imaginar.

–¿Sabes lo que están tramando ahora? –rugió Pym, paseando por la alfombra del piso de Londres Square que Axel había alquilado por el tiempo que durase la conferencia angloamericana de acción no oficial.

–Cálmate, Sir Magnus. Toma otra copa.

–¿Calmarme? ¿Calmarme cuando esos lunáticos están planeando seriamente suplantar al control soviético de tierra, convencer a un «MIG» de que sobrevuele el espacio aéreo norteamericano, derribarlo y, si por casualidad el piloto sobrevive, darle a elegir entre ser juzgado por espionaje o escenificar una deserción pública delante de los micrófonos? ¡Es el director de defensa del *Guardián* el que habla, por todos los santos! Provocará una guerra. Quiere provocarla. Tendrá por fin algo que publicar. Le apoyaron un sobrino del arzobispo de Canterbury y un subdirector general de la BBC.

Pero los escrúpulos de Pym no podrían destruir el amor de Axel por Inglaterra. Por la ventanilla del copiloto de un «Ford» perteneciente al parque automovilístico de la Casa, contempló el palacio de Buckingham y aplaudió suavemente cuando vio el banderín real ondeando en su lámpara de arco.

–Vuelve a Berlín, Sir Magnus. Un día ondeará allí la bandera de barras y estrellas.

Su apartamento berlinés estaba en el centro de Unter den Linden, en el piso más alto del inmueble Biedermeier, que había sobrevivido milagrosamente al bombardeo. Su dormitorio daba al lado del jardín y por eso no oyó al coche que aparcaba, pero sí sus pasos esponjosos en la escalera, y recordó a la Fremdenpolizei subiendo silenciosamente por la escalera de madera de Herr Ollinger en las horas tempranas que prefieren los policías, y Pym supo que era el fin, aunque de todas las maneras que había imaginado el fin ninguna coincidía con la que ahora llegaba. Los hombres curtidos intuyen esas cosas y aprenden a creer en esas intuiciones, y Pym era un agente doblemente curtido. De modo que supo que llegaba el fin y lo acogió con tranquilidad, sin sorpresa ni desconcierto. En cuestión de segundos se había levantado de la cama y estaba en la cocina, porque aquí era donde había escondido los carretes fotográficos para su cita siguiente con Axel. Para cuando llamaron al timbre ya había desenrollado y velado seis carretes y accionado el mecanismo de ignición instantánea del bloc de claves oculto dentro de un hule en la cisterna del retrete. En la lúcida aceptación de su suerte había pensado incluso en una reacción algo más drástica, porque Berlín no era Viena y guardaba una pistola en la mesilla de noche y otra en un cajón del recibidor. Pero le disuadió el tono de disculpa con que murmuraron a través del buzón: «Herr Pym, despierte, por favor», y cuando miró por la mirilla y vio la figura amable del teniente de la policía Dollendorf y del joven sargento que le acompañaba, le asaltó la vergüenza por el sobresalto que les causaría si tomaba semejante decisión. «Así que prefieren una entrada por las buenas», pensó, al abrir la puerta: primero distribuyes a tus lobeznos alrededor del edificio y luego te presentas como un chico majo en la puerta principal.

El teniente Dollendorf, como casi todos en Berlín, era un cliente de Jack Brotherhood y ganaba un pequeño suplemento por hacer la vista gorda cuando los agentes cruzaban hacia un lado o hacia el otro el provechoso tramo de Muro que había en su distrito. Era un bávaro campechano, con todos los apetitos bávaros, y el aliento le olía permanentemente a *Weisswurst*.

–Perdónenos, Herr Pym. Disculpe las molestias a estas horas –empezó, con una sonrisa demasiado amplia. Vestía de uniforme. Mantenía el arma todavía en su funda–. Nuestro Herr *Kommandant* le ruega que venga inmediatamente a la central por un asunto privado y urgente –explicó, todavía sin llevar la mano a la pistola.

Había determinación en la voz de Dollendorf, al mismo tiempo que cierto embarazo, y su sargento lanzaba bruscas miradas hacia arriba y hacia abajo de la caja de la escalera.

–El Herr *Kommandant* me asegura que todo puede arreglarse de un modo discreto, Herr Pym. Desea actuar con tacto en esta etapa. No ha informado a sus superiores –insistió Dollendorf, al ver que Pym todavía dudaba–. El *Kommandant* siente un gran respeto por usted, Herr Pym.

–Tengo que vestirme.

–Vístase aprisa, si es tan amable, Herr Pym. Al *Kommandant* le gustaría solucionar el asunto antes de tener que traspasarlo al turno de día.

Pym dio media vuelta y caminó cuidadosamente hacia el dormitorio. Esperaba oír que los policías le seguían o una orden tajante, pero prefirieron quedarse en el recibidor contemplando los grabados de Londres, una cortesía de la sección de alojamiento de la Casa.

–¿Puedo usar su teléfono, Herr Pym?

–Adelante.

Se vistió con la puerta abierta, con la esperanza de oír la conversación. Pero lo único que oyó fue: «Todo en orden, Herr *Kommandant*. Nuestro hombre viene inmediatamente.

Bajaron la ancha escalera en fila de a tres hasta un coche de la policía aparcado, con la luz centelleando. No había nada detrás, ningún noctámbulo en la calle. Era muy típico de los alemanes desinfectar toda la zona antes de arrestar a alguien. Pym se sentó delante, con Dollendorf. El sargento, tenso, ocupó el asiento de atrás. Estaba lloviendo y eran las dos de la mañana. El cielo rojo abundaba en nubes negras. Nadie volvió a hablar.

«Y en la comisaría estará Jack esperando –pensó Pym–. O la policía militar. O Dios.»

El *Kommandant* se levantó para recibirle. Dollendorf y el sargento se habían esfumado. El *Kommandant* se consideraba un hombre de sutileza sobrenatural. Era alto, gris y de espalda hundida, con una mirada fija y una boca estrecha y crepitante que articulaba a una velocidad autodestructiva. Se recostó en su silla y juntó las puntas de los dedos. Habló con una monotonía angustiada, mirando a un aguafuerte de su lugar de nacimiento en el este de Prusia que colgaba de la pared, encima de la cabeza de Pym. Según el cálculo sosegado de Pym, habló durante unas seis horas sin una sola pausa y sin que pareciera que recuperara el aliento, lo que para el *Kommandant* era el equivalente de un calentamiento rápido antes de entablar una conversación seria. Dijo que era un hombre de mundo y un padre de familia que no desconocía en absoluto lo que denominó la «esfera íntima». Pym dijo que la respetaba. El *Kommandant* dijo que no era un hombre didáctico ni un hombre político, sino que era un demócrata cristiano. Profesaba la fe evangélica, pero Pym podía estar seguro de que no tenía nada en contra de los católicos. Pym respondió que no hubiera esperado otra cosa. El *Kommandant* dijo que los delitos configuraban un espectro que comprendía desde el error humano disculpable hasta el crimen calculado. Pym manifestó que estaba de acuerdo y oyó una pisada en el pasillo. El *Kommandant* rogó a Pym que tuviera presente que los extranjeros en un país ajeno sentían con frecuencia una falsa seguridad en lo relativo a lo que podría considerarse estrictamente como un acto delictivo.

–¿Puedo hablarle con franqueza, Herr Pym?

–Se lo ruego –respondió Pym, en quien empezaba ya a formarse la temerosa premonición de que era Axel, y no él, quien estaba detenido.

–Cuando le han traído, le he mirado. Le he escuchado. He dicho: «No, no puede ser. No es Herr Pym. Este hombre es un impostor», he dicho. «Se está aprovechando de un conocido eminente.» Sin embargo, mientras seguía escuchándole, he detectado una especie de, ¿cómo diré? ¿Visión? Hay aquí una energía, una inteligencia, incluso puedo decir encanto. Posiblemente, he pensado, este hombre es quien dice que es. Sólo Herr Pym puede decírnoslo, he pensado. –Apretó un botón sobre la mesa–. ¿Puedo enfrentarle con usted, Herr Pym?

Apareció un viejo carcelero que les precedió con paso vacilante por un corredor de ladrillo pintado que apestaba a ácido fénico. Abrió una verja y la volvió a cerrar cuando la traspasaron. Abrió otra. Era la primera vez que yo veía a Rick en la cárcel, Tom, y desde entonces me he cerciorado de que fuese la última. En futuras ocasiones, Pym le enviaba comida, ropa, puros y, en Irlanda, Drambuie. Pym vaciaba su cuenta en el banco por él, y de haber sido millonario hubiera preferido arruinarse antes que volver a verle entre rejas, aun en su imaginación. Rick estaba sentado en un rincón y Pym supo al instante que lo había elegido para disponer de una vista más amplia de la celda, porque desde que yo le conocía él siempre había necesitado más espacio del que Dios le había concedido. Tenía la cabezota inclinada hacia adelante y la expresión ceñuda y taciturna de un presidiario, y juro que sus pensamientos habían anulado su facultad auditiva y no nos oyó llegar.

–Papá –dijo Pym–. Soy yo.

Rick se acercó a los barrotes y puso una mano en cada lado y la cara entre ellas. Miró primero a Pym y luego al *Kommandant* y al carcelero, sin comprender la situación de Pym. Su expresión era somnolienta y malhumorada.

–O sea que también te han atrapado, ¿eh, hijo? –dijo, no sin cierta satisfacción, pensé–. Siempre creí que andabas metido en algo. Deberías haber estudiado Derecho, como te dije.

Poco a poco empezó a percatarse de la verdad. El carcelero abrió la reja y el buen *Kommandant* dijo: «Por favor, Herr Pym», y se hizo a un lado para que entrara. Pym se acercó a Rick y le estrechó entre sus brazos, pero con cuidado, por si le habían golpeado y estaba dolorido. La verborrea empezó a adueñarse gradualmente de Rick.

–Santo cielo, hijo, ¿qué demonios me están haciendo? ¿No puede un cristiano honrado hacer unos pocos negocios en este país? ¿Has visto lo que dan de comer aquí, esas salchichas alemanas? ¿Para qué pagamos impuestos? ¿Para qué hicimos la guerra? ¿De qué sirve un hijo que es el jefe de Exteriores si no puede librar a su padre de estos vándalos germánicos?

Pero para entonces Pym estaba dando a su padre un férreo abrazo, le estaba dando palmadas en los hombros y estaba diciendo que se alegraba de verle en cualesquiera circunstancias. De manera que Rick tampoco pudo contener el llanto y el *Kommandant* se retiró discretamente a otra habitación mientras los dos camaradas, reunidos, festejaban al otro como a su salvador.

No pretendo defraudarte, Tom, pero sinceramente he olvidado, quizás adrede, los detalles de las transacciones de Rick en Berlín. En aquel momento Pym estaba esperando su propio juicio, no el de Rick. Me acuerdo de dos hermanas de noble estirpe prusiana que vivían en una casa vieja de Charlottenburg, porque Pym les visitó para pagarles el importe de las consabidas pinturas ausentes que Rick iba a vender en su nombre y el broche de diamantes que iba a llevar a limpiar, y los abrigos de pieles que estaba reformando en Londres un magnífico sastre amigo suyo que no le cobraría nada porque le tenía un grandísimo afecto. Y recuerdo que las hermanas tenían un sobrino descarriado que estaba involucrado en un turbio tráfico de armas, y que en algún momento de la historia Rick disponía de un avión en venta, el cazabombarderos más bonito y mejor conservado que se podría desear, en perfecto estado por dentro y por fuera. Y por lo que yo sé lo estaban pintando aquellos liberales de toda la vida, los Balham de Brinkley, que garantizaban que el avión transportaría a todo el mundo hasta el paraíso.

Fue en Berlín también donde Pym cortejó a tu madre, Tom, y se la arrebató a su propio jefe y al de ella: Jack Brotherhood. No estoy seguro de que tú ni nadie posea un derecho natural a conocer el accidente en virtud del cual todos fuimos engendrados, pero trataré de ayudarte lo mejor que sepa. No negaré que hubo travesura en el motivo de Pym. El amor, el que hubo, más tarde.

–Parece ser que Jack Brotherhood y yo estamos compartiendo a la misma mujer –comentó Pym a Axel pícaramente un día, durante una conversación de cabina a cabina telefónica.

Axel exigió saber inmediatamente quién era ella.

–Una aristócrata –dijo Pym, pinchándole todavía–. Una de las nuestras. De la institución inglesa y espía, si eso te dice algo. Las relaciones de su familia con la Casa se remontan a la época de Guillermo el Conquistador.

–¿Está casada?

–Tú sabes que no me acuesto con mujeres casadas, a no ser que insistan obcecadamente.

–¿Es divertida?

–Axel, estamos hablando de una mujer.

–Me refiero a si es mundana –dijo impacientemente Axel–. ¿Es lo que tú llamas una gheisa diplomática? ¿Es una burguesa? ¿Gustaría a los americanos?

–Es una Supermartha, Axel. Te lo estoy diciendo. Es guapa, rica y terriblemente inglesa.

–Entonces quizá sea el billete que nos introduzca en Washington –dijo Axel, que últimamente había expresado su inquietud por el número de mujeres ocasionales que pasaban por la vida de Pym.

Poco después, Pym recibió un consejo similar del tío Jack.

–Mary me ha dicho lo que hay entre vosotros, Magnus –dijo, llevándole aparte con su actitud más tutelar–. Y si quieres saber mi opinión, podrías seguir cazando y encontrar una pieza muchísimo peor. Es una de las mejores chicas que tenemos, y ya es hora de que pierdas un poco de tu mala fama.

De modo que Pym, con sus dos mentores empujando en la misma dirección, siguió su consejo y escogió a Mary, tu madre, para que fuese su verdadera compañera conyugal en la Alta Mesa de la alianza angloamericana. Y ciertamente, después de todo lo que había abandonado ya, parecía un sacrificio muy razonable.

> *Coge su mano, Jack* (escribió Pym). *Él es la persona más querida que tuve.*
>
> *Perdona, Mabs* (escribió Pym). *Querida, querida Mabs, perdóname. Si el amor es lo que todavía podemos traicionar, recuerda que yo te traicioné muchísimos días.*

Empezó una nota para Kate y la rompió. Garabateó «Queridísima Belinda» y se detuvo, asustado por el silencio circundante. Miró bruscamente a su reloj. Las cinco. ¿Por qué no había sonado el reloj de pared? Me he vuelto sordo. Estoy muerto. Estoy en una celda acolchada. Al otro lado de la plaza sonó la primera campanada. Una. Dos. «Puedo pararlo a la hora que quiera –pensó–. Puedo pararlo a la una, a las dos, a las tres. Puedo coger cualquier fracción de una hora y pararla en seco. Lo que no puedo hacer es que dé la medianoche a la una de la mañana. Eso es potestad de Dios, no mía.

Una quietud sobresaltada había descendido sobre Pym, y era la quietud literal de la muerte. Se había asomado de nuevo a la ventana y observaba el vuelo de las hojas por la plaza desierta. Una inquietante inactividad habitaba todo lo que veía. Ni una sola cabeza en una ventana, ni una puerta abierta. Ni un perro, gato o ardilla, ni un solo niño chillando. Se han marchado a los montes. Están esperando a los piratas del mar. Pero mentalmente Pym está en el subsuelo de un ruinoso bloque de oficinas de Cheapside, observando a las dos beldades descoloridas que se han puesto de rodillas para desgarrar la última de las carpetas de Rick, y que se lamen las codiciosas yemas de los dedos para acelerar su búsqueda. El papel forma alrededor montículos crecientes, revolotea como un remolino de pétalos mientras ellas revuelven y desechan lo que han saqueado en vano: extractos de cuentas bancarias escritas con sangre, recibos, coléricas cartas de abogados, mandamientos y citaciones judiciales, cartas de amor que rezuman reproche. El polvo de los papeles invade los orificios nasales de Pym, el ruido metálico de los cajones de acero es como el estrépito de las rejas de su cárcel, pero las beldades no se percatan de nada: son viudas ávidas que entran a saco en el historial de Rick. En el centro del pillaje, con sus cajones y gavetas torcidos, se encuentra el último escritorio *Reichskanzlei* de Rick, con las serpientes que se enroscan en sus patas abombadas como ligas de oro. De la pared cuelga la última fotografía del gran TP con sus atributos edilicios, y sobre la repisa de la chimenea, encima de una parrilla saturada de falsos carbones y las últimas colillas de puro de Rick, reposa el busto de bronce de tu fundador y director gerente, que irradia el fulgor postrero de su integridad. De la puerta abierta, a la espalda de Pym, pende la lápida conmemorativa de las doce últimas empresas de Rick, pero un letrero al lado del timbre reza: «Apretar aquí para rogar silencio», porque cuando Rick no estaba salvando la inestable economía nacional, trabajaba de portero de noche del inmueble.

–¿A qué hora murió? –pregunta Pym, antes de recordar que lo sabe.

–Al anochecer, querido. Los bares estaban abriendo –responde una de las beldades, con el cigarro en los labios, mientras coloca otro rimero de papeles sobre el montón de escombros.

–Estaba tomando un traguito en ese cuarto –dice la otra, que al igual que la primera no ha abandonado un instante su tarea.

–¿Qué es ese cuarto? –pregunta Pym.

–El dormitorio –contesta la primera beldad, tirando a un lado otra carpeta exhausta.

–¿Y quién estaba con él? –pregunta Pym–. ¿Vosotras? ¿Quién estaba, por favor?

–Estábamos las dos, querido –responde la segunda–. Le estábamos haciendo carantoñas, por si quieres saberlo. A tu padre le encantaba tomar copas, y siempre le ponían amoroso. Habíamos cenado temprano debido a sus compromisos, un filete con cebollas, y tuvimos un pequeño altercado por teléfono con la Telefónica por un cheque para ellos que estaba en el correo. Estaba deprimido, ¿verdad, Vi?

La primera beldad, aunque de mala gana, da por concluido su registro. La segunda hace lo mismo. De repente son dos londinenses respetables, de cara amable y cuerpo ampuloso y ajado.

–Se le había acabado, querido –dice, retirando una madeja de pelo con su muñeca rechoncha.

–¿Qué se había acabado?

–Dijo que si ya no podía tener aquel teléfono, tenía que morirse. Dijo que el teléfono era su cuerda de salvamento, y que si no lo tenía era el fin para él, ¿cómo haría sus negocios sin un auricular y una camisa limpia?

Confundiendo el silencio de Pym con una censura, su compañera le mira enfurecida.

–No nos mires así, cariño. Hacía mucho que le habíamos dado todo lo que teníamos. Pagábamos el gas, pagábamos la electricidad, le hacíamos la cena, ¿verdad, Vi?

–Hacíamos todo lo que podíamos –dice Vi–. Y también le consolábamos.

–Le hacíamos picardías más veces de lo natural, ¿verdad, Vi? Hasta tres veces al día, en ocasiones.

–Más –dice Vi.

–Tuvo mucha suerte por teneros –dice Pym sinceramente–. Muchas gracias por haberle cuidado.

Esto les gusta, y sonríen tímidamente.

–¿No habrá una botellita en esa cartera grande y negra que tienes ahí, ¿eh, querido?

–Me temo que no.

Vi va al dormitorio. Por la puerta abierta Pym ve la gran cama imperial de Chester Street, su tapicería rasgada y ensuciada por el uso. El pijama de seda de Rick está tendido sobre la colcha. Pym huele la loción corporal y el aceite capilar de Rick. Vi vuelve con una botella de Drambuie.

–¿No os habló nada de mí en los últimos días? –pregunta Pym mientras beben.

–Estaba orgulloso de ti, querido –dice la amiga de Vi–. Muy orgulloso. –Pero no parece satisfecha de su respuesta–. Iba a ponerse a tu altura, sí. Ésas fueron prácticamente sus últimas palabras, ¿no, Vi?

–Le estábamos sosteniendo –dice Vi, con un sorbete–. Por la respiración se le notaba que se iba. «Decidles que les perdono a los de la Telefónica –dice–. Y decidle a mi chico Magnus que los dos seremos embajadores pronto.»

–¿Y después de eso? –pregunta Pym.

–«Danos otro tiento del Napoleón, Vi» –dice la amiga de Vi, ahora llorando también–. No era Napoleón, de todas formas, era Drambuie. Luego dice: «En esas carpetas, chicas, hay suficiente para vivir como reinas hasta reuniros conmigo.»

–No hizo más que un gesto con la cabeza –dice Vi, con el pañuelo en la boca–. Si no hubiera sido por el corazón, era como si no estuviese muerto.

Hay un crujido en la puerta. Tres golpes. Vi la entorna una pulgada, luego la abre por completo y por último retrocede con expresión reprobadora para dejar paso a Ollie y Cudlove, provistos de cubos de hielo. Los años no han sido compasivos con los nervios de Ollie, y las lágrimas en el rabillo del ojo están manchadas de rímel. Pero Cudlove es el mismo hasta en la corbata negra de chófer. Cambiando el cubo a la mano izquierda, Cudlove aferra la diestra de Pym con un apretón viril. Pym les sigue por un estrecho pasillo flanqueado de fotos de caballos de carreras. Rick está tendido en el cuarto de baño, con una toalla enrollada a la cintura y los pies marmóreos cruzados uno sobre otro, como obedeciendo a los cánones de algún rito oriental. Tiene las manos unidas y los dedos curvados, como si estuviera a punto de pronunciar una arenga para su Creador.

–El único problema es que no han aparecido los fondos, señor –murmura Cudlove mientras Ollie vierte el hielo–. Ni una moneda de un penique en ningún sitio, señor, para ser franco. Creo que esas mujeres pueden haberse tomado una libertad.

–¿Por qué no le habéis cerrado los ojos? –pregunta Pym.

–Lo hemos hecho, señor, para ser franco, pero se han abierto otra vez y no nos ha parecido respetuoso.

Postrado sobre una rodilla delante de su padre, Pym extiende un cheque de doscientas libras, y a punto está de equivocarse y poner dólares.

Pym va en coche a Chester Street. La casa ha estado en otras manos durante años, pero esta noche permanece en la oscuridad, como si de nuevo aguardase a los alguaciles del embargo. Pym se aproxima cautelosamente. En la entrada a pesar de la lluvia hay una lamparilla encendida. Junto a ella, como un animal muerto, descansa un viejo boa, del color malva del medio luto, similar a aquella de la tía Nell que tanto tiempo atrás él había utilizado para obstruir el retrete en *The Glades*. ¿Es de Dorothy? ¿O de Peggy Wentworth? ¿Es algún juego de niños? ¿Ha sido colocada allí por el espectro de Lippsie? No hay ninguna tarjeta amarrada a sus plumas empapadas de rocío. Ningún embargador ha reclamado la propiedad de la prenda. El único indicio es la única palabra –«Sí»– garabateada con una tiza trémula sobre la puerta, como una señal salvadora en una ciudad amenazada.

Dando la espalda a la plaza desierta, Pym avanzó furioso hasta el cuarto de baño y abrió el tragaluz que años antes había revestido de pintura verde para mayor decoro de la señorita Dubber. Por una tronera examinó los jardines que había a un costado de la casa y concluyó que también estaban anormalmente vacíos. *Stanley*, el pastor alsaciano, no estaba atado a la tina de la lluvia del número 8. No estaba la señora Aitken, la mujer del carnicero, que pasaba todas sus horas de vigilia cuidando sus rosas. Tras cerrar de golpe el tragaluz, se encorvó sobre el lavabo y se salpicó de agua la cara, y luego miró ceñudamente su reflejo hasta que le devolvió una sonrisa falsa y brillante. La sonrisa de Rick, esbozada para burlarse de él, la sonrisa tan feliz que ni siquiera pestañea. La que se abraza contra ti y se acurruca como un niño estremecido. La que más odiaba Pym.

–Fuegos artificiales, hijo –dijo Pym, parodiando las peores cadencias de Rick.

«¿Te acuerdas cómo te gustaban los fuegos? ¿Recuerdas la noche del querido Guy Fawkes[1] y la gran traca con las iniciales de tu padre, RTP, subiendo con todas sus luces sobre todo Ascot? Pues eso.»

Pues eso, repitió Pym en su alma.

Pym está escribiendo otra vez. Gozosamente. Ninguna pluma puede asumir el esfuerzo. Letras libres, imprudentes, se vuelcan sobre el papel. Caminos de luz, colas de cohetes, estrellas y barras zumban por encima de su cabeza. La música de mil transistores suena alrededor, las caras vivaces de desconocidos se ríen de él y él les devuelve la risa. Es el 4 de julio. Es la noche de las noches de Washington. Los Pym diplomáticos han llegado hace una semana para tomar posesión del cargo de Magnus como subdirector de sede. La isla de Berlín se ha hundido por fin. El matrimonio ha dejado a la espalda un período en Praga, Estocolmo, Londres. El camino a América nunca ha sido fácil, pero Pym ha recorrido la distancia, Pym lo ha conseguido, es aceptado y casi elevado hasta la oscuridad enrojecida que los focos, los fuegos de artificio y los proyectores condenan repetidamente a la blancura. La multitud se arremolina en torno a él y Pym forma parte de ella, las personas libres de la tierra le han admitido como uno de los suyos. Es uno más entre todos esos niños grandes y felices que festejan su inde-

1. Conspirador inglés ejecutado, cuyo recuerdo se conmemora el 5 de noviembre en Inglaterra, quemando muñecos que representan su figura. (N. del T.)

pendencia de cosas que nunca les sujetaron. La orquesta de la Armada, el coro de Breckenbridge y el grupo coral del área metropolitana le han cortejado y conquistado sin que él oponga resistencia. Fiesta tras fiesta, Magnus y Mary han sido agasajados por la mitad de la élite del espionaje en Georgetown, han comido pez espada a la luz de una vela en patios de ladrillo rojo, han conversado bajo luces suspendidas de ramas, han abrazado y recibido abrazos, han estrechado manos y se han llenado la cabeza de nombres, habladurías y champán. «He oído hablar mucho de ti, Magnus...» «¡Bien venido a bordo, Magnus!» «Cristo, ¿ésta es tu mujer? ¡Es *demasiado*!» Hasta que Mary, preocupada por Tom –los fuegos artificiales le han sobreexcitado– ha decidido volver a casa y Bee Lederer la ha acompañado.

–Yo voy en seguida, cariño –murmura Pym, cuando ella se marcha–. Tengo que aparecer por casa de los Wexler, no vayan a pensar que les esquivo.

¿Dónde estoy? ¿En el Mall? ¿En el Hill? Pym lo ignora. Los brazos desnudos, los muslos y los pechos sin trabas de la joven feminidad americana se aprietan complacientemente contra él. Manos amistosas abren huecos para dejarle pasar; risas, humo de hierba, estrépito, comprimen la noche candente. «¿Cómo te llamas, tío? ¿Inglés? Eh, choca esa pala... prueba un trago de esto.» Pym agrega un sorbo del whisky nacional a la mezcla explosiva que ya ha ingerido. Está subiendo una cuesta, aunque no consigue determinar si es de hierba o de alquitrán. La Casa Blanca resplandece a sus pies. Delante de ella, erecta e iluminada por los focos, la aguja blanca del monumento a Washington prolonga su ascensión luminosa hasta las estrellas inasequibles. Jefferson y Lincoln, cada cual en su eterna parcela de Roma, yacen a ambos lados de Pym. Él ama a los dos. Todos los patriarcas y padres fundadores de Norteamérica son míos. Corona la cuesta. Un hombre negro le ofrece palomitas de maíz. Están saladas y calientes como su propio sudor. En el valle, más lejos, las batallas inocuas de otros fuegos de artificio retumban y se desperdigan en el cielo. La muchedumbre es más densa aquí arriba, pero todavía le sonríe a Pym mientras exhala sus «oooh» y sus «ahhh» ante el espectáculo, prodiga amistad y prorrumpe en canto patriótico. Una chica bonita le está provocando. «Eh, tío, ¿por qué no bailas?» «Bueno, sí, gracias, con mucho gusto, pero déjame que me quite el abrigo», contesta Pym. Su respuesta es demasiado palabrera, ella ya ha encontrado otro compañero. Pym está gritando. Al principio no se oye a sí mismo, pero cuando entra en un lugar más silencioso su propia voz le estalla en los oídos con alarmante nitidez. «¡Poppy! ¡Poppy! ¿Dónde estás?» Servicial, la buena gente que le rodea corea el grito. «¡Date prisa, Poppy, tu novio está aquí!» «Vamos, Poppy, mala pécora, ¿dónde has estado?» Detrás y encima de él, los cohetes vierten su cascada incesante contra el remolino de nubes coloradas. Ante él se abre un paraguas dorado que envuelve entera la montaña blanca e ilumina la calle que se va despoblando. En la cabeza de Pym resuenan instrucciones remotas. Está leyendo los números de las calles y umbrales. Encuentra la puerta y, en una erupción final de alegría, siente la familiar mano huesuda que se cierra alrededor de su muñeca y la voz conocida que le amonesta.

–Tu amiga Poppy no puede venir esta noche, Sir Magnus –dice Axel, suavemente–. Así que, por favor, ¿por qué no dejas de gritar su nombre?

Hombro contra hombro los dos hombres se sientan en los escalones del Capitolio y contemplan en el Mall a la infinitud de seres que ellos han tomado bajo su protección. Axel tiene un cesto que contiene un termo de vodka helada y los mejores pepinillos y el mejor pan moreno que hay en Norteamérica.

–Lo hemos logrado, Sir Magnus –susurra–. Por fin estamos en casa.

Queridísimo padre:

Me complace mucho poder comunicarte mi nuevo nombramiento. El cargo de consejero cultural puede no decirte mucho, pero es un puesto que inspira respeto en los más altos círculos de aquí, e incluso me otorga acceso a la Casa Blanca. Soy asimismo poseedor orgulloso de lo que se llama Salvoconducto Cósmico, que significa literalmente que ya no hay para mí puertas cerradas.

17

Oh, Dios mío, Tom, ¡qué bien lo pasamos! ¡La gloriosa y desbocada luna de miel última, incluso mientras se encapotaba el cielo!

Sería disculpable que pensases que las funciones de un subdirector de sede, aunque elevadas, son inferiores a las de su jefe. El director de la oficina de Washington flota en el aire superior de la diplomacia informativa. Su tarea consiste en dar masaje al cadáver de la Relación Especial y convencer a todos, inclusive a sí mismo, de que ese muerto está vivo y bien. Todas las mañanas, el pobre Hal Tresider se levantaba temprano, se ponía su vieja corbata de Shirburne y su traje tropical parcheado de sudor, y pedaleaba con semblante serio en su bicicleta rumbo a la arcadia empapada de las dependencias del comité, dejando a tu padre las manos libres para saquear el registro de la oficina, supervisar las filiales de San Francisco, Boston y Chicago o salir pitando para atender a un agente de paso hacia Centroamérica, China o Japón. Otro cometido era guiar a sabihondos ingleses de cara gris por los viveros de la alta tecnología americana, donde los secretos científicos que se comercian en Washington tienen su concepción artificial. Cenar con los pobres diablos, Tom, mientras que otros les habrían dejado pudrirse en sus moteles. Consolarles de su exilio mal pagado y sin mujer en un país extranjero. Charlar con ellos, en una jerga memorizada con premura, de morros de cohetes, *Gees*, ángulo de giro, alcance de tiro y comunicación submarina. Pedirles prestados sus documentos de trabajo para devolvérselos a la mañana siguiente.

–Vaya... *esto* parece interesante. ¿Le importa que le eche una ojeada para nuestro agregado naval? Lleva años incordiando al Pentágono para que se lo dejen ver, pero siempre le han estado dando largas.

El agregado naval echó una ojeada, Londres echó otra, Praga una tercera. ¿Para qué un salvoconducto cósmico sin un permiso de lectura igualmente cósmico?

¡Pobre impasible y respetable Hal! ¡Qué meticulosamente Pym abusó de su confianza y torpedeó sus inocentes ambiciones! No importa. Si no te emplean los del Patrimonio Nacional, siempre puedes contar con el Club Real del Automóvil o con una empresa subvencionada de la City.

–Oye, Pymmie, hay un grupo horrible de físicos que va a visitar el mes que viene el laboratorio de armamento de Livermore –decías, todo disculpas y timidez–. ¿No crees que podrías llegarte hasta allí, dar de comer y beber a unos cuantos y procurar que no se suenen la nariz con el mantel? No comprendo por qué este servicio tiene que comportarse hoy día como si lo dirigiese un hatajo de oficiales de seguridad con los pies planos. Tengo pensado escribir a Londres a este respecto, si consigo robar un momento.

Nunca ha habido un país más fácil de espiar, Tom, una nación tan franca con sus secretos, tan rápida en airearlos, en compartirlos, en confiarlos o en destinarlos demasiado pronto al montón de basura de la obsolescencia americana planeada. Soy demasiado joven para saber si hubo una época en que los americanos pudieron refrenar su admirable pasión comunicativa, pero lo dudo. Ciertamente las cosas han ido cuesta abajo desde 1945, porque no tardó en ser evidente que la información que diez años antes hubiera costado al servicio de Axel miles de dólares en preciosas divisas podría haberse obtenido del *Washington Post*, por un puñado de calderilla, a mediados de los setenta. A veces esto podría habernos ofendido, si hubiéramos tenido menos entereza, porque hay pocas cosas más humillantes en el mundo del espía que proporcionar esta semana una gran exclusiva a Londres y a Praga y leer el mismo material en la *Revista de aviación* a la siguiente. Pero no nos quejábamos. En el vasto huerto de la tecnología americana había frutos de sobra para todos, y a ninguno de nosotros volvió a faltarle de nada.

Camafeos, Tom, azulejos pequeños para tu mosaico es lo único que necesito darte ahora. Mira a los dos amigos retozando bajo un cielo crepuscular, mira cómo captan los últimos rayos de sol antes de que el juego acabe. Míralos robando como niños, a sabiendas de que la policía está a la vuelta de la esquina. Pym no se prendó de América en una noche ni tampoco en un mes, pese a los espléndidos fuegos de artificio del día 4 de julio. Su amor por el país creció con el de Axel. Sin él quizá no hubiera visto la luz nunca. Lo creas o no, Pym llegó resuelto a desaprobar todo lo que viese. Aquel mundo era demasiado joven para él, demasiado exento de autoridad. No encontró asidero, no encontró un veredicto severo contra el que rebelarse. Aquellas gentes vulgares y hedonistas, tan francas y ruidosas, le parecían excesivamente desenvueltas por comparación con su vida enrevesada y encubierta. Amaban su propia prosperidad de un modo demasiado patente y eran sobremanera flexibles y móviles, muy poco sujetos a las servidumbres de lugar, el origen y la clase. No poseían noción de aquel silencio que en la vida de Pym había representado la música de fondo de su represión. En compañía, era cierto, revertían en seguida al modelo y se transformaban en los principitos combativos de los países europeos de donde procedían. Podían enredarte en una intriga que haría sonrojarse a la Venecia medieval. Podían ser holandeses tercos, escandinavos taciturnos, balcánicos homicidas y tribales. Pero cuando se entremezclaban eran americanos, locuaces y cautivadores, y a Pym le costaba mucho hallar un núcleo que traicionar.

¿Por qué no le habían hecho ningún daño? ¿Por qué no le habían puesto impedimentos, por que no le habían asustado, obligado a sus miembros a adoptar posturas imposibles desde la misma cuna en adelante? Descubrió que añoraba las calles desiertas y oscurecidas de Praga y el abrazo tranquilizador de las cadenas. Deseaba volver a los colegios pavorosos. Quería cualquier cosa menos los horizontes maravillosos que conducían a vidas que él no había vivido. Quería espiar a la esperanza misma, contemplar la salida del sol por el ojo de una cerradura y negar las posibilidades que él no había tenido. Y durante todo este tiempo, irónicamente, la persecución de Europa se estrechaba. Él lo sabía. Axel también. Ni un año había transcurrido cuando los primeros e insidiosos susurros de sospecha empezaron a llegar a sus oídos. Fue, sin embargo, esta misma insinuación de mortalidad lo que despegó a Pym de su desgana y le instigó a llevar la batuta en la relación precisamente en el momento en que Axel le estaba diciendo: termina, vete. Una misteriosa gratitud por la Justa América y su sanción inminente le embargó a medida que, como un gigante desconcertado y torpe, ella se abatía gradualmente sobre él, aferrando en su puño grande y blando la evidencia multiplicadora de la duplicidad de Pym.

–Algunos señoritos de Langley y de Londres empiezan a preocuparse por nuestras redes checas, Sir Magnus –le advirtió Axel, en su inglés rígido y seco, durante una entrevista de emergencia en el aparcamiento del estadio Robert F. Kennedy–. Han empezado a detectar pautas desatinadas.

–¿Qué pautas? No hay pautas.

–Han advertido que las redes checas proporcionan mejor información cuando nosotros las dirigimos y casi nada cuando no lo hacemos. Ésa es la pauta. Hoy día tienen computadoras. Tardan cinco minutos en ponerlo todo patas arriba y preguntarse cuál es la vía eficaz. Hemos sido negligentes, Sir Magnus. Apuntábamos demasiado alto. Nuestros padres tenían razón. Si quieres que una cosa esté bien hecha, tienes que hacerla tú mismo.

–Jack Brotherhood puede dirigir esas redes tan bien como nosotros. Los jefes de agentes son verídicos, informan de todo lo que hayan averiguado. Todas las redes languidecen de vez en cuando. Es normal.

–Esas redes sólo languidecen cuando no estamos allí, Sir Magnus –repitió Axel pacientemente–. Es lo que ha intuido Langley. Les molesta.

–Entonces da a las redes mejor material. Comunica con Praga. Di a tus señoritos que necesitamos una primicia.

Axel movió la cabeza tristemente.

–Tú conoces Praga, Sir Magnus. Conoces a mis señoritos. El hombre que está ausente es el hombre contra quien conspiran. No tengo poder para convencerles.

Pym analizó con calma la opción que le quedaba. Durante la cena, en su casa elegante de Georgetown, mientras Mary interpretaba el papel de anfitriona cortés, cortés señora inglesa, cortés gheisa diplomática, Pym se preguntó si no sería el momento de persuadir a Poppy de que cruzase una frontera más, después de todo. Se vio a sí mismo intachable: un marido, hijo y padre en buena situación por fin. Recordó una antigua granja revolucionaria que él y Poppy habían admirado en Pennsylvania, emplazada entre campos ondulados y tapias de piedra, con caballos de pura sangre que surgían en la mañana de niebla moteada de sol. Recordó las iglesias encaladas, tan refulgentes y prometedoras después de las criptas mohosas de su infancia, e imaginó a la familia Pym trabajando y orando, reimplantada allí, y a Axel balanceándose en el columpio del jardín mientras bebía vodka y pelaba guisantes para el almuerzo.

Venderé la piel de Axel a Langley y compraré mi libertad, pensó, al tiempo que deslumbraba a una dama de dientes nacarados con una ingeniosa anécdota. Negociaré una amnistía administrativa para mí y borraré las manchas de mi expediente.

Nunca lo hizo, nunca lo haría. Axel era su carcelero y su virtud, era el altar sobre el que Pym había depositado sus secretos y su vida. Axel se había convertido en la parte de Pym que no pertenecía a ninguna otra persona.

¿Necesito decirte, Tom, lo radiante y querido que el mundo nos parece cuando sabemos que tenemos los días contados? ¿Decirte cómo la vida se infla, se te abre y te dice «entra» en el preciso momento en que habías pensado que no te admitían? ¡En qué paraíso se convirtió América en cuanto Pym supo que la inscripción estaba en la pared! ¡Toda su infancia retornaba en tropel! Llevó a Mary a una carrera hípica de obstáculos en el *château* de Winterthur, y soñó con Suiza y Ascot. Recorrió el hermoso cementario de Oak Hill en Georgetown y se imaginó que estaba con Dorothy en *The Glades*, confinado en el huerto chorreante donde su cara culpable podía ocultarse de los transeúntes. Minnie Wilson era nuestro buzón en Oak Hill, Tom. El primero en todo América: vete a visitar a Minnie algún día. Yace en una peana abarquillada, un poco más abajo del anfiteatro de gradas, y es una difunta jovencita victoriana revestida de colgaduras de mármol. Dejábamos nuestros mensajes en un frondoso escondrijo entre el trasero de Minnie y su protector, un tal Thomas Entwhistle, que había muerto en edad más avanzada. El decano del cementerio descansaba más arriba, cerca del recodo de grava donde Pym aparcaba su coche diplomático. Axel le encontró, Axel se cercioró de que Pym también lo encontrara. Era Stefan Osusky, cofundador de la república checoslovaca, muerto en el exilio, en 1973. Ninguna ofrenda clandestina a Axel parecía completa sin una silenciosa oración de saludo a nuestro hermano Stefan. Después de Minnie, cuando aumentó el volumen de nuestros negocios, nos vimos obligados a elegir carteros más próximos al centro de la ciudad. Escogimos generales de bronce olvidados, sobre todo franceses, que habían luchado en el bando americano por fastidiar a los ingleses. Saboreábamos sus sombreros flexibles, sus catalejos y sus caballos, y las flores en uniforme rojo que había a sus pies. Sus campos de batalla eran cuadrados de césped llenos de estudiantes holgazaneando; nuestros buzones eran cualquier cosa, desde el cañón achaparrado que les protegía hasta las coníferas enanas, cuyas ramas interiores formaban idóneos nidos marrones de agujas de pino. Pero el lugar predilecto de Axel era el recién inaugurado Museo Nacional del Aire y el Espacio, donde podía contemplar fascinado el *Spirit of St. Louis* y el *Friendship 7* de John Glenn, y tocar con el índice el Recuerdo de la Luna, tan devotamente como si estuviera ungiendo sus dedos con agua de un santuario. Pym no le vio nunca hacer estas cosas. Solamente oía comentarios posteriores sobre ellas. La treta consistía en dejar sus paquetes respectivos en casilleros separados del guardarropa, e intercambiar llaves en la oscuridad de la sala de proyecciones Samuel P. Langley, mientras el público se agarraba a las barandillas con la boca abierta, hechizado por las emociones del vuelo en la pantalla.

¿Y lejos de los ojos y oídos de Washington, Tom? ¿De qué te hablo primero? Quizá de Silicon Valley y del villorrio español al sur de San Francisco, donde los monjes de Murgo nos cantaron canto llano después de la cena. O del paisaje de Palm Springs, que evocaba al mar Muerto, donde los carros del golf tenían enrejados de «Rolls-Royce», y los montes de Moab dominaban el estuco pastel y las piscinas de roca artificiales de nuestro motel tapiado, mientras mexicanos ilegalmente inmigrados recorrían los céspedes con cestos a la espalda, recogiendo las hojas antiestéticas que podrían ofender la sensibilidad de nuestros compañeros millonarios. ¿Te imaginas el éxtasis de Axel al contemplar las máquinas exteriores de aire acondicionado que humedecían el aire del desierto y soplaban niebla sobre los clientes que se soleaban con la cara cubierta de barro verde? ¿Te hablaré de la cena que para promover la adopción de perros había organizado en Palm Springs la Sociedad Humanitaria, y a la que asistimos para celebrar la adquisición por parte de Pym del más reciente cianotipo para el morro del bombardero *Stealth*? ¿La cena en que los perros subían al escenario acicalados y adornados con lazos para que los criasen damas humanitarias, mientras todo el mundo lloraba como si se tratase de huérfanos vietnamitas? ¿Te hablaré del canal de radio que machacaba durante el día entero pasajes de la Biblia y presentaba al Dios de los cristianos como el campeón de la riqueza, puesto que la riqueza era la enemiga del comunismo? «Sala de espera de Dios», llaman a Palm Springs. Tiene una piscina por cada cinco habitantes, y está situada a un par de horas en coche de las fábricas de destrucción más grandes del mundo. Sus industrias son la caridad y la muerte. Esa noche, desconocidos para los bandidos jubilados y los comediantes seniles que creaban su corte geriátrica, Pym y Axel sumaron el espionaje a la lista de los méritos locales.

–Nunca volveremos a volar tan alto, Sir Magnus –dijo Axel, al tiempo que inspeccionaba reverentemente la ofrenda de Pym en el silencio de su *suite* de seiscientos dólares la noche–. Creo que también nosotros podemos retirarnos.

¿Te hablaré de Disneylandia y de otra sala de proyecciones donde una pantalla circular nos mostraba el sueño americano? ¿Puedo convencerte de que Pym y Axel derramaron lágrimas sinceras al observar a los refugiados de la persecución europea hollando suelo americano mientras el locutor hablaba de una nación de naciones y de la tierra de la libertad? Lo creímos, Tom. Y Pym lo cree todavía. Pym no se había sentido tan libre en su vida, hasta la noche en que murió Rick. Todo lo que aún conseguía amar en sí mismo lo tenían las personas que le rodeaban. Una disposición a sincerarse con desconocidos. Una astucia exclusivamente destinada a proteger su inocencia. Una fantasía que les enardecía pero que nunca les dominaba. Una capacidad para dejarse influir por todo sin perder por ello su soberanía. Y Axel también les amaba, aunque no estaba tan seguro de que su afecto fuese correspondido.

–Wexler está organizando un grupo de investigación, Sir Magnus –le advirtió Axel una noche que cenaban en la dignidad colonial del hotel «Ritz» de Boston–. Algún desertor malvado se habrá ido de la lengua. Es hora de que nos vayamos.

Pym no dijo nada. Atravesaron el parque y contemplaron las barcas-cisne del lago. Se sentaron en un *pub* irlandés desnudo y tenso, un hormiguero de crímenes que Inglaterra había olvidado. Pero Pym perseveraba en su negativa a hablar. Unos días más tarde, sin embargo, visitando a un catedrático inglés de Yale que ocasionalmente proporcionaba apetitosos bocados a la Casa, se encontró ante la efigie del héroe americano Nathan Hale, a quien los ingleses ahorcaron por espía. Tenía las manos atadas detrás de la espalda. Debajo estaban inscritas sus últimas palabras: «Solamente lamento no tener más que una vida que perder por mi patria.» A partir de ese día, Pym estuvo varias semanas escondido.

Pym estaba hablando. Pym estaba en movimiento. Pym estaba en algún sitio de la habitación, con los brazos pegados a los flancos y las palmas extendidas, como quien pretende volar o nadar. Caía postrado de rodillas, se restregaba los hombros contra la pared. Asía el fichero verde, lo zarandeaba y el fichero se tambaleaba como un viejo reloj de pared a punto de aplastarle con su abrazo, y la caja combustiva se bamboleaba y columpiaba encima, diciendo: «Cógeme.» Pym estaba jurando mentalmente. Estaba hablando en su mente. Quería la calma de su entorno, pero no se la darían. Estaba de nuevo sentado ante la mesa, y el sudor goteaba sobre el papel de alrededor. Estaba escribiendo. Estaba tranquilo, pero la maldita habitación no terminaba de aquietarse y entorpecía su prosa.

Otra vez Boston.

Pym ha estado visitando el semicírculo dorado que se extiende a lo largo de la Nacional 128: «Bien venido a la autopista tecnológica americana.» El lugar es como un crematorio sin una chimenea. Fábricas y laboratorios discretos y bajos se acurrucan entre matorrales y taludes ajardinados. Pym ha sorbido el cerebro de una delegación inglesa y ha sacado fotos prohibidas con una cámara oculta en su cartera. Ha almorzado en privado en la casa de un gran patriarca industrial americano que se llama Bob y de quien se ha hecho amigo porque es indiscreto. Se han sentado en el mirador, han contemplado un jardín de céspedes en pendiente que un hombre negro calmosamente siega con una segadora triple. Después del almuerzo, Pym se desplaza en coche a Needham, donde Axel le espera junto a un meandro del Charles River, que para ellos sirve de Aare local. Una garza real roza en su vuelo los juncos verdiazules. Halcones de cola roja les observan desde árboles muertos. El camino que siguen Pym y Axel se adentra en el corazón del bosque, a lo largo de un esker.

–¿Qué pasa, entonces? –dice Axel finalmente.

–¿Por qué tiene que pasar algo?

–Estás en tensión y no dices nada. Es razonable suponer que ocurre algo.

–Siempre estoy en tensión cuando doy un parte.

–No tanto como ahora.

–No ha querido hablar conmigo.

–¿Quién, Bob?

–Le he preguntado cómo iba el contrato de reconversión Nimitz. Me ha respondido que su empresa está haciendo grandes progresos en Arabia Saudita. Le he preguntado por sus conversaciones con el almirante de la flota del Pacífico. Me ha contestado que cuándo iba a llevar yo a Mary a un fin de semana en Maine. Ha puesto otra cara.

–¿Qué cara?

–Está enfadado. Alguien le ha puesto en guardia contra mí. Creo que está más irritado con ellos que conmigo.

–¿Qué más? –dice Axel pacientemente, sabedor de que con Pym siempre hay más de una puerta.

–Me han seguido hasta su casa. Un «Ford» verde, con ventanillas ahumadas. No hay ningún sitio para merodear y los americanos no vigilan a pie, así que se han ido.

–¿Qué más?

–¡Basta de preguntar qué más!

–¿Qué más?

De repente les separó un gran abismo de cautela y recelo.

–Axel –dijo Pym finalmente.

Era inusual por parte de Pym llamar a Axel por su nombre; las conveniencias del espionaje le frenaban normalmente.

–Sí, Sir Magnus.

–Cuando estuvimos juntos en Berna. Cuando éramos estudiantes. Tú no lo hacías, ¿verdad?

–¿No hacía qué? ¿No estudiaba?

–No estabas espiando a nadie. A los Ollinger. Al «Cosmo». A mí. No había gente que te controlase en aquel tiempo. Eras simplemente tú.

–No espiaba. Nadie me controlaba. No pertenecía a nadie.

–¿Es verdad eso?

Pero Pym sabía ya que era verdad. Lo sabía por el raro destello de rabia que brilló en los ojos de Axel. Por la solemnidad y la repugnancia de su voz.

–La idea de que yo fuese un espía era tuya, Sir Magnus. No mía.

Pym miró cómo encendía otro puro y advirtió que la llama de la cerilla temblaba.

–Fue idea de Jack Brotherhood –le corrigió Pym.

Axel dio una chupada del puro y sus hombros se relajaron poco a poco.

–Da lo mismo –dijo–. Carece de importancia a nuestra edad.

–Bo ha sido autorizado a un interrogatorio hostil –dijo Pym–. Vuelo a Londres el domingo para oír la cantinela.

¿Quién le hablaría de interrogatorios a Axel? ¿Y de uno hostil, por añadidura? ¿Quién se atrevería a comparar las poses nocturnas de un par de abogados sumisos de la Casa en una casa franca de Sussex con las palizas, las descargas eléctricas y las privaciones que durante dos decenios habían sido el pan irregular de Axel? Me sonroja recordar ahora que llegué a emplear esa palabra ante él. En el 52, como supe más tarde, Axel había denunciado a Slansky y exigido la pena de muerte para él; no en voz muy alta, porque él mismo, a su vez, era casi un muerto.

–¡Pero eso es terrible! –había exclamado Pym–. ¿Cómo puedes servir a un país que te hace eso?

–No fue terrible en absoluto, gracias. Debería haberlo hecho antes. Aseguré mi supervivencia y Slansky hubiera muerto igualmente, le denunciase yo o no. Dame otro vodka.

En el 56 cayó en desgracia de nuevo:

–Esa vez fue menos problemático –explicó, encendiendo otro puro–. Denuncié a Tito y nadie se tomó siquiera la molestia de matarle.

A principios de los sesenta, mientras Pym estaba en Berlín, Axel había pasado tres meses pudriéndose en una mazmorra medieval fuera de Praga. Nunca he sabido con claridad lo que prometió en esa ocasión. Fue el año en que purgaron incluso a los estalinistas, si bien con escaso celo, y Slansky fue declarado nuevamente vivo, aunque sólo póstumamente. (Como recordarás, le siguieron considerando culpable de sus delitos, pero de un modo inocente.) En todo caso Axel regresó diez años más viejo, y durante unos meses hubo en su habla una «r» blanda que se asemejaba mucho a un tartamudeo.

Al lado de una experiencia parecida, la inquisición de Pym fue pura filfa. Jack Brotherhood se erigió en su defensor. El jefe de personal se deshizo en atenciones como una gallina clueca, asegurando a Pym que era simplemente una cuestión de responder a unas cuantas preguntas. Un sicario sin barbilla del ministerio de Hacienda no cesaba de repetir a mis perseguidores que corrían el peligro de excederse en su pesquisa, y mis dos carceleros insistieron en hablarme de sus hijos. Al cabo de cinco días y cinco noches, Pym estaba tan fresco como si hubiese pasado unas vacaciones en el campo, y sus interrogadores habían perdido pie.

–¿Has tenido un buen viaje, cariño? –le preguntó Mary, de nuevo en Georgetown, después de una mañana en la cama en que Pym había aflojado temporalmente la tensión.

–Estupendo –dijo Pym–. Y Jack te envía saludos.

Pero cuando se encaminaba a la embajada vio una nueva flecha blanca pintada con tiza en los ladrillos del comercio de licores, lo que significaba un mensaje de Axel para que no intentara restablecer el contacto hasta nuevo aviso.

Y ha llegado el momento, Tom, de que te diga lo que Rick estaba haciendo, pues tu abuelo tenía una última baza que jugar antes del fin. Fue la mejor de las suyas, como tú supondrías. Rick se acobardó. Abandonó la monstruosidad como estilo de vida, y vino a mí lloroso y rastrero como un animal apaleado. Y cuanto más pequeño y abarcable se volvía, menos seguro se sentía Pym. Era como si la Casa y Rick estuvieran estrechando el cerco sobre Pym desde ambos lados, cada cual con su banalidad avergonzada y pesarosa, y Pym, como un acróbata en la cuerda floja entre los dos, de repente no tenía nada en que apoyarse. Pym imploraba a su padre mentalmente. Le gritaba: «¡Sigue siendo malo, monstruoso, manténte a distancia, no te rindas!» Pero Rick no cejaba, arrastraba los pies y esbozaba una sonrisa empalagosa como un pordiosero, a sabiendas de que su poder era mayor ahora que era débil.

–Lo hice todo por ti, hijo. Gracias a mí has ocupado tu puesto entre los mandamases. ¿No tienes algunos céntimos para tu padre? ¿Qué tal si tomamos un plato combinado, o te da vergüenza salir a la calle con tu viejo camarada?

Apareció por primera vez en Navidad, cuando aún no se habían cumplido seis semanas desde que Pym había recibido una disculpa formal de la Oficina Central. Georgetown estaba sepultada bajo dos pies de nieve y habíamos invitado a comer a los Lederer. Mary estaba colocando la comida en la mesa cuando sonó el teléfono.

¿Aceptaba el embajador Pym una llamada a cobro revertido desde Nueva Jersey? La aceptaba.

–Hola, hijo mío. ¿Cómo te trata la vida?

–Voy a hablar por el teléfono de arriba –dice Pym sombríamente a Mary, y todo el mundo parece comprender, sabiendo que el mundo secreto nunca duerme.

–Feliz Navidad, hijo –dice Rick cuando Pym descuelga el teléfono del dormitorio.

–Feliz Navidad también para ti, papá. ¿Qué estás haciendo en Nueva Jersey?

–Dios es el jugador número doce en el equipo de cricket, hijo. Dios es quien nos dice que mantengamos el codo izquierdo en alto durante la vida. Nadie más lo dice.

–Eso has dicho tú siempre. Pero no es la temporada de cricket. ¿Estás borracho?

–Él es el árbitro, juez y jurado en una sola pieza, y nunca lo olvides. No se puede estafar a Dios. Nunca se ha podido. ¿Te alegras de que te pagara tu educación, entonces?

–Yo no estoy estafando a Dios, papá, estoy tratando de celebrar la Navidad con mi familia.

–Saluda a Miriam –dice Rick, y hay una protesta sofocada antes de que Miriam se ponga al teléfono.

–Hola, Magnus –dice Miriam.

–Hola, Miriam –dice Pym.

–Hola –dice Miriam por segunda vez.

–¿Te alimentan bien en esa embajada, hijo, o es todo a base de ensaladas y patatas fritas?

–Tenemos una cantina perfectamente decente para el personal subalterno, pero en este momento me disponía a comer en casa.

–¿Pavo?

–Sí.

–¿Con salsa bechamel inglesa?

–Supongo.

–Ese nieto mío está bien, entonces, ¿no? ¿Tiene esa misma frente que heredaste de mí y que todo el mundo alaba?

–Tiene una frente muy bonita.

–¿Ojos azules, lo mismo que yo?

–Los ojos de Mary.

–He oído decir que ella es magnífica, hijo. He oído comentarios muy elogiosos sobre ella. Dicen que tiene en Dorset una finca preciosa que vale un par de chelines.

–Está en fideicomiso –dice Pym bruscamente.

Pero Rick ya ha empezado a ahogarse en el abismo de su piedad por sí mismo. Llora, y su llanto se convierte en un aullido. Miriam llora también, en segundo plano, con un gemido agudo, como un perrito encerrado en una casa grande.

–Pero, cariño –dice Mary cuando Pym vuelve a ocupar su puesto de cabeza de familia–. Magnus. Estás disgustado. ¿Qué ocurre?

Pym mueve la cabeza, sonriendo y llorando al mismo tiempo. Coge su vaso de vino y lo levanta.

–¡Por los amigos ausentes! –grita–. ¡Por *todos* los amigos ausentes!

Y luego añade, para los oídos de su esposa sólo:

–Es sólo un antiguo agente, querida, que ha conseguido localizarme y me desea unas felices, puñeteras Navidades.

¿Alguna vez habrías supuesto, Tom, que el país más grande del mundo pudiese ser demasiado pequeño para un hijo y su padre? Pues es lo que sucedió. Que Rick se desplazase a cualquier sitio donde pudiera gozar de la protección filial era, me figuro, lo más natural y, después de Berlín, probablemente inevitable. Ahora sé que primero fue a Canadá, confiando erróneamente en los lazos de la Commonwealth. Los canadienses se hartaron en seguida de él y, cuando le amenazaron con repatriarle, pagó una pequeña entrada por un «Cadillac» y se dirigió al sur. Mis investigaciones revelan que en Chicago sucumbió a las numerosas ofertas seductoras de las inmobiliarias que, a modo de incentivo, invitaban a ocupar urbanizaciones nuevas del extrarradio sin pagar renta durante tres meses. Un tal coronel Hanbury residió en Farview Gardens, un tal Sir Williams Forsyth honró con su presencia Suneligh Court, donde prolongó su arrendamiento entablando largas negociaciones al objeto de comprar el ático para su mayordomo. Lo que estos dos señores hicieron para obtener liquidez es, como siempre, un misterio, aunque sin duda había beldades agradecidas en el trasfondo. La única pista es una carta quisquillosa de los mayorales de un club hípico local, notificando a Sir Williams que sus caballos serían acogidos en cuanto hubiese abonado las cuotas de establo. Pym tenía todavía un conocimiento vago de esos rumores lejanos, y sus ausencias de Washington le prestaron un falso sentimiento de protección. Pero en Nueva Jersey algo cambió para Rick definitivamente, y, fuera lo que fuese, a partir de entonces Pym pasó a ser su único recurso. ¿Soplaba acaso simultáneamente para padre e hijo el mismo viento justiciero de las cuentas pendientes? ¿Estaba Rick realmente enfermo? ¿O era, como Pym, meramente consciente del juicio improrrogable?

Indudablemente Rick pensaba que estaba enfermo. Indudablemente Rick creía que debía estarlo. Escribió:

> *No tengo más remedio que usar en todo momento un bastón fuerte (veintinueve dólares en metálico) por causa del corazón y otras dolencias aún más inquietantes. Mi médico me prohíbe lo nocivo y dictamina que una dieta frugal (comidas sencillas y champán solamente, no vino de California) podría prolongar esta exigua existencia y facultarme para luchar durante unos pocos meses más antes de que me llegue la hora.*

Indudablemente se aficionó a llevar gafas de color hígado, como la tía Nell. Y cuando chocó con la ley de Denver, al médico de la cárcel le impresionó tanto Rick que le liberaron en cuanto Pym hubo pagado los honorarios médicos.

Y después de Denver decidiste que ya estabas muerto, ¿no?, y te propusiste hostigarme con tu debilidad, ¿verdad? Por cada ciudad adonde yo iba, caminaba temeroso de tu espectro patético. En cada piso franco donde entraba o de donde salía esperaba verte esperando en la puerta, haciendo alarde de tu pequeñez deliberada y voluntaria. Sabías dónde iba a estar yo antes de que llegase. Falsificabas un billete y viajabas cinco mil millas tan sólo para mostrarme lo pequeño que te habías vuelto. Y nos íbamos al mejor restaurante de la ciudad y yo te pagaba el festín, me jactaba ante ti de mis proezas diplomáticas y escuchaba a mi vez tus propias vanaglorias. Te daba todo el dinero que podía, rezando para que te permitiese añadir unos cuantos Wentworths más al fichero verde. Pero incluso cuando te hacía fiestas e intercambiaba contigo sonrisas radiantes y te estrechaba la mano y te alentaba en tus proyectos idiotas, sabía que habías ejecutado el mejor timo de todos. Ya no eras nada. Tu manto, ahora en mis manos, te había transformado a ti en un hombrecillo desnudo y a mí en el mayor estafador que conocía.

–¿Entonces por qué esos tipos no te nombran caballero, hijo? Me han dicho que a estas alturas debería ser subsecretario vitalicio. Tienes algún trapo sucio, ¿eh? Quizá debería presentarme en Londres y mantener una charla con esos chicos del departamento de personal.

¿Cómo me encontró? ¿Cómo era posible que sus sistemas de información fuesen mejores que los de los perros con correa de la Agencia, que rápidamente se estaban convirtiendo en mi compañía asidua e indeseada? Al principio pensé que había contratado detectives privados. Empecé a coleccionar los números de coches sospechosos, a anotar las horas de llamadas telefónicas inconclusas, a tratar de distinguirlas de las de Langley. Abordé a mi secretaria: ¿le había estado importunando en busca de información alguien que afirmaba ser mi padre enfermo? Al final descubrí que el empleado de viajes de la embajada tenía la adicción de jugar al *snooker* inglés en algún hostal masónico de los barrios bajos de la ciudad. Rick le había conocido allí y le había contado una necia superchería: «Tengo el corazón pachucho –le había dicho al imbécil–. Podría acabar conmigo de un momento al otro, pero no se lo digas a mi chico. No me gusta preocuparle cuando tiene el plato bien lleno como ahora. Lo que vas a hacer es darme un telefonazo cada vez que mi chico abandone la ciudad, para que yo sepa siempre dónde localizarle cuando llegue la hora.» Y sin duda había un reloj de oro en algún punto de la historia. Y entradas para la final de fútbol del año siguiente. Y una visita benéfica a la mamita del pobre chico la próxima vez que Rick volviese a casa para respirar un poco de aire inglés.

Pero mi descubrimiento llegó demasiado tarde. Para entonces ya nos habíamos reunido en San Francisco, en Denver y en Seattle, y Rick se había personado en cada una de estas ciudades, y había llorado y se había amedrentado ante mis propios ojos, hasta que lo único que quedó de Rick fue lo que poseía de Pym; y lo único que quedó de Pym, según me pareció, a medida que tejía mis mentiras y lisonjeaba y perjuraba ante un tribunal ilegítimo tras otro, fue un estafador desfalleciente que trastabillaba sobre los últimos zancos de su credibilidad.

Y así sucedió, Tom. La traición es un oficio repetitivo y no te aburriré más al respecto. Hemos llegado al final, aunque desde aquí parece ser más bien el principio. La Casa expulsó a Pym de Washington y le envió a Viena para que recobrara el control de sus redes y para que su ejército creciente de acusadores pudiese estrechar en torno a su cuello su miserable pauta de computadora. Para él no había salvación. No a la postre. Poppy lo sabía. También lo sabía Pym, aunque nunca habría de admitirlo, ni siquiera ante sí mismo. Otra estafa más, Pym se repetía: otra estafa más será bastante. Poppy le acuciaba, le suplicaba, le amenazaba. Pym fue inflexible: déjame en paz, saldré del aprieto, ellos me aman, les he entregado mi vida.

Pero la verdad es, Tom, que Pym prefirió poner a prueba los límites de la tolerancia de aquellos a quienes amaba. Prefirió sentarse aquí, en la habitación de arriba de la señorita Dubber, y esperar la llegada de Dios, mientras contemplaba los jardines que descendían hasta la playa donde los mejores camaradas que jamás han existido habían jugado al fútbol desde un extremo del mundo al otro extremo, y atravesado el mar a bordo de sus bicicletas «Harrod's».

18

Noche de fuegos artificiales en Plush, pensó Mary, mirando la oscuridad de la plaza. Hay hoguera sin encender esperando a Tom. Por el parabrisas de su coche aparcado observó el quiosco de la música vacío y fingió que veía a los últimos miembros de su familia y a criados hacinados en el viejo pabellón de cricket. Los pasos amortiguados eran las pisadas de los guardabosques que se congregaban para recibir a su hermano Sam, de regreso para su último permiso. Simuló que oía la voz de su hermano, quizá, para su gusto, demasiado evocadora de la plaza de armas, todavía rasposa por la tensión de Irlanda. «¿Tom? –llama–. ¿Dónde está Tom?» Ni un movimiento. Tom está envuelto en el abrigo de piel de oveja de Mary, con la cabeza apretada contra el muslo de su madre, y nada, excepto la Navidad, va a inducirle a salir.

–Vamos, Tom Pym, tú eres el más joven –grita Sam–. ¿Dónde está? Serás demasiado mayor el año que viene, Tom, ¿sabes?

Luego su brutal rechazo.

–Que se joda. Vamos a buscar a otro.

Tom se avergüenza, los Pym están deshonrados, Sam, como de costumbre, se enfada porque Tom no siente ganas de reventar el universo. Un niño más valiente pone la cerilla y el mundo se incendia. Los cohetes militares del hermano de Mary lo sobrevuelan en salvas perfectas. Mirando al cielo nocturno, todo el mundo es pequeño.

Estaba sentada al lado de Brotherhood y él le tenía agarrada la muñeca del mismo modo que el médico cuando ella estaba a punto de dar a luz a su pequeño cobarde. Para tranquilizarla. Para serenarla. Para decir: «Yo mando aquí.» El coche estaba aparcado en una calleja; detrás de ellos estaba la furgoneta de la policía y, detrás, una caravana de unos seiscientos coches policiales aparcados y camionetas de radio, ambulancias y camiones de bombas, todos ellos ocupados por los amigos de Sam, que hablaban entre sí sin palabras y sin mover los ojos. Al lado de Mary había un comercio llamado «Fantasías de azúcar», con un escaparate iluminado por una lámpara de neón y un gnomo de plástico que empujaba una carretilla cargada de golosinas polvorientas, y junto a esta tienda estaba el asilo de granito, con «Biblioteca Pública» grabado sobre una puerta fúnebre. Al otro lado de la calle se alzaba una espantosa iglesia baptista, proclamando que Dios tampoco era divertido. Más allá de la iglesia se encontraba la plaza de Dios, Su quiosco de la música y Sus araucarias, y entre el cuarto y el quinto árbol empezando por la izquierda, como ella había contado veinte veces, y a las tres cuartas partes del camino, había una ventana en forma de arco iluminada y con las cortinas de color naranja corridas, que mis oficiales me informan que es donde está situada la habitación de su marido, señora, aunque nuestras pesquisas indican que es conocido en la localidad bajo el nombre de Canterbury, y que es un hombre estimado en el vecindario.

–Es estimado en todas partes –replicó Mary.

Pero el superintendente se lo estaba diciendo a Brotherhood. Estaba hablando por la ventanilla de Brotherhood y se dirigía a él como el custodio de Mary. Y Mary sabía que al superintendente le habían ordenado hablar con ella lo menos posible, una orden que le resultaba difícil cumplir. Y que Brotherhood se había impuesto la tarea de responder por ella, lo que el superintendente parecía aceptar que era lo más próximo a la santidad que tenía a su alcance sin que le reventaran los oídos. El superintendente era un hombre de Devon, cabeza de familia y pesadamente tradicional. Me alegro *infinito* de que le arreste un hombre de *Devon*, pensó Mary cruelmente, con el gorjeo de Caroline Lumsden. Creo que es *mucho* más *agradable* que te haga prisionero un hombre de tu tierra.

–¿Está completamente segura de que no quiere entrar en el vestíbulo de la iglesia, señora? –estaba diciendo el superintendente por centésima vez–. Hace mucho más calor y hay una excelente compañía. Cosmopolita, contando a los americanos.

–Está mejor aquí –murmuró Brotherhood, a modo de respuesta.

–Sólo que no podemos permitir al caballero que ponga el motor en marcha, a decir verdad, señora. Y si no puede arrancar el motor, pues entonces no hay calefacción, usted me entiende.

–Me gustaría que se fuera usted –dijo Mary.

–La señora está bien donde está –corroboró Brotherhood.

–Pero esto podría durar toda la noche, ¿comprende, señora? Incluso todo el día de mañana. Si nuestro amigo decide obstinarse, más o menos, a decir verdad.

–Tomaremos las cosas según vengan –dijo Brotherhood–. Cuando la necesite, ella estará aquí.

–Me temo que no, señor, a decir verdad. No cuando entremos, si tenemos que entrar. Me temo que la señora tendrá que retirarse a un lugar más seguro, a decir verdad, y usted también. Sólo que los demás están en la iglesia, si me comprende, señor, y el inspector jefe dice que es donde tienen que estar todos los no combatientes en esta fase de la operación: los americanos inclusive.

–Ella no quiere estar con los demás –dijo Mary antes de que Brotherhood pudiese hablar–. Y no es americana. Es su esposa.

El superintendente se marchó y volvió casi inmediatamente. Es el intermediario. Le han elegido porque tiene esa paciencia con que se trata a un enfermo.

–Mensaje del tejado, señor –comenzó, con tono de disculpa, agachándose una vez más hasta la ventanilla de Brotherhood–. ¿Sabe usted, por favor, el tipo y el calibre exactos del arma que nuestro amigo tiene supuestamente en su poder?

–Una «Browning 38» automática. Un arma antigua. Yo diría que no la ha limpiado en años.

–¿Alguna teoría respecto al tipo de munición, señor? A ellos les agradaría conocer el alcance, ¿comprende?

–Cañón corto, me parece.

–¿Pero no un obturador, por ejemplo, ni una bala *dumdum*?

–¿Para qué diablos iba a querer una *dumdum*?

–No lo sé, señor, créame. La información es oro en polvo en este caso, el modo en que la transmiten, si me permite decirlo. Hace mucho tiempo que no he visto tantos labios cerrados en una habitación. ¿Cuántas balas cree que tiene nuestro amigo?

–Un peine. Otro de repuesto, quizá.

Mary se enfureció de repente.

–Por el amor de Dios. ¡No es un maníaco! No va a provocar una...

–¿Una qué? –preguntó el superintendente, cuyos modales rústicos propendían a aflorar cuando no le hablaban con el debido respeto.

–Dé por sentado que tiene un peine entero y otro de repuesto –dijo Brotherhood.

–Bueno, entonces puede usted decirnos qué tal tirador es nuestro amigo –sugirió el superintendente, como replegándose a un terreno más seguro–. No se les puede reprochar que lo pregunten, ¿verdad?

–Ha sido adiestrado y se ha ejercitado durante toda su vida –respondió Brotherhood.

–Es buen tirador –dijo Mary.

–¿Y cómo lo sabe usted, señora, si me permite una pregunta sencilla?

–Practica con la escopeta de aire comprimido de Tom.

–¿Disparando a ratas y esas cosas? ¿O a algo más grande?

–A dianas de papel.

–¿Ah, sí? Y obtiene un alto porcentaje de blancos, ¿no es eso, señora?

–Tom dice que sí.

Mary miró de reojo a Brotherhood y supo lo que él estaba pensando. Déjeme entrar a sacarle, tenga o no tenga pistola. Ella estaba pensando algo muy parecido: «Magnus, sal de ahí y deja de hacer el puñetero ridículo.» El superintendente estaba hablando de nuevo, esta vez directamente a Brotherhood.

–Nuestros muchachos tienen una duda, señor –dijo, como si se tratara de una cuestión un poco irrazonable, pero tuvieran que complacerles–. Respecto a esa caja con un mecanismo que nuestro amigo tiene en su poder. He preguntado en el vestíbulo de la iglesia, pero no están muy al corriente de esos aspectos técnicos y dicen que se lo pregunte a usted. Nuestros chicos agradecen no estar autorizados a saber mucho al respecto, pero les gustaría que usted les instruyera en lo referente a la carga que contiene.

–Es autodestructiva –contestó Brotherhood–. No es un arma.

–Ah, pero, ¿podría utilizarse como arma, por decirlo así, en manos de una persona que podría, por ejemplo, haber perdido el equilibrio mental?

–No, a no ser que meta a alguien dentro de la caja –respondió Brotherhood, y el superintendente emitió una melodiosa risa rural.

–Les diré eso a los chicos –prometió–. Aprecian una broma en estos casos, les alivia la tensión.

Bajó la voz y habló sólo para Brotherhood.

–¿Alguna vez nuestro amigo ha disparado su pistola en un impulso de furia?

–La pistola no es suya.

–Ah, pero no ha respondido a mi pregunta, ¿no cree?

–Que yo sepa, nunca ha participado en un tiroteo.

–Nuestro amigo no se pone furioso –dijo Mary.

–¿Alguna vez ha capturado a algún prisionero, señor?

–A nosotros –dijo Mary.

Pym había preparado el cacao y Pym había colocado el chal nuevo sobre los hombros de la señorita Dubber, aunque ella dijo que no tenía frío. Pym había trinchado el pedazo de pollo que había comprado en el supermercado para agasajar a *Toby*, y si la señorita Dubber se lo hubiera consentido, habría limpiado también la jaula del canario. El canario era el orgullo secreto de Pym desde la noche en que lo había encontrado muerto después de que la señorita D se hubiese acostado, y se las había ingeniado, sin que ella lo supiera, para sustituirlo por otro vivo en la tienda de animales del señor Loring. Pero la señorita Dubber no quería más mimos de Pym. Quería que él se sentara a su lado, donde ella pudiese verle, y quería que él le leyese la última carta de la tía Al, llegada ayer de la lejana Sri Lanka, señor Canterbury, pero usted no mostró interés.

–¿Ese Alí es el lavandero que le robó el encaje el año pasado? –inquirió ella abruptamente, interrumpiendo a Pym–. ¿Por qué sigue contratando sus servicios después de haberle robado? Creí que habíamos perdido hace mucho la pista de Alí.

–Supongo que le perdonó –dijo Pym–. Acuérdese de que él tenía un montón de mujeres. Posiblemente ella no tuvo el coraje de ponerle de patitas en la calle.

Su propia voz le sonaba a Pym muy clara y hermosa. Era bueno hablar en voz alta.

–Ojalá hubiera vuelto a Inglaterra –dijo la señorita Dubber–. No puede sentarle bien, ese calor, al cabo de tantos años.

–Ah, pero entonces tendría que lavarse la ropa ella misma, ¿no le parece, señorita D? –dijo Pym.

Y su propia sonrisa le reconfortó porque sabía que la reconfortaba a ella.

–Ahora se encuentra mejor, ¿verdad, señor Canterbury? Me alegro mucho. Ya lo ha echado fuera, sea lo que sea. Ahora puede descansar tranquilo.

–¿De qué? –preguntó Pym suavemente, sin deponer su sonrisa.

–De lo que haya estado haciendo todos estos años. Puede permitir que algún otro gobierne el país por una temporada. ¿Le dejó mucho trabajo pendiente aquel pobre señor que se murió?

–Supongo que sí, en realidad. Siempre hay dificultades cuando no ha habido una transmisión normal de poderes.

–Pero ahora ya no tendrá problemas, ¿verdad? Lo veo.

–No tendré ninguno cuando usted me diga cuándo cogerá esas vacaciones, señorita D.

–Sólo si viene conmigo.

–No puedo. ¡Ya se lo dije! ¡Se me ha acabado el permiso!

Había alzado la voz más de lo que era su intención. Ella le miró y él vio el susto en su cara, el mismo temor con que la había sorprendido mirándole desde la llegada del fichero verde o cuando él le había sonreído o la había mimado demasiado.

–Pues entonces no voy –dijo ella, agriamente–. No quiero encerrar a *Toby* y *Toby* no quiere que le encierren y no vamos a hacerlo sólo para darle gusto, ¿verdad, *Toby*? Es usted muy amable, pero no vuelva a hablarme de ese asunto. ¿No dice nada más la tía Al?

–Lo demás es sobre los disturbios raciales. Ella piensa que se avecinan más. He pensado que a usted no le gustaría oírlo.

–Tiene toda la razón, *no* me gusta –dijo la señorita Dubber firmemente, y su mirada no se apartó de Pym mientras él cruzaba la habitación, doblaba la carta y la guardaba dentro del tarro de jengibre–. Puede leerme esas cosas por la mañana, cuando no me importa tanto. ¿Por qué está la plaza tan callada? ¿Por qué la señora Peel no está viendo la televisión al lado? Debería estar viendo a ese presentador de la que está enamorada.

–Probablemente se ha ido a la cama –dijo Pym–. ¿Más cacao, señorita D? –preguntó, llevando los tazones a la trascocina.

Las cortinas estaban corridas, pero junto a la ventana había un extractor de humos que Pym había acoplado a la pared de madera y que era de plástico transparente. Mirando a través de él inspeccionó rápidamente la plaza, pero no vio ningún signo de vida.

–No sea tonto, señor Canterbury –estaba diciendo la señorita Dubber–. Usted sabe que nunca tomo otra taza. Venga a ver las noticias.

Al fondo de la plaza, a la sombra de la iglesia, una lucecita se encendía y se apagaba.

–Esta noche no, señorita D, si no le importa –le gritó Pym–. He estado con la política toda la semana.

Abrió el grifo y esperó a que prendiese el calentador de la guerra de Crimea para enjuagar los tazones.

–Voy a acostarme y a olvidarme del mundo, señorita D.

–Más vale que antes conteste al teléfono –contestó ella–. Es para usted.

Ella debía de haber descolgado el teléfono en el acto, porque él no lo había oído entre los sollozos del calentador. Hasta entonces no había recibido ninguna llamada. Volvió a la cocina y ella le estaba tendiendo el auricular y él vio nuevamente el miedo en su cara, una acusación, mientras alargaba una mano firme para coger el teléfono. Lo aplicó al oído y dijo: «Canterbury.» La comunicación se cortó, pero mantuvo el teléfono pegado al oído y dirigió una sonrisa rápida y radiante de reconocimiento hacia un punto central de la cocina, componiendo una estampa a mitad de camino entre la imagen del puritano inglés que sube trabajosamente por la cuesta orillada de furcias y la imagen de la niña acostada, con el pelo peinado, a punto de comer un huevo pasado por agua.

–Gracias –dijo–. Muchísimas gracias, Bill. Bueno, es muy generoso por tu parte. Y por parte del ministro. Dale las gracias también, Bill, ¿lo harás? Almorzamos juntos la semana que viene. Pago yo.

Colgó. Tenía la cara muy caliente y ya no estaba totalmente seguro, al mirar a la señorita Dubber, de lo que expresaba su semblante o de si ella era consciente de los dolores que él empezaba a sentir alrededor de los hombros, en el cuello y en la rodilla derecha, en la que había sufrido un esguince cuando esquiaba con Tom en Lech.

–Parece ser que el ministro está bastante contento con el trabajo que le hice –explicó, un tanto a ciegas–. Quería que yo supiera que mis esfuerzos no habían sido en vano. Era su secretario particular, Bill. Sir William Wells. Amigo mío.

–Ya veo –dijo la señorita Dubber.

Pero no mostró entusiasmo.

–La verdad sea dicha, el ministro no suele ser *muy* agradecido. No lo manifiesta. Es difícil de complacer. Prácticamente no se le ha oído felicitar a nadie en toda su vida. Pero todos le tenemos bastante apego. Todos le tenemos un poco de cariño a pesar de todo, entiéndame. Hemos decidido aceptarle como parte del vistoso desfile de la vida, y no como una especie de monstruo. Sí. Bueno, estoy cansado, señorita D. Déjeme que la lleve a la cama.

Ella no se había movido. Él habló más fuerte.

–No era él en persona, claro. Está en una reunión que dura toda la noche. Tiene que aparecer por allí. Era su secretario particular.

–Ya me lo ha dicho.

–«Te va a valer una medalla, Pym, muchacho –ha dicho–. El viejo incluso ha sonreído.» Así le llamamos al ministro: el viejo. Sir William a la cara, pero «el viejo» a sus espaldas. Sería bonito tener una chapa, ¿eh, señorita D? Ponerla en la repisa de la chimenea. Abrillantarla en Pascua y en Navidad. Nuestra medalla privada. Ganada en el puesto. Si alguien la merece es usted.

Dejó de hablar un momento porque se estaba yendo de la lengua y tenía la boca seca y el dolor más intenso de oídos y garganta que recordaba haber sufrido. Tendría que ir a una de esas clínicas privadas a que me hagan una desinfección completa. De modo que en vez de hablar se inclinó sobre ella, con las manos colgando, para poder ayudarla a ponerse de pie y darle el fuerte abrazo de las buenas noches que tanto significaba para ella. Pero la señorita Dubber no se prestó. No quería el abrazo.

–¿Por qué dice que se llama Canterbury si su apellido es Pym? –exigió, severamente.

–Es mi nombre. Pym. Como Pip. Pym Canterbury.

Ella meditó un largo rato al respecto. Estudió los ojos secos de Pym y los músculos de sus mejillas, que se estaban retorciendo por alguna razón desconocida. Y él advirtió que a ella no le gustaba mucho lo que veía y que estaba dispuesta a pelear. Pero cuando Pym le dedicó una sonrisa forzada y la sugestionó con toda la vida que le quedaba dentro, se vio recompensado por un gesto estricto de aceptación.

–Los dos somos demasiado viejos para nombres de pila, señor Canterbury –dijo.

Después de lo cual ella finalmente extendió los brazos y él los ciñó suavemente por encima de los codos y tuvo que contenerse para no tirar con demasiada fuerza, porque estaba ansioso de estrecharla contra él y de irse a la cama, donde quería estar.

–Ahora me alegro por lo de esa medalla –anunció ella, cuando él la conducía por el pasillo–. Siempre he admirado a un hombre que consigue una medalla, señor Canterbury. Por cualquier cosa que haya hecho.

La escalera pertenecía a las casas de su infancia y, en consecuencia, la subió a saltos, con los pies ligeros, y olvidó sus dolores y molestias. La pantalla del rellano, en forma de estrella de Belén, era, no obstante su luz pésima, una vieja amiga de *The Glades*. Todo es amable conmigo, constató. Cuando abrió la puerta de su habitación, todos los objetos se rieron de él y le lanzaron un guiño, como en un guateque. Todos los paquetes estaban como los había preparado, pero no se perdía nada comprobándolo. Los verificó por orden. Un sobre para la señorita Dubber, un montón de dinero y de disculpas. Sobre para Jack, ningún dinero y, puestos a pensar en ello, pocas pero preciosas excusas. Qué raro, Poppy, que ahora seas por fin un sonido tan lejano. Aquel estúpido fichero, no sé por qué me he tomado tantas molestias por él todos estos años. Ni siquiera he inspeccionado su interior. La caja combustiva, cuánto peso para tan pocos secretos. Nada para Mary, pero realmente no tenía mucho más que decirle: «Siento haberme casado contigo por necesidades de cobertura. Me alegro de haber reunido un poco de amor a lo largo del camino. Azares del oficio, querida mía. Tú también eres espía, ¿recuerdas? Bastante mejor de lo que fue Pym, por cierto.» Sólo le preocupaba el sobre para Tom, y desgarró la solapa pegada pensando que al fin y al cabo era necesaria una última palabra de explicación.

«Ya ves, Tom, yo soy el puente –escribió con una mano irritantemente floja–. Soy el puente por el que debes pasar para llegar desde Rick a la vida.»

A continuación añadió sus iniciales, como había que hacer tras una posdata, escribió el nombre del destinatario en un sobre nuevo y arrojó el roto a la papelera, porque le habían enseñado desde fecha temprana en la vida que el desorden era hermano de la inseguridad.

Luego bajó la caja desde lo alto del fichero hasta el escritorio, la desarmó con las dos llaves de su llavero y sacó primero las carpetas que eran demasiado secretas para clasificarlas y que proporcionaban abundante información falsa sobre las redes que él y Poppy habían organizado tan industriosamente. Las tiró igualmente al cesto de los papeles. Una vez hecho esto, sacó la pistola, la cargó y la amartilló, todo ello con bastante rapidez, y la depositó encima del escritorio, pensando en las numerosas ocasiones en que había llevado un arma y no la había disparado. Oyó un chirrido procedente del tejado, y se dijo: «Debe de ser un gato. –Movió la cabeza, como diciendo–: Estos malditos gatos, hoy día andan por todas partes, no conceden a los pájaros ninguna oportunidad.» Echó un vistazo a su reloj de oro, con un amplio gesto, y recordó que Rick se lo había regalado y que podría olvidarse de quitárselo en el baño. De modo que se lo quitó ahora, lo colocó encima del sobre para Tom y dibujó una cara alegre en forma de media luna directamente al lado del reloj, el signo que se dibujaban uno a otro para expresar una sonrisa. Se desvistió y depositó pulcramente las ropas junto a la cama. Luego se puso la bata y cogió las dos toallas del tendedero, la grande para el baño y la pequeña para la cara y las manos. Introdujo la pistola en el bolsillo de la bata, dejando el seguro en la posición *off* porque era un precepto insistente de los instructores que una pistola con el seguro puesto era más peligrosa que una preparada para disparar. Solamente iba a recorrer el pasillo, pero en el mundo actual la violencia impera y toda precaución es poca. Cuando se disponía a abrir la puerta del cuarto de baño le disgustó descubrir que el pomo de porcelana se había agarrotado y apenas giraba. «Maldito pomo. Mira qué bien.» Necesitó toda la fuerza de sus dos manos para conseguir girarlo y, para mayor fastidio, algún idiota debía de haber dejado jabón en el pomo, porque las manos le resbalaban y tuvo que envolverlo en la toalla para asirlo. «Probablemente es mi querida Lippsie», pensó con una sonrisa: viviendo siempre en el mundo que había dentro de su cabeza.

Se situó por última vez delante del espejo de afeitar y colocó las toallas alrededor de su cabeza y de sus hombros, haciendo un gorro con la más pequeña y una capa con la más grande, porque si había algo que la señorita Dubber detestaba por encima de todo era la suciedad. Después levantó la pistola hasta la altura de su oído derecho, olvidando, como podría ocurrirle a cualquiera en semejantes circunstancias, si el gatillo de la «Browning 38» automática tenía dos presiones o solamente una. Y observó en el espejo su postura inclinada: no alejado del arma sino encorvado hacia ella, como quien es un poco sordo y aguza el oído para captar un sonido.

Mary no oyó el disparo. El superintendente estaba agachado de nuevo ante la ventanilla de Brotherhood, esta vez para informarle de que la presencia de Magnus en el interior de la casa había sido categóricamente confirmada mediante una artimaña y de que tenía órdenes de congregar sin dilación a los no combatientes en el vestíbulo de la iglesia. Brotherhood estaba impugnando esta orden y Mary conservaba todavía la mirada concentrada en los cuatro hombres que jugaban al escondite de puntillas entre los cañones de chimenea del otro lado de la plaza. Llevaban ya media hora pasándose cuerda unos a otros y adoptando posturas clásicas de sigilo, y Mary aborrecía a todos ellos más de lo que hubiera imaginado posible. Una sociedad que admira a sus fuerzas de choque debería preguntarse seriamente adónde va, solía decir Magnus. El superintendente estaba confirmando que no había más huéspedes varones en la vivienda, aparte del susodicho Canterbury, y estaba preguntando a Mary si no tendría inconveniente en hablar con su marido por teléfono en tono conciliador si esta tentativa se hacía necesaria en el curso de las operaciones. Y Mary estaba contestando: «Pues *claro* que no», en un susurro sobremanera enérgico que tenía por objeto desinflar toda aquella paparrucha teatral. Todas estas cosas, en su recuerdo posterior, estaban aconteciendo o acababan de hacerlo cuando Brotherhood abrió de golpe la puerta del conductor, lanzando por los aires al superintendente, con una bota congelada para siempre en el marco de la ventanilla. Después, Mary tuvo una imagen dinámica de Jack corriendo hacia la casa con el ímpetu de un hombre joven, porque a veces soñaba que él hacía exactamente eso y la casa era siempre la de Plush y Jack iba a verla para hacerle el amor. Pero Brotherhood permanecía inmóvil en medio del alboroto que le rodeaba por doquier. Unas luces se habían encendido, ambulancias rodaban velozmente hacia el lugar sin que aparentemente conocieran dónde era, policías y hombres de paisano tropezaban unos con otros y los idiotas encaramados en el tejado estaban gritando a los idiotas que se encontraban en la plaza, e Inglaterra estaba siendo salvada de peligros que ella no sabía que la amenazaban. Pero Jack Brotherhood permanecía firme como un centurión muerto en su puesto, y todos los presentes observaban a una viejecilla decorosa que bajaba envuelta en una bata la escalera de su casa.